CW00435280

NOUVELLES

*Du même auteur
dans la même collection*

BALZAC

NOUVELLES

Présentation, notices,
notes et bibliographie
par
Philippe BERTHIER

GF Flammarion

© Éditions Flammarion, Paris, 2005.
ISBN : 2-08-07-1209-8

PRÉSENTATION

BALZAC EN BREF

> « Qui a peur de Balzac ? Moi. »
> Pier Paolo Pasolini.

« Roi de la nouvelle » : c'est ainsi que Sophie Gay, dans une lettre du 1ᵉʳ janvier 1832, qualifie Balzac, et ce titre qu'elle lui décerne peut aujourd'hui surprendre, car ce n'est pas à sa suprématie dans ce genre présumé mineur que nous songeons d'abord lorsque nous évoquons l'auteur de *La Comédie humaine,* que nul ne songe à confondre avec Maupassant. Dans l'imaginaire collectif, Balzac, ce n'est pas la nouvelle, c'est le roman, et même le Roman incarné, en majesté, dans un moment où il affiche une confiance en ses pouvoirs et une ambition véritablement sans limites : dire le monde moderne dans toutes ses dimensions et sous tous ses aspects. Mais rappeler cet horizon totalisateur et panoramique de l'univers romanesque balzacien, qui déploie d'énormes massifs montagneux (évoquons seulement la cordillière *Le Père Goriot – Illusions perdues – Splendeurs et misères des courtisanes,* et rappelons que Barbey d'Aurevilly disait l'admirer « comme les Alpes »), c'est aussi y inclure des vallées plus secrètes, des Shangri-la délectables où se blotissent les nouvelles. Si l'œuvre de Balzac se veut un archi-Livre, celui du Jugement, *in quo totum continetur*, et non pas seulement un polyptyque, mais si l'on peut risquer le terme, un « omniptyque », il y a place en elle pour ces angles ou ces recoins où, loin des grandes aventures qui semblent occuper toute la place, le lecteur averti saura dénicher les merveilles du petit format.

La déclaration de Sophie Gay s'explique aussi par sa date. Les années 1830 voient une véritable explosion de la nouvelle en général, et chez Balzac en particulier. Le vent de la mode souffle très fort de ce côté-là, avec le succès des *Contes* en tous genres, notamment ceux d'Hoffmann [1], et la fondation de revues qui offrent à la publication de récits courts un espace tout à fait adapté. Balzac ne fait pas mystère de son désir de rechercher le succès en emboîtant le pas aux attentes du public. De même que, pour profiter de l'air du temps, il a tâté du roman fantastique et du roman historique, il va s'engouffrer dans la brèche de la nouvelle avec les premières *Scènes de la vie privée*. Dans le choix que nous proposons ici, quatre nouvelles sont de 1830, deux de 1831, cinq de 1832. Ces millésimes sont ceux de la plus riche vendange « nouvellière » de Balzac, qu'ils n'épuiseront pas, de même que ne l'épuisent pas les motivations opportunistes ou commerciales : il y a dans la nouvelle comme genre quelque chose qui, en profondeur, répond à la vocation de Balzac tel qu'il s'envisage, maîtrisant parfaitement les ressorts et les ressources du récit.

Paul Bourget, qui a consacré à Balzac nouvelliste une étude pionnière, récemment exhumée par Stéphane Vachon [2], avait à son propos pertinemment rappelé la métaphore récurrente du « miroir concen-

---

1. Cf. Maurice Bardèche, *Balzac romancier*, Genève, Slatkine Reprints, 1967 [1940], p. 275-276 et 376.
2. Paul Bourget, « Balzac nouvelliste », *Études et Portraits*, III. *Sociologie et littérature*, Plon, Nourrit et Cⁱᵉ, 1906.

trique » ; et les théoriciens du genre insistent sur sa
structure « concentrée, voire concentrationnaire [1] » ;
par opposition au roman, genre protéiforme, poly-
phonique, multidimensionnel et proliférant librement
tous azimuts, la nouvelle (qui, par ailleurs, a nourri
des gloses infinies dont la plupart concluent à la difficulté, voire à l'impossibilité de la définir strictement)
se caractérise par son « horizontalité forcée [2] » et par la
linéarité d'un parcours resserré dans le temps, dans
l'espace, dans l'action, qui, au comble de la constric-
tion, ne peut s'offrir le luxe d'aucune escapade ou
excursus en dehors d'un sillon extrêmement tendu.
On pourrait peut-être, *mutatis mutandis*, dire que la
nouvelle serait, dans l'ordre de la narrativité, l'équivalent du sonnet dans un autre domaine : Nerval lui
attribuait une beauté « pythagoricienne », ou pythique,
tenant à sa mécanique horlogère de très haute précision, à sa saturation sémantique maximale dans le
féroce corset des quatorze vers, qui n'autorise aucune
déperdition, dissémination ou gaspillage d'une substance poétique sourcilleusement maintenue à son
maximum de densité. Pour Edgar Poe repris par Baudelaire, le charisme spécifique de la nouvelle, le secret
et le moyen de son efficacité tiennent à cette fusion de
tous ses éléments, projetés sans la moindre distraction
vers une issue impliquée dès l'origine (et c'est en quoi
le genre a congénitalement partie liée avec le tragique) : « si la première phrase n'est pas écrite en vue
de préparer cette impression finale, l'œuvre est manquée dès le début [3] ».

Beaucoup considèrent que l'un des traits majeurs
de la nouvelle consiste dans sa vectorisation impla-

---

1. Thierry Ozwald, *La Nouvelle*, Hachette Supérieur, « Contours
littéraires », 1996, p. 23.
2. Tzvetan Todorov, cité in Th. Ozwald, *ibid.*
3. Baudelaire, *Notes nouvelles sur Edgar Poe*, in *Œuvres complètes*,
Gallimard, « Bibliothèque de la Pléiade », t. II, 1976, p. 329. Principe appliqué par Édith Wharton : « ma dernière page est toujours
annoncée par ma première » (*Les Chemins parcourus*, 10/18, 2001,
p. 197).

cable vers un événement – « inouï », disait Goethe,
mais tel n'est pas toujours le cas, au moins chez
Balzac –, quelque chose qui, en tout cas, bouleverse et
déstabilise et amène à se poser des questions de fond
sur la validité de l'idée qu'on se faisait jusqu'alors de
soi et d'autrui, idée avouant soudain, à la lumière de
cet événement, sa non-pertinence et sa superficialité.
Le nouvelliste aurait comme mot d'ordre celui que
Montherlant assignait aux éducateurs : « systématiquement créer de la crise », crise séminale qui fait
advenir les êtres à eux-mêmes et révèle un sens jusqu'alors occulté. Tout, dans l'esthétique du genre, obéi-
rait à cette réquisition littéralement « apocalyptique »,
pour rendre plus implacable la montée vers un
paroxysme où l'intensité dramatique atteint son
apogée « et où se joue véritablement, conjointement au
destin de certains personnages, le sort même du récit.
La nouvelle se prépare systématiquement, là encore, à
ce "moment critique" qu'elle pressent, annonce et
redoute tout à la fois [1] ». Il serait fort aventureux de
prétendre ramener l'ensemble des nouvelles ici ras-
semblées à ce « patron » unique – et l'intérêt de leur
réunion tient justement en partie à la démonstration
de l'absurdité de pareille tentative –, mais indiscuta-
blement certaines d'entre elles présentent cette structure : *El Verdugo*, *Adieu*, *Une passion dans le désert*
répondent à la définition de nouvelles « explosives [2] »,
aimantées vers ce que Georges Bataille appellera une
« scène capitale » (au sens le plus littéral dans le cas
d'*El Verdugo*), une *acmé* dira-t-on si l'on sait du grec,
ou un *climax* si l'on préfère l'anglais, d'une fulgurance
à la fois accoucheuse et dévastatrice. Dans une illumination catastrophique, on y rejoint sa vocation la plus
profonde (tuer ses parents pour continuer la race,
retrouver la femme aimée pour aussitôt la perdre,
mettre à mort l'être avec lequel on fait l'amour),
comme si, en un instant à la fois sublime et insoute-

---

1. Thierry Ozwald, *La Nouvelle*, *op. cit.*, p. 35.
2. *Ibid.*, p. 149.

nable, on recevait la terrible grâce (celle qu'avait imprudemment implorée de Zeus Sémélé) d'entrevoir dans toute sa gloire, sacrée ou maudite (c'est la même chose), le visage de son destin et de coïncider avec lui.

Après pareille entrevision, on est pulvérisé (comme Sémélé) ou au mieux estropié : dans les trois nouvelles, Balzac joue avec maestria d'un effet de saisissement et brusque la clausule. On pourrait dire qu'à l'aune du récit, c'est comme si une phrase, après une longue protase, se terminait sur le guillotinage d'une violente apodose-apocope. Il n'y a plus que des survivants plus ou moins somnambuliques et hagards, lesquels, après ce qu'ils ont aperçu, qui les a en même temps accomplis et détruits, poursuivent une existence en pilotage automatique, sans urgence ni signification, à laquelle l'un d'entre eux mettra fin comme pour prendre acte de l'impraticabilité désormais de l'être-au-monde et tirer la conséquence logique de ce qu'il a vu. Dans cette perspective, la nouvelle administre une démonstration frappante de l'incompatibilité entre les conditions de la vie telle qu'elle va et la foudre de la vérité. La vérité, c'est-à-dire la mort, a passé ; le texte ne repousse plus.

On a déclaré, trop péremptoirement selon nous, en écho à André Breton : « la nouvelle sera convulsive ou ne sera pas [1] ». S'il est vrai qu'elle se prête particulièrement à la flamboyance spectaculaire, dont la sidération, en un clin d'œil atomique, semble avoir vitrifié un champ de ruines, elle est aussi, comme on l'a souvent noté, propice à des interrogations plus sournoises, à des sapes plus enfouies ; loin de viser à une extériorité consumante, elle se fait machiné à inquiéter sourdement, coup de sonde déstabilisateur dans les mystères et les faux-semblants de la conscience dont elle révèle la face cachée. C'est ce que Barbey d'Aurevilly, héritier direct de Balzac dans *Les Diaboliques*, appellera le « dessous de cartes », ou le « fantastique de la réalité », qu'il essaiera de capter en jouant à fond des ressources paradoxales de la restriction de champ (à

---

1. *Ibid.*, p. 182.

laquelle prédispose le genre bref), la fameuse esthétique du soupirail, ou le principe du *less is more* :
moins on sait, moins on voit, plus on imagine et donc
plus on crée ; l'ellipse est infiniment plus féconde que
l'explication ; cadrer au lieu de tout montrer n'est
pas se mutiler, mais au contraire s'assurer les bénéfices infinis de la suggestion. La nouvelle retourne en
atout les limites mêmes que ses dimensions lui
imposent ; elle revendique l'impossibilité de l'omni-
science, au profit d'une poétique de l'indécidable et
du soupçon. En somme, il ne s'agit plus d'explosion
médusante, mais d'implosion : en surface, quelques
remous indéchiffrables ; dans les profondeurs, des
séismes inconnus.

La nouvelle se calque alors au plus près d'une
démarche herméneutique : sous les apparences, quelque
chose se dérobe et tantalise la curiosité, une vérité
masquée inaccessible au monde ; de façon insidieuse
ou scandaleuse, dans tous les cas il y va de l'identité.
« Je ne suis pas ce que l'on pense, je ne suis pas ce que
l'on dit » : bien des protagonistes pourraient le chanter
aussi, tant les récits s'ingénient à brouiller les repères,
à subvertir les « versions » officielles des êtres, les
images convenues, estampillées par les codes en
vigueur, pour les donner à lire autrement, dans les dis-
torsions d'anamorphoses révélatrices, et parfois sous
des aspects littéralement *renversants*. Qui est qui ? Le
régicide est royaliste ; la coqueluche de Paris, objet
d'un inlassable discours, n'est rien de ce qu'on prétend et échappe définitivement au filet jeté sur sa personne par des propos aussi irresponsables qu'inadé-
quats ; l'illustre chirurgien revenu de tout n'a pas
étouffé en lui l'étudiant famélique qui devra toute sa
carrière à un prolétaire analphabète ; la jeune fille sus-
pectée de vol et même de racolage s'avère être la plus
touchante des amoureuses ; la femme adultère déploie
les trésors d'une maternité exemplaire, mais son
amant a sans doute aussi été celui d'un bagnard ; le
bon père de famille est un abject assassin, etc. Dans
l'économie d'un micro-organisme narratif circonscrit,

les chausse-trapes se multiplient : nul n'est ce qu'il paraît, l'ambiguïté constitutive des signes mine un terrain *a priori* solide, bientôt mué en sables mouvants.

Les drames de la vie privée – « à transpiration rentrée », dira encore Barbey – offrent évidemment à la nouvelle un champ d'élection, puisqu'elle jouit du privilège de retourner la tapisserie, de découvrir l'envers du décor, soigneusement dissimulé aux yeux des profanes par un mur infranchissable : le public n'a pas les moyens de comprendre la mort subite d'une mère tuée par la balle même qui, loin de là, tue son fils, ni les symptômes morbides qui affectent un jeune homme à la suite du récit qu'on lui fait du malheur d'un autre, ni le suicide d'un homme apparemment « normal », à supposer que ce terme signifie quelque chose, un des desseins de la nouvelle étant précisément d'en contester la validité. Il y a toujours un reste inintégrable, qu'à propos des nouvelles de Henry James Todorov appelle « autre chose avant », « autre chose forcément ailleurs », qui hante l'écriture, propose la nouvelle « comme résultant d'une spoliation et donc d'une frustration fondamentale, et qui demeure logiquement et tragiquement introuvable [1] ». Plus généralement, en scaphandrier des abysses sociaux et moraux, Balzac plonge dans sa cloche de verre pour leur arracher des lueurs, là où le « grand bleu » trompeur se fonce en noirceur de crime, de malheur et d'encre ; il est un fouilleur d'épaves, il inventorie les cimetières engloutis d'où il exhume encore vivants, mais déjà morts au monde d'en haut, ceux qu'il appellera les « martyrs ignorés », les grands naufragés de l'intelligence et du désir : Lambert, Cane, Marcas, eux aussi si différents de ce qu'ils exhibent au regard inévitablement incompréhensif d'autrui qui, pour se débarrasser du fardeau de l'hiéroglyphe sans pierre de Rosette que chacun reste pour chacun, aura vite fait de les étiqueter (des fous, un raté), sans se douter un instant qu'ils ont eu accès à des domaines supérieurs

---

1. Thierry Ozwald, *La Nouvelle, op. cit.*, p. 126.

de l'idée, ravagés par le réel. Finalement, à la lecture
de la plupart de ces nouvelles, on est saisi par le vertige si balzacien de l'inconnaissable : c'est toujours par
surprise et par exception qu'en colligeant des indices
équivoques ou à la faveur d'une soudaine révélation,
on bascule de l'autre côté de la vie, le plus souvent
coupable (pas toujours : il arrive, rarement, qu'il soit
édifiant) ; nous mesurons alors à quel point nous
étions *hors sujet*. La nouvelle est à la fois le lieu et l'instrument de ce désabusement, qui a pour résultat, et
pour visée, de nous fragiliser, de fissurer la compacité
suffisante et sotte de notre prétention à tout savoir sur
tout et sur nous-mêmes. Comme disait Montaigne :
« Je crains que notre cognoissance soit foible en tous
sens, nous ne voyons ny guere loin, ny guere
arriere [1]. » C'est justement là que la nouvelle, indiscrète ou voyeuse par nature, entend regarder.

On ne revient naturellement pas indemne de ce passage à l'autre côté du miroir ; on ne franchit pas
impunément les lignes. La lecture d'une nouvelle est un
Styx (une Bérézina) qu'on ne repasse pas. Pour obtenir
et accentuer cette pragmatique de l'irréparable, le nouvelliste peut jouer sur la mise en scène de l'énonciation,
qui doue le récit d'une prégnance à laquelle le lecteur
s'éprouve incapable de se soustraire. Il faut rappeler
que, dès son émergence, avec *Le Décaméron* de Boccace
et *L'Heptaméron* de Marguerite de Navarre, le dispositif
narratif de la nouvelle est fondamentalement centré sur
l'oralité. Quelqu'un raconte, on est à l'écoute d'une
voix, avec son grain et son timbre uniques, ses
inflexions singulières, son tempo particulier, la ges-
tuelle si personnelle qui l'accompagne. Balzac est tout
particulièrement attentif aux implications et aux moda-
lités de ce que, dans sa contribution au recueil collectif
des *Contes bruns* en 1832, il appelle « le phénomène
oral [2] », le pouvoir d'envoûtement magnétique que peut

---

1. *Essais*, livre III, chapitre VI (« Des coches »).
2. Cf. Hermann Hofer, « Présence de Balzac », *Barbey d'Aurevilly, Revue des lettres modernes*, n° 5, 1970.

exercer la parole. Cette réflexion s'inscrit en plein dans son intérêt passionné (et théorisé), dont témoignent plusieurs des nouvelles ici réunies, pour l'énergétique spirituelle, la thermodynamique de la pensée et de la volonté, dont le discours est un médium privilégié. L'emprise de l'oralité peut être redoublée par le système des récits enchâssés dont Barbey, dans *Les Diaboliques*, fera un usage d'une sophistication extrême, bien propre à ravir structuralistes et narratologues ; Balzac lui aussi recourt à des raffinements remarquables, à des effets de réverbération, de carambolage ou de « ricochets » (pour reprendre la célèbre métaphore aurevillienne) qui démultiplient les perspectives et rendent encore plus complexes et plus riches les résonances d'une « signifiance » dont les dégâts collatéraux, parce qu'ils impliquent plus que le simple couple d'un locuteur et d'un écoutant, ne semblent pas pouvoir être maîtrisés. Un homme raconte à une femme qu'il aime l'histoire que lui a racontée un homme qui aimait une bête, et l'a tuée : *quid* entre eux désormais ? *Une passion dans le désert* est un quatuor, pas un duo. Dans *Un drame au bord de la mer*, Louis Lambert déchiffre un obscur oracle le concernant au plus profond de l'histoire, narrée par un tiers, de la malédiction de Cambremer ; et c'est lui-même qui, prenant en charge pour un autre le récit de ce récit, essaie de dominer en la formulant la mystérieuse menace dont il le pressent porteur pour sa propre santé mentale ; l'histoire tragique d'un inconnu le contamine lui-même et contribue à le défaire. Du point de vue ici envisagé, c'est peut-être *L'Auberge rouge* qui est la plus virtuose, avec ce récit d'après-dîner qui, sans le savoir, met en scène, et en cause, l'un des convives, sous les yeux aigus de deux observateurs attentifs à décrypter tous les indices d'affleurement d'une vérité abominable, qui exsude peu à peu et vient dynamiter en sourdine l'euphorie digérante et la bonne conscience d'une société « honnête ». Les subtilités d'un récit « à auditeurs impliqués », incriminés, font surgir du placard où l'on croyait les avoir cadenassés à double tour des cadavres

qui, comme chez Ionesco, grandissent au point qu'on
ne sait plus comment s'en débarrasser. Au bout de la
chaîne de la contagion, il y a vous, il y a moi : le virus
de l'intranquillité se propage sans pouvoir être endigué.
De te fabula narratur. Atteints par les métastases en
expansion du doute, de l'horreur, de la stupeur, du
scandale, de la tentation, auditeurs et lecteurs se sentent
dériver, chacun pour soi enfermé dans le monde
impartageable de ses rêves, de ses désirs sans doute, de
ses remords peut-être, au fil de cette pensivité inépuisable sur laquelle Balzac aime à clore ses nouvelles
(*Sarrasine, Honorine*), d'une clôture qui ne clôt rien,
mais tout au contraire en maintient indéfiniment ouvert
le sillage, « quelque part dans l'inachevé » (Rilke).

Dès lors, il nous paraît contestable d'assurer que les
protagonistes de la nouvelle sont « des créatures avor-
tées, des personnages virtuels impropres à s'incarner
véritablement ; ils n'ont pas plus tôt pris corps qu'ils
se désagrègent instantanément, ne laissant d'autre
souvenir dans l'esprit du lecteur que celui de formes
évanescentes [1] ». Bien au contraire : la capacité d'obsession d'un personnage, son potentiel de diffraction imaginaire ne dépendent aucunement du nombre de pages
où on le voit agir, et la nouvelle, genre éminemment
rentable, justement parce que c'est un vase modique,
plein à ras bords et dont pas une goutte ne doit
déborder, offre à ce matériau quantitativement mini-
mal, mais hyperactif, les chances et les risques d'une
dilution maximale de ses enzymes gloutons dans ces
zones en clair-obscur, fondatrices, que le moi, le plus
souvent, n'ose pas envisager. De la nouvelle comme
gangrène ou pandémie : après avoir entendu (et lu) le
récit, pour le pire, en général, parfois pour le meilleur
– mais il va de soi que ce qu'on appelle par convention
et facilité « le pire » est aussi le meilleur, puisqu'il ouvre
au désir des horizons chavirants autant qu'inédits et
condamnés –, il n'y a plus que des infectés, dont les
défenses immunitaires ont progressivement cédé dans

1. Thierry Ozwald, *La Nouvelle*, *op. cit.*, p. 85.

le consentement horrifié, délicieux, extorqué par une parole souveraine. On n'en guérira pas.

Avec *La Comédie humaine*, Balzac entendait fournir une encyclopédie pratique : « la modernité, mode d'emploi ». À leur manière et à leur échelle, les nouvelles contribuent à réaliser ce programme d'une description et d'une analyse intégrales. L'histoire y est partout présente, avec une prédilection pour l'enregistrement sismographique des ébranlements proches ou plus lointains causés par la Révolution, désignée comme la matrice du siècle dont le Scribe absolu a entrepris l'inventaire exhaustif et l'auscultation à fond. Travail à chaud, archéologie *in vivo*, sans le recul ordinaire de l'historien, et qui débouche parfois, comme dans *Z. Marcas*, sur la dénonciation polémique de la situation prévalant à l'heure même de l'écriture. Loin de se présenter comme des copeaux superfétatoires tombés au hasard de l'énorme atelier, des « chutes » ou des surplus de récupération, les nouvelles appartiennent de plein droit à l'œuvre dont elles font partie intégrante, et pas seulement grâce au liant systématiquement mis en place par Balzac à partir de l'instant où il a conçu l'idée illuminante des personnages reparaissants, qui jointoie l'ensemble et en assure l'unité par la circulation d'un même personnel, irriguant l'immense corps textuel d'un même sang. Les nouvelles ne doivent pas être comprises, nous semble-t-il, dans l'ordonnancement général de *La Comédie humaine* – dont elles relaient, dans leur cadre restreint, les grandes préoccupations structurantes, les principales veines thématiques (fastes et désastres de la passion et de la pensée aux prises avec une société qui a remplacé les valeurs par la morale des intérêts) –, comme une manifestation de résistance à l'énorme attraction centripète du projet global, « à son élaboration et à sa construction en une totalité homogène et cohérente, à sa monumentalisation en un roman unique, à son autoréférentialité [1] ». On a soutenu que les

---

1. Stéphane Vachon, « Balzac nouvellier », *L'École des lettres*, n° 13, 1er mai 1999, p. 24.

récits brefs intégrés à *La Comédie humaine* apporteraient, « à quelque distance du noyau de la nébuleuse, un peu d'oxygène, en résistant aux mouvements condensatoires de la création balzacienne [1] ». Nous ne le croyons pas. Les nouvelles ne sont pas, par rapport au roman, en relation de concurrence, elle ne s'écrivent pas *contre* la dynamique intégratrice, la puissance congrégatoire du tout, qu'elles tâcheraient plus ou moins délibérément de freiner. Elles ne visent pas (comment d'ailleurs le pourraient-elles, avec leur poids « objectivement » si léger ?) à contrebalancer la pression qui s'exerce sur les parties pour les amener à se fondre dans le creuset commun d'où sortira une œuvre lisse.

Nous croyons qu'au-delà de ce qu'il peut escompter de profit pécuniaire ou symbolique en s'adonnant à un genre qui fait alors florès et conquiert, en partie grâce à lui, ses lettres de noblesse, Balzac cultive en toute conscience la variété, dont il sait qu'elle est une des caractéristiques et une des lois de la Création. Non seulement les nouvelles ne sont pas de l'accessoire, ou du résiduel, non seulement elles ne compromettent pas la convergence générale de toutes les composantes de *La Comédie humaine*, mais elles participent pleinement à son ambition de livrer un *analogon* verbal du monde dans la diversité qui le définit. C'est bien en ce sens que Balzac se veut le seul rival sérieux de Dieu : dans l'adresse au lecteur de *L'Élixir de longue vie*, il rappelle que son programme consiste ni plus ni moins aussi à essayer « de représenter toutes les formes littéraires ». Dire tout, et le dire de toutes les façons, sur tous les tons, tous les modes, en recourant à la panoplie de l'*instrumentarium* au complet : à côté du roman, et avec lui, la nouvelle est postulée par un concept non seulement panoptique, mais, si l'on peut dire, « panmorphique », qui entend ne rien laisser en dehors de lui, et offrir, d'un seul et même mouvement,

---

1. *Ibid.*, p. 26.

un musée idéal de son temps et des moyens d'écriture pour l'exprimer.

La cathédrale de mots a ses perspectives grandioses, ses vastes nefs, sa masse écrasante ; elle doit aussi, si elle veut être vraiment, comme celle de Huysmans, un *speculum* ou un *theatrum mundi,* avoir ses absidioles discrètes, ses modestes chapelles, ses oratoires intimes, ses cryptes et ses reposoirs à l'accès plus ou moins réservé. Régal du connaisseur : chez Balzac, M. de Charlus aime autant les « miniatures » que les « grandes fresques [1] ». Du snob aussi : au-delà du plaisir élitiste de pénétrer en des régions moins fréquentées, et de manifester son indépendance d'esprit et son goût du paradoxe (il est piquant, chic et gratifiant de ne pas bêler avec le troupeau, et d'admirer Michel-Ange pour avoir peint un médaillon plutôt que la Sixtine), il y a l'évidence que la somme de talent mise dans une œuvre n'a rien à voir avec ses dimensions et que, dans leur ordre, modèles réduits d'un univers géant qu'elles reflètent parfaitement, les nouvelles de Balzac, non seulement sont du « grand » Balzac, mais contribuent en légitimité majeure à l'accomplissement d'un poète de la narration, qui entendait ne se priver de rien et faire sonner toutes les cordes de sa lyre.

Philippe BERTHIER.

---

1. Marcel Proust, *À la recherche du temps perdu. Sodome et Gomorrhe,* Gallimard, « Bibliothèque de la Pléiade », t. III, 1988, p. 437.

NOTE SUR L'ÉDITION

Nous reproduisons le texte des nouvelles, classées dans l'ordre chronologique, d'après celui de *La Comédie humaine*, édité sous la direction de Pierre-Georges Castex, Gallimard, « Bibliothèque de la Pléiade », 1975-1980. Il s'agit du dernier état revu par Balzac (d'après l'exemplaire personnel, dit « Furne corrigé ») ; à de très rares exceptions près, nous en respectons l'orthographe et la typographie.

Nous n'indiquons que les variantes les plus significatives.

Merci à Anne-Marie Baron, Éric Bordas et Charlotte von Essen.

NOUVELLES

EL VERDUGO

NOTICE

Ce n'est pas un hasard si cette nouvelle a d'abord paru dans *La Mode*. Rien de plus « à la mode », en effet, à la fin des années 1820, que les espagnolades, où le romantisme naissant étanche sa soif d'exotisme. Clara Gazul, *alias* Mérimée, a publié en 1825 le premier volume de son théâtre. Les *Contes d'Espagne et d'Italie* de Musset sont tout frais (décembre 1829). On est à la veille d'*Hernani*. En mai 1830, Stendhal donne *Le Coffre et le revenant*, récit tout aussi hispanique, politique et féroce qu'*El Verdugo*, et fondé sur des événements récents : rien n'a changé outre-Pyrénées ; c'est toujours soleil et sang. Le mythe espagnol se met en place, très simple et très puissant sur les imaginations passionnées. C'est le contraire même de ce qui avait séduit Mme de Staël dans les brumes rêveuses du Nord. L'Espagne telle que cette génération a besoin de l'inventer est une annexe européenne de l'Afrique (c'est pourquoi, bien que supposé se dérouler sur la côte atlantique, *El Verdugo* dérive sourdement vers le grand Sud : cheval andalou, cimeterre, affleurements d'un tuf mauresque à peine revêtu du vernis de la modernité). Sous un ciel torride – on est fin juillet –, des êtres chauffés au rouge vont jusqu'au bout d'eux-mêmes.

L'Espagne de Balzac est ici purement littéraire et relève du cliché. Le décor, minimaliste, est en toile peinte, et ce ne

sont pas quelques fragrances d'orangers, accessoire obligé
(et réputé capiteux) des « chromos » du Midi, qui peuvent
donner le change. L'Espagne n'est pas une réalité, c'est une
certaine idée de l'Espagne. Les Espagnols y sont représentés
comme une pure tautologie : tout ce qu'on peut en dire,
c'est qu'ils sont, physiquement et moralement, hyperboli-
quement espagnols. Leurs actes le prouvent : ils manifestent
un comble d'hispanité. C.Q.F.D.

Aussi bien l'intérêt de la nouvelle n'est-il pas là, pas plus
que dans la fiabilité et la véracité du témoignage historique.
Balzac a sans doute interrogé à ce sujet la duchesse
d'Abrantès, veuve de Junot, mais chacun sait de combien
d'épisodes terribles s'accompagna l'invasion des troupes
napoléoniennes dans la péninsule. Balzac évoque dans son
texte David et Murillo, nous songeons plutôt à Goya et au
Dos de mayo 1808. *El Verdugo* massacre sept cents hommes
en deux jours : une boucherie bestiale, des deux côtés.
L'infernal tourniquet, bien connu et toujours actuel, des
attentats et des représailles. Cela sonne juste, hélas, mais ce
n'est pas comme spécimen des « désastres de la guerre » que
ces quelques pages retiennent l'attention.

La source en a été à peu près repérée : dans un chapitre
des *Mémoires* du bourreau Sanson, auxquels Balzac avait
collaboré (et qui parurent début 1830), allusion était faite à
une histoire qui se serait passée au Moyen Âge, à Gand. Un
fils y aurait exécuté son père, à la demande de celui-ci, pour
avoir en échange la vie sauve. *El Verdugo* reprend ces données, mais dans un contexte tout différent : bien que le commandant français s'appelle Marchand (*nomen est omen* :
n'est-il pas un de ces fils d'épicier auxquels le vol de l'aigle
a permis de troquer la boutique pour la gloire ?), et qu'en
effet il propose à Clara un sordide marchandage qui sera
repoussé avec le mépris qu'il mérite, le donnant-donnant
abominable imposé par les autorités d'occupation à la
grande famille, âme de la résistance et organisatrice de ces
nouvelles *Vêpres siciliennes* [1] auxquelles les envahisseurs se
sont laissés piéger, échappe à l'ignominie totale dans la
mesure où il se cristallise autour d'un enjeu symboliquement
immense : non plus la conservation d'un individu quelconque, qui ne vaut que pour lui, mais la continuation d'une
lignée prestigieuse, d'une race presque royale. À condition

---

1. Dont Mérimée avait proposé une version euphémisée, voire
burlesque, dans sa comédie *Les Espagnols au Danemarck* (1825).

qu'il extermine de sa propre main sa famille, le fils aîné pourra la continuer. Il y a là un chantage d'une ironie vraiment tragique, qui est tout le sujet du récit, avec les vertigineuses implications morales qu'il entraîne : problèmes de la fin et des moyens, de l'irrémissible assumé au nom d'un bien supérieur, etc. Juanito est-il dénaturé, ou est-il *dévoué*, au sens antique, c'est-à-dire religieux, du mot, à une valeur transcendante, celle, omnipotente dans le code aristocratique, de la perpétuation du *sangre azul*, laquelle mérite et impose l'épouvantable sacrifice qu'il lui consent ? C'est dans cette frange d'indécidable que Balzac se place et veut placer son lecteur, au cœur de ce nœud gordien qui ne se tranche certes pas aussi facilement que les têtes du clan Léganès.

Une suggestive lecture psychanalytique, due à Pierre Citron, a dégagé la présence clandestine d'un possible horizon incestueux dans les relations entre Clara et son frère (*bodas de sangre...*), ainsi que l'investissement de pulsions tout intimes de l'auteur lui-même qui, écrivant la nouvelle peu après la mort de son père, se vengerait de lui, de sa mère, de sa sœur qui l'a trahi en se mariant... Balzac, bourreau des siens, liquiderait les comptes de son roman familial. Pourquoi pas ? On peut s'intéresser tout de même davantage aux raisons qui ont amené Balzac à ranger *El Verdugo* d'abord dans les *Romans et contes philosophiques*, puis dans les *Études philosophiques*, classement qui pourrait surprendre si toute la question posée par la nouvelle n'était pas, au fond, celle de l'Idée, en l'occurrence celle du maintien à tout prix, fût-il le plus affreux, du Nom, et des limites – ou de l'absence de limites – de ce que ce maintien peut exiger. Pour le marquis, *noblesse oblige* : avec ce mot, tout est dit. Sa demande « Est-ce mon fils, madame ? », lorsqu'il voit Juanito hésiter, ne manifeste aucune « goujaterie », comme on l'a frivolement estimé, mais répond intégralement aux réquisitions les plus escarpées du sublime, cet oxygène dans lequel, quand on a l'honneur insigne d'abord d'être né, et ensuite d'être né Léganès, on respire naturellement. Sans aucun effort, mais par une sorte d'instinct, chacun des membres de cette *gens*, y compris le plus jeune (« bon sang ne peut mentir », autre maxime cardinale de l'ontologie nobiliaire), est digne des *exempla* les plus hauts de la tradition – et c'est pourquoi Balzac ose le rapprochement, étonnant au premier abord, entre ces suppôts de l'obscurantisme politique et religieux et la générosité républicaine, la cons-

tance romaine à la Brutus. Cette histoire digne des Abencé-
rages est aussi une version latine empruntée à Plutarque.

Tout manichéisme est ainsi répudié : les soldats français
venus apporter les Lumières et la liberté jugent qu'ils se heur-
tent à des Ibères « sauvages », à des espèces de chouans
méditerranéens. Mais qui est le plus sauvage ? Les patriotes,
qui ne reculent devant aucun moyen pour libérer leur pays,
ou l'occupant, avec ses Oradour ? « Sauvagerie » et « civilisation » apparaissent dès lors comme des notions d'une
redoutable relativité. Bien sûr, le marquis de Léganès est un
fou, qui condamne son fils à « commettre tous les crimes en
un seul », au nom d'une « chimère sociale [1] ». Mais en même
temps, il administre une inoubliable leçon, il pousse la logique
de sa vision du monde jusqu'à cette extrémité surhumaine,
inhumaine, que l'Église appelle « l'héroïcité des vertus ». Qui
a raison, qui a tort ? Nous ne pouvons, nous non plus,
comme les témoins du suicide de la marquise, retenir un cri
d'admiration horrifiée. L'Idée est indissolublement sainte et
dévastatrice. À chacun sa monstruosité, c'est-à-dire à chacun
son idéal : c'est sans doute là une de ces vérités « désobli-
geantes », comme eût dit Bloy, ou inacceptables, qu'on ne
saurait regarder en face, comme le soleil, comme la mort,
comme l'Espagne. On voit combien *El Verdugo* fait craquer le
cadre de la simple nouvelle dépaysante, hystérique et historique. Balzac nous penche sur un gouffre de torturante per-
plexité, indémêlable mixte de bien et de mal, auprès duquel
paraissent un peu faciles les contrastes appuyés entre le bal
(ou le festin) et le meurtre. Il ne s'agit pas seulement, comme
Balzac aime à le faire, de superposer le *Dies irae* et Rossini,
mais d'illustrer par un cas limite, et exemplaire, « à la fois
l'endroit et l'envers des choses humaines, les deux faces *anti-
thétiques de toutes choses* [2] ».

Tout ensemble Manfred et Caïn [3], Juanito est aussi un
spectre shakespearien, visible et somnambulique parmi les
spectres invisibles. En sursis, il attend de féconder encore

---

1. La première expression est de Félix Davin, dans son introduction aux *Études philosophiques* (Nerdet, 1834), la seconde de Phila-
rète Chasles, dans son introduction aux *Romans et contes philosophiques* (Gosselin, 1831).

2. Max Andréoli, « *El Verdugo* ou l'antithèse tranchée », *L'École des
lettres*, n° 13, 1er mai 1999, p. 95.

3. Voir Pierre Citron, introduction à son édition, *La Comédie
humaine*, Gallimard, « Bibliothèque de la Pléiade », t. X, 1979, p. 1128.

une fois sa femelle (dont rien ne sera dit, elle n'est qu'un ventre), pour remplir le farouche contrat et pouvoir enfin rejoindre ses morts. Le texte ne souffle mot de Victor, son rival peut-être dans le cœur de Clara, son contraire et pourtant son étrange jumeau, dans cette mort-vie qui est aussi désormais inévitablement son lot ; curieusement, pour l'un et pour l'autre Balzac retrouve sous sa plume la même expression : « pâle et défait ».

C'est bien ainsi que le lecteur lui-même, incapable de s'identifier à l'un ou à l'autre de ces exécuteurs de hautes œuvres dépassés par leur mission – et qui, en un sens, ne sont peut-être que des victimes : victimes de l'Histoire, certes, mais victimes surtout de ce qu'ils ne peuvent pas ne pas être –, émerge d'*El Verdugo*, encore tout tremblant d'un frisson sacré : « pâle et défait ».

HISTOIRE DU TEXTE

El Verdugo, dont on n'a pas de manuscrit, a d'abord été publié dans *La Mode* du 28 janvier 1830. En septembre 1831, la nouvelle est reprise au tome II des *Romans et contes philosophiques*, chez Gosselin ; en 1835, au tome V des *Études philosophiques*, chez Werdet ; en 1846, au tome XV de *La Comédie humaine*, chez Furne.

CHOIX BIBLIOGRAPHIQUE

Henri EVANS, préface, *L'Œuvre de Balzac*, Club français du livre, t. XII, 1966.

Pierre CITRON, introduction et notes, *La Comédie humaine*, Gallimard, « Bibliothèque de la Pléiade », t. X, 1979.

Janet L. BEIZER, « Victor Marchand : the narrator as story teller : Balzac's *El Verdugo* », *Novel*, automne 1983.

Lidia Anoll VENDRELL, « *El Verdugo* de Balzac dans la presse périodique espagnole du XIXᵉ siècle », *Revue de littérature comparée*, juillet-septembre 1985.

Pierre CITRON, *Dans Balzac*, Seuil, 1986, p. 60-69.

Roland CHOLLET, « Trophées de têtes chez Balzac », *L'Année balzacienne*, 1990.

Anne-Marie BARON, *Le Fils prodige*, Nathan, 1993, p. 98-99.

Max ANDRÉOLI, « *El Verdugo* ou l'antithèse tranchée », *L'École des lettres*, n° 13, 1ᵉʳ mai 1999.

Patrick BERTHIER, préface à *L'Élixir de longue vie* précédé de *El Verdugo*, Le Livre de poche, 2003.

EL VERDUGO [1]

À Martinez de la Rosa [2]

Le clocher de la petite ville de Menda [3] venait de
sonner minuit. En ce moment, un jeune officier français, appuyé sur le parapet d'une longue terrasse qui
bordait les jardins du château de Menda, paraissait
abîmé dans une contemplation plus profonde que ne
le comportait l'insouciance de la vie militaire ; mais il
faut dire aussi que jamais heure, site et nuit ne furent
plus propices à la méditation. Le beau ciel d'Espagne
étendait un dôme d'azur au-dessus de sa tête. Le scin-
tillement des étoiles et la douce lumière de la lune
éclairaient une vallée délicieuse qui se déroulait coquet-
tement à ses pieds. Appuyé sur un oranger en fleur, le

---

1. Dans *La Mode* : « Souvenirs soldatesques/El Verdugo/Guerre
d'Espagne (1809) ».
2. Cette dédicace n'apparaît que chez Furne en 1846. Francisco
Martinez de la Rosa (1789-1862) : patriote espagnol en exil politique à Paris de 1824 à 1831 et de 1840 à 1843 ; puis ambassadeur
en 1844 et 1846. Il avait renseigné Balzac pour sa pièce *Les Ressources de Quinola* (1842).
3. Dans *La Mode* : « Le respect dû à des infortunés contemporains oblige le narrateur à changer le nom de la ville et de la famille
dont il s'agit. » Menda est une bourgade de Galice. L'action est supposée se passer près de Santander, sur la côte nord de l'Espagne, où
eurent lieu en 1808 et 1809 des soulèvements accompagnés de tentatives de débarquement anglais.

chef de bataillon pouvait voir, à cent pieds au-dessous
de lui, la ville de Menda, qui semblait s'être mise à
l'abri des vents du nord, au pied du rocher sur lequel
était bâti le château. En tournant la tête, il apercevait
la mer, dont les eaux brillantes encadraient le paysage
d'une large lame d'argent. Le château était illuminé.
Le joyeux tumulte d'un bal, les accents de l'orchestre,
les rires de quelques officiers et de leurs danseuses
arrivaient jusqu'à lui, mêlés au lointain murmure des
flots. La fraîcheur de la nuit imprimait une sorte
d'énergie à son corps fatigué par la chaleur du jour.
Enfin les jardins étaient plantés d'arbres si odorifé-
rants et de fleurs si suaves, que le jeune homme se
trouvait comme plongé dans un bain de parfums.

Le château de Menda appartenait à un grand d'Espagne, qui l'habitait en ce moment avec sa famille.
Pendant toute cette soirée, l'aînée des filles avait
regardé l'officier avec un intérêt empreint d'une telle
tristesse que le sentiment de compassion exprimé par
l'Espagnole pouvait bien causer la rêverie du Français.
Clara était belle, et quoiqu'elle eût trois frères et une
sœur, les biens du marquis de Léganès [1] paraissaient
assez considérables pour faire croire à Victor Marchand que la jeune personne aurait une riche dot.
Mais comment oser croire que la fille du vieillard le
plus entiché de sa grandesse qui fût en Espagne, pourrait être donnée au fils d'un épicier de Paris ! D'ailleurs, les Français étaient haïs. Le marquis ayant été
soupçonné par le général G..t..r [2] qui gouvernait la
province, de préparer un soulèvement en faveur de
Ferdinand VII [3], le bataillon commandé par Victor
Marchand avait été cantonné dans la petite ville de
Menda pour contenir les campagnes voisines, qui obéis-
saient au marquis de Léganès. Une récente dépêche

1. Un marquis de Léganès commanda les troupes espagnoles qui
combattirent Louis XIV.
2. Sans doute le général Gauthier, qui avait servi à Santander en
1809.
3. Charles IV avait abdiqué en 1808 ; devenu Ferdinand VII, son
fils fut contraint à l'abdication, la même année, par Napoléon.

du maréchal Ney faisait craindre que les Anglais ne débarquassent prochainement sur la côte, et signalait le marquis comme un homme qui entretenait des intelligences avec le cabinet de Londres. Aussi, malgré le bon accueil que cet Espagnol avait fait à Victor Marchand et à ses soldats, le jeune officier se tenait-il constamment sur ses gardes. En se dirigeant vers cette terrasse où il venait examiner l'état de la ville et des campagnes confiées à sa surveillance, il se demandait comment il devait interpréter l'amitié que le marquis n'avait cessé de lui témoigner, et comment la tranquillité du pays pouvait se concilier avec les inquiétudes de son général ; mais depuis un moment, ces pensées avaient été chassées de l'esprit du jeune commandant par un sentiment de prudence et par une curiosité bien légitime. Il venait d'apercevoir dans la ville une assez grande quantité de lumières. Malgré la fête de saint Jacques [1], il avait ordonné, le matin même, que les feux fussent éteints à l'heure prescrite par son règlement. Le château seul avait été excepté de cette mesure. Il vit briller çà et là les baïonnettes de ses soldats aux postes accoutumés ; mais le silence était solennel, et rien n'annonçait que les Espagnols fussent en proie à l'ivresse d'une fête. Après avoir cherché à s'expliquer l'infraction dont se rendaient coupables les habitants, il trouva dans ce délit un mystère d'autant plus incompréhensible qu'il avait laissé des officiers chargés de la police nocturne et des rondes. Avec l'impétuosité de la jeunesse, il allait s'élancer par une brèche pour descendre rapidement les rochers, et parvenir ainsi plus tôt que par le chemin ordinaire à un petit poste placé à l'entrée de la ville du côté du château, quand un faible bruit l'arrêta dans sa course. Il crut entendre le sable des allées criant sous le pas léger d'une femme. Il retourna la tête et ne vit rien ; mais ses yeux furent saisis par l'éclat extraordinaire de

---

1. Plutôt que saint Jacques le Mineur, célébré le 1er mai, on préférera croire qu'il s'agit de saint Jacques le Majeur, fêté le 25 juillet… et décapité, comme le rappelle Max Andréoli.

l'Océan. Il y aperçut tout à coup un spectacle si funeste, qu'il demeura immobile de surprise, en accusant ses sens d'erreur. Les rayons blanchissants de la lune lui permirent de distinguer des voiles à une assez grande distance. Il tressaillit, et tâcha de se convaincre que cette vision était un piège d'optique offert par les fantaisies des ondes et de la lune. En ce moment, une voix enrouée prononça le nom de l'officier, qui regarda vers la brèche, et vit s'y élever lentement la tête du soldat par lequel il s'était fait accompagner au château.

« Est-ce vous, mon commandant ?

– Oui. Eh bien ? lui dit à voix basse le jeune homme, qu'une sorte de pressentiment avertit d'agir avec mystère.

– Ces gredins-là se remuent comme des vers, et je me hâte, si vous le permettez, de vous communiquer mes petites observations.

– Parle, répondit Victor Marchand.

– Je viens de suivre un homme du château qui s'est dirigé par ici une lanterne à la main. Une lanterne est furieusement suspecte ! je ne crois pas que ce chrétien-là ait besoin d'allumer des cierges à cette heure-ci. "Ils veulent nous manger !" que je me suis dit, et je me suis mis à lui examiner les talons. Aussi, mon commandant, ai-je découvert à trois pas d'ici, sur un quartier de roche, un certain amas de fagots. »

Un cri terrible, qui tout à coup retentit dans la ville, interrompit le soldat. Une lueur soudaine éclaira le commandant. Le pauvre grenadier reçut une balle dans la tête et tomba. Un feu de paille et de bois sec brillait comme un incendie à dix pas du jeune homme. Les instruments et les rires cessaient de se faire entendre dans la salle du bal. Un silence de mort, interrompu par des gémissements, avait soudain remplacé les rumeurs et la musique de la fête. Un coup de canon retentit sur la plaine blanche de l'Océan. Une sueur froide coula sur le front du jeune officier. Il était sans épée. Il comprenait que ses soldats avaient péri et que les Anglais allaient débarquer. Il se vit déshonoré s'il vivait, il se vit traduire devant un conseil de guerre ; alors il mesura des yeux la profondeur de la vallée, et s'y élançait au moment où la main de Clara saisit la sienne.

« Fuyez ! dit-elle, mes frères me suivent pour vous tuer. Au bas du rocher, par là, vous trouverez l'andalou [1] de Juanito. Allez ! »

Elle le poussa, le jeune homme stupéfait la regarda pendant un moment ; mais, obéissant bientôt à l'instinct de conservation qui n'abandonne jamais l'homme même le plus fort, il s'élança dans le parc en prenant la direction indiquée, et courut à travers des rochers que les chèvres avaient seules pratiqués jusqu'alors. Il entendit Clara crier à ses frères de le poursuivre ; il entendit les pas de ses assassins ; il entendit siffler à ses oreilles les balles de plusieurs décharges ; mais il atteignit la vallée, trouva le cheval, monta dessus et disparut avec la rapidité de l'éclair.

En peu d'heures le jeune officier parvint au quartier du général G..t..r, qu'il trouva dînant avec son état-major.

« Je vous apporte ma tête ! » s'écria le chef de bataillon en apparaissant pâle et défait.

Il s'assit, et raconta l'horrible aventure. Un silence effrayant accueillit son récit.

« Je vous trouve plus malheureux que criminel, répondit enfin le terrible général. Vous n'êtes pas comptable du forfait des Espagnols ; et à moins que le maréchal n'en décide autrement, je vous absous. »

Ces paroles ne donnèrent qu'une bien faible consolation au malheureux officier.

« Quand l'Empereur saura cela ! s'écria-t-il.

– Il voudra vous faire fusiller, dit le général, mais nous verrons. Enfin, ne parlons plus de ceci, ajouta-t-il d'un ton sévère, que pour en tirer une vengeance qui imprime une terreur salutaire à ce pays où l'on fait la guerre à la façon des Sauvages. »

---

1. Le cheval andalou.

Une heure après, un régiment entier, un détachement de cavalerie et un convoi d'artillerie étaient en
route. Le général et Victor marchaient à la tête de cette
colonne. Les soldats, instruits du massacre de leurs
camarades, étaient possédés d'une fureur sans exemple.
La distance qui séparait la ville de Menda du quartier
général fut franchie avec une rapidité miraculeuse.
Sur la route, le général trouva des villages entiers sous
les armes. Chacune de ces misérables bourgades fut
cernée et leurs habitants décimés.

Par une de ces fatalités inexplicables, les vaisseaux
anglais étaient restés en panne sans avancer ; mais on
sut plus tard que ces vaisseaux ne portaient que de
l'artillerie et qu'ils avaient mieux marché que le reste
des transports. Ainsi la ville de Menda, privée des défen-
seurs qu'elle attendait, et que l'apparition des voiles
anglaises semblait lui promettre, fut entourée par les
troupes françaises presque sans coup férir. Les habitants, saisis de terreur, offrirent de se rendre à discrétion. Par un de ces dévouements qui n'ont pas été
rares dans la Péninsule, les assassins des Français, prévoyant, d'après la cruauté connue du général, que
Menda serait peut-être livrée aux flammes et la population entière passée au fil de l'épée, proposèrent de se
dénoncer eux-mêmes au général. Il accepta cette
offre, en y mettant pour condition que les habitants
du château, depuis le dernier valet jusqu'au marquis,
seraient mis entre ses mains. Cette capitulation consen-
tie, le général promit de faire grâce au reste de la
population et d'empêcher ses soldats de piller la ville
ou d'y mettre le feu. Une contribution énorme fut
frappée, et les plus riches habitants se constituèrent
prisonniers pour en garantir le paiement, qui devait
être effectué dans les vingt-quatre heures.

Le général prit toutes les précautions nécessaires à
la sûreté de ses troupes, pourvut à la défense du pays,
et refusa de loger ses soldats dans les maisons. Après
les avoir fait camper, il monta au château et s'en
empara militairement. Les membres de la famille de
Léganès et les domestiques furent soigneusement

gardés à vue, garrottés, et enfermés dans la salle où le
bal avait eu lieu. Des fenêtres de cette pièce on pouvait
facilement embrasser la terrasse qui dominait la ville.
L'état-major s'établit dans une galerie voisine, où le
général tint d'abord conseil sur les mesures à prendre
pour s'opposer au débarquement. Après avoir expédié
un aide de camp au maréchal Ney, ordonné d'établir
des batteries sur la côte, le général et son état-major
s'occupèrent des prisonniers. Deux cents Espagnols
que les habitants avaient livrés furent immédiatement
fusillés sur la terrasse. Après cette exécution militaire,
le général commanda de planter sur la terrasse autant
de potences qu'il y avait de gens dans la salle du château et de faire venir le bourreau de la ville. Victor Marchand profita du temps qui allait s'écouler avant le
dîner pour aller voir les prisonniers. Il revint bientôt
vers le général.

« J'accours, lui dit-il d'une voix émue, vous demander des grâces.

– Vous ! reprit le général avec un ton d'ironie amère.

– Hélas ! répondit Victor, je demande de tristes
grâces. Le marquis, en voyant planter les potences, a
espéré que vous changeriez ce genre de supplice pour
sa famille, et vous supplie de faire décapiter les nobles.

– Soit, dit le général.

– Ils demandent encore qu'on leur accorde les
secours de la religion, et qu'on les délivre de leurs
liens ; ils promettent de ne pas chercher à fuir.

– J'y consens, dit le général ; mais vous m'en répon-
dez.

– Le vieillard vous offre encore toute sa fortune si
vous voulez pardonner à son jeune fils.

– Vraiment ! répondit le chef. Ses biens appartiennent déjà au roi Joseph [1]. » Il s'arrêta. Une pensée de
mépris rida son front, et il ajouta : « Je vais surpasser
leur désir. Je devine l'importance de sa dernière
demande. Eh bien, qu'il achète l'éternité de son nom

---

1. Le frère de Napoléon, Joseph Bonaparte, roi d'Espagne
de 1808 à 1813.

mais que l'Espagne se souvienne à jamais de sa trahison et de son supplice ! Je laisse sa fortune et la vie
à celui de ses fils qui remplira l'office de bourreau.
Allez, et ne m'en parlez plus. »

Le dîner était servi. Les officiers attablés satisfaisaient un appétit que la fatigue avait aiguillonné. Un
seul d'entre eux, Victor Marchand, manquait au
festin. Après avoir hésité longtemps, il entra dans le
salon où gémissait l'orgueilleuse famille de Léganès, et
jeta des regards tristes sur le spectacle que présentait
alors cette salle, où, la surveille, il avait vu tournoyer,
emportées par la valse, les têtes des deux jeunes filles et
des trois jeunes gens. Il frémit en pensant que dans
peu elles devaient rouler tranchées par le sabre du
bourreau. Attachés sur leurs fauteuils dorés, le père et
la mère, les trois enfants et les deux filles, restaient
dans un état d'immobilité complète. Huit serviteurs
étaient debout, les mains liées derrière le dos. Ces quinze
personnes se regardaient gravement, et leurs yeux
trahissaient à peine les sentiments qui les animaient.
Une résignation profonde et le regret d'avoir échoué
dans leur entreprise se lisaient sur quelques fronts.
Des soldats immobiles les gardaient en respectant la
douleur de ces cruels ennemis. Un mouvement de
curiosité anima les visages quand Victor parut. Il
donna l'ordre de délier les condamnés, et alla lui-
même détacher les cordes qui retenaient Clara prison-
nière sur sa chaise. Elle sourit tristement. L'officier ne
put s'empêcher d'effleurer les bras de la jeune fille, en
admirant sa chevelure noire, sa taille souple. C'était
une véritable Espagnole : elle avait le teint espagnol,
les yeux espagnols, de longs cils recourbés, et une
prunelle plus noire que ne l'est l'aile d'un corbeau.

« Avez-vous réussi ? » dit-elle en lui adressant un de
ces sourires funèbres où il y a encore de la jeune fille.

Victor ne put s'empêcher de gémir. Il regarda tour
à tour les trois frères et Clara. L'un, et c'était l'aîné,
avait trente ans. Petit, assez mal fait, l'air fier et dédaigneux, il ne manquait pas d'une certaine noblesse
dans les manières, et ne paraissait pas étranger à cette

délicatesse de sentiment qui rendit autrefois la galanterie espagnole si célèbre. Il se nommait Juanito. Le
second, Philippe, était âgé de vingt ans environ. Il ressemblait à Clara. Le dernier avait huit ans. Un peintre
aurait trouvé dans les traits de Manuel [1] un peu de cette
constance romaine que David a prêtée aux enfants
dans ses pages républicaines. Le vieux marquis avait
une tête couverte de cheveux blancs qui semblait échap-
pée d'un tableau de Murillo. À cet aspect, le jeune officier hocha la tête, en désespérant de voir accepter par un
de ces quatre personnages le marché du général ; néanmoins il osa le confier à Clara. L'Espagnole frissonna
d'abord, mais elle reprit tout à coup un air calme et alla
s'agenouiller devant son père.

« Oh ! lui dit-elle, faites jurer à Juanito qu'il obéira
fidèlement aux ordres que vous lui donnerez, et nous
serons contents. »

La marquise tressaillit d'espérance ; mais quand, se
penchant vers son mari, elle eut entendu l'horrible
confidence de Clara, cette mère s'évanouit. Juanito
comprit tout, il bondit comme un lion en cage. Victor
prit sur lui de renvoyer les soldats, après avoir obtenu
du marquis l'assurance d'une soumission parfaite. Les
domestiques furent emmenés et livrés au bourreau,
qui les pendit. Quand la famille n'eut plus que Victor
pour surveillant, le vieux père se leva.

« Juanito ! » dit-il.

Juanito ne répondit que par une inclinaison de tête
qui équivalait à un refus, retomba sur sa chaise, et
regarda ses parents d'un œil sec et terrible. Clara vint
s'asseoir sur ses genoux, et, d'un air gai : « Mon cher
Juanito, dit-elle en lui passant le bras autour du cou et
l'embrassant sur les paupières ; si tu savais combien,
donnée par toi, la mort me sera douce. Je n'aurai pas
à subir l'odieux contact des mains d'un bourreau. Tu
me guériras des maux qui m'attendaient, et… mon
bon Juanito, tu ne me voulais voir à personne, eh
bien ? »

---

1. Il s'appelle Raphaël avant 1835.

Ses yeux veloutés jetèrent un regard de feu sur
Victor, comme pour réveiller dans le cœur de Juanito
son horreur des Français.

« Aie du courage, lui dit son frère Philippe, autrement notre race presque royale est éteinte. »

Tout à coup Clara se leva, le groupe qui s'était formé
autour de Juanito se sépara ; et cet enfant, rebelle à
bon droit, vit devant lui, debout, son vieux père, qui
d'un ton solennel s'écria : « Juanito, je te l'ordonne. »

Le jeune comte restant immobile, son père tomba à
ses genoux. Involontairement, Clara, Manuel et Philippe l'imitèrent. Tous tendirent les mains vers celui
qui devait sauver la famille de l'oubli, et semblèrent
répéter ces paroles paternelles : « Mon fils, manque-
rais-tu d'énergie espagnole et de vraie sensibilité ? Veux-
tu me laisser longtemps à genoux, et dois-tu considérer ta vie et tes souffrances ? » « Est-ce mon fils,
madame [1] ? ajouta le vieillard en se retournant vers la
marquise.

– Il y consent ! » s'écria la mère avec désespoir en
voyant Juanito faire un mouvement des sourcils dont
la signification n'était connue que d'elle.

Mariquita, la seconde fille, se tenait à genoux en
serrant sa mère dans ses faibles bras ; et, comme elle
pleurait à chaudes larmes, son petit frère Manuel vint
la gronder. En ce moment l'aumônier du château
entra, il fut aussitôt entouré de toute la famille, on
l'amena à Juanito. Victor, ne pouvant supporter plus
longtemps cette scène, fit un signe à Clara, et se hâta
d'aller tenter un dernier effort auprès du général ; il le
trouva en belle humeur, au milieu du festin, et buvant
avec ses officiers, qui commençaient à tenir de joyeux
propos.

Une heure après, cent des plus notables habitants
de Menda vinrent sur la terrasse pour être, suivant les

---

1. Pierre Citron opère un rapprochement pertinent avec le récent
Mateo Falcone, nouvelle corse de Mérimée (mai 1829). Devant une
trahison commise par son fils, le père demande : « Femme, cet
enfant est-il de moi ? »

ordres du général, témoins de l'exécution de la famille
Léganès. Un détachement de soldats fut placé pour
contenir les Espagnols, que l'on rangea sous les potences
auxquelles les domestiques du marquis avaient été
pendus. Les têtes de ces bourgeois touchaient presque
les pieds de ces martyrs. À trente pas d'eux, s'élevait
un billot et brillait un cimeterre. Le bourreau était là
en cas de refus de la part de Juanito. Bientôt les Espagnols entendirent, au milieu du plus profond silence,
les pas de plusieurs personnes, le son mesuré de la
marche d'un piquet de soldats et le léger retentissement de leurs fusils. Ces différents bruits étaient mêlés
aux accents joyeux du festin des officiers comme
naguère les danses d'un bal avaient déguisé les apprêts
de la sanglante trahison. Tous les regards se tournèrent
vers le château, et l'on vit la noble famille qui s'avançait avec une incroyable assurance. Tous les fronts
étaient calmes et sereins. Un seul homme, pâle et
défait, s'appuyait sur le prêtre, qui prodiguait toutes
les consolations de la religion à cet homme, le seul qui
dût vivre. Le bourreau comprit, comme tout le
monde, que Juanito avait accepté sa place pour un
jour. Le vieux marquis et sa femme, Clara, Mariquita
et leurs deux frères vinrent s'agenouiller à quelques
pas du lieu fatal. Juanito fut conduit par le prêtre.
Quand il arriva au billot, l'exécuteur, le tirant par la
manche, le prit à part, et lui donna probablement
quelques instructions. Le confesseur plaça les victimes de manière à ce qu'elles ne vissent pas le supplice. Mais c'était de vrais Espagnols qui se tinrent
debout et sans faiblesse.

Clara s'élança la première vers son frère. « Juanito,
lui dit-elle, aie pitié de mon peu de courage ! commence par moi. »

En ce moment, les pas précipités d'un homme
retentirent. Victor arriva sur le lieu de cette scène.
Clara était agenouillée déjà, déjà son cou blanc appelait le cimeterre. L'officier pâlit, mais il trouva la force
d'accourir.

« Le général t'accorde la vie si tu veux m'épouser »,
lui dit-il à voix basse.

L'Espagnole lança sur l'officier un regard de mépris
et de fierté.

« Allons, Juanito », dit-elle d'un son de voix profonde.

Sa tête roula aux pieds de Victor. La marquise de
Léganès laissa échapper un mouvement convulsif en
entendant le bruit ; ce fut la seule marque de sa douleur.

« Suis-je bien comme ça, mon bon Juanito ? » fut la
demande que fit le petit Manuel à son frère.

« Ah ! tu pleures, Mariquita ! dit Juanito à sa sœur.

– Oh ! oui, répliqua la jeune fille. Je pense à toi mon
pauvre Juanito, tu seras bien malheureux sans nous. »

Bientôt la grande figure du marquis apparut, il
regarda le sang de ses enfants, se tourna vers les spectateurs muets et immobiles, étendit les mains vers Juanito et dit d'une voix forte : « Espagnols, je donne à
mon fils ma bénédiction paternelle ! Maintenant,
marquis [1], frappe sans peur, tu es sans reproche. »

Mais quand Juanito vit approcher sa mère, soutenue par le confesseur : « Elle m'a nourri », s'écria-
t-il.

Sa voix arracha un cri d'horreur à l'assemblée. Le
bruit du festin et les rires joyeux des officiers s'apaisè-
rent à cette terrible clameur. La marquise comprit que
le courage de Juanito était épuisé, elle s'élança d'un
bond par-dessus la balustrade, et alla se fendre la tête
sur les rochers. Un cri d'admiration s'éleva. Juanito
était tombé évanoui.

« Mon général, dit un officier à moitié ivre, Marchand vient de me raconter quelque chose de cette
exécution, je parie que vous ne l'avez pas ordonnée…

– Oubliez-vous, messieurs, s'écria le général G..t..r
que, dans un mois, cinq cents familles françaises

---

1. Il donne au comte ce titre comme si, lui-même étant déjà mort,
il était devenu le chef de la famille.

seront en larmes, et que nous sommes en Espagne ?
Voulez-vous laisser nos os ici ? »

Après cette allocution, il ne se trouva personne, pas
même un sous-lieutenant, qui osât vider son verre.

Malgré les respects dont il est entouré, malgré le
titre d'*El Verdugo* (le Bourreau) que le roi d'Espagne a
donné comme titre de noblesse au marquis de
Léganès, il est dévoré par le chagrin, il vit solitaire et
se montre rarement. Accablé sous le fardeau de son
admirable forfait, il semble attendre avec impatience
que la naissance d'un second fils lui donne le droit de
rejoindre les ombres qui l'accompagnent incessamment.

Paris, octobre 1829 [1].

1. Cette date n'apparaît que chez Werdet en 1835.

UN ÉPISODE SOUS LA TERREUR

NOTICE

Encore une histoire de bourreau. De Bourreau, devrait-on dire. Non pas occasionnel, et conduit à exercer, une seule et inoubliable fois, ses fonctions dans des circonstances extraordinaires, mais professionnel et spécialiste au point de s'identifier à son attribut : qui dit Sanson dit guillotine ; le nom, dans la conscience et la mémoire collective, est devenu emblématique de l'échafaud. Charles Henri Sanson avait, le 21 janvier 1793, accompli son office en décollant Louis XVI – dynastie contre dynastie (sept générations de Sanson, combien de générations de Capet ?). Une opération de librairie assez douteuse, à laquelle, toujours en quête de pécune, Balzac s'est trouvé associé, avait entrepris de publier de prétendus *Mémoires* de l'exécuteur des hautes œuvres révolutionnaires. *Un épisode sous la Terreur* en provient.

Quoique les sentiments royalistes de Sanson soient histo-riquement attestés, au point qu'ils lui valurent des ennuis, il ne peut être question de voir dans l'anecdote de cette nou-velle un témoignage à accepter tel quel. Rien ne prouve que le bourreau ait secrètement fait dire une messe pour sa vic-time. On voit bien, en revanche, combien cette histoire « édifiante » était susceptible d'enrichir la légende dorée du martyrologe monarchique [1]. La Passion et la mise à mort inique d'un roi-Christ – « Fils de Saint Louis, montez au ciel ! » – consomment le triomphe apparent et provisoire d'une révolution que Joseph de Maistre qualifiera de « satanique ». Marquée du signe de la Bête, elle incarne le déchaînement monstrueux des forces de l'En-Bas et du non-sens. Louis XVI s'offre, désarmé, aux outrages, plus grand que ceux qui le tuent et ne savent pas ce qu'ils font : *Ecce rex*, comme il y a dix-huit siècles, on a dit *Ecce homo*. Dans l'ombre, et au péril de leur vie, quelques fidèles, des vieillards, des saintes femmes, recueillent pieusement les reliques, en attendant les jours de la Promesse.

La décapitation d'un souverain de droit divin, oint à Reims du chrême de Clovis, ne peut que relever de la tragédie sacrée. C'est bien ainsi qu'elle a été vécue par les « aristocrates » atteints au cœur même d'une foi millénaire, indissociablement religieuse et politique, et c'est bien ce qui, dans les tribulations et la persécution, a nourri un piétisme monarchiste qui a multiplié ses icônes (l'arrestation de Varennes, Marie-Antoinette devant le tribunal révolutionnaire, la famille royale au Temple, la scène de l'exécution, toutes les stations du Calvaire), et entretenu, dans la clandestinité, le double et unique culte du trône et de l'autel. Tout cela dans un langage *sui generis*, ruisselant de sentimentalisme catholico-bourbonien (dont on retrouvera un écho, encore bien présent malgré le passage du temps, chez Chateaubriand saluant en 1833, bouleversé, dans son exil bohémien, Mme la Dauphine, « l'Antigone de la chrétienté »), qui peut s'abâtardir en kitsch, de même que peut se dégrader en cliché du folklore réactionnaire la « messe du prêtre réfractaire » qui est au centre d'*Un épisode sous la Terreur*. À chaque cause ses images (et son idiome) d'Épinal.

Que la nouvelle de Balzac (lequel avait songé à écrire une *Agonie de Louis XVI*, ou *La Dernière Nuit de Louis XVI*) s'inscrive à fond dans ce contexte partisan est indubitable, mais son intérêt principal n'est pas là. De même qu'il n'est pas dans le suspens policier assez éventé autour de « l'inconnu » et de son énigmatique dépôt. En revanche, on pourra juger prenante et authentique l'évocation, très « nuit et brouillard », des mois de plomb de la Terreur, dans un

---

1. Dans la réédition en 1826 de son juvénile *Essai sur les révolutions*, Chateaubriand avait déjà exploité une lettre de Sanson évoquant la mort du roi comme celle du Juste des Évangiles.

Paris glacé, fantasmagorique, où glissent de vagues silhouettes
apeurées ou menaçantes, où le moindre bruit prend des
résonances d'inquiétante étrangeté – une atmosphère délé-
tère et de guerre civile (réseaux de résistance, camouflage,
risques de rafle, suspicion, délation), toute en subtiles et
pénétrantes harmoniques de danger et de mort. Une sorte
de cauchemar éveillé, comme dans un film expressionniste
allemand.

Mais c'est évidemment la dimension symbolique de cette
petite histoire en communication souterraine avec l'Histoire
et « sa grande Hache », comme disait Georges Perec, qui lui
confère sa véritable portée. Balzac ne lésine pas sur les
majuscules pour nous persuader que la célébration d'une
Eucharistie interdite dans un grenier cristallise des enjeux
grandioses, et que les participants sont infiniment plus que
ce qu'ils sont : « Toute la Monarchie était là, dans les prières
d'un prêtre et de deux pauvres filles, mais peut-être aussi la
Révolution était-elle représentée par cet homme dont la
figure trahissait trop de remords pour ne pas croire qu'il
accomplissait les vœux d'un immense repentir. » À la subli-
mité de la transsubstantiation, aussi efficiente dans un taudis
que dans la plus prestigieuse des basiliques, se superpose un
autre mystère, incarné par le victimaire en oraison pour sa
victime. Intouchable parmi les hommes, à la fois boucher et
pontife, infâme et officiant d'un ministère qui le dépasse,
Sanson est, par fonction, médium du *tremendum ac fascinans*
qui définit le « numineux ». En sa personne se nouent inex-
tricablement les impératifs pratiques d'une organisation
humaine visant à se maintenir (le bourreau, dit Joseph de
Maistre, est « l'horreur et le lien de l'association humaine.
Ôtez du monde cet agent incompréhensible ; dans l'instant
même l'ordre fait place au chaos, les trônes s'abîment et la
société disparaît [1] ») et les insondables perspectives spirituelles déployées par l'idée chrétienne de l'Expiation. Idée
étroitement liée à celle, tout aussi surnaturelle, de la Réver-
sibilité : le bourreau intercède pour celui qu'il a exécuté,
mais l'exécuté intercède aussi pour son exécuteur, dans un
chiasme incompréhensible de charité et de pardon. Dans la
liturgie de la « scène capitale » (revécue dans la commémoration du sacrifice de Jésus), s'accomplit l'assomption du
politique en mystique. Roland Chollet voit dans la nouvelle

---

1. *Les Soirées de Saint-Pétersbourg*, Premier entretien, La Colombe,
1960, p. 41.

« le monument expiatoire des crimes inconnus et pardonnés [1] ».

Sur un plan plus profane, la nouvelle de Balzac offre enfin
un exemple particulièrement significatif de ces *dessous* dont
il est friand, d'abord parce qu'ils sont d'un rendement
romanesque incomparable, et aussi parce qu'il est profondément persuadé que ce sont eux qui expriment la vérité des
faits et des êtres, laquelle est toujours occulte, le plus souvent scandaleuse et rarement héroïque (dans *Illusions perdues*, Vautrin, qui sait de quoi il parle, le théorisera pour
Lucien). Tout en prétendant connaître tout et tout le monde,
nous ne savons jamais rien sur rien ni personne. Nous avons
bien, dans cet épisode, un envers de l'histoire contemporaine, trop invraisemblable pour n'être pas vrai, qui invalide
toute lecture univoque qu'on pourrait en proposer. Rien
n'est simple ni manichéen. L'écrivain-Asmodée soulève les
toits, pénètre dans les mansardes où se démasque le visage
inattendu, et peut-être inexplicable, de ce que le récit événementiel, et donc superficiel, ne saurait éclairer. Les histo-
riens sont myopes par définition et laissent échapper ces
infrarouges et ultraviolets, qui sont pourtant l'essentiel, mais
n'apparaissent qu'à la faveur d'un autre éclairage, d'une
autre approche ou d'une approche autre, plus divinatoire,
plus dérangeante, relevant d'un autre ordre : la poétique, qui
n'est ici que le nom laïc de la métaphysique, et désigne
rêveusement un autre horizon, plus haut, plus loin, qui n'en
finira pas de questionner et d'être questionné.

HISTOIRE DU TEXTE

Pour préparer la publication des *Mémoires de Sanson*, Balzac
a rencontré plusieurs fois Henry Sanson, bourreau, qui avait
assisté son père, exécuteur de Louis XVI et de Marie-Antoinette. C'est lors d'un de ces dîners que Sanson aurait raconté ce
qui constitue le fond de l'*Épisode*, et fait apporter le couperet
fatal, devant lequel il s'agenouillait chaque soir.

Sans titre, l'*Épisode* (dont on n'a pas le manuscrit) servit
d'abord d'introduction aux *Mémoires de Sanson* (*Mémoires pour
servir à l'histoire de la Révolution française, par Sanson, exécuteur
des arrêts criminels, pendant la Révolution*, t. I, À la librairie cen-

---

1. « Trophée de têtes dans Balzac », *L'Année balzacienne*, 1990,
p. 272.

trale, 1829). La première édition séparée fut donnée les 9 janvier et 4 février 1830 dans *Le Cabinet de lecture*, comme « Introduction » aux *Mémoires inédits* de Sanson.

Baptisé *Un inconnu, épisode de la Terreur*, le texte est republié les 5 et 6 novembre 1839 dans *Le Journal de Paris* ; puis, en 1842, sous le titre *Une messe en 1793*, dans *Le Royal Keepsake – Livre des salons*, chez la veuve Louis Janet.

Un épisode sous la Terreur est repris dans l'édition de *Modeste Mignon*, chez Roux et Cassanet, Chlendowski (1845). Enfin, il figure dans *La Comédie humaine*, t. XII (*Scènes de la vie parisienne* et *Scènes de la vie politique*), Furne, 1846.

Choix bibliographique

Albert PRIOULT, « Du mouchoir de Louis XVI à celui de Charles Ier », *L'Année balzacienne*, 1976.

Suzanne JEAN-BÉRARD, introduction et notes, *La Comédie humaine*, Gallimard, « Bibliothèque de la Pléiade », t. VIII, 1977.

Franc SCHUEREWEGEN, « *Un épisode sous la Terreur*. Une lecture expiatoire », *L'Année balzacienne*, 1985.

Lise QUEFFÉLEC, « La figure du bourreau dans l'œuvre de Balzac », *L'Année balzacienne*, 1990.

UN ÉPISODE SOUS LA TERREUR

À MONSIEUR GUYONNET-MERVILLE [1]

Ne faut-il pas, cher et ancien patron, expliquer aux gens curieux de tout connaître, où j'ai pu apprendre assez de procédure pour conduire les affaires de mon petit monde, et consacrer ici la mémoire de l'homme aimable et spirituel qui disait à Scribe [2], autre clerc-amateur, « Passez donc à l'Étude, je vous assure qu'il y a de l'ouvrage » en le rencontrant au bal ; mais avez-vous besoin de ce témoignage public pour être certain de l'affection de l'auteur ?

Le 22 janvier 1793 [3], vers huit heures du soir, une vieille dame descendait, à Paris, l'éminence rapide [4] qui finit devant l'église Saint-Laurent, dans le faubourg Saint-Martin. Il avait tant neigé pendant toute la journée, que les pas s'entendaient à peine. Les rues étaient désertes. La crainte assez naturelle qu'inspirait

---

1. Cette dédicace n'apparaît que dans l'édition Furne en 1846. Le dédicataire est l'avoué de la rue Coquillière chez qui Balzac avait fait son apprentissage de petit clerc de novembre 1816 à mars 1818. Il avait gardé des relations amicales avec son ancien saute-ruisseau et l'invitait chaque année à dîner.
2. Avant de devenir le roi du vaudeville, il avait été le collègue de Balzac à l'étude Guyonnet-Merville.
3. C'est la veille que Louis XVI a été exécuté.
4. À l'emplacement de l'actuelle gare de l'Est.

le silence s'augmentait de toute la terreur qui faisait
alors gémir la France ; aussi la vieille dame n'avait-elle
encore rencontré personne ; sa vue affaiblie depuis
longtemps ne lui permettait pas d'ailleurs d'apercevoir
dans le lointain, à la lueur des lanternes, quelques passants clairsemés comme des ombres dans l'immense
voie de ce faubourg. Elle allait courageusement seule à
travers cette solitude, comme si son âge était un
talisman qui dût la préserver de tout malheur. Quand
elle eut dépassé la rue des Morts, elle crut distinguer
le pas lourd et ferme d'un homme qui marchait derrière elle. Elle s'imagina qu'elle n'entendait pas ce
bruit pour la première fois ; elle s'effraya d'avoir été
suivie, et tenta d'aller plus vite encore afin d'atteindre
à une boutique assez bien éclairée, espérant pouvoir
vérifier à la lumière les soupçons dont elle était saisie.
Aussitôt qu'elle se trouva dans le rayon de lueur horizontale qui partait de cette boutique, elle retourna
brusquement la tête, et entrevit une forme humaine
dans le brouillard ; cette indistincte vision lui suffit,
elle chancela un moment sous le poids de la terreur
dont elle fut accablée, car elle ne douta plus alors
qu'elle n'eût été escortée par l'inconnu depuis le premier pas qu'elle avait fait hors de chez elle, et le désir
d'échapper à un espion lui prêta des forces. Incapable
de raisonner, elle doubla le pas, comme si elle pouvait
se soustraire à un homme nécessairement plus agile
qu'elle. Après avoir couru pendant quelques minutes,
elle parvint à la boutique d'un pâtissier, y entra et
tomba, plutôt qu'elle ne s'assit, sur une chaise placée
devant le comptoir. Au moment où elle fit crier le
loquet de la porte, une jeune femme occupée à broder
leva les yeux, reconnut, à travers les carreaux du
vitrage, la mante de forme antique et de soie violette [1]
dans laquelle la vieille dame était enveloppée, et
s'empressa d'ouvrir un tiroir comme pour y prendre
une chose qu'elle devait lui remettre. Non seulement
le geste et la physionomie de la jeune femme expri-

---

1. Le violet était traditionnellement la couleur du deuil royal.

mèrent le désir de se débarrasser promptement de
l'inconnue, comme si c'eût été une de ces personnes
qu'on ne voit pas avec plaisir, mais encore elle laissa
échapper une expression d'impatience en trouvant le
tiroir vide ; puis, sans regarder la dame, elle sortit précipitamment du comptoir, alla vers l'arrière-boutique,
et appela son mari, qui parut tout à coup.

« Où donc as-tu mis… ? » lui demanda-t-elle d'un
air de mystère en lui désignant la vieille dame par un
coup d'œil et sans achever sa phrase.

Quoique le pâtissier ne pût voir que l'immense bonnet de soie noire environné de nœuds en rubans violets
qui servait de coiffure à l'inconnue, il disparut après
avoir jeté à sa femme un regard qui semblait dire :
« Crois-tu que je vais laisser cela dans ton comptoir ?… »
Étonnée du silence et de l'immobilité de la vieille dame,
la marchande revint auprès d'elle ; et, en la voyant, elle
se sentit saisie d'un mouvement de compassion ou
peut-être aussi de curiosité. Quoique le teint de cette
femme fût naturellement livide comme celui d'une
personne vouée à des austérités secrètes, il était facile
de reconnaître qu'une émotion récente y répandait
une pâleur extraordinaire. Sa coiffure était disposée
de manière à cacher ses cheveux, sans doute blanchis
par l'âge ; car la propreté du collet de sa robe annonçait qu'elle ne portait pas de poudre. Ce manque d'ornement faisait contracter à sa figure une sorte de
sévérité religieuse. Ses traits étaient graves et fiers.
Autrefois les manières et les habitudes des gens de
qualité étaient si différentes de celles des gens appartenant aux autres classes, qu'on devinait facilement
une personne noble. Aussi la jeune femme était-elle
persuadée que l'inconnue était une *ci-devant,* et qu'elle
avait appartenu à la cour.

« Madame ?… » lui dit-elle involontairement et avec
respect en oubliant que ce titre était proscrit [1].

---

1. Depuis octobre 1792, on devait s'appeler « citoyen », « citoyenne »
et pratiquer le tutoiement républicain.

La vieille·dame ne répondit pas. Elle tenait ses yeux fixés sur le vitrage de la boutique, comme si un objet effrayant y eût été dessiné.

« Qu'as-tu, citoyenne », demanda le maître du logis qui reparut aussitôt.

Le citoyen pâtissier tira la dame de sa rêverie en lui tendant une petite boîte de carton couverte en papier bleu.

« Rien, rien, mes amis », répondit-elle d'une voix douce.

Elle leva les yeux sur le pâtissier comme pour lui jeter un regard de remerciement ; mais en lui voyant un bonnet rouge sur la tête, elle laissa échapper un cri.

« Ah !… vous m'avez trahie ?… »

La jeune femme et son mari répondirent par un geste d'horreur qui fit rougir l'inconnue, soit de les avoir soupçonnés, soit de plaisir.

« Excusez-moi », dit-elle alors avec une douceur enfantine. Puis, tirant un louis d'or de sa poche, elle le présenta au pâtissier : « Voici le prix convenu », ajouta-t-elle.

Il y a une indigence que les indigents savent deviner. Le pâtissier et sa femme se regardèrent <u>et se montrèrent</u> la vieille femme en se communiquant une même pensée. Ce louis d'or devait être le dernier. Les mains de la dame tremblaient en offrant cette pièce, qu'elle contemplait avec douleur et sans avarice ; mais elle semblait connaître toute l'étendue du sacrifice. Le jeûne et la misère étaient gravés sur cette figure en traits aussi lisibles que ceux de la peur et des habitudes ascétiques. Il y avait dans ses vêtements des vestiges de magnificence. C'était de la soie usée, une mante propre, quoique passée, des dentelles soigneusement raccommodées ; enfin les haillons de l'opulence ! Les marchands, placés entre la pitié et l'intérêt, commencèrent par soulager leur conscience en paroles.

« Mais, citoyenne, tu parais bien faible.

– Madame aurait-elle besoin de prendre quelque chose ? reprit la femme en coupant la parole à son mari.

– Nous avons de bien bon bouillon, dit le pâtissier.

– Il fait si froid, madame aura peut-être été saisie en marchant ; mais vous pouvez vous reposer ici et vous chauffer un peu.

– Nous ne sommes pas aussi noirs que le diable », s'écria le pâtissier.

Gagnée par l'accent de bienveillance qui animait les paroles des charitables boutiquiers, la dame avoua qu'elle avait été suivie par un homme, et qu'elle avait peur de revenir seule chez elle.

« Ce n'est que cela ? reprit l'homme au bonnet rouge. Attends-moi, citoyenne. »

Il donna le louis à sa femme. Puis, mû par cette espèce de reconnaissance qui se glisse dans l'âme d'un marchand quand il reçoit un prix exorbitant d'une marchandise de médiocre valeur, il alla mettre son uniforme de garde national, prit son chapeau, passa son briquet [1] et reparut sous les armes ; mais sa femme avait eu le temps de réfléchir. Comme dans bien d'autres cœurs, la Réflexion ferma la main ouverte de la Bienfaisance. Inquiète et craignant de voir son mari dans quelque mauvaise affaire, la femme du pâtissier essaya de le tirer par le pan de son habit pour l'arrêter ; mais, obéissant à un sentiment de charité, le brave homme offrit sur-le-champ à la vieille dame de l'escorter.

« Il paraît que l'homme dont a peur la citoyenne est encore à rôder devant la boutique, dit vivement la jeune femme.

– Je le crains, dit naïvement la dame.

– Si c'était un espion ? si c'était une conspiration ? N'y va pas, et reprends-lui la boîte… »

Ces paroles, soufflées à l'oreille du pâtissier par sa femme, glacèrent le courage impromptu dont il était possédé.

« Eh ! je m'en vais lui dire deux mots, et vous en débarrasser sur-le-champ », s'écria le pâtissier en ouvrant la porte et sortant avec précipitation.

---

1. Sabre court.

La vieille dame, passive comme un enfant et presque hébétée, se rassit sur sa chaise. L'honnête marchand ne tarda pas à reparaître, son visage, assez rouge de son naturel et enluminé d'ailleurs par le feu du four, était subitement devenu blême ; une si grande frayeur l'agitait que ses jambes tremblaient et que ses yeux ressemblaient à ceux d'un homme ivre.

«Veux-tu nous faire couper le cou, misérable aristocrate ?... s'écria-t-il avec fureur. Songe à nous montrer les talons, ne reparais jamais ici, et ne compte pas sur moi pour te fournir des éléments de conspiration ! »

En achevant ces mots, le pâtissier essaya de reprendre à la vieille dame la petite boîte qu'elle avait mise dans une de ses poches. À peine les mains hardies du pâtissier touchèrent-elles ses vêtements, que l'inconnue, préférant se livrer aux dangers de la route sans autre défenseur que Dieu, plutôt que de perdre ce qu'elle venait d'acheter, retrouva l'agilité de sa jeunesse ; elle s'élança vers la porte, l'ouvrit brusquement, et disparut aux yeux de la femme et du mari stupéfaits et tremblants. Aussitôt que l'inconnue se trouva dehors, elle se mit à marcher avec vitesse ; mais ses forces la trahirent bientôt, car elle entendit l'espion par lequel elle était impitoyablement suivie, faisant crier la neige qu'il pressait de son pas pesant ; elle fut obligée de s'arrêter, il s'arrêta ; elle n'osait ni lui parler ni le regarder, soit par suite de la peur dont elle était saisie, soit par manque d'intelligence. Elle continua son chemin en allant lentement, l'homme ralentit alors son pas de manière à rester à une distance qui lui permettait de veiller sur elle. L'inconnu semblait être l'ombre même de cette vieille femme. Neuf heures sonnèrent quand le couple silencieux repassa devant l'église de Saint-Laurent. Il est dans la nature de toutes les âmes, même la plus infirme, qu'un sentiment de calme succède à une agitation violente, car, si les sentiments sont infinis, nos organes sont bornés. Aussi l'inconnue, n'éprouvant aucun mal de son prétendu persécuteur, voulut-elle voir en lui un ami secret empressé de la protéger ; elle réunit toutes les cir-

constances qui avaient accompagné les apparitions de
l'étranger comme pour trouver des motifs plausibles à
cette consolante opinion, et il lui plut alors de reconnaître en lui plutôt de bonnes que de mauvaises intentions. Oubliant l'effroi que cet homme venait d'inspirer
au pâtissier, elle avança donc d'un pas ferme dans les
régions supérieures du faubourg Saint-Martin. Après
une demi-heure de marche, elle parvint à une maison
située auprès de l'embranchement formé par la rue
principale du faubourg et par celle qui mène à la
barrière de Pantin [1]. Ce lieu est encore aujourd'hui un
des plus déserts de tout Paris. La bise, passant sur les
buttes Saint-Chaumont et de Belleville, sifflait à travers
les maisons, ou plutôt les chaumières, semées dans ce
vallon presque inhabité où les clôtures sont en murailles
faites avec de la terre et des os. Cet endroit désolé semblait être l'asile naturel de la misère et du désespoir.
L'homme qui s'acharnait à la poursuite de la pauvre
créature assez hardie pour traverser nuitamment ces
rues silencieuses, parut frappé du spectacle qui s'offrait
à ses regards. Il resta pensif, debout et dans une attitude
d'hésitation, faiblement éclairé par un réverbère dont la
lueur indécise perçait à peine le brouillard. La peur
donna des yeux à la vieille femme, qui crut apercevoir
quelque chose de sinistre dans les traits de l'inconnu ;
elle sentit ses terreurs se réveiller, et profita de l'espèce
d'incertitude qui arrêtait cet homme pour se glisser dans
l'ombre vers la porte de la maison solitaire ; elle fit jouer
un ressort, et disparut avec une rapidité fantasmagorique. Le passant, immobile, contemplait cette maison,
qui présentait en quelque sorte le type des misérables
habitations de ce faubourg. Cette chancelante bicoque
bâtie en moellons était revêtue d'une couche de plâtre
jauni, si fortement lézardée, qu'on craignait de la voir
tomber au moindre effort du vent. Le toit de tuiles
brunes et couvert de mousse s'affaissait en plusieurs
endroits de manière à faire croire qu'il allait céder sous

---

1. C'est là, rue Neuve-Saint-Jean, qu'habitait réellement le bourreau Sanson (aujourd'hui, rue du Château-d'Eau).

le poids de la neige. Chaque étage avait trois fenêtres
dont les châssis, pourris par l'humidité et disjoints par
l'action du soleil, annonçaient que le froid devait pénétrer dans les chambres. Cette maison isolée ressemblait
à une vieille tour que le temps oubliait de détruire. Une
faible lumière éclairait les croisées qui coupaient irré-
gulièrement la mansarde par laquelle ce pauvre édifice
était terminé ; tandis que le reste de la maison se trouvait
dans une obscurité complète. La vieille femme ne
monta pas sans peine l'escalier rude et grossier, le long
duquel on s'appuyait sur une corde en guise de rampe ;
elle frappa mystérieusement à la porte du logement qui
se trouvait dans la mansarde, et s'assit avec précipitation
sur une chaise que lui présenta un vieillard.

« Cachez-vous, cachez-vous ! lui dit-elle. Quoique
nous ne sortions que bien rarement, nos démarches
sont connues, nos pas sont épiés.

– Qu'y a-t-il de nouveau ? demanda une autre vieille
femme assise auprès du feu.

– L'homme qui rôde autour de la maison depuis
hier m'a suivie ce soir. »

À ces mots, les trois habitants de ce taudis se regardèrent en laissant paraître sur leurs visages les signes
d'une terreur profonde. Le vieillard fut le moins agité
des trois, peut-être parce qu'il était le plus en danger.
Sous le poids d'un grand malheur ou sous le joug de
la persécution, un homme courageux commence pour
ainsi dire par faire le sacrifice de lui-même, il ne considère ses jours que comme autant de victoires rempor-
tées sur le Sort. Les regards des deux femmes, attachés sur ce vieillard, laissaient facilement deviner qu'il
était l'unique objet de leur vive sollicitude.

« Pourquoi désespérer de Dieu, mes sœurs ? dit-il
d'une voix sourde mais onctueuse, nous chantions ses
louanges au milieu des cris que poussaient les assassins et les mourants au couvent des Carmes [1]. S'il a

---

1. Le 2 septembre 1792, plus de cent prêtres qui avaient refusé
de prêter le serment de fidélité à la Constitution civile du clergé y
furent massacrés par les « septembriseurs ».

voulu que je fusse sauvé de cette boucherie, c'est sans doute pour me réserver à une destinée que je dois accepter sans murmure. Dieu protège les siens, il peut en disposer à son gré. C'est de vous, et non de moi qu'il faut s'occuper.

– Non, dit l'une des deux vieilles femmes, qu'est-ce que notre vie en comparaison de celle d'un prêtre ?

– Une fois que je me suis vue hors de l'abbaye de Chelles [1], je me suis considérée comme morte, s'écria celle des deux religieuses qui n'était pas sortie.

–Voici, reprit celle qui arrivait en tendant la petite boîte au prêtre, voici les hosties. Mais, s'écria-t-elle, j'entends monter les degrés. »

À ces mots, tous trois ils se mirent à écouter. Le bruit cessa.

« Ne vous effrayez pas, dit le prêtre, si quelqu'un essaie de parvenir jusqu'à vous. Une personne sur la fidélité de laquelle nous pouvons compter a dû prendre toutes ses mesures pour passer la frontière, et viendra chercher les lettres que j'ai écrites au duc de Langeais et au marquis de Beauséant [2], afin qu'ils puissent aviser aux moyens de vous arracher à cet affreux pays, à la mort ou à la misère qui vous y attendent.

–Vous ne nous suivrez donc pas ? s'écrièrent doucement les deux religieuses en manifestant une sorte de désespoir.

– Ma place est là où il y a des victimes », dit le prêtre avec simplicité.

Elles se turent et regardèrent leur hôte avec une sainte admiration.

« Sœur Marthe, dit-il en s'adressant à la religieuse qui était allée chercher les hosties, cet envoyé devra répondre *Fiat voluntas*, au mot *Hosanna*.

---

1. Fondée au VIIe siècle, à trente kilomètres de Meaux, par la reine Bathilde, épouse de Clovis II, l'abbaye de Chelles fut plusieurs fois dirigée par des princesses de sang royal et lutta longtemps de magnificence avec celle de Saint-Denis.

2. Ces noms n'apparaissent qu'en 1842, au moment où Balzac organise sa *Comédie humaine*, où ils sont « reparaissants ». Auparavant, on lisait « duc de Lorge » et « marquis de Béthune ».

2. to pierce, bore, open up   *1. hiding place*

– Il y a quelqu'un dans l'escalier ! » s'écria l'autre religieuse en ouvrant une cachette pratiquée sous le *1/2* toit.

Cette fois, il fut facile d'entendre, au milieu du plus profond silence, les pas d'un homme qui faisait retentir les marches couvertes de callosités produites par de la boue durcie. Le prêtre se coula péniblement dans une espèce d'armoire, et la religieuse jeta quelques hardes sur lui.

« Vous pouvez fermer, sœur Agathe », dit-il d'une voix étouffée.

À peine le prêtre était-il caché, que trois coups frappés sur la porte firent tressaillir les deux saintes filles, qui se consultèrent des yeux sans oser prononcer une seule parole. Elles paraissaient avoir toutes deux une soixantaine d'années. Séparées du monde depuis quarante ans, elles étaient comme des plantes habituées à l'air d'une serre, et qui meurent si on les en sort. Accoutumées à la vie du couvent, elles n'en pouvaient plus concevoir d'autre. Un matin, leurs grilles ayant été brisées, elles avaient frémi de se trouver libres. On peut aisément se figurer l'espèce d'imbécillité factice que les événements de la Révolution avaient produite dans leurs âmes innocentes. Incapables d'accorder leurs idées claustrales avec les difficultés de la vie, et ne comprenant même pas leur situation, elles ressemblaient à des enfants dont on avait pris soin jusqu'alors, et qui, abandonnés par leur providence maternelle, priaient au lieu de crier. Aussi, devant le danger qu'elles prévoyaient en ce moment, demeurèrent-elles muettes et passives, ne connaissant d'autre défense que la résignation chrétienne. L'homme qui demandait à entrer interpréta ce silence à sa manière, il ouvrit la porte et se montra tout à coup. Les deux religieuses frémirent en reconnaissant le personnage qui, depuis quelque temps, rôdait autour de leur maison et prenait des informations sur leur compte ; elles restèrent immobiles en le contemplant avec une curiosité inquiète, à la manière des enfants sauvages, qui examinent silencieusement les étrangers. Cet homme était de haute taille et gros ; mais rien dans sa démarche, dans son air ni dans sa physionomie, n'indiquait un méchant homme. Il imita l'immobilité des religieuses, et promena lentement ses regards sur la chambre où il se trouvait.

Deux nattes de paille, posées sur des planches, servaient de lit aux deux religieuses. Une seule table était au milieu de la chambre, et il y avait dessus un chandelier de cuivre, quelques assiettes, trois couteaux et un pain rond. Le feu de la cheminée était modeste. Quelques morceaux de bois, entassés dans un coin, attestaient d'ailleurs la pauvreté des deux recluses. Les murs, enduits d'une couche de peinture très ancienne, prouvaient le mauvais état de la toiture, où des taches, semblables à des filets bruns, indiquaient les infiltrations des eaux pluviales. Une relique, sans doute sauvée du pillage de l'abbaye de Chelles, ornait le manteau de la cheminée. Trois chaises, deux coffres et une mauvaise commode complétaient l'ameublement de cette pièce. Une porte pratiquée auprès de la cheminée faisait conjecturer qu'il existait une seconde chambre.

L'inventaire de cette cellule fut bientôt fait par le personnage qui s'était introduit sous de si terribles auspices au sein de ce ménage. Un sentiment de commisération se peignit sur sa figure, et il jeta un regard de bienveillance sur les deux filles, au moins aussi embarrassé qu'elles. L'étrange silence dans lequel ils demeurèrent tous trois dura peu, car l'inconnu finit par deviner la faiblesse morale et l'inexpérience des deux pauvres créatures, et il leur dit alors d'une voix qu'il essaya d'adoucir : « Je ne viens point ici en ennemi, citoyenne… » Il s'arrêta et se reprit pour dire : « Mes sœurs, s'il vous arrivait quelque malheur, croyez que je n'y aurais pas contribué. J'ai une grâce à réclamer de vous… »

Elles gardèrent toujours le silence.

« Si je vous importunais, si… je vous gênais, parlez librement… je me retirerais ; mais sachez que je vous suis tout dévoué ; que, s'il est quelque bon office que je puisse vous rendre, vous pouvez m'employer sans crainte, et que moi seul, peut-être, suis au-dessus de la Loi, puisqu'il n'y a plus de Roi... [1]. »

Il y avait un tel accent de vérité dans ces paroles, que la sœur Agathe, celle des deux religieuses qui appartenait à la maison de Langeais, et dont les manières semblaient annoncer qu'elle avait autrefois connu l'éclat des fêtes et respiré l'air de la cour, s'empressa d'indiquer une des chaises comme pour prier leur hôte de s'asseoir. L'inconnu manifesta une sorte de joie mêlée de tristesse en comprenant ce geste, et attendit pour prendre place que les deux respectables filles fussent assises.

« Vous avez donné asile, reprit-il, à un vénérable prêtre non assermenté, qui a miraculeusement échappé aux massacres des Carmes.

– *Hosanna !...* dit la sœur Agathe en interrompant l'étranger et le regardant avec une inquiète curiosité.

– Il ne se nomme pas ainsi, je crois, répondit-il.

– Mais, monsieur, dit vivement la sœur Marthe ; nous n'avons pas de prêtre ici, et...

– Il faudrait alors avoir plus de soin et de prévoyance, répliqua doucement l'étranger en avançant le bras vers la table et y prenant un bréviaire. Je ne pense pas que vous sachiez le latin, et... »

Il ne continua pas, car l'émotion extraordinaire qui se peignit sur les figures des deux pauvres religieuses lui fit craindre d'être allé trop loin, elles étaient tremblantes et leurs yeux s'emplirent de larmes.

« Rassurez-vous, leur dit-il d'une voix franche, je sais le nom de votre hôte et les vôtres, et depuis trois jours je suis instruit de votre détresse et de votre dévouement pour le vénérable abbé de...

---

1. Franc Schuerewegen (« *Un épisode sous la Terreur. Une lecture expiatoire* », *L'Année balzacienne*, 1985) rappelle pertinemment que, dans *L'Âne mort et la femme guillotinée* de Jules Janin (1829), le bourreau déclare : « J'avais de mon côté mon bon droit [...]. Sous ce droit la royauté a courbé la tête [...]. J'ai été plus fort que les lois dont je suis la suprême sanction » (Genève, Slatkine Reprints, 1973, t. II, p. 143-144).

– Chut ! dit naïvement sœur Agathe en mettant un doigt sur ses lèvres.

– Vous voyez, mes sœurs, que, si j'avais conçu l'horrible dessein de vous trahir, j'aurais déjà pu l'accomplir plus d'une fois… »

En entendant ces paroles, le prêtre se dégagea de sa prison et reparut au milieu de la chambre.

« Je ne saurais croire, monsieur, dit-il à l'inconnu, que vous soyez un de nos persécuteurs, et je me fie à vous. Que voulez-vous de moi ? »

La sainte confiance du prêtre, la noblesse répandue dans tous ses traits auraient désarmé des assassins. Le mystérieux personnage qui était venu animer cette scène de misère et de résignation contempla pendant un moment le groupe formé par ces trois êtres ; puis, il prit un ton de confidence, s'adressa au prêtre en ces termes : « Mon père, je venais vous supplier de célébrer une messe mortuaire pour le repos de l'âme… d'un… d'une personne sacrée et dont le corps ne reposera jamais dans la terre sainte… [1]. »

Le prêtre frissonna involontairement. Les deux religieuses, ne comprenant pas encore de qui l'inconnu voulait parler, restèrent le cou tendu, le visage tourné vers les deux interlocuteurs, et dans une attitude de curiosité. L'ecclésiastique examina l'étranger : une anxiété non équivoque était peinte sur sa figure et ses regards exprimaient d'ardentes supplications.

« Eh bien, répondit le prêtre, ce soir, à minuit, revenez, et je serai prêt à célébrer le seul service funèbre que nous puissions offrir en expiation du crime dont vous parlez… [2]. »

L'inconnu tressaillit, mais une satisfaction tout à la fois douce et grave parut triompher d'une douleur secrète. Après avoir respectueusement salué le prêtre

---

1. La dépouille royale fut déposée au cimetière de la Madeleine de La Ville-l'Évêque (où fut construite sous la Restauration la chapelle expiatoire).

2. Il y eut en fait un service religieux pour l'enterrement de Louis XVI.

et les deux saintes filles, il disparut en témoignant une sorte de reconnaissance muette qui fut comprise par ces trois âmes généreuses. Environ deux heures après cette scène, l'inconnu revint, frappa discrètement à la porte du grenier, et fut introduit par Mlle de Beauséant [1], qui le conduisit dans la seconde chambre de ce modeste réduit, où tout avait été préparé pour la cérémonie. Entre deux tuyaux de la cheminée, les deux religieuses avaient apporté la vieille commode dont les contours antiques étaient ensevelis sous un magnifique devant d'autel en moire verte. Un grand crucifix d'ébène et d'ivoire attaché sur le mur jaune en faisait ressortir la nudité et attirait nécessairement les regards. Quatre petits cierges fluets que les sœurs avaient réussi à fixer sur cet autel improvisé en les scellant dans de la cire à cacheter jetaient une lueur pâle et mal réfléchie par le mur. Cette faible lumière éclairait à peine le reste de la chambre ; mais, en ne donnant son éclat qu'aux choses saintes, elle ressemblait à un rayon tombé du ciel sur cet autel sans ornement. Le carreau était humide. Le toit, qui, des deux côtés, s'abaissait rapidement, comme dans les greniers, avait quelques lézardes par lesquelles passait un vent glacial. Rien n'était moins pompeux, et cependant rien peut-être ne fut plus solennel que cette cérémonie lugubre. Un profond silence, qui aurait permis d'entendre le plus léger cri proféré sur la route d'Allemagne, répandait une sorte de majesté sombre sur cette scène nocturne. Enfin la grandeur de l'action contrastait si fortement avec la pauvreté des choses, qu'il en résultait un sentiment d'effroi religieux. De chaque côté de l'autel, les deux vieilles recluses, agenouillées sur la tuile [2] du plancher sans s'inquiéter de son humidité mortelle, priaient de concert avec le prêtre, qui, revêtu de ses habits pon-

---

1. Antérieurement à 1842, Balzac écrit « Charost ». La maison de Béthune-Charost (à laquelle appartenait Sully) remonte au XIe siècle.
2. Curieux emploi de ce terme, qui ne s'applique normalement qu'au toit.

tificaux [1], disposait un calice d'or orné de pierres précieuses, vase sacré sauvé sans doute du pillage de l'abbaye de Chelles. Auprès de ce ciboire [2], monument d'une royale magnificence, l'eau et le vin destinés au saint sacrifice étaient contenus dans deux verres à peine dignes du dernier cabaret. Faute de missel, le prêtre avait posé son bréviaire sur un coin de l'autel. Une assiette commune était préparée pour le lavement des mains innocentes et pures de sang. Tout était immense, mais petit ; pauvre, mais noble ; profane et saint tout à la fois. L'inconnu vint pieusement s'agenouiller entre les deux religieuses. Mais tout à coup, en apercevant un crêpe au calice et au crucifix, car, n'ayant rien pour annoncer la destination de cette messe funèbre, le prêtre avait mis Dieu lui-même en deuil, il fut assailli d'un souvenir si puissant que des gouttes de sueur se formèrent sur son large front. Les quatre silencieux acteurs de cette scène se regardèrent alors mystérieusement ; puis leurs âmes, agissant à l'envi les unes sur les autres, se communiquèrent ainsi leurs sentiments et se confondirent dans une commisération religieuse, il semblait que leur pensée eût évoqué le martyr dont les restes avaient été dévorés par de la chaux vive, et que son ombre fût devant eux dans toute sa royale majesté. Ils célébraient un *obit* [3] sans le corps du défunt. Sous ces tuiles et ces lattes disjointes, quatre chrétiens allaient intercéder auprès de Dieu pour un Roi de France, et faire son convoi sans cercueil. C'était le plus pur de tous les dévouements, un acte étonnant de fidélité accompli sans arrière-pensée. Ce fut sans doute, aux yeux de Dieu, comme le verre d'eau qui balance les plus grandes vertus [4]. Toute la Monarchie

----

1. Impropriété. Seul un dignitaire de rang au moins épiscopal célèbre un office « pontifical ».

2. Là encore, impropriété. Le ciboire sert à conserver les hosties dans le tabernacle.

3. Balzac explique aussitôt ce mot latin désignant un office funèbre en l'absence du corps du défunt.

4. « Quiconque donnera à boire à l'un de ces petits, rien qu'un verre d'eau fraîche... il ne sera pas frustré de sa récompense » (Évangile selon saint Matthieu, 10, 42).

était là, dans les prières d'un prêtre et de deux pauvres filles ; mais peut-être aussi la Révolution était-elle représentée par cet homme dont la figure trahissait trop de remords pour ne pas croire qu'il accomplissait les vœux d'un immense repentir.

Au lieu de prononcer les paroles latines : « *Introïbo ad altare Dei* [1] », etc., le prêtre, par une inspiration divine, regarda les trois assistants qui figuraient la France chrétienne, et leur dit, pour effacer les misères de ce taudis : « Nous allons entrer dans le sanctuaire de Dieu ! »

À ces paroles jetées avec une onction pénétrante, une sainte frayeur saisit l'assistant et les deux religieuses. Sous les voûtes de Saint-Pierre de Rome, Dieu ne se serait pas montré plus majestueux qu'il le fut alors dans cet asile de l'indigence aux yeux de ces chrétiens : tant il est vrai qu'entre l'homme et lui tout intermédiaire semble inutile, et qu'il ne tire sa grandeur que de lui-même [2]. La ferveur de l'inconnu était vraie. Aussi le sentiment qui unissait les prières de ces quatre serviteurs de Dieu et du Roi fut-il unanime. Les paroles saintes retentissaient comme une musique céleste au milieu du silence. Il y eut un moment où les pleurs gagnèrent l'inconnu, ce fut au *Pater noster*. Le prêtre y ajouta cette prière latine, qui fut sans doute comprise par l'étranger : *Et remitte scelus regicidis sicut Ludovicus eis remisit semetipse.* (Et pardonnez aux régicides comme Louis XVI leur a pardonné lui-même.)

Les deux religieuses virent deux grosses larmes traçant un chemin humide le long des joues mâles de l'inconnu et tombant sur le plancher. L'office des Morts fut récité. Le *Domine salvum fac regem* [3], chanté

---

1. « Je monterai à l'autel de Dieu » ; prière au pied de l'autel, début de la messe.

2. Commentaire pour le moins curieux ici, puisque c'est précisément par le truchement « inspiré » du prêtre qu'est rendue sensible l'ineffable grandeur de Dieu.

3. « Seigneur, sauve le roi. » Sous l'Ancien Régime, cette invocation était traditionnellement lancée à la fin de tous les offices.

à voix basse, attendrit ces fidèles royalistes qui pensè-
rent que l'enfant-roi [1], pour lequel ils suppliaient en ce
moment le Très-Haut, était captif entre les mains de
ses ennemis. L'inconnu frissonna en songeant qu'il
pouvait encore se commettre un nouveau crime
auquel il serait sans doute forcé de participer. Quand
le service funèbre fut terminé, le prêtre fit un signe
aux deux religieuses, qui se retirèrent. Aussitôt qu'il se
trouva seul avec l'inconnu, il alla vers lui d'un air doux
et triste ; puis il lui dit d'une voix paternelle : « Mon
fils, si vous avez trempé vos mains dans le sang du Roi
Martyr, confiez-vous à moi. Il n'est pas de faute qui,
aux yeux de Dieu, ne soit effacée par un repentir aussi
touchant et aussi sincère que le vôtre paraît l'être. »

Aux premiers mots prononcés par l'ecclésiastique,
l'étranger laissa échapper un mouvement de terreur
involontaire ; mais il reprit une contenance calme, et
regarda avec assurance le prêtre étonné : « Mon père,
lui dit-il d'une voix visiblement altérée, nul n'est plus
innocent que moi du sang versé…

– Je dois vous croire », dit le prêtre…

Il fit une pause pendant laquelle il examina derechef
son pénitent ; puis, persistant à le prendre pour un de
ces peureux Conventionnels qui livrèrent une tête
inviolable et sacrée afin de conserver la leur, il reprit
d'une voix grave : « Songez, mon fils, qu'il ne suffit
pas, pour être absous de ce grand crime, de n'y avoir
pas coopéré. Ceux qui, pouvant défendre le Roi, ont
laissé leur épée dans le fourreau, auront un compte
bien lourd à rendre devant le Roi des cieux… Oh !
oui, ajouta le vieux prêtre en agitant la tête de droite à
gauche par un mouvement expressif, oui, bien
lourd !… car, en restant oisifs, ils sont devenus les
complices involontaires de cet épouvantable forfait…

– Vous croyez, demanda l'inconnu stupéfait, qu'une
participation indirecte sera punie… Le soldat qui a été

1. Louis XVII, prisonnier au Temple. Le comte d'Artois, frère de
Louis XVI, avait, dès l'exécution de celui-ci, proclamé son acces-
sion au trône.

commandé pour former la haie est-il donc coupable ?... »

Le prêtre demeura indécis. Heureux de l'embarras
dans lequel il mettait ce puritain de la royauté en le
plaçant entre le dogme de l'obéissance passive qui
doit, selon les partisans de la monarchie, dominer les
codes militaires, et le dogme tout aussi important qui
consacre le respect dû à la personne des rois, l'étranger s'empressa de voir dans l'hésitation du prêtre une
solution favorable à des doutes par lesquels il paraissait tourmenté. Puis, pour ne pas laisser le vénérable
janséniste réfléchir plus longtemps, il lui dit : « Je rou-
girais de vous offrir un salaire quelconque du service
funéraire que vous venez de célébrer pour le repos de
l'âme du Roi et pour l'acquit de ma conscience. On ne
peut payer une chose inestimable que par une
offrande qui soit aussi hors de prix. Daignez donc
accepter, monsieur, le don que je vous fais d'une
sainte relique... Un jour viendra peut-être où vous en
comprendrez la valeur. »

En achevant ces mots, l'étranger présentait à
l'ecclésiastique une petite boîte extrêmement légère, le
prêtre la prit involontairement pour ainsi dire, car la
solennité des paroles de cet homme, le ton qu'il y mit,
le respect avec lequel il tenait cette boîte l'avaient
plongé dans une profonde surprise. Ils rentrèrent
alors dans la pièce où les deux religieuses les attendaient.

« Vous êtes, leur dit l'inconnu, dans une maison
dont le propriétaire, Mucius Scævola [1], ce plâtrier qui
habite le premier étage, est célèbre dans la section par
son patriotisme ; mais il est secrètement attaché aux
Bourbons. Jadis il était piqueur de Monseigneur le

---

1. La Révolution se référait volontiers aux grands *exempla*
d'héroïque vertu offerts par l'histoire de la république romaine. Le
plâtrier jacobin s'est donc révolutionnairement « ennobli » en prenant le nom prestigieux de ce patricien qui, pendant le siège de la
jeune Rome par Porsenna, plaça sa main sur un brasero pour la
punir de s'être trompée d'ennemi en croyant tuer l'assiégeant
étrusque.

prince de Conti, et il lui doit sa fortune [1]. En ne sortant pas de chez lui, vous êtes plus en sûreté ici qu'en aucun lieu de la France. Restez-y. Des âmes pieuses veilleront à vos besoins, et vous pourrez attendre sans danger des temps moins mauvais. Dans un an, au 21 janvier... (en prononçant ces derniers mots, il ne put dissimuler un mouvement involontaire), si vous adoptez ce triste lieu pour asile, je reviendrai célébrer avec vous la messe expiatoire... »

Il n'acheva pas. Il salua les muets habitants du grenier, jeta un dernier regard sur les symptômes qui déposaient de leur indigence, et il disparut.

Pour les deux innocentes religieuses, une semblable aventure avait tout l'intérêt d'un roman ; aussi, dès que le vénérable abbé les instruisit du mystérieux présent si solennellement fait par cet homme, la boîte fut-elle placée par elles sur la table, et les trois figures inquiètes, faiblement éclairées par la chandelle, trahirent-elles une indescriptible curiosité. Mlle de Langeais ouvrit la boîte, y trouva un mouchoir de batiste très fine, souillé de sueur ; et en le dépliant, ils y reconnurent des taches.

« C'est du sang !... dit le prêtre.

– Il est marqué de la couronne royale ! » s'écria l'autre sœur.

Les deux sœurs laissèrent tomber la précieuse relique avec horreur. Pour ces deux âmes naïves, le mystère dont s'enveloppait l'étranger devint inexplicable ; et, quant au prêtre, dès ce jour il ne tenta même pas de se l'expliquer.

Les trois prisonniers ne tardèrent pas à s'apercevoir, malgré la Terreur, qu'une main puissante était étendue sur eux. D'abord, ils reçurent du bois et des provisions ; puis, les deux religieuses devinèrent qu'une femme était associée à leur protecteur, quand

1. Comme dans *Une ténébreuse affaire* (1843), Michu, garde général de la terre de Gondreville, officiellement révolutionnaire d'un rouge très foncé, et qui protège en sous-main les intérêts de la grande famille à laquelle il doit tout.

on leur envoya du linge et des vêtements qui pouvaient leur permettre de sortir sans être remarquées par les modes aristocratiques des habits qu'elles avaient été forcées de conserver ; enfin Mucius Scævola leur donna deux cartes civiques. Souvent des avis nécessaires à la sûreté du prêtre lui parvinrent par des voies détournées ; et il reconnut une telle opportunité dans ces conseils, qu'ils ne pouvaient être donnés que par une personne initiée aux secrets de l'État. Malgré la famine qui pesa sur Paris, les proscrits trouvèrent à la porte de leur taudis des rations de *pain blanc* qui y étaient régulièrement apportées par des mains invisibles ; néanmoins ils crurent reconnaître dans Mucius Scævola le mystérieux agent de cette bienfaisance toujours aussi ingénieuse qu'intelligente. Les nobles habitants du grenier ne pouvaient pas douter que leur protecteur ne fût le personnage qui était venu faire célébrer la messe expiatoire dans la nuit du 22 janvier 1793 ; aussi devint-il l'objet d'un culte tout particulier pour ces trois êtres qui n'espéraient qu'en lui et ne vivaient que par lui. Ils avaient ajouté pour lui des prières spéciales dans leurs prières ; soir et matin, ces âmes pieuses formaient des vœux pour son bonheur, pour sa prospérité, pour son salut ; elles suppliaient Dieu d'éloigner de lui toutes embûches, de le délivrer de ses ennemis et de lui accorder une vie longue et paisible. Leur reconnaissance étant, pour ainsi dire, renouvelée tous les jours, s'allia nécessairement à un sentiment de curiosité qui devint plus vif de jour en jour. Les circonstances qui avaient accompagné l'apparition de l'étranger étaient l'objet de leurs conversations, ils formaient mille conjectures sur lui, et c'était un bienfait d'un nouveau genre que la distraction dont il était le sujet pour eux. Ils se promettaient bien de ne pas laisser échapper l'étranger à leur amitié le soir où il reviendrait, selon sa promesse, célébrer le triste anniversaire de la mort de Louis XVI. Cette nuit, si impatiemment attendue, arriva enfin. À minuit, le bruit des pas pesants de l'inconnu retentit dans le vieil escalier de bois, la chambre avait été parée pour le recevoir, l'autel était dressé. Cette fois, les sœurs ouvrirent la porte d'avance, et toutes deux s'empressèrent d'éclairer l'escalier. Mlle de Langeais descendit même quelques marches pour voir plus tôt son bienfaiteur.

« Venez, lui dit-elle d'une voix émue et affectueuse, venez… l'on vous attend. »

L'homme leva la tête, jeta un regard sombre sur la religieuse, et ne répondit pas ; elle sentit comme un vêtement de glace tombant sur elle, et garda le silence ; à son aspect, la reconnaissance et la curiosité expirèrent dans tous les cœurs. Il était peut-être moins froid, moins taciturne, moins terrible qu'il ne parut à ces âmes que l'exaltation de leurs sentiments disposait aux épanchements de l'amitié. Les trois pauvres prisonniers, qui comprirent que cet homme voulait rester un étranger pour eux, se résignèrent. Le prêtre crut remarquer sur les lèvres de l'inconnu un sourire promptement réprimé au moment où il s'aperçut des apprêts qui avaient été faits pour le recevoir, il entendit la messe et pria ; mais il disparut, après avoir répondu par quelques mots de politesse négative à l'invitation que lui fit Mlle de Langeais de partager la petite collation préparée [1].

Après le 9 thermidor [2], les religieuses et l'abbé de Marolles purent aller dans Paris, sans y courir le moindre danger. La première sortie du vieux prêtre fut pour un magasin de parfumerie, à l'enseigne de *La Reine des Fleurs*, tenu par les citoyen et citoyenne Ragon [3], anciens parfumeurs de la cour, restés fidèles à la famille royale, et dont se servaient les Vendéens pour correspondre avec les princes et le comité roya-

---

1. À partir d'ici, dans *Le Cabinet de lecture* (4 février 1830) et dans *Le Journal de Paris* (6 novembre 1839), Balzac avait donné à la nouvelle une fin différente de ce qu'elle sera en 1842. On la trouvera à la suite de ce texte.

2. Chute de Robespierre et fin de la Terreur (27 juillet 1794).

3. C'est dans ce magasin que le jeune César Birotteau, montant de sa Touraine natale au commencement de la Révolution, a fait ses débuts, avant d'en devenir propriétaire (*César Birotteau*, 1837).

liste de Paris. L'abbé, mis comme le voulait cette époque, se trouvait sur le pas de la porte de cette boutique, située entre Saint-Roch et la rue des Frondeurs, quand une foule, qui remplissait la rue Saint-Honoré, l'empêcha de sortir.

« Qu'est-ce ? dit-il à Mme Ragon.

— Ce n'est rien, reprit-elle, c'est la charrette et le bourreau qui vont à la place Louis XV [1]. Ah ! nous l'avons vu bien souvent l'année dernière ; mais aujourd'hui, quatre jours après l'anniversaire du 21 janvier [2], on peut regarder cet affreux cortège sans chagrin.

— Pourquoi, dit l'abbé, ce n'est pas chrétien, ce que vous dites.

— Eh ! c'est l'exécution des complices de Robespierre, ils se sont défendus tant qu'ils ont pu ; mais ils vont à leur tour là où ils ont envoyé tant d'innocents. »

Une foule qui remplissait la rue Saint-Honoré passa comme un flot. Au-dessus des têtes, l'abbé de Marolles, cédant à un mouvement de curiosité, vit debout, sur la charrette, celui qui, trois jours auparavant, écoutait sa messe.

« Qui est-ce ?... dit-il, celui qui...

— C'est le bourreau, répondit M. Ragon en nommant l'exécuteur des hautes œuvres par son nom monarchique.

— Mon ami ! mon ami ! cria Mme Ragon, monsieur l'abbé se meurt. »

Et la vieille dame prit un flacon de vinaigre pour faire revenir le vieux prêtre évanoui.

« Il m'a sans doute donné, dit-il, le mouchoir avec lequel le Roi s'est essuyé le front, en allant au martyre... Pauvre homme !... le couteau d'acier a eu du cœur quand toute la France en manquait !... »

---

1. Mme Ragon trahit sa fidélité royaliste en redonnant à la place de la Concorde, devenue la « place des meurtres » selon Chateaubriand (c'est là que fonctionnait la machine du docteur Guillotin), le nom qu'elle portait avant la Révolution.

2. Monstrueuse bourde chronologique de Balzac qui, sans sourciller, place le 21 janvier en plein été !

Les parfumeurs crurent que le pauvre prêtre avait le délire.

Paris, janvier 1831 [1].

PREMIÈRE FIN [2]

Jusqu'à ce que le culte catholique eût été rétabli par le Premier consul [3], la messe expiatoire se célébra mystérieusement dans le grenier.

Quand les religieuses et l'abbé purent se montrer sans crainte, ils ne revirent plus l'inconnu. Cet homme resta dans leur souvenir comme une énigme.

Les deux sœurs trouvèrent bientôt secours dans leurs familles dont quelques membres obtinrent d'être radiés de la liste des émigrés. Elles quittèrent leur asile ; et Bonaparte, exécutant les décrets de l'Assemblée constituante, leur assigna les pensions qui leur étaient dues. Elles rentrèrent alors au sein de leurs familles et y reprirent les habitudes monastiques.

Le prêtre, qui, par sa naissance, pouvait prétendre à un évêché, resta dans Paris, et y devint le directeur des consciences de quelques familles aristocratiques du faubourg Saint-Germain. La famille de M*** lui prodigua les soins d'une touchante hospitalité. Si, au bout de quelques années, il ne perdit pas le souvenir de l'aventure à laquelle il devait la vie, du moins il n'en parlait plus, occupé qu'il était des graves intérêts que le règne de Napoléon soulevait alors.

Vers la fin du mois de... de l'an 180., les parties de whist venaient de finir dans les salons de M. de M***, et après le départ de quelques personnes, il ne se trou-

---

1. Date tout à fait fictive, qui renvoie à janvier 1793.
2. Voir p. 66, n. 1.
3. Avec le Concordat de 1801.

vait plus autour du feu, vers onze heures et demie du soir, que deux ou trois amis intimes de la maison.

Après avoir commencé à parler de Napoléon, ces anciens gentilshommes osèrent se communiquer leurs regrets sur la chute du trône légitime. Insensiblement, la conversation roula sur les malheurs de la Révolution. Tous les assistants avaient émigré. Dans cette discussion, souvent le vieil abbé de Marolles redressait quelques erreurs et prenait la défense de plus d'un révolutionnaire, non sans regarder avec attention autour de lui, comme pour s'assurer que les séditieuses paroles de ses interlocuteurs et les vœux monarchiques de deux ou trois vieilles femmes n'étaient point entendus par les oreilles que la police de Fouché [1] clouait à toutes les murailles.

La prudence de l'abbé excita quelques moqueries, et l'on finit par le prier de raconter, pour deux ou trois personnes qui ne connaissaient pas ses aventures, les circonstances bizarres à la faveur desquelles il avait échappé au massacre de septembre et à la Terreur.

« J'ai été placé plus près que vous de la Révolution, de sorte que je crois être mieux à même de la juger, dit l'abbé de Marolles. Je suis resté pendant toute la Terreur enfermé dans un petit réduit où je me réfugiai le 3 septembre... »

Après cet exorde, l'abbé raconta les détails de son arrestation et ceux de la terrible journée du 2 septembre 1792. Le récit des massacres et celui de son évasion firent moins d'impression que l'aventure dont les principales circonstances viennent d'être rapportées.

Quoique l'abbé de Marolles fût bien vivant et devant elles, les personnes qui composaient l'auditoire ne purent s'empêcher de frémir quand le prêtre leur peignit l'angoisse à laquelle il avait été en proie en écoutant monter, sur les minuit, l'inconnu auquel il avait si imprudemment promis de dire la messe, en

---

1. Ministre de la Police de 1798 à 1802, et de 1804 à 1809.

janvier 1793. Les dames respiraient à peine, et tous les yeux étaient fixés sur la tête blanche du narrateur.

Une des douairières tressaillit et jeta un cri en entendant le bruit d'un pas lourd et pesant qui retentit en ce moment dans le salon voisin. Un laquais arriva jusqu'au cercle silencieux formé par la société devant l'antique cheminée.

« Que voulez-vous, Joseph ? demanda brusquement M. de M*** à son domestique.

– Il y a dans l'antichambre une personne qui désire parler à M. de Marolles », répondit-il.

Tout le monde se regarda, comme si ce message avait rapport au récit de l'abbé.

« Informe-toi du motif de sa visite, sache de quelle part il vient », dit M. de Marolles à Joseph.

Le domestique s'en alla, mais il revint sur-le-champ.

« Monsieur, répondit-il à l'abbé, ce jeune homme m'a prié de vous dire qu'il est envoyé par celui qui vous a remis une relique en 1793... »

Le prêtre tressaillit, et cette réponse excita vivement la curiosité des personnes qui savaient l'histoire de la messe mystérieuse. Chacun sembla pressentir, comme l'abbé, que le dénouement de cette aventure était prochain.

« Comment, lui dit Mme de M***, vous allez suivre, à cette heure, un inconnu ?... Au moins questionnez-le... sachez pourquoi... »

Ces observations parurent d'autant plus sages que chacun désirait voir le messager.

L'abbé fit un signe, et le laquais alla chercher l'inconnu. Les dames virent entrer un jeune homme de très bon ton et qui leur parut avoir de très bonnes manières. Il était décoré de la croix de la Légion d'honneur. Toutes les inquiétudes se calmèrent.

« Monsieur, lui dit l'abbé de Marolles, puis-je savoir pour quel motif la personne qui vous envoie me fait demander à une heure aussi indue ? Mon âge ne me permet pas... »

L'abbé s'arrêta sans achever sa phrase.

Le jeune homme ayant attendu un moment comme pour ne pas interrompre le vieillard, lui répondit : « Cette personne, monsieur, est à l'extrémité, et désire vous entretenir. »

Le prêtre se leva tout à coup et suivit le jeune ambassadeur, qui fit à la compagnie un salut empreint de cette grâce sans apprêt, fruit d'une éducation soignée.

L'abbé de Marolles trouva auprès du perron de l'hôtel une voiture dans laquelle le jeune homme était probablement venu. Le trajet fut très long, car l'abbé traversa presque tout Paris. Quand il arriva au Pont-Neuf, il essaya d'entamer la conversation avec son compagnon, qui gardait un profond silence.

« Vous êtes peut-être le fils de la personne chez laquelle nous nous rendons ! demanda-t-il.

– Non, monsieur, répondit l'inconnu ; mais il m'a rendu de tels services que je puis le regarder comme mon second père…

– Il paraît qu'il est très bienfaisant ? reprit l'abbé.

– Oh ! monsieur, Dieu seul peut savoir les services qu'il a rendus. Quant à ce qui me regarde, il a sauvé ma mère de l'échafaud, la veille du 9 thermidor…

– Je lui dois aussi beaucoup !… dit l'abbé. Mais vous le connaissez ?… ajouta-t-il.

– Oui », répondit le jeune homme ; et l'inflexion traînante avec laquelle il prononça ce mot, marquait un étonnement profond.

Alors les deux voyageurs gardèrent mutuellement le silence. L'inconnu avait compris que l'abbé ignorait le nom de l'homme chez lequel ils se rendaient ; et, respectant un secret qui ne lui appartenait pas, il se promettait de ne pas le trahir. De son côté, M. de Marolles avait deviné, au seul accent de la voix de son compagnon, qu'il y avait un mystère à découvrir là où il allait, mais que son compagnon serait discret.

L'ecclésiastique chercha une question insidieuse à faire, mais ils arrivèrent avant qu'il l'eût trouvée, car c'est souvent quand on veut avoir de la finesse et de l'esprit, qu'on en a le moins. Le vénérable prêtre voulut voir, dans l'infructuosité de son moral, une sorte de châtiment de l'intention malicieuse et de la curiosité qu'il avait eues.

La voiture s'arrêta dans une rue assez déserte et devant une maison de peu d'apparence. Le jeune guide de l'ecclésiastique lui fit traverser un jardin qui se trouvait derrière le corps du logis bâti sur la rue, et ils parvinrent ensemble à une petite maison. Ce bâtiment avait un air de propreté qui annonçait une certaine aisance. L'abbé monta un escalier assez élégant et entra dans un appartement très bien décoré.

Il trouva dans le salon une famille en pleurs. À l'aspect des objets d'art épars autour de lui, il ne douta pas qu'il ne fût chez un homme riche. Il aperçut un piano, des tableaux, des gravures et des meubles fort beaux. Il fut salué silencieusement et avec respect. Son jeune introducteur, qui s'était empressé d'aller dans la chambre voisine, revint lui annoncer que rien ne s'opposait à ce qu'il remplît les tristes et consolantes obligations que lui imposait son ministère.

Un mouvement de curiosité involontaire s'empara de l'abbé. En se dirigeant vers la chambre funèbre, il présuma que dans ce moment il allait pénétrer le mystère dont l'inconnu s'était enveloppé jadis. À l'approche du prêtre, le moribond fit un signe impérieux à ceux dont il était entouré, et trois personnes sortirent de la chambre.

Le vieux prêtre, s'attendant à des aveux intéressants, demeura seul avec son pénitent. Une lampe éclairait d'un jour doux le lit où gisait l'inconnu, de sorte que l'abbé put facilement reconnaître en lui son ancien bienfaiteur. Il paraissait calme, résigné, et fit signe à l'ecclésiastique de s'approcher.

« Monsieur, lui dit-il d'une voix affaiblie, je crois être en droit de réclamer de vous un service que je regarde comme important pour moi, et qui ne vous obligera, j'espère, à aucun devoir pénible. »

Là, il s'interrompit pour prier le prêtre de prendre un paquet soigneusement cacheté qui se trouvait sur une table.

« Ces papiers, reprit-il, contiennent des observations et des documents qui ne doivent être appréciés que par une personne d'honneur, de probité, et qui n'appartienne pas à ma famille. Le zèle, des considérations d'orgueil ou des tentations qu'on ne saurait prévoir, peuvent abuser des cœurs intéressés à la mémoire d'un père, d'un ami, d'un parent. Mais en vous le confiant, je crois les remettre à la seule personne que je connaisse en état d'apprécier ces écrits à leur juste valeur. J'aurais pu les brûler ; mais quel est l'homme, si bas que l'ait placé le sort, qui ne prétende à l'estime de ses semblables ?… Je vous en constitue donc le seul maître. Un jour viendra peut-être où *nous* pourrons être jugés ici-bas, comme je vais l'être au tribunal de Dieu ! Acceptez-vous ce fidéicommis [1] ? »

L'abbé inclina la tête en signe d'assentiment ; et, après avoir appris du malade qu'il avait reçu tous les secours de la religion, il crut lire dans ses regards le désir de voir sa famille.

Alors il lui adressa quelques paroles de consolation, le gronda très affectueusement de n'avoir pas réclamé une plus grande récompense des services qu'il lui avait rendus, puis il sortit. Deux personnes de la famille accompagnèrent et éclairèrent le vieux prêtre jusqu'à la porte où la voiture l'attendait.

Quand l'abbé se trouva seul dans la rue, il regarda autour de lui pour reconnaître le quartier où il se trouvait.

« Connaissez vous le nom de la personne qui demeure ici ? demanda-t-il au cocher.

– Monsieur ne sait pas d'où il sort ?… répliqua l'homme en manifestant son étonnement profond.

– Non, dit l'abbé.

– C'est la maison de *l'exécuteur public.* »

---

1. Acte par lequel un testateur laisse fictivement quelque chose à une personne désignée, avec mandat exprès ou secret de le livrer à une tierce personne qu'on n'a pas pu ou qu'on n'a pas voulu faire figurer sur le testament.

Quelques jours après cette scène, Mlle de Charost, qui depuis longtemps était souffrante, succomba ; et l'abbé de Marolles rendit les derniers devoirs à sa vieille et fidèle amie. Le convoi modeste de l'ancienne religieuse de l'abbaye de Chelles rencontra dans la rue des Amandiers un autre convoi à la suite duquel il marcha.

Au détour que les enterrements furent obligés de faire au bout de la rue des Amandiers, l'abbé de Marolles, mettant, par curiosité, la tête à la portière de son carrosse noir, remarqua un concours immense de peuple suivant à pied un corbillard très simple qu'il reconnut pour être celui des pauvres. En mettant pied à terre, l'abbé, obéissant à la voix d'un pressentiment assez naturel, voulut apprendre le nom d'une personne qui paraissait si vivement regrettée. Une vieille femme lui répondit, en témoignant d'une affliction très vive, que c'était M. Sanson.

Un de nos plus féconds romanciers.

AJOUT DU *CABINET DE LECTURE*

En 1818 l'abbé de Marolles mourut dans un âge si avancé, que, pendant les derniers moments de sa vie, il ne conserva pas toutes ses facultés morales, de sorte que les manuscrits testamentaires de l'exécuteur des hautes œuvres tombèrent entre les mains de collatéraux intéressés qui en disposèrent. Comme ces écrits n'avaient d'intérêt que par leur authenticité, et qu'ils n'en pouvaient recevoir que du consentement tacite de la famille qu'ils concernaient, ils restèrent inédits jusqu'au moment où les parties intéressées furent convaincues que cette publication serait faite avec tous les ménagements réclamés par un ouvrage de ce genre. L'écriture ayant été soigneusement vérifiée, nul doute ne s'est élevé sur ces papiers de famille.

ADIEU

« Souvenirs soldatesques » : c'est sous cette enseigne, déjà déployée au-dessus d'*El Verdugo*, qu'a d'abord paru *Adieu*. Et ce qui occupe en effet quantitativement le plus de place dans la nouvelle, c'est la grande et spectaculaire séquence centrale – le terme cinématographique s'impose –, évoquant le passage de la Bérézina. Auquel Balzac, bien entendu, pas plus qu'à la guerre d'Espagne, n'a assisté. Si, comme son confrère et ami Stendhal, qui en rentra brisé, il avait personnellement vécu cette tragédie, aurait-il pu en parler ? Stendhal est resté étonnamment discret sur cette expérience des limites, se bornant à dire qu'elle l'avait « blasé sur les plaisirs de la neige ». De toute façon, le genre « ancien combattant » n'était pas son style, et il était trop pudique, trop désillusionné aussi sur les traîneurs de sabres et un certain envers de la gloire, pour ennuyer les pékins avec le récit de ses campagnes : comme l'ont expérimenté les rescapés de Verdun, c'est perdre son temps que de prétendre donner à ceux qui n'en furent pas une idée, même approximative, de l'horreur intégrale, à laquelle, s'il faut en croire une anecdote qui a des chances d'être vraie, le beyliste signifia qu'elle n'aurait pas le dernier mot sur et contre lui, en se rasant chaque matin *quand même*.

Une telle plongée dans l'absolu de l'inhumain relève de l'indicible. À une autre échelle, et dans un autre contexte, on pourrait dire des survivants de la retraite de Russie ce qu'on a dit de ceux qui rentrèrent des camps à la fin de la Seconde Guerre mondiale : ce qu'ils avaient vu et à quoi ils avaient par miracle échappé frappe le langage d'inanité et ne peut s'exprimer que dans le vertige du silence. La Bérézina marque d'ailleurs une date essentielle dans la définition d'une nouvelle poétique : la débâcle de la Grande Armée est aussi celle d'un certain univers classique, d'une certaine culture humaniste, toute une bibliothèque désormais surannée s'engloutit dans les eaux glacées (Stendhal déclare qu'après pareille ordalie, il est impossible d'admirer autant Racine). Qui aura dû arracher sa survie au chaos, à l'absurdité, à la bestialité, sait désormais que la civilisation n'est qu'un mince vernis vite écaillé sur un océan de barbarie toujours prêt à déferler, et que c'en est fini de l'homme de lettres dix-hui-tiémiste scintillant dans les salons, ou cultivant douillette-ment les Muses dans le confort de son cabinet. Y a-t-il une littérature possible après Auschwitz ? s'est-on demandé. Y a-t-il une littérature possible après la Bérézina ? La définition du romantisme comme réponse essentiellement contempo-raine à des besoins nouveaux, nés des bouleversements inouïs infligés à la sensibilité moderne par les convulsions d'une Histoire *out of joint* doit beaucoup aux cosaques.

Faute d'avoir vu, Balzac a entendu (les récits du comman-dant Périolas, dédicataire de *Pierre Grassou*), et il a lu, en par-ticulier l'ouvrage retentissant et très souvent réédité du géné-ral de Ségur [1], ainsi qu'un obscur roman d'Émile Debraux [2], qui lui a fourni, inversée, la situation de base (c'est elle qui meurt, lui qui devient fou). Il exploite consciencieusement ses sources, mais il est clair qu'il ne les recopie pas. Il s'en sert pour une recréation magistrale, où l'exactitude ponctuelle est transcendée par le souffle d'une vision. Ces funérailles de l'épopée (nous avons là le négatif de la brillante revue passée au Carrousel, au début de *La Femme de trente ans*, par l'Empe-

---

1. *Histoire de Napoléon et de la Grande Armée pendant l'année 1812* (1824). « C'est un tableau vrai, voire sublime, de cette immense épreuve sur le cœur de l'homme » (Stendhal, *Paris-Londres*, Stock, 1997, p. 277).

2. *Le Passage de la Bérésina. Petit épisode d'une grande histoire* (1826). Référence donnée par Pierre Citron dans *La Comédie humaine*, Seuil, t. VII, 1966, p. 43.

reur – d'ailleurs ici remarquablement absent, comme si le sens même avait déserté) sont intensément épiques, par l'énormité même d'un désastre ressemblant à un fléau biblique, dans lequel le monde entier paraît s'abîmer. Balzac, qu'a toujours tracassé le défi de décrire une bataille – mais c'est encore Stendhal qui devait le devancer avec le Waterloo de *La Chartreuse de Parme* –, nous en donne un concentré qui, quoique livresque, rend un son d'une indiscutable authenticité. À la Bérézina, comme chez Céline au début du *Voyage au bout de la nuit*, dans « l'abattoir international en folie », il n'y a plus, pulvérisés les oripeaux idéalistes, que de « l'hommerie », la pâte humaine nue, fondamentale, lâchée dans la jungle des instincts premiers. Abrutissement, férocité, égoïsme ignoble, mais aussi générosité et dévouement sublimes, mêlés dans la panique et l'indifférencié d'un retour aux origines, le tout, littéralement *inqualifiable*, saupoudré d'un étrange et monstrueux comique souligné plusieurs fois par Balzac comme condiment inhérent à la tragédie (il y a dans la débandade un côté « carnaval » parfaitement incongru, et tout à fait en sympathie avec les exigences du mélange des tons alors requises par Hugo), et même allégé par la *blague* militaire et l'intuable « esprit national », qui s'avère être ici une forme de courage. À la Bérézina, chacun *avoue*. Acculé, plus question de phraser, de tricher, d'en faire accroire à soi-même et aux autres. Sans emphase, au ras de la souffrance, de l'angoisse et d'un désordre apocalyptique, Balzac obtient d'impressionnants effets en les refusant. Empêchant les bavardes orchestrations auxquelles succomberont *Les Misérables*, le cadre restreint de la nouvelle favorise cette stylisation qui atteint l'essentiel.

Emportés comme des fétus dans la catastrophe d'une Histoire qu'ils font mais qui les défait, que pèsent, au milieu du maelström collectif, de la massification du malheur, les grands petits intérêt des individus ? Le moi est dérisoire, et pourtant plus que jamais irremplaçable et sacré. Ce n'est pas le sort de l'Empire, ni même sa propre sauvegarde biologique qui mobilise toutes les énergies de Philippe de Sucy, mais avant tout la préoccupation forcenée, désespérée, d'assurer une place dans le dernier radeau du *Titanic*, ou de *La Méduse*, à sa bien-aimée Stéphanie de Vandières, et à son époux, car tel est bien le premier « Devoir d'une femme » (titre primitif d'*Adieu*) : suivre son mari – ne l'aimât-elle point –, et le premier « Devoir d'un amant », du moins quand on est un amant à l'ancienne, parfait chevalier de courtoisie, prêt à tous les sacrifices. Cette abnégation-là, purement morale, coûte infiniment plus et pèse évi-

demment bien plus lourd que les efforts physiques démesurés
que Philippe a dû déployer pour sauver sa maîtresse. Sans
changer rien d'essentiel à son sujet, Balzac aurait pu faire de
Philippe et Stéphanie un couple légitime. Faut-il voir dans ce
qui leur arrive la sanction d'une faute ? Même si l'on peut supposer, avec Lucienne Frappier-Mazur [1], que Stéphanie a
conçu le désir inavouable de voir périr son mari, et intériorise
la culpabilité d'avoir été exaucée, rien ne l'indique dans le
texte. Il semble avoir plutôt voulu ajouter aux formidables obstacles matériels qui empêchent le salut conjoint de ces deux
cœurs d'amour épris un obstacle à la fois social et religieux (le
sacrement du mariage) que, dans ces circonstances extraordinaires, il ne peut être question de transgresser. Eussent-ils fui
ensemble, trop heureux d'abandonner à son sort prévisible le
vieux M. de Vandières, et achetant ainsi leur droit au bonheur
au prix d'une forfaiture dont nul, sinon leur conscience, ne leur
demanderait jamais de comptes, on sombrait dans l'odieux et
dans la plus immonde vulgarité. Non seulement Philippe doit
sauver Stéphanie à ses propres dépens, mais il doit sauver aussi
son rival. Pour certains, *noblesse oblige* n'est pas qu'un slogan.

La « scène militaire », qui est évidemment un morceau de
bravoure, n'a pourtant plus sa fin en soi et s'insère dans une
« étude philosophique » (comme *El Verdugo*) qui tient de près à
certaines des conceptions les plus personnelles de Balzac, une
réflexion qu'il a poursuivie de manière endurante sur ce que,
faute de mieux, on appelle « folie », sur les pouvoirs de l'idée et
du désir, et d'une manière générale sur l'énergétique spirituelle. Stéphanie est devenue folle. Non pas d'une folie
« d'opéra », décorative et acceptable, parce que soigneusement
maintenue dans les codes de la décence. Sa folie à elle est obs-
cène, violente, animale : maléficiée en Bête par la Bérézina, la
Belle l'est restée [2] : son idiotie ne vocalise pas, elle réclame du
sucre. Non seulement elle ne produit aucune beauté, mais elle
rebute et exige, de celui qui s'en occupe à fonds perdus, des
trésors de patience et de dévouement désintéressé. Ce n'est
pas une intelligence détraquée, c'est l'absence de toute intelli-

1. « Violence et répétition dans *Adieu* de Balzac », in *Pratiques
d'écriture : mélanges de littérature et d'histoire littéraire offerts à Jean
Gaudon*, P. Laforgue éd., Klincksieck, 1996, p. 162.

2. Mireille Labouret, « La femme sauvage et la petite maîtresse :
une lecture symbolique de la faute dans *Adieu* », in *L'Animalité.
Hommes et animaux dans la littérature française*, A. Niderst éd.,
Tübingen, G. Narr, 1994, p. 159.

gence. Nulle flamme ne brille plus dans cette épave charnelle, gracieuse parfois encore malgré ce qu'elle a subi (elle a servi de fille à soldats, a été internée...), et qui n'assouvit plus que des besoins physiologiques. Pour décrire, avec d'étonnants détails, l'existence de cet être détruit, dans le décor nervalien d'une ancienne abbaye elle-même délabrée, Balzac s'est inspiré de Victor, « l'enfant sauvage » de l'Aveyron, qu'avait, avec un succès mitigé, tenté d'éduquer le Docteur Itard, alors que, d'après Pinel, il n'y avait rien à en tirer [1]. Incapable de se résigner devant cette eau dormante, qu'il veut par tous les moyens tenter de ranimer, Philippe conçoit un plan audacieux : il s'agit d'une application dans le réel de ce qui est, dans le langage, recherché par le psychodrame ou la psychanalyse (faire verbaliser par le patient ses blocages et conflits intérieurs afin de les exorciser). Sa vie psychique et affective s'étant brusquement arrêtée, comme une montre, au moment du passage de la Bérézina, on va reconstituer celui-ci aussi exactement que possible, dans un « théâtre de mémoire [2] » à la bizarrerie rousselienne [3], pour guérir le trauma par le trauma, créer un choc qui peut-être remettra en route la machine [4]. En revivant le drame dans sa minute la plus décisive, Stéphanie enfin en sera délivrée.

---

1. Cf. Moïse Le Yaouanc, *La Comédie humaine*, Gallimard, « Bibliothèque de la Pléiade », t. X, 1979, p. 967-968. On connaît bien entendu le film de François Truffaut (1970).

2. Lucienne Frappier-Mazur, « Violence et répétition dans *Adieu* de Balzac », art. cit., p. 163.

3. Voir Michel Butor, *Le Marchand et le génie. Improvisations sur Balzac I*, La Différence, 1998, p. 217.

4. En 1819, Esquirol avait affirmé que la folie mélancolique « cesse par l'effet de la frayeur, de la crainte, par l'effet d'un stratagème bien concerté ». Balzac reprend une idée de *L'Anonyme*, roman paru en 1823 sous la signature de Viellerglé, mais en partie de lui-même : Phémie devient folle à la suite de la mort son père dans une explosion, au point de ne plus reconnaître Véric qu'elle aime ; conseillé par un médecin, celui-ci reconstitue exactement le cadre et les circonstances de la catastrophe, et Phémie recouvre la raison. Balzac s'inspire aussi du *Melmoth* de Maturin, lu en 1821 : Sandal est devenu fou en apprenant qu'on avait injustement empêché son mariage avec Éléonore, qui le soigne ; un jour, l'intelligence lui revient soudain ; il s'écroule aussitôt après. Ces rapprochements probants sont suggérés par Moïse Le Yaouanc dans son édition du texte de *La Comédie humaine* (éd. cit., p. 968) et par Pierre Citron dans la sienne (éd. cit., p. 43).

Passons sur l'invraisemblance pratique des moyens de mise en scène « grandeur nature » requis pour cette super-production (Eisenstein ou Abel Gance à Saint-Germain-en-Laye !), à but exclusivement thérapeutique, pour ne considérer que le résultat, à la fois convaincant et calamiteux : l'*Adieu* compulsivement répété depuis des années comme un disque rayé devient un bref instant un *Bonjour* à l'amant reconnu ; mais l'éclair qui illumine Stéphanie la foudroie. Aussi bien intentionné fût-il, Philippe a tué ce qu'il aimait, et rétrospectivement on approuve l'oncle de la malheureuse, qui préférait la prolonger dans son hébétude. Le retour à la raison a été assassin. Valait-il la peine d'être tenté, et surtout réussi ? Balzac n'a cessé de rêver à la puissance déflagratrice de la pensée. Elle consume, dévore, explose, produit des jets ravageurs d'énergie psychique : il y a une physique, une thermodynamique de la vie intellectuelle et morale, qui ne se borne pas à l'activité spéculative, mais implique l'immense clavier des passions. En voulant réveiller sa « Belle au bois dormant », le baiser du prince charmant lui donne une mort pire, parce que cette fois totale et définitive.

Napoléon visionnaire, poète de l'histoire, et donc, à sa manière, fou. Stéphanie, littéralement folle ; Philippe, qui a tenté de remédier à la folie par une autre, et victime d'une idée fixe lui aussi... Tout le monde est fou dans *Adieu*, parce qu'à la Bérézina, l'Histoire est devenue folle, que cet épisode au-delà de toute norme, de tout langage et de toute pensée, impose à ses acteurs un « arrêt sur image » névrotique qui les voue à la répétition éternelle et démente, et ne peut être dépassé, ni même intégré. Tout le monde, sauf le garde-malade, qui aime Stéphanie pour elle, et non pour lui. Philippe, qui a manifesté le comble du sacrifice, a aussi fait preuve, sans le vouloir ni le savoir, d'un comble d'égoisme en prétendant ramener à lui son aimée *à tout prix*. Comme le Styx, la Bérézina ne se repasse pas ; Orphée perd son Eurydice. Pendant dix ans, il traîne ce poids de culpabilité, plus encore que de solitude, et tient tête bravement à son Minotaure privatif. Mais un soir, à la stupeur générale, il s'en punit.

Comme d'habitude, le monde n'aura rien vu ni compris.

Histoire du texte

Sous le titre *Souvenirs soldatesques / Adieu*, la nouvelle paraît d'abord les 15 mai et 5 juin 1830 dans *La Mode*. Elle est reprise, sous le titre *Le Devoir d'une femme*, au tome III de la seconde édition des *Scènes de la vie privée* chez Mame (1832). En 1834, elle reparaît sous son titre définitif, au tome IV des *Études philosophiques* (Werdet), avant de figurer dans la même section, au tome XV de *La Comédie humaine* chez Furne (1846). On possède un manuscrit du début (bibliothèque de l'Institut, collection Lovenjoul, A 2).

Choix bibliographique

Maurice BARDÈCHE, notice, *Œuvres complètes* de Balzac, Club de l'honnête homme, t. X, 1970.

Moïse LE YAOUANC, introduction et notes, *La Comédie humaine*, Gallimard, « Bibliothèque de la Pléiade », t. X, 1979.

Manuela MORGAINE, « La mémoire gelée », *Nouvelle Revue de psychanalyse*, n° 41, printemps 1990.

Margaret Anne HUTTON, « "Know thyself" versus common knowledge : Bleich's epistemology seen through two short stories by Balzac », *Modern Language Review*, janvier 1991.

Madeleine BORGOMANO, « *Adieu*, ou l'écriture aux prises avec l'Histoire », *Romantisme* 76, 2e trimestre 1992.

Mireille LABOURET, « La femme sauvage et la petite maîtresse : une lecture symbolique de la faute dans *Adieu* », in *L'Animalité. Hommes et animaux dans la littérature française*, A. Niderst éd., Tübingen, G. Narr, 1994.

Lucienne FRAPPIER-MAZUR, « Violence et répétition dans *Adieu* de Balzac », in *Pratiques d'écriture : mélanges de littérature et d'histoire littéraire offerts à Jean Gaudon*, P. Laforgue éd., Klincksieck, 1996.

Renée DE SMIRNOFF, « Adieu », *L'École des lettres*, 15 janvier 2001.

Stéphane VACHON, « Le désir de l'homme est le désir de l'autre : *Adieu* », in *Balzac, Pater Familias*, Cl. Bernard et F. Schuerewegen éds, Amsterdam-New York, Rodopi, 2001.

Mariella DI MAIO, « "La plus horrible de toutes les scènes" : la Bérésina de Balzac », in *Napoléon, Stendhal et les romantiques*, M. Arrous éd., Mont-de-Marsan, Eurédit, 2002, p. 221-236.

Scott LEE, « La menace du récit dans *Adieu* », *Traces de l'excès. Essai sur la nouvelle philosophique de Balzac*, Champion, 2002, p. 77-100.

① edge

ADIEU

AU PRINCE FRÉDÉRIC SCHWARZENBERG [1]

« Allons, député du centre, en avant ! Il s'agit d'aller au pas accéléré si nous voulons être à table en même temps que les autres. Haut le pied ! Saute, marquis [2] ! là donc ! bien. Vous franchissez les sillons comme un véritable cerf ! »

Ces paroles étaient prononcées par un chasseur paisiblement assis sur une lisière de la forêt de L'Isle-Adam [3], et qui achevait de fumer un cigare de La Havane en attendant son compagnon, sans doute égaré depuis longtemps dans les halliers de la forêt. À ses côtés, quatre chiens haletants regardaient comme lui le personnage auquel il s'adressait. Pour comprendre combien étaient railleuses ces allocutions répétées par intervalles, il faut dire que le chasseur

---

1. Ce n'est que dans l'édition Furne (1846) que la dédicace remplace l'épigraphe suivante : « Les plus hardis physiologistes sont effrayés par les résultats physiques de ce phénomène moral, qui n'est cependant qu'un foudroiement opéré à l'intérieur, et comme tous les effets électriques, bizarre et capricieux dans ses modes » (*Études philosophiques*, t. V, *Histoire de la grandeur et de la décadence de César Birotteau, marchand parfumeur, etc.*). Le 31 mai 1835, le prince avait fait visiter à Balzac le champ de bataille de Wagram.
2. Citation du *Joueur* de Regnard (acte IV, scène X).
3. Proche de Pontoise.

était un gros homme court dont le ventre proéminent accusait un embonpoint véritablement ministériel. Aussi arpentait-il avec peine les sillons d'un vaste champ récemment moissonné, dont les chaumes gênaient considérablement sa marche ; puis, pour surcroît de douleur, les rayons du soleil qui frappaient obliquement sa figure y amassaient de grosses gouttes de sueur. Préoccupé par le soin de garder son équilibre, il se penchait tantôt en avant, tantôt en arrière, en imitant ainsi les soubresauts d'une voiture fortement cahotée. Ce jour était un de ceux qui, pendant le mois de septembre, achèvent de mûrir les raisins par des feux équatoriaux. Le temps annonçait un orage. Quoique plusieurs grands espaces d'azur séparassent encore vers l'horizon de gros nuages noirs, on voyait des nuées blondes s'avancer avec une effrayante rapidité, en étendant, de l'ouest à l'est, un léger rideau grisâtre. Le vent n'agissant que dans la haute région de l'air, l'atmosphère comprimait vers les bas-fonds les brûlantes vapeurs de la terre. Entouré de hautes futaies qui le privaient d'air, le vallon que franchissait le chasseur avait la température d'une fournaise. Ardente et silencieuse, la forêt semblait avoir soif. Les oiseaux, les insectes étaient muets, et les cimes des arbres s'inclinaient à peine. Les personnes auxquelles il reste quelque souvenir de l'été de 1819 [1] doivent donc compatir aux maux du pauvre ministériel [2], qui suait sang et eau pour rejoindre son compagnon moqueur. Tout en fumant son cigare, celui-ci avait calculé, par la position du soleil, qu'il pouvait être environ cinq heures du soir.

« Où diable sommes-nous ? » dit le gros chasseur, s'essuyant le front et s'appuyant contre un arbre du

---

1. Ne reculant devant aucune vérification « réaliste », l'érudition balzacienne confirme, après consultation des tables de l'Observatoire de Paris, que l'été 1819 fut particulièrement « torridien », comme Balzac l'avait écrit en 1834. Il l'avait passé dans sa mansarde surchauffée de la rue Lesdiguières.

2. Le centre, auquel appartient le marquis d'Albon, soutient le ministère de Decazes.

champ, presque en face de son compagnon ; car il ne se sentit plus la force de sauter le large fossé qui l'en séparait.

« Et c'est à moi que tu le demandes », répondit en riant le chasseur couché dans les hautes herbes jaunes qui couronnaient le talus. Il jeta le bout de son cigare dans le fossé, en s'écriant : « Je jure par saint Hubert [1] qu'on ne me reprendra plus à m'aventurer dans un pays inconnu avec un magistrat, fût-il comme toi, mon cher d'Albon, un vieux camarade de collège !

– Mais, Philippe, vous ne comprenez donc plus le français ? Vous avez sans doute laissé votre esprit en Sibérie, répliqua le gros homme en lançant un regard douloureusement comique sur un poteau qui se trouvait à cent pas de là.

– J'entends ! répondit Philippe qui saisit son fusil, se leva tout à coup, s'élança d'un seul bond dans le champ, et courut vers le poteau. Par ici, d'Albon, par ici ! demi-tour à gauche, cria-t-il à son compagnon en lui indiquant par un geste une large voie pavée. *Chemin de Baillet à L'Isle-Adam !* reprit-il, ainsi nous trouverons dans cette direction celui de Cassan, qui doit s'embrancher sur celui de L'Isle-Adam.

– C'est juste, mon colonel, dit M. d'Albon en remontant sur sa tête une casquette avec laquelle il venait de s'éventer.

– En avant donc, mon respectable conseiller [2] », répondit le colonel Philippe en sifflant les chiens qui semblaient déjà lui mieux obéir qu'au magistrat auquel ils appartenaient.

« Savez-vous, monsieur le marquis, reprit le militaire goguenard, que nous avons encore plus de deux lieues à faire ? Le village que nous apercevons là-bas doit être Baillet.

– Grand Dieu ! s'écria le marquis d'Albon, allez à Cassan, si cela peut vous être agréable, mais vous irez tout seul. Je préfère attendre ici, malgré l'orage, un

_____
1. Patron des chasseurs.
2. À la cour de Paris.

cheval que vous m'enverrez du château. Vous vous êtes moqué de moi, Sucy. Nous devions faire une jolie petite partie de chasse, ne pas nous éloigner de Cassan, fureter sur les terres que je connais. Bah ! au lieu de nous amuser, vous m'avez fait courir comme un lévrier depuis quatre heures du matin, et nous n'avons eu pour tout déjeuner que deux tasses de lait ! Ah ! si vous avez jamais un procès à la Cour, je vous le ferai perdre, eussiez-vous cent fois raison. »

Le chasseur découragé s'assit sur une des bornes qui étaient au pied du poteau, se débarrassa de son fusil, de sa carnassière vide, et poussa un long soupir.

« France ! voilà tes députés, s'écria en riant le colonel de Sucy. Ah ! mon pauvre d'Albon, si vous aviez été comme moi six ans au fond de la Sibérie… »

Il n'acheva pas et leva les yeux au ciel, comme si ses malheurs étaient un secret entre Dieu et lui.

« Allons ! marchez ! ajouta-t-il. Si vous restez assis, vous êtes perdu.

– Que voulez-vous, Philippe ? c'est une si vieille habitude chez un magistrat ! D'honneur, je suis excédé ! Encore si j'avais tué un lièvre ! »

Les deux chasseurs présentaient un contraste assez rare. Le ministériel était âgé de quarante-deux ans et ne paraissait pas en avoir plus de trente, tandis que le militaire, âgé de trente ans, semblait en avoir au moins quarante. Tous deux étaient décorés de la rosette rouge, attribut des officiers de la Légion d'honneur. Quelques mèches de cheveux, mélangées de noir et de blanc comme l'aile d'une pie, s'échappaient de dessous la casquette du colonel ; de belles boucles blondes ornaient les tempes du magistrat. L'un était d'une haute taille, sec, maigre, nerveux, et les rides de sa figure blanche trahissaient des passions terribles ou d'affreux malheurs : l'autre avait un visage brillant de santé, jovial et digne d'un épicurien. Tous deux étaient fortement hâlés par le soleil, et leurs longues guêtres de cuir fauve portaient les marques de tous les fossés, de tous les marais qu'ils avaient traversés.

« Allons, s'écria M. de Sucy, en avant ! Après une petite heure de marche nous serons à Cassan, devant une bonne table.

– Il faut que vous n'ayez jamais aimé, répondit le conseiller d'un air piteusement comique, vous êtes aussi impitoyable que l'article 304 du Code pénal [1] ! »

Philippe de Sucy tressaillit violemment ; son large front se plissa ; sa figure devint aussi sombre que l'était le ciel en ce moment. Quoiqu'un souvenir d'une affreuse amertume crispât tous ses traits, il ne pleura pas. Semblable aux hommes puissants, il savait refouler ses émotions au fond de son cœur, et trouvait peut-être, comme beaucoup de caractères purs, une sorte d'impudeur à dévoiler ses peines quand aucune parole humaine n'en peut rendre la profondeur, et qu'on redoute la moquerie des gens qui ne veulent pas les comprendre. M. d'Albon avait une de ces âmes délicates qui devinent les douleurs et ressentent vivement la commotion qu'elles ont involontairement produite par quelque maladresse. Il respecta le silence de son ami, se leva, oublia sa fatigue, et le suivit silencieusement, tout chagrin d'avoir touché une plaie qui probablement n'était pas cicatrisée.

« Un jour, mon ami, lui dit Philippe en lui serrant la main et en le remerciant de son muet repentir par un regard déchirant, un jour je te raconterai ma vie. Aujourd'hui, je ne saurais. »

Ils continuèrent à marcher en silence. Quand la douleur du colonel parut dissipée, le conseiller retrouva sa fatigue ; et avec l'instinct ou plutôt avec le vouloir d'un homme harassé, son œil sonda toutes les profondeurs de la forêt ; il interrogea les cimes des arbres, examina les avenues, en espérant y découvrir quelque gîte où il pût demander l'hospitalité. En arrivant à un carrefour, il crut apercevoir une légère fumée qui s'élevait entre les arbres. Il s'arrêta, regarda fort attentivement, et reconnut, au milieu d'un massif immense, les branches vertes et sombres de quelques pins.

---

1. Qui condamne à mort.

« Une maison ! une maison ! » s'écria-t-il avec le plaisir qu'aurait eu un marin à crier : « Terre ! terre ! »

Puis il s'élança vivement à travers un hallier assez épais, et le colonel, qui était tombé dans une profonde rêverie, l'y suivit machinalement.

« J'aime mieux trouver ici une omelette, du pain de ménage [1] et une chaise, que d'aller chercher à Cassan des divans, des truffes et du vin de Bordeaux. »

Ces paroles étaient une exclamation d'enthousiasme arrachée au conseiller par l'aspect d'un mur dont la couleur blanchâtre tranchait, dans le lointain, sur la masse brune des troncs noueux de la forêt.

« Ah ! ah ! ceci m'a l'air d'être quelque ancien prieuré », s'écria derechef le marquis d'Albon en arrivant à une grille antique et noire, d'où il put voir, au milieu d'un parc assez vaste, un bâtiment construit dans le style employé jadis pour les monuments monastiques. « Comme ces coquins de moines savaient choisir un emplacement ! »

Cette nouvelle exclamation était l'expression de l'étonnement que causait au magistrat le poétique ermitage qui s'offrait à ses regards. La maison était située à mi-côte, sur le revers de la montagne, dont le sommet est occupé par le village de Nerville. Les grands chênes séculaires de la forêt, qui décrivait un cercle immense autour de cette habitation, en faisaient une véritable solitude. Le corps de logis jadis destiné aux moines avait son exposition au midi. Le parc paraissait avoir une quarantaine d'arpents. Auprès de la maison, régnait une verte prairie, heureusement découpée par plusieurs ruisseaux clairs, par des nappes d'eau gracieusement posées, et sans aucun artifice apparent. Çà et là s'élevaient des arbres verts aux formes élégantes, aux feuillages variés. Puis, des grottes habilement ménagées, des terrasses massives avec leurs escaliers dégradés et leurs rampes rouillées imprimaient une physionomie particulière à cette sau-

---

1. De qualité ordinaire.

vage Thébaïde [1]. L'art y avait élégamment uni ses
constructions aux plus pittoresques effets de la nature.
Les passions humaines semblaient devoir mourir aux
pieds de ces grands arbres qui défendaient l'approche
de cet asile aux bruits du monde, comme ils y tempé-
raient les feux du soleil.

« Quel désordre ! » se dit M. d'Albon après avoir
joui de la sombre expression que les ruines donnaient
à ce paysage, qui paraissait frappé de malédiction.
C'était comme un lieu funeste abandonné par les
hommes. Le lierre avait étendu partout ses nerfs tortueux et ses riches manteaux. Des mousses brunes,
verdâtres, jaunes ou rouges répandaient leurs teintes
romantiques sur les arbres, sur les bancs, sur les toits,
sur les pierres. Les fenêtres vermoulues étaient usées
par la pluie, creusées par le temps ; les balcons étaient
brisés, les terrasses démolies. Quelques persiennes ne

tenaient plus que par un de leurs gonds. Les portes
disjointes paraissaient ne pas devoir résister à un
assaillant. Chargées des touffes luisantes du gui, les
branches des arbres fruitiers négligés s'étendaient au
loin sans donner de récolte. De hautes herbes crois-
saient dans les allées. Ces débris jetaient dans le
tableau des effets d'une poésie ravissante, et des idées
rêveuses dans l'âme du spectateur. Un poète serait
resté là plongé dans une longue mélancolie, en admirant ce désordre plein d'harmonies, cette destruction
qui n'était pas sans grâce. En ce moment, quelques
rayons de soleil se firent jour à travers les crevasses des
nuages, illuminèrent par des jets de mille couleurs
cette scène à demi sauvage. Les tuiles brunes resplen-
dirent, les mousses brillèrent, des ombres fantastiques
s'agitèrent sur les prés, sous les arbres ; des couleurs
mortes se réveillèrent, des oppositions piquantes se
combattirent, les feuillages se découpèrent dans la
clarté. Tout à coup, la lumière disparut. Ce paysage
qui semblait avoir parlé, se tut, et redevint sombre, ou

---

1. Le désert proche de Thèbes, en Égypte, où se retirèrent les
premiers ermites au début du christianisme.

plutôt doux comme la plus douce teinte d'un crépus-
cule d'automne.

« C'est le palais de la Belle au Bois Dormant, se dit
le conseiller qui ne voyait déjà plus cette maison
qu'avec les yeux d'un propriétaire. À qui cela peut-il
donc appartenir ? Il faut être bien bête pour ne pas
habiter une si jolie propriété. »

Aussitôt, une femme s'élança de dessous un noyer
planté à droite de la grille, et sans faire de bruit passa
devant le conseiller aussi rapidement que l'ombre d'un
nuage ; cette vision le rendit muet de surprise.

« Eh bien, d'Albon, qu'avez-vous ? lui demanda le
colonel.

– Je me frotte les yeux pour savoir si je dors ou si je
veille, répondit le magistrat en se collant sur la grille
pour tâcher de revoir le fantôme.

– Elle est probablement sous ce figuier, dit-il en
montrant à Philippe le feuillage d'un arbre qui s'élevait au-dessus du mur, à gauche de la grille.

– Qui, elle ?

– Eh ! puis-je le savoir ? reprit M. d'Albon. Il vient
de se lever là, devant moi, dit-il à voix basse, une
femme étrange ; elle m'a semblé plutôt appartenir à la
nature des ombres qu'au monde des vivants. Elle est si
svelte, si légère, si vaporeuse, qu'elle doit être dia-
phane. Sa figure est aussi blanche que du lait. Ses
vêtements, ses yeux, ses cheveux sont noirs. Elle m'a
regardé en passant, et quoique je ne sois point peureux, son regard immobile et froid m'a figé le sang
dans les veines [1].

– Est-elle jolie ? demanda Philippe.

– Je ne sais pas. Je ne lui ai vu que les yeux dans la
figure.

– Au diable le dîner de Cassan, s'écria le colonel,
restons ici. J'ai une envie d'enfant d'entrer dans cette

---

1. Le manuscrit ajoute ici : « C'est tout à fait le vampire de lord
Byron. » Ce récit, œuvre en fait de Polidori, médecin du poète, avait
été traduit en français en 1819, l'année précisément où est situé
Adieu.

① false, sham, feigned

singulière propriété. Vois-tu ces châssis de fenêtres
peints en rouge, et ces filets rouges dessinés sur les
moulures des portes et des volets ? Ne semble-t-il pas
que ce soit la maison du diable ? il aura peut-être
hérité des moines. Allons, courons après la dame
blanche et noire ! En avant ! » s'écria Philippe avec
① une gaieté factice.

En ce moment, les deux chasseurs entendirent un
cri assez semblable à celui d'une souris prise au piège.
Ils écoutèrent. Le feuillage de quelques arbustes
froissés retentit dans le silence, comme le murmure
d'une onde agitée ; mais quoiqu'ils prêtassent l'oreille
pour saisir quelques nouveaux sons, la terre resta
silencieuse et garda le secret des pas de l'inconnue, si
toutefois elle avait marché.

« Voilà qui est singulier », s'écria Philippe en suivant
les contours que décrivaient les murs du parc.

Les deux amis arrivèrent bientôt à une allée de la
forêt qui conduit au village de Chauvry. Après avoir
remonté ce chemin vers la route de Paris, ils se trouvèrent devant une grande grille, et virent alors la façade
principale de cette habitation mystérieuse. De ce côté,
le désordre était à son comble. D'immenses lézardes
sillonnaient les murs de trois corps de logis bâtis en
équerre. Des débris de tuiles et d'ardoises amoncelés
à terre et des toits dégradés annonçaient une complète
incurie. Quelques fruits étaient tombés sous les arbres
et pourrissaient sans qu'on les récoltât. Une vache
paissait à travers les boulingrins [1], et foulait les fleurs
des plates-bandes, tandis qu'une chèvre broutait les
raisins verts et les pampres d'une treille.

« Ici, tout est harmonie, et le désordre y est en
quelque sorte organisé », dit le colonel en tirant la
chaîne d'une cloche ; mais la cloche était sans battant.

Les deux chasseurs n'entendirent que le bruit singulièrement aigre d'un ressort rouillé. Quoique très
délabrée, la petite porte pratiquée dans le mur auprès
de la grille résista néanmoins à tout effort.

---

1. Parterres de gazon (de l'anglais *bowling-green*).

« Oh ! oh ! tout ceci devient très curieux, dit-il à son compagnon.

– Si je n'étais pas magistrat, répondit M. d'Albon, je croirais que la femme noire est une sorcière. »

À peine avait-il achevé ces mots, que la vache vint à la grille et leur présenta son mufle chaud, comme si elle éprouvait le besoin de voir des créatures humaines. Alors une femme, si toutefois ce nom pouvait appartenir à l'être indéfinissable qui se leva de dessous une touffe d'arbustes, tira la vache par sa corde. Cette femme portait sur la tête un mouchoir rouge d'où s'échappaient des mèches de cheveux blonds assez semblables à l'étoupe d'une quenouille. Elle n'avait pas de fichu. Un jupon de laine grossière à raies alternativement noires et grises, trop court de quelques pouces, permettait de voir ses jambes. L'on pouvait croire qu'elle appartenait à une des tribus de Peaux-Rouges célébrées par Cooper [1], car ses jambes, son cou et ses bras nus semblaient avoir été peints en couleur de brique. Aucun rayon d'intelligence n'animait sa figure plate. Ses yeux bleuâtres étaient sans chaleur et ternes. Quelques poils blancs clairsemés lui tenaient lieu de sourcils. Enfin, sa bouche était contournée de manière à laisser passer des dents mal rangées mais aussi blanches que celles d'un chien.

« Ohé ! la femme ! » cria M. de Sucy.

Elle arriva lentement jusqu'à la grille, en contemplant d'un air niais les deux chasseurs à la vue desquels il lui échappa un sourire pénible et forcé.

« Où sommes-nous ? Quelle est cette maison-là ? À qui est-elle ? Qui êtes-vous ? Êtes-vous d'ici ?

À ces questions et à une foule d'autres que lui adressèrent successivement les deux amis, elle ne répondit que par des grognements gutturaux qui semblaient appartenir plus à l'animal qu'à la créature humaine.

---

1. *Le Dernier des Mohicans* (1826) et *La Prairie* (1827) de Fenimore Cooper. Balzac a souvent comparé la vie moderne à Paris à celle des Sauvages en Amérique du Nord.

« Ne voyez-vous pas qu'elle est sourde et muette, dit le magistrat.

– *Bons-Hommes !* s'écria la paysanne.

– Ah ! elle a raison. Ceci pourrait bien être l'ancien couvent des Bons-Hommes [1] », dit M. d'Albon.

Les questions recommencèrent. Mais, comme un enfant capricieux, la paysanne rougit, joua avec son sabot, tortilla la corde de la vache qui s'était remise à paître, regarda les deux chasseurs, examina toutes les parties de leur habillement ; elle glapit, grogna, gloussa, mais elle ne parla pas.

« Ton nom ? lui dit Philippe en la contemplant fixement comme s'il eût voulu l'ensorceler.

– Geneviève, dit-elle en riant d'un rire bête.

– Jusqu'à présent la vache est la créature la plus intelligente que nous ayons vue, s'écria le magistrat. Je vais tirer un coup de fusil pour faire venir du monde. »

Au moment où d'Albon saisissait son arme, le colonel l'arrêta par un geste, et lui montra du doigt l'inconnue qui avait si vivement piqué leur curiosité. Cette femme semblait ensevelie dans une méditation profonde, et venait à pas lents par une allée assez éloignée, en sorte que les deux amis eurent le temps de l'examiner. Elle était vêtue d'une robe de satin noir tout usée. Ses longs cheveux tombaient en boucles nombreuses sur son front, autour de ses épaules, descendaient jusqu'en bas de sa taille, et lui servaient de châle. Accoutumée sans doute à ce désordre, elle ne chassait que rarement sa chevelure de chaque côté de ses tempes ; mais alors, elle agitait la tête par un mouvement brusque, et ne s'y prenait pas à deux fois pour dégager son front ou ses yeux de ce voile épais. Son geste avait d'ailleurs, comme celui d'un animal, cette admirable sécurité de mécanisme dont la prestesse pouvait paraître un prodige dans une femme. Les deux chasseurs étonnés la virent sauter sur une branche de

---

1. Cet ancien couvent du tiers ordre de Saint-François sur la commune de Maffliers a été remplacé au XIXᵉ siècle par un château, lui-même en ruine aujourd'hui.

pommier et s'y attacher avec la légèreté d'un oiseau. Elle y saisit des fruits, les mangea, puis se laissa tomber à terre avec la gracieuse mollesse qu'on admire chez les écureuils. Ses membres possédaient une élasticité qui ôtait à ses moindres mouvements jusqu'à l'apparence de la gêne ou de l'effort. Elle joua sur le gazon, s'y roula comme aurait pu le faire un enfant ; puis, tout à coup, elle jeta ses pieds et ses mains en avant, et resta étendue sur l'herbe avec l'abandon, la grâce, le naturel d'une jeune chatte endormie au soleil. Le tonnerre ayant grondé dans le lointain, elle se retourna subitement, et se mit à quatre pattes avec la miraculeuse adresse d'un chien qui entend venir un étranger. Par l'effet de cette bizarre attitude, sa noire chevelure se sépara tout à coup en deux larges bandeaux qui retombèrent de chaque côté de sa tête, et permit aux deux spectateurs de cette scène singulière d'admirer des épaules dont la peau blanche brilla comme les marguerites de la prairie, un cou dont la perfection faisait juger celle de toutes les proportions du corps.

Elle laissa échapper un cri douloureux, et se leva tout à fait sur ses pieds. Ses mouvements se succédaient si gracieusement, s'exécutaient si lestement, qu'elle semblait être, non pas une créature humaine, mais une de ces filles de l'air célébrées par les poésies d'Ossian [1]. Elle alla vers une nappe d'eau, secoua légèrement une de ses jambes pour la débarrasser de son soulier, et parut se plaire à tremper son pied blanc comme l'albâtre dans la source en y admirant sans doute les ondulations qu'elle y produisait, et qui ressemblaient à des pierreries. Puis elle s'agenouilla sur le bord du bassin, s'amusa, comme un enfant, à y plonger ses longues tresses et à les en tirer brusquement pour voir tomber goutte à goutte l'eau dont elles

---

1. Pseudo-barde écossais du IIIe siècle, inventé et publié par Macpherson en 1760 : son influence sur l'imaginaire romantique fut immense ; Napoléon en était particulièrement épris.

étaient chargées, et qui, traversée par les rayons du jour, formait comme des chapelets de perles.

« Cette femme est folle », s'écria le conseiller.

Un cri rauque, poussé par Geneviève, retentit et parut s'adresser à l'inconnue, qui se redressa vivement en chassant ses cheveux de chaque côté de son visage. En ce moment, le colonel et d'Albon purent voir distinctement les traits de cette femme, qui, en apercevant les deux amis, accourut en quelques bonds à la grille avec la légèreté d'une biche.

« *Adieu !* » dit-elle d'une voix douce et harmonieuse mais sans que cette mélodie, impatiemment attendue par les chasseurs, parût dévoiler le moindre sentiment ou la moindre idée.

M. d'Albon admira les longs cils de ses yeux, ses sourcils noirs bien fournis, une peau d'une blancheur éblouissante et sans la plus légère nuance de rougeur. De petites veines bleues tranchaient seules sur son teint blanc. Quand le conseiller se tourna vers son ami pour lui faire part de l'étonnement que lui inspirait la vue de cette femme étrange, il le trouva étendu sur l'herbe et comme mort. M. d'Albon déchargea son fusil en l'air pour appeler du monde, et cria : *Au secours !* en essayant de relever le colonel. Au bruit de la détonation, l'inconnue, qui était restée immobile, s'enfuit avec la rapidité d'une flèche, jeta des cris d'effroi comme un animal blessé, et tournoya sur la prairie en donnant les marques d'une terreur profonde. M. d'Albon entendit le roulement d'une calèche sur la route de L'Isle-Adam, et implora l'assistance des promeneurs en agitant son mouchoir. Aussitôt, la voiture se dirigea vers les Bons-Hommes, et M. d'Albon y reconnut M. et Mme de Grandville, ses voisins, qui s'empressèrent de descendre de leur voiture en l'offrant au magistrat. Mme de Grandville avait, par hasard, un flacon de sels, que l'on fit respirer à M. de Sucy. Quand le colonel ouvrit les yeux, il les tourna vers la prairie où l'inconnue ne cessait de courir en criant, et laissa échapper une exclamation indistincte, mais qui révélait un sentiment d'horreur ; puis il

① ! with an empty stomach.

ferma de nouveau les yeux en faisant un geste comme pour demander à son ami de l'arracher à ce spectacle. M. et Mme de Grandville laissèrent le conseiller libre de disposer de leur voiture, en lui disant obligeamment qu'ils allaient continuer leur promenade à pied.

« Quelle est donc cette dame ? demanda le magistrat en désignant l'inconnue.

– L'on présume qu'elle vient de Moulins, répondit M. de Grandville. Elle se nomme la comtesse de Vandières, on la dit folle ; mais comme elle n'est ici que depuis deux mois, je ne saurais vous garantir la véracité de tous ces ouï-dire. »

M. d'Albon remercia M. et Mme de Grandville et partit pour Cassan.

« C'est elle, s'écria Philippe en reprenant ses sens.

– Qui ? elle ! demanda d'Albon.

– Stéphanie. Ah ! morte et vivante, vivante et folle, j'ai cru que j'allais mourir. »

Le prudent magistrat, qui apprécia la gravité de la crise à laquelle son ami était tout en proie, se garda bien de le questionner ou de l'irriter, il souhaitait impatiemment arriver au château ; car le changement qui s'opérait dans les traits et dans toute la personne du colonel lui faisait craindre que la comtesse n'eût communiqué à Philippe sa terrible maladie. Aussitôt que la voiture atteignit l'avenue de L'Isle-Adam, d'Albon envoya le laquais chez le médecin du bourg ; en sorte qu'au moment où le colonel fut couché, le docteur se trouva au chevet de son lit.

« Si monsieur le colonel n'avait pas été presque <u>à jeun</u>, dit le chirurgien, il était mort. Sa fatigue l'a sauvé. » ①

Après avoir indiqué les premières précautions à prendre, le docteur sortit pour aller préparer lui-même une potion calmante. Le lendemain matin M. de Sucy était mieux ; mais le médecin avait voulu le veiller lui-même.

« Je vous avouerai, monsieur le marquis, dit le docteur à M. d'Albon, que j'ai craint une lésion au cerveau. M. de Sucy a reçu une bien violente commotion, ses passions sont vives ; mais, chez lui, le premier coup porté décide de tout. Demain il sera peut-être hors de danger. »

Le médecin ne se trompa point, et le lendemain il permit au magistrat de revoir son ami.

« Mon cher d'Albon, dit Philippe en lui serrant la main, j'attends de toi un service ! Cours promptement aux Bons-Hommes ! informe-toi de tout ce qui concerne la dame que nous y avons vue, et reviens promptement, car je compterai les minutes. »

M. d'Albon sauta sur un cheval, et galopa jusqu'à l'ancienne abbaye. En y arrivant, il aperçut devant la grille un grand homme sec dont la figure était prévenante, et qui répondit affirmativement quand le magistrat lui demanda s'il habitait cette maison ruinée. M. d'Albon lui raconta les motifs de sa visite.

« Eh quoi, monsieur, s'écria l'inconnu, serait-ce vous qui avez tiré ce coup de fusil fatal ? Vous avez failli tuer ma pauvre malade.

— Eh ! monsieur, j'ai tiré en l'air.

— Vous auriez fait moins de mal à madame la comtesse, si vous l'eussiez atteinte.

— Eh bien, nous n'avons rien à nous reprocher, car la vue de votre comtesse a failli tuer mon ami, M. de Sucy.

— Serait-ce le baron Philippe de Sucy ? s'écria le médecin en joignant les mains. Est-il allé en Russie, au passage de la Bérésina ?

— Oui, reprit d'Albon, il a été pris par des Cosaques et mené en Sibérie, d'où il est revenu depuis onze mois environ [1].

— Entrez, monsieur, » dit l'inconnu en conduisant le magistrat dans un salon situé au rez-de-chaussée de l'habitation où tout portait les marques d'une dévastation capricieuse.

Des vases de porcelaine précieux étaient brisés à côté d'une pendule dont la cage était respectée. Les rideaux de soie drapés devant les fenêtres étaient

---

1. Sucy a donc été prisonnier de 1812 à 1818.

déchirés, tandis que le double rideau de mousseline
restait intact.

« Vous voyez, dit-il à M. d'Albon en entrant, les
ravages exercés par la charmante créature à laquelle je
me suis consacré. C'est ma nièce ; malgré l'impuissance de mon art, j'espère lui rendre un jour la raison,
en essayant une méthode qu'il n'est malheureusement
permis qu'aux gens riches de suivre. »

Puis, comme toutes les personnes qui vivent dans la
solitude, en proie à une douleur renaissante, il raconta
longuement au magistrat l'aventure suivante, dont le
récit a été coordonné et dégagé des nombreuses digressions que firent le narrateur et le conseiller.

En quittant, sur les neuf heures du soir, les hauteurs
de Studzianka, qu'il avait défendues pendant toute la
journée du 28 novembre 1812, le maréchal Victor y
laissa un millier d'hommes chargés de protéger jusqu'au dernier moment celui des deux ponts construits
sur la Bérésina qui subsistait encore. Cette arrière-
garde s'était dévouée pour tâcher de sauver une
effroyable multitude de traînards engourdis par le
froid, qui refusaient obstinément de quitter les équipages de l'armée. L'héroïsme de cette généreuse troupe
devait être inutile. Les soldats qui affluaient par
masses sur les bords de la Bérésina y trouvaient, par
malheur, l'immense quantité de voitures, de caissons
et de meubles de toute espèce que l'armée avait été
obligée d'abandonner en effectuant son passage pendant les journées des 27 et 28 novembre. Héritiers de
richesses inespérées, ces malheureux, abrutis par le
froid, se logeaient dans les bivouacs vides, brisaient le
matériel de l'armée pour se construire des cabanes,
faisaient du feu avec tout ce qui leur tombait sous la
main, dépeçaient les chevaux pour se nourrir, arrachaient le drap ou les toiles des voitures pour se couvrir, et dormaient au lieu de continuer leur route et de
franchir paisiblement pendant la nuit cette Bérésina
qu'une incroyable fatalité avait déjà rendue si funeste
à l'armée. L'apathie de ces pauvres soldats ne peut

être comprise que par ceux qui se souviennent d'avoir
traversé ces vastes déserts de neige, sans autre boisson
que la neige, sans autre lit que la neige, sans autre
perspective qu'un horizon de neige, sans autre aliment
que la neige ou quelques betteraves gelées, quelques
poignées de farine ou de la chair de cheval. Mourant
de faim, de soif, de fatigue et de sommeil, ces infortunés arrivaient sur une plage où ils apercevaient du
bois, des feux, des vivres, d'innombrables équipages
abandonnés, des bivouacs, enfin toute une ville
improvisée. Le village de Studzianka avait été entièrement dépecé, partagé, transporté des hauteurs dans la
plaine. Quelque *dolente* et périlleuse que fût cette
cité [1], ses misères et ses dangers souriaient à des gens
qui ne voyaient devant eux que les épouvantables
déserts de la Russie. Enfin c'était un vaste hôpital qui
n'eut pas vingt heures d'existence. La lassitude de la
vie ou le sentiment d'un bien-être inattendu rendait
cette masse d'hommes inaccessible à toute pensée
autre que celle du repos. Quoique l'artillerie de l'aile
gauche des Russes tirât sans relâche sur cette masse
qui se dessinait comme une grande tache, tantôt noire,
tantôt flamboyante, au milieu de la neige, ces infati-
gables boulets ne semblaient à la foule engourdie
qu'une incommodité de plus. C'était comme un orage
dont la foudre était dédaignée par tout le monde, parce
qu'elle devait n'atteindre, çà et là, que des mourants,
des malades, ou des morts peut-être. À chaque instant, les traîneurs [2] arrivaient par groupes. Ces
espèces de cadavres ambulants se divisaient aussitôt,
et allaient mendier une place de foyer en foyer ; puis,
repoussés le plus souvent, ils se réunissaient de nouveau pour obtenir de force l'hospitalité qui leur était
refusée. Sourds à la voix de quelques officiers qui leur
prédisaient la mort pour le lendemain, ils dépensaient

---

1. Allusion à la *Città dolente* de Dante : la « ville des Douleurs »,
c'est-à-dire l'Enfer dans *La Divine Comédie*.
2. On attendrait « traînards », mais Balzac emprunte « traîneurs »
au livre du général de Ségur, dont il s'inspire de près.

la somme de courage nécessaire pour passer le fleuve,
à se construire un asile d'une nuit, à faire un repas
souvent funeste ; cette mort qui les attendait ne leur
paraissait plus un mal, puisqu'elle leur laissait une
heure de sommeil. Ils ne donnaient le nom de *mal* qu'à
la faim, à la soif, au froid. Quand il ne se trouva plus
ni bois, ni feu, ni toile, ni abris, d'horribles luttes s'éta-
blirent entre ceux qui survenaient dénués de tout et les
riches qui possédaient une demeure. Les plus faibles
succombèrent. Enfin, il arriva un moment où quelques
hommes chassés par les Russes n'eurent plus que la
neige pour bivouac, et s'y couchèrent pour ne plus se
relever. Insensiblement, cette masse d'êtres presque
anéantis devint si compacte, si sourde, si stupide, ou si
heureuse peut-être, que le maréchal Victor, qui en
avait été l'héroïque défenseur en résistant à vingt mille
Russes commandés par Wittgenstein, fut obligé de
s'ouvrir un passage, de vive force, à travers cette forêt
d'hommes, afin de faire franchir la Bérésina aux cinq
mille braves qu'il amenait à l'Empereur. Ces infortunés se laissaient écraser plutôt que de bouger, et
périssaient en silence, en souriant à leurs feux éteints,
et sans penser à la France.

À dix heures du soir seulement, le duc de Bellune [1]
se trouva de l'autre côté du fleuve. Avant de s'engager
sur les ponts qui menaient à Zembin, il confia le sort
de l'arrière-garde de Studzianka à Éblé, ce sauveur de
tous ceux qui survécurent aux calamités de la Bérésina. Ce fut environ vers minuit que ce grand général,
suivi d'un officier de courage, quitta la petite cabane
qu'il occupait auprès du pont, et se mit à contempler
le spectacle que présentait le camp situé entre la rive
de la Bérésina et le chemin de Borizof à Studzianka.
Le canon des Russes avait cessé de tonner ; des feux
innombrables, qui, au milieu de cet amas de neige,
pâlissaient et semblaient ne pas jeter de lueur, éclairaient çà et là des figures qui n'avaient rien d'humain.
Des malheureux, au nombre de trente mille environ,

---

1. Le maréchal Victor.

appartenant à toutes les nations que Napoléon avait
jetées sur la Russie, étaient là, jouant leurs vies avec
une brutale insouciance.

« Sauvons tout cela, dit le général à l'officier. Demain
matin les Russes seront maîtres de Studzianka. Il
faudra donc brûler le pont au moment où ils paraîtront ; ainsi, mon ami, du courage ! Fais-toi jour
jusqu'à la hauteur. Dis au général Fournier qu'à peine
a-t-il le temps d'évacuer sa position, de percer tout ce
monde, et de passer le pont. Quand tu l'auras vu se
mettre en marche, tu le suivras. Aidé par quelques
hommes valides, tu brûleras sans pitié les bivouacs, les
équipages, les caissons, les voitures, tout ! Chasse ce
monde-là sur le pont. Contrains tout ce qui a deux
jambes à se réfugier sur l'autre rive. L'incendie est
maintenant notre dernière ressource. Si Berthier
m'avait laissé détruire ces damnés équipages, ce fleuve
n'aurait englouti personne que mes pauvres pontonniers, ces cinquante héros qui ont sauvé l'armée et
qu'on oubliera ! »

Le général porta la main à son front et resta silencieux. Il sentait que la Pologne serait son tombeau [1], et
qu'aucune voix ne s'élèverait en faveur de ces
hommes sublimes qui se tinrent dans l'eau, l'eau de la
Bérésina, pour y enfoncer les chevalets [2] des ponts.
Un seul d'entre eux vit encore, ou, pour être exact,
souffre dans un village, ignoré [3]. L'aide de camp partit. À peine ce généreux officier avait-il fait cent pas
vers Studzianka, que le général Éblé réveilla plusieurs
de ses pontonniers souffrants et commença son œuvre
charitable en brûlant les bivouacs établis autour du
pont, et obligeant ainsi les dormeurs qui l'entouraient
à passer la Bérésina. Cependant le jeune aide de camp
était arrivé, non sans peine, à la seule maison de bois
qui fût restée debout à Studzianka.

---

1. Il devait en fait mourir à Kœnigsberg en Prusse.

2. Structures en bois destinées à servir de pilotis.

3. Gondrin, dans *Le Médecin de campagne* (1833). Il s'est retiré en
Dauphiné.

« Cette baraque est donc bien pleine, mon camarade ? dit-il à un homme qu'il aperçut en dehors.

– Si vous y entrez, vous serez un habile troupier, répondit l'officier sans se détourner et sans cesser de démolir avec son sabre le bois de la maison.

– Est-ce vous, Philippe, dit l'aide de camp en reconnaissant au son de la voix l'un de ses amis.

– Oui. Ah ! ah ! c'est toi, mon vieux, répliqua M. de Sucy en regardant l'aide de camp, qui n'avait, comme lui, que vingt-trois ans. Je te croyais de l'autre côté de cette sacrée rivière. Viens-tu nous apporter des gâteaux et des confitures pour notre dessert ? Tu seras bien reçu, ajouta-t-il en achevant de détacher l'écorce du bois qu'il donnait, en guise de provende, à son cheval.

– Je cherche votre commandant pour le prévenir, de la part du général Éblé, de filer sur Zembin ! Vous avez à peine le temps de percer cette masse de cadavres que je vais incendier tout à l'heure, afin de les faire marcher.

– Tu me réchauffes presque ! ta nouvelle me fait suer. J'ai deux amis à sauver ! Ah ! sans ces deux marmottes, mon vieux, je serais déjà mort ! C'est pour eux que je soigne mon cheval, et que je ne le mange pas. Par grâce, as-tu quelque croûte ? Voilà trente heures que je n'ai rien mis dans mon coffre, et je me suis battu comme un enragé, afin de conserver le peu de chaleur et de courage qui me restent.

– Pauvre Philippe ! rien, rien. Mais votre général est là ?

– N'essaie pas d'entrer ! Cette grange contient nos blessés. Monte encore plus haut ! tu rencontreras, sur ta droite, une espèce de toit à porc, le général est là ! Adieu, mon brave. Si jamais nous dansons la trénis [1] sur un parquet de Paris… »

Il n'acheva pas, la bise souffla dans ce moment avec une telle perfidie, que l'aide de camp marcha pour ne

---

1. Le danseur Trénis avait récemment inventé cette nouvelle figure de quadrille.

pas se geler, et que les lèvres du major [1] Philippe se
glacèrent. Le silence régna bientôt. Il n'était interrompu que par les gémissements qui partaient de la
maison, et par le bruit sourd que faisait le cheval de
M. de Sucy, en broyant, de faim et de rage, l'écorce
glacée des arbres avec lesquels la maison était construite. Le major remit son sabre dans le fourreau, prit
brusquement la bride du précieux animal qu'il avait su
conserver, et l'arracha, malgré sa résistance, à la
déplorable pâture dont il paraissait friand.

« En route, Bichette ! en route. Il n'y a que toi, ma
belle, qui puisse sauver Stéphanie. Va, plus tard, il
nous sera permis de nous reposer, de mourir, sans
doute. »

Philippe, enveloppé d'une pelisse à laquelle il devait
sa conservation et son énergie, se mit à courir en frappant de ses pieds la neige durcie pour entretenir la
chaleur. À peine le major eut-il fait cinq cents pas,
qu'il aperçut un feu considérable à la place où, depuis
le matin, il avait laissé sa voiture sous la garde d'un
vieux soldat. Une inquiétude horrible s'empara de lui.
Comme tous ceux qui, pendant cette déroute, furent
dominés par un sentiment puissant, il trouva, pour
secourir ses amis, des forces qu'il n'aurait pas eues
pour se sauver lui-même. Il arriva bientôt à quelques
pas d'un pli formé par le terrain, et au fond duquel il
avait mis à l'abri des boulets une jeune femme, sa
compagne d'enfance et son bien le plus cher !

À quelques pas de la voiture, une trentaine de traînards étaient réunis devant un immense foyer qu'ils
entretenaient en y jetant des planches, des dessus de
caissons, des roues et des panneaux de voitures. Ces
soldats étaient, sans doute, les derniers venus de tous
ceux qui depuis le large sillon décrit par le terrain au
bas de Studzianka jusqu'à la fatale rivière, formaient
comme un océan de têtes, de feux, de baraques, une
mer vivante agitée par des mouvements presque
insensibles, et d'où il s'échappait un sourd bruisse-

---

1. Colonel en second.

ment, parfois mêlé d'éclats terribles. Poussés par la faim et par le désespoir, ces malheureux avaient probablement visité de force la voiture. Le vieux général et la jeune femme qu'ils y trouvèrent couchés sur des hardes, enveloppés de manteaux et de pelisses, gisaient en ce moment accroupis devant le feu. L'une des portières de la voiture était brisée. Aussitôt que les hommes placés autour du feu entendirent les pas du cheval et du major, il s'éleva parmi eux un cri de rage inspiré par la faim.

« Un cheval ! un cheval ! »

Les voix ne formèrent qu'une seule voix.

« Retirez-vous ! gare à vous ! » s'écrièrent deux des trois soldats en ajustant le cheval.

Philippe se mit devant sa jument en disant : « Gredins ! je vais vous culbuter tous dans votre feu. Il y a des chevaux morts là-haut ! Allez les chercher.

– Est-il farceur, cet officier-là ! Une fois, deux fois, te déranges-tu ? répliqua un grenadier colossal. Non ! Eh ! bien, comme tu voudras, alors. »

Un cri de femme domina la détonation. Philippe ne fut heureusement pas atteint ; mais Bichette, qui avait succombé, se débattait contre la mort ; trois hommes s'élancèrent et l'achevèrent à coups de baïonnette.

« Cannibales ! laissez-moi prendre la couverture et mes pistolets, dit Philippe au désespoir.

– Va pour les pistolets, répliqua le grenadier. Quant à la couverture, voilà un fantassin qui depuis deux jours *n'a rien dans le fanal* [1], et qui grelotte avec son méchant habit de vinaigre [2]. C'est notre général… »

Philippe garda le silence en voyant un homme dont la chaussure était usée, le pantalon troué en dix endroits, et qui n'avait sur la tête qu'un mauvais bonnet de police [3] chargé de givre. Il s'empressa de prendre ses pistolets. Cinq hommes amenèrent la

---

1. Argot militaire : dans le ventre (de même que la flamme du fanal n'a plus d'huile pour l'alimenter).

2. Langage populaire : trop mince.

3. Coiffure des militaires quand ils sont en petite tenue.

jument devant le foyer, et se mirent à la dépecer avec
autant d'adresse qu'auraient pu le faire des garçons
bouchers de Paris. Les morceaux étaient miraculeusement enlevés et jetés sur des charbons. Le major alla
se placer auprès de la femme, qui avait poussé un cri
d'épouvante en le reconnaissant, il la trouva immobile,
assise sur un coussin de la voiture et se chauffant ; elle
le regarda silencieusement, sans lui sourire. Philippe
aperçut alors près de lui le soldat auquel il avait confié
la défense de la voiture ; le pauvre homme était blessé.
Accablé par le nombre, il venait de céder aux traînards
qui l'avaient attaqué ; mais, comme le chien qui a
défendu jusqu'au dernier moment le dîner de son
maître, il avait pris sa part du butin, et s'était fait une
espèce de manteau avec un drap blanc. En ce
moment, il s'occupait à retourner un morceau de la
jument, et le major vit sur sa figure la joie que lui causaient les apprêts du festin. Le comte de Vandières,
tombé depuis trois jours comme en enfance, restait
sur un coussin, près de sa femme, et regardait d'un œil
fixe ces flammes dont la chaleur commençait à dissiper son engourdissement. Il n'avait pas été plus ému
du danger et de l'arrivée de Philippe que du combat
par suite duquel sa voiture venait d'être pillée.
D'abord Sucy saisit la main de la jeune comtesse,
comme pour lui donner un témoignage d'affection et
lui exprimer la douleur qu'il éprouvait de la voir ainsi
réduite à la dernière misère ; mais il resta silencieux
près d'elle, assis sur un tas de neige qui ruisselait en
fondant, et céda lui-même au bonheur de se chauffer, en oubliant le péril, en oubliant tout. Sa figure
contracta malgré lui une expression de joie presque
stupide, et il attendit avec impatience que le lambeau
de jument donné à son soldat fût rôti. L'odeur de cette
chair charbonnée irritait sa faim, et sa faim faisait taire
son cœur, son courage et son amour. Il contempla
sans colère les résultats du pillage de sa voiture. Tous
les hommes qui entouraient le foyer s'étaient partagé
les couvertures, les coussins, les pelisses, les robes, les
vêtements d'homme et de femme appartenant au

comte, à la comtesse et au major. Philippe se retourna
pour voir si l'on pouvait encore tirer parti de la caisse.
Il aperçut, à la lueur des flammes, l'or, les diamants,
l'argenterie, éparpillés sans que personne songeât à
s'en approprier la moindre parcelle. Chacun des individus réunis par le hasard autour de ce feu gardait un
silence qui avait quelque chose d'horrible, et ne faisait
que ce qu'il jugeait nécessaire à son bien-être. Cette
misère était grotesque. Les figures, décomposées par
le froid, étaient enduites d'une couche de boue sur
laquelle les larmes traçaient, à partir des yeux jusqu'au
bas des joues, un sillon qui attestait l'épaisseur de ce
masque. La malpropreté de leurs longues barbes rendait ces soldats encore plus hideux. Les uns étaient
enveloppés dans des châles de femme ; les autres portaient des chabraques [1] de cheval, des couvertures
crottées, des haillons empreints de givre qui fondait ;
quelques-uns avaient un pied dans une botte et l'autre
dans un soulier ; enfin il n'y avait personne dont le
costume n'offrît une singularité risible. En présence
de choses si plaisantes, ces hommes restaient graves et
sombres. Le silence n'était interrompu que par le cra-
quement du bois, par les pétillements de la flamme,
par le lointain murmure du camp, et par les coups de
sabre que les plus affamés donnaient à Bichette pour
en arracher les meilleurs morceaux. Quelques malheureux, plus las que les autres, dormaient, et si l'un
d'eux venait à rouler dans le foyer, personne ne le relevait. Ces logiciens sévères pensaient que, s'il n'était
pas mort, la brûlure devait l'avertir de se mettre en un
lieu plus commode. Si le malheureux se réveillait dans
le feu et périssait, personne ne le plaignait. Quelques
soldats se regardaient comme pour justifier leur propre
insouciance par l'indifférence des autres. La jeune
comtesse eut deux fois ce spectacle, et resta muette.
Quand les différents morceaux que l'on avait mis sur
des charbons furent cuits, chacun satisfit sa faim avec

---

1. Peaux de chèvre ou de mouton, d'ordinaire placées sur les chevaux de la cavalerie légère.

cette gloutonnerie qui, vue chez les animaux, nous semble dégoûtante.

« Voilà la première fois qu'on aura vu trente fantassins sur un cheval », s'écria le grenadier qui avait abattu la jument.

Ce fut la seule plaisanterie qui attestât l'esprit national.

Bientôt la plupart de ces pauvres soldats se roulèrent dans leurs habits, se placèrent sur des planches, sur tout ce qui pouvait les préserver du contact de la neige, et dormirent, nonchalants du lendemain. Quand le major fut réchauffé et qu'il eut apaisé sa faim, un invincible besoin de dormir lui appesantit les paupières. Pendant le temps assez court que dura son débat avec le sommeil, il contempla cette jeune femme qui, s'étant tourné la figure vers le feu pour dormir, laissait voir ses yeux clos et une partie de son front ; elle était enveloppée dans une pelisse fourrée et dans un gros manteau de dragon ; sa tête portait sur un oreiller taché de sang ; son bonnet d'astrakan, maintenu par un mouchoir noué sous le cou, lui préservait le visage du froid autant que cela était possible ; elle s'était caché les pieds dans le manteau. Ainsi roulée sur elle-même, elle ne ressemblait réellement à rien. Était-ce la dernière des vivandières [1] ? était-ce cette charmante femme, la gloire d'un amant, la reine des bals parisiens ? Hélas ! l'œil même de son ami le plus dévoué n'apercevait plus rien de féminin dans cet amas de linges et de haillons. L'amour avait succombé sous le froid, dans le cœur d'une femme. À travers les voiles épais que le plus irrésistible de tous les sommeils étendait sur les yeux du major, il ne voyait plus le mari et la femme que comme deux points. Les flammes du foyer, ces figures étendues, ce froid terrible qui rugissait à trois pas d'une chaleur fugitive, tout était rêve. Une pensée importune effrayait Philippe. « Nous allons tous mourir, si je dors ; je ne veux pas dormir », se disait-il. Il dormait. Une clameur terrible et une explosion réveillèrent M. de Sucy après

---

1. Elles accompagnent les troupes en vendant vivres et boissons.

une heure de sommeil. Le sentiment de son devoir, le
péril de son amie, retombèrent tout à coup sur son
cœur. Il jeta un cri semblable à un rugissement. Lui et
son soldat étaient seuls debout. Ils virent une mer de
feu qui découpait devant eux, dans l'ombre de la nuit,
une foule d'hommes, en dévorant les bivouacs et les
cabanes ; ils entendirent des cris de désespoir, des
hurlements ; ils aperçurent des milliers de figures
désolées et de faces furieuses. Au milieu de cet enfer,
une colonne de soldats se faisait un chemin vers le pont,
entre deux haies de cadavres.

« C'est la retraite de notre arrière-garde, s'écria le
major. Plus d'espoir.

– J'ai respecté votre voiture, Philippe », dit une voix
amie.

En se retournant, Sucy reconnut le jeune aide de
camp à la lueur des flammes.

« Ah ! tout est perdu, répondit le major. Ils ont
mangé mon cheval. D'ailleurs, comment pourrais-je
faire marcher ce stupide général et sa femme ?

– Prenez un tison, Philippe, et menacez-les !

– Menacer la comtesse !

– Adieu ! s'écria l'aide de camp. Je n'ai que le temps
de passer cette fatale rivière, et il le faut ! J'ai une mère
en France ! Quelle nuit ! Cette foule aime mieux rester
sur la neige, et la plupart de ces malheureux se laissent
brûler plutôt que de se lever. Il est quatre heures,
Philippe ! Dans deux heures, les Russes commenceront
à se remuer. Je vous assure que vous verrez la Bérésina
encore une fois chargée de cadavres. Philippe, songez à
vous ! Vous n'avez pas de chevaux, vous ne pouvez pas
porter la comtesse ; ainsi, allons, venez avec moi, dit-il
en le prenant par le bras.

– Mon ami, abandonner Stéphanie ! »

Le major saisit la comtesse, la mit debout, la secoua
avec la rudesse d'un homme au désespoir, et la contrai-
gnit de se réveiller ; elle le regarda d'un œil fixe et mort.

« Il faut marcher, Stéphanie, ou nous mourons ici. »

Pour toute réponse, la comtesse essayait de se laisser aller à terre pour dormir. L'aide de camp saisit un tison et l'agita devant la figure de Stéphanie.

« Sauvons-la malgré elle ! » s'écria Philippe en soulevant la comtesse, qu'il porta dans la voiture.

Il revint implorer l'aide de son ami. Tous deux prirent le vieux général, sans savoir s'il était mort ou vivant, et le mirent auprès de sa femme. Le major fit rouler avec le pied chacun des hommes qui gisaient à terre, leur reprit ce qu'ils avaient pillé, entassa toutes les hardes sur les deux époux, et jeta dans un coin de la voiture quelques lambeaux rôtis de sa jument.

« Que voulez-vous donc faire ? lui dit l'aide de camp.

– La traîner, dit le major.

– Vous êtes fou !

– C'est vrai ! » s'écria Philippe en se croisant les bras sur la poitrine.

Il parut tout à coup saisi par une pensée de désespoir.

« Toi, dit-il en saisissant le bras valide de son soldat, je te la confie pour une heure ! Songe que tu dois plutôt mourir que de laisser approcher qui que ce soit de cette voiture. »

Le major s'empara des diamants de la comtesse, les tint d'une main, tira de l'autre son sabre, se mit à frapper rageusement ceux des dormeurs qu'il jugeait devoir être les plus intrépides, et réussit à réveiller le grenadier colossal et deux autres hommes dont il était impossible de connaître le grade.

« Nous sommes *flambés*, leur dit-il.

– Je le sais bien, répondit le grenadier, mais ça m'est égal.

– Hé bien, mort pour mort, ne vaut-il pas mieux vendre sa vie pour une jolie femme, et risquer de revoir encore la France ?

– J'aime mieux dormir, dit un homme en se roulant sur la neige. Et si tu me tracasses encore, major, je te *fiche* mon briquet [1] dans le ventre !

---

1. Voir p. 50, n. 1.

– De quoi s'agit-il, mon officier ? reprit le grenadier. Cet homme est ivre ! C'est un Parisien ; ça aime ses aises.

– Ceci sera pour toi, brave grenadier ! s'écria le major en lui présentant une rivière de diamants, si tu veux me suivre et te battre comme un enragé. Les Russes sont à dix minutes de marche ; ils ont des chevaux ; nous allons marcher sur leur première batterie et ramener deux lapins [1].

– Mais les sentinelles, major ?

– L'un de nous trois », dit-il au soldat. Il s'interrompit, regarda l'aide de camp : « Vous venez, Hippolyte, n'est-ce pas ? »

Hippolyte consentit par un signe de tête.

« L'un de nous, reprit le major, se chargera de la sentinelle. D'ailleurs ils dorment peut-être aussi, ces sacrés Russes.

– Va, major, tu es un brave ! Mais tu me mettras dans ton berlingot [2] ? dit le grenadier.

– Oui, si tu ne laisses pas ta peau là-haut. Si je succombais, Hippolyte, et toi, grenadier, dit le major en s'adressant à ses deux compagnons, promettez-moi de vous dévouer au salut de la comtesse.

– Convenu », s'écria le grenadier.

Ils se dirigèrent vers la ligne russe, sur les batteries qui avaient si cruellement foudroyé la masse de malheureux gisant sur le bord de la rivière. Quelques moments après leur départ, le galop de deux chevaux retentissait sur la neige, et la batterie réveillée envoyait des volées qui passaient sur la tête des dormeurs ; le pas des chevaux était si précipité, qu'on eût dit des maréchaux [3] battant un fer. Le généreux aide de camp avait succombé. Le grenadier athlétique était sain et sauf. Philippe, en défendant son ami, avait reçu un coup de baïonnette dans l'épaule ; néanmoins il se cramponnait aux crins du cheval, et les serrait si bien

---

1. Chevaux.
2. Voiture.
3. Maréchaux-ferrants.

avec ses jambes que l'animal se trouvait pris comme dans un étau.

« Dieu soit loué ! s'écria le major en retrouvant son soldat immobile et la voiture à sa place.

– Si vous êtes juste, mon officier, vous me ferez avoir la croix. Nous avons joliment joué de la clarinette et du bancal [1], hein ?

– Nous n'avons encore rien fait ! Attelons les chevaux. Prenez ces cordes.

– Il n'y en a pas assez.

– Eh bien, grenadier, mettez-moi la main sur ces dormeurs, et servez-vous de leurs châles, de leur linge…

– Tiens, il est mort, ce farceur-là ! s'écria le grenadier en dépouillant le premier auquel il s'adressa. Ah ! c'te farce, ils sont morts !

– Tous ?

– Oui, tous ! Il paraît que le cheval est indigeste quand on le mange à la neige. »

Ces paroles firent trembler Philippe. Le froid avait redoublé.

« Dieu ! perdre une femme que j'ai déjà sauvée vingt fois. »

Le major secoua la comtesse en criant : « Stéphanie Stéphanie ! »

La jeune femme ouvrit les yeux.

« Madame ! nous sommes sauvés.

– Sauvés », répéta-t-elle en retombant.

Les chevaux furent attelés tant bien que mal. Le major, tenant son sabre de sa meilleure main, gardant les guides de l'autre, armé de ses pistolets, monta sur un des chevaux, et le grenadier sur le second. Le vieux soldat, dont les pieds étaient gelés, avait été jeté en travers de la voiture, sur le général et sur la comtesse. Excités à coups de sabre, les chevaux emportèrent l'équipage avec une sorte de furie dans la plaine, où d'innombrables difficultés attendaient le major. Bientôt il fut impossible d'avancer sans risquer d'écraser des hommes, des

---

1. La clarinette désigne le fusil ; le bancal, le sabre.

femmes, et jusqu'à des enfants endormis, qui tous
refusaient de bouger quand le grenadier les éveillait.
En vain M. de Sucy chercha-t-il la route que l'arrière-
garde s'était frayée naguère au milieu de cette masse
d'hommes, elle s'était effacée comme s'efface le sillage
du vaisseau sur la mer ; il n'allait qu'au pas, le plus
souvent arrêté par des soldats qui le menaçaient de
tuer ses chevaux.

« Voulez-vous arriver ? lui dit le grenadier.

– Au prix de tout mon sang, au prix du monde
entier, répondit le major.

– Marche ! On ne fait pas d'omelettes sans casser
des œufs. »

Et le grenadier de la garde poussa les chevaux sur
les hommes, ensanglanta les roues, renversa les
bivouacs, en se traçant un double sillon de morts à travers ce champ de têtes. Mais rendons-lui la justice de
dire qu'il ne se fit jamais faute de crier d'une voix
tonnante : « Gare donc, charognes !

– Les malheureux ! s'écria le major.

– Bah ! ça ou le froid, ça ou le canon ! » dit le grenadier en animant les chevaux et les piquant avec la
pointe de son briquet.

Une catastrophe qui aurait dû leur arriver bien plus
tôt, et dont un hasard fabuleux les avait préservés
jusque-là, vint tout à coup les arrêter dans leur
marche. La voiture versa.

« Je m'y attendais, s'écria l'imperturbable grenadier.
Oh ! oh ! le camarade est mort.

– Pauvre Laurent, dit le major.

– Laurent ! N'est-il pas du 5e chasseurs ?

– Oui.

– C'est mon cousin. Bah ! la chienne de vie n'est
pas assez heureuse pour qu'on la regrette par le temps
qu'il fait. »

La voiture ne fut pas relevée, les chevaux ne furent
pas dégagés sans une perte de temps immense, irréparable. Le choc avait été si violent que la jeune
comtesse, réveillée et tirée de son engourdissement

par la commotion, se débarrassa de ses vêtements et se leva.

« Philippe, où sommes-nous ? s'écria-t-elle d'une voix douce, en regardant autour d'elle.

– À cinq cents pas du pont. Nous allons passer la Bérésina. De l'autre côté de la rivière, Stéphanie, je ne vous tourmenterai plus, je vous laisserai dormir, nous serons en sûreté, nous gagnerons tranquillement Wilna. Dieu veuille que vous ne sachiez jamais ce que votre vie aura coûté !

– Tu es blessé ?

– Ce n'est rien. »

L'heure de la catastrophe était venue. Le canon des Russes annonça le jour. Maîtres de Studzianka, ils foudroyèrent la plaine ; et aux premières lueurs du matin, le major aperçut leurs colonnes se mouvoir et se former sur les hauteurs. Un cri d'alarme s'éleva du sein de la multitude, qui fut debout en un moment. Chacun comprit instinctivement son péril, et tous se dirigèrent vers le pont par un mouvement de vague. Les Russes descendaient avec la rapidité de l'incendie. Hommes, femmes, enfants, chevaux, tout marcha sur le pont. Heureusement le major et la comtesse se trouvaient encore éloignés de la rive. Le général Éblé venait de mettre le feu aux chevalets de l'autre bord. Malgré les avertissements donnés à ceux qui envahissaient cette planche de salut, personne ne voulut reculer. Non seulement le pont s'abîma chargé de monde ; mais l'impétuosité du flot d'hommes lancés vers cette fatale berge était si furieuse, qu'une masse humaine fut précipitée dans les eaux comme une avalanche. On n'entendit pas un cri, mais le bruit sourd d'une pierre qui tombe à l'eau ; puis la Bérésina fut couverte de cadavres. Le mouvement rétrograde de ceux qui se reculèrent dans la plaine pour échapper à cette mort fut si violent, et leur choc contre ceux qui marchaient en avant fut si terrible, qu'un grand nombre de gens moururent étouffés. Le comte et la comtesse de Vandières durent la vie à leur voiture. Les chevaux, après avoir écrasé, pétri une masse de mourants, périrent écrasés, foulés aux pieds par une trombe humaine qui se porta sur la rive. Le major et le grenadier trouvèrent leur salut dans leur force. Ils tuaient pour n'être pas tués. Cet ouragan de faces humaines, ce flux et reflux de corps animés par un même mouvement eut pour résultat de laisser pendant quelques moments la rive de la Bérésina déserte. La multitude s'était rejetée dans la plaine. Si quelques hommes se lancèrent à la rivière du haut de la berge, ce fut moins dans l'espoir d'atteindre l'autre rive qui, pour eux, était la France, que pour éviter les déserts de la Sibérie. Le désespoir devint une égide pour quelques gens hardis. Un officier sauta de glaçon en glaçon jusqu'à l'autre bord ; un soldat rampa miraculeusement sur un amas de cadavres et de glaçons. Cette immense population finit par comprendre que les Russes ne tueraient pas vingt mille hommes sans armes, engourdis, stupides, qui ne se défendaient pas, et chacun attendit son sort avec une horrible résignation. Alors le major, son grenadier, le vieux général et sa femme restèrent seuls, à quelques pas de l'endroit où était le pont. Ils étaient là, tous quatre debout, les yeux secs, silencieux, entourés d'une masse de morts. Quelques soldats valides, quelques officiers auxquels la circonstance rendait toute leur énergie se trouvaient avec eux. Ce groupe assez nombreux comptait environ cinquante hommes. Le major aperçut à deux cents pas de là les ruines du pont fait pour les voitures, et qui s'était brisé l'avant-veille.

« Construisons un radeau », s'écria-t-il.

À peine avait-il laissé tomber cette parole que le groupe entier courut vers ces débris. Une foule d'hommes se mit à ramasser des crampons de fer, à chercher des pièces de bois, des cordes, enfin tous les matériaux nécessaires à la construction du radeau. Une vingtaine de soldats et d'officiers armés formèrent une garde commandée par le major pour protéger les travailleurs contre les attaques désespérées que pourrait tenter la foule en devinant leur dessein. Le sentiment de la liberté qui anime les prisonniers et leur inspire des miracles ne peut pas se comparer à celui qui faisait agir en ce moment ces malheureux Français.

« Voilà les Russes ! voilà les Russes ! » criaient aux travailleurs ceux qui les défendaient.

Et les bois criaient, le plancher croissait de largeur, de hauteur, de profondeur. Généraux, soldats, colonels, tous pliaient sous le poids des roues, des fers, des cordes, des planches : c'était une image réelle de la construction de l'arche de Noé. La jeune comtesse, assise auprès de son mari, contemplait ce spectacle avec le regret de ne pouvoir contribuer en rien à ce travail ; cependant elle aidait à faire des nœuds pour consolider les cordages. Enfin, le radeau fut achevé. Quarante hommes le lancèrent dans les eaux de la rivière, tandis qu'une dizaine de soldats tenaient les cordes qui devaient servir à l'amarrer près de la berge. Aussitôt que les constructeurs virent leur embarcation flottant sur la Bérésina, ils s'y jetèrent du haut de la rive avec un horrible égoïsme. Le major, craignant la fureur de ce premier mouvement, tenait Stéphanie et le général par la main ; mais il frissonna quand il vit l'embarcation noire de monde et les hommes pressés dessus comme des spectateurs au parterre d'un théâtre.

« Sauvages ! s'écria-t-il, c'est moi qui vous ai donné l'idée de faire le radeau ; je suis votre sauveur, et vous me refusez une place. »

Une rumeur confuse servit de réponse. Les hommes placés au bord du radeau, et armés de bâtons qu'ils appuyaient sur la berge, poussaient avec violence le train de bois, pour le lancer vers l'autre bord et lui faire fendre les glaçons et les cadavres.

« Tonnerre de Dieu ! je vous *fiche* à l'eau si vous ne recevez pas le major et ses deux compagnons, s'écria le grenadier, qui leva son sabre, empêcha le départ, et fit serrer les rangs, malgré des cris horribles.

– Je vais tomber ! je tombe ! criaient ses compagnons. Partons ! en avant ! »

Le major regardait d'un œil sec sa maîtresse, qui levait les yeux au ciel par un sentiment de résignation sublime.

« Mourir avec toi ! » dit-elle.

Il y avait quelque chose de comique dans la situation des gens installés sur le radeau. Quoiqu'ils poussassent des rugissements affreux, aucun d'eux n'osait résister au grenadier ; car ils étaient si pressés, qu'il suffisait de pousser une seule personne pour tout renverser. Dans ce danger, un capitaine essaya de se débarrasser du soldat qui aperçut le mouvement hostile de l'officier, le saisit et le précipita dans l'eau en lui disant : « Ah ! ah ! canard, tu veux boire ! Va ! »

– Voilà deux places ! s'écria-t-il. Allons, major, jetez-nous votre petite femme et venez ! Laissez ce vieux roquentin [1] qui crèvera demain.

– Dépêchez-vous ! cria une voix composée de cent voix.

– Allons, major. Ils grognent, les autres, et ils ont raison. »

Le comte de Vandières se débarrassa de ses vêtements, et se montra debout dans son uniforme de général.

« Sauvons le comte », dit Philippe.

Stéphanie serra la main de son ami, se jeta sur lui et l'embrassa par une horrible étreinte.

« Adieu ! » dit-elle.

Ils s'étaient compris. Le comte de Vandières retrouva ses forces et sa présence d'esprit pour sauter dans l'embarcation, où Stéphanie le suivit après avoir donné un dernier regard à Philippe.

« Major, voulez-vous ma place ? Je me moque de la vie, s'écria le grenadier. Je n'ai ni femme, ni enfant, ni mère.

– Je te les confie, cria le major en désignant le comte et sa femme.

– Soyez tranquille, j'en aurai soin comme de mon œil. »

---

1. Vieux beau ayant encore la prétention de plaire.

Le radeau fut lancé avec tant de violence vers la rive opposée à celle où Philippe restait immobile, qu'en touchant terre la secousse ébranla tout. Le comte, qui était au bord, roula dans la rivière. Au moment où il y tombait, un glaçon lui coupa la tête, et la lança au loin, comme un boulet.

« Hein ! major ! cria le grenadier.

– Adieu ! » cria une femme.

Philippe de Sucy tomba glacé d'horreur, accablé par le froid, par le regret et par la fatigue.

« Ma pauvre nièce était devenue folle, ajouta le médecin après un moment de silence. Ah ! monsieur, reprit-il en saisissant la main de M. d'Albon, combien la vie a été affreuse pour cette petite femme, si jeune, si délicate ! Après avoir été, par un malheur inouï, séparée de ce grenadier de la garde, nommé Fleuriot, elle a été traînée, pendant deux ans, à la suite de l'armée, le jouet d'un tas de misérables. Elle allait, m'a-t-on dit, pieds nus, mal vêtue, restait des mois entiers sans soins, sans nourriture ; tantôt gardée dans les hôpitaux, tantôt chassée comme un animal. Dieu seul connaît les malheurs auxquels cette infortunée a pourtant survécu. Elle était dans une petite ville d'Allemagne, enfermée avec des fous, pendant que ses parents, qui la croyaient morte, partageaient ici sa succession [1]. En 1816, le grenadier Fleuriot la reconnut dans une auberge de Strasbourg, où elle venait d'arriver après s'être évadée de sa prison. Quelques paysans racontèrent au grenadier que la comtesse avait vécu un mois entier dans une forêt, et qu'ils l'avaient traquée pour s'emparer d'elle, sans pouvoir y parvenir. J'étais alors à quelques lieues de Strasbourg. En entendant parler d'une fille sauvage, j'eus le désir de vérifier les faits extraordinaires qui donnaient matière à des contes ridicules. Que devins-je en reconnaissant la comtesse ? Fleuriot m'apprit tout ce qu'il savait de cette déplorable his-

_____

1. Comme ceux du colonel Chabert dans le roman éponyme (1832).

toire. J'emmenai ce pauvre homme avec ma nièce en
Auvergne où j'eus le malheur de le perdre. Il avait un
peu d'empire sur Mme de Vandières. Lui seul a pu
obtenir d'elle qu'elle s'habillât. *Adieu !* ce mot qui, pour
elle, est toute la langue, elle le disait jadis rarement.
Fleuriot avait entrepris de réveiller en elle quelques
idées ; mais il a échoué, et n'a gagné que de lui faire
prononcer un peu plus souvent cette triste parole. Le
grenadier savait la distraire et l'occuper en jouant avec
elle ; et par lui j'espérais, mais… »

L'oncle de Stéphanie se tut pendant un moment.

« Ici, reprit-il, elle a trouvé une autre créature avec
laquelle elle paraît s'entendre. C'est une paysanne
idiote qui, malgré sa laideur et sa stupidité, a aimé un
maçon. Ce maçon a voulu l'épouser, parce qu'elle
possède quelques quartiers de terre. La pauvre Geneviève a été pendant un an la plus heureuse créature
qu'il y eût au monde. Elle se parait, et allait le dimanche
danser avec Dallot, elle comprenait l'amour ; il y avait
place dans son cœur et dans son esprit pour un sentiment. Mais Dallot a fait des réflexions. Il a trouvé une
jeune fille qui a son bon sens et deux quartiers de terre
de plus que n'en a Geneviève. Dallot a donc laissé
Geneviève. Cette pauvre créature a perdu le peu d'intelligence que l'amour avait développé en elle, et ne
sait plus que garder les vaches ou faire de l'herbe. Ma
nièce et cette pauvre fille sont en quelque sorte unies
par la chaîne invisible de leur commune destinée, et
par le sentiment qui cause leur folie. Tenez, voyez »,
dit l'oncle de Stéphanie en conduisant le marquis
d'Albon à la fenêtre.

Le magistrat aperçut en effet la jolie comtesse assise
à terre entre les jambes de Geneviève. La paysanne,
armée d'un énorme peigne d'os, mettait toute son
attention à démêler la longue chevelure noire de Stéphanie, qui se laissait faire en jetant des cris étouffés
dont l'accent trahissait un plaisir instinctivement res-
senti. M. d'Albon frissonna en voyant l'abandon du
corps et la nonchalance animale qui trahissait chez la
comtesse une complète absence de l'âme.

« Philippe ! Philippe ! s'écria-t-il, les malheurs passés ne sont rien. N'y a-t-il donc point d'espoir ? » demanda-t-il.

Le vieux médecin leva les yeux au ciel.

« Adieu, monsieur, dit M. d'Albon en serrant la main du vieillard. Mon ami m'attend, vous ne tarderez pas à le voir. »

« C'est donc bien elle, s'écria Sucy après avoir entendu les premiers mots du marquis d'Albon. Ah ! j'en doutais encore ! ajouta-t-il en laissant tomber quelques larmes de ses yeux noirs, dont l'expression était habituellement sévère.

– Oui, c'est la comtesse de Vandières », répondit le magistrat.

Le colonel se leva brusquement et s'empressa de s'habiller.

« Hé bien, Philippe, dit le magistrat stupéfait, deviendrais-tu fou ?

– Mais je ne souffre plus, répondit le colonel avec simplicité. Cette nouvelle a calmé toutes mes douleurs. Et quel mal pourrait se faire sentir quand je pense à Stéphanie ? Je vais aux Bons-Hommes, la voir, lui parler, la guérir. Elle est libre. Eh bien, le bonheur nous sourira, ou il n'y aurait pas de Providence. Crois-tu donc que cette pauvre femme puisse m'entendre et ne pas recouvrer la raison ?

– Elle t'a déjà vu sans te reconnaître », répliqua doucement le magistrat, qui, s'apercevant de l'espérance exaltée de son ami, cherchait à lui inspirer des doutes salutaires.

Le colonel tressaillit ; mais il se mit à sourire en laissant échapper un léger mouvement d'incrédulité. Personne n'osa s'opposer au dessein du colonel. En peu d'heures, il fut établi dans le vieux prieuré, auprès du médecin et de la comtesse de Vandières.

« Où est-elle ? s'écria-t-il en arrivant.

– Chut ! lui répondit l'oncle de Stéphanie. Elle dort. Tenez, la voici. »

Philippe vit la pauvre folle accroupie au soleil sur un banc. Sa tête était protégée contre les ardeurs de

l'air par une forêt de cheveux épars sur son visage ; ses
bras pendaient avec grâce jusqu'à terre ; son corps
gisait élégamment posé comme celui d'une biche ; ses
pieds étaient pliés sous elle, sans effort ; son sein se
soulevait par intervalles égaux ; sa peau, son teint,
avaient cette blancheur de porcelaine qui nous fait
tant admirer la figure transparente des enfants. Immobile auprès d'elle, Geneviève tenait à la main un rameau
que Stéphanie était sans doute allée détacher de la
plus haute cime d'un peuplier, et l'idiote agitait doucement ce feuillage au-dessus de sa compagne endormie, pour chasser les mouches et fraîchir l'atmosphère. La paysanne regarda M. Fanjat et le colonel ;
puis, comme un animal qui a reconnu son maître, elle
retourna lentement la tête vers la comtesse, et continua de veiller sur elle, sans avoir donné la moindre
marque d'étonnement ou d'intelligence. L'air était brûlant. Le banc de pierre semblait étinceler, et la prairie
élançait vers le ciel ces lutines vapeurs qui voltigent et
flambent au-dessus des herbes comme une poussière
d'or ; mais Geneviève paraissait ne pas sentir cette
chaleur dévorante. Le colonel serra violemment les
mains du médecin dans les siennes. Des pleurs échap-
pés des yeux du militaire roulèrent le long de ses joues
mâles, et tombèrent sur le gazon, aux pieds de Stéphanie.

« Monsieur, dit l'oncle, voilà deux ans [1] que mon
cœur se brise tous les jours. Bientôt vous serez comme
moi, si vous ne pleurez pas, vous n'en sentirez pas
moins votre douleur.

– Vous l'avez soignée », dit le colonel dont les yeux
exprimaient autant de reconnaissance que de jalousie.

Ces deux hommes s'entendirent ; et, de nouveau, se
pressant fortement la main, ils restèrent immobiles, en
contemplant le calme admirable que le sommeil répandait sur cette charmante créature. De temps en temps,
Stéphanie poussait un soupir, et ce soupir, qui avait

---

1. Trois, en fait.

toutes les apparences de la sensibilité, faisait frissonner d'aise le malheureux colonel.

« Hélas, lui dit doucement M. Fanjat, ne vous
abusez pas, monsieur, vous la voyez en ce moment
dans toute sa raison. »

Ceux qui sont restés avec délices pendant des
heures entières occupés à voir dormir une personne
tendrement aimée, dont les yeux devaient leur sourire
au réveil, comprendront sans doute le sentiment doux
et terrible qui agitait le colonel. Pour lui, ce sommeil
était une illusion ; le réveil devait être une mort, et la
plus horrible de toutes les morts. Tout à coup un jeune
chevreau accourut en trois bonds vers le banc, flaira
Stéphanie, que ce bruit réveilla ; elle se mit légèrement
sur ses pieds, sans que ce mouvement effrayât le
capricieux animal ; mais quand elle eut aperçu Philippe, elle se sauva, suivie de son compagnon quadru-
pède, jusqu'à une haie de sureaux ; puis, elle jeta ce
petit cri d'oiseau effarouché que déjà le colonel avait
entendu près de la grille où la comtesse était apparue
à M. d'Albon pour la première fois. Enfin, elle grimpa
sur un faux ébénier, se nicha dans la houppe verte de
cet arbre, et se mit à regarder *l'étranger* avec l'attention
du plus curieux de tous les rossignols de la forêt.

« Adieu, adieu, adieu ! » dit-elle sans que l'âme
communiquât une seule inflexion sensible à ce mot.

C'était l'impassibilité de l'oiseau sifflant son air.

« Elle ne me reconnaît pas, s'écria le colonel au
désespoir. Stéphanie ! c'est Philippe, ton Philippe,
Philippe. »

Et le pauvre militaire s'avança vers l'ébénier ; mais
quand il fut à trois pas de l'arbre, la comtesse le
regarda, comme pour le défier, quoiqu'une sorte
d'expression craintive passât dans son œil ; puis, d'un
seul bond, elle se sauva de l'ébénier sur un acacia, et,
de là, sur un sapin du Nord, où elle se balança de
branche en branche avec une légèreté inouïe.

« Ne la poursuivez pas, dit M. Fanjat au colonel.
Vous mettriez entre elle et vous une aversion qui pourrait devenir insurmontable ; je vous aiderai à vous en

faire connaître et à l'apprivoiser. Venez sur ce banc. Si
vous ne faites point attention à cette pauvre folle, alors
vous ne tarderez pas à la voir s'approcher insensiblement pour vous examiner.

– *Elle !* ne pas me reconnaître, et me fuir », répéta le
colonel en s'asseyant le dos contre un arbre dont le
feuillage ombrageait un banc rustique ; et sa tête se
pencha sur sa poitrine. Le docteur garda le silence.
Bientôt la comtesse descendit doucement du haut de
son sapin, en voltigeant comme un feu follet, en se
laissant aller parfois aux ondulations que le vent imprimait aux arbres. Elle s'arrêtait à chaque branche pour
épier l'étranger ; mais, en le voyant immobile, elle finit
par sauter sur l'herbe, se mit debout, et vint à lui d'un
pas lent, à travers la prairie. Quand elle se fut posée
contre un arbre qui se trouvait à dix pieds environ du
banc, M. Fanjat dit à voix basse au colonel : « Prenez
adroitement, dans ma poche droite quelques morceaux de sucre, et montrez-les-lui, elle viendra ; je
renoncerai volontiers, en votre faveur, au plaisir de lui
donner des friandises. À l'aide du sucre qu'elle aime
avec passion, vous l'habituerez à s'approcher de vous
et à vous reconnaître.

– Quand elle était femme, répondit tristement Philippe, elle n'avait aucun goût pour les mets sucrés.

Lorsque le colonel agita vers Stéphanie le morceau
de sucre qu'il tenait entre le pouce et l'index de la
main droite, elle poussa de nouveau son cri sauvage,
et s'élança vivement sur Philippe ; puis elle s'arrêta,
combattue par la peur instinctive qu'il lui causait ; elle
regardait le sucre et détournait la tête alternativement,
comme ces malheureux chiens à qui leurs maîtres
défendent de toucher à un mets avant qu'on ait dit
une des dernières lettres de l'alphabet qu'on récite lentement. Enfin la passion bestiale triompha de la peur ;
Stéphanie se précipita sur Philippe, avança timidement sa jolie main brune pour saisir sa proie, toucha
les doigts de son amant, attrapa le sucre et disparut
dans un bouquet de bois. Cette horrible scène acheva

d'accabler le colonel, qui fondit en larmes et s'enfuit
dans le salon.

« L'amour aurait-il donc moins de courage que
l'amitié ? lui dit M. Fanjat. J'ai de l'espoir, monsieur le
baron. Ma pauvre nièce était dans un état bien plus
déplorable que celui où vous la voyez.

– Est-ce possible ? s'écria Philippe.

– Elle restait nue », reprit le médecin.

Le colonel fit un geste d'horreur et pâlit ; le docteur
crut reconnaître dans cette pâleur quelques fâcheux
symptômes, il vint lui tâter le pouls, et le trouva en
proie à une fièvre violente ; à force d'instances, il parvint à le faire mettre au lit, et lui prépara une légère
dose d'opium afin de lui procurer un sommeil calme.

Huit jours environ s'écoulèrent, pendant lesquels le
baron de Sucy fut souvent aux prises avec des angoisses
mortelles ; aussi bientôt ses yeux n'eurent-ils plus de
larmes. Son âme, souvent brisée, ne put s'accoutumer
au spectacle que lui présentait la folie de la comtesse,
mais il pactisa, pour ainsi dire, avec cette cruelle situation, et trouva des adoucissements dans sa douleur.
Son héroïsme ne connut pas de bornes. Il eut le courage d'apprivoiser Stéphanie, en lui choisissant des
friandises ; il mit tant de soin à lui apporter cette nourriture, il sut si bien graduer les modestes conquêtes
qu'il voulait faire sur l'instinct de sa maîtresse, ce dernier lambeau de son intelligence, qu'il parvint à la
rendre plus *privée* [1] qu'elle ne l'avait jamais été. Le
colonel descendait chaque matin dans le parc ; et si,
après avoir longtemps cherché la comtesse, il ne pouvait deviner sur quel arbre elle se balançait mollement,
ni le coin dans lequel elle s'était tapie pour y jouer avec
un oiseau, ni sur quel toit elle s'était perchée, il sifflait
l'air si célèbre de : *Partant pour la Syrie* [2] auquel se rat-
tachait le souvenir d'une scène de leurs amours. Aussitôt Stéphanie accourait avec la légèreté d'un faon.

_____

1. Apprivoisée.
2. Célèbre romance troubadour, paroles de A. de Laborde,
musique de la reine Hortense (1810).

Elle s'était si bien habituée à voir le colonel, qu'il ne l'effrayait plus ; bientôt elle s'accoutuma à s'asseoir sur lui, à l'entourer de son bras sec et agile. Dans cette attitude, si chère aux amants, Philippe donnait lentement quelques sucreries à la friande comtesse. Après les avoir mangées toutes, il arrivait souvent à Stéphanie de visiter les poches de son ami par des gestes qui avaient la vélocité mécanique des mouvements du singe. Quand elle était bien sûre qu'il n'y avait plus rien, elle regardait Philippe d'un œil clair, sans idées, sans reconnaissance ; elle jouait alors avec lui ; elle essayait de lui ôter ses bottes pour voir son pied, elle déchirait ses gants, mettait son chapeau ; mais elle lui laissait passer les mains dans sa chevelure, lui permettait de la prendre dans ses bras, et recevait sans plaisir des baisers ardents ; enfin, elle le regardait silencieusement quand il versait des larmes ; elle comprenait bien le sifflement de : *Partant pour la Syrie* ; mais il ne put réussir à lui faire prononcer son propre nom de *Stéphanie* ! Philippe était soutenu dans son horrible entreprise par un espoir qui ne l'abandonnait jamais. Si, par une belle matinée d'automne, il voyait la comtesse paisiblement assise sur un banc, sous un peuplier jauni, le pauvre amant se couchait à ses pieds, et la regardait dans les yeux aussi longtemps qu'elle voulait bien se laisser voir, en espérant que la lumière qui s'en échappait redeviendrait intelligente ; parfois, il se faisait illusion, il croyait avoir aperçu ces rayons durs et immobiles, vibrant de nouveau, amollis, vivants, et il s'écriait : « Stéphanie ! Stéphanie ! tu m'entends, tu me vois ! » Mais elle écoutait le son de cette voix comme un bruit, comme l'effort du vent qui agitait les arbres, comme le mugissement de la vache sur laquelle elle grimpait ; et le colonel se tordait les mains de désespoir, désespoir toujours nouveau. Le temps et ces vaines épreuves ne faisaient qu'augmenter sa douleur. Un soir, par un ciel calme, au milieu du silence et de la paix de ce champêtre asile, le docteur aperçut de loin le baron occupé à charger un pistolet. Le vieux médecin comprit que Philippe n'avait plus d'espoir ; il sentit tout son sang affluer à son cœur, et s'il résista au vertige qui s'emparait de lui, c'est qu'il aimait mieux voir sa nièce vivante et folle que morte. Il accourut.

« Que faites-vous ! dit-il.

– Ceci est pour moi, répondit le colonel en montrant sur le banc un pistolet chargé, et voilà pour elle ! » ajouta-t-il en achevant de fouler la bourre au fond de l'arme qu'il tenait.

La comtesse était étendue à terre, et jouait avec les balles.

« Vous ne savez donc pas, reprit froidement le médecin qui dissimula son épouvante, que cette nuit, en dormant, elle a dit : "Philippe !"

– Elle m'a nommé ! » s'écria le baron en laissant tomber son pistolet que Stéphanie ramassa ; mais il le lui arracha des mains, s'empara de celui qui était sur le banc et se sauva.

« Pauvre petite », s'écria le médecin, heureux du succès qu'avait eu sa supercherie. Il pressa la folle sur son sein et dit en continuant : « Il t'aurait tuée, l'égoïste ! il veut te donner la mort, parce qu'il souffre. Il ne sait pas t'aimer pour toi, mon enfant ! Nous lui pardonnons, n'est-ce pas ? il est insensé, et toi ? tu n'es que folle. Va ! Dieu seul doit te rappeler près de lui. Nous te croyons malheureuse, parce que tu ne participes plus à nos misères, sots que nous sommes ! Mais, dit-il en l'asseyant sur ses genoux, tu es heureuse, rien ne te gêne ; tu vis comme l'oiseau, comme le daim. »

Elle s'élança sur un jeune merle qui sautillait, le prit en jetant un petit cri de satisfaction, l'étouffa, le regarda mort, et le laissa au pied d'un arbre sans plus y penser.

Le lendemain, aussitôt qu'il fit jour, le colonel descendit dans les jardins, il chercha Stéphanie, il croyait au bonheur ; ne la trouvant pas, il siffla. Quand sa maîtresse fut venue, il la prit par le bras ; et, marchant pour la première fois ensemble, ils allèrent sous un berceau d'arbres flétris dont les feuilles tombaient sous la brise matinale. Le colonel s'assit, et Stéphanie se posa d'elle-même sur lui. Philippe en trembla d'aise.

« Mon amour, lui dit-il en baisant avec ardeur les mains de la comtesse, je suis Philippe. »

Elle le regarda avec curiosité.

«Viens, ajouta-t-il en la pressant. Sens-tu battre mon cœur ? Il n'a battu que pour toi. Je t'aime toujours. Philippe n'est pas mort, il est là, tu es sur lui. Tu es ma Stéphanie, et je suis ton Philippe.

– Adieu, dit-elle, adieu. »

Le colonel frissonna, car il crut s'apercevoir que son exaltation se communiquait à sa maîtresse. Son cri déchirant, excité par l'espoir, ce dernier effort d'un amour éternel, d'une passion délirante, réveillait la raison de son amie.

« Ah ! Stéphanie, nous serons heureux. »

Elle laissa échapper un cri de satisfaction, et ses yeux eurent un vague éclair d'intelligence.

« Elle me reconnaît ! Stéphanie ! »

Le colonel sentit son cœur se gonfler, ses paupières devenir humides. Mais il vit tout à coup la comtesse lui montrer un peu de sucre qu'elle avait trouvé en le fouillant pendant qu'il parlait. Il avait donc pris pour une pensée humaine ce degré de raison que suppose la malice du singe. Philippe perdit connaissance. M. Fanjat trouva la comtesse assise sur le corps du colonel. Elle mordait son sucre en témoignant son plaisir par des minauderies qu'on aurait admirées si, quand elle avait sa raison, elle eût voulu imiter par plaisanterie sa perruche ou sa chatte.

« Ah ! mon ami, s'écria Philippe en reprenant ses sens, je meurs tous les jours, à tous les instants ! J'aime trop ! Je supporterais tout si, dans sa folie, elle avait gardé un peu du caractère féminin. Mais la voir toujours sauvage et même dénuée de pudeur, la voir…

– Il vous fallait donc une folie d'opéra [1], dit aigrement le docteur. Et vos dévouements d'amour sont

---

1. Par exemple chez Paisiello, *Nina o la pazza per amore*, créé en 1787 ; *Lucia di Lammermoor* de Donizetti ne le sera qu'en 1835.

donc soumis à des préjugés ? Hé quoi ! monsieur, je
me suis privé pour vous du triste bonheur de nourrir
ma nièce, je vous ai laissé le plaisir de jouer avec elle,
je n'ai gardé pour moi que les charges les plus
pesantes. Pendant que vous dormez, je veille sur elle,
je... Allez, monsieur, abandonnez-la. Quittez ce triste
ermitage. Je sais vivre avec cette chère petite créature ;
je comprends sa folie, j'épie ses gestes, je suis dans ses
secrets. Un jour vous me remercierez. »

Le colonel quitta les Bons-Hommes, pour n'y plus
revenir qu'une fois. Le docteur fut épouvanté de
l'effet qu'il avait produit sur son hôte, il commençait à
l'aimer à l'égal de sa nièce. Si des deux amants il y en
avait un digne de pitié, c'était certes Philippe : ne por-
tait-il pas à lui seul le fardeau d'une épouvantable
douleur ! Le médecin fit prendre des renseignements
sur le colonel et apprit que le malheureux s'était
réfugié dans une terre qu'il possédait près de Saint-
Germain. Le baron avait, sur la foi d'un rêve, conçu
un projet pour rendre la raison à la comtesse. À l'insu
du docteur, il employait le reste de l'automne aux préparatifs de cette immense entreprise. Une petite
rivière coulait dans son parc, où elle inondait en hiver
un grand marais qui ressemblait à peu près à celui qui
s'étendait le long de la rive droite de la Bérésina. Le
village de Satout [1], situé sur une colline, achevait d'en-
cadrer cette scène d'horreur, comme Studzianka
enveloppait la plaine de la Bérésina. Le colonel ras-
sembla des ouvriers pour faire creuser un canal qui
représentât la dévorante rivière où s'étaient perdus les
trésors de la France, Napoléon et son armée. Aidé par
ses souvenirs, Philippe réussit à copier dans son parc
la rive où le général Éblé avait construit ses ponts, y
planta des chevalets et les brûla de manière à figurer
les ais noirs et à demi consumés qui, de chaque côté
de la rive, avaient attesté aux traînards que la route de
France leur était fermée. Le colonel fit apporter des
débris semblables à ceux dont s'étaient servis ses

_____

1. Chatou.

compagnons d'infortune pour construire leur embarcation. Il ravagea son parc, afin de compléter l'illusion
sur laquelle il fondait sa dernière espérance. Il commanda des uniformes et des costumes délabrés, afin
d'en revêtir plusieurs centaines de paysans. Il éleva
des cabanes, des bivouacs, des batteries qu'il incendia.
Enfin, il n'oublia rien de ce qui pouvait reproduire la
plus horrible de toutes les scènes, et il atteignit à son
but. Vers les premiers jours du mois de décembre,
quand la neige eut revêtu la terre d'un épais manteau
blanc, il reconnut la Bérésina. Cette fausse Russie était
d'une si épouvantable vérité, que plusieurs de ses
compagnons d'armes reconnurent la scène de leurs
anciennes misères. M. de Sucy garda le secret de cette
représentation tragique, de laquelle, à cette époque,
plusieurs sociétés parisiennes s'entretinrent comme
d'une folie.

Au commencement du mois de janvier 1820, le
colonel monta dans une voiture semblable à celle qui
avait amené M. et Mme de Vandières de Moscou à
Studzianka, et se dirigea vers la forêt de L'Isle-Adam.
Il était traîné par des chevaux à peu près semblables à
ceux qu'il était allé chercher au péril de sa vie dans les
rangs des Russes. Il portait les vêtements souillés et
bizarres, les armes, la coiffure qu'il avait le 29 novembre
1812. Il avait même laissé croître sa barbe, ses cheveux, et négligé son visage, pour que rien ne manquât
à cette affreuse vérité.

« Je vous ai deviné, s'écria M. Fanjat en voyant le
colonel descendre de voiture. Si vous voulez que votre
projet réussisse, ne vous montrez pas dans cet équipage. Ce soir, je ferai prendre à ma nièce un peu
d'opium. Pendant son sommeil, nous l'habillerons
comme elle l'était à Studzianka, et nous la mettrons
dans cette voiture. Je vous suivrai dans une berline. »

Sur les deux heures du matin, la jeune comtesse fut
portée dans la voiture, posée sur des coussins, et enveloppée d'une grossière couverture. Quelques paysans
éclairaient ce singulier enlèvement. Tout à coup, un cri
perçant retentit dans le silence de la nuit. Philippe et le

médecin se retournèrent et virent Geneviève qui sortait demi-nue de la chambre basse où elle couchait.

« Adieu, adieu, c'est fini, adieu, criait-elle en pleurant à chaudes larmes.

— Hé bien, Geneviève, qu'as-tu ? » lui dit M. Fanjat. Geneviève agita la tête par un mouvement de désespoir, leva le bras vers le ciel, regarda la voiture, poussa un long grognement, donna des marques visibles d'une profonde terreur, et rentra silencieuse.

« Cela est de bon augure, s'écria le colonel. Cette fille regrette de n'avoir plus de compagne. Elle *voit* peut-être que Stéphanie va recouvrer la raison.

— Dieu le veuille », dit M. Fanjat qui parut affecté de cet incident.

Depuis qu'il s'était occupé de la folie, il avait rencontré plusieurs exemples de l'esprit prophétique et du don de seconde vue dont quelques preuves ont été données par des aliénés, et qui se retrouvent, au dire de plusieurs voyageurs, chez les tribus sauvages.

Ainsi que le colonel l'avait calculé, Stéphanie traversa la plaine fictive de la Bérésina sur les neuf heures du matin, elle fut réveillée par une boîte [1] qui partit à cent pas de l'endroit où la scène avait lieu. C'était un signal. Mille paysans poussèrent une effroyable clameur, semblable au hourra de désespoir qui alla épouvanter les Russes, quand vingt mille traînards se virent livrés par leur faute à la mort ou à l'esclavage. À ce cri, à ce coup de canon, la comtesse sauta hors de la voiture, courut avec une délirante angoisse sur la place neigeuse, vers les bivouacs brûlés, et le fatal radeau que l'on jeta dans une Bérésina glacée. Le major Philippe était là, faisant tournoyer son sabre sur la multitude. Mme de Vandières laissa échapper un cri qui glaça tous les cœurs et se plaça devant le colonel, qui palpitait. Elle se recueillit, regarda d'abord vaguement cet étrange tableau. Pendant un instant aussi rapide que l'éclair, ses yeux eurent la lucidité dépourvue d'intelligence que nous admirons dans l'œil éclatant des oiseaux ; puis elle passa la main sur son

_____
1. Petite charge explosive.

front avec l'expression vive d'une personne qui médite, elle contempla ce souvenir vivant, cette vie passée traduite devant elle, tourna vivement la tête vers Philippe, et *le vit*. Un affreux silence régnait au milieu de la foule. Le colonel haletait et n'osait parler, le docteur pleurait. Le beau visage de Stéphanie se colora faiblement ; puis, de teinte en teinte, elle finit par reprendre l'éclat d'une jeune fille étincelant de fraîcheur. Son visage devint d'un beau pourpre. La vie et le bonheur, animés par une intelligence flamboyante, gagnaient de proche en proche comme un incendie. Un tremblement convulsif se communiqua des pieds au cœur. Puis ces phénomènes, qui éclatèrent en un moment, eurent comme un lien commun quand les yeux de Stéphanie lancèrent un rayon céleste, une flamme animée. Elle vivait, elle pensait ! Elle frissonna, de terreur peut-être ! Dieu déliait lui-même une seconde fois cette langue morte, et jetait de nouveau son feu dans cette âme éteinte. La volonté humaine vint avec ses torrents électriques et vivifia ce corps d'où elle avait été si longtemps absente.

« Stéphanie, cria le colonel.

– Oh ! c'est Philippe », dit la pauvre comtesse.

Elle se précipita dans les bras tremblants que le colonel lui tendait, et l'étreinte des deux amants effraya les spectateurs. Stéphanie fondait en larmes. Tout à coup ses pleurs se séchèrent, elle se cadavérisa comme si la foudre l'eût touchée, et dit d'un son de voix faible : « Adieu, Philippe. Je t'aime, adieu !

– Oh ! elle est morte », s'écria le colonel en ouvrant les bras.

Le vieux médecin reçut le corps inanimé de sa nièce, l'embrassa comme eût fait un jeune homme, l'emporta et s'assit avec elle sur un tas de bois. Il regarda la comtesse en lui posant sur le cœur une main débile et convulsivement agitée. Le cœur ne battait plus.

« C'est donc vrai, dit-il en contemplant tour à tour le colonel immobile et la figure de Stéphanie sur laquelle la mort répandait cette beauté resplendissante, fugitive auréole, le gage peut-être d'un brillant avenir. Oui, elle est morte.

– Ah ! ce sourire, s'écria Philippe, voyez donc ce sourire ! Est-ce possible ?

– Elle est déjà froide », répondit M. Fanjat.

M. de Sucy fit quelques pas pour s'arracher à ce spectacle ; mais il s'arrêta, siffla l'air qu'entendait la folle, et, ne voyant pas sa maîtresse accourir, il s'éloigna d'un pas chancelant, comme un homme ivre, sifflant toujours, mais ne se retournant plus.

Le général Philippe de Sucy passait dans le monde pour un homme très aimable et surtout très gai. Il y a quelques jours une dame le complimenta sur sa bonne humeur et sur l'égalité de son caractère.

« Ah ! madame, lui dit-il, je paie mes plaisanteries bien cher, le soir, quand je suis seul.

– Êtes-vous donc jamais seul ?

– Non », répondit-il en souriant.

Si un observateur judicieux de la nature humaine avait pu voir en ce moment l'expression du comte de Sucy, il en eût frissonné peut-être.

« Pourquoi ne vous mariez-vous pas ? reprit cette dame qui avait plusieurs filles dans un pensionnat. Vous êtes riche, titré, de noblesse ancienne ; vous avez des talents, de l'avenir, tout vous sourit.

– Oui, répondit-il, mais il est un sourire qui me tue. »

Le lendemain la dame apprit avec étonnement que M. de Sucy s'était brûlé la cervelle pendant la nuit. La haute société s'entretint diversement de cet événement extraordinaire, et chacun en cherchait la cause. Selon les goûts de chaque raisonneur, le jeu, l'amour, l'ambition, des désordres cachés, expliquaient cette catastrophe, dernière scène d'un drame qui avait commencé en 1812. Deux hommes seulement, un magistrat et un vieux médecin, savaient que M. le comte de Sucy était un de ces hommes forts auxquels Dieu donne le malheureux pouvoir de sortir tous les jours triomphants d'un horrible combat qu'ils livrent à quelque monstre inconnu. Que, pendant un moment, Dieu leur retire sa main puissante, ils succombent.

Paris, mars 1830.

UNE PASSION DANS LE DÉSERT

NOTICE

« Scène de la vie militaire », mais aussi « étude philosophique » : ainsi qu'en témoignent les hésitations de Balzac pour classer *Une passion dans le désert*, cette nouvelle peut être envisagée sous des angles divers, et l'unanimité critique, aujourd'hui encore, ne s'est pas faite sur son exacte portée. D'aucuns se sont bornés à y trouver une anecdote « un peu coquine » (Michel Dewachter), dans un désert « de carton-pâte » (Patrick Berthier). Tel n'est pas du tout notre avis. Nous y voyons, au contraire, l'une des incursions les plus risquées et les plus profondes de Balzac dans ces confins où le désir, porté à son incandescence maximale, transgresse tous les tabous sociaux et moraux, et qui l'ont toujours fasciné.

Le cadre de la narration semble *a priori* on ne peut plus classique : il s'agit de galanterie parisienne. Un homme, que l'on suppose lié à sa compagne par des enjeux amoureux, l'emmène visiter l'attraction dont on parle : le dompteur Martin et sa hyène. Frappée par l'étonnante « affection » que manifeste le fauve à l'égard de son maître, la dame se demande comment il est possible d'obtenir d'un animal dangereux pareille soumission. Son ami lui répond que la rencontre fortuite d'un ancien soldat de la campagne d'Égypte lui a éclairé ce mystère. Enfiévrée de curiosité, la belle se livre à toutes sortes de chatteries (« agaceries », « promesses ») pour réclamer, et recevoir, la transmission par écrit du récit du soldat. Lequel se résume à très peu de chose (si l'on peut dire !) : perdu dans le désert, il a réussi à désarmer la férocité d'une panthère qui, peu à peu apprivoisée, est devenue son amie et sa maîtresse. Un jour, en faisant l'amour avec elle, un « malentendu » surgit : elle le blesse, il la tue.

On est évidemment toujours libre de ne pas *lire* les textes, et, de même que longtemps certains se sont obstinés à refuser d'admettre le fait, pourtant explicitement posé par Balzac, que Vautrin, si dévoué, couche avec Lucien de Rubempré (*Illusions perdues*, *Splendeurs et misères des courtisanes*), de même des lecteurs, beaucoup plus pudibonds ou plus timorés que l'auteur d'*Une passion dans le désert*, titre sans fard, programmatique, et à prendre au pied de la lettre, éprouvent le besoin de se rassurer en feignant de croire que les jeux du Provençal et de sa panthère, aussi sensuels soient-ils, ne franchissent pas les bornes de la décence. Ces scrupules de moralité les honorent assurément, mais ils relèvent clairement, ou plutôt obscurément, d'une démarche de dénégation ou de refoulement (de quoi, au fait ?) ; ils mutilent la nouvelle de sa signification la plus riche et surtout contredisent la très sensible progression sur laquelle, avec beaucoup d'art, Balzac a construit son récit, parcourant subtilement tout le clavier des caresses, depuis les prolégomènes ludiques jusqu'à ce moment troublant où, ayant épuisé les approches superficielles, les deux partenaires se regardent « d'un air intelligent » : le soldat comprend définitivement que la bête « a une âme » ; l'amour qu'il lit dans ses yeux, l'arrachant à son animalité, la constitue en « autre » qu'il rejoint logiquement par la possession charnelle, ni plus ni moins qu'un homme, par l'acte sexuel, essaie de rejoindre l'âme d'une femme. Difficile d'être plus clair en 1830 sans braver l'honnêteté… Comme l'essentiel de la musique est entre les notes, l'essentiel du sens est entre les mots.

Pour que nul ne se trompe sur les implications ultimes de ses insistantes suggestions, Balzac décline toutes les variations possibles du thème traditionnel et réversible de la féminité/félinité. Il retourne comme un gant la métaphore : si la femme est parfois une panthère (ce qui sera illustré, quatre ans plus tard, par la Fille aux yeux d'or, sœur jumelle de Mignonne dans le « vaste désert d'hommes » parisien, et repris par Barbey d'Aurevilly au début du *Bonheur dans le*

crime), idée qui, apparemment, ne choque personne et fait
même partie intégrante des « emplois » littéraires les mieux
documentés, pourquoi une panthère ne pourrait-elle pas
être femme (perspective qui, elle, dérange tellement qu'on
se crève les yeux plutôt que de la voir) ? Le sujet de la nouvelle n'est pas ailleurs que dans cette question, à laquelle,
reconnaissons-le, il n'est pas facile d'apporter calmement
une réponse. Le Provençal et Mignonne *forment couple*, un
couple soudé par l'échange de la tendresse et du plaisir à
l'ombre de la mort. Car si Éros est indubitablement bien là,
Thanatos lui aussi plane sur ces ébats incompréhensibles :
ce sont des amours sur le fil du rasoir, ou du poignard, ou de
la griffe. L'amant n'oublie jamais qu'il est soumis à un terrible chantage : « Fais-moi jouir, ou je te dévore ! » Il est
condamné, pour acheter sa survie, à extorquer chaque jour
à sa compagne le râle de la volupté (une étude psychanalytique montrerait aisément tout ce qu'il y a ici de peur fantas-
matique du mâle devant l'exigence sexuelle de la femme).
Donnant-donnant : effroyable troc, comblant aussi « quelque
part », parce que poussant jusqu'à sa flamboyance suprême
l'innommable qui est au fond de tout amour.

La rougeur de la grotte où se consomme cette ordalie a surpris : mais pouvait-il être autre chose que rouge, cet antre
vaginal et nuptial ? Et ces noces inhumaines pouvaient-elles
trouver leur lit ailleurs qu'au désert, dans cet espace qui, entre
tous, est bien celui de l'indicible ? Comment exprimer le vide,
proférer le néant ? Balzac bien entendu ne connaît pas le
désert, et pourtant son intuition de poète lui dicte les nota-
tions les plus économes et donc les plus justes (malgré, ici ou
là, quelques échos un peu trop indiscrètement chateaubria-
nesques) pour donner une idée du grand Rien. Il fallait couper les amarres avec tous les repères invétérés pour arriver *là*,
en ce *no man's land* et *no man's time* d'inhumanité totale, où
certes on se demande ce que vient faire l'auteur de la future
Comédie humaine, encyclopédie du XIXe siècle civilisé :

> La dialectique de l'homme et du monde, qu'il exprime
> d'ordinaire comme personne n'avait fait avant lui et comme
> nul ne devait le faire après lui, il s'en affranchit, il lui tourne
> le dos. Il secoue son propre joug. Il s'insurge contre l'esthé-
> tique balzacienne, contre la technique balzacienne. Comme
> pour s'assurer contre sa pente, pour déjouer la puissance
> spontanée de son prodigieux coup d'œil, pour mieux rompre
> les enchaînements de la nécessité, pour remédier à la promis-

cuité, à la contamination, aux embarbouillages de réalité, à
tout danger de compromission, pour brouiller définitivement
les pistes, il écarte tous les cadres connus, il récuse tous les
milieux dont il sache dénoncer le mécanisme : il bondit hors
de tout système de référence, il se fait hétérogène à tout sentiment de la solidarité. Rien désormais ne risquera plus
d'arrêter dans leurs ébats les monstres de sa rêverie [1].

Mais justement, qu'est-ce que la « monstruosité » ?
Qu'est-ce que la « civilisation » ? Les nuits fauves des soli-
tudes pulvérisent les taxinomies manichéennes, déstabilisent
le cadastre des valeurs admises. Ce n'est pas avec Vivant
Denon ni avec Buffon qu'il faut lire *Une passion dans le
désert*, mais avec Georges Bataille. « Bestialité » : c'est vite,
beaucoup trop vite dit... Dans cette expérience qui disqua-
lifie le langage, et où pourtant s'exprime comme une transcendance immémoriale, à la fois scandaleuse et sacrée,
s'éprouve un dépassement des catégories qui est bien
d'ordre (étymologiquement) *religieux*. C'est évidemment le
contraire d'un hasard si ces prétendues abominations ont
pour théâtre la Thébaïde, berceau du monachisme occi-
dental (la grotte est d'ailleurs comparée à un « ermitage »),
et si la nouvelle se termine par une splendide définition du
désert : « Dieu sans les hommes ».

On n'aurait pas cru un simple grognard si métaphysicien,
mais telle est bien la leçon du désert : détergent à nul autre
pareil, athanor où la combustion solaire calcine toutes les
impuretés, il étrille et essore l'être de tout le superflu, le
récure jusqu'à l'os et l'ouvre à une dimension de sens supérieure. Il est frappant d'observer comment le Provençal, gai
luron sans histoires, amant empressé de sa Virginie, dès lors
que Mignonne entre dans sa vie, devient un autre homme,
voit le monde autrement (la lumière, les nuages, l'horizon, la
vie), accède à une profondeur insoupçonnée de perception
et d'interrogation. Entrant en désert, il entre en absolu. Si,
selon le mot de Renan, « le désert est monothéiste », c'est
parce que là, et là seulement, on fait silence en soi et on
écoute une voix que brouillent et étouffent les parasitages
des faux dieux de la vie sociale. On se réorigine sur la nudité
de l'Unique – bref : on se convertit. Épreuve de vérité.
Mignonne aura été le périlleux médium de cette révélation.

1. S. de Sacy, préface, *L'Œuvre de Balzac*, Club français du livre,
t. XI, 1966, p. 607-608.

Décidément beaucoup plus philosophique que militaire, la robinsonnade, on le voit, amène en des régions mystérieuses, d'où l'on ne revient pas indemne. Amputé, le soldat a laissé au désert beaucoup plus qu'une jambe : la part la plus secrète, et sans doute la plus précieuse de lui-même, celle de Mignonne. Significativement, il se définit lui-même désormais comme un « cadavre » : il se survit. Gageons que l'aimable Virginie, à supposer qu'elle veuille encore d'un estropié, lui paraît désormais bien fade. Balzac laisse délibérément ouverte la question du jugement moral à porter. C'est « une chose naturelle », dit d'abord celui qui a recueilli le récit du soldat, que les animaux puissent s'attacher aux hommes, mais c'est pour apparemment se contredire aussitôt après : ce sont les hommes qui inoculent aux bêtes « tous les vices dus à notre état de civilisation » (ce ne serait donc pas une nature, mais une contre-nature, une perversion culturelle). Or s'il est une certitude dans cette histoire, c'est que l'éventuelle « perversion » s'est épanouie en un lien authentique et porteur de sens. Ignominieux autant qu'on voudra, et dût cette affirmation sceller la débâcle de l'humanisme, l'amour entre l'homme et la panthère est aussi d'une innocence d'Éden perdu et retrouvé.

Il y aurait quelque niaiserie à lire dans *Une passion dans le désert* un plaidoyer pour la zoophilie. Balzac, simplement (mais rien n'est simple, et la nouvelle ne dit rien d'autre), est un explorateur qui n'a pas froid aux yeux. Grand praticien de la typisation qui a tant agité les critiques marxistes, il est aussi un audacieux amateur d'*atypisation*. Il est aimanté par les situations frontalières, les aléas des confins, là où l'humain découvre en lui quelque chose qui n'a pas de nom – ce qui pourrait être un autre nom du sublime. La passion ose tout, elle est à elle-même son principe, sa loi, sa justification. Par le seul fait qu'elle est, elle signifie. Ce qu'elle signifie ne peut être qualifié. Faute de mieux, Balzac en est réduit aux points de suspension, qui à la fois disent sans le dire le coït interdit et, *in fine*, l'insondable rêverie sur l'horizontalité à perte de vue d'une vacuité érotique, mystique, paradoxalement inversée en plénitude, dont le soldat finit par être exilé.

Le récit du narrateur second avancera-t-il ses affaires auprès de sa panthère à lui ? On se permettra d'en douter. Il aura été le *corps conducteur* de quelque chose de trop fort, qui risque de se retourner contre lui. La dame de ses pensées ne se mettra-t-elle pas à songer à l'Égypte ? à faire des

comparaisons ? À Paris, les fauves sont dans des cages, ou
dans des boudoirs, heureusement.

Heureusement ?

HISTOIRE DU TEXTE

Une passion dans le désert a d'abord paru comme conte de
Noël, pour le moins inattendu, offert aux lecteurs de *La Revue
de Paris* le 24 décembre 1830. La nouvelle a été reprise en 1837,
au tome XVI des *Études philosophiques*, Delloye et Lecou. En
1845, elle reparaît au tome IV des *Trois Amoureux* (édition originale de *Modeste Mignon*), avec pour sous-titre *Scène de la vie
militaire*, chez Chlendowski. Elle entre enfin au tome VIII de *La
Comédie humaine* chez Furne en 1846.

CHOIX BIBLIOGRAPHIQUE

Léon-François HOFFMANN, « Mignonne et Paquita », *L'Année
    balzacienne*, 1964.
S. DE SACY, préface, *L'Œuvre de Balzac*, Club français du livre,
    t. XI, 1966.
Pierre CITRON, « Le rêve asiatique de Balzac », *L'Année balza-
    cienne*, 1968.
Patrick BERTHIER, introduction et notes, *La Comédie humaine*,
    Gallimard, « Bibliothèque de la Pléiade », t. VIII, 1977.
Michel DEWACHTER, « L'Égypte de Balzac », *Cahiers Confron-
    tation*, n° 9, printemps 1983.
Juliette FRØLICH, *Au parloir du roman*, Oslo-Paris, Solum
    Forlag, Didier Érudition, 1991, p. 84-86.
Philippe BERTHIER, « Le désir, le désert », in *Figures du fan-
    tasme. Un parcours dix-neuviémiste*, Toulouse, Presses univer-
    sitaires du Mirail, 1992, p. 75-85.
Pierre LAFORGUE, « *Une passion dans le désert* ou l'amour brut »,
    in *L'Éros romantique*, PUF, 1998, p. 147-162.
Lucette BESSON, « *Une passion dans le désert* », *L'École des lettres*,
    n° 13, 1er mai 1999.
Susi PIETRI, « Le don de l'envers. *Une passion dans le désert* de
    Balzac et *Un artiste de la faim* de Kafka », in *Envers balzaciens*,
    Poitiers, La Licorne, 2001.
Anne-Marie BARON, *Balzac ou les Hiéroglyphes de l'imaginaire*,
    Champion, 2002, p. 143-147.
Andrea DEL LUNGO, « Non-lieux balzaciens. Le désert comme ter-
    ritoire a-topique », in *Balzac géographe. Territoires*, Ph. Dufour et
    N. Mozet éds, Saint-Cyr-sur-Loire, Christian Pirot, 2004.

UNE PASSION DANS LE DÉSERT

« Ce spectacle est effrayant [1] ! » s'écria-t-elle en sortant de la ménagerie de M. Martin [2].

Elle venait de contempler ce hardi spéculateur *travaillant* avec sa hyène, pour parler en style d'affiche.

« Par quels moyens, dit-elle en continuant, peut-il avoir apprivoisé ses animaux au point d'être assez certain de leur affection pour…

– Ce fait, qui vous semble un problème, répondis-je en l'interrompant, est cependant une chose naturelle…

– Oh ! s'écria-t-elle en laissant errer sur ses lèvres un sourire d'incrédulité.

– Vous croyez donc les bêtes entièrement dépourvues de passions ? lui demandai-je, apprenez que nous pouvons leur donner tous les vices dus à notre état de civilisation. »

Elle me regarda d'un air étonné.

« Mais, repris-je, en voyant M. Martin pour la première fois, j'avoue qu'il m'est échappé, comme à vous, une exclamation de surprise. Je me trouvais alors près d'un ancien militaire amputé de la jambe droite entré avec moi.

---

1. L'édition de 1845 comportait des chapitres dont nous indiquerons les titres. Ici : « I. Histoire naturelle d'une histoire surnaturelle ».

2. Henri Martin avait ouvert sa ménagerie en décembre 1829. Il publiera en 1881 *Mémoires d'un dompteur*.

Cette figure m'avait frappé. C'était une de ces têtes intrépides, marquées du sceau de la guerre et sur lesquelles
sont écrites les batailles de Napoléon. Ce vieux soldat avait
surtout un air de franchise et de gaieté qui me prévient
toujours favorablement. C'était sans doute un de ces trou-
piers que rien ne surprend, qui trouvent matière à rire
dans la dernière grimace d'un camarade, l'ensevelissent
ou le dépouillent gaiement, interpellent les boulets avec
autorité, dont enfin les délibérations sont courtes, et qui
fraterniseraient avec le diable. Après avoir regardé fort
attentivement le propriétaire de la ménagerie au moment
où il sortait de la loge, mon compagnon plissa ses lèvres de
manière à formuler un dédain moqueur par cette espèce
de moue significative que se permettent les hommes supérieurs pour se faire distinguer des dupes. Aussi, quand je
me récriai sur le courage de M. Martin, sourit-il, et me
dit-il d'un air capable en hochant la tête : "Connu !…
– Comment, connu ? lui répondis-je. Si vous voulez
m'expliquer ce mystère, je vous serai très obligé."
Après quelques instants pendant lesquels nous
fîmes connaissance, nous allâmes dîner chez le premier restaurateur dont la boutique s'offrit à nos
regards. Au dessert, une bouteille de vin de Champagne rendit aux souvenirs de ce curieux soldat toute
leur clarté. Il me raconta son histoire et je vis qu'il
avait eu raison de s'écrier : *Connu* [1] ! »
Rentrée chez elle, elle me fit tant d'agaceries, tant
de promesses, que je consentis à lui rédiger la confidence du soldat. Le lendemain elle reçut donc cet
épisode d'une épopée qu'on pourrait intituler : Les
Français en Égypte.

Lors [2] de l'expédition entreprise dans la Haute-Égypte
par le général Desaix [3], un soldat provençal, étant

1. Édition de 1845 : « II. Curiosité de femme ».
2. Édition de 1845 : « III. Le désert ».
3. De septembre 1798 à février 1799, Desaix remonta le Nil
jusqu'à Assouan, ainsi que le rapporte le *Voyage dans la Basse- et la
Haute-Égypte pendant les campagnes du général Bonaparte* de Vivant
Denon, réédité dans sa version intégrale en 1829.

tombé au pouvoir des Maugrabins [1], fut emmené par ces Arabes dans les déserts situés au-delà des cataractes du Nil. Afin de mettre entre eux et l'armée française un espace suffisant pour leur tranquillité, les Maugrabins firent une marche forcée, et ne s'arrêtèrent qu'à la nuit. Ils campèrent autour d'un puits masqué par des palmiers, auprès desquels ils avaient précédemment enterré quelques provisions. Ne supposant pas que l'idée de fuir pût venir à leur prisonnier, ils se contentèrent de lui attacher les mains, et s'endormirent tous après avoir mangé quelques dattes et donné de l'orge à leurs chevaux. Quand le hardi Provençal vit ses ennemis hors d'état de le surveiller, il se servit de ses dents pour s'emparer d'un cimeterre, puis, s'aidant de ses genoux pour en fixer la lame, il trancha les cordes qui lui ôtaient l'usage de ses mains et se trouva libre. Aussitôt il se saisit d'une carabine et d'un poignard, se précautionna d'une provision de dattes sèches, d'un petit sac d'orge, de poudre et de balles ; ceignit un cimeterre, monta sur un cheval, et piqua vivement dans la direction où il supposa que devait être l'armée française. Impatient de revoir un bivouac, il pressa tellement le coursier déjà fatigué, que le pauvre animal expira, les flancs déchirés, laissant le Français au milieu du désert.

Après avoir marché pendant quelque temps dans le sable avec tout le courage d'un forçat qui s'évade, le soldat fut forcé de s'arrêter, le jour finissait. Malgré la beauté du ciel pendant les nuits en Orient, il ne se sentit pas la force de continuer son chemin. Il avait heureusement pu gagner une éminence sur le haut de laquelle s'élançaient quelques palmiers, dont les feuillages aperçus depuis longtemps avaient réveillé dans son cœur les plus douces espérances. Sa lassitude était si grande qu'il se coucha sur une pierre de granit,

---

1. Ce terme est littéralement impropre, puisque le Maghreb ne désigne que l'Afrique du Nord, mais il est souvent employé par les romantiques dans leurs évocations des « Orients », comme disait Flaubert.

capricieusement taillée en lit de camp, et s'y endormit
sans prendre aucune précaution pour sa défense pendant son sommeil. Il avait fait le sacrifice de sa vie. Sa
dernière pensée fut même un regret. Il se repentait
déjà d'avoir quitté les Maugrabins dont la vie errante
commençait à lui sourire, depuis qu'il était loin d'eux
et sans secours. Il fut réveillé par le soleil, dont les
impitoyables rayons, tombant d'aplomb sur le granit,
y produisaient une chaleur intolérable. Or, le Provençal avait eu la maladresse de se placer en sens
inverse de l'ombre projetée par les têtes verdoyantes et
majestueuses des palmiers... Il regarda ces arbres soli-
taires, et tressaillit ! ils lui rappelèrent les fûts élégants
et couronnés de longues feuilles qui distinguent les
colonnes sarrasines de la cathédrale d'Arles [1]. Mais
quand, après avoir compté les palmiers, il jeta les yeux
autour de lui, le plus affreux désespoir fondit sur son
âme. Il voyait un océan sans bornes. Les sables noi-
râtres [2] du désert s'étendaient à perte de vue dans
toutes les directions, et ils étincelaient comme une
lame d'acier frappée par une vive lumière. Il ne savait
pas si c'était une mer de glaces ou des lacs unis
comme un miroir. Emportée par lames, une vapeur de
feu tourbillonnait au-dessus de cette terre mouvante.
Le ciel avait un éclat oriental d'une pureté désespérante, car il ne laisse alors rien à désirer à l'imagination. Le ciel et la terre étaient en feu. Le silence
effrayait par sa majesté sauvage et terrible. L'infini,
l'immensité, pressaient l'âme de toutes parts : pas un
nuage au ciel, pas un souffle dans l'air, pas un accident au sein du sable agité par petites vagues menues ;
enfin l'horizon finissait, comme en mer, quand il fait
beau, par une ligne de lumière aussi déliée que le tranchant d'un sabre. Le Provençal serra le tronc d'un des
palmiers, comme si c'eût été le corps d'un ami ; puis,
à l'abri de l'ombre grêle et droite que l'arbre dessinait

---

1. Balzac n'est pas allé à Arles, et il n'y a apparemment aucune
colonne « sarrasine » dans la cathédrale Saint-Trophime.
2. Dans *La Revue de Paris*, ils étaient « blanchâtres ».

sur le granit, il pleura, s'assit et resta là, contemplant avec une tristesse profonde la scène implacable qui s'offrait à ses regards. Il cria comme pour tenter la solitude. Sa voix, perdue dans les cavités de l'éminence, rendit au loin un son maigre qui ne réveilla point d'écho ; l'écho était dans son cœur : le Provençal avait vingt-deux ans, il arma sa carabine.

« Il sera toujours bien temps ! » se dit-il en posant à terre l'arme libératrice [1].

Regardant tour à tour l'espace noirâtre et l'espace bleu, le soldat rêvait à la France. Il sentait avec délices les ruisseaux de Paris, il se rappelait les villes par lesquelles il avait passé, les figures de ses camarades, et les plus légères circonstances de sa vie. Enfin, son imagination méridionale lui fit bientôt entrevoir les cailloux de sa chère Provence dans les jeux de la chaleur qui ondoyait au-dessus de la nappe étendue dans le désert. Craignant tous les dangers de ce cruel mirage, il descendit le revers opposé à celui par lequel il était monté, la veille, sur la colline. Sa joie fut grande en découvrant une espèce de grotte, naturellement taillée dans les immenses fragments de granit qui formaient la base de ce monticule. Les débris d'une natte annonçaient que cet asile avait été jadis habité. Puis à quelques pas il aperçut des palmiers chargés de dattes. Alors l'instinct qui nous attache à la vie se réveilla dans son cœur. Il espéra vivre assez pour attendre le passage de quelques Maugrabins, ou peut-être entendrait-il bientôt le bruit des canons ; car, en ce moment, Bonaparte parcourait l'Égypte. Ranimé par cette pensée, le Français abattit quelques régimes de fruits mûrs sous le poids desquels les dattiers semblaient fléchir, et il s'assura, en goûtant cette manne inespérée, que l'habitant de la grotte avait cultivé les palmiers. La chair savoureuse et fraîche de la datte accusait en effet les soins de son prédécesseur. Le Provençal passa subitement d'un sombre désespoir à

---

1. Édition de 1845 : « IV. Le nouveau Robinson trouve un singulier Vendredi ».

une joie presque folle. Il remonta sur le haut de la colline, et s'occupa pendant le reste du jour à couper un
des palmiers inféconds qui, la veille, lui avaient servi
de toit. Un vague souvenir lui fit penser aux animaux
du désert ; et, prévoyant qu'ils pourraient venir boire
à la source perdue dans les sables qui apparaissait au
bas des quartiers de roche, il résolut de se garantir de
leurs visites en mettant une barrière à la porte de son
ermitage. Malgré son ardeur, malgré les forces que lui
donna la peur d'être dévoré pendant son sommeil, il
lui fut impossible de couper le palmier en plusieurs
morceaux dans cette journée ; mais il réussit à
l'abattre. Quand, vers le soir, ce roi du désert tomba,
le bruit de sa chute retentit au loin, et ce fut comme un
gémissement poussé par la solitude ; le soldat en
frémit comme s'il eût entendu quelque voix lui prédire
un malheur. Mais, comme un héritier qui ne s'apitoie
pas longtemps sur la mort d'un parent, il dépouilla ce
bel arbre des larges et hautes feuilles vertes qui en sont
le poétique ornement, et s'en servit pour réparer la
natte sur laquelle il allait se coucher. Fatigué par la
chaleur et le travail, il s'endormit sous les lambris
rouges de sa grotte humide. Au milieu de la nuit son
sommeil fut troublé par un bruit extraordinaire. Il se
dressa sur son séant, et le silence profond qui régnait
lui permit de reconnaître l'accent alternatif d'une respiration dont la sauvage énergie ne pouvait appartenir
à une créature humaine. Une profonde peur, encore
augmentée par l'obscurité, par le silence et par les fantaisies du réveil lui glaça le cœur. Il sentit même à
peine la douloureuse contraction de sa chevelure
quand, à force de dilater les pupilles de ses yeux, il
aperçut dans l'ombre deux lueurs faibles et jaunes.
D'abord il attribua ces lumières à quelque reflet de ses
prunelles ; mais bientôt, le vif éclat de la nuit l'aidant
par degrés à distinguer les objets qui se trouvaient
dans la grotte, il aperçut un énorme animal couché à
deux pas de lui. Était-ce un lion, un tigre, ou un
crocodile ? Le Provençal n'avait pas assez d'instruction pour savoir dans quel sous-genre était classé son

ennemi [1] ; mais son effroi fut d'autant plus violent que son ignorance lui fit supposer tous les malheurs ensemble. Il endura le cruel supplice d'écouter, de saisir les caprices de cette respiration, sans en rien perdre, et sans oser se permettre le moindre mouvement. Une odeur aussi forte que celle exhalée par les renards, mais plus pénétrante, plus grave pour ainsi dire, remplissait la grotte ; et quand le Provençal l'eut dégustée du nez, sa terreur fut au comble, car il ne pouvait plus révoquer en doute l'existence du terrible compagnon, dont l'antre royal lui servait de bivouac. Bientôt les reflets de la lune qui se précipitait vers l'horizon éclairant la tanière firent insensiblement resplendir la peau tachetée d'une panthère. Ce lion d'Égypte dormait, roulé comme un gros chien, paisible possesseur d'une niche somptueuse à la porte d'un hôtel ; ses yeux, ouverts pendant un moment, s'étaient refermés. Il avait la face tournée vers le Français. Mille pensées confuses passèrent dans l'âme du prisonnier de la panthère ; d'abord il voulut la tuer d'un coup de fusil ; mais il s'aperçut qu'il n'y avait pas assez d'espace entre elle et lui pour l'ajuster, le canon aurait dépassé l'animal. Et s'il l'éveillait ? Cette hypothèse le rendit immobile. En écoutant battre son cœur au milieu du silence, il maudissait les pulsations trop fortes que l'affluence du sang y produisait, redoutant de troubler ce sommeil qui lui permettait de chercher un expédient salutaire. Il mit la main deux fois sur son cimeterre dans le dessein de trancher la tête à son ennemi ; mais la difficulté de couper un poil ras et dur l'obligea de renoncer à son hardi projet. « La manquer ? ce serait mourir sûrement », pensa-t-il. Il préféra les chances d'un combat, et résolut d'attendre le jour. Et le jour ne se fit pas longtemps désirer. Le Français put alors examiner la panthère ; elle avait le

---

1. Balzac avait suivi les cours de Cuvier au Muséum, et se lia plus tard avec Geoffroy Saint-Hilaire. *La Comédie humaine* se présentera explicitement comme un classement des « espèces sociales » à la manière des naturalistes.

museau teint de sang. « Elle a bien mangé !... pensa-
t-il sans s'inquiéter si le festin avait été composé de
chair humaine, elle n'aura pas faim à son réveil [1]. »

C'était une femelle. La fourrure du ventre et des
cuisses étincelait de blancheur. Plusieurs petites taches,
semblables à du velours, formaient de jolis bracelets
autour des pattes. La queue musculeuse était également blanche, mais terminée par des anneaux noirs.
Le dessus de la robe, jaune comme de l'or mat, mais
bien lisse et doux, portait ces mouchetures caractéristiques, nuancées en forme de roses, qui servent à distinguer les panthères des autres espèces de *felis* [2].
Cette tranquille et redoutable hôtesse ronflait dans
une pose aussi gracieuse que celle d'une chatte couchée sur le coussin d'une ottomane [3]. Ses sanglantes
pattes, nerveuses et bien armées, étaient en avant de sa
tête qui reposait dessus, et de laquelle partaient ces
barbes rares et droites, semblables à des fils d'argent.
Si elle avait été ainsi dans une cage, le Provençal aurait
certes admiré la grâce de cette bête et les vigoureux
contrastes des couleurs vives qui donnaient à sa
simarre [4] un éclat impérial ; mais en ce moment il sentait sa vue troublée par cet aspect sinistre. La présence
de la panthère, même endormie, lui faisait éprouver
l'effet que les yeux magnétiques du serpent produi-
sent, dit-on, sur le rossignol. Le courage du soldat finit
par s'évanouir un moment devant ce danger, tandis
qu'il se serait sans doute exalté sous la bouche des
canons vomissant la mitraille. Cependant, une pensée
intrépide se fit jour en son âme, et tarit, dans sa
source, la sueur froide qui lui découlait du front. Agissant comme les hommes qui, poussés à bout par le
malheur, arrivent à défier la mort et s'offrent à ses
coups, il vit sans s'en rendre compte une tragédie dans

---

1. Édition de 1845 : « V. Les bêtes ont-elles une âme ? ».
2. Nom latin qui désigne les félins.
3. Divan à la turque.
4. Robe de magistrat.

cette aventure, et résolut d'y jouer son rôle avec honneur jusqu'à la dernière scène.

« Avant-hier, les Arabes m'auraient peut-être tué ?… » se dit-il. Se considérant comme mort, il attendit bravement et avec une inquiète curiosité le réveil de son ennemi. Quand le soleil parut, la panthère ouvrit subitement les yeux ; puis elle étendit violemment ses pattes, comme pour les dégourdir et dissiper des crampes. Enfin elle bâilla, montrant ainsi l'épouvantable appareil de ses dents et sa langue fourchue, aussi dure qu'une râpe. « C'est comme une petite maîtresse !… » pensa le Français en la voyant se rouler et faire les mouvements les plus doux et les plus coquets. Elle lécha le sang qui teignait ses pattes, son museau, et se gratta la tête par des gestes réitérés pleins de gentillesse. « Bien !… Fais un petit bout de toilette !… » dit en lui-même le Français qui retrouva sa gaieté en reprenant du courage, nous allons nous souhaiter le bonjour. Et il saisit le petit poignard court dont il avait débarrassé les Maugrabins.

En ce moment, la panthère retourna la tête vers le Français, et le regarda fixement sans avancer. La rigidité de ces yeux métalliques et leur insupportable clarté firent tressaillir le Provençal, surtout quand la bête marcha vers lui ; mais il la contempla d'un air caressant, et la guignant comme pour la magnétiser, il la laissa venir près de lui ; puis, par un mouvement aussi doux, aussi amoureux que s'il avait voulu caresser la plus jolie femme, il lui passa la main sur tout le corps, de la tête à la queue, en irritant avec ses ongles les flexibles vertèbres qui partageaient le dos jaune de la panthère. La bête redressa voluptueusement sa queue, ses yeux s'adoucirent ; et quand, pour la troisième fois, le Français accomplit cette flatterie intéressée, elle fit entendre un de ces *rourou* par lesquels nos chats expriment leur plaisir ; mais ce murmure partait d'un gosier si puissant et si profond, qu'il retentit dans la grotte comme les derniers ronflements des orgues dans une église. Le Provençal, comprenant l'importance de ses caresses, les redoubla de manière

à étourdir, à stupéfier cette courtisane impérieuse.
Quand il se crut sûr d'avoir éteint la férocité de sa
capricieuse compagne dont la faim avait été si heureusement assouvie la veille, il se leva et voulut sortir de la
grotte ; la panthère le laissa bien partir, mais quand il
eut gravi la colline, elle bondit avec la légèreté des
moineaux sautant d'une branche à une autre, et vint
se frotter contre les jambes du soldat en faisant le gros
dos à la manière des chattes. Puis, regardant son hôte
d'un œil dont l'éclat était devenu moins inflexible, elle
jeta ce cri sauvage que les naturalistes comparent au
bruit d'une scie.

« Elle est exigeante ! » s'écria le Français en souriant. Il essaya de jouer avec les oreilles, de lui caresser
le ventre et lui gratter fortement la tête avec ses ongles.
Et, s'apercevant de ses succès, il lui chatouilla le crâne
avec la pointe de son poignard, en épiant l'heure de la
tuer ; mais la dureté des os le fit trembler de ne pas
réussir.

La sultane du désert agréa les talents de son esclave
en levant la tête, en tendant le cou, en accusant son
ivresse par la tranquillité de son attitude. Le Français
songea soudain que, pour assassiner d'un seul coup
cette farouche princesse, il fallait la poignarder dans la
gorge, et il levait la lame, quand la panthère, rassasiée
sans doute, se coucha gracieusement à ses pieds en
jetant de temps en temps des regards où, malgré une
rigueur native, se peignait confusément de la bienveillance. Le pauvre Provençal mangea ses dattes, en
s'appuyant sur un des palmiers ; mais il lançait tour à
tour un œil investigateur sur le désert pour y chercher
des libérateurs, et sur sa terrible compagne pour en
épier la clémence incertaine. La panthère regardait
l'endroit où les noyaux de datte tombaient, chaque
fois qu'il en jetait un, et ses yeux exprimaient alors
une incroyable méfiance. Elle examinait le Français
avec une prudence commerciale ; mais cet examen lui
fut favorable, car lorsqu'il eut achevé son maigre
repas, elle lui lécha ses souliers, et, d'une langue rude

et forte, elle en enleva miraculeusement la poussière incrustée dans les plis.

« Mais quand elle aura faim ?... » pensa le Provençal [1]. Malgré le frisson que lui causa son idée, le soldat se mit à mesurer curieusement les proportions de la panthère, certainement un des plus beaux individus de l'espèce, car elle avait trois pieds de hauteur et quatre pieds de longueur, sans y comprendre la queue. Cette arme puissante, ronde comme un gourdin, était haute de près de trois pieds. La tête, aussi grosse que celle d'une lionne, se distinguait par une rare expression de finesse ; la froide cruauté des tigres y dominait bien, mais il y avait aussi une vague ressemblance avec la physionomie d'une femme artificieuse. Enfin la figure de cette reine solitaire révélait en ce moment une sorte de gaieté semblable à celle de Néron ivre : elle s'était désaltérée dans le sang et voulait jouer. Le soldat essaya d'aller et de venir, la panthère le laissa libre, se contentant de le suivre des yeux, ressemblant ainsi moins à un chien fidèle qu'à un gros angora inquiet de tout, même des mouvements de son maître. Quand il se retourna, il aperçut du côté de la fontaine les restes de son cheval, la panthère en avait traîné jusque-là le cadavre. Les deux tiers environ étaient dévorés. Ce spectacle rassura le Français. Il lui fut facile alors d'expliquer l'absence de la panthère, et le respect qu'elle avait eu pour lui pendant son sommeil. Ce premier bonheur l'enhardissant à tenter l'avenir, il conçut le fol espoir de faire bon ménage avec la panthère pendant toute la journée, en ne négligeant aucun moyen de l'apprivoiser et de se concilier ses bonnes grâces. Il revint près d'elle et eut l'ineffable bonheur de lui voir remuer la queue par un mouvement presque insensible. Il s'assit alors sans crainte auprès d'elle, et ils se mirent à jouer tous les deux, il lui prit les pattes, le museau, lui tournilla les oreilles, la renversa sur le dos, et gratta fortement ses flancs chauds et soyeux. Elle se laissa faire, et quand le soldat essaya

---

1. Édition de 1845 : « VI. L'idée du Provençal ».

de lui lisser le poil des pattes, elle rentra soigneusement ses ongles recourbés comme des damas [1]. Le Français, qui gardait une main sur son poignard, pensait encore à le plonger dans le ventre de la trop confiante panthère ; mais il craignit d'être immédiatement étranglé dans la dernière convulsion qui l'agiterait. Et d'ailleurs, il entendit dans son cœur une sorte de remords qui lui criait de respecter une créature inoffensive. Il lui semblait avoir trouvé une amie dans ce désert sans bornes. Il songea involontairement à sa première maîtresse, qu'il avait surnommée *Mignonne* par antiphrase, parce qu'elle était d'une si atroce jalousie, que pendant tout le temps que dura leur passion, il eut à craindre le couteau dont elle l'avait toujours menacé. Ce souvenir de son jeune âge lui suggéra d'essayer de faire répondre à ce nom la jeune panthère de laquelle il admirait, maintenant avec moins d'effroi, l'agilité, la grâce et la mollesse.

Vers la fin de la journée, il s'était familiarisé avec sa situation périlleuse, et il en aimait presque les angoisses. Enfin sa compagne avait fini par prendre l'habitude de le regarder quand il criait en voix de fausset « *Mignonne* ». Au coucher du soleil, Mignonne fit entendre à plusieurs reprises un cri profond et mélancolique.

« Elle est bien élevée !... pensa le gai soldat ; elle dit ses prières !... » Mais cette plaisanterie mentale ne lui vint en l'esprit que quand il eut remarqué l'attitude pacifique dans laquelle restait sa camarade. « Va, ma petite blonde je te laisserai coucher la première », lui dit-il en comptant bien sur l'activité de ses jambes pour s'évader au plus vite quand elle serait endormie, afin d'aller chercher un autre gîte pendant la nuit [2]. Le soldat attendit avec impatience l'heure de sa fuite, et quand elle fut arrivée il marcha vigoureusement dans la direction du Nil ; mais à peine eut-il fait un quart de

_____

1. Sabres fabriqués à Damas.
2. Édition de 1845 : « VII. Un service comme en rendent les grisettes ».

lieue dans les sables qu'il entendit la panthère bondissant derrière lui, et jetant par intervalles ce cri de scie,
plus effrayant encore que le bruit lourd de ces bonds.

« Allons ! se dit-il, elle m'a pris en amitié !... Cette
jeune panthère n'a peut-être encore rencontré personne, il est flatteur d'avoir son premier amour ! » En
ce moment le Français tomba dans un de ces sables
mouvants si redoutables pour les voyageurs, et d'où il
est impossible de se sauver. En se sentant pris, il
poussa un cri d'alarme, la panthère le saisit avec ses
dents par le collet ; et, sautant avec vigueur en arrière,
elle le tira du gouffre, comme par magie. « Ah !
Mignonne, s'écria le soldat, en la caressant avec
enthousiasme, c'est entre nous maintenant à la vie à la
mort. Mais pas de farces [1] ? » Et il revint sur ses pas.

Le désert fut dès lors comme peuplé. Il renfermait
un être auquel le Français pouvait parler, et dont la
férocité s'était adoucie pour lui, sans qu'il s'expliquât
les raisons de cette incroyable amitié. Quelque puissant que fût le désir du soldat de rester debout et sur
ses gardes, il dormit. À son réveil, il ne vit plus
Mignonne ; il monta sur la colline, et dans le lointain,
il l'aperçut accourant par bonds, suivant l'habitude de
ces animaux auxquels la course est interdite par
l'extrême flexibilité de leur colonne vertébrale.
Mignonne arriva les babines sanglantes, elle reçut les
caresses nécessaires que lui fit son compagnon, en
témoignant même par plusieurs *rourou* graves combien elle en était heureuse. Ses yeux pleins de mollesse
se tournèrent avec encore plus de douceur que la veille
sur le Provençal, qui lui parlait comme à un animal
domestique.

« Ah ! ah ! mademoiselle, car vous êtes une honnête
fille, n'est-ce pas ? Voyez-vous ça ? Nous aimons à être
câlinée. N'avez-vous pas honte ? Vous avez mangé
quelque Maugrabin ? – Bien ! C'est pourtant des ani-

---

1. En 1837, Balzac avait ajouté : « car si tu ne me sauves que
pour te garder une poire pour la soif, je me mettrai, *troun de Dious* !
en travers de ta gueule ».

maux comme vous !... Mais n'allez pas gruger [1] les
Français au moins... Je ne vous aimerais plus !... »

Elle joua comme un jeune chien joue avec son
maître, se laissant rouler, battre et flatter tour à tour ;
et parfois elle provoquait le soldat en avançant la patte
sur lui, par un geste de solliciteur.

Quelques jours se passèrent ainsi [2]. Cette compagnie permit au Provençal d'admirer les sublimes
beautés du désert. Du moment où il y trouvait des
heures de crainte et de tranquillité, des aliments, et
une créature à laquelle il pensait, il eut l'âme agitée par
des contrastes... C'était une vie pleine d'oppositions.
La solitude lui révéla tous ses secrets, l'enveloppa de
ses charmes. Il découvrit dans le lever et le coucher du
soleil des spectacles inconnus au monde. Il sut tressaillir en entendant au-dessus de sa tête le doux sifflement des ailes d'un oiseau, – rare passager ! – en
voyant les nuages se confondre, – voyageurs chan-
geants et colorés ! Il étudia pendant la nuit les effets de
la lune sur l'océan des sables où le simoun produisait
des vagues, des ondulations et de rapides changements. Il vécut avec le jour de l'Orient, il en admira les
pompes merveilleuses et souvent, après avoir joui du
terrible spectacle d'un ouragan dans cette plaine où
les sables soulevés produisaient des brouillards rouges
et secs, des nuées mortelles, il voyait venir la nuit avec
délices, car alors tombait la bienfaisante fraîcheur des
étoiles. Il écouta des musiques imaginaires dans les
cieux. Puis la solitude lui apprit à déployer les trésors
de la rêverie. Il passait des heures entières à se rappeler des riens, à comparer sa vie passée à sa vie présente. Enfin il se passionna pour sa panthère ; car il lui
fallait bien une affection. Soit que sa volonté, puissamment projetée, eût modifié le caractère de sa compagne, soit qu'elle trouvât une nourriture abondante,
grâce aux combats qui se livraient alors dans ces
déserts, elle respecta la vie du Français, qui finit par

---

1. Au sens ancien de « croquer ».
2. Édition de 1845 : « VIII. Mignonne, pas bavarde et fidèle ».

ne plus s'en défier en la voyant si bien apprivoisée. Il employait la plus grande partie du temps à dormir ; mais il était obligé de veiller comme une araignée au sein de sa toile, pour ne pas laisser échapper le moment de sa délivrance, si quelqu'un passait dans la sphère décrite par l'horizon. Il avait sacrifié sa chemise pour en faire un drapeau arboré sur le haut d'un palmier dépouillé de feuillage. Conseillé par la nécessité, il sut trouver le moyen de le garder déployé en le tendant avec des baguettes, car le vent aurait pu ne pas l'agiter au moment où le voyageur attendu regarderait dans le désert...

C'était pendant les longues heures où l'abandonnait l'espérance qu'il s'amusait avec la panthère. Il avait fini par connaître les différentes inflexions de sa voix, l'expression de ses regards, il avait étudié les caprices de toutes les taches qui nuançaient l'or de sa robe. Mignonne ne grondait même plus quand il lui prenait la touffe par laquelle sa redoutable queue était terminée, pour en compter les anneaux noirs et blancs, ornement gracieux, qui brillait de loin au soleil comme des pierreries. Il avait plaisir à contempler les lignes moelleuses et fines des contours, la blancheur du ventre, la grâce de la tête. Mais c'était surtout quand elle folâtrait qu'il la contemplait complaisamment, et l'agilité, la jeunesse de ses mouvements, le surprenaient toujours ; il admirait sa souplesse quand elle se mettait à bondir, à ramper, à se glisser, à se fourrer, à s'accrocher, se rouler, se blottir, s'élancer partout. Quelque rapide que fût son élan, quelque glissant que fût un bloc de granit, elle s'y arrêtait tout court, au mot de « Mignonne »... [1].

Un jour, par un soleil éclatant, un immense oiseau plana dans les airs. Le Provençal quitta sa panthère pour examiner ce nouvel hôte ; mais après un moment d'attente, la sultane délaissée gronda sourdement.

---

1. Adjonction de 1837 : « et tournait vers lui sa tête élégante et fine avec une adorable expression d'amour ».

« Je crois, Dieu m'emporte, qu'elle est jalouse, s'écria-t-il en voyant ses yeux redevenus rigides. L'âme de Virginie aura passé dans ce corps-là, c'est sûr !... » L'aigle disparut dans les airs pendant que le soldat admirait la croupe rebondie de la panthère. Mais il y avait tant de grâce et de jeunesse dans ses contours ! C'était joli comme une femme. La blonde fourrure de la robe se mariait par des teintes fines [1] aux tons du blanc mat qui distinguait les cuisses. La lumière profusément jetée par le soleil faisait briller cet or vivant, ces taches brunes, de manière à leur donner d'indéfinissables attraits. Le Provençal et la panthère se regardèrent l'un et l'autre d'un air intelligent, la coquette tressaillit quand elle sentit les ongles de son ami lui gratter le crâne, ses yeux brillèrent comme deux éclairs, puis elle les ferma fortement.

« Elle a une âme... » dit-il en étudiant la tranquillité de cette reine des sables, dorée comme eux, blanche comme eux, solitaire et brûlante comme eux... [2].

« Eh bien, me dit-elle, j'ai lu votre plaidoyer en faveur des bêtes ; mais comment deux personnes si bien faites pour se comprendre ont-elles fini ?...

– Ah ! voilà !... Elles ont fini comme finissent toutes les grandes passions, par un malentendu ! On croit de part et d'autre à quelque trahison, l'on ne s'explique point par fierté, l'on se brouille par entêtement.

– Et quelquefois dans les plus beaux moments dit-elle ; un regard, une exclamation suffisent. Eh bien alors, achevez l'histoire ?

– C'est horriblement difficile, mais vous comprendrez ce que m'avait déjà confié le vieux grognard quand en finissant sa bouteille de vin de Champagne, il s'est écrié : "Je ne sais pas quel mal je lui ai fait, mais elle se retourna comme si elle eût été enragée ; et, de ses dents aiguës, elle m'entama la cuisse, faiblement

---

1. Édition de 1837 : « comme dans la plus délicate peinture italienne ».
2. Édition de 1845 : « IX. Un malentendu ».

sans doute. Moi, croyant qu'elle voulait me dévorer, je lui plongeai mon poignard dans le cou. Elle roula en jetant un cri qui me glaça le cœur, je la vis se débattant en me regardant sans colère. J'aurais voulu pour tout au monde, pour ma croix [1] que je n'avais pas encore, la rendre à la vie. C'était comme si j'eusse assassiné une personne véritable. Et les soldats qui avaient vu mon drapeau, et qui accoururent à mon secours, me trouvèrent tout en larmes... – Eh bien, monsieur, reprit-il après un moment de silence, j'ai fait depuis la guerre en Allemagne, en Espagne, en Russie, en France, j'ai bien promené mon cadavre, je n'ai rien vu de semblable au désert... Ah ! c'est que cela est bien beau. – Qu'y sentiez-vous ?... lui ai-je demandé. – Oh ! cela ne se dit pas, jeune homme. D'ailleurs je ne regrette pas toujours mon bouquet de palmiers et ma panthère, il faut que je sois triste pour cela. Dans le désert, voyez-vous, il y a tout, et il n'y a rien... – Mais encore, expliquez-moi ? – Eh bien, reprit-il en laissant échapper un geste d'impatience, c'est Dieu sans les hommes." »

Paris, 1832.

---

1. De la Légion d'honneur.

LE RÉQUISITIONNAIRE

NOTICE

Toujours la Révolution, et dans son moment le plus tragique (la Terreur), mais cette fois vue et vécue loin de son théâtre principal, dans une petite ville, dont les eaux dormantes sont remuées, elles aussi, par les orbes de la grande vague venue de Paris. *Le Réquisitionnaire*, a-t-on pu dire, est la première « scène de la vie de province ». Ce sera l'une des innovations majeures de Balzac que la découverte et l'exploitation de cet énorme filon de romanesque paradoxal que fournit l'existence provinciale. Elle semble, à l'observateur superficiel, ne se définir d'abord que négativement (à Paris, à chaque instant il se passe quelque chose ; la province est le royaume du non-événement), mais à l'œil pénétrant elle réserve, dans ses sourds mouvements, ses enjeux dont la violence profonde vient à peine rider la surface, des secrets, des scandales aussi explosifs qu'enfouis, qui ne se laissent entrevoir que par des symptômes ambigus. En province, tout se sait, chacun vit sous le regard espion d'une communauté qui s'ennuie, et donc, n'ayant rien de mieux à faire, est toujours prompte à s'interroger sur la moindre anomalie à des rituels sociaux strictement codifiés, se répétant avec une effroyable monotonie. Et pourtant, tout se cache : ce microcosme transparent est en même temps puissamment opaque, on se camoufle, on ment, un passionnant

univers de masques et donc de signes s'offre à l'interprétation et au déchiffrement. Selon un mot peut-être apocryphe
noté dans ses *Cahiers* par Barrès, Barbey d'Aurevilly aurait
dit que toute son œuvre sortait du *Réquisitionnaire*. Au-delà
de quelques points de contact évidents – la Normandie
royaliste, le jeu si efficacement perturbant du dehors et du
dedans, qui, toutes antennes en alerte, hypertrophie l'ouïe
physique et morale et ménage les troublantes harmoniques
du *creux*, avec l'inquiétante étrangeté des rues désertes où
résonne le pas nocturne d'un inconnu, tandis que se pour-
suit, apparemment imperturbable, secrètement minée, la
douillette liturgie des salons clos –, c'est essentiellement
dans ce désir de retourner le *dessous des cartes* que se vérifie
une indubitable dette, qui d'ailleurs dépasse infiniment les
quelques pages du *Réquisitionnaire*, mais s'étend à l'intégralité de cet immense monde provincial, si longtemps réputé
muet et insignifiant, et que Balzac, en lui redonnant parole
et sens, a définitivement rapatrié dans le champ de la littérature.

Carentan, d'ailleurs ici à peine esquissé, c'est déjà le
Valognes de Barbey, mais aussi le Saumur d'*Eugénie Grandet*
et l'Alençon de *La Vieille Fille* ; c'est, dans un milieu étroit
qui les exacerbe d'autant, le même lacis d'intrigues et d'intérêts sentimentaux, économiques et politiques, les mêmes
prétendants pseudo-homériques assiégeant sournoisement
leur proie, au cours des mêmes éternelles soirées de loto ou
de whist ; les petites histoires locales reproduisent, en miniature, les mêmes lignes de fracture traversant la grande
Histoire, celle qui se fait ailleurs mais se ressent jusqu'ici,
dans les transformations qu'elle provoque, les déplacements
et dérangements qu'elle impose à un ordre qu'on avait cru
immémorial. On saisit sur le vif, dans les moelles de la
France en révolution, le contrecoup des énormes bouleversements collectifs, perçus comme un tonnerre lointain, écho
et présage, à distance et pourtant menaçant ; l'ombre portée
de la guillotine pèse d'autant plus sur les existences qu'elle
est objet de fantasme plus que présence concrète. À Carentan,
tout le monde se connaît et l'on vit dans une intimité
presque familiale, dont témoigne éloquemment, et de manière
a priori fort surprenante, la compagnie qui se réunit tous les
jours chez Mme de Dey, ci-devant comtesse, hospitalière à
ceux qui devraient être ses pires ennemis et, d'un mot, pourraient l'envoyer à la mort. Jouant de son charme, elle les
désarme ; eux attendent (les révolutions finissent bien un

jour ; et alors, quel parti que Mme de Dey !). Il faut que tout change pour que rien ne change : sans doute l'habile aristocrate a-t-elle aussi, bien avant le Guépard de Lampedusa, compris qu'en cette maxime paradoxale se résumaient ses chances d'avenir.

Dans cette lumière d'orage, rasante – non seulement à cause du « rasoir national », mais surtout parce que oblique et venue de la capitale et de Granville, elle fait surgir dans la pénéplaine normande des reliefs qu'on n'y soupçonnait pas, permet de lire dans le sol des affleurements ordinairement cachés –, le moindre geste inhabituel, l'accroc le plus banal à la trame des jours (une indisposition bénigne de la maîtresse de maison, un lièvre que la bonne achète au marché) devient un défi herméneutique, à la fois torturant et délicieux, pour le « tout-Carentan » (une demi-douzaine de personnes, le double avec les épouses). C'est l'une des caractéristiques des « vies minuscules » de la province que la disproportion entre la mesquinerie d'occupations et de préoccupations tournant en rond dans un cercle dérisoire, et l'importance occulte, parfois démesurée, des remous suscités par le passage de « quelque chose » ou de « quelqu'un ».

Dans l'entrelacs indémêlable des passions publiques et privées, Mme de Dey va mourir, victime à la fois d'une conjoncture historique et d'un destin tout personnel. « Mariée à la fleur de l'âge avec un militaire vieux et jaloux », elle n'a jamais aimé. Restée veuve, elle a investi toute sa capacité d'amour en jachère sur son fils unique, dont on ne sait à vrai dire s'il faut l'envier ou le plaindre de se voir l'objet d'une emprise affective aussi dévorante. À la fois mère, maîtresse et épouse, elle veut être toutes les femmes pour lui. Elle ne l'a pas seulement mis au monde, elle lui a redonné la vie en soignant cet enfant souffreteux, en l'arrachant jour après jour à la mort avec un dévouement sublime. Il lui doit tout, il est tout pour elle. Que, dans cette cellule fusionnelle, cette figure d'une mère qui aime trop (mais aime-t-on jamais trop ?), Balzac conjure le spectre d'une génitrice qui, elle, l'aime trop peu, c'est certain. Mais, au-delà de cette configuration individuelle, le cas de Mme de Dey lui permet de soulever, une fois encore, une problématique plus vaste qui lui est chère et qui faufilera, d'un bout à l'autre, La Comédie humaine, celle, vraiment « philosophique » (ainsi que l'indique à juste titre le classement du Réquisitionnaire parmi les « Études » ainsi qualifiées), des pouvoirs vertigineux de la pensée.

Il est évidemment tout à fait significatif qu'en guise d'épigraphe, Balzac s'autocite en reprenant une phrase de *Louis Lambert* sur la capacité de son héros génial (si génial qu'il basculera dans la folie) de se transporter ailleurs dans le temps et dans l'espace, par la seule puissance de concentration de l'esprit. À l'autre extrémité de son récit, dans sa clausule, Balzac présente celui-ci modestement comme une pièce susceptible d'enrichir le dossier d'une « science nouvelle à laquelle il a manqué jusqu'à ce jour un homme de génie ». Cet homme, certes il ne prétend pas l'être lui-même, mais on ne peut nourrir aucun doute sur l'ambition qui fut la sienne de réunir des matériaux pour les recherches dans un domaine trop peu exploré, ainsi qu'il l'avait exposé dans la Méditation XXVI de la *Physiologie du mariage* :

> L'étude des mystères de la pensée, la découverte des organes de l'Âme humaine, la géométrie de ses forces, les phénomènes de sa puissance, l'appréciation de la faculté qu'elle nous semble posséder de se mouvoir indépendamment du corps, de se transporter où elle veut et de voir sans le secours des organes corporels, enfin les lois de sa dynamique et celles de son influence physique, constitueront la glorieuse part du siècle suivant dans le trésor des sciences humaines.

Pour Balzac, qui fonde sur cette conviction sa vision anthropologique, penser, c'est agir ; l'idée est une force, l'énergie désirante un formidable potentiel magnétique, électrique, galvanique, susceptible, par son intensité, de bouleverser le fonctionnement du réel. C'est ce dont témoigne éloquemment Mme de Dey, fusillée à distance en la personne de son fils bien-aimé. Elle tombe, à plusieurs centaines de kilomètres de lui (Balzac prenant soin, d'ailleurs, par une précision géographique peu vraisemblable, de les éloigner au maximum l'un de l'autre), fauchée par la même invisible mitraille. *Liebestod* au sens vrai du mot : la prégnance intégrale de l'amour l'a identifiée à celui qui en est l'objet, jusqu'à la mort inclusivement. Barbey dira que l'imagination *corporise*, formule que Balzac aurait pu contresigner : qu'est-ce que l'imagination sinon du désir, et qu'est-ce que le désir sinon de la pensée, grosse d'incarnation ? Les phénomènes réputés « aberrants » comme la télépathie, à laquelle s'intéressera de près *Ursule Mirouët* (1842), ne nous paraissent tels que parce que nous refusons de comprendre la nature profonde de la vie intellectuelle et spirituelle, qui nous semble à tort relever de l'abstraction, alors qu'elle ressortit à la mécanique des fluides.

Le Réquisitionnaire est une nouvelle d'une maîtrise absolue, fondant avec la plus grande simplicité – celle où l'art est caché par l'art lui-même – une réflexion de fond sur ce que mobilise dans l'être humain ce que l'on appelle, sans trop réfléchir à ce que le mot implique, une « passion », et l'évocation du retentissement d'un moment exceptionnel de l'Histoire, saisi dans un canton reculé du donné, et travaillé, sous son décor familier, par les démons et les poisons de la déstabilisation générale. Les charismes propres du genre y sont admirablement exploités : montée de l'angoisse, poignante péripétie – un « malentendu » à la Camus – et fulgurant dénouement, en quelques pages aussi sobres que denses, où se résument un temps et une vie. Un « soupirail », pour reprendre une image aurevillienne, à travers lequel s'entrevoient d'immenses paysages, qui, par cette restriction de champ elle-même, paraissent plus profonds.

HISTOIRE DU TEXTE

On ne possède pas de manuscrit du *Réquisitionnaire*, qui a paru pour la première fois dans *La Revue de Paris* du 27 février 1831.

La nouvelle a été reprise, la même année, dans les *Romans et contes philosophiques* publiés chez Gosselin, puis en 1839 au tome V des *Études philosophiques*, chez Werdet.

Enfin, elle prend sa place dans *La Comédie humaine*, tome XV, second volume des *Études philosophiques*, Furne, 1846.

CHOIX BIBLIOGRAPHIQUE

Thierry BODIN, introduction et notes, *La Comédie humaine*, Gallimard, « Bibliothèque de la Pléiade », t. X, 1979.

Franc SCHUEREWEGEN, « Le lecteur et le lièvre. Comment lire *Le Réquisitionnaire* de Balzac ? », in *La Lecture littéraire*, Michel Picard éd., Clancier-Guénégaud, 1987, p. 42-57.

Lucette FINAS, « Une nouvelle *théâtrale* : *Le Réquisitionnaire* de Balzac », *Poésie*, n° 64, 1993.

LE RÉQUISITIONNAIRE

> « Tantôt ils lui voyaient, par un phé-
> nomène de vision ou de locomotion,
> abolir l'espace dans ses deux modes de
> Temps et de Distance, dont l'un est
> intellectuel et l'autre physique. »
>
> *Hist[oire] intell[ectuelle]*
> *de Louis Lambert* [1].

À MON CHER ALBERT MARCHAND DE LA RIBELLERIE [2]

Tours, 1836.

Par un soir du mois de novembre 1793, les principaux personnages de Carentan se trouvaient dans le
salon de Mme de Dey, chez laquelle l'*assemblée* se
tenait tous les jours. Quelques circonstances qui
n'eussent point attiré l'attention d'une grande ville,
mais qui devaient fortement en préoccuper une petite,

---

1. Cette épigraphe n'apparaît qu'en 1846. Elle est tirée de l'édition de 1833 de *Louis Lambert*.
2. La dédicace a été ajoutée en 1846 (le dédicataire étant mort en
1840). Celui-ci avait été condisciple de Balzac au collège de
Vendôme ; en 1813, ses parents avaient acheté la maison des Balzac
à Tours. Sous-intendant militaire de cette ville, il accueillit souvent
Honoré chez lui, en particulier en novembre 1836, d'où la date.

prêtaient à ce rendez-vous habituel un intérêt inaccoutumé. La surveille, Mme de Dey avait fermé sa
porte à sa société, qu'elle s'était encore dispensée de
recevoir la veille, en prétextant d'une indisposition. En
temps ordinaire, ces deux événements eussent fait à
Carentan le même effet que produit à Paris un *relâche*
à tous les théâtres. Ces jours-là, l'existence est en
quelque sorte incomplète. Mais, en 1793, la conduite
de Mme de Dey pouvait avoir les plus funestes résultats. La moindre démarche hasardée devenait alors
presque toujours pour les nobles une question de vie
ou de mort. Pour bien comprendre la curiosité vive et
les étroites finesses qui animèrent pendant cette soirée
les physionomies normandes de tous ces personnages,
mais surtout pour partager les perplexités secrètes de
Mme de Dey, il est nécessaire d'expliquer le rôle
qu'elle jouait à Carentan. La position critique dans
laquelle elle se trouvait en ce moment ayant été sans
doute celle de bien des gens pendant la Révolution, les
sympathies de plus d'un lecteur achèveront de colorer
ce récit.

Mme de Dey, veuve d'un lieutenant général, chevalier des ordres, avait quitté la cour au commencement
de l'émigration. Possédant des biens considérables
aux environs de Carentan, elle s'y était réfugiée, en
espérant que l'influence de la Terreur s'y ferait peu
sentir. Ce calcul, fondé sur une connaissance exacte
du pays, était juste. La Révolution exerça peu de
ravages en Basse-Normandie. Quoique Mme de Dey
ne vît jadis que les familles nobles du pays quand elle
y venait visiter ses propriétés, elle avait, par politique,
ouvert sa maison aux principaux bourgeois de la ville
et aux nouvelles autorités, en s'efforçant de les rendre
fiers de sa conquête, sans réveiller chez eux ni haine ni
jalousie. Gracieuse et bonne, douce de cette inexprimable douceur qui sait plaire sans recourir à l'abaissement ou à la prière, elle avait réussi à se concilier
l'estime générale par un tact exquis dont les sages
avertissements lui permettaient de se tenir sur la ligne
délicate où elle pouvait satisfaire aux exigences de

cette société mêlée, sans humilier le rétif amour-propre des parvenus, ni choquer celui de ses anciens amis.

Âgée d'environ trente-huit ans, elle conservait encore non cette beauté fraîche et nourrie qui distingue les filles de la Basse-Normandie, mais une beauté grêle et pour ainsi dire aristocratique. Ses traits étaient fins et délicats, sa taille était souple et déliée. Quand elle parlait, son pâle visage paraissait s'éclairer et prendre de la vie. Ses grands yeux noirs étaient pleins d'affabilité, mais leur expression calme et religieuse semblait annoncer que le principe de son existence n'était plus en elle. Mariée à la fleur de l'âge avec un militaire vieux et jaloux, la fausseté de sa position au milieu d'une cour galante contribua beaucoup sans doute à répandre un voile de grave mélancolie sur une figure où les charmes et la vivacité de l'amour avaient dû briller autrefois. Obligée de réprimer sans cesse les mouvements naïfs, les émotions de la femme alors qu'elle sent encore au lieu de réfléchir, la passion était restée vierge au fond de son cœur. Aussi, son principal attrait venait-il de cette intime jeunesse que, par moments, trahissait sa physionomie, et qui donnait à ses idées une innocente expression de désir. Son aspect commandait sa retenue, mais il y avait toujours dans son maintien, dans sa voix, des élans vers un avenir inconnu, comme chez une jeune fille ; bientôt l'homme le plus insensible se trouvait amoureux d'elle, et conservait néanmoins une sorte de crainte respectueuse, inspirée par ses manières polies qui imposaient. Son âme, nativement grande, mais fortifiée par des luttes cruelles, semblait placée trop loin du vulgaire, et les hommes se faisaient justice. À cette âme, il fallait nécessairement une haute passion. Aussi les affections de Mme de Dey s'étaient-elles concentrées dans un seul sentiment, celui de la maternité. Le bonheur et les plaisirs dont avait été privée sa vie de femme, elle les retrouvait dans l'amour extrême qu'elle portait à son fils. Elle ne l'aimait pas seulement avec le pur et profond dévouement d'une mère, mais avec la coquetterie d'une maîtresse, avec la jalousie d'une épouse. Elle était malheureuse loin de lui, inquiète pendant ses absences, ne le voyait jamais assez, ne vivait que par lui et pour lui. Afin de faire comprendre aux hommes la force de ce sentiment, il suffira d'ajouter que ce fils était non seulement l'unique enfant de Mme de Dey, mais son dernier parent, le seul être auquel elle pût rattacher les craintes, les espérances et les joies de sa vie. Le feu comte de Dey fut le dernier rejeton de sa famille, comme elle se trouva seule héritière de la sienne. Les calculs et les intérêts humains s'étaient donc accordés avec les plus nobles besoins de l'âme pour exalter dans le cœur de la comtesse un sentiment déjà si fort chez les femmes. Elle n'avait élevé son fils qu'avec des peines infinies, qui le lui avaient rendu plus cher encore ; vingt fois les médecins lui en présagèrent la perte ; mais, confiante en ses pressentiments, en ses espérances, elle eut la joie inexprimable de lui voir heureusement traverser les périls de l'enfance, d'admirer les progrès de sa constitution, en dépit des arrêts de la Faculté.

Grâce à des soins constants, ce fils avait grandi, et s'était si gracieusement développé, qu'à vingt ans, il passait pour un des cavaliers les plus accomplis de Versailles. Enfin, par un bonheur qui ne couronne pas les efforts de toutes les mères, elle était adorée de son fils ; leurs âmes s'entendaient par de fraternelles sympathies. S'ils n'eussent pas été liés déjà par le vœu de la nature, ils auraient instinctivement éprouvé l'un pour l'autre cette amitié d'homme à homme, si rare à rencontrer dans la vie. Nommé sous-lieutenant de dragons à dix-huit ans, le jeune comte avait obéi au point d'honneur de l'époque en suivant les princes dans leur émigration.

Ainsi Mme de Dey, noble, riche, et mère d'un émigré, ne se dissimulait point les dangers de sa cruelle situation. Ne formant d'autre vœu que celui de conserver à son fils une grande fortune, elle avait renoncé au bonheur de l'accompagner ; mais en lisant les lois rigoureuses en vertu desquelles la République confisquait chaque jour les biens des émigrés à Carentan, elle s'applaudissait de cet acte de courage. Ne gardait-elle pas les trésors de son fils au péril de ses jours ? Puis, en apprenant les terribles exécutions ordonnées par la Convention, elle s'endormait heureuse de savoir sa seule richesse en sûreté, loin des dangers, loin des échafauds. Elle se complaisait à croire qu'elle avait pris le meilleur parti pour sauver à la fois toutes ses fortunes. Faisant à cette secrète pensée les concessions voulues par le malheur des temps, sans compromettre ni sa dignité de femme ni ses croyances aristocratiques, elle enveloppait ses douleurs dans un froid mystère. Elle avait compris les difficultés qui l'attendaient à Carentan. Venir y occuper la première place, n'était-ce pas y défier l'échafaud tous les jours ? Mais, soutenue par un courage de mère, elle sut conquérir l'affection des pauvres en soulageant indifféremment toutes les misères, et se rendit nécessaire aux riches en veillant à leurs plaisirs. Elle recevait le procureur de la commune, le maire, le président du district, l'accusateur public, et même les juges du tribunal révolutionnaire. Les quatre premiers de ces personnages, n'étant pas mariés, la courtisaient dans l'espoir de l'épouser, soit en l'effrayant par le mal qu'ils pouvaient lui faire, soit en lui offrant leur protection. L'accusateur public, ancien procureur à Caen, jadis chargé des intérêts de la comtesse, tentait de lui inspirer de l'amour par une conduite pleine de dévouement et de générosité ; finesse dangereuse ! Il était le plus redoutable de tous les prétendants. Lui seul connaissait à fond l'état de la fortune considérable de son ancienne cliente. Sa passion devait s'accroître de tous les désirs d'une avarice qui s'appuyait sur un pouvoir immense, sur le droit de vie et de mort dans le district. Cet homme, encore jeune, mettait tant de noblesse dans ses procédés, que Mme de Dey n'avait pas encore pu le juger. Mais, méprisant le danger qu'il y avait à lutter d'adresse avec des Normands, elle employait l'esprit inventif et la ruse que la nature a départis aux femmes pour opposer ces rivalités les unes aux autres. En gagnant du temps, elle espérait arriver saine et sauve à la fin des troubles. À cette époque, les royalistes de l'intérieur se flattaient tous les jours de voir la Révolution terminée le lendemain ; et cette conviction a été la perte de beaucoup d'entre eux.

Malgré ces obstacles, la comtesse avait assez habile-ment maintenu son indépendance jusqu'au jour où, par une inexplicable imprudence, elle s'était avisée de fermer sa porte. Elle inspirait un intérêt si profond et si véritable, que les personnes venues ce soir-là chez elle conçurent de vives inquiétudes en apprenant qu'il lui devenait impossible de les recevoir ; puis, avec cette franchise de curiosité empreinte dans les mœurs provinciales, elles s'enquirent du malheur, du chagrin, de la maladie qui devait affliger Mme de Dey. À ces questions une vieille femme de charge, nommée Bri-gitte, répondait que sa maîtresse s'était enfermée et ne voulait voir personne, pas même les gens de sa maison. L'existence, en quelque sorte claustrale, que mènent les habitants d'une petite ville crée en eux une habitude d'analyser et d'expliquer les actions d'autrui si naturellement invincible qu'après avoir plaint Mme de Dey, sans savoir si elle était réellement heu-reuse ou chagrine, chacun se mit à rechercher les causes de sa soudaine retraite.

« Si elle était malade, dit le premier curieux, elle aurait envoyé chercher le médecin ; mais le docteur est resté pendant toute la journée chez moi à jouer aux échecs ! Il me disait en riant que, par le temps qui court, il n'y a qu'une maladie… et qu'elle est malheu-reusement incurable. »

Cette plaisanterie fut prudemment hasardée. Femmes, hommes, vieillards et jeunes filles se mirent alors à parcourir le vaste champ des conjectures. Chacun crut entrevoir un secret, et ce secret occupa toutes les imaginations. Le lendemain les soupçons s'envenimèrent. Comme la vie est à jour dans une petite ville, les femmes apprirent les premières que Brigitte avait fait au marché des provisions plus consi-dérables qu'à l'ordinaire. Ce fait ne pouvait être contesté. L'on avait vu Brigitte de grand matin sur la place, et, chose extraordinaire, elle y avait acheté le seul lièvre qui s'y trouvât. Toute la ville savait que Mme de Dey n'aimait pas le gibier. Le lièvre devint un point de départ pour des suppositions infinies. En faisant leur promenade périodique, les vieillards remarquèrent dans la maison de la comtesse une sorte d'activité concentrée qui se révélait par les précautions même dont se servaient les gens pour la cacher. Le valet de chambre battait un tapis dans le jardin ; la veille, personne n'y aurait pris garde ; mais ce tapis devint une pièce à l'appui des romans que tout le monde bâtissait. Chacun avait le sien. Le second jour, en apprenant que Mme de Dey se disait indisposée, les principaux personnages de Carentan se réunirent le soir chez le frère du maire, vieux négociant marié, homme probe, généralement estimé, et pour lequel la comtesse avait beaucoup d'égards. Là, tous les aspirants à la main de la riche veuve eurent à raconter une fable plus ou moins probable ; et chacun d'eux pensait faire tourner à son profit la circonstance secrète qui forçait de se compromettre ainsi. L'accusateur public imaginait tout un drame pour amener nuitamment le fils de Mme de Dey chez elle. Le maire croyait à un prêtre insermenté [1], venu de la Vendée, et qui lui aurait demandé un asile ; mais l'achat du lièvre, un vendredi [2], l'embarrassait beaucoup. Le président du district tenait fortement pour un chef de Chouans ou de Vendéens vivement poursuivi. D'autres voulaient un noble échappé des prisons de Paris. Enfin tous soupçonnaient la comtesse d'être coupable d'une de ces générosités que les lois d'alors nommaient un crime, et qui pouvaient conduire à l'échafaud. L'accusateur public disait d'ailleurs à voix basse qu'il fallait se taire, et tâcher de sauver l'infortunée de l'abîme vers lequel elle marchait à grands pas.

---

1. N'ayant pas prêté serment à la Constitution civile du clergé.
2. Jour où les catholiques doivent faire maigre, en commémoration de la mort du Christ.

« Si vous ébruitez cette affaire, ajouta-t-il, je serai obligé d'intervenir, de faire des perquisitions chez elle, et alors !... » Il n'acheva pas, mais chacun comprit cette réticence.

Les amis sincères de la comtesse s'alarmèrent tellement pour elle que, dans la matinée du troisième jour, le procureur-syndic de la commune lui fit écrire par sa femme un mot pour l'engager à recevoir pendant la soirée comme à l'ordinaire. Plus hardi, le vieux négociant se présenta dans la matinée chez Mme de Dey. Fort du service qu'il voulait lui rendre, il exigea d'être introduit auprès d'elle, et resta stupéfait en l'apercevant dans le jardin, occupée à couper les dernières fleurs de ses plates-bandes pour en garnir des vases.

« Elle a sans doute donné asile à son amant », se dit le vieillard pris de pitié pour cette charmante femme. La singulière expression du visage de la comtesse le confirma dans ses soupçons. Vivement ému de ce dévouement si naturel aux femmes, mais qui nous touche toujours, parce que tous les hommes sont flattés par les sacrifices qu'une d'elles fait à un homme, le négociant instruisit la comtesse des bruits qui couraient dans la ville et du danger où elle se trouvait. « Car, lui dit-il en terminant, si, parmi nos fonctionnaires, il en est quelques-uns assez disposés à vous pardonner un héroïsme qui aurait un prêtre pour objet, personne ne vous plaindra si l'on vient à découvrir que vous vous immolez à des intérêts de cœur. »

À ces mots, Mme de Dey regarda le vieillard avec un air d'égarement et de folie qui le fit frissonner, lui, vieillard.

« Venez », lui dit-elle en le prenant par la main pour le conduire dans sa chambre, où, après s'être assurée qu'ils étaient seuls, elle tira de son sein une lettre sale et chiffonnée : « Lisez », s'écria-t-elle en faisant un violent effort pour prononcer ce mot.

Elle tomba dans son fauteuil, comme anéantie. Pendant que le vieux négociant cherchait ses lunettes et les nettoyait, elle leva les yeux sur lui, le contempla pour la première fois avec curiosité ; puis, d'une voix altérée : « Je me fie à vous, lui dit-elle doucement.

– Est-ce que je ne viens pas partager votre crime », répondit le bonhomme avec simplicité.

Elle tressaillit. Pour la première fois, dans cette petite ville, son âme sympathisait avec celle d'un autre. Le vieux négociant comprit tout à coup et l'abattement et la joie de la comtesse. Son fils avait fait partie de l'expédition de Granville [1], il écrivait à sa mère du fond de sa prison, en lui donnant un triste et doux espoir. Ne doutant pas de ses moyens d'évasion, il lui indiquait trois jours pendant lesquels il devait se présenter chez elle, déguisé. La fatale lettre contenait de déchirants adieux au cas où il ne serait pas à Carentan dans la soirée du troisième jour, et il priait sa mère de remettre une assez forte somme à l'émissaire qui s'était chargé de lui apporter cette dépêche, à travers mille dangers. Le papier tremblait dans les mains du vieillard.

« Et voici le troisième jour, s'écria Mme de Dey qui se leva rapidement, reprit la lettre, et marcha.

– Vous avez commis des imprudences, lui dit le négociant. Pourquoi faire prendre des provisions ?

– Mais il peut arriver, mourant de faim, exténué de fatigue, et… » Elle n'acheva pas.

« Je suis sûr de mon frère, reprit le vieillard, je vais aller le mettre dans vos intérêts. »

Le négociant retrouva dans cette circonstance la finesse qu'il avait mise jadis dans les affaires, et lui dicta des conseils empreints de prudence et de sagacité. Après être convenus de tout ce qu'ils devaient dire et faire l'un ou l'autre, le vieillard alla, sous des prétextes habilement trouvés, dans les principales maisons de Carentan, où il annonça que Mme de Dey, qu'il venait de voir, recevrait dans la soirée, malgré son indisposition. Luttant de finesse avec les intelligences normandes dans l'interrogatoire que chaque

---

1. Le 14 novembre 1793, conduits par La Rochejacquelein, les Vendéens avaient fait une vaine tentative pour s'emparer de Granville, dans le Cotentin.

famille lui imposa sur la nature de la maladie de la
comtesse, il réussit à donner le change à presque
toutes les personnes qui s'occupaient de cette mystérieuse affaire. Sa première visite fit merveille. Il
raconta devant une vieille dame goutteuse que
Mme de Dey avait manqué périr d'une attaque de
goutte à l'estomac ; le fameux Tronchin [1] lui ayant
recommandé jadis, en pareille occurrence, de se
mettre sur la poitrine la peau d'un lièvre écorché vif, et
de rester au lit sans se permettre le moindre mouvement, la comtesse, en danger de mort il y a deux jours,
se trouvait, après avoir suivi ponctuellement la bizarre
ordonnance de Tronchin, assez bien rétablie pour
recevoir ceux qui viendraient la voir pendant la soirée.
Ce conte eut un succès prodigieux, le médecin de
Carentan, royaliste *in petto*, en augmenta l'effet par
l'importance avec laquelle il discuta le spécifique [2].
Néanmoins les soupçons avaient trop fortement pris
racine dans l'esprit de quelques entêtés ou de
quelques philosophes pour être entièrement dissipés ;
en sorte que le soir, ceux qui étaient admis chez
Mme de Dey vinrent avec empressement et de bonne
heure chez elle, les uns pour épier sa contenance, les
autres par amitié, la plupart saisis par le merveilleux
de sa guérison. Ils trouvèrent la comtesse assise au
coin de la grande cheminée de son salon, à peu près
aussi modeste que l'étaient ceux de Carentan ; car,
pour ne pas blesser les étroites pensées de ses hôtes,
elle s'était refusée aux jouissances de luxe auxquelles
elle était jadis habituée, elle n'avait donc rien changé
chez elle. Le carreau de la salle de réception n'était
même pas frotté. Elle laissait sur les murs de vieilles
tapisseries sombres, conservait les meubles du pays,
brûlait de la chandelle [3], et suivait les modes de la ville,
en épousant la vie provinciale sans reculer ni devant
les petitesses les plus dures, ni devant les privations les

---

1. Célèbre médecin de Genève, qui soignait Voltaire.
2. Remède approprié.
3. Les bougies coûtent plus cher.

plus désagréables. Mais sachant que ses hôtes lui pardonneraient les magnificences qui auraient leur bien-être pour but, elle ne négligeait rien quand il s'agissait de leur procurer des jouissances personnelles. Aussi leur donnait-elle d'excellents dîners. Elle allait jusqu'à feindre de l'avarice pour plaire à ces esprits calculateurs ; et, après avoir eu l'art de se faire arracher certaines concessions de luxe, elle savait obéir avec grâce. Donc, vers sept heures du soir, la meilleure mauvaise compagnie de Carentan se trouvait chez elle, et décrivait un grand cercle devant la cheminée. La maîtresse du logis, soutenue dans son malheur par les regards compatissants que lui jetait le vieux négociant, se soumit avec un courage inouï aux questions minutieuses, aux raisonnements frivoles et stupides de ses hôtes. Mais à chaque coup de marteau frappé sur sa porte, ou toutes les fois que des pas retentissaient dans la rue, elle cachait ses émotions en soulevant des questions intéressantes pour la fortune du pays. Elle éleva de bruyantes discussions sur la qualité des cidres, et fut si bien secondée par son confident, que l'assemblée oublia presque de l'espionner en trouvant sa contenance naturelle et son aplomb imperturbable. L'accusateur public et l'un des juges du tribunal révolutionnaire restaient taciturnes, observaient avec attention les moindres mouvements de sa physionomie, écoutaient dans la maison, malgré le tumulte ; et, à plusieurs reprises, ils lui firent des questions embarrassantes, auxquelles la comtesse répondit cependant avec une admirable présence d'esprit. Les mères ont tant de courage ! Au moment où Mme de Dey eut arrangé les parties, placé tout le monde à des tables de boston, de reversis ou de whist, elle resta encore à causer auprès de quelques jeunes personnes avec un extrême laisser-aller, en jouant son rôle en actrice consommée. Elle se fit demander un loto, prétendit savoir seule où il était, et disparut.

« J'étouffe, ma pauvre Brigitte », s'écria-t-elle en essuyant des larmes qui sortirent vivement de ses yeux brillants de fièvre, de douleur et d'impatience. « Il ne vient pas, reprit-elle en regardant la chambre où elle était montée. Ici, je respire et je vis. Encore quelques moments, et il sera là, pourtant ! car il vit encore, j'en suis certaine. Mon cœur me le dit. N'entendez-vous rien Brigitte ? Oh ! je donnerais le reste de ma vie pour savoir s'il est en prison ou s'il marche à travers la campagne. Je voudrais ne pas penser. »

Elle examina de nouveau si tout était en ordre dans l'appartement. Un bon feu brillait dans la cheminée ; les volets étaient soigneusement fermés ; les meubles reluisaient de propreté ; la manière dont avait été fait le lit prouvait que la comtesse s'était occupée avec Brigitte des moindres détails ; et ses espérances se trahissaient dans les soins délicats qui paraissaient avoir été pris dans cette chambre où se respiraient et la gracieuse douceur de l'amour et ses plus chastes caresses dans les parfums exhalés par les fleurs. Une mère seule pouvait avoir prévu les désirs d'un soldat et lui préparer de si complètes satisfactions. Un repas exquis, des vins choisis, la chaussure, le linge, enfin tout ce qui devait être nécessaire ou agréable à un voyageur fatigué, se trouvait rassemblé pour que rien ne lui manquât, pour que les délices du chez-soi lui révélassent l'amour d'une mère.

« Brigitte ? dit la comtesse d'un son de voix déchirant en allant placer un siège devant la table, comme pour donner de la réalité à ses vœux, comme pour augmenter la force de ses illusions.

– Ah ! madame, il viendra. Il n'est pas loin. – Je ne doute pas qu'il ne vive et qu'il ne soit en marche, reprit Brigitte. J'ai mis une clef dans la Bible, et je l'ai tenue sur mes doigts pendant que Cottin lisait l'Évangile de saint Jean… et, madame ! la clef n'a pas tourné.

– Est-ce bien sûr ? demanda la comtesse.

– Oh ! madame, c'est connu. Je gagerais mon salut qu'il vit encore. Dieu ne peut pas se tromper.

– Malgré le danger qui l'attend ici, je voudrais bien cependant l'y voir.

– Pauvre monsieur Auguste, s'écria Brigitte, il est sans doute à pied, par les chemins.

– Et voilà huit heures qui sonnent au clocher »,
s'écria la comtesse avec terreur.

Elle eut peur d'être restée plus longtemps qu'elle ne
le devait, dans cette chambre où elle croyait à la vie de
son fils, en voyant tout ce qui lui en attestait la vie, elle
descendit ; mais avant d'entrer au salon, elle resta
pendant un moment sous le péristyle de l'escalier, en
écoutant si quelque bruit ne réveillait pas les silencieux échos de la ville. Elle sourit au mari de Brigitte,
qui se tenait en sentinelle, et dont les yeux semblaient
hébétés à force de prêter attention aux murmures de
la place et de la nuit. Elle voyait son fils en tout et partout. Elle rentra bientôt, en affectant un air gai, et se
mit à jouer au loto avec des petites filles ; mais, de
temps en temps, elle se plaignit de souffrir, et revint
occuper son fauteuil auprès de la cheminée.

Telle était la situation des choses et des esprits dans la
maison de Mme de Dey, pendant que, sur le chemin de
Paris à Cherbourg, un jeune homme vêtu d'une
carmagnole [1] brune, costume de rigueur à cette époque,
se dirigeait vers Carentan. À l'origine des réquisitions [2],
il y avait peu ou point de discipline. Les exigences du
moment ne permettaient guère à la République d'équiper sur-le-champ ses soldats, et il n'était pas rare de voir
les chemins couverts de réquisitionnaires qui conser-
vaient leurs habits bourgeois. Ces jeunes gens devan-
çaient leurs bataillons aux lieux d'étape, ou restaient en
arrière, car leur marche était soumise à leur manière de
supporter les fatigues d'une longue route. Le voyageur
dont il est ici question se trouvait assez en avant de la
colonne de réquisitionnaires qui se rendait à Cherbourg,
et que le maire de Carentan attendait d'heure en heure,
afin de leur distribuer des billets de logement. Ce jeune
homme marchait d'un pas alourdi, mais ferme encore,
et son allure semblait annoncer qu'il s'était familiarisé

---

1. Veste républicaine à basques courtes.
2. Le 23 août 1793, la Convention avait déclaré la patrie en
danger et ordonné la réquisition de tous les célibataires de dix-huit
à vingt-cinq ans.

depuis longtemps avec les rudesses de la vie militaire.
Quoique la lune éclairât les herbages qui avoisinent
Carentan, il avait remarqué de gros nuages blancs prêts
à jeter de la neige sur la campagne ; et la crainte d'être
surpris par un ouragan animait sans doute sa démarche
alors plus vive que ne le comportait sa lassitude. Il avait
sur le dos un sac presque vide, et tenait à la main une
canne de buis, coupée dans les hautes et larges haies
que cet arbuste forme autour de la plupart des héritages [1] en Basse-Normandie. Ce voyageur solitaire entra
dans Carentan, dont les tours, bordées de lueurs fantastiques par la lune, lui apparaissaient depuis un moment.
Son pas réveilla les échos des rues silencieuses, où il ne
rencontra personne ; il fut obligé de demander la
maison du maire à un tisserand qui travaillait encore. Ce
magistrat demeurait à une faible distance, et le réquisitionnaire se vit bientôt à l'abri sous le porche de la
maison du maire et s'y assit sur un banc de pierre, en
attendant le billet de logement qu'il avait réclamé. Mais
mandé par ce fonctionnaire, il comparut devant lui, et
devint l'objet d'un scrupuleux examen. Le fantassin
était un jeune homme de bonne mine qui paraissait
appartenir à une famille distinguée. Son air trahissait la
noblesse. L'intelligence due à une bonne éducation respirait sur sa figure.

« Comment te nommes-tu, lui demanda le maire en
lui jetant un regard plein de finesse.

– Julien Jussieu, répondit le réquisitionnaire.

– Et tu viens ? dit le magistrat en laissant échapper
un sourire d'incrédulité.

– De Paris.

– Tes camarades doivent être loin, reprit le Normand d'un ton railleur.

– J'ai trois lieues d'avance sur le bataillon.

– Quelque sentiment t'attire sans doute à Carentan,
citoyen réquisitionnaire ? dit le maire d'un air fin. Eh !
bien, ajouta-t-il en imposant silence par un geste de la
main au jeune homme prêt à parler, nous savons où

_____
1. Prairies.

t'envoyer. Tiens, ajouta-t-il en lui remettant son billet de logement, va, *citoyen Jussieu* ! »

Une teinte d'ironie se fit sentir dans l'accent avec lequel le magistrat prononça ces deux derniers mots en tendant un billet sur lequel la demeure de Mme de Dey était indiquée. Le jeune homme lut l'adresse avec peu de curiosité.

« Il sait bien qu'il n'a pas loin à aller. Et quand il sera dehors, il aura bientôt traversé la place ! s'écria le maire en se parlant à lui-même, pendant que le jeune homme le quittait. Il est joliment hardi ! Que Dieu le conduise ! Il a réponse à tout. Oui, mais si un autre que moi lui avait demandé à voir ses papiers, il était perdu ! »

En ce moment, les horloges de Carentan avaient sonné neuf heures et demie ; les falots s'allumaient dans l'antichambre de Mme de Dey ; les domestiques aidaient leurs maîtresses et leurs maîtres à mettre leurs sabots, leurs houppelandes ou leurs mantelets ; les joueurs avaient soldé leurs comptes, et allaient se retirer tous ensemble, suivant l'usage établi dans toutes les petites villes.

« Il paraît que l'accusateur veut rester », dit une dame en s'apercevant que ce personnage important leur manquait au moment où chacun se sépara sur la place pour regagner son logis, après avoir épuisé toutes les formules d'adieu.

Ce terrible magistrat était en effet seul avec la comtesse, qui attendait, en tremblant, qu'il lui plût de sortir.

« Citoyenne, dit-il enfin après un long silence qui eut quelque chose d'effrayant, je suis ici pour faire observer les lois de la République... »

Mme de Dey frissonna.

« N'as-tu donc rien à me révéler ? demanda-t-il.

– Rien, répondit-elle étonnée.

– Ah ! madame, s'écria l'accusateur en s'asseyant auprès d'elle et changeant de ton, en ce moment, faute d'un mot, vous ou moi, nous pouvons porter notre tête à l'échafaud. J'ai trop bien observé votre caractère, votre âme, vos manières, pour partager l'erreur

dans laquelle vous avez su mettre votre société ce soir.
Vous attendez votre fils, je n'en saurais douter. »

La comtesse laissa échapper un geste de dénégation ; mais elle avait pâli, mais les muscles de son
visage s'étaient contractés par la nécessité où elle se
trouvait d'afficher une fermeté trompeuse, et l'œil implacable de l'accusateur public ne perdit aucun de ses
mouvements.

« Eh bien, recevez-le, reprit le magistrat révolutionnaire ; mais qu'il ne reste pas plus tard que sept heures
demain sous votre toit. Demain, au jour, armé d'une
dénonciation que je me ferai faire, je viendrai chez
vous… »

Elle le regarda d'un air stupide qui aurait fait pitié à
un tigre.

« Je démontrerai, poursuivit-il d'une voix douce, la
fausseté de la dénonciation par d'exactes perquisitions, et vous serez, par la nature de mon rapport, à
l'abri de tous soupçons ultérieurs. Je parlerai de vos
dons patriotiques, de votre civisme, et nous serons
tous sauvés. »

Mme de Dey craignait un piège, elle restait immobile, mais son visage était en feu et sa langue glacée.
Un coup de marteau retentit dans la maison.

« Ah ! cria la mère épouvantée, en tombant à
genoux. Le sauver, le sauver !

– Oui, sauvons-le ! reprit l'accusateur public, en lui
lançant un regard de passion, dût-il *nous* en coûter la vie.

– Je suis perdue, s'écria-t-elle pendant que l'accusateur la relevait avec politesse.

– Eh ! madame, répondit-il par un beau mouvement oratoire, je ne veux vous devoir à rien… qu'à
vous-même.

– Madame, le voi… », s'écria Brigitte qui croyait sa
maîtresse seule.

À l'aspect de l'accusateur public, la vieille servante,
de rouge et joyeuse qu'elle était, devint immobile et
blême.

« Qui est-ce, Brigitte ? demanda le magistrat d'un
air doux et intelligent.

« – Un réquisitionnaire que le maire nous envoie à loger, répondit la servante en montrant le billet.

– C'est vrai, dit l'accusateur après avoir lu le papier. Il nous arrive un bataillon ce soir ! »

Et il sortit.

La comtesse avait trop besoin de croire en ce moment à la sincérité de son ancien procureur pour concevoir le moindre doute ; elle monta rapidement l'escalier, ayant à peine la force de se soutenir ; puis, elle ouvrit la porte de sa chambre, vit son fils, se précipita dans ses bras, mourante : « Oh ! mon enfant, mon enfant ! » s'écria-t-elle en sanglotant et le couvrant de baisers empreints d'une sorte de frénésie.

« Madame, dit l'inconnu.

– Ah ! ce n'est pas lui, cria-t-elle en reculant d'épouvante et restant debout devant le réquisitionnaire qui le contemplait d'un air hagard.

– Ô saint bon Dieu, quelle ressemblance ! s'écria Brigitte.

Il y eut un moment de silence, et l'étranger lui-même tressaillit à l'aspect de Mme de Dey.

« Ah ! monsieur, dit-elle en s'appuyant sur le mari de Brigitte, et sentant alors dans toute son étendue une douleur dont la première atteinte avait failli la tuer ; monsieur, je ne saurais vous voir plus longtemps, souffrez que mes gens me remplacent et s'occupent de vous. »

Elle descendit chez elle, à demi portée par Brigitte et son vieux serviteur.

« Comment, madame ! s'écria la femme de charge en asseyant sa maîtresse, cet homme va-t-il coucher dans le lit de monsieur Auguste, mettre les pantoufles de monsieur Auguste, manger le pâté que j'ai fait pour monsieur Auguste ! quand on devrait me guillotiner, je…

– Brigitte ! » cria Mme de Dey.

Brigitte resta muette.

« Tais-toi donc, bavarde, lui dit son mari à voix basse, veux-tu tuer madame ? »

En ce moment, le réquisitionnaire fit du bruit dans sa chambre en se mettant à table.

– Je ne resterai pas ici, s'écria Mme de Dey, j'irai dans la serre, d'où j'entendrai mieux ce qui se passera au dehors pendant la nuit. »

Elle flottait encore entre la crainte d'avoir perdu son fils et l'espérance de le voir reparaître. La nuit fut horriblement silencieuse. Il y eut, pour la comtesse, un moment affreux, quand le bataillon des réquisitionnaires vint en ville et que chaque homme y chercha son logement. Ce fut des espérances trompées à chaque pas, à chaque bruit ; puis bientôt la nature reprit un calme effrayant. Vers le matin, la comtesse fut obligée de rentrer chez elle. Brigitte, qui surveillait les mouvements de sa maîtresse, ne la voyant pas sortir, entra dans la chambre et y trouva la comtesse morte.

Elle aura probablement entendu ce réquisitionnaire qui achève de s'habiller et qui marche dans la chambre de monsieur Auguste en chantant leur damnée *Marseillaise*, comme s'il était dans une écurie, s'écria Brigitte. Ça l'aura tuée ! »

La mort de la comtesse fut causée par un sentiment plus grave, et sans doute par quelque vision terrible. À l'heure précise où Mme de Dey mourait à Carentan, son fils était fusillé dans le Morbihan. Nous pouvons joindre ce fait tragique à toutes les observations sur les sympathies qui méconnaissent les lois de l'espace, documents que rassemblent avec une savante curiosité quelques hommes de solitude, et qui serviront un jour à asseoir les bases d'une science nouvelle à laquelle il a manqué jusqu'à ce jour un homme de génie [1].

Paris, février 1831.

---

1. Avant 1835, Balzac avait écrit : « un docteur Gall », en évoquant le phrénologue (observateur des bosses du cerveau, en relation avec la personnalité intellectuelle) qu'il admirait et citait souvent.

L'AUBERGE ROUGE

NOTICE

Rouge : Balzac affiche la couleur. Et même la redouble : à
la pourpre du badigeon, il ajoute, pour l'ensanglanter
davantage encore, celle du soleil couchant. Emblème d'une
violence, d'une sauvagerie primitives, d'un feu criminel
impossible à maîtriser. L'auberge rougeoie – le texte aussi.

Tout commence pourtant de manière fort douillette,
moderne et civilisée, dans la salle à manger d'un banquier
parisien, où une aimable compagnie digère. Pour secouer la
béatitude vaguement hébétée qui suit les bons dîners, la fille
du maître de maison, jeune personne très « tendance » – elle
lit Walter Scott et Hoffmann, auteurs du jour –, réclame
d'un hôte allemand de passage une histoire « à faire
peur » – spécialité de son pays, en cette année 1830 qui voit
exploser la nouvelle école littéraire, ainsi que nul ne l'ignore.
Le fantastique est à la mode. Et le fantastique est anglo-
saxon. Le Français expie son cartésianisme congénital en
s'abandonnant aux visions délicieusement effrayantes dont
sont grosses les brumes du Nord. Mme de Staël lui a
expliqué tout cela dans *De l'Allemagne* (1810), et l'on peut
dire que, dans son évocation de la *Deutschtum*, *L'Auberge
rouge* offre un véritable compendium de la vulgate staë-
lienne : l'Allemand est foncièrement paisible, cordial,
rêveur, voire mystique ; il ne fait rien à la légère ; la « pure et

noble » Germanie est la patrie de l'idéalisme et de la bonne foi. Balzac, qui n'est pas encore allé en Allemagne, prend plaisir à crayonner de chic une petite scène de genre, une vignette pittoresque, quasi folklorique dans la description de l'auberge hoffmannienne, si *gemütlich*, où, quasi en famille, on mange de la carpe, boit de la bière et fume la pipe. Tout le début du récit, avec la tonique chevauchée le long du fleuve dans la splendeur paisible de l'automne rhénan, entre vignes, burgs et vieilles maisons à colombages, exhale le charme spécifique des *Reisebilder* romantiques. On se croirait dans un tableau de Ludwig Richter ou de Carl Spitzweg, dans l'univers rustique et enjoué des *Ländler* ou du *Volkslied*. Victor Hugo, Alexandre Dumas capteront aussi le même parfum de Moyen Âge légendaire et de bonhomie populaire.

L'idylle, en fait, est plus apparente que réelle, car la situation historique bien particulière génère de profondes tensions : les Français ont envahi le pays. Hermann est chef d'un groupe de résistants. Coups de main meurtriers, arrestations, représailles, etc. L'éternelle et banale spirale de la guerre. Pourtant, parce qu'on est en Allemagne, on dirait qu'un fonds de douceur et d'humanité l'emporte sur des enjeux antagonistes : occupants et occupés cohabitent tranquillement à l'auberge ; et Hermann, entraîné par la candeur et la spontanéité inhérentes, semble-t-il, à sa race, s'abandonne à un irrépressible mouvement d'amitié à l'égard d'un Français inconnu, son ennemi, et soupçonné d'un crime, jusqu'à devenir, *in extremis*, son exécuteur testamentaire et comme son frère. Belle illustration de cet « enthousiasme », de cette générosité d'inspiration et de cette abondance d'âme que Mme de Staël avait célébrées comme des charismes d'outre-Rhin. Pour compléter l'exemplarité de ce scénario xénophile, il n'y manque pas la contre-épreuve : l'ami d'enfance de Prosper, né comme lui dans la France profonde, son presque jumeau, le trahit et le voue au trépas. Décidément, l'étranger n'est pas toujours celui que l'on croit...

La nouvelle n'est que très superficiellement « frénétique » ou policière. S'il s'agit bien de faire frissonner, ce n'est pas d'abord de terreur physique. Et quant à la question de savoir qui a tué, pour le détrousser, le voyageur qui partageait la chambre des deux compagnons, la réponse ne fait guère de doute, et le suspens n'est pas là. Pas plus qu'il n'est dans le piège de l'erreur judiciaire, qui se referme tragiquement sur

le malheureux Prosper (au nom antiphrastique), injustement accusé. Comme pour *Le Réquisitionnaire*, Balzac choi-
sira en 1837, en épigraphe, un extrait de son *Louis Lambert*
qui suggère un mode d'emploi de son texte, et justifie son
insertion dans les *Études philosophiques*. Une fois de plus, il
s'agit d'une méditation sur les pouvoirs ravageurs de la
pensée. L'irréparable a failli être commis. Mais ce que
Balzac veut faire comprendre, c'est qu'en un sens *il l'a été*.
Prosper, jeune homme parfaitement rationnel, vertueux,
poussé sur un terreau provincial on ne peut plus sain, est
brusquement la proie d'une bouffée délirante de cupidité
qui s'abat sur lui avec la soudaineté dévastatrice d'une
tornade : pour pouvoir réaliser son rêve enfantinement
ingénu de vie simple et honorable (qui culminerait dans
cette apothéose : être maire de Beauvais !), il va assassiner
son riche voisin d'une nuit. Seule une mystérieuse injonc-
tion (venue d'où ?) l'en dissuade au dernier instant, mais
déjà il avait levé la main sur sa victime. Si, d'après la théorie
des catastrophes, la propagation du déplacement d'air occa-
sionné par le battement d'ailes d'un papillon peut déclen-
cher un typhon à l'autre bout du monde, quel ne peut pas
être l'impact des ondes psychiques ? L'idée est déjà un *fait*.
Louis Lambert désigne par « *actions blanches* » ces pensées
non actualisées qui sont pourtant des actes. Contrairement à
ce qu'on aurait pu croire, il y avait en Prosper une sorte de
prédisposition fatale à cette brutale submersion, hallucinée,
hallucinante, par l'incontrôlable de la pulsion : c'est un tempérament dangereusement sentimental (il s'attendrit sur sa
mère, sur ses jeux puérils), et doué d'une inquiétante capacité imaginative (il rêve beaucoup, il évoque à distance, avec
une grande force de précision, les scènes familiales qui se
déroulent au loin). Tout cela le livre sans défense au déferlement du fantasme, qui chez lui s'incarne avec une dangereuse immédiateté.

Même si son bras ne l'a pas fait, en esprit il a tué. Et c'est
bien ainsi qu'il envisage son acte manqué, en réalité (en
irréalité, plus prégnante que la réalité même) puissamment
réussi. Si « la délibération est déjà un crime », s'il est, au sens
propre du mot, des « raisonnements assassins », si, dirait un
chrétien avec l'évangile, le désir de la faute est déjà la faute,
il ne peut nourrir aucune illusion sur lui-même : innocent si
l'on se réfère à l'objectivité événementielle (car il est indubitable que ce n'est pas lui le tueur), il est coupable sur un
plan de subjectivité existentielle, ou ontologique ; il s'est

souillé dans une espèce d'abject dépucelage spirituel : « j'ai perdu la virginité de ma conscience ». Mot profond, qui éclaire sans complaisance l'abîme, incompréhensible et inconnaissable à lui-même, où il est tombé. Il a beau, dégrisé, retrouver, dans la fraîcheur nocturne au bord du Rhin, les repères rassurants du cadastre kantien : les étoiles au-dessus de sa tête et la loi morale au fond de son cœur, rien ne sera plus comme avant. Il a été visité par le Horla, l'Autre monstrueux de lui-même, qui est lui-même. Et, de cette révélation, on ne se remet jamais. Au fond, Prosper a fait l'expérience cruciale de la *tentation*, celle qui faisait dire à Veuillot que, s'il ignorait ce qu'il y avait dans la conscience d'un assassin, il savait, par expérience, ce qu'il y avait dans celle d'un « honnête homme », et que cela suffisait à l'épouvanter.

Il y a donc, paradoxalement, une profonde justice dans le châtiment pourtant immérité qui lui est infligé par les hommes, qui n'y auront rien compris. Il a tué (Walhenfer à Andernach et sa mère à Beauvais), et il est lui-même tué par l'idée qu'il a eue de tuer. Terrible talion qui s'exerce aussi sur le « vrai » coupable, le Caïn de cet Abel, qui n'était lui aussi qu'un Caïn en puissance. Taillefer, double assassin, est à son tour assassiné par le remords anniversaire qui, chaque année, à l'époque de son crime, le terrasse en lui infligeant les souffrances mêmes que jadis il a infligées, dans la sanguinolente ténèbre, à celui qu'il a volé (« coups de scie », etc.). Le « prospère » Taillefer, comme son double exécuté, avec qui, dans le secret, il forme couple plus que jamais, paie, lui, à petit feu et non pas en une fois, son forfait ; à sa manière, il est lui aussi persécuté par l'idée, martyrisé dans son corps par un principe qui n'est pas d'ordre corporel. Ainsi s'accomplissent, dans une mystérieuse solidarité entre le vivant et le défunt, sur les plateaux de cette invisible balance où se pèse le chiasme symétrique de deux fois deux meurtres, les décrets d'une justice qui n'est pas celle d'ici-bas.

Balzac interroge donc une fois encore cette potentialité de matérialisation qu'il voit comme une caractéristique de la vie de l'esprit, une de ses propriétés balistiques (une pensée peut briser net une existence, comme un coup de fusil), ou cancérigènes (une pensée peut empoisonner lentement une existence, comme des métastases). Mais dans *L'Auberge rouge* cette conviction « philosophique » débouche sur un questionnement aux très concrètes implications sociologiques [1]. Le scripteur de la nouvelle, épris de la fille du meurtrier, parfaite et d'une indiscutable innocence (à moins que, à l'instar de Joseph de Maistre, on ne s'autorise de la théologie du péché originel pour faire porter aux enfants la culpabilité de leurs pères), doit-il l'épouser, tout en ayant surpris le monstrueux soubassement sur lequel son géniteur a assis sa brillante ascension, qui fait aujourd'hui de la charmante Victorine, outre ses qualités personnelles, un parti si séduisant ? Problème de « haute morale », de « morale épurée », voire transcendantale, assurément, qui est aussi un problème d'une urgence toute réaliste. Le concile cacophonique d'avis supposés autorisés que le prétendant réunit autour de lui, dans un finale dont le burlesque ne réussit pas à éponger la « mare de sang » qui, à son insu, tache la robe de la chaste vierge, abandonne l'intéressé à une indécision panurgique, et la fin de la nouvelle quitte le lecteur sur une pirouette qui le laisse dans l'incertitude : épousera ? n'épousera pas ? Pourquoi diable (c'est le cas de le dire) s'est-il avisé de reconnaître le meurtrier, et de lui faire comprendre qu'il l'avait reconnu ? Il aurait tellement mieux valu ne pas savoir, ou plutôt *ne pas vouloir savoir*. Comme le fait remarquer le bon sens d'un avocat : « Où en serionsnous s'il fallait rechercher l'origine des fortunes ? » Qui s'autoproclamerait justicier et prétendrait ouvrir cette boîte de Pandore dynamiterait toute la société. Cette thématique des crimes impunis, de la doublure honteuse de la brillante tapisserie sociale, est fondamentale chez Balzac, qui l'aborde dans d'innombrables configurations (et Barbey en héritera intégralement dans *Les Diaboliques*). Elle est, bien entendu, un réservoir infini de romanesque, et le nœud d'exigences contradictoires. « Nous sommes en plein XIXe siècle », déclare le candidat épouseur, énonçant, contrairement à l'apparence, bien autre chose qu'un truisme : la métaphysique est morte, on ne la ressuscitera pas (surtout après les Trois Glorieuses, qui, assurant le triomphe justement des Taillefer et consorts, lui ont signifié définitivement son congé). Le temps n'est plus des confessions, des expiations et de toutes ces momeries médiévales. On est à l'âge du *positif*, et Judas ne se pendrait plus. Faut-il en prendre son

---

1. Sur les faits réels qui ont pu inspirer Balzac (le cas des frères banquiers Michel), cf. introduction d'Anne-Marie Meininger, *La Comédie humaine*, Gallimard, « Bibliothèque de la Pléiade », t. XI, 1980.

parti, aller hardiment de l'avant sans se retourner ? Au
risque que des scrupules, sans doute surannés, mais têtus
comme des mouches, viennent sans cesse vous importuner.
Balzac ne tranche pas. Le monde a ses lois, fussent-elles illégitimes, son ordre qui est celui du désordre établi. Vautrin
l'expliquera à Rastignac dans le jardinet de cette pension
Vauquer où pour l'heure végète encore Victorine : personne
n'est obligé de les accepter (les couvents sont faits pour ceux
qui les récusent), mais si l'on veut faire son trou dans ce
qu'il est convenu d'appeler « la vie », il faut les prendre en
bloc et les dominer à son profit. Que le succès selon le
monde ne vienne pas à bout de certaines exigences impres-
criptibles et relevant d'un « ordre » supérieur (au sens cette
fois de Pascal), le destin de Taillefer en témoigne néanmoins
éloquemment.

L'Auberge rouge recourt à la technique, qui aura tant
d'avenir chez Barbey, du récit enchâssé : quelqu'un raconte
une histoire qu'il a entendu raconter. Ce redoublement du
cadre narratif se prête à toutes sortes d'effets interactifs de
profondeur et de miroitements (ceux du bouchon de carafe
dont l'assassin interroge rêveusement les facettes) ; les divers
plans jouent subtilement de leur décalage et de leur conti-
guïté. D'autant plus ici que celui qui tient le rôle du détec-
tive est physiquement confronté, dans une proximité convi-
viale, à celui qu'il va démasquer. Dès lors, dans l'euphorie
post-prandiale, un drame clandestin se joue, entre celui qui
entend de la bouche d'un autre le récit de son crime fondateur, et celui qui enregistre avec acuité les réactions suscitées
chez son voisin par ce récit. Manifestations *a priori* anodines
– un pâlissement, un verre d'eau pour se désaltérer, un
mouchoir pour s'éponger, une main pour cacher un
regard –, mais qui, par leur répétition implacablement con-
signée, se mettent peu à peu à *faire sens*, à livrer, à qui a
appris à lire, le mot d'une énigme qui restera indéchiffrable
aux autres, à écrire, sous le texte, un autre texte à l'encre
sympathique, dont Balzac scande quasi musicalement le
suintement progressif par capillarité. Sous l'inquisition du
narrateur en second, Taillefer *avoue*, et sait que l'autre sait.
Sous la dignité patriarcale d'un père si bon, *cela...* Balzac
commente le « phénomène moral d'une profondeur étonnante » qui, par des antennes hypersensibles, relie les deux
partenaires de cette partie occulte, le chasseur et son gibier,
qui se savent indissolublement complices dans l'abomina-
tion de leur secret désormais partagé. Là encore, l'Idée

passe, illumine et torture. Et les agapes sans surprises d'un appartement cossu de la Chaussée d'Antin se colorent, pour l'intelligent, d'un reflet d'horreur shakespearienne : comme dans *Macbeth*, « the table is full » – les morts sont là, et participent au festin.

HISTOIRE DU TEXTE

L'Auberge rouge a d'abord paru dans *La Revue de Paris* des 10 et 27 août 1831.

Balzac la reprend dans les *Nouveaux Contes philosophiques*, publiés chez Gosselin en 1832, puis au tome XVII des *Études philosophiques*, chez Werdet, en 1837.

Enfin elle figure au tome XV de *La Comédie humaine* (tome II des *Études philosophiques*), chez Furne, en 1846.

CHOIX BIBLIOGRAPHIQUE

Thuong VUONG-RIDDICK, « La main blanche et l'Auberge rouge : le processus narratif dans *L'Auberge rouge* », *L'Année balzacienne*, 1978.

Suzanne NASH, « Story-telling and the loss of innocence in Balzac's *Comédie humaine* », *Romanic Review*, mai 1979.

Anne-Marie MEININGER, introduction et notes, *La Comédie humaine*, Gallimard, « Bibliothèque de la Pléiade », t. XI, 1980.

Dorothy KELLY, « Balzac's *Auberge rouge* : on reading an ambiguous text », *Symposium*, printemps 1982.

Juliette FRØLICH, *Au parloir du roman*, Solum Forlag et Didier Érudition, 1991, p. 82-84.

Willi JUNG, « *L'Auberge rouge* et la vision balzacienne de la Rhénanie », *L'Année balzacienne*, 2000.

Scott LEE, « Lieux d'excès. Invagination et discours dans *L'Auberge rouge* », *Traces de l'excès. Essai sur la nouvelle philosophique de Balzac*, Champion, 2002, p. 101-128.

L'AUBERGE ROUGE

À MONSIEUR LE MARQUIS DE CUSTINE [1]

En je ne sais quelle année [2], un banquier de Paris, qui avait des relations commerciales très étendues en Allemagne, fêtait un de ces amis, longtemps inconnus, que les négociants se font de place en place, par correspondance. Cet ami, chef de je ne sais quelle maison assez importante de Nuremberg, était un bon gros Allemand, homme de goût et d'érudition, homme de pipe surtout, ayant une belle, une large figure nurembergeoise, au front carré, bien découvert, et décoré de quelques cheveux blonds assez rares. Il offrait le type des enfants de cette pure et noble Germanie, si fertile en caractères honorables, et dont les paisibles mœurs

---

1. C'est en 1832 que Balzac et le marquis de Custine s'étaient liés. Balzac lui avait dédié *Le Colonel Chabert*, mais, effrayé par *La Russie en 1839*, où Custine critiquait le régime tsariste, ce qui risquait de lui valoir des ennuis ainsi qu'à Mme Hanska, il biffa cette dédicace. En 1846, persuadé que l'Étrangère va enfin l'épouser et s'installer avec lui à Paris, il ne craint plus le « cabinet noir » russe et peut publiquement témoigner de son estime pour l'aristocrate marginal (parce que homosexuel) et l'écrivain dont il admirait les récits de voyage. L'édition de 1837 a une épigraphe, supprimée ensuite : « Une idée causer des souffrances physiques, hein ! Qu'en dis-tu ? », *Études philosophiques*, t. XXII, *Histoire intellectuelle de Louis Lambert*, 3e éd.

2. Antérieurement à 1846 : « Vers la fin de l'année 1830 ».

ne se sont jamais démenties, même après sept inva-
sions. L'étranger riait avec simplesse, écoutait attentivement, et buvait remarquablement bien, en paraissant
aimer le vin de Champagne autant peut-être que les
vins paillés du Johannisberg [1]. Il se nommait Hermann,
comme presque tous les Allemands mis en scène par les
auteurs. En homme qui ne sait rien faire légèrement, il
était bien assis à la table du banquier, mangeait avec ce
tudesque appétit si célèbre en Europe, et disait un
adieu consciencieux à la cuisine du grand CARÊME [2].
Pour faire honneur à son hôte, le maître du logis avait
convié quelques amis intimes, capitalistes ou commerçants, plusieurs femmes aimables, jolies, dont le gracieux babil et les manières franches étaient en harmonie avec la cordialité germanique. Vraiment, si vous
aviez pu voir, comme j'en eus le plaisir, cette joyeuse
réunion de gens qui avaient rentré leurs griffes commerciales pour spéculer sur les plaisirs de la vie, il
vous eût été difficile de haïr les escomptes usuraires ou
de maudire les faillites. L'homme ne peut pas toujours
mal faire. Aussi, même dans la société des pirates,
doit-il se rencontrer quelques heures douces pendant
lesquelles vous croyez être, dans leur sinistre vaisseau,
comme sur une escarpolette.

« Avant de nous quitter, monsieur Hermann va
nous raconter encore, je l'espère, une histoire allemande qui nous fasse bien peur. »

Ces paroles furent prononcées au dessert par une
jeune personne pâle et blonde qui, sans doute, avait lu
les contes d'Hoffmann et les romans de Walter Scott [3].
C'était la fille unique du banquier, ravissante créature

---

1. Sur la rive droite du Rhin, où se dresse le château de Metternich. Balzac ne visitera la région qu'en 1843. Le vin paillé est un vin
liquoreux, produit par des grappes séchées sur de la paille.
2. Marie Antoine Carême (1784-1833), illustre cuisinier, chef de
bouche de Talleyrand, des empereurs de Russie et d'Autriche,
auteur de plusieurs traités spécialisés.
3. Hoffmann a été traduit en français par Loève-Veimar, ami de
Balzac, à partir de 1829 ; W. Scott, père du roman historique, a joui
d'une vogue immense sous la Restauration.

dont l'éducation s'achevait au Gymnase [1], et qui raffo-
lait des pièces qu'on y joue. En ce moment, les convives
se trouvaient dans cette heureuse disposition de paresse
et de silence où nous met un repas exquis, quand nous
avons un peu trop présumé de notre puissance diges-
tive. Le dos appuyé sur sa chaise, le poignet légèrement
soutenu par le bord de la table, chaque convive jouait
indolemment avec la lame dorée de son couteau.
Quand un dîner arrive à ce moment de déclin, certaines
gens tourmentent le pépin d'une poire ; d'autres rou-
lent une mie de pain entre le pouce et l'index ; les
amoureux tracent des lettres informes avec les débris
des fruits ; les avares comptent leurs noyaux et les ran-
gent sur leur assiette comme un dramaturge dispose ses
comparses au fond d'un théâtre. C'est de petites félicités gastronomiques dont n'a pas tenu compte dans
son livre [2] Brillat-Savarin, auteur si complet d'ailleurs.
Les valets avaient disparu. Le dessert était comme une
escadre après le combat, tout désemparé, pillé, flétri.
Les plats erraient sur la table, malgré l'obstination avec
laquelle la maîtresse du logis essayait de les faire
remettre en place. Quelques personnes regardaient des
vues de Suisse symétriquement accrochées sur les parois
grises de la salle à manger. Nul convive ne s'ennuyait.
Nous ne connaissons point d'homme qui se soit encore
attristé pendant la digestion d'un bon dîner. Nous
aimons alors à rester dans je ne sais quel calme, espèce
de juste milieu entre la rêverie du penseur et la satisfaction des animaux ruminants, qu'il faudrait appeler la
mélancolie matérielle de la gastronomie. Aussi les
convives se tournèrent-ils spontanément vers le bon Allemand, enchantés tous d'avoir une ballade [3] à écouter,

---

1. Théâtre du boulevard Bonne-Nouvelle, inauguré en 1820 et
spécialisé dans les comédies et les vaudevilles, en particulier les
pièces de Scribe.

2. *Physiologie du goût ou Méditations de gastronomie transcendante*
(1825). En 1839, Balzac écrira le *Traité des excitants modernes* pour
compléter une réédition de ce chef-d'œuvre.

3. Ce genre poétique a été cultivé par les romantiques allemands,
en particulier Bürger (*Lénore*).

fût-elle même sans intérêt. Pendant cette benoîte pause,
la voix d'un conteur semble toujours délicieuse à nos
sens engourdis, elle en favorise le bonheur négatif. Cher-
cheur de tableaux, j'admirais ces visages égayés par un
sourire, éclairés par les bougies, et que la bonne chère
avait empourprés ; leurs expressions diverses produisaient de piquants effets à travers les candélabres, les cor-
beilles en porcelaine, les fruits et les cristaux.

Mon imagination fut tout à coup saisie par l'aspect
du convive qui se trouvait précisément en face de moi.
C'était un homme de moyenne taille, assez gras, rieur,
qui avait la tournure, les manières d'un agent de
change, et qui paraissait n'être doué que d'un esprit
fort ordinaire, je ne l'avais pas encore remarqué ; en ce
moment, sa figure, sans doute assombrie par un faux
jour, me parut avoir changé de caractère ; elle était
devenue terreuse ; des teintes violâtres la sillonnaient.
Vous eussiez dit de la tête cadavérique d'un agonisant.
Immobile comme les personnages peints dans un
Diorama [1], ses yeux hébétés restaient fixés sur les étin-
celantes facettes d'un bouchon de cristal ; mais il ne les
comptait certes pas, et semblait abîmé dans quelque
contemplation fantastique de l'avenir ou du passé.
Quand j'eus longtemps examiné cette face équivoque,
elle me fit penser : « Souffre-t-il ? me dis-je. A-t-il trop
bu ? Est-il ruiné par la baisse des fonds publics ?
Songe-t-il à jouer ses créanciers ? »

« Voyez ! dis-je à ma voisine en lui montrant le
visage de l'inconnu, n'est-ce pas une faillite en fleur ?

– Oh ! me répondit-elle, il serait plus gai. » Puis,
hochant gracieusement la tête, elle ajouta : « Si celui-
là se ruine jamais, je l'irai dire à Pékin [2] ! Il possède

_____

1. Le premier diorama de Daguerre et Bouton avait été installé en
1822, rue Samson, à Paris. Grâce à de savants jeux d'éclairage, les
spectateurs avaient l'impression d'assister à la messe de minuit à
Saint-Étienne-du-Mont.
2. Antérieurement à 1846, le texte indique : « à Holy-Rood »,
résidence écossaise de Charles X exilé. La formule fait écho à : « Si
l'on en peut voir un plus fou, je l'irai dire à Rome » (Molière, _Le
Bourgeois gentilhomme_, acte V, scène 6, réplique finale).

un million en fonds de terre ! C'est un ancien fournisseur des armées impériales, un bon homme assez
original. Il s'est remarié par spéculation, et rend
néanmoins sa femme extrêmement heureuse. Il a une
jolie fille que, pendant fort longtemps, il n'a pas
voulu reconnaître ; mais la mort de son fils, tué malheureusement en duel, l'a contraint à la prendre avec
lui, car il ne pouvait plus avoir d'enfants. La pauvre
fille est ainsi devenue tout à coup une des plus riches
héritières de Paris [1]. La perte de son fils unique a
plongé ce cher homme dans un chagrin qui reparaît
quelquefois. »

En ce moment, le fournisseur leva les yeux sur
moi ; son regard me fit tressaillir, tant il était sombre
et pensif ! Assurément ce coup d'œil résumait toute
une vie. Mais tout à coup sa physionomie devint
gaie ; il prit le bouchon de cristal, le mit, par un mouvement machinal, à une carafe pleine d'eau qui se
trouvait devant son assiette, et tourna la tête vers
M. Hermann en souriant. Cet homme, béatifié par
ses jouissances gastronomiques, n'avait sans doute
pas deux idées dans la cervelle, et ne songeait à rien.
Aussi eus-je, en quelque sorte, honte de prodi-
guer ma science divinatoire *in anima vili* [2] d'un épais
financier. Pendant que je faisais, en pure perte, des
observations phrénologiques [3], le bon Allemand
s'était lesté le nez d'une prise de tabac, et commençait son histoire. Il me serait assez difficile de la
reproduire dans les mêmes termes, avec ses interrup-
tions fréquentes et ses digressions verbeuses. Aussi
l'ai-je écrite à ma guise, laissant les fautes au Nurembergeois, et m'emparant de ce qu'elle peut avoir de
poétique et d'intéressant, avec la candeur des écri-

---

1. Cette histoire sera racontée dans *Le Père Goriot* (1835). La
mort du fils Taillefer est un crime maquillé en accident.

2. « Sur une âme vile », en latin ; expression consacrée pour
désigner un animal, par exemple, sur lequel on pratique une expérience.

3. Voir p. 177, n. 1.

vains qui oublient de mettre au titre de leurs livres :
traduit de l'allemand.

L'IDÉE ET LE FAIT

« Vers la fin de vendémiaire, an VII, époque
républicaine qui, dans le style actuel, correspond au
20 octobre 1799, deux jeunes gens, partis de Bonn
dès le matin, étaient arrivés à la chute du jour aux
environs d'Andernach, petite ville située sur la rive
gauche du Rhin, à quelques lieues de Coblentz. En ce
moment, l'armée française commandée par le général
Augereau [1] manœuvrait en présence des Autrichiens,
qui occupaient la rive droite du fleuve. Le quartier
général de la division républicaine était à Coblentz, et
l'une des demi-brigades appartenant au corps d'Augereau se trouvait cantonnée à Andernach. Les deux
voyageurs étaient Français. À voir leurs uniformes
bleus mélangés de blanc, à parements de velours rouge,
leurs sabres, surtout le chapeau couvert d'une toile
cirée verte, et orné d'un plumet tricolore, les paysans
allemands eux-mêmes auraient reconnu des chirurgiens militaires, hommes de science et de mérite,
aimés pour la plupart, non seulement à l'armée, mais
encore dans les pays envahis par nos troupes. À cette
époque, plusieurs enfants de famille arrachés à leur
stage médical par la récente loi sur la conscription due
au général Jourdan avaient naturellement mieux aimé
continuer leurs études sur le champ de bataille que
d'être astreints au service militaire, peu en harmonie
avec leur éducation première et leurs paisibles destinées. Hommes de science, pacifiques et serviables, ces
jeunes gens faisaient quelque bien au milieu de tant de

---

1. Erreur historique de Balzac, puisque à cette date Augereau
était rentré à Paris. C'est deux ans plus tôt qu'il avait remplacé le
défunt Hoche à l'armée de Rhin-et-Moselle.

malheurs, et sympathisaient avec les érudits des
diverses contrées par lesquelles passait la cruelle civilisation de la République. Armés, l'un et l'autre, d'une
feuille de route et munis d'une commission de *sous-
aide* signée Coste et Bernadotte [1], ces deux jeunes gens
se rendaient à la demi-brigade à laquelle ils étaient attachés. Tous deux appartenaient à des familles bour-
geoises de Beauvais médiocrement riches, mais où les
mœurs douces et la loyauté des provinces se transmet-
taient comme une partie de l'héritage. Amenés sur le
théâtre de la guerre avant l'époque indiquée pour leur
entrée en fonctions, par une curiosité bien naturelle
aux jeunes gens, ils avaient voyagé par la diligence
jusqu'à Strasbourg. Quoique la prudence maternelle
ne leur eût laissé emporter qu'une faible somme, ils se
croyaient riches en possédant quelques louis, véritable
trésor dans un temps où les assignats [2] étaient arrivés
au dernier degré d'avilissement, et où l'or valait beaucoup d'argent. Les deux sous-aides, âgés de vingt ans
au plus, obéirent à la poésie de leur situation avec tout
l'enthousiasme de la jeunesse. De Strasbourg à Bonn,
ils avaient visité l'Électorat [3] et les rives du Rhin en
artistes, en philosophes, en observateurs. Quand nous
avons une destinée scientifique, nous sommes à cet
âge des êtres véritablement multiples. Même en faisant l'amour, ou en voyageant, un sous-aide doit thé-
sauriser les rudiments de sa fortune ou de sa gloire à
venir. Les deux jeunes gens s'étaient donc abandonnés à cette admiration profonde dont sont saisis les
hommes instruits à l'aspect des rives du Rhin et des
paysages de la Souabe [4], entre Mayence et Cologne ;

---

1. Coste : premier médecin des armées ; Bernadotte : ministre de
la Guerre.
2. Ils furent émis de 1789 à 1796 ; non convertibles en espèces,
ils étaient remboursables sur le produit de la vente des biens du
clergé.
3. Il y avait l'Électorat palatin, celui de Mayence, de Trèves, de
Cologne.
4. Erreur géographique de Balzac : la Souabe se trouve en Wurtemberg (région de Stuttgart).

nature forte, riche, puissamment accidentée, pleine de
souvenirs féodaux, verdoyante, mais qui garde en tous
lieux les empreintes du fer et du feu. Louis XIV et
Turenne ont cautérisé cette ravissante contrée [1]. Çà et
là, des ruines attestent l'orgueil, ou peut-être la prévoyance du roi de Versailles qui fit abattre les admirables châteaux dont était jadis ornée cette partie de
l'Allemagne. En voyant cette terre merveilleuse, couverte de forêts, et où le pittoresque du Moyen Âge
abonde, mais en ruines, vous concevez le génie allemand, ses rêveries et son mysticisme. Cependant le
séjour des deux amis à Bonn avait un but de science et
de plaisir tout à la fois. Le grand hôpital de l'armée
gallo-batave et de la division d'Augereau était établi
dans le palais même de l'Électeur [2]. Les sous-aides de
fraîche date y étaient donc allés voir des camarades,
remettre des lettres de recommandation à leurs chefs,
et s'y familiariser avec les premières impressions de
leur métier. Mais aussi, là, comme ailleurs, ils dépouil-
lèrent quelques-uns de ces préjugés exclusifs auxquels
nous restons si longtemps fidèles en faveur des monuments et des beautés de notre pays natal. Surpris à
l'aspect des colonnes de marbre dont est orné le palais
électoral, ils allèrent admirant le grandiose des constructions allemandes, et trouvèrent à chaque pas de
nouveaux trésors antiques ou modernes. De temps en
temps, les chemins dans lesquels erraient les deux
amis en se dirigeant vers Andernach les amenaient sur
le piton d'une montagne de granit plus élevée que les
autres. Là, par une découpure de la forêt, par une
anfractuosité des rochers, ils apercevaient quelque vue
du Rhin encadrée dans le grès ou festonnée par de
vigoureuses végétations. Les vallées, les sentiers, les
arbres exhalaient cette senteur automnale qui porte à
la rêverie ; les cimes des bois commençaient à se
dorer, à prendre des tons chauds et bruns, signes de
vieillesse ; les feuilles tombaient, mais le ciel était

---

1. Le château de Heidelberg fut dévasté par les Français en 1688.
2. À Brühl, près de Cologne, ou encore à Bonn.

encore d'un bel azur, et les chemins, secs, se dessinaient comme des lignes jaunes dans le paysage, alors éclairé par les obliques rayons du soleil couchant. À une demi-lieue d'Andernach, les deux amis marchèrent au milieu d'un profond silence, comme si la guerre ne dévastait pas ce beau pays, et suivirent un chemin pratiqué pour les chèvres à travers les hautes murailles de granit bleuâtre entre lesquelles le Rhin bouillonne. Bientôt ils descendirent par un des versants de la gorge au fond de laquelle se trouve la petite ville, assise avec coquetterie au bord du fleuve, où elle offre un joli port aux mariniers. "L'Allemagne est un bien beau pays", s'écria l'un des deux jeunes gens, nommé Prosper Magnan, à l'instant où il entrevit les maisons peintes d'Andernach, pressées comme des œufs dans un panier, séparées par des arbres, par des jardins et des fleurs. Puis il admira pendant un moment les toits pointus à solives saillantes, les escaliers de bois, les galeries de mille habitations paisibles, et les barques balancées par les flots dans le port… »

Au moment où M. Hermann prononça le nom de Prosper Magnan, le fournisseur saisit la carafe, se versa de l'eau dans son verre, et le vida d'un trait. Ce mouvement ayant attiré mon attention, je crus remarquer un léger tremblement dans ses mains et de l'humidité sur le front du capitaliste.

« Comment se nomme l'ancien fournisseur ? demandai-je à ma complaisante voisine.

– Taillefer [1], me répondit-elle.

– Vous trouvez-vous indisposé ? m'écriai-je en voyant pâlir ce singulier personnage.

– Nullement, dit-il en me remerciant par un geste de politesse. J'écoute, ajouta-t-il en faisant un signe de tête aux convives, qui le regardèrent tous simultanément.

– J'ai oublié, dit M. Hermann, le nom de l'autre jeune homme. Seulement, les confidences de Prosper

---

1. Ce nom n'apparaît qu'en 1837, pour établir le lien avec *Le Père Goriot*. Le personnage répondait d'abord au nom de « Mauricey ».

Magnan m'ont appris que son compagnon était brun, assez maigre et jovial. Si vous le permettez, je l'appellerai Wilhem [1], pour donner plus de clarté au récit de cette histoire. »

Le bon Allemand reprit sa narration après avoir ainsi, sans respect pour le romantisme et la couleur locale, baptisé le sous-aide français d'un nom germanique.

« Au moment où les deux jeunes gens arrivèrent à Andernach, il était donc nuit close. Présumant qu'ils perdraient beaucoup de temps à trouver leurs chefs, à s'en faire reconnaître, à obtenir d'eux un gîte militaire dans une ville déjà pleine de soldats, ils avaient résolu de passer leur dernière nuit de liberté dans une auberge située à une centaine de pas d'Andernach, et de laquelle ils avaient admiré, du haut des rochers, les riches couleurs embellies par les feux du soleil couchant. Entièrement peinte en rouge, cette auberge produisait un piquant effet dans le paysage, soit en se détachant sur la masse générale de la ville, soit en opposant son large rideau de pourpre à la verdure des différents feuillages, et sa teinte vive aux tons grisâtres de l'eau. Cette maison devait son nom à la décoration extérieure qui lui avait été sans doute imposée depuis un temps immémorial par le caprice de son fondateur. Une superstition mercantile assez naturelle aux différents possesseurs de ce logis, renommé parmi les mariniers du Rhin, en avait fait soigneusement conserver le costume. En entendant le pas des chevaux, le maître de *L'Auberge rouge* vint sur le seuil de la porte. "Par Dieu, s'écria-t-il, messieurs, un peu plus tard vous auriez été forcés de coucher à la belle étoile, comme la plupart de vos compatriotes qui bivouaquent de l'autre côté d'Andernach. Chez moi, tout est occupé ! Si vous tenez à coucher dans un bon lit, je n'ai plus que ma propre chambre à vous offrir. Quant à vos chevaux, je vais leur faire mettre une litière dans

---

1. Erreur linguistique de Balzac pour « Wilhelm ».

un coin de la cour. Aujourd'hui, mon écurie est pleine de chrétiens.

– Ces messieurs viennent de France ? reprit-il après une légère pause. – De Bonn, s'écria Prosper. Et nous n'avons encore rien mangé depuis ce matin. – Oh ! quant aux vivres ! dit l'aubergiste en hochant la tête. On vient de dix lieues à la ronde faire des noces à *L'Auberge rouge*. Vous allez avoir un festin de prince, le poisson du Rhin ! c'est tout dire." Après avoir confié leurs montures fatiguées aux soins de l'hôte, qui appelait assez inutilement ses valets, les sous-aides entrèrent dans la salle commune de l'auberge. Les nuages épais et blanchâtres exhalés par une nombreuse assemblée de fumeurs ne leur permirent pas de distinguer d'abord les gens avec lesquels ils allaient se trouver ; mais lorsqu'ils se furent assis près d'une table, avec la patience pratique de ces voyageurs philosophes qui ont reconnu l'inutilité du bruit, ils démêlèrent, à travers les vapeurs du tabac, les accessoires obligés d'une auberge allemande : le poêle, l'horloge, les tables, les pots de bière, les longues pipes ; çà et là des figures hétéroclites, juives, allemandes ; puis les visages rudes de quelques mariniers. Les épaulettes de plusieurs officiers français étincelaient dans ce brouillard, et le cliquetis des éperons et des sabres retentissait incessamment sur le carreau. Les uns jouaient aux cartes, d'autres se disputaient, se taisaient, mangeaient, buvaient ou se promenaient. Une grosse petite femme, ayant le bonnet de velours noir, la pièce d'estomac bleu et argent, la pelote [1], le trousseau de clefs, l'agrafe d'argent, les cheveux tressés, marques distinctives de toutes les maîtresses d'auberges allemandes, et dont le costume est, d'ailleurs, si exactement colorié dans une foule d'estampes, qu'il est trop vulgaire pour être décrit, la femme de l'aubergiste donc, fit patienter et impatienter les deux amis avec une habileté fort remarquable. Insensiblement le bruit diminua, les voyageurs se retirèrent, et le nuage de fumée se dissipa. Lorsque

---

1. Le coussinet sur lequel piquer aiguilles et épingles.

le couvert des sous-aides fut mis, que la classique carpe du Rhin parut sur la table, onze heures sonnaient, et la salle était vide. Le silence de la nuit laissait entendre vaguement, et le bruit que faisaient les chevaux en mangeant leur provende ou en piaffant, et le murmure des eaux du Rhin, et ces espèces de rumeurs indéfinissables qui animent une auberge pleine quand chacun s'y couche. Les portes et les fenêtres s'ouvraient et se fermaient, des voix murmuraient de vagues paroles, et quelques interpellations retentissaient dans les chambres. En ce moment de silence et de tumulte, les deux Français, et l'hôte occupé à leur vanter Andernach, le repas, son vin du Rhin, l'armée républicaine et sa femme, écoutèrent avec une sorte d'intérêt les cris rauques de quelques mariniers et les bruissements d'un bateau qui abordait au port. L'aubergiste, familiarisé sans doute avec les interrogations gutturales de ces bateliers, sortit précipitamment, et revint bientôt. Il ramena un gros petit homme derrière lequel marchaient deux mariniers portant une lourde valise et quelques ballots. Ses paquets déposés dans la salle, le petit homme prit lui-même sa valise et la garda près de lui, en s'asseyant sans cérémonie à table devant les deux sous-aides. "Allez coucher à votre bateau, dit-il aux mariniers, puisque l'auberge est pleine. Tout bien considéré, cela vaudra mieux. – Monsieur, dit l'hôte au nouvel arrivé, voilà tout ce qui me reste de provisions." Et il montrait le souper servi aux deux Français. "Je n'ai pas une croûte de pain, pas un os. – Et de la choucroute ? – Pas de quoi mettre dans le dé de ma femme ! Comme j'ai eu l'honneur de vous le dire, vous ne pouvez avoir d'autre lit que la chaise sur laquelle vous êtes, et d'autre chambre que cette salle." À ces mots, le petit homme jeta sur l'hôte, sur la salle et sur les deux Français un regard où la prudence et l'effroi se peignirent également.

« Ici je dois vous faire observer, dit M. Hermann en s'interrompant, que nous n'avons jamais su ni le véritable nom ni l'histoire de cet inconnu ; seulement, ses papiers ont appris qu'il venait d'Aix-la-Chapelle ; il avait pris le nom de Walhenfer, et possédait aux environs de Neuwied [1] une manufacture d'épingles assez considérable. Comme tous les fabricants de ce pays, il portait une redingote de drap commun, une culotte et un gilet en velours vert foncé, des bottes et une large ceinture de cuir. Sa figure était toute ronde, ses manières franches et cordiales ; mais pendant cette soirée il lui fut très difficile de déguiser entièrement des appréhensions secrètes ou peut-être de cruels soucis. L'opinion de l'aubergiste a toujours été que ce négociant allemand fuyait son pays. Plus tard, j'ai su que sa fabrique avait été brûlée par un de ces hasards malheureusement si fréquents en temps de guerre. Malgré son expression généralement soucieuse, sa physionomie annonçait une grande bonhomie. Il avait de beaux traits, et surtout un large cou dont la blancheur était si bien relevée par une cravate noire, que Wilhem le montra par raillerie à Prosper... »

Ici, M. Taillefer but un verre d'eau.

« Prosper offrit avec courtoisie au négociant de partager leur souper, et Walhenfer accepta sans façon, comme un homme qui se sentait en mesure de reconnaître cette politesse ; il coucha sa valise à terre, mit ses pieds dessus, ôta son chapeau, s'attabla, se débarrassa de ses gants et de deux pistolets qu'il avait à sa ceinture. L'hôte lui ayant promptement donné un couvert, les trois convives commencèrent à satisfaire assez silencieusement leur appétit. L'atmosphère de la salle était si chaude et les mouches si nombreuses, que Prosper pria l'hôte d'ouvrir la croisée qui donnait sur la porte, afin de renouveler l'air. Cette fenêtre était barricadée par une barre de fer dont les deux bouts entraient dans des trous pratiqués aux deux coins de l'embrasure. Pour plus de sécurité, deux écrous, attachés à chacun des volets, recevaient deux vis. Par hasard, Prosper examina la manière dont s'y prenait l'hôte pour ouvrir la fenêtre.

---

1. En face d'Andernach, sur la rive droite du Rhin.

« Mais, puisque je vous parle des localités, nous dit
M. Hermann, je dois vous dépeindre les dispositions
intérieures de l'auberge ; car, de la connaissance exacte
des lieux, dépend l'intérêt de cette histoire. La salle où
se trouvaient les trois personnages dont je vous parle
avait deux portes de sortie. L'une donnait sur le
chemin d'Andernach qui longe le Rhin. Là, devant
l'auberge, se trouvait naturellement un petit débarca-
dère où le bateau, loué par le négociant pour son
voyage, était amarré. L'autre porte avait sa sortie sur
la cour de l'auberge. Cette cour était entourée de murs
très élevés, et remplie, pour le moment, de bestiaux et
de chevaux, les écuries étant pleines de monde. La
grande porte venait d'être si soigneusement barricadée, que, pour plus de promptitude, l'hôte avait fait
entrer le négociant et les mariniers par la porte de la
salle qui donnait sur la rue. Après avoir ouvert la
fenêtre, selon le désir de Prosper Magnan, il se mit à
fermer cette porte, glissa les barres dans leurs trous, et
vissa les écrous. La chambre de l'hôte, où devaient
coucher les deux sous-aides, était contiguë à la salle
commune, et se trouvait séparée par un mur assez
léger de la cuisine, où l'hôtesse et son mari devaient
probablement passer la nuit. La servante venait de
sortir, et d'aller chercher son gîte dans quelque crèche,
dans le coin d'un grenier, ou partout ailleurs. Il est
facile de comprendre que la salle commune, la chambre
de l'hôte et la cuisine, étaient en quelque sorte isolées
du reste de l'auberge. Il y avait dans la cour deux gros
chiens, dont les aboiements graves annonçaient des
gardiens vigilants et très irritables. "Quel silence et
quelle belle nuit !" dit Wilhem en regardant le ciel,
lorsque l'hôte eut fini de fermer la porte. Alors le cla-
potis des flots était le seul bruit qui se fît entendre.
"Messieurs, dit le négociant aux deux Français, permettez-moi de vous offrir quelques bouteilles de vin
pour arroser votre carpe. Nous nous délasserons de la
fatigue de la journée en buvant. À votre air et à l'état
de vos vêtements, je vois que, comme moi, vous avez
fait bien du chemin aujourd'hui." Les deux amis

acceptèrent, et l'hôte sortit par la porte de la cuisine pour aller à sa cave, sans doute située sous cette partie du bâtiment. Lorsque cinq vénérables bouteilles, apportées par l'aubergiste, furent sur la table, sa femme achevait de servir le repas. Elle donna à la salle et aux mets son coup d'œil de maîtresse de maison ; puis, certaine d'avoir prévenu toutes les exigences des voyageurs, elle rentra dans la cuisine. Les quatre convives, car l'hôte fut invité à boire, ne l'entendirent pas se coucher ; mais, plus tard, pendant les intervalles de silence qui séparèrent les causeries des buveurs, quelques ronflements très accentués, rendus encore plus sonores par les planches creuses de la soupente où elle s'était nichée, firent sourire les amis, et surtout l'hôte. Vers minuit, lorsqu'il n'y eut plus sur la table que des biscuits, du fromage, des fruits secs et du bon vin, les convives, principalement les deux jeunes Français, devinrent communicatifs. Ils parlèrent de leur pays, de leurs études, de la guerre. Enfin, la conversation s'anima. Prosper Magnan fit venir quelques larmes dans les yeux du négociant fugitif, quand, avec cette franchise picarde et la naïveté d'une nature bonne et tendre, il supposa ce que devait faire sa mère au moment où il se trouvait, lui, sur les bords du Rhin. "Je la vois, disait-il, lisant sa prière du soir avant de se coucher ! Elle ne m'oublie certes pas, et doit se demander : 'Où est-il, mon pauvre Prosper ?' Mais si elle a gagné au jeu quelques sous à sa voisine, – à ma mère, peut-être, ajouta-t-il en poussant le coude de Wilhem, elle va les mettre dans le grand pot de terre rouge où elle amasse la somme nécessaire à l'acquisition des trente arpents enclavés dans son petit domaine de Lescheville. Ces trente arpents valent bien environ soixante mille francs. Voilà de bonnes prairies. Ah ! si je les avais un jour, je vivrais toute ma vie à Lescheville, sans ambition ! Combien de fois mon père a-t-il désiré ces trente arpents et le joli ruisseau qui serpente dans ces prés-là ! Enfin, il est mort sans pouvoir les acheter. J'y ai bien souvent joué ! – Monsieur Walhenfer, n'avez-vous pas aussi votre *hoc*

erat in votis [1] ? demanda Wilhem. – Oui monsieur,
oui ! mais il était tout venu, et, maintenant…" Le bonhomme garda le silence, sans achever sa phrase. "Moi,
dit l'hôte dont le visage s'était légèrement empourpré,
j'ai, l'année dernière, acheté un clos que je désirais
avoir depuis dix ans." Ils causèrent ainsi en gens dont
la langue était déliée par le vin, et prirent les uns pour
les autres cette amitié passagère de laquelle nous
sommes peu avares en voyage, en sorte qu'au moment
où ils allèrent se coucher, Wilhem offrit son lit au
négociant. "Vous pouvez d'autant mieux l'accepter,
lui dit-il, que je puis coucher avec Prosper. Ce ne sera,
certes, ni la première ni la dernière fois. Vous êtes
notre doyen, nous devons honorer la vieillesse ! – Bah !
dit l'hôte, le lit de ma femme a plusieurs matelas,
vous en mettrez un par terre." Et il alla fermer la
croisée, en faisant le bruit que comportait cette prudente opération. "J'accepte, dit le négociant. J'avoue,
ajouta-t-il en baissant la voix et regardant les deux
amis, que je le désirais. Mes bateliers me semblent
suspects. Pour cette nuit, je ne suis pas fâché d'être
en compagnie de deux braves et bons jeunes gens, de
deux militaires français ! J'ai cent mille francs en or
et en diamants dans ma valise !" L'affectueuse réserve
avec laquelle cette imprudente confidence fut reçue
par les deux jeunes gens rassura le bon Allemand.
L'hôte aida ses voyageurs à défaire un des lits. Puis,
quand tout fut arrangé pour le mieux, il leur souhaita
le bonsoir et alla se coucher. Le négociant et les deux
sous-aides plaisantèrent sur la nature de leurs oreil-
lers. Prosper mettait sa trousse d'instruments et celle
de Wilhem sous son matelas, afin de l'exhausser et de
remplacer le traversin qui lui manquait, au moment
où, par un excès de prudence, Walhenfer plaçait sa
valise sous son chevet. "Nous dormirons tous deux
sur notre fortune : vous, sur votre or ; moi, sur ma
trousse ! Reste à savoir si mes instruments me vau-

---

1. « Cela était dans mes vœux » (Horace, *Satires*, II, 6), à propos
de la petite propriété de Sabine qui lui fut offerte par Mécène.

dront autant d'or que vous en avez acquis. – Vous
pouvez l'espérer, dit le négociant. Le travail et la probité viennent à bout de tout, mais ayez de la patience."
Bientôt Walhenfer et Wilhem s'endormirent. Soit que
son lit fût trop dur, soit que son extrême fatigue fût
une cause d'insomnie, soit par une fatale disposition
d'âme, Prosper Magnan resta éveillé. Ses pensées prirent insensiblement une mauvaise pente. Il songea très
exclusivement aux cent mille francs sur lesquels dormait le négociant. Pour lui, cent mille francs étaient
une immense fortune tout venue. Il commença par les
employer de mille manières différentes, en faisant des
châteaux en Espagne, comme nous en faisons tous
avec tant de bonheur pendant le moment qui précède
notre sommeil, à cette heure où les images naissent
confuses dans notre entendement, et où souvent, par
le silence de la nuit, la pensée acquiert une puissance
magique. Il comblait les vœux de sa mère, il achetait
les trente arpents de prairie, il épousait une demoiselle
de Beauvais à laquelle la disproportion de leurs fortunes lui défendait d'aspirer en ce moment. Il s'arran-
geait avec cette somme toute une vie de délices, et se
voyait heureux, père de famille, riche, considéré dans
sa province, et peut-être maire de Beauvais. Sa tête
picarde s'enflammant, il chercha les moyens de
changer ses fictions en réalités. Il mit une chaleur
extraordinaire à combiner un crime en théorie. Tout
en rêvant la mort du négociant, il voyait distinctement
l'or et les diamants. Il en avait les yeux éblouis. Son
cœur palpitait. La délibération était déjà sans doute un
crime. Fasciné par cette masse d'or, il s'enivra moralement par des raisonnements assassins. Il se demanda
si ce pauvre Allemand avait bien besoin de vivre, et
supposa qu'il n'avait jamais existé. Bref, il conçut le
crime de manière à en assurer l'impunité. L'autre rive
du Rhin était occupée par les Autrichiens ; il y avait au
bas des fenêtres une barque et des bateliers ; il pouvait
couper le cou de cet homme, le jeter dans le Rhin, se
sauver par la croisée avec la valise, offrir de l'or aux
mariniers, et passer en Autriche. Il alla jusqu'à cal-

culer le degré d'adresse qu'il avait su acquérir en se servant de ses instruments de chirurgie, afin de trancher la tête de sa victime de manière à ce qu'elle ne poussât pas un seul cri... »

Là M. Taillefer s'essuya le front et but encore un peu d'eau.

« Prosper se leva lentement et sans faire aucun bruit. Certain de n'avoir réveillé personne, il s'habilla, se rendit dans la salle commune ; puis, avec cette fatale intelligence que l'homme trouve soudainement en lui, avec cette puissance de tact et de volonté qui ne manque jamais ni aux prisonniers ni aux criminels dans l'accomplissement de leurs projets, il dévissa les barres de fer, les sortit de leurs trous sans faire le plus léger bruit, les plaça près du mur, et ouvrit les volets en pesant sur les gonds afin d'en assourdir les grincements. La lune ayant jeté sa pâle clarté sur cette scène, lui permit de voir faiblement les objets dans la chambre où dormaient Wilhem et Walhenfer. Là, il m'a dit s'être un moment arrêté. Les palpitations de son cœur étaient si fortes, si profondes, si sonores, qu'il en avait été comme épouvanté. Puis il craignait de ne pouvoir agir avec sang-froid ; ses mains tremblaient, et la plante de ses pieds lui paraissait appuyée sur des charbons ardents. Mais l'exécution de son dessein était accompagnée de tant de bonheur, qu'il vit une espèce de prédestination dans cette faveur du sort. Il ouvrit la fenêtre, revint dans la chambre, prit sa trousse, y chercha l'instrument le plus convenable pour achever son crime. "Quand j'arrivai près du lit, me dit-il, je me recommandai machinalement à Dieu." Au moment où il levait le bras en rassemblant toute sa force, il entendit en lui comme une voix, et crut apercevoir une lumière. Il jeta l'instrument sur son lit, se sauva dans l'autre pièce, et vint se placer à la fenêtre. Là, il conçut la plus profonde horreur pour lui-même ; et sentant néanmoins sa vertu faible, craignant encore de succomber à la fascination à laquelle il était en proie, il sauta vivement sur le chemin et se promena le long du Rhin, en faisant pour ainsi dire senti-

nelle devant l'auberge. Souvent il atteignait Andernach dans sa promenade précipitée ; souvent aussi ses
pas le conduisaient au versant par lequel il était descendu pour arriver à l'auberge ; mais le silence de la
nuit était si profond, il se fiait si bien sur les chiens de
garde, que, parfois, il perdit de vue la fenêtre qu'il
avait laissée ouverte. Son but était de se lasser et
d'appeler le sommeil. Cependant, en marchant ainsi
sous un ciel sans nuages, en en admirant les belles
étoiles, frappé peut-être aussi par l'air pur de la nuit et
par le bruissement mélancolique des flots, il tomba
dans une rêverie qui le ramena par degrés à de saines
idées de morale. La raison finit par dissiper complètement sa frénésie momentanée. Les enseignements
de son éducation, les préceptes religieux, et surtout,
m'a-t-il dit, les images de la vie modeste qu'il avait
jusqu'alors menée sous le toit paternel, triomphèrent
de ses mauvaises pensées. Quand il revint, après une
longue méditation au charme de laquelle il s'était
abandonné sur le bord du Rhin, en restant accoudé
sur une grosse pierre, il aurait pu, m'a-t-il dit, non pas
dormir, mais veiller près d'un milliard en or. Au
moment où sa probité se releva fière et forte de ce
combat, il se mit à genoux dans un sentiment d'extase
et de bonheur, remercia Dieu, se trouva heureux,
léger, content, comme au jour de sa première commu-
nion, où il s'était cru digne des anges, parce qu'il avait
passé la journée sans pécher ni en paroles, ni en
actions, ni en pensée. Il revint à l'auberge, ferma la
fenêtre sans craindre de faire du bruit, et se mit au lit
sur-le-champ. Sa lassitude morale et physique le livra
sans défense au sommeil. Peu de temps après avoir
posé sa tête sur son matelas, il tomba dans cette som-
nolence première et fantastique qui précède toujours
un profond sommeil. Alors les sens s'engourdissent, et
la vie s'abolit graduellement ; les pensées sont incom-
plètes, et les derniers tressaillements de nos sens simu-
lent une sorte de rêverie. "Comme l'air est lourd, se
dit Prosper. Il me semble que je respire une vapeur
humide." Il s'expliqua vaguement cet effet de l'atmos-

phère par la différence qui devait exister entre la température de la chambre et l'air pur de la campagne. Mais il entendit bientôt un bruit périodique assez semblable à celui que font les gouttes d'eau d'une fontaine en tombant du robinet. Obéissant à une terreur panique, il voulut se lever et appeler l'hôte, réveiller le négociant ou Wilhem ; mais il se souvint alors, pour son malheur, de l'horloge de bois ; et croyant reconnaître le mouvement du balancier, il s'endormit dans cette indistincte et confuse perception. »

« Voulez-vous de l'eau, monsieur Taillefer ? » dit le maître de la maison, en voyant le banquier prendre machinalement la carafe.

Elle était vide.

M. Hermann continua son récit, après la légère pause occasionnée par l'observation du banquier.

« Le lendemain matin, dit-il, Prosper Magnan fut réveillé par un grand bruit. Il lui semblait avoir entendu des cris perçants, et il ressentait ce violent tressaillement de nerfs que nous subissons lorsque nous achevons, au réveil, une sensation pénible commencée pendant notre sommeil. Il s'accomplit en nous un fait physiologique, un sursaut, pour me servir de l'expression vulgaire, qui n'a pas encore été suffisamment observé, quoiqu'il contienne des phénomènes curieux pour la science. Cette terrible angoisse, produite peut-être par une réunion trop subite de nos deux natures, presque toujours séparées pendant le sommeil, est ordinairement rapide ; mais elle persista chez le pauvre sous-aide, s'accrut même tout à coup, et lui causa la plus affreuse horripilation [1], quand il aperçut une mare de sang entre son matelas et le lit de Walhenfer. La tête du pauvre Allemand gisait à terre, le corps était resté dans le lit. Tout le sang avait jailli par le cou. En voyant les yeux encore ouverts et fixes, en voyant le sang qui avait taché ses draps et même ses mains, en reconnaissant son instrument de chirurgie sur le lit, Prosper Magnan s'évanouit, et tomba dans le sang de

---

1. Au sens physique et littéral : les poils se dressent sur le corps.

Walhenfer. "C'était déjà, m'a-t-il dit, une punition de
mes pensées." Quand il reprit connaissance, il se
trouva dans la salle commune. Il était assis sur une
chaise, environné de soldats français et devant une
foule attentive et curieuse. Il regarda stupidement un
officier républicain occupé à recueillir les dépositions
de quelques témoins, et à rédiger sans doute un
procès-verbal. Il reconnut l'hôte, sa femme, les deux
mariniers et la servante de l'auberge. L'instrument de
chirurgie dont s'était servi l'assassin… »

Ici M. Taillefer toussa, tira son mouchoir de poche
pour se moucher, et s'essuya le front. Ces mouvements assez naturels ne furent remarqués que par
moi ; tous les convives avaient les yeux attachés sur
M. Hermann, et l'écoutaient avec une sorte d'avidité.
Le fournisseur appuya son coude sur la table, mit sa
tête dans sa main droite, et regarda fixement Hermann. Dès lors, il ne laissa plus échapper aucune
marque d'émotion ni d'intérêt ; mais sa physionomie
resta pensive et terreuse, comme au moment où il
avait joué avec le bouchon de la carafe.

« L'instrument de chirurgie dont s'était servi
l'assassin se trouvait sur la table avec la trousse, le portefeuille et les papiers de Prosper. Les regards de
l'assemblée se dirigeaient alternativement sur ces pièces
de conviction et sur le jeune homme, qui paraissait
mourant, et dont les yeux éteints semblaient ne rien
voir. La rumeur confuse qui se faisait entendre au-
dehors accusait la présence de la foule attirée devant
l'auberge par la nouvelle du crime, et peut-être aussi
par le désir de connaître l'assassin. Le pas des sentinelles placées sous les fenêtres de la salle, le bruit de
leurs fusils dominaient le murmure des conversations
populaires ; mais l'auberge était fermée, la cour était
vide et silencieuse. Incapable de soutenir le regard de
l'officier qui verbalisait, Prosper Magnan se sentit la
main pressée par un homme, et leva les yeux pour voir
quel était son protecteur parmi cette foule ennemie. Il
reconnut, à l'uniforme, le chirurgien-major de la
demi-brigade cantonnée à Andernach. Le regard de

cet homme était si perçant, si sévère, que le pauvre
jeune homme en frissonna, et laissa aller sa tête sur le
dos de la chaise. Un soldat lui fit respirer du vinaigre,
et il reprit aussitôt connaissance. Cependant, ses yeux
hagards parurent tellement privés de vie et d'intelligence, que le chirurgien dit à l'officier, après avoir tâté
le pouls de Prosper : "Capitaine, il est impossible
d'interroger cet homme-là dans ce moment-ci. – Eh
bien ! emmenez-le, répondit le capitaine en interrompant le chirurgien et en s'adressant à un caporal qui se
trouvait derrière le sous-aide. – Sacré lâche, lui dit à
voix basse le soldat, tâche au moins de marcher ferme
devant ces mâtins d'Allemands, afin de sauver l'honneur de la République." Cette interpellation réveilla
Prosper Magnan, qui se leva, fit quelques pas ; mais
lorsque la porte s'ouvrit, qu'il se sentit frappé par l'air
extérieur, et qu'il vit entrer la foule, ses forces l'aban-
donnèrent, ses genoux fléchirent, il chancela. "Ce tonnerre de carabin-là mérite deux fois la mort ! Marche
donc ! dirent les deux soldats qui lui prêtaient le
secours de leurs bras afin de le soutenir. – Oh ! le
lâche ! le lâche ! C'est lui ! c'est lui ! le voilà ! le voilà !"
Ces mots lui semblaient dits par une seule voix, la voix
tumultueuse de la foule qui l'accompagnait en l'inju-
riant, et grossissait à chaque pas. Pendant le trajet de
l'auberge à la prison, le tapage que le peuple et les soldats faisaient en marchant, le murmure des différents
colloques, la vue du ciel et la fraîcheur de l'air, l'aspect
d'Andernach et le frissonnement des eaux du Rhin,
ces impressions arrivaient à l'âme du sous-aide,
vagues, confuses, ternes comme toutes les sensations
qu'il avait éprouvées depuis son réveil. Par moments il
croyait, m'a-t-il dit, ne plus exister.

« J'étais alors en prison, dit M. Hermann en s'interrompant. Enthousiaste comme nous le sommes tous à
vingt ans, j'avais voulu défendre mon pays, et com-
mandais une compagnie franche que j'avais organisée
aux environs d'Andernach. Quelques jours auparavant, j'étais tombé pendant la nuit au milieu d'un
détachement français composé de huit cents hommes.

Nous étions tout au plus deux cents. Mes espions m'avaient vendu. Je fus jeté dans la prison d'Andernach. Il s'agissait alors de me fusiller, pour faire un exemple qui intimidât le pays. Les Français parlaient aussi de représailles, mais le meurtre dont les républicains voulaient tirer vengeance sur moi ne s'était pas commis dans l'Électorat. Mon père avait obtenu un sursis de trois jours, afin de pouvoir aller demander ma grâce au général Augereau, qui la lui accorda. Je vis donc Prosper Magnan au moment où il entra dans la prison d'Andernach, et il m'inspira la plus profonde pitié. Quoiqu'il fût pâle, défait, taché de sang, sa physionomie avait un caractère de candeur et d'innocence qui me frappa vivement. Pour moi, l'Allemagne respirait dans ses longs cheveux blonds, dans ses yeux bleus. Véritable image de mon pays défaillant, il m'apparut comme une victime et non comme un meurtrier. Au moment où il passa sous ma fenêtre, il jeta, je ne sais où, le sourire amer et mélancolique d'un aliéné qui retrouve une fugitive lueur de raison. Ce sourire n'était certes pas celui d'un assassin. Quand je vis le geôlier, je le questionnai sur son nouveau prisonnier. "Il n'a pas parlé depuis qu'il est dans son cachot. Il s'est assis, a mis sa tête entre ses mains, et dort ou réfléchit à son affaire. À entendre les Français, il aura son compte demain matin, et sera fusillé dans les vingt-quatre heures." Je demeurai le soir sous la fenêtre du prisonnier, pendant le court instant qui m'était accordé pour faire une promenade dans la cour de la prison. Nous causâmes ensemble, et il me raconta naïvement son aventure, en répondant avec assez de justesse à mes différentes questions. Après cette première conversation, je ne doutai plus de son innocence. Je demandai, j'obtins la faveur de rester quelques heures près de lui. Je le vis donc à plusieurs reprises, et le pauvre enfant m'initia sans détour à toutes ses pensées. Il se croyait à la fois innocent et coupable. Se souvenant de l'horrible tentation à laquelle il avait eu la force de résister, il craignait d'avoir accompli, pendant son sommeil et dans un accès de somnambulisme, le crime qu'il rêvait, éveillé. "Mais votre compagnon ? lui dis-je. – Oh ! s'écria-t-il avec feu, Wilhem est incapable..." Il n'acheva même pas. À cette parole chaleureuse, pleine de jeunesse et de vertu, je lui serrai la main. "À son réveil, reprit-il, il aura sans doute été épouvanté, il aura perdu la tête, il se sera sauvé. – Sans vous éveiller, lui dis-je. Mais alors votre défense sera facile, car la valise de Wal-henfer n'aura pas été volée." Tout à coup il fondit en larmes. "Oh ! oui, je suis innocent, s'écria-t-il. Je n'ai pas tué. Je me souviens de mes songes. Je jouais aux barres avec mes camarades de collège. Je n'ai pas dû couper la tête de ce négociant, en rêvant que je cou-rais." Puis, malgré les lueurs d'espoir qui parfois lui rendirent un peu de calme, il se sentait toujours écrasé par un remords. Il avait bien certainement levé le bras pour trancher la tête du négociant. Il se faisait justice, et ne se trouvait pas le cœur pur, après avoir commis le crime dans sa pensée. "Et cependant ! je suis bon ! s'écriait-il. Ô ma pauvre mère ! Peut-être en ce moment joue-t-elle gaiement à l'impériale [1] avec ses voisines dans son petit salon de tapisserie. Si elle savait que j'ai seulement levé la main pour assassiner un homme... oh ! elle mourrait ! Et je suis en prison, accusé d'avoir commis un crime. Si je n'ai pas tué cet homme, je tuerai certainement ma mère !" À ces mots il ne pleura pas ; mais, animé de cette fureur courte et vive assez familière aux Picards, il s'élança vers la muraille, et, si je ne l'avais retenu, il s'y serait brisé la tête. "Attendez votre jugement, lui dis-je. Vous serez acquitté, vous êtes innocent. Et votre mère... – Ma mère, s'écria-t-il avec fureur, elle apprendra mon accusation avant tout. Dans les petites villes, cela se fait ainsi, la pauvre femme en mourra de chagrin. D'ailleurs, je ne suis pas innocent. Voulez-vous savoir toute la vérité ? Je sens que j'ai perdu la virginité de ma conscience." Après ce terrible mot, il s'assit, se croisa les bras sur la poitrine, inclina la tête, et regarda

---

1. Jeu de cartes.

la terre d'un air sombre. En ce moment, le porte-clefs
vint me prier de rentrer dans ma chambre ; mais,
fâché d'abandonner mon compagnon en un instant où
son découragement me paraissait si profond, je le
serrai dans mes bras avec amitié. "Prenez patience, lui
dis-je, tout ira bien, peut-être. Si la voix d'un honnête
homme peut faire taire vos doutes, apprenez que je
vous estime et vous aime. Acceptez mon amitié, et
dormez sur mon cœur, si vous n'êtes pas en paix avec
le vôtre." Le lendemain, un caporal et quatre fusiliers
vinrent chercher le sous-aide vers neuf heures. En
entendant le bruit que firent les soldats, je me mis à
ma fenêtre. Lorsque le jeune homme traversa la cour,
il jeta les yeux sur moi. Jamais je n'oublierai ce regard
plein de pensées, de pressentiments, de résignation, et
de je ne sais quelle grâce triste et mélancolique. Ce fut
une espèce de testament silencieux et intelligible par
lequel un ami léguait sa vie perdue à son dernier ami.
La nuit avait sans doute été bien dure, bien solitaire
pour lui ; mais aussi peut-être la pâleur empreinte sur
son visage accusait-elle un stoïcisme puisé dans une
nouvelle estime de lui-même. Peut-être s'était-il
purifié par un remords, et croyait-il laver sa faute dans
sa douleur et dans sa honte. Il marchait d'un pas
ferme ; et, dès le matin, il avait fait disparaître les
taches de sang dont il s'était involontairement souillé.
"Mes mains y ont fatalement trempé pendant que je
dormais, car mon sommeil est toujours très agité",
m'avait-il dit la veille, avec un horrible accent de
désespoir. J'appris qu'il allait comparaître devant un
conseil de guerre. La division devait, le surlendemain,
se porter en avant, et le chef de demi-brigade ne voulait pas quitter Andernach sans faire justice du crime
sur les lieux mêmes où il avait été commis… Je restai
dans une mortelle angoisse pendant le temps que dura
ce conseil. Enfin, vers midi, Prosper Magnan fut
ramené en prison. Je faisais en ce moment ma promenade accoutumée ; il m'aperçut, et vint se jeter dans
mes bras. "Perdu, me dit-il. Je suis perdu sans espoir !
Ici, pour tout le monde, je serai donc un assassin." Il

releva la tête avec fierté. "Cette injustice m'a rendu
tout entier à mon innocence. Ma vie aurait toujours
été troublée, ma mort sera sans reproche. Mais, y a-
t-il un avenir ?" Tout le dix-huitième siècle était dans
cette interrogation soudaine. Il resta pensif. "Enfin, lui
dis-je, comment avez-vous répondu ? que vous a-t-on
demandé ? n'avez-vous pas dit naïvement le fait
comme vous me l'avez raconté ?" Il me regarda fixement pendant un moment ; puis, après cette pause
effrayante, il me répondit avec une fiévreuse vivacité
de paroles : "Ils m'ont demandé d'abord : 'Êtes-vous
sorti de l'auberge pendant la nuit ?' J'ai dit : 'Oui.
– Par où ?' J'ai rougi, et j'ai répondu : 'Par la fenêtre.
– Vous l'aviez donc ouverte ? – Oui ! ai-je dit. – Vous
y avez mis bien de la précaution. L'aubergiste n'a rien
entendu !' Je suis resté stupéfait. Les mariniers ont
déclaré m'avoir vu me promenant, allant tantôt à
Andernach, tantôt vers la forêt. – J'ai fait, disent-ils,
plusieurs voyages. J'ai enterré l'or et les diamants.
Enfin, la valise ne s'est pas retrouvée ! Puis j'étais toujours en guerre avec mes remords. Quand je voulais
parler : 'Tu as voulu commettre le crime !' me criait
une voix impitoyable. Tout était contre moi, même
moi !... Ils m'ont questionné sur mon camarade, et je
l'ai complètement défendu. Alors ils m'ont dit : 'Nous
devons trouver un coupable entre vous, votre camarade, l'aubergiste et sa femme ! Ce matin, toutes les
fenêtres et les portes se sont trouvées fermées !' – À
cette observation, reprit-il, je suis resté sans voix, sans
force, sans âme. Plus sûr de mon ami que de moi-
même, je ne pouvais l'accuser. J'ai compris que nous
étions regardés tous deux comme également complices de l'assassinat, et que je passais pour le plus
maladroit ! J'ai voulu expliquer le crime par le somnambulisme, et justifier mon ami ; alors j'ai divagué.
Je suis perdu. J'ai lu ma condamnation dans les yeux
de mes juges. Ils ont laissé échapper des sourires
d'incrédulité. Tout est dit. Plus d'incertitude. Demain
je serai fusillé. – Je ne pense plus à moi, reprit-il, mais
à ma pauvre mère !" Il s'arrêta, regarda le ciel, et ne

versa pas de larmes. Ses yeux étaient secs et fortement convulsés. "Frédéric !" Ah ! l'autre se nommait Frédéric, Frédéric ! Oui, c'est bien là le nom ! » s'écria M. Hermann d'un air de triomphe.

Ma voisine me poussa le pied, et me fit un signe en me montrant M. Taillefer. L'ancien fournisseur avait négligemment laissé tomber sa main sur ses yeux ; mais, entre les intervalles de ses doigts, nous crûmes voir une flamme sombre dans son regard.

« Hein ? me dit-elle à l'oreille. S'il se nommait Frédéric. »

Je répondis en la guignant de l'œil comme pour lui dire : « Silence ! »

Hermann reprit ainsi : « "Frédéric, s'écria le sous-aide, Frédéric m'a lâchement abandonné. Il aura eu peur. Peut-être se sera-t-il caché dans l'auberge, car nos deux chevaux étaient encore le matin dans la cour. – Quel incompréhensible mystère, ajouta-t-il après un moment de silence. Le somnambulisme, le somnambulisme ! Je n'en ai eu qu'un seul accès dans ma vie, et encore à l'âge de six ans. – M'en irai-je d'ici, reprit-il, frappant du pied sur la terre, en emportant tout ce qu'il y a d'amitié dans le monde ? Mourrai-je donc deux fois en doutant d'une fraternité commencée à l'âge de cinq ans, et continuée au collège, aux écoles ! Où est Frédéric ?" Il pleura. Nous tenons donc plus à un sentiment qu'à la vie. "Rentrons, me dit-il, je préfère être dans mon cachot. Je ne voudrais pas qu'on me vît pleurant. J'irai courageusement à la mort, mais je ne sais pas faire de l'héroïsme à contre-temps, et j'avoue que je regrette ma jeune et belle vie. Pendant cette nuit je n'ai pas dormi ; je me suis rappelé les scènes de mon enfance, et me suis vu courant dans ces prairies dont le souvenir a peut-être causé ma perte. – J'avais de l'avenir, me dit-il en s'interrompant. Douze hommes ; un sous-lieutenant qui criera : 'Portez armes, en joue, feu !' un roulement de tambours ; et l'infamie ! voilà mon avenir maintenant. Oh ! il y a un Dieu, ou tout cela serait par trop niais."

Alors il me prit et me serra dans ses bras en m'étrei-gnant avec force. "Ah ! vous êtes le dernier homme avec lequel j'aurai pu épancher mon âme. Vous serez libre, vous ! vous verrez votre mère ! Je ne sais si vous êtes riche ou pauvre, mais qu'importe ! vous êtes le monde entier pour moi. Ils ne se battront pas toujours, ceux-ci. Eh bien, quand ils seront en paix, allez à Beauvais. Si ma mère survit à la fatale nouvelle de ma mort, vous l'y trouverez. Dites-lui ces consolantes paroles : 'Il était innocent !' – Elle vous croira, reprit-il. Je vais lui écrire ; mais vous lui porterez mon der-nier regard, vous lui direz que vous êtes le dernier homme que j'aurai embrassé. Ah ! combien elle vous aimera, la pauvre femme ! vous qui aurez été mon dernier ami. – Ici, dit-il après un moment de silence pendant lequel il resta comme accablé sous le poids de ses souvenirs, chefs et soldats me sont inconnus, et je leur fais horreur à tous. Sans vous, mon innocence serait un secret entre le ciel et moi." Je lui jurai d'accomplir saintement ses dernières volontés. Mes paroles, mon effusion de cœur le touchèrent. Peu de temps après, les soldats revinrent le chercher et le ramenèrent au conseil de guerre. Il était condamné. J'ignore les formalités qui devaient suivre ou accom-pagner ce premier jugement, je ne sais pas si le jeune chirurgien défendit sa vie dans toutes les règles ; mais il s'attendait à marcher au supplice le lendemain matin, et passa la nuit à écrire à sa mère. "Nous serons libres tous deux, me dit-il en souriant, quand je l'allai voir le lendemain ; j'ai appris que le général a signé votre grâce." Je restai silencieux, et le regardai pour bien graver ses traits dans ma mémoire. Alors il prit une expression de dégoût, et me dit : "J'ai été triste-ment lâche ! J'ai, pendant toute la nuit, demandé ma grâce à ces murailles." Et il me montrait les murs de son cachot. "Oui, oui, reprit-il, j'ai hurlé de désespoir, je me suis révolté, j'ai subi la plus terrible des agonies morales. – J'étais seul ! Maintenant, je pense à ce que vont dire les autres… Le courage est un costume à

prendre. Je dois aller décemment à la mort...
Aussi..." »

LES DEUX JUSTICES

« Oh ! n'achevez pas ! s'écria la jeune personne qui
avait demandé cette histoire, et qui interrompit alors
brusquement le Nurembergeois. Je veux demeurer
dans l'incertitude et croire qu'il a été sauvé. Si j'appre-
nais aujourd'hui qu'il a été fusillé, je ne dormirais pas
cette nuit. Demain vous me direz le reste. »

Nous nous levâmes de table. En acceptant le bras
de M. Hermann, ma voisine lui dit : « Il a été fusillé,
n'est-ce pas ?

– Oui. Je fus témoin de l'exécution.

– Comment, monsieur, dit-elle, vous avez pu...

– Il l'avait désiré, madame. Il y a quelque chose de
bien affreux à suivre le convoi d'un homme vivant,
d'un homme que l'on aime, d'un innocent ! Ce pauvre
jeune homme ne cessa pas de me regarder. Il semblait
ne plus vivre qu'en moi ! Il voulait, disait-il, que je
reportasse son dernier soupir à sa mère.

– Eh bien, l'avez-vous vue ?

– À la paix d'Amiens [1], je vins en France pour
apporter à la mère cette belle parole : "Il était innocent." J'avais religieusement entrepris ce pèlerinage.
Mais Mme Magnan était morte de consomption. Ce
ne fut pas sans une émotion profonde que je brûlai la
lettre dont j'étais porteur. Vous vous moquerez peut-
être de mon exaltation germanique, mais je vis un
drame de mélancolie sublime dans le secret éternel qui
allait ensevelir ces adieux jetés entre deux tombes,
ignorés de toute la création, comme un cri poussé au
milieu du désert par le voyageur que surprend un lion.

---

1. En mars 1802.

– Et si l'on vous mettait face à face avec un des
hommes qui sont dans ce salon, en vous disant :
"Voilà le meurtrier !" ne serait-ce pas un autre
drame ? lui demandai-je en l'interrompant. Et que
feriez-vous ? »

M. Hermann alla prendre son chapeau et sortit.

« Vous agissez en jeune homme, et bien légèrement,
me dit ma voisine. Regardez Taillefer ! tenez ! assis
dans la bergère, là, au coin de la cheminée, Mlle Fanny
lui présente une tasse de café. Il sourit. Un assassin,
que le récit de cette aventure aurait dû mettre au supplice, pourrait-il montrer tant de calme ? N'a-t-il pas
un air vraiment patriarcal ?

– Oui, mais allez lui demander s'il a fait la guerre en
Allemagne, m'écriai-je.

– Pourquoi non ? »

Et avec cette audace dont les femmes manquent
rarement lorsqu'une entreprise leur sourit, ou que leur
esprit est dominé par la curiosité, ma voisine s'avança
vers le fournisseur.

« Vous êtes allé en Allemagne ? » lui dit-elle.

Taillefer faillit laisser tomber sa soucoupe.

« Moi ! madame ? non, jamais.

– Que dis-tu donc là, Taillefer ! répliqua le banquier
en l'interrompant, n'étais-tu pas dans les vivres, à la
campagne de Wagram [1] ?

– Ah, oui ! répondit M. Taillefer, cette fois-là, j'y
suis allé.

« Vous vous trompez, c'est un bon homme, me dit
ma voisine en revenant près de moi.

– Hé bien, m'écriai-je, avant la fin de la soirée je
chasserai le meurtrier hors de la fange où il se cache. »

Il se passe tous les jours sous nos yeux un phénomène moral d'une profondeur étonnante, et cependant trop simple pour être remarqué. Si dans un salon
deux hommes se rencontrent, dont l'un ait le droit de
mépriser ou de haïr l'autre, soit par la connaissance
d'un fait intime et latent dont il est entaché, soit par un

---

1. En juillet 1809.

état secret, ou même par une vengeance à venir, ces
deux hommes se devinent et pressentent l'abîme qui
les sépare ou doit les séparer. Ils s'observent à leur
insu, se préoccupent d'eux-mêmes ; leurs regards,
leurs gestes, laissent transpirer une indéfinissable
émanation de leur pensée, il y a un aimant entre eux.
Je ne sais qui s'attire le plus fortement, de la vengeance ou du crime, de la haine ou de l'insulte. Semblables au prêtre qui ne pouvait consacrer l'hostie en
présence du malin esprit, ils sont tous deux gênés,
défiants : l'un est poli, l'autre sombre, je ne sais
lequel ; l'un rougit ou pâlit, l'autre tremble. Souvent le
vengeur est aussi lâche que la victime. Peu de gens ont
le courage de produire un mal, même nécessaire ; et
bien des hommes se taisent ou pardonnent en haine
du bruit, ou par peur d'un dénouement tragique.
Cette intussusception [1] de nos âmes et de nos sentiments établissait une lutte mystérieuse entre le fournisseur et moi. Depuis la première interpellation que
je lui avais faite pendant le récit de M. Hermann, il
fuyait mes regards. Peut-être aussi évitait-il ceux de
tous les convives ! Il causait avec l'inexpériente [2]
Fanny, la fille du banquier ; éprouvant sans doute,
comme tous les criminels, le besoin de se rapprocher
de l'innocence, en espérant trouver du repos près
d'elle. Mais, quoique loin de lui, je l'écoutais, et mon
œil perçant fascinait le sien. Quand il croyait pouvoir
m'épier impunément, nos regards se rencontraient, et
ses paupières s'abaissaient aussitôt. Fatigué de ce supplice, Taillefer s'empressa de le faire cesser en se mettant à jouer. J'allai parier pour son adversaire, mais en
désirant perdre mon argent. Ce souhait fut accompli.
Je remplaçai le joueur sortant, et me trouvai face à face
avec le meurtrier…

---

1. Balzac aime ce mot, qui signifie « introduction, dans un corps
organisé, d'une substance qui sert à son accroissement », puis, plus
généralement, « appréhension intérieure, communication intuitive ».
2. Ce mot est inconnu du Littré.

« Monsieur, lui dis-je pendant qu'il me donnait des cartes, auriez-vous la complaisance de *démarquer* [1] ? »

Il fit passer assez précipitamment ses jetons de gauche à droite. Ma voisine était venue près de moi, je lui jetai un coup d'œil significatif.

« Seriez-vous, demandai-je en m'adressant au fournisseur, M. Frédéric Taillefer, de qui j'ai beaucoup connu la famille à Beauvais ?

– Oui, monsieur », répondit-il.

Il laissa tomber ses cartes, pâlit, mit sa tête dans ses mains, pria l'un de ses parieurs de tenir son jeu, et se leva.

« Il fait trop chaud ici, s'écria-t-il. Je crains… »

Il n'acheva pas. Sa figure exprima tout à coup d'horribles souffrances, et il sortit brusquement. Le maître de la maison accompagna Taillefer, en paraissant prendre un vif intérêt à sa position. Nous nous regardâmes, ma voisine et moi ; mais je trouvai je ne sais quelle teinte d'amère tristesse répandue sur sa physionomie.

« Votre conduite est-elle bien miséricordieuse ? me demanda-t-elle en m'emmenant dans une embrasure de fenêtre au moment où je quittai le jeu après avoir perdu. Voudriez-vous accepter le pouvoir de lire dans tous les cœurs ? Pourquoi ne pas laisser agir la justice humaine et la justice divine ? Si nous échappons à l'une, nous n'évitons jamais l'autre ! Les privilèges d'un président de Cour d'assises sont-ils donc bien dignes d'envie ? Vous avez presque fait l'office du bourreau.

– Après avoir partagé, stimulé ma curiosité, vous me faites de la morale !

– Vous m'avez fait réfléchir, me répondit-elle.

– Donc, paix aux scélérats, guerre aux malheureux, et défions l'or ! Mais, laissons cela, ajoutai-je en riant. Regardez, je vous prie, la jeune personne qui entre en ce moment dans le salon.

---

1. Remettre ses jetons en place, à zéro, pour qu'une nouvelle partie puisse commencer.

– Eh bien ?

– Je l'ai vue il y a trois jours au bal de l'ambassadeur de Naples ; j'en suis devenu passionnément amoureux. De grâce, dites-moi son nom. Personne n'a pu...

– C'est Mlle Victorine Taillefer [1] ! »

J'eus un éblouissement.

« Sa belle-mère, me disait ma voisine, dont j'entendis à peine la voix, l'a retirée depuis peu du couvent où s'est tardivement achevée son éducation [2]. Pendant longtemps son père a refusé de la reconnaître. Elle vient ici pour la première fois. Elle est bien belle et bien riche. »

Ces paroles furent accompagnées d'un sourire sardonique. En ce moment, nous entendîmes des cris violents, mais étouffés. Ils semblaient sortir d'un appartement voisin et retentissaient faiblement dans les jardins.

« N'est-ce pas la voix de M. Taillefer ? » m'écriai-je. Nous prêtâmes au bruit toute notre attention, et d'épouvantables gémissements parvinrent à nos oreilles. La femme du banquier accourut précipitamment vers nous, et ferma la fenêtre.

« Évitons les scènes, nous dit-elle. Si Mlle Taillefer entendait son père, elle pourrait bien avoir une attaque de nerfs ! »

Le banquier rentra dans le salon, y chercha Victorine, et lui dit un mot à voix basse. Aussitôt la jeune personne jeta un cri, s'élança vers la porte et disparut. Cet événement produisit une grande sensation. Les parties cessèrent. Chacun questionna son voisin. Le murmure des voix grossit, et des groupes se formèrent.

« M. Taillefer se serait-il... demandai-je.

---

1. « Mlle Mauricey », antérieurement à 1837. Jusqu'à cette date, elle s'appelle Joséphine.

2. Elle était en fait pensionnaire chez Mme Vauquer (*Le Père Goriot*), où Rastignac avait été un moment tenté de lui faire la cour.

– Tué, s'écria ma railleuse voisine. Vous en porteriez gaiement le deuil, je pense !

– Mais que lui est-il donc arrivé ?

– Le pauvre bonhomme, répondit la maîtresse de la maison, est sujet à une maladie dont je n'ai pu retenir le nom, quoique M. Brousson [1] me l'ai dit assez souvent, et il vient d'en avoir un accès.

– Quel est donc le genre de cette maladie ? demanda soudain un juge d'instruction.

– Oh ! c'est un terrible mal, monsieur, répondit-elle. Les médecins n'y connaissent pas de remède. Il paraît que les souffrances en sont atroces. Un jour, ce malheureux Taillefer ayant eu un accès pendant son séjour à ma terre, j'ai été obligée d'aller chez une de mes voisines pour ne pas l'entendre ; il pousse des cris terribles, il veut se tuer ; sa fille fut alors forcée de le faire attacher sur son lit, et de lui mettre la camisole des fous. Ce pauvre homme prétend avoir dans la tête des animaux qui lui rongent la cervelle : c'est des élancements, des coups de scie, des tiraillements horribles dans l'intérieur de chaque nerf. Il souffre tant à la tête qu'il ne sentait pas les moxas [2] qu'on lui appliquait jadis pour essayer de le distraire ; mais M. Brousson, qu'il a pris pour médecin, les a défendus, en prétendant que c'était une affection nerveuse, une inflammation de nerfs, pour laquelle il fallait des sangsues au cou et de l'opium sur la tête ; et, en effet, les accès sont devenus plus rares, et n'ont plus paru que tous les ans, vers la fin de l'automne. Quand il est rétabli, Taillefer répète sans cesse qu'il aurait mieux aimé être roué, que de ressentir de pareilles douleurs.

– Alors, il paraît qu'il souffre beaucoup, dit un agent de change, le bel esprit du salon.

– Oh ! reprit-elle, l'année dernière il a failli périr. Il était allé seul à sa terre, pour une affaire pressante ;

___

1. Nom inspiré de celui de Broussais, célèbre médecin, auteur de l'*Examen des doctrines médicales* (1817).
2. Ce mot chinois désigne un corps inflammable servant à cautériser.

faute de secours peut-être, il est resté vingt-deux
heures étendu roide, et comme mort. Il n'a été sauvé
que par un bain très chaud.

– C'est donc une espèce de tétanos ? demanda
l'agent de change.

– Je ne sais pas, reprit-elle. Voilà près de trente ans
qu'il jouit de cette maladie gagnée aux armées ; il lui
est entré, dit-il, un éclat de bois dans la tête en tombant dans un bateau ; mais Brousson espère le guérir.
On prétend que les Anglais ont trouvé le moyen de
traiter sans danger cette maladie-là par l'acide
prussique. »

En ce moment, un cri plus perçant que les autres
retentit dans la maison et nous glaça d'horreur.

« Eh bien, voilà ce que j'entendais à tout moment,
reprit la femme du banquier. Cela me faisait sauter sur
ma chaise et m'agaçait les nerfs. Mais, chose extraordinaire ! ce pauvre Taillefer, tout en souffrant des
douleurs inouïes, ne risque jamais de mourir. Il mange
et boit comme à l'ordinaire pendant les moments de
répit que lui laisse cet horrible supplice (la nature est
bien bizarre !). Un médecin allemand lui a dit que
c'était une espèce de goutte à la tête ; cela s'accorderait assez avec l'opinion de Brousson. »

Je quittai le groupe qui s'était formé autour de la
maîtresse du logis, et sortis avec Mlle Taillefer, qu'un
valet vint chercher…

« Oh ! mon Dieu ! mon Dieu ! s'écria-t-elle en pleurant, qu'a donc fait mon père au ciel pour avoir mérité
de souffrir ainsi ?… un être si bon ! »

Je descendis l'escalier avec elle, et en l'aidant à
monter dans la voiture, j'y vis son père courbé en
deux. Mlle Taillefer essayait d'étouffer les gémissements de son père en lui couvrant la bouche d'un
mouchoir ; malheureusement, il m'aperçut, sa figure
parut se crisper encore davantage, un cri convulsif
fendit les airs, il me jeta un regard horrible, et la voiture partit.

Ce dîner, cette soirée, exercèrent une cruelle
influence sur ma vie et sur mes sentiments. J'aimai

Mlle Taillefer, précisément peut-être parce que l'honneur et la délicatesse m'interdisaient de m'allier à un assassin, quelque bon père et bon époux qu'il pût être. Une incroyable fatalité m'entraînait à me faire présenter dans les maisons où je savais pouvoir rencontrer Victorine. Souvent, après m'être donné à moi-même ma parole d'honneur de renoncer à la voir, le soir même je me trouvais près d'elle. Mes plaisirs étaient immenses. Mon légitime amour, plein de remords chimériques, avait la couleur d'une passion criminelle. Je me méprisais de saluer Taillefer, quand par hasard il était avec sa fille ; mais je le saluais ! Enfin, par malheur, Victorine n'est pas seulement une jolie personne ; de plus elle est instruite, remplie de talents, de grâces, sans la moindre pédanterie, sans la plus légère teinte de prétention. Elle cause avec réserve ; et son caractère a des grâces mélancoliques auxquelles personne ne sait résister ; elle m'aime, ou du moins elle me le laisse croire ; elle a un certain sourire qu'elle ne trouve que pour moi ; et pour moi, sa voix s'adoucit encore. Oh ! elle m'aime ! mais elle adore son père, mais elle m'en vante la bonté, la douceur, les qualités exquises. Ces éloges sont autant de coups de poignard qu'elle me donne dans le cœur. Un jour, je me suis trouvé presque complice du crime sur lequel repose l'opulence de la famille Taillefer : j'ai voulu demander la main de Victorine. Alors j'ai fui, j'ai voyagé, je suis allé en Allemagne, à Andernach. Mais je suis revenu. J'ai retrouvé Victorine pâle, elle avait maigri ! si je l'avais revue bien portante, gaie, j'étais sauvé ! Ma passion s'est rallumée avec une violence extraordinaire. Craignant que mes scrupules ne dégénérassent en monomanie [1], je résolus de convoquer un sanhédrin [2] de consciences pures, afin de jeter quelque lumière sur ce problème de haute morale et de philo-

---

1. Préoccupation obsessionnelle, idée fixe. Le terme a été imposé par Pinel (1745-1826).
2. À l'origine, tribunal des anciens Juifs, à Jérusalem ; puis assemblée délibérante.

sophie. La question s'était encore bien compliquée depuis mon retour. Avant-hier donc, j'ai réuni ceux de mes amis auxquels j'accorde le plus de probité, de délicatesse et d'honneur. J'avais invité deux Anglais, un secrétaire d'ambassade et un puritain ; un ancien ministre dans toute la maturité de la politique ; des jeunes gens encore sous le charme de l'innocence ; un prêtre, un vieillard ; puis mon ancien tuteur, homme naïf, qui m'a rendu le plus beau compte de tutelle dont la mémoire soit restée au Palais ; un avocat, un notaire, un juge, enfin toutes les opinions sociales, toutes les vertus pratiques. Nous avons commencé par bien dîner, bien parler, bien crier ; puis, au dessert, j'ai raconté naïvement mon histoire, et demandé quelque bon avis en cachant le nom de ma prétendue.

« Conseillez-moi, mes amis, leur dis-je en terminant. Discutez longuement la question, comme s'il s'agissait d'un projet de loi. L'urne et les boules du billard vont vous être apportées, et vous voterez pour ou contre mon mariage, dans tout le secret voulu par un scrutin ! »

Un profond silence régna soudain. Le notaire se récusa.

« Il y a, dit-il, un contrat à faire. »

Le vin avait réduit mon ancien tuteur au silence, et il fallait le mettre en tutelle pour qu'il ne lui arrivât aucun malheur en retournant chez lui.

« Je comprends ! m'écriai-je. Ne pas donner son opinion, c'est me dire énergiquement ce que je dois faire. »

Il y eut un mouvement dans l'assemblée.

Un propriétaire qui avait souscrit pour les enfants et la tombe du général Foy [1] s'écria :

Ainsi que la vertu le crime a ses degrés [2] *!*

---

1. Ce député et grand orateur libéral était mort en 1825 en laissant les siens dans la gêne.
2. Racine, *Phèdre* (acte IV, scène 2).

« Bavard ! » me dit l'ancien ministre à voix basse en me poussant le coude.

« Où est la difficulté ? » demanda un duc [1] dont la fortune consiste en biens confisqués à des protestants réfractaires lors de la révocation de l'édit de Nantes [2].

L'avocat se leva : « En droit, l'*espèce* qui nous est soumise ne constituerait pas la moindre difficulté. Monsieur le duc a raison ! s'écria l'organe de la loi. N'y a-t-il pas prescription ? Où en serions-nous tous s'il fallait rechercher l'origine des fortunes ! Ceci est une affaire de conscience. Si vous voulez absolument porter la cause devant un tribunal, allez à celui de la pénitence. »

Le Code incarné se tut, s'assit et but un verre de vin de Champagne. L'homme chargé d'expliquer l'Évangile, le bon prêtre, se leva.

« Dieu nous a faits fragiles, dit-il avec fermeté. Si vous aimez l'héritière du crime, épousez-la, mais contentez-vous du bien matrimonial, et donnez aux pauvres celui du père.

— Mais, s'écria l'un de ces ergoteurs sans pitié qui se rencontrent si souvent dans le monde, le père n'a peut-être fait un beau mariage que parce qu'il s'était enrichi. Le moindre de ses bonheurs n'a-t-il donc pas toujours été un fruit du crime ?

— La discussion est en elle-même une sentence ! Il est des choses sur lesquelles un homme ne délibère pas, s'écria mon ancien tuteur qui crut éclairer l'assemblée par une saillie d'ivresse.

— Oui ! dit le secrétaire d'ambassade.

— Oui ! » s'écria le prêtre.

Ces deux hommes ne s'entendaient pas.

Un doctrinaire auquel il n'avait guère manqué que cent cinquante voix sur cent cinquante-cinq votants pour être élu, se leva.

« Messieurs, cet accident phénoménal de la nature intellectuelle est un de ceux qui sortent le plus vive-

---

1. Antérieurement à 1846 : « M. le duc de Jenesaisquoi ».
2. Cette situation fera le fond de *L'Interdiction* (1836).

ment de l'état normal auquel est soumise la société, dit-il. Donc, la décision à prendre doit être un fait extemporané de notre conscience, un concept soudain, un jugement instructif, une nuance fugitive de notre appréhension intime assez semblable aux éclairs qui constituent le sentiment du goût [1]. Votons.

– Votons ! » s'écrièrent mes convives.

Je fis donner à chacun deux boules, l'une blanche, l'autre rouge. Le blanc, symbole de la virginité, devait proscrire le mariage ; et la boule rouge, l'approuver. Je m'abstins de voter par délicatesse. Mes amis étaient dix-sept, le nombre neuf formait la majorité absolue. Chacun alla mettre sa boule dans le panier d'osier à col étroit où s'agitent les billes numérotées quand les joueurs tirent leurs places à la poule [2], et nous fûmes agités par une assez vive curiosité, car ce scrutin de morale épurée avait quelque chose d'original. Au dépouillement du scrutin, je trouvai neuf boules blanches ! Ce résultat ne me surprit pas ; mais je m'avisai de compter les jeunes gens de mon âge que j'avais mis parmi mes juges. Ces casuistes étaient au nombre de neuf, ils avaient tous eu la même pensée.

« Oh ! oh ! me dis-je, il y a unanimité secrète pour le mariage et unanimité pour me l'interdire ! Comment sortir d'embarras ?

– Où demeure le beau-père ? demanda étourdiment un de mes camarades de collège, moins dissimulé que les autres.

– Il n'y a plus de beau-père, m'écriai-je. Jadis ma conscience parlait assez clairement pour rendre votre arrêt superflu. Et si aujourd'hui sa voix s'est affaiblie, voici les motifs de ma couardise. Je reçus, il y a deux mois, cette lettre séductrice. »

Je leur montrai l'invitation suivante, que je tirai de mon portefeuille.

---

1. Balzac parodie ici le style jugé amphigourique de certains « penseurs » à prétentions, comme les collaborateurs du journal *Le Globe*.

2. Mise.

Vous êtes prié d'assister aux convoi, service
et enterrement de M. Jean-Frédéric Taillefer, de la maison Taillefer et compagnie,
ancien fournisseur des vivres-viandes, en son
vivant chevalier de la Légion d'honneur et
de l'Éperon d'or [1], capitaine de la première
compagnie de Grenadiers de la deuxième
légion de la Garde nationale de Paris, décédé
le premier mai dans son hôtel, rue Joubert [2],
et qui se feront à… etc.

De la part de… etc.

« Maintenant, que faire ? repris-je. Je vais vous
poser la question très largement. Il y a bien certainement une mare de sang dans les terres de
Mlle Taillefer, la succession de son père est un vaste
hacelma [3]. Je le sais. Mais Prosper Magnan n'a pas
laissé d'héritiers ; mais il m'a été impossible de
retrouver la famille du fabricant d'épingles assassiné à
Andernach. À qui restituer la fortune ? Et doit-on restituer toute la fortune ? Ai-je le droit de trahir un
secret surpris, d'augmenter d'une tête coupée la dot
d'une innocente jeune fille, de lui faire faire de mauvais rêves, de lui ôter une belle illusion, de lui tuer son
père une seconde fois, en lui disant : "Tous vos écus
sont tachés" ? J'ai emprunté le *Dictionnaire des cas de
conscience* [4] à un vieil ecclésiastique, et n'y ai point
trouvé de solution à mes doutes. Faire une fondation
pieuse pour l'âme de Prosper Magnan, de Walhenfer,

---

1. Depuis 1821, il était en France interdit d'accepter ou de porter
cette distinction devenue vulgaire par suite des abus qui en avaient
été faits. Elle pouvait être attribuée, au nom du pape, par des ecclésiastiques ou de pieux laïcs.
2. C'est là que, dans *La Peau de chagrin* (1831), a lieu l'« orgie »
donnée à l'occasion de la création d'un nouveau journal. Taillefer
était l'amant de la courtisane Aquilina.
3. Plutôt *hacedama*, mot hébreu signifiant « champ de sang », en
souvenir du champ acheté par Judas avec les trente deniers qui
avaient payé sa trahison de Jésus.
4. Œuvre en latin du jésuite Escobar : bréviaire de la casuistique
(1626).

de Taillefer ? nous sommes en plein dix-neuvième
siècle. Bâtir un hospice ou instituer un prix de vertu ?
le prix de vertu sera donné à des fripons. Quant à la
plupart de nos hôpitaux, ils me semblent devenus
aujourd'hui les protecteurs du vice ! D'ailleurs ces
placements plus ou moins profitables à la vanité cons-
titueront-ils des réparations ? et les dois-je ? Puis
j'aime, et j'aime avec passion. Mon amour est ma vie !
Si je propose sans motif à une jeune fille habituée au
luxe, à l'élégance, à une vie fertile en jouissances
d'arts, à une jeune fille qui aime à écouter paresseuse-
ment aux Bouffons la musique de Rossini, si donc je
lui propose de se priver de quinze cent mille francs en
faveur de vieillards stupides ou de galeux chimériques, elle me tournera le dos en riant, ou sa femme
de confiance me prendra pour un mauvais plaisant ;
si, dans une extase d'amour, je lui vante les charmes
d'une vie médiocre et ma petite maison sur les bords
de la Loire, si je lui demande le sacrifice de sa vie parisienne au nom de notre amour, ce sera d'abord un
vertueux mensonge ; puis, je ferai peut-être là quelque
triste expérience, et perdrai le cœur de cette jeune fille,
amoureuse du bal, folle de parure, et de moi pour le
moment. Elle me sera enlevée par un officier mince et
pimpant, qui aura une moustache bien frisée, jouera
du piano, vantera lord Byron [1], et montera joliment à
cheval. Que faire ? Messieurs, de grâce, un conseil… ? »

L'honnête homme, cette espèce de puritain assez
semblable au père de Jenny Deans [2], de qui je vous ai
déjà parlé, et qui jusque-là n'avait soufflé mot, haussa
les épaules en me disant : « Imbécile, pourquoi lui as-
tu demandé s'il était de Beauvais ! »

Paris, mai 1831.

---

1. Ce nom remplace en 1837 celui de Victor Hugo.
2. Dans *La Prison d'Édimbourg* (*The Heart of Midlothian*) de
W. Scott (1818).

MADAME FIRMIANI

NOTICE

Une fois de plus, contrairement au trop rassurant adage, bien mal acquis a profité : *Madame Firmiani* communique directement avec *L'Auberge rouge* par la thématique d'une fortune obtenue par des moyens déshonnêtes. Mais cette fois, selon un scénario des plus édifiants, c'est l'héritier lui-même qui expiera l'indélicatesse paternelle : dès qu'il a connaissance de l'origine douteuse de son patrimoine, d'ardents scrupules le conduisent à changer radicalement de vie et à s'engager avec courage dans une voie de sacrifices, jusqu'à ce qu'il ait effacé les torts dont, bien malgré lui, il se trouve fatalement le complice. Une *happy end* à vrai dire plutôt miraculeuse lui permettra de s'en acquitter sans souffrir trop longtemps, et de profiter du bonheur que sa moralité exigeante (et exceptionnelle…) lui mérite.

Ainsi résumée, la nouvelle, avouons-le, n'offrirait qu'un intérêt modéré. Mais l'essentiel est ici moins dans les faits, qui sont peu de chose, que dans ce qui les amène, et qui est fort inhabituel.

Octave est un jeune homme de bonne famille, qui reste on ne peut plus classiquement fidèle aux solides traditions en jetant sa gourme et son argent par les fenêtres de Paris. Il est « ruiné par une femme » : *connu !* pourrait-on dire avec Vautrin, et c'est bien ainsi que son oncle, son arrière-cousin et les profonds observateurs du monde, ou qui se croient tels, résument, de la façon la plus banale, une aventure infiniment plus subtile. Non seulement il ne s'agit pas des vulgaires dissipations d'un écervelé tombé dans les filets d'une allumeuse, mais c'est très exactement le contraire, qui reste hermétiquement indéchiffrable aux Argus mondains, lesquels sont incapables d'expliquer pourquoi, après l'avoir plumé et réduit à végéter dans une soupente, la luxueuse Mme Firmiani, comme si de rien n'était, continue à recevoir sa victime. Nul n'est en mesure de deviner que, lorsque son époux secret lui a fait confidence de ce qu'il sait sur la provenance frauduleuse de sa fortune, avec un rire dont la frivolité l'a profondément scandalisée, Mme Firmiani, dans une lettre sublime, lui a intimé d'avoir à réparer, par tous les moyens, le vol causé à la famille spoliée, faute de quoi elle cesserait toute relation avec lui. Elle lui explique en effet que, pour elle, l'amour est un absolu, qui suppose transparence, confiance, enthousiasme et vertu. Elle ne peut *tendre* que *sur estime*, et la pensée que son mari, celui qu'entre tous elle a choisi comme compagnon de vie, porte cette tache dans son blason de gentilhomme suffit à empoisonner le lien qui les unit. Elle ne se redonnera que lorsque, fidèle à l'honneur, il se sera à nouveau rendu digne de son amour.

La leçon est rude et grandiose, si indiscutable qu'elle dessille les yeux d'un garçon qui jusqu'alors, avec l'insouciance de son âge et tout à la joie d'être aimé de « la femme la plus aristocratiquement belle de tout Paris », ne s'était jamais posé trop de questions. Il n'est pas exagéré de parler d'une véritable conversion d'Octave par sa femme, qui (sans doute parce que sa vie, telle qu'on l'entrevoit dans un flou artistique savamment ménagé, a été difficile) l'initie brusquement à un ordre de préoccupations dont il ne s'était encore pas douté. En un instant, une mission sacrée de justice lui tombe sur les épaules et ce joli cavalier, qui mène si élégamment son cabriolet au Bois, l'adopte avec une immédiateté qui fait son éloge : sans barguigner un instant, pour obéir à son Ange, sa Muse et sa Madone, dont il a tout de suite senti à quel point elle avait raison et combien son apparente dureté l'honorait par tout ce qu'elle requérait de lui, il renonce à la vie délicieuse et embrasse avec résolution l'austérité du devoir. Il travaillera jusqu'à ce qu'il ait remboursé, et avec de copieux intérêts : quand la conscience est en jeu, trop n'est pas encore assez. Lui-même est payé de son héroïsme par l'approbation émue, admirative et roborative

de celle qui a fait de lui un autre homme, ou plus exactement un homme : ce sont « des plaisirs de cœur, des
voluptés d'âme qui valaient des millions ». Un certain ordre
de pseudo-valeurs sociales, reconnues comme vaines, ou
reposant sur d'insoutenables hontes, s'effondre au profit de
valeurs hautes, qu'on n'avait pas su reconnaître.

Mme Firmiani est un personnage presque trop parfait.
On lui voudrait des failles, des faiblesses, pour avoir l'illusion d'être plus proche d'elle. Mais non : elle n'est qu'élégance, naturel, bonté. Chez elle, l'esprit, les manières, le
cœur, tout respire à l'unisson. Ce n'est pas seulement la
« reine du salon », cette spécialité que le monde entier envie
à Paris, c'est quelque chose d'infiniment plus rare : l'harmonieuse fusion de toutes les qualités physiques et morales
dans un être rayonnant et parfaitement accompli. Jacques
Borel a pensé que Balzac avait pu s'inspirer de Mme Récamier. Mais la dédicace à Alexandre de Berny ne fait que
confirmer ce qui éclate partout : l'hommage rendu à la
« Dilecta », cette femme bénie entre toutes les femmes qui,
de vingt-deux ans plus âgée qu'Honoré (la nouvelle réduit
cet écart à six ans, de manière plus acceptable pour le
monde et sans doute plus gratifiante pour l'intéressée),
l'aima, ainsi qu'il l'avouera à la jalouse Mme Hanska,
comme « une mère, une amie, une famille, un ami, un
conseil ; elle a fait l'écrivain, elle a consolé le jeune homme,
elle a créé le goût, elle a pleuré comme une sœur, elle a ri,
elle est venue tous les jours, comme un bienfaisant sommeil,
endormir les douleurs... [1] ». Comme Mme Firmiani dans
celle d'Octave, elle est montée dans la mansarde de Balzac,
rue de Tournon. Comme Mme Firmiani à Octave, elle a
prêté à Balzac de l'argent. Comme Mme Firmiani pour
Octave, elle a été pour Balzac plus qu'une femme : la
Femme, avec ses charismes infinis d'*agapè*, ses inépuisables
trésors de sentiment. Si, derrière la protagoniste de papier,
se profile la confidence autobiographique, on comprend
mieux les étranges et longues précautions oratoires par lesquelles débute la nouvelle, dont l'auteur, loin d'attirer à
n'importe quel prix le chaland, prend soin, dirait-on,
d'écarter les indignes en affirmant qu'elle ne sera comprise
que par ceux qui, répudiant les artifices ordinaires de la fiction, attendent d'un récit une émotion dans laquelle ils

1. Lettre du 19 juillet 1837 (*Lettres à Madame Hanska*, R. Laf-
font, « Bouquins », 1990, t. I, p. 398).

retrouveront quelque chose qu'ils ont vécu, quelque chose
de délicat, de songeur, de mélancolique, de souffrant, de
tendre, de profondément intérieur et solitaire. D'incommuni-
cable, qui sera pourtant communiqué. Maurice Bardèche
évoque avec intuition « une seule vibration, comme une
tenue d'archet délicieuse et rare, qui crée le plaisir du lecteur
simplement par sa tonalité, par sa résonance légère et
longue, par un appel à des plaisirs d'âme analogues à ceux
de la musique [1] ».

Comment s'étonner que le texte se termine par un
hymne, lapidaire autant qu'enflammé, à la Femme comme
seule dispensatrice du sens : « Vous êtes tout ce qu'il y a de
bon et de beau dans l'humanité », déclaration d'autant plus
remarquable dans la bouche d'un fossile d'Ancien Régime,
emblématique de certaine galanterie à la française, qu'il a
pratiquée jadis dans le grand style mousquetaire, mais dont,
face à Mme Firmiani, il mesure à quel point elle était *courte*.
« Autrefois nous faisions l'amour, aujourd'hui vous aimez » :
peut-être parce que la Révolution, l'Empire et tant de bouleversements ont passé, certaine superficialité n'est plus de
mise, on ne la comprend simplement plus. Le « sérieux »,
que Stendhal a tant critiqué comme un des tristes apports
d'un siècle pesant et terne, est aussi un acquis s'il signifie
qu'on a désormais besoin d'authenticité. Mme Firmiani
assure ainsi une double éducation sentimentale : celle du
neveu et celle de son oncle, par-delà le fossé des générations.
L'un et l'autre se rejoignant pour professer en c(h)œur, déjà,
que la femme est l'avenir de l'homme.

Balzac craignait que sa nouvelle ne parût « décolorée » à
force d'être morale. Mais, si l'on excepte quelques brèves
notes un peu trop larmoyantes dans le goût de Greuze ou
d'un certain Diderot, les enjeux, on le voit, n'ont rien de
mièvre et, face à la preuve et à l'épreuve qu'ils s'imposent,
les deux protagonistes ne manquent pas de carrure.
D'autant que *Madame Firmiani* pose aussi d'autres questions, d'application générale, dans un préambule hypertro-
phié dont le ton plaisant, en fort contraste avec ce qui va
suivre, ne doit pas masquer les implications, qui n'ont rien
d'anodin.

Qui est Mme Firmiani ? À cette interrogation apparemment fort simple, Balzac s'amuse à apporter pas moins de
dix-sept réponses, toutes plus contradictoires les unes que

les autres. Comme un naturaliste feuilletant un album de zoologie, il fait comparaître successivement dix-sept représentants d'«espèces» sociales, chacun représentatif d'un certain genre, et qui, chacun, propose « sa » Mme Firmiani. Il y a au fond quelque chose de pirandellien, et donc d'inquiétant, dans ce défilé comique, galerie de portraits à la Daumier qui héritent aussi de La Bruyère et du *Misanthrope*. On pense encore à un cinéaste convoquant, devant sa caméra filmant de face et en plan fixe, des personnages venus imperturbablement débiter à la queue leu leu leur « version » d'une même affaire. Ici, l'affaire Firmiani, c'est l'héroïne elle-même, que tout le monde prétend connaître, mais dont on s'aperçoit que nul ne sait rien. Chacun a son idée, donne des détails, et tout cela s'additionne de manière purement cacophonique, dans le babil babélique d'une société qui cause, qui cause – comme chez Queneau, c'est tout ce qu'elle sait faire –, d'autant plus qu'elle ignore à peu près tout. Plus on prétend l'éclairer, plus Mme Firmiani se dérobe, insaisissable Sphinx dans la polyédricité infinie des facettes qu'on lui prête, qu'on lui invente. Elle devient un fantasme collectif, une fiction, un mythe. Un véritable vertige se répand lorsqu'on constate les proportions prises par cette cristallisation imaginaire, totalement falsificatrice. Balzac évoque les divers « idiomes » de la mondanité, dont chacun prétend « traduire » au plus juste le réel. Chacun, en fait, le travestit, le déforme, le trahit, et le verbe prospère, en toute impunité et en toute inanité. Comme l'écrit Balzac avec un frisson : « Effrayante pensée ! Nous sommes tous comme des planches lithographiques dont une infinité de copies se tire par la médisance. » Cette référence à un procédé de reproduction industrielle alors en plein essor [1] manifeste la peur devant la dépossession du moi, son désaisissement de lui-même par autrui, la menace d'une infinie fragmentation, de la défiguration par la démultiplication. Albert Béguin a rappelé l'hostilité de Balzac à l'égard de la photographie, « qu'il soupçonnait de tirer de chacun de nous un peu de substance vive, désormais extérieure, divaguant au-dehors – perdue [2] ! ». Mme Firmiani s'absente d'autant plus que s'accumulent ses images, et les chances de la surprendre se révèlent inversement proportionnelles à l'effort documentaire déployé pour l'appréhender. Mais ces parlages gratuits

1. Cf. Philippe Hamon, *Imageries*, José Corti, 2001.
2. *Balzac lu et relu*, Seuil, 1965, p. 186.

glissent-ils sur elle sans l'atteindre ou, qu'elle veuille ou non,
finissent-ils, dans leur prolifération aberrante mais impossible à juguler, par violer, profaner et prostituer, à force de
déformations, quelque chose de son être ? Que reste-t-il de
l'espace intime et de sa religieuse pudeur, lorsqu'il est
exhibé sur la place publique, traîné sur la claie foraine du
potin ? La personne existe-t-elle encore, si elle est mise en
pièces par des regards et un verbe d'autant plus arrogants
qu'irresponsables ? Devenue la proie de tous, elle n'appartient plus à personne, et d'abord plus à soi.

Les cocasses « entrées » de carnaval ou de cirque que
Balzac s'est diverti à orchestrer en guise de préface à sa nouvelle débouchent donc sur des soucis fort graves. Au-delà de
la satisfaction momentanée, inespérée, offerte par un
dénouement heureux, trop heureux, le lecteur reste sur le
malaise d'un écart, semble-t-il impossible à combler parce
que consubstantiel au fait social lui-même, entre le tabernacle secret de la vérité et le réseau en expansion infinie, et
toujours réalimenté, d'un discours sans aloi, qui assure
effrontément la prendre en charge, alors qu'il la confisque,
la dénature, et la désintègre dans un puzzle menteur, un
kaléidoscope inconsistant. L'enfer, c'est vraiment les autres,
qui ne cessent pas de pérorer. Mme Firmiani et Octave, les
seuls qui savent – et pour cause –, se taisent. Dans le monde
comme il va, le seul langage vrai est celui du silence.

HISTOIRE DU TEXTE

Du manuscrit n'ont subsisté que deux feuillets, conservés à la
bibliothèque municipale de Nancy.

Madame Firmiani a été publié pour la première fois dans *La
Revue de Paris* du 19 février 1832, puis repris dans les *Nouveaux
Contes philosophiques*, qui ont paru la même année chez Gos-
selin.

La nouvelle reparaît en 1835, dans les *Études de mœurs au
XIXᵉ siècle*, chez Mme Ch. Béchet.

On la retrouve ensuite au tome I des *Scènes de la vie parisienne*, Charpentier, 1839.

Et enfin dans *La Comédie humaine*, tome I (*Scènes de la vie
privée*), Furne, 1842.

CHOIX BIBLIOGRAPHIQUE

Albert BÉGUIN, *Balzac lu et relu*, Seuil, 1965, p. 183-186.

Guy SAGNES, introduction et notes, *La Comédie humaine*, Gallimard, « Bibliothèque de la Pléiade », tome II, 1976.

Mireille LABOURET, « *Madame Firmiani* ou peindre par le dialogue », *L'Année balzacienne*, 1999 (I).

Jacques-David EBGUY, « D'une totalité l'autre : l'invention d'un personnage dans *Madame Firmiani* », *L'Année balzacienne*, 2000.

Juliette FRØLICH, « *Madame Firmiani* ou le "parloir" balzacien », *L'École des lettres*, n° 9, 15 janvier 2001.

MADAME FIRMIANI

À MON CHER ALEXANDRE DE BERNY [1]

Son vieil ami,
DE BALZAC.

Beaucoup de récits, riches de situations ou rendus dramatiques par les innombrables jets du hasard, emportent avec eux leurs propres artifices et peuvent être racontés artistement ou simplement par toutes les lèvres, sans que le sujet y perde la plus légère de ses beautés ; mais il est quelques aventures de la vie humaine auxquelles les accents du cœur seuls rendent la vie, il est certains détails pour ainsi dire anatomiques dont les délicatesses ne reparaissent que sous les infusions les plus habiles de la pensée ; puis, il est des portraits qui veulent une âme et ne sont rien sans les traits les plus déliés de leur physionomie mobile ; enfin, il se rencontre de ces choses que nous ne savons dire ou faire sans je ne sais quelles harmonies inconnues auxquelles président un jour, une heure, une

---

1. Cette dédicace a été ajoutée pour l'édition de 1842. Alexandre de Berny était le sixième des neuf enfants de la « Dilecta ». En 1828, après la déconfiture de l'entreprise d'imprimerie de Balzac, il avait repris l'affaire, pour sauver quelque chose des capitaux que sa mère y avait investis. Après la mort de celle-ci (1836), il resta lié à Balzac, son aîné de dix ans, et lui prêta de l'argent jusqu'à la fin de sa vie.

conjonction heureuse dans les signes célestes ou de secrètes prédispositions morales. Ces sortes de révélations mystérieuses étaient impérieusement exigées pour dire cette histoire simple à laquelle on voudrait pouvoir intéresser quelques-unes de ces âmes naturellement mélancoliques et songeuses qui se nourrissent d'émotions douces. Si l'écrivain, semblable à un chirurgien près d'un ami mourant, s'est pénétré d'une espèce de respect pour le sujet qu'il maniait, pourquoi le lecteur ne partagerait-il pas ce sentiment inexplicable ? Est-ce une chose difficile que de s'initier à cette vague et nerveuse tristesse qui répand des teintes grises autour de nous, demi-maladie dont les molles souffrances plaisent parfois ? Si vous pensez par hasard aux personnes chères que vous avez perdues ; si vous êtes seul, s'il est nuit ou si le jour tombe, poursuivez la lecture de cette histoire ; autrement, vous jetteriez le livre, ici. Si vous n'avez pas enseveli déjà quelque bonne tante infirme ou sans fortune, vous ne comprendrez point ces pages. Aux uns, elles sembleront imprégnées de musc [1] ; aux autres, elle paraîtront aussi décolorées, aussi vertueuses que peuvent l'être celles de Florian [2]. Pour tout dire, le lecteur doit avoir connu la volupté des larmes, avoir senti la douleur muette d'un souvenir qui passe légèrement, chargé d'une ombre chère, mais d'une ombre lointaine ; il doit posséder quelques-uns de ces souvenirs qui font tout à la fois regretter ce que vous a dévoré la terre, et sourire d'un bonheur évanoui. Maintenant, croyez que, pour les richesses de l'Angleterre, l'auteur ne voudrait pas extorquer à la poésie un seul de ses mensonges pour embellir sa narration. Ceci est une histoire vraie et pour laquelle vous pouvez dépenser les trésors de votre sensibilité, si vous en avez.

Aujourd'hui, notre langue a autant d'idiomes qu'il existe de Variétés d'hommes dans la grande famille française. Aussi est-ce vraiment chose curieuse et

---

1. Substance très odorante, servant à la fabrication de parfums.
2. Auteur de fables et de pastorales (*Estelle et Némorin*, 1788).

agréable que d'écouter les différentes acceptions ou versions données sur une même chose ou sur un même événement par chacune des Espèces qui composent la monographie du Parisien, le Parisien étant pris pour généraliser la thèse.

Ainsi, vous eussiez demandé à un sujet appartenant au genre des Positifs : « Connaissez-vous Mme Firmiani ? » cet homme vous eût traduit Mme Firmiani par l'inventaire suivant : « Un grand hôtel situé rue du Bac, des salons bien meublés, de beaux tableaux, cent bonnes mille livres de rente, et un mari, jadis receveur général dans le département de Montenotte [1]. » Ayant dit, le Positif, homme gros et rond, presque toujours vêtu de noir, fait une petite grimace de satisfaction, relève sa lèvre inférieure en la fronçant de manière à couvrir la supérieure, et hoche la tête comme s'il ajoutait : « Voilà des gens solides et sur lesquels il n'y a rien à dire. » Ne lui demandez rien de plus ! Les Positifs expliquent tout par des chiffres, par des rentes ou par les biens au soleil, un mot de leur lexique.

Tournez à droite, allez interroger cet autre qui appartient au genre des Flâneurs, répétez-lui votre question : « Mme Firmiani ? dit-il, oui, oui, je la connais bien, je vais à ses soirées. Elle reçoit le mercredi ; c'est une maison fort honorable. » Déjà, Mme Firmiani se métamorphose en maison. Cette maison n'est plus un amas de pierres superposées architectoniquement ; non, ce mot est, dans la langue des Flâneurs, un idiotisme intraduisible. Ici, le Flâneur, homme sec, à sourire agréable, disant de jolis riens, ayant toujours plus d'esprit acquis que d'esprit naturel, se penche à votre oreille, et, d'un air fin, vous dit : « Je n'ai jamais vu M. Firmiani. Sa position sociale consiste à gérer des biens en Italie ; mais Mme Firmiani est française, et dépense ses revenus en parisienne. Elle a d'excellent thé ! C'est une des maisons aujourd'hui si rares où l'on s'amuse et où ce que l'on vous donne est exquis. Il est d'ailleurs fort difficile d'être admis chez elle.

---

1. Chef-lieu Savone, sur la côte Ligure.

Aussi la meilleure société se trouve-t-elle dans ses salons ! » Puis, le Flâneur commente ce dernier mot par une prise de tabac saisie gravement ; il se garnit le nez à petits coups, et semble vous dire : « Je vais dans cette maison, mais ne comptez pas sur moi pour vous y présenter. »

Mme Firmiani tient pour les Flâneurs une espèce d'auberge sans enseigne.

« Que veux-tu donc aller faire chez Mme Firmiani ? mais l'on s'y ennuie autant qu'à la cour. À quoi sert d'avoir de l'esprit, si ce n'est à éviter des salons où, par la poésie qui court, on lit la plus petite ballade fraîchement éclose ? »

Vous avez questionné l'un de vos amis classé parmi les Personnels, gens qui voudraient tenir l'univers sous clef et n'y rien laisser faire sans leur permission. Ils sont malheureux de tout le bonheur des autres, ne pardonnent qu'aux vices, aux chutes, aux infirmités, et ne veulent que des protégés. Aristocrates par inclination, ils se font républicains par dépit, uniquement pour trouver beaucoup d'inférieurs parmi leurs égaux.

« Oh ! Mme Firmiani, mon cher, est une de ces femmes adorables qui servent d'excuse à la nature pour toutes les laides qu'elle a créées par erreur ; elle est ravissante ! Elle est bonne ! Je ne voudrais être au pouvoir, devenir roi, posséder des millions, que pour (*ici trois mots dits à l'oreille*). Veux-tu que je t'y présente ?... »

Ce jeune homme est du genre Lycéen connu pour sa grande hardiesse entre hommes et sa grande timidité à huis clos.

« Mme Firmiani ? s'écrie un autre en faisant tourner sa canne sur elle-même, je vais te dire ce que j'en pense : c'est une femme entre trente et trente-cinq ans, figure passée, beaux yeux, taille plate, voix de contralto usée, beaucoup de toilette, un peu de rouge, charmantes manières ; enfin, mon cher, les restes d'une jolie femme qui néanmoins valent encore la peine d'une passion. »

Cette sentence est due à un sujet du genre Fat qui vient de déjeuner, ne pèse plus ses paroles et va monter à cheval. En ces moments, les Fats sont impitoyables.

« Il y a chez elle une galerie de tableaux magnifiques, allez la voir ! vous répond un autre. Rien n'est si beau ! »

Vous vous êtes adressé au genre Amateur. L'individu vous quitte pour aller chez Pérignon ou chez Tripet [1]. Pour lui, Mme Firmiani est une collection de toiles peintes.

UNE FEMME : « Mme Firmiani ? Je ne veux pas que vous alliez chez elle. »

Cette phrase est la plus riche des traductions. Mme Firmiani ! femme dangereuse ! une sirène ! elle se met bien, elle a du goût, elle cause des insomnies à toutes les femmes. L'interlocutrice appartient au genre des Tracassiers.

UN ATTACHÉ D'AMBASSADE : « Mme Firmiani ! N'est-elle pas d'Anvers ? J'ai vu cette femme-là bien belle il y a dix ans. Elle était alors à Rome. » Les sujets appartenant à la classe des Attachés ont la manie de dire des mots à la Talleyrand, leur esprit est souvent si fin, que leurs aperçus sont imperceptibles ; ils ressemblent à ces joueurs de billard qui évitent les billes avec une adresse infinie. Ces individus sont généralement peu parleurs ; mais quand ils parlent, ils ne s'occupent que de l'Espagne, de Vienne, de l'Italie ou de Pétersbourg. Les noms de pays sont chez eux comme des ressorts ; pressez-les, la sonnerie vous dira tous ses airs.

« Cette Mme Firmiani ne voit-elle pas beaucoup le faubourg Saint-Germain ? » Ceci est dit par une personne qui veut appartenir au genre Distingué. Elle donne le *de* à tout le monde, à M. Dupin l'aîné, à M. Lafayette [2] ; elle le jette à tort et à travers, elle en

_____

1. Pérignon était peintre ; Tripet était horticulteur, avenue de Breteuil.

2. Dupin, avocat libéral, était en 1832 président de la Chambre des députés. Comme celles de Lafayette, ses opinions n'ont donc que faire de la particule nobiliaire.

déshonore les gens. Elle passe sa vie à s'inquiéter de ce qui est *bien* ; mais, pour son supplice, elle demeure au Marais [1], et son mari a été avoué, mais avoué à la Cour royale [2].

« Mme Firmiani, monsieur ? je ne la connais pas. » Cet homme appartient au genre des Ducs. Il n'avoue que les femmes présentées [3]. Excusez-le, il a été fait duc par Napoléon.

« Mme Firmiani ? N'est-ce pas une ancienne actrice des Italiens [4] ? » Homme du genre Niais. Les individus de cette classe veulent avoir réponse à tout. Ils calomnient plutôt que de se taire.

Deux vieilles dames (*femmes d'anciens magistrats*).

La première (elle a un bonnet à coques, sa figure est ridée, son nez est pointu, elle tient un paroissien, voix dure) : « Qu'est-elle en son nom, cette Mme Firmiani ? » La seconde (petite figure rouge ressemblant à une vieille pomme d'api, voix douce) : « Une Cadignan, ma chère, nièce du vieux prince de Cadignan et cousine par conséquent du duc de Maufrigneuse. »

Mme Firmiani est une Cadignan. Elle n'aurait ni vertus, ni fortune, ni jeunesse, ce serait toujours une Cadignan. Une Cadignan, c'est comme un préjugé, toujours riche et vivant.

Un original : « Mon cher, je n'ai jamais vu de socques [5] dans son antichambre, tu peux aller chez elle sans te compromettre et y jouer sans crainte, parce que, s'il y a des fripons, ils sont gens de qualité ; partant, on ne s'y querelle pas. »

---

1. Ce quartier, où demeurent nombre de magistrats, n'a pas le même prestige que le faubourg Saint-Germain.

2. Et non auprès d'un vulgaire tribunal de première instance.

3. À la Cour.

4. Où l'on chantait l'opéra italien.

5. Seconde chaussure, en bois ou en cuir, qu'on porte par-dessus la chaussure ordinaire, lorsque le temps est mauvais et qu'on doit aller à pied. L'absence de socques dans une antichambre signifie que tous les visiteurs sont venus en voiture.

Vieillard appartenant au genre des Observateurs : «Vous irez chez Mme Firmiani, vous trouverez, mon cher, une belle femme nonchalamment
assise au coin de sa cheminée. À peine se lèvera-t-elle
de son fauteuil, elle ne le quitte que pour les femmes
ou les ambassadeurs, les ducs, les gens considérables.
Elle est fort gracieuse, elle charme, elle cause bien et
veut causer de tout. Il y a chez elle tous les indices de
la passion, mais on lui donne trop d'adorateurs pour
qu'elle ait un favori. Si les soupçons ne planaient que
sur deux ou trois de ses intimes, nous saurions quel est
son cavalier servant ; mais c'est une femme tout
mystère : elle est mariée, et jamais nous n'avons vu
son mari ; M. Firmiani est un personnage tout à fait
fantastique, il ressemble à ce troisième cheval que l'on
paie toujours en courant la poste et qu'on n'aperçoit
jamais [1] ; madame, à entendre les artistes, est le premier contralto d'Europe et n'a pas chanté trois fois
depuis qu'elle est à Paris ; elle reçoit beaucoup de
monde et ne va chez personne. »

L'Observateur parle en prophète. Il faut accepter
ses paroles, ses anecdotes, ses citations comme des
vérités, sous peine de passer pour un homme sans instruction, sans moyens. Il vous calomniera gaiement
dans vingt salons où il est essentiel comme une première pièce sur l'affiche, ces pièces si souvent jouées
pour les banquettes et qui ont eu du succès autrefois.
L'Observateur a quarante ans, ne dîne jamais chez lui,
se dit peu dangereux près des femmes ; il est poudré,
porte un habit marron, a toujours une place dans
plusieurs loges aux Bouffons [2] ; il est quelquefois
confondu parmi les Parasites, mais il a rempli de trop
hautes fonctions pour être soupçonné d'être un pique-
assiette et possède d'ailleurs une terre dans un département dont le nom ne lui est jamais échappé.

---

1. Les voitures de poste étaient normalement attelées de deux
chevaux ; parfois on exigeait des voyageurs un supplément pour un
troisième cheval, dans les passages difficiles.
2. L'*opera buffa* était joué au Théâtre-Italien.

« Mme Firmiani ? Mais, mon cher, c'est une ancienne maîtresse de Murat ! » Celui-ci est dans la classe des Contradicteurs. Ces sortes de gens font les *errata* de tous les mémoires, rectifient tous les faits, parient toujours cent contre un, sont sûrs de tout. Vous les surprenez dans la même soirée en flagrant délit d'ubiquité : ils disent avoir été arrêtés à Paris lors de la conspiration Malet, en oubliant qu'ils venaient, une demi-heure auparavant, de passer la Bérésina [1]. Presque tous les Contradicteurs sont chevaliers de la Légion d'honneur, parlent très haut, ont un front fuyant et jouent gros jeu.

« Mme Firmiani, cent mille livres de rente ?… êtes-vous fou ? Vraiment, il y a des gens qui vous donnent des cent mille livres de rente avec la libéralité des auteurs auxquels cela ne coûte rien quand ils dotent leurs héroïnes. Mais Mme Firmiani est une coquette qui dernièrement a ruiné un jeune homme et l'a empêché de faire un très beau mariage. Si elle n'était pas belle, elle serait sans un sou. »

Oh ! celui-ci, vous le reconnaissez, il est du genre des Envieux, et nous n'en dessinerons pas le moindre trait. L'espèce est aussi connue que peut l'être celle des *felis* [2] domestiques. Comment expliquer la perpétuité de l'Envie ? un vice qui ne rapporte rien !

Les *gens* du monde, les *gens* de lettres, les honnêtes *gens* et les *gens* de tout genre répandaient, au mois de janvier 1824, tant d'opinions différentes sur Mme Firmiani qu'il serait fastidieux de les consigner toutes ici. Nous avons seulement voulu constater qu'un homme intéressé à la connaître, sans vouloir ou pouvoir aller chez elle, aurait eu raison de la croire également veuve ou mariée, sotte ou spirituelle, vertueuse ou sans mœurs, riche ou pauvre, sensible ou sans âme, belle ou laide ; il y avait enfin autant de madames Firmiani

---

1. C'est justement pendant que Napoléon était en Russie que la conspiration menée par le général Malet avait vainement tenté de le renverser (22 octobre 1812). Balzac orthographie « Mallet ».

2. Voir p. 144, n. 2.

que de classes dans la société, que de sectes dans le catholicisme. Effrayante pensée ! nous sommes tous comme des planches lithographiques dont une infinité de copies se tire par la médisance. Ces épreuves ressemblent au modèle ou en diffèrent par des nuances tellement imperceptibles que la réputation dépend, sauf les calomnies de nos amis et les bons mots d'un journal, de la balance faite par chacun entre le Vrai qui va boitant et le Mensonge à qui l'esprit parisien donne des ailes.

Mme Firmiani, semblable à beaucoup de femmes pleines de noblesse et de fierté qui se font de leur cœur un sanctuaire et dédaignent le monde, aurait pu être très mal jugée par M. de Bourbonne [1], vieux propriétaire occupé d'elle pendant l'hiver de cette année. Par hasard ce propriétaire appartenait à la classe des Planteurs de province, gens habitués à se rendre compte de tout et à faire des marchés avec les paysans. À ce métier, un homme devient perspicace malgré lui, comme un soldat contracte à la longue un courage de routine. Ce curieux, venu de Touraine, et que les idiomes parisiens ne satisfaisaient guère, était un gentilhomme très honorable qui jouissait, pour seul et unique héritier, d'un neveu pour lequel il plantait ses peupliers. Cette amitié ultra-naturelle motivait bien des médisances, que les sujets appartenant aux diverses espèces du Tourangeau formulaient très spirituellement ; mais il est inutile de les rapporter, elles pâliraient auprès des médisances parisiennes. Quand un homme peut penser sans déplaisir à son héritier en voyant tous les jours de belles rangées de peupliers s'embellir, l'affection s'accroît de chaque coup de bêche qu'il donne au pied de ses arbres. Quoique ce phénomène de sensibilité soit peu commun, il se rencontre encore en Touraine.

---

1. Il ne prend ce nom qu'en 1842. Auparavant, il se nomme M. le comte de Valesnes.

Ce neveu chéri, qui se nommait Octave[1] de Camps, descendait du fameux abbé de Camps[2], si connu des bibliophiles ou des savants, ce qui n'est pas la même chose. Les gens de province ont la mauvaise habitude de frapper d'une espèce de réprobation décente les jeunes gens qui vendent leurs héritages. Ce gothique préjugé nuit à l'agiotage[3] que jusqu'à présent le gouvernement encourage par nécessité. Sans consulter son oncle, Octave avait à l'improviste disposé d'une terre en faveur de la bande noire[4]. Le château de Villaines eût été démoli sans les propositions que le vieil oncle avait faites aux représentants de la compagnie du Marteau[5]. Pour augmenter la colère du testateur, un ami d'Octave, parent éloigné, un de ces cousins à petite fortune et à grande habileté qui font dire d'eux par les gens prudents de leur province : « Je ne voudrais pas avoir de procès avec lui ! » était venu par hasard chez M. de Bourbonne et lui avait appris la ruine de son neveu. M. Octave de Camps, après avoir dissipé sa fortune pour une certaine Mme Firmiani, était réduit à se faire répétiteur de mathématiques, en attendant l'héritage de son oncle, auquel il n'osait venir avouer ses fautes. Cet arrière-cousin, espèce de Charles Moor[6], n'avait pas eu honte de donner ces fatales nouvelles au vieux campagnard au moment où il digérait, devant son large foyer, un copieux dîner de province. Mais les héritiers ne viennent pas à bout d'un oncle aussi facilement qu'ils le voudraient. Grâce à son entêtement, celui-ci, qui refusait de croire en l'arrière-cousin, sortit vainqueur de l'indigestion cau-

1. Antérieurement à 1835 : « Jules ».

2. Il avait rassemblé une énorme quantité d'archives, livres précieux, médailles et documents anciens, acquis par l'État (1643-1723).

3. Trafic sur les effets publics.

4. On appelait ainsi sous la Restauration des spéculateurs spécialisés dans l'achat de propriétés ou de monuments anciens qu'ils dépeçaient ensuite pour en vendre les murs, le mobilier et le terrain.

5. D'après Guy Sagnes, la même chose que la bande noire (s'agit-il du marteau du commissaire priseur ?).

6. En fait, François Noor, dans *Les Brigands* de Schiller (1782).

sée par la biographie de son neveu. Certains coups
portent sur le cœur, d'autres sur la tête ; le coup porté
par l'arrière-cousin tomba sur les entrailles et produisit peu d'effet, parce que le bonhomme avait un
excellent estomac. En vrai disciple de saint Thomas [1],
M. de Bourbonne vint à Paris à l'insu d'Octave, et
voulut prendre des renseignements sur la déconfiture
de son héritier. Le vieux gentilhomme, qui avait des
relations dans le faubourg Saint-Germain par les Listomère, les Lenoncourt et les Vandenesse, entendit
tant de médisances, de vérités, de faussetés sur
Mme Firmiani qu'il résolut de se faire présenter chez
elle sous le nom de M. de Rouxellay, nom de sa terre.
Le prudent vieillard avait eu soin de choisir, pour
venir étudier la prétendue maîtresse d'Octave, une
soirée pendant laquelle il le savait occupé d'achever un
travail chèrement payé ; car l'ami de Mme Firmiani
était toujours reçu chez elle, circonstance que personne ne pouvait expliquer. Quant à la ruine
d'Octave, ce n'était malheureusement pas une fable.

M. de Rouxellay ne ressemblait point à un oncle du
Gymnase [2]. Ancien mousquetaire, homme de haute
compagnie qui avait eu jadis des bonnes fortunes, il
savait se présenter courtoisement, se souvenait des
manières polies d'autrefois, disait des mots gracieux et
comprenait presque toute la Charte. Quoiqu'il aimât
les Bourbons avec une noble franchise, qu'il crût en
Dieu comme y croient les gentilshommes et qu'il ne
lût que *La Quotidienne* [3], il n'était pas aussi ridicule
que les libéraux de son département le souhaitaient. Il
pouvait tenir sa place près des gens de cour, pourvu
qu'on ne lui parlât point de *Mosè* [4], ni de drame, ni de

---

1. Patron des incrédules, puisqu'il lui a fallu voir et toucher le
Christ pour croire en sa résurrection.

2. C'est-à-dire à un « emploi » traditionnel du vaudeville, genre
qui triomphait dans ce théâtre.

3. Organe royaliste, soutenant l'opposition de droite.

4. *Moïse en Égypte*, opéra de Rossini, créé en 1818 à Naples et
repris à Paris en 1822. Balzac le commente dans *Gambara* et *Massimilla Doni* (1839).

romantisme, ni de couleur locale, ni de chemins de
fer. Il en était resté à M. de Voltaire, à M. le comte de
Buffon, à Peyronnet [1] et au chevalier Gluck, le musicien du coin de la reine [2].

« Madame, dit-il à la marquise de Listomère [3] à
laquelle il donnait le bras en entrant chez Mme Firmiani, si cette femme est la maîtresse de mon neveu, je
le plains. Comment peut-elle vivre au sein du luxe en
le sachant dans un grenier ? Elle n'a donc pas d'âme ?
Octave est un fou d'avoir placé le prix de la terre de
Villaines dans le cœur d'une… »

M. de Bourbonne appartenait au genre Fossile, et
ne connaissait que le langage du vieux temps.

« Mais s'il l'avait perdue au jeu ?

– Eh ! madame, au moins il aurait eu le plaisir de
jouer.

– Vous croyez donc qu'il n'a pas eu de plaisir ?
Tenez, voyez Mme Firmiani. »

Les plus beaux souvenirs du vieil oncle pâlirent à
l'aspect de la prétendue maîtresse de son neveu. Sa
colère expira dans une phrase gracieuse qui lui fut
arrachée à l'aspect de Mme Firmiani. Par un de ces
hasards qui n'arrivent qu'aux jolies femmes, elle était
dans un moment où toutes ses beautés brillaient d'un
éclat particulier, dû peut-être à la lueur des bougies, à
une toilette admirablement simple, à je ne sais quel
reflet de l'élégance au sein de laquelle elle vivait. Il faut
avoir étudié les petites révolutions d'une soirée dans
un salon de Paris pour apprécier les nuances imperceptibles qui peuvent colorer un visage de femme et le
changer. Il est un moment où, contente de sa parure,
où, se trouvant spirituelle, heureuse d'être admirée en

---

1. Cet homme politique était partisan des mesures les plus
réactionnaires (loi restrictive sur la presse, loi sur le sacrilège). En
tant que ministre de l'Intérieur, il soutint activement les fatales
ordonnances de juillet 1830.

2. Allusion à la « querelle des Bouffons », guérilla musicale au
milieu du XVIIIᵉ siècle. Le « coin du roi » soutenait les compositeurs
français, le « coin de la reine » était pro-italien.

3. Antérieurement à 1842 : « comtesse de Frontenac ».

se voyant la reine d'un salon plein d'hommes remarquables qui lui sourient, une Parisienne a la conscience de sa beauté, de sa grâce ; elle s'embellit alors de tous les regards qu'elle recueille et qui l'animent, mais dont les muets hommages sont reportés par de fins regards au bien-aimé. En ce moment, une femme est comme investie d'un pouvoir surnaturel et devient magicienne ; coquette à son insu, elle inspire involontairement l'amour qui l'enivre en secret, elle a des sourires et des regards qui fascinent. Si cet éclat, venu de l'âme, donne de l'attrait même aux laides, de quelle splendeur ne revêt-il pas une femme nativement élégante, aux formes distinguées, blanche, fraîche, aux yeux vifs, et surtout mise avec un goût avoué des artistes et de ses plus cruelles rivales !

Avez-vous, pour votre bonheur, rencontré quelque personne dont la voix harmonieuse imprime à la parole un charme également répandu dans ses manières, qui sait et parler et se taire, qui s'occupe de vous avec délicatesse, dont les mots sont heureusement choisis, ou dont le langage est pur ? Sa raillerie caresse et sa critique ne blesse point ; elle ne disserte pas plus qu'elle ne dispute, mais elle se plaît à conduire une discussion, et l'arrête à propos. Son air est affable et riant, sa politesse n'a rien de forcé, son empressement n'est pas servile ; elle réduit le respect à n'être plus qu'une ombre douce ; elle ne vous fatigue jamais, et vous laisse satisfait d'elle et de vous. Sa bonne grâce, vous la retrouvez empreinte dans les choses desquelles elle s'environne. Chez elle, tout flatte la vue, et vous y respirez comme l'air d'une patrie. Cette femme est naturelle. En elle, jamais d'effort, elle n'affiche rien, ses sentiments sont simplement rendus, parce qu'ils sont vrais. Franche, elle sait n'offenser aucun amour-propre ; elle accepte les hommes comme Dieu les a faits, plaignant les gens vicieux, pardonnant aux défauts et aux ridicules, concevant tous les âges, et ne s'irritant de rien, parce qu'elle a le tact de tout prévoir. À la fois tendre et gaie, elle oblige avant de consoler. Vous l'aimez tant, que si cet ange fait une faute, vous

vous sentez prêt à la justifier. Vous connaissez alors
Mme Firmiani.

Lorsque le vieux Bourbonne eut causé pendant un
quart d'heure avec cette femme, assis près d'elle, son
neveu fut absous. Il comprit que, fausses ou vraies, les
liaisons d'Octave et de Mme Firmiani cachaient sans
doute quelque mystère. Revenant aux illusions qui
dorent les premiers jours de notre jeunesse, et jugeant
du cœur de Mme Firmiani par sa beauté, le vieux gentilhomme pensa qu'une femme aussi pénétrée de sa
dignité qu'elle paraissait l'être était incapable d'une
mauvaise action. Ses yeux noirs annonçaient tant de
calme intérieur, les lignes de son visage étaient si
nobles, les contours si purs, et la passion dont on
l'accusait semblait lui peser si peu sur le cœur, que le
vieillard se dit en admirant toutes les promesses faites
à l'amour et à la vertu par cette adorable physionomie : « Mon neveu aura commis quelque sottise. »

Mme Firmiani avouait vingt-cinq ans. Mais les
Positifs prouvaient que, mariée en 1813, à l'âge de
seize ans, elle devait avoir au moins vingt-huit ans en
1825. Néanmoins, les mêmes gens assuraient aussi
qu'à aucune époque de sa vie elle n'avait été si dési-
rable, ni si complètement femme. Elle était sans
enfants, et n'en avait point eu ; le problématique Firmiani, quadragénaire très respectable en 1813, n'avait
pu, disait-on, lui offrir que son nom et sa fortune.
Mme Firmiani atteignait donc à l'âge où la Parisienne
conçoit le mieux une passion et la désire peut-être
innocemment à ses heures perdues, elle avait acquis
tout ce que le monde vend, tout ce qu'il prête, tout ce
qu'il donne ; les Attachés d'ambassade prétendaient
qu'elle n'ignorait rien, les Contradicteurs prétendaient
qu'elle pouvait encore apprendre beaucoup de choses,
les Observateurs lui trouvaient les mains bien
blanches, le pied bien mignon, les mouvements un
peu trop onduleux ; mais les individus de tous les
Genres enviaient ou contestaient le bonheur d'Octave
en convenant qu'elle était la femme le plus aristocratiquement belle de tout Paris. Jeune encore, riche,

musicienne parfaite, spirituelle, délicate, reçue, en souvenir des Cadignan auxquels elle appartient par sa mère, chez Mme la princesse de Blamont-Chauvry, l'oracle du noble faubourg, aimée de ses rivales la duchesse de Maufrigneuse sa cousine, la marquise d'Espard, et Mme de Macumer, elle flattait toutes les vanités qui alimentent ou qui excitent l'amour. Aussi était-elle désirée par trop de gens pour n'être pas victime de l'élégante médisance parisienne et des ravissantes calomnies qui se débitent si spirituellement sous l'éventail ou dans les apartés. Les observations par lesquelles cette histoire commence étaient donc nécessaires pour opposer la vraie Firmiani à la Firmiani du monde. Si quelques femmes lui pardonnaient son bonheur, d'autres ne lui faisaient pas grâce de sa décence ; or, rien n'est terrible, surtout à Paris, comme des soupçons sans fondement : il est impossible de les détruire. Cette esquisse d'une figure admirable de naturel n'en donnera jamais qu'une faible idée ; il faudrait le pinceau d'Ingres [1] pour rendre la fierté du front, la profusion des cheveux, la majesté du regard, toutes les pensées que trahissaient les couleurs particulières du teint. Il y avait tout dans cette femme : les poètes pouvaient y voir à la fois Jeanne d'Arc ou Agnès Sorel [2] ; mais il s'y trouvait aussi la femme inconnue, l'âme cachée sous cette enveloppe décevante, l'âme d'Ève, les richesses du mal et les trésors du bien, la faute et la résignation, le crime et le dévouement, Dona Julia et Haïdée du *Don Juan* de lord Byron [3].

L'ancien mousquetaire demeura fort impertinemment le dernier dans le salon de Mme Firmiani, qui le trouva tranquillement assis dans un fauteuil, et restant devant elle avec l'importunité d'une mouche qu'il faut tuer pour s'en débarrasser. La pendule marquait deux heures après minuit.

« Madame, dit le vieux gentilhomme au moment où

---

1. Antérieurement à 1842 : Gérard.
2. La favorite de Charles VII, morte en 1450.
3. Grand poème commencé en 1819, terminé en 1822.

Mme Firmiani se leva en espérant faire comprendre à son hôte que son bon plaisir était qu'il partît, madame, je suis l'oncle de M. Octave de Camps. »

Mme Firmiani s'assit promptement et laissa voir son émotion. Malgré sa perspicacité, le planteur de peupliers ne devina pas si elle pâlissait et rougissait de honte ou de plaisir. Il est des plaisirs qui ne vont pas sans un peu de pudeur effarouchée, délicieuses émotions que le cœur le plus chaste voudrait toujours voiler. Plus une femme est délicate, plus elle veut cacher les joies de son âme. Beaucoup de femmes, inconcevables dans leurs divins caprices, souhaitent souvent entendre prononcer par tout le monde un nom que parfois elles désireraient ensevelir dans leur cœur. Le vieux Bourbonne n'interpréta pas tout à fait ainsi le trouble de Mme Firmiani ; mais pardonnez-lui, le campagnard était défiant.

« Eh bien, monsieur ? lui dit Mme Firmiani en lui jetant un de ces regards lucides et clairs où nous autres hommes nous ne pouvons jamais rien voir parce qu'ils nous interrogent un peu trop.

— Eh bien, madame, reprit le gentilhomme, savez-vous ce qu'on est venu me dire, à moi, au fond de ma province ? Mon neveu se serait ruiné pour vous, et le malheureux est dans un grenier tandis que vous vivez ici dans l'or et la soie. Vous me pardonnerez ma rustique franchise, car il est peut-être très utile que vous soyez instruite des calomnies…

— Arrêtez, monsieur, dit Mme Firmiani en inter-rompant le gentilhomme par un geste impératif, je sais tout cela. Vous êtes trop poli pour laisser la conversation sur ce sujet lorsque je vous aurai prié de le quitter. Vous êtes trop galant (dans l'ancienne acception du mot, ajouta-t-elle en donnant un léger accent d'ironie à ses paroles), pour ne pas reconnaître que vous n'avez aucun droit à me questionner. Enfin, il est ridicule à moi de me justifier. J'espère que vous aurez une assez bonne opinion de mon caractère pour croire au profond mépris que l'argent m'inspire, quoique j'aie été mariée sans aucune espèce de fortune à un homme qui avait une immense fortune. J'ignore si monsieur votre neveu est riche ou pauvre : si je l'ai reçu, si je le reçois, je le regarde comme digne d'être au milieu de mes amis. Tous mes amis, monsieur, ont du respect les uns pour les autres : ils savent que je n'ai pas la philosophie de voir les gens quand je ne les estime point, peut-être est-ce manquer de charité ; mais mon ange gardien m'a maintenue jusqu'aujourd'hui dans une aversion profonde et des caquets et de l'improbité. »

Quoique le timbre de la voix fût légèrement altéré pendant les premières phrases de cette réplique, les derniers mots en furent dits par Mme Firmiani avec l'aplomb de Célimène raillant le Misanthrope.

« Madame, reprit le comte d'une voix émue, je suis un vieillard, je suis presque le père d'Octave, je vous demande donc, par avance, le plus humble des pardons pour la seule question que je vais avoir la hardiesse de vous adresser, et je vous donne ma parole de loyal gentilhomme que votre réponse mourra là, dit-il en mettant la main sur son cœur avec un mouvement véritablement religieux. La médisance a-t-elle raison, aimez-vous Octave ?

– Monsieur, dit-elle, à tout autre je ne répondrais que par un regard ; mais à vous, et parce que vous êtes presque le père de M. de Camps, je vous demanderai ce que vous penseriez d'une femme si, à votre question, elle disait : *oui ?* Avouer son amour à celui que nous aimons, quand il nous aime… là… bien ; quand nous sommes certaines d'être toujours aimées, croyez-moi, monsieur, c'est pour nous un effort et une récompense pour lui ; mais à un autre !… »

Mme Firmiani n'acheva pas, elle se leva, salua le bonhomme et disparut dans ses appartements dont toutes les portes successivement ouvertes et fermées eurent un langage pour les oreilles du planteur de peupliers.

« Ah ! peste, se dit le vieillard, quelle femme ! c'est ou une rusée commère ou un ange. » Et il gagna sa voiture de remise [1], dont les chevaux donnaient de

_____
1. De louage.

temps en temps des coups de pied au pavé de la cour
silencieuse. Le cocher dormait, après avoir cent fois
maudit sa pratique [1].

Le lendemain matin, vers huit heures, le vieux gentilhomme montait l'escalier d'une maison située rue
de l'Observance [2] où demeurait Octave de Camps. S'il
y eut au monde un homme étonné, ce fut certes le
jeune professeur en voyant son oncle : la clef était sur
la porte, la lampe d'Octave brûlait encore, il avait
passé la nuit.

« Monsieur le drôle, dit M. de Bourbonne en
s'asseyant sur un fauteuil, depuis quand se rit-on
(style chaste) des oncles qui ont vingt-six mille livres
de rentes en bonnes terres de Touraine, lorsqu'on est
leur seul héritier ? Savez-vous que jadis nous respec-
tions ces parents-là ? Voyons, as-tu quelque reproche à
m'adresser : ai-je mal fait mon métier d'oncle, t'ai-je
demandé du respect, t'ai-je refusé de l'argent, t'ai-je
fermé la porte au nez en prétendant que tu venais voir
comment je me portais ; n'as-tu pas l'oncle le plus
commode, le moins assujettissant qu'il y ait en France,
je ne dis pas en Europe, ce serait trop prétentieux ? Tu
m'écris ou tu ne m'écris pas, je vis sur l'affection
jurée, et t'arrange la plus jolie terre du pays, un bien
qui fait l'envie de tout le département ; mais je ne veux
te la laisser néanmoins que le plus tard possible. Cette
velléité n'est-elle pas excessivement excusable ? Et
monsieur vend son bien, se loge comme un laquais, et
n'a plus ni gens ni train…

– Mon oncle…

– Il ne s'agit pas de l'oncle, mais du neveu. J'ai droit
à ta confiance : ainsi confesse-toi promptement, c'est
plus facile, je sais cela par expérience. As-tu joué, as-
tu perdu à la Bourse ? Allons, dis-moi : « Mon oncle,
je suis un misérable ! » et je t'embrasse. Mais si tu me
fais un mensonge plus gros que ceux que j'ai faits à
ton âge, je vends mon bien, je le mets en viager, et

1. Son client.
2. Au Quartier latin, vers l'actuelle rue Dupuytren.

reprendrai mes mauvaises habitudes de jeunesse, si c'est encore possible.

– Mon oncle…

– J'ai vu hier ta Mme Firmiani, dit l'oncle en baisant le bout de ses doigts qu'il ramassa en faisceau. Elle est charmante, ajouta-t-il. Tu as l'approbation et le privilège du roi, et l'agrément de ton oncle, si cela peut te faire plaisir. Quant à la sanction de l'Église, elle est inutile, je crois, les sacrements sont sans doute trop chers ! Allons, parle, est-ce pour elle que tu t'es ruiné ?

– Oui, mon oncle.

– Ah ! la coquine, je l'aurais parié. De mon temps, les femmes de la cour étaient plus habiles à ruiner un homme que ne peuvent l'être vos courtisanes d'aujourd'hui. J'ai reconnu, en elle, le siècle passé rajeuni.

– Mon oncle, reprit Octave d'un air tout à la fois triste et doux, vous vous méprenez : Mme Firmiani mérite votre estime et toutes les adorations de ses admirateurs.

– La pauvre jeunesse sera donc toujours la même, dit M. de Bourbonne. Allons, va ton train, rabâche-moi de vieilles histoires. Cependant tu dois savoir que je ne suis pas d'hier dans la galanterie.

– Mon bon oncle, voici une lettre qui vous dira tout, répondit Octave en tirant un élégant portefeuille, donné sans doute par *elle* ; quand vous l'aurez lue, j'achèverai de vous instruire, et vous connaîtrez une Mme Firmiani inconnue au monde.

– Je n'ai pas mes lunettes, dit l'oncle, lis-la-moi. »

Octave commença ainsi : « "Mon ami chéri…"

– Tu es donc bien lié avec cette femme-là ?

– Mais oui, mon oncle.

– Et vous n'êtes pas brouillés ?

– Brouillés ?… répéta Octave tout étonné. Nous sommes mariés à Gretna-Green [1].

---

1. Dans ce village écossais, on pouvait jusqu'en 1857 se marier expéditivement, comme à Las Vegas aujourd'hui.

« – Hé bien, reprit M. de Bourbonne, pourquoi dînes-tu donc à quarante sous ?

– Laissez-moi continuer.

– C'est juste, j'écoute. »

Octave reprit la lettre, et n'en lut pas certains passages sans de profondes émotions.

« "Mon époux aimé, tu m'as demandé raison de ma tristesse, a-t-elle donc passé de mon âme sur mon visage, ou l'as-tu seulement devinée, et pourquoi n'en serait-il pas ainsi ? nous sommes si bien unis de cœur. D'ailleurs, je ne sais pas mentir, et peut-être est-ce un malheur ? Une des conditions de la femme aimée est d'être toujours caressante et gaie. Peut-être devrais-je te tromper ; mais je ne le voudrais pas, quand même il s'agirait d'augmenter ou de conserver le bonheur que tu me donnes, que tu me prodigues, dont tu m'accables. Oh ! cher, combien de reconnaissance comporte mon amour ! Aussi veux-je t'aimer toujours, sans bornes. Oui, je veux toujours être fière de toi. Notre gloire, à nous, est toute dans celui que nous aimons. Estime, considération, honneur, tout n'est-il pas à celui qui a tout pris ? Eh bien, mon ange a failli. Oui, cher, ta dernière confidence a terni ma félicité passée. Depuis ce moment, je me trouve humiliée en toi ; en toi que je regardais comme le plus pur des hommes, comme tu en es le plus aimant et le plus tendre. Il faut avoir bien confiance en ton cœur, encore enfant, pour te faire un aveu qui me coûte horriblement. Comment, pauvre ange, ton père a dérobé sa fortune, tu le sais, et tu la gardes ! Et tu m'as conté ce haut fait de procureur dans une chambre pleine des muets témoins de notre amour, et tu es gentilhomme, et tu te crois noble, et tu me possèdes, et tu as vingt-deux ans ! Combien de monstruosités ! Je t'ai cherché des excuses, j'ai attribué ton insouciance à ta jeunesse étourdie. Je sais qu'il y a beaucoup de l'enfant en toi. Peut-être n'as-tu pas encore pensé bien sérieusement à ce qui est fortune et probité. Oh ! combien ton rire m'a fait de mal. Songe donc qu'il existe une famille ruinée, toujours en larmes, des jeunes personnes qui peut-être te maudissent tous les jours, un vieillard qui chaque soir se dit : 'Je ne serais pas sans pain si le père de M. de Camps n'avait pas été un malhonnête homme !' "

– Comment, s'écria M. de Bourbonne en interrompant, tu as eu la niaiserie de raconter à cette femme l'affaire de ton père avec les Bourgneuf ?... Les femmes s'entendent bien plus à manger une fortune qu'à la faire...

– Elles s'entendent en probité. Laissez-moi continuer, mon oncle !

« "Octave, aucune puissance au monde n'a l'autorité de changer le langage de l'honneur. Retire-toi dans ta conscience, et demande-lui par quel mot nommer l'action à laquelle tu dois ton or ?" »

Et le neveu regarda l'oncle qui baissa la tête.

« "Je ne te dirai pas toutes les pensées qui m'assiègent, elles peuvent se réduire toutes à une seule, et la voici : je ne puis pas estimer un homme qui se salit sciemment pour une somme d'argent quelle qu'elle soit. Cent sous volés au jeu, ou six fois cent mille francs dus à une tromperie légale, déshonorent également un homme. Je veux tout te dire : je me regarde comme entachée par un amour qui naguère faisait tout mon bonheur. Il s'élève au fond de mon âme une voix que ma tendresse ne peut pas étouffer. Ah ! j'ai pleuré d'avoir plus de conscience que d'amour. Tu pourrais commettre un crime, je te cacherais à la justice humaine dans mon sein, si je le pouvais ; mais mon dévouement n'irait que jusque-là. L'amour, mon ange, est, chez une femme, la confiance la plus illimitée, unie à je ne sais quel besoin de vénérer, d'adorer l'être auquel elle appartient. Je n'ai jamais conçu l'amour que comme un feu auquel s'épuraient encore les plus nobles sentiments, un feu qui les développait tous. Je n'ai plus qu'une seule chose à te dire : viens à moi pauvre, mon amour redoublera si cela se peut ; sinon, renonce à moi. Si je ne te vois plus, je sais ce qui me reste à faire. Maintenant, je ne veux pas, entends-moi bien, que tu restitues parce que

je te le conseille. Consulte bien ta conscience. Il ne
faut pas que cet acte de justice soit un sacrifice fait à
l'amour. Je suis ta femme, et non ta maîtresse ; il s'agit
moins de me plaire que de m'inspirer pour toi la plus
profonde estime. Si je me trompe, si tu m'as mal
expliqué l'action de ton père ; enfin, pour peu que tu
croies ta fortune légitime (oh ! je voudrais me persuader que tu ne mérites aucun blâme !), décide en
écoutant la voix de ta conscience, agis bien par toi-
même. Un homme qui aime sincèrement, comme tu
m'aimes, respecte trop tout ce que sa femme met en
lui de sainteté pour être improbe. Je me reproche
maintenant tout ce que je viens d'écrire. Un mot suffisait peut-être, et mon instinct de prêcheuse m'a
emportée. Aussi voudrais-je être grondée, pas trop
fort, mais un peu. Cher, entre nous deux, n'es-tu pas
le pouvoir ? tu dois seul apercevoir tes fautes. Eh bien,
mon maître, direz-vous que je ne comprends rien aux
discussions politiques ?"

« Eh bien, mon oncle, dit Octave dont les yeux
étaient pleins de larmes.

– Mais je vois encore de l'écriture, achève donc.

– Oh ! maintenant, il n'y a plus que de ces choses
qui ne doivent être lues que par un amant.

– Bien ! dit le vieillard, bien, mon enfant. J'ai eu
beaucoup de bonnes fortunes ; mais je te prie de
croire que j'ai aussi aimé, *et ego in Arcadia* [1]. Seulement, je ne conçois pas pourquoi tu donnes des leçons
de mathématiques.

– Mon cher oncle, je suis votre neveu ; n'est-ce pas
vous dire, en deux mots, que j'avais bien un peu
entamé le capital laissé par mon père ? Après avoir lu
cette lettre, il s'est fait en moi toute une révolution, et
j'ai payé en un moment l'arriéré de mes remords. Je ne
pourrai jamais vous peindre l'état dans lequel j'étais.
En conduisant mon cabriolet au bois, une voix me

---

1. « Moi aussi, j'ai vécu en Arcadie. » Arcadie : région de la Grèce
où l'on situait traditionnellement l'Âge d'or. Allusion implicite au
tableau de Poussin *Les Bergers d'Arcadie* (Louvre).

criait : "Ce cheval est-il à toi ?" En mangeant, je me disais : "N'est-ce pas un dîner volé ?" J'avais honte de moi-même. Plus jeune était ma probité, plus elle était ardente. D'abord, j'ai couru chez Mme Firmiani. Ô Dieu ! mon oncle, ce jour-là j'ai eu des plaisirs de cœur, des voluptés d'âme qui valaient des millions. J'ai fait avec elle le compte de ce que je devais à la famille Bourgneuf, et je me suis condamné moi-même à lui payer trois pour cent d'intérêt contre l'avis de Mme Firmiani ; mais toute ma fortune ne pouvait suffire à solder la somme. Nous étions alors l'un l'autre assez amants, assez époux, elle pour m'offrir, moi pour accepter ses économies…

– Comment, outre ses vertus, cette femme adorable fait des économies ? s'écria l'oncle.

– Ne vous moquez pas d'elle, mon oncle. Sa position l'oblige à bien des ménagements. Son mari partit en 1820 pour la Grèce, où il est mort depuis trois ans ; jusqu'à ce jour, il a été impossible d'avoir la preuve légale de sa mort, et de se procurer le testament qu'il a dû faire en faveur de sa femme, pièce importante qui a été prise, perdue ou égarée dans un pays où les actes de l'état civil ne sont pas tenus comme en France, et où il n'y a pas de consul [1]. Ignorant si un jour elle ne sera pas forcée de compter avec des héritiers malveillants, elle est obligée d'avoir un ordre extrême, car elle veut pouvoir laisser son opulence comme Chateaubriand vient de quitter le ministère [2]. Or, je veux acquérir une fortune qui soit *mienne*, afin de rendre son opulence à ma femme, si elle était ruinée.

– Et tu ne m'as pas dit cela, et tu n'es pas venu à moi ?… Oh ! mon neveu, songe donc que je t'aime assez pour te payer de bonnes dettes, des dettes de gentilhomme. Je suis un oncle à dénouement, je me vengerai.

– Mon oncle, je connais vos vengeances, mais

---

1. Antérieurement à 1842 : « prise ou perdue par des Albanais ».

2. Il démissionne du ministère des Affaires étrangères le 6 juin 1824. La note de l'édition de la Pléiade (p. 1274) est absurde, puisque l'action de *Madame Firmiani* est située en 1825.

laissez-moi m'enrichir par ma propre industrie. Si
vous voulez m'obliger, faites-moi seulement mille écus
de pension jusqu'à ce que j'aie besoin de capitaux
pour quelque entreprise. Tenez, en ce moment je suis
tellement heureux, que ma seule affaire est de vivre. Je
donne des leçons pour n'être à la charge de personne.
Ah ! si vous saviez avec quel plaisir j'ai fait ma restitu-
tion. Après quelques démarches, j'ai fini par trouver
les Bourgneuf malheureux et privés de tout. Cette
famille était à Saint-Germain dans une misérable
maison. Le vieux père gérait un bureau de loterie, ses
deux filles faisaient le ménage et tenaient les écritures.
La mère était presque toujours malade. Les deux filles
sont ravissantes, mais elles ont durement appris le peu
de valeur que le monde accorde à la beauté sans fortune. Quel tableau ai-je été chercher là ! Si je suis
entré le complice d'un crime, je suis sorti honnête
homme, et j'ai lavé la mémoire de mon père. Oh ! mon
oncle, je ne le juge point, il y a dans les procès un
entraînement, une passion qui peuvent parfois abuser
le plus honnête homme du monde. Les avocats savent
légitimer les prétentions les plus absurdes, les lois ont
des syllogismes complaisants aux erreurs de la conscience et les juges ont le droit de se tromper. Mon
aventure fut un vrai drame. Avoir été la Providence,
avoir réalisé un de ces souhaits inutiles : "S'il nous
tombait du ciel vingt mille livres de rente ?", ce vœu
que nous formons tous en riant ; faire succéder à un
regard plein d'imprécations un regard sublime de
reconnaissance, d'étonnement, d'admiration ; jeter
l'opulence au milieu d'une famille réunie le soir à la
lueur d'une mauvaise lampe, devant un feu de
tourbe… Non, la parole est au-dessous d'une telle
scène. Mon extrême justice leur semblait injuste.
Enfin, s'il y a un paradis, mon père doit y être heureux
maintenant. Quant à moi, je suis aimé comme aucun
homme ne l'a été. Mme Firmiani m'a donné plus que
le bonheur, elle m'a doué d'une délicatesse qui me
manquait peut-être. Aussi la nommé-je *ma chère conscience*, un de ces mots d'amour qui répondent à cer-

taines harmonies secrètes du cœur. La probité porte
profit, j'ai l'espoir d'être bientôt riche par moi-même,
je cherche en ce moment à résoudre un problème
d'industrie, et si je réussis, je gagnerai des millions.

– Ô mon enfant ! tu as l'âme de ta mère », dit le
vieillard en retenant à peine les larmes qui humectaient ses yeux en pensant à sa sœur.

En ce moment, malgré la distance qu'il y avait entre
le sol et l'appartement d'Octave de Camps, le jeune
homme et son oncle entendirent le bruit fait par
l'arrivée d'une voiture.

« C'est elle, dit-il, je reconnais ses chevaux à la
manière dont ils arrêtent. »

En effet, Mme Firmiani ne tarda pas à se montrer.

« Ah ! dit-elle en faisant un mouvement de dépit à
l'aspect de M. de Bourbonne. Mais notre oncle n'est
pas de trop, reprit-elle en laissant échapper un sourire.
Je voulais m'agenouiller humblement devant mon
époux en le suppliant d'accepter ma fortune.
L'ambassade d'Autriche [1] vient de m'envoyer un acte
qui constate le décès de Firmiani. La pièce, dressée
par les soins de l'internonce d'Autriche à Constantinople, est bien en règle, et le testament que gardait le
valet de chambre pour me le rendre y est joint.
Octave, vous pouvez tout accepter. Va, tu es plus riche
que moi, tu as là des trésors auxquels Dieu seul saurait
ajouter », reprit-elle en frappant sur le cœur de son
mari. Puis, ne pouvant soutenir son bonheur, elle se
cacha la tête dans le sein d'Octave.

« Ma nièce, autrefois nous faisions l'amour,
aujourd'hui vous aimez, dit l'oncle. Vous êtes tout ce
qu'il y a de bon et de beau dans l'humanité [2] ; car vous
n'êtes jamais coupables de vos fautes, elles viennent
toujours de nous. »

Paris, février 1831.

---

1. « De Russie », avant 1842.
2. En 1832, la nouvelle se terminait sur les mots : « C'est nous qui
vous gâtons !... »

LE MESSAGE

NOTICE

Encore une histoire « à faire peur », mais dans un contexte tout différent. Pour la première publication en volume, Balzac a fait précéder *Le Message* d'un long « chapeau », une conversation de salon au cours de laquelle un narrateur intéressé – il s'agit pour lui d'écarter d'une femme un soupirant qu'il déteste – prétend, par l'exemple, peindre « énergiquement les malheurs inévitables dont toutes les passions illégitimes sont tributaires ». Son récit paraîtra peu concluant : « Et vous avez cru voir dans cette aventure, dit la maîtresse du logis, une leçon pour les jeunes femmes !… Rien ne ressemble moins à un conte moral… » Dans les éditions ultérieures, cette mise en scène disparaît, mais il en reste quelque chose à l'incipit et dans la clausule de la nouvelle ; le récit est explicitement destiné à saisir « de frayeur » un amant et sa maîtresse, mais désormais sans aucune visée édifiante et peut-être même tout au contraire : le texte ne se propose plus d'illustrer les dangers de l'adultère, mais tout au plus de donner un avertissement, sur le mode du « Si tu t'imagines, fillette, fillette… » ou du *carpe diem*, car nous sommes bien peu de chose, afin d'amener, de façon assez perversement stratégique, une auditrice qu'on suppose tendrement liée au narrateur retors à se blottir avec plus d'amour que jamais contre lui, et ce cri d'une obscénité ingénue, tant il révèle le besoin de l'autre, est délicieux à entendre : « Oh ! cher, ne meurs pas, toi ! ».

Rien de plus banal, de plus « vulgaire », dit Balzac : vulgaire comme un accident de la route, qui opère un foudroyant changement à vue. Commencé dans l'allégresse juvénile, un voyage fort ordinaire bascule en un clin d'œil dans la tragédie : un jeune homme qui allait voir sa maîtresse est écrasé. Son oraison funèbre sera vite dépêchée : « Encore y eut-il un peu de sa faute » (le conducteur de la voiture) ; « le dîner refroidit » (l'époux de son amie). Il a eu le temps de sympathiser avec un camarade de son âge, et il lui confie avant de mourir la mission sacrée d'aller restituer à la dame de ses pensées les missives qu'il en a reçues. Or il se trouve que le malheureux n'avait pas frimé en vantant à son compagnon de hasard les incomparables perfections de l'aimée. Juliette mérite amplement le los enfiévré qu'elle avait inspiré. Elle incarne, avec une infinie séduction, le premier amour des jeunes hommes, qui est, pour elle, le dernier : elle a trente-huit ans ! L'homme commence par la mère, la femme finit par le fils. Cette vérité du cœur, qui a sa douceur et son amertume, trouve dans la biographie sentimentale de Balzac son garant le plus indiscutable en la figure de Mme de Berny, qui se lit partout en filigrane à travers Mme de Montpersan, de même qu'à travers Juliette se cherche déjà la future Henriette de Mortsauf (du *Lys dans la vallée*) : mêmes épaules succulentes, même aura de « Reine du Jardin ». Même mari souffrant, nul, d'un égoïsme tout philosophique (« type des gentilshommes qui sont actuellement le plus bel ornement des provinces », dit ironiquement Balzac). Même enfant qui s'entend à exploiter la mésentente de ses parents et a toutes chances de devenir une petite peste. Bref, même claustration aristocratique et même non-vie à petit feu, l'étouffoir provincial redoublé par le mouroir privé, illuminés par l'amour de ce fringant Roméo dont nous ne saurons jamais le nom et qui, en disparaissant de manière si soudaine, emporte avec lui les joies suprêmes d'un sentiment qui replie ses ailes définitivement. Le désespoir de Juliette, abîmée dans le foin comme une bête, sonne avec une crudité violente et archaïque la fin de partie. Comme dit la chanson : « Sans amour, on n'est rien du tout. »

La partie aurait-elle pu rebondir ? Dans la transmission du « message », qu'il assume religieusement selon les dernières volontés du jeune défunt, quelque chose d'informulé, d'informulable, d'inavoué, d'inavouable (et d'abord à soi-même) se transmet aussi chez celui qui s'en est chargé. Ne sachant comment annoncer à la comtesse la catastrophe de son amant, il essaie de la ménager et croit bien faire en lui suggérant : « S'il ne vous aimait plus ? » Hypothèse sacrilège et apparemment tout à fait gratuite, aussitôt repoussée avec éclat, mais surtout très surprenante inspiration dans laquelle s'insinue un scénario subconscient (serait-ce le serpent auquel il est fait allusion au début de la nouvelle ?) : prendre la place d'un autre, expulsé du jeu. Le relayeur, on le devine, serait prêt à consoler la belle éplorée, le vif saisirait volontiers le mort dont il tient lieu et qu'en quelque sorte il prolonge. Mais ce scénario demeure virtuel, un pur horizon chimérique, une buée vite dissipée, d'une telle évanescence qu'on se demande même si elle s'est posée sur la conscience pour la troubler. La beauté du *Message*, c'est que « rien ne s'y accomplit, rien même ne s'y dit [1] ». *Presque* rien…

Histoire du texte

Le manuscrit du *Message* est conservé dans le fonds Lovenjoul à la bibliothèque de l'Institut (A 149).

La nouvelle a d'abord paru dans la *Revue des Deux Mondes* du 15 février 1832, puis est reprise la même année chez Mame-Delaunay, au tome III des *Scènes de la vie privée*, avec *La Grande Bretèche*, sous le titre commun *Le Conseil*.

En 1834, elle est republiée chez Béchet, au tome II des *Scènes de la vie de province* (tome III des *Études de mœurs au XIXᵉ siècle*).

En 1839, nouvelle édition chez Charpentier (tome II des *Scènes de la vie de province*).

Enfin, *Le Message* prend place dans *La Comédie humaine* chez Furne en 1842 (tome II des *Scènes de la vie privée*).

Choix bibliographique

Nicole Mozet, introduction et notes, *La Comédie humaine*, Gallimard, « Bibliothèque de la Pléiade », t. II, 1976.

Ross Chambers, « Reading and the voice of death : Balzac's *Le Message* », *XIXᵗʰ Century French Studies*, printemps-été 1990.

---

1. Nicole Mozet, introduction, *La Comédie humaine*, Gallimard, « Bibliothèque de la Pléiade », t. II, 1976, p. 391.

LE MESSAGE

À MONSIEUR LE MARQUIS DAMASO PARETO [1]

J'ai toujours eu le désir de raconter une histoire simple et vraie, au récit de laquelle un jeune homme et sa maîtresse fussent saisis de frayeur et se réfugiassent au cœur l'un de l'autre, comme deux enfants qui se serrent en rencontrant un serpent sur le bord d'un bois. Au risque de diminuer l'intérêt de ma narration ou de passer pour un fat, je commence par vous annoncer le but de mon récit. J'ai joué un rôle dans ce drame presque vulgaire ; s'il ne vous intéresse pas, ce sera ma faute autant que celle de la vérité historique. Beaucoup de choses véritables sont souverainement ennuyeuses. Aussi est-ce la moitié du talent que de choisir dans le vrai ce qui peut devenir poétique.

En 1819 [2], j'allais de Paris [3] à Moulins. L'état de ma bourse m'obligeait à voyager sur l'impériale de la diligence. Les Anglais, vous le savez, regardent les places situées dans cette partie aérienne [4] de la voiture

---

1. Cette dédicace n'apparaît qu'en 1842. Balzac avait rencontré en 1838 l'érudit génois, militant du libéralisme italien, qui apparaît au début d'*Honorine* (1843).

2. *Revue des Deux Mondes* : 1822. C'est cette année-là que commence la liaison de Balzac avec Mme de Berny.

3. Manuscrit : « Tours ».

4. Manuscrit : « sublunaire ».

comme les meilleures. Durant les premières lieues de
la route, j'ai trouvé mille excellentes raisons pour justifier l'opinion de nos voisins. Un jeune homme, qui
me parut être un peu plus riche que je ne l'étais,
monta, par goût, près de moi, sur la banquette. Il
accueillit mes arguments par des sourires inoffensifs.
Bientôt une certaine conformité d'âge, de pensée,
notre mutuel amour pour le grand air, pour les riches
aspects des pays que nous découvrions à mesure que
la lourde voiture avançait ; puis, je ne sais quelle
attraction magnétique, impossible à expliquer, firent
naître entre nous cette espèce d'intimité momentanée
à laquelle les voyageurs s'abandonnent avec d'autant
plus de complaisance que ce sentiment éphémère paraît
devoir cesser promptement et n'engager à rien pour
l'avenir. Nous n'avions pas fait trente lieues que nous
parlions des femmes et de l'amour. Avec toutes les
précautions oratoires voulues en semblable occurrence, il fut naturellement question de nos maîtresses.
Jeunes tous deux, nous n'en étions encore, l'un et
l'autre, qu'à la *femme d'un certain âge*, c'est-à-dire à la
femme qui se trouve entre trente-cinq et quarante ans.
Oh ! un poète qui nous eût écoutés de Montargis à je
ne sais plus quel relais, aurait recueilli des expressions
bien enflammées, des portraits ravissants et de bien
douces confidences ! Nos craintes pudiques, nos
interjections silencieuses et nos regards encore rou-
gissants étaient empreints d'une éloquence dont le
charme naïf ne s'est plus retrouvé pour moi. Sans
doute il faut rester jeune pour comprendre la jeunesse.
Ainsi, nous nous comprîmes à merveille sur tous les
points essentiels de la passion. Et, d'abord, nous
avions commencé à poser en fait et en principe qu'il
n'y avait rien de plus sot au monde qu'un acte de
naissance ; que bien des femmes de quarante ans
étaient plus jeunes que certaines femmes de vingt ans,
et qu'en définitive les femmes n'avaient réellement
que l'âge qu'elles paraissaient avoir. Ce système ne
mettait pas de terme à l'amour, et nous nagions, de
bonne foi, dans un océan sans bornes. Enfin, après

avoir fait nos maîtresses jeunes, charmantes, dévouées, comtesses, pleines de goût, spirituelles, fines ; après leur avoir donné de jolis pieds, une peau satinée et même doucement parfumée, nous nous avouâmes, lui, que *madame une telle* avait trente-huit ans, et moi, de mon côté, que j'adorais une quadragénaire. Là-dessus, délivrés l'un et l'autre d'une espèce de crainte vague, nous reprîmes nos confidences de plus belle en nous trouvant confrères en amour. Puis ce fut à qui, de nous deux, accuserait le plus de sentiment. L'un avait fait une fois deux cents lieues pour voir sa maî-tresse pendant une heure. L'autre avait risqué de passer pour un loup et d'être fusillé dans un parc, afin de se trouver à un rendez-vous nocturne. Enfin, toutes nos folies ! S'il y a du plaisir à se rappeler les dangers passés, n'y a-t-il pas aussi bien des délices à se sou-venir des plaisirs évanouis : c'est jouir deux fois. Les périls, les grands et petits bonheurs, nous nous disions tout, même les plaisanteries. La comtesse de mon ami avait fumé un cigare pour lui plaire ; la mienne me fai-sait mon chocolat et ne passait pas un jour sans m'écrire ou me voir ; la sienne était venue demeurer chez lui pendant trois jours au risque de se perdre ; la mienne avait fait encore mieux, ou pis si vous voulez. Nos maris adoraient d'ailleurs nos comtesses ; ils vivaient esclaves sous le charme que possèdent toutes les femmes aimantes ; et, plus niais que l'ordonnance ne le porte, ils ne nous faisaient tout juste de péril que ce qu'il en fallait pour augmenter nos plaisirs. Oh ! comme le vent emportait vite nos paroles et nos douces risées !

En arrivant à Pouilly, j'examinai fort attentivement la personne de mon nouvel ami. Certes, je crus facile-ment qu'il devait être très sérieusement aimé. Figurez-vous un jeune homme de taille moyenne, mais très bien proportionnée, ayant une figure heureuse et pleine d'expression. Ses cheveux étaient noirs et ses yeux bleus ; ses lèvres étaient faiblement rosées ; ses dents, blanches et bien rangées ; une pâleur gracieuse décorait encore ses traits fins, puis un léger cercle de

bistre cernait ses yeux, comme s'il eût été convales-
cent. Ajoutez à cela qu'il avait des mains blanches,
bien modelées, soignées comme doivent l'être celles
d'une jolie femme, qu'il paraissait fort instruit, était
spirituel, et vous n'aurez pas de peine à m'accorder
que mon compagnon pouvait faire honneur à une
comtesse. Enfin, plus d'une jeune fille l'eût envié pour
mari, car il était vicomte, et possédait environ douze à
quinze mille livres de rentes, *sans compter les espé-*
rances.

À une lieue de Pouilly, la diligence versa. Mon malheureux camarade jugea devoir, pour sa sûreté, s'élancer sur les bords d'un champ fraîchement labouré, au
lieu de se cramponner à la banquette, comme je le fis,
et de suivre le mouvement de la diligence. Il prit mal
son élan ou glissa, je ne sais comment l'accident eut
lieu, mais il fut écrasé par la voiture, qui tomba sur lui.
Nous le transportâmes dans une maison de paysan. À
travers les gémissements que lui arrachaient d'atroces
douleurs, il put me léguer un de ces soins à remplir
auxquels les derniers vœux d'un mourant donnent un
caractère sacré. Au milieu de son agonie, le pauvre
enfant se tourmentait, avec toute la candeur dont on
est souvent victime à son âge, de la peine que ressen-
tirait sa maîtresse si elle apprenait brusquement sa
mort par un journal. Il me pria d'aller moi-même la lui
annoncer. Puis il me fit chercher une clef suspendue à
un ruban qu'il portait en sautoir sur la poitrine. Je la
trouvai à moitié enfoncée dans les chairs. Le mourant
ne proféra pas la moindre plainte lorsque je la retirai,
le plus délicatement qu'il me fut possible, de la plaie
qu'elle y avait faite. Au moment où il achevait de me
donner toutes les instructions nécessaires pour
prendre chez lui, à La Charité-sur-Loire, les lettres
d'amour que sa maîtresse lui avait écrites, et qu'il me
conjura de lui rendre, il perdit la parole au milieu
d'une phrase ; mais son dernier geste me fit comprendre que la fatale clef serait un gage de ma mission
auprès de sa mère. Affligé de ne pouvoir formuler un
seul mot de remerciement, car il ne doutait pas de

mon zèle, il me regarda d'un œil suppliant pendant un instant, me dit adieu en me saluant par un mouvement de cils, puis il pencha la tête, et mourut. Sa mort fut le seul accident funeste que causa la chute de la voiture. « Encore y eut-il un peu de sa faute », me disait le conducteur.

À La Charité, j'accomplis le testament verbal de ce pauvre voyageur. Sa mère était absente ; ce fut une sorte de bonheur pour moi. Néanmoins, j'eus à essuyer la douleur d'une vieille servante, qui chancela lorsque je lui racontai la mort de son jeune maître ; elle tomba demi-morte sur une chaise en voyant cette clef encore empreinte de sang ; mais comme j'étais tout préoccupé d'une plus haute souffrance, celle d'une femme à laquelle le sort arrachait son dernier amour, je laissai la vieille femme de charge poursuivant le cours de ses prosopopées [1], et j'emportai la précieuse correspondance, soigneusement cachetée par mon ami d'un jour.

Le château où demeurait la comtesse se trouvait à huit lieues de Moulins, et encore fallait-il, pour y arriver, faire quelques lieues dans les terres. Il m'était alors assez difficile de m'acquitter de mon message. Par un concours de circonstances inutiles à expliquer, je n'avais que l'argent nécessaire pour atteindre Moulins. Cependant, avec l'enthousiasme de la jeunesse, je résolus de faire la route à pied, et d'aller assez vite pour devancer la renommée des mauvaises nouvelles, qui marche si rapidement. Je m'informai du plus court chemin, et j'allai par les sentiers du Bourbonnais, portant, pour ainsi dire, un mort sur mes épaules. À mesure que je m'avançais vers le château de Montpersan, j'étais de plus en plus effrayé du singulier pèlerinage que j'avais entrepris. Mon imagination inventait mille fantaisies romanesques. Je me représentais toutes les situations dans lesquelles je pouvais rencontrer Mme la comtesse de Montpersan, ou, pour

---

1. La prosopopée est une figure de rhétorique qui fait parler les choses ou les morts.

obéir à la poétique des romans, la *Juliette* tant aimée
du jeune voyageur. Je forgeais des réponses spirituelles
à des questions que je supposais devoir m'être faites.
C'était à chaque détour de bois, dans chaque chemin
creux, une répétition de la scène de Sosie et de sa
lanterne [1], à laquelle il rend compte de la bataille. À la
honte de mon cœur, je ne pensai d'abord qu'à mon
maintien, à mon esprit, à l'habileté que je voulais
déployer ; mais lorsque je fus dans le pays, une
réflexion sinistre me traversa l'âme comme un coup
de foudre qui sillonne et déchire un voile de nuées
grises. Quelle terrible nouvelle pour une femme qui,
tout occupée en ce moment de son jeune ami, espérait
d'heure en heure des joies sans nom, après s'être
donné mille peines pour l'amener légalement chez
elle ! Enfin, il y avait encore une charité cruelle à être
le messager de la mort. Aussi hâtais-je le pas en me
crottant et m'embourbant dans les chemins du Bourbonnais. J'atteignis bientôt une grande avenue de châ-
taigniers, au bout de laquelle les masses du château de
Montpersan se dessinèrent dans le ciel comme des
nuages bruns à contours clairs et fantastiques. En arrivant à la porte du château, je la trouvai tout ouverte.
Cette circonstance imprévue détruisait mes plans et
mes suppositions. Néanmoins j'entrai hardiment, et
j'eus aussitôt à mes côtés deux chiens qui aboyèrent
en vrais chiens de campagne. À ce bruit, une grosse
servante accourut, et quand je lui eus dit que je voulais
parler à Mme la comtesse, elle me montra, par un
geste de main, les massifs d'un parc à l'anglaise qui
serpentait autour du château, et me répondit :
« Madame est par là…

– Merci ! » dis-je d'un air ironique. Son *par là* pouvait me faire errer pendant deux heures dans le parc.

Une jolie petite fille à cheveux bouclés, à ceinture
rose, à robe blanche, à pèlerine plissée, arriva sur ces
entrefaites, entendit ou saisit la demande et la réponse.
À mon aspect, elle disparut en criant d'un petit accent

---

1. Molière, *Amphitryon* (acte I, scène I).

fin : « Ma mère, voilà un monsieur qui veut vous parler. » Et moi de suivre, à travers les détours des allées, les sauts et les bonds de la pèlerine blanche, qui, semblable à un feu follet, me montrait le chemin que prenait la petite fille.

Il faut tout dire. Au dernier buisson de l'avenue, j'avais rehaussé mon col, brossé mon mauvais chapeau et mon pantalon avec les parements de mon habit, mon habit avec ses manches, et les manches l'une par l'autre ; puis je l'avais boutonné soigneusement pour montrer le drap des revers, toujours un peu plus neuf que ne l'est le reste ; enfin, j'avais fait descendre mon pantalon sur mes bottes, artistement frottées dans l'herbe. Grâce à cette toilette de Gascon [1], j'espérais ne pas être pris pour l'ambulant [2] de la sous-préfecture ; mais quand aujourd'hui je me reporte par la pensée à cette heure de ma jeunesse, je ris parfois de moi-même.

Tout à coup, au moment où je composais mon maintien, au détour d'une verte sinuosité, au milieu de mille fleurs éclairées par un chaud rayon de soleil, j'aperçus Juliette et son mari. La jolie petite fille tenait sa mère par la main, et il était facile de s'apercevoir que la comtesse avait hâté le pas en entendant la phrase ambiguë de son enfant. Étonnée à l'aspect d'un inconnu qui la saluait d'un air assez gauche, elle s'arrêta, me fit une mine froidement polie et une adorable moue qui, pour moi, révélait toutes ses espérances trompées. Je cherchai, mais vainement, quelques-unes de mes belles phrases si laborieusement préparées. Pendant ce moment d'hésitation mutuelle, le mari put alors arriver en scène. Des myriades de pensées passèrent dans ma cervelle. Par contenance, je prononçai quelques mots assez insignifiants, demandant si les personnes présentes étaient bien réellement M. le comte et Mme la comtesse de Montpersan. Ces niaiseries me permirent

---

1. C'est-à-dire destinée à donner une idée avantageuse de soi-même.

2. Fonctionnaire itinérant, chargé de recouvrer les impôts.

de juger d'un seul coup d'œil, et d'analyser, avec une
perspicacité rare à l'âge que j'avais, les deux époux
dont la solitude allait être si violemment troublée. Le
mari semblait être le type des gentilshommes qui sont
actuellement le plus bel ornement des provinces. Il
portait de grands souliers à grosses semelles, je les
place en première ligne, parce qu'ils me frappèrent
plus vivement encore que son habit noir fané, son
pantalon usé, sa cravate lâche et son col de chemise
recroquevillé. Il y avait dans cet homme un peu du
magistrat, beaucoup plus du conseiller de préfecture,
toute l'importance d'un maire de canton auquel rien
ne résiste, et l'aigreur d'un candidat éligible périodiquement refusé depuis 1816 ; incroyable mélange
de bon sens campagnard et de sottises ; point de
manières, mais la morgue de la richesse ; beaucoup de
soumission pour sa femme, mais se croyant le maître
et prêt à se regimber dans les petites choses, sans avoir
nul souci des affaires importantes ; du reste, une
figure flétrie, très ridée, hâlée ; quelques cheveux gris,
longs et plats, voilà l'homme. Mais la comtesse ! ah !
quelle vive et brusque opposition ne faisait-elle pas
auprès de son mari ! C'était une petite femme à taille
plate et gracieuse, ayant une tournure ravissante ;
mignonne et si délicate, que vous eussiez eu peur de
lui briser les os en la touchant. Elle portait une robe de
mousseline blanche ; elle avait sur la tête un joli
bonnet à rubans roses, une ceinture rose, une guimpe
remplie si délicieusement par ses épaules et par les
plus beaux contours, qu'en les voyant il naissait au
fond du cœur une irrésistible envie de les posséder.
Ses yeux étaient vifs, noirs, expressifs, ses mouvements doux, son pied charmant. Un vieil homme à
bonnes fortunes ne lui eût pas donné plus de trente
années, tant il y avait de jeunesse dans son front et
dans les détails les plus fragiles de sa tête. Quant au
caractère, elle me parut tenir tout à la fois de la comtesse de Lignolles et de la marquise de B..., deux
types de femme toujours frais dans la mémoire d'un

jeune homme, quand il a lu le roman de Louvet [1]. Je
pénétrai soudain dans tous les secrets de ce ménage, et
pris une résolution diplomatique digne d'un vieil
ambassadeur. Ce fut peut-être la seule fois de ma vie
que j'eus du tact et que je compris en quoi consistait
l'adresse des courtisans ou des gens du monde.

Depuis ces jours d'insouciance, j'ai eu trop de
batailles à livrer pour distiller les moindres actes de la
vie et ne rien faire qu'en accomplissant les cadences
de l'étiquette et du bon ton qui sèchent les émotions
les plus généreuses.

« Monsieur le comte, je voudrais vous parler en
particulier », dis-je d'un air mystérieux et en faisant
quelques pas en arrière.

Il me suivit. Juliette nous laissa seuls, et s'éloigna
négligemment en femme certaine d'apprendre les
secrets de son mari au moment où elle voudra les
savoir. Je racontai brièvement au comte la mort de
mon compagnon de voyage. L'effet que cette nouvelle
produisit sur lui me prouva qu'il portait une affection
assez vive à son jeune collaborateur, et cette découverte me donna la hardiesse de répondre ainsi dans le
dialogue qui s'ensuivit entre nous deux.

« Ma femme va être au désespoir, s'écria-t-il, et je
serai obligé de prendre bien des précautions pour
l'instruire de ce malheureux événement.

– Monsieur, en m'adressant d'abord à vous, lui dis-
je, j'ai rempli un devoir. Je ne voulais pas m'acquitter
de cette mission donnée par un inconnu près de
Mme la comtesse sans vous en prévenir ; mais il m'a
confié une espèce de fidéicommis [2] honorable, un
secret dont je n'ai pas le pouvoir de disposer. D'après
la haute idée qu'il m'a donnée de votre caractère, j'ai
pensé que vous ne vous opposeriez pas à ce que

---

1. *Les Amours du chevalier de Faublas*, de Louvet de Couvray
(1787-1790), roman libertin racontant l'éducation sentimentale et
sexuelle d'un jeune homme très doué pour plaire aux dames. La
marquise est une experte, la comtesse une ingénue.
2. Voir p. 73, n. 1.

j'accomplisse ses derniers vœux. Mme la comtesse sera libre de rompre le silence qui m'est imposé. »

En entendant son éloge, le gentilhomme balança très agréablement la tête. Il me répondit par un compliment assez entortillé, et finit en me laissant le champ libre. Nous revînmes sur nos pas. En ce moment, la cloche annonça le dîner ; je fus invité à le partager. En nous retrouvant graves et silencieux, Juliette nous examina furtivement. Étrangement surprise de voir son mari prenant un prétexte frivole pour nous procurer un tête-à-tête, elle s'arrêta en me lançant un de ces coups d'œil qu'il n'est donné qu'aux femmes de jeter. Il y avait dans son regard toute la curiosité permise à une maîtresse de maison qui reçoit un étranger tombé chez elle comme des nues ; il y avait toutes les interrogations que méritaient ma mise, ma jeunesse et ma physionomie, contrastes singuliers ! puis tout le dédain d'une maîtresse idolâtrée aux yeux de qui les hommes ne sont rien, hormis un seul ; il y avait des craintes involontaires, de la peur, et l'ennui d'avoir un hôte inattendu, quand elle venait, sans doute, de ménager à son amour tous les bonheurs de la solitude. Je compris cette éloquence muette, et j'y répondis par un triste sourire, sourire plein de pitié, de compassion. Alors, je la contemplai pendant un instant dans tout l'éclat de sa beauté, par un jour serein, au milieu d'une étroite allée bordée de fleurs. En voyant cet admirable tableau, je ne pus retenir un soupir.

« Hélas ! madame, je viens de faire un bien pénible voyage, entrepris… pour vous seule.

– Monsieur ! me dit-elle.

– Oh ! repris-je, je viens au nom de celui qui vous nomme Juliette. » Elle pâlit. « Vous ne le verrez pas aujourd'hui.

– Il est malade ? dit-elle à voix basse.

– Oui, lui répondis-je. Mais, de grâce, modérez-vous. Je suis chargé par lui de vous confier quelques secrets qui vous concernent, et croyez que jamais messager ne sera ni plus discret ni plus dévoué.

– Qu'y a-t-il ?

– S'il ne vous aimait plus ?

– Oh ! cela est impossible ! » s'écria-t-elle en laissant échapper un léger sourire qui n'était rien moins que franc.

Tout à coup elle eut une sorte de frisson, me jeta un regard fauve et prompt, rougit et dit : « Il est vivant ? »

Grand Dieu ! quel mot terrible ! J'étais trop jeune pour en soutenir l'accent, je ne répondis pas, et regardai cette malheureuse femme d'un air hébété.

« Monsieur, monsieur, une réponse ! s'écria-t-elle.

– Oui, madame.

– Cela est-il vrai ? oh ! dites-moi la vérité, je puis l'entendre. Dites ? Toute douleur me sera moins poignante que ne l'est mon incertitude. »

Je répondis par deux larmes que m'arrachèrent les étranges accents par lesquels ces phrases furent accompagnées.

Elle s'appuya sur un arbre en jetant un faible cri.

« Madame, lui dis-je, voici votre mari !

– Est-ce que j'ai un mari. »

À ce mot, elle s'enfuit et disparut.

« Hé bien, le dîner refroidit, s'écria le comte. Venez, monsieur. »

Là-dessus, je suivis le maître de la maison qui me conduisit dans une salle à manger où je vis un repas servi avec tout le luxe auquel les tables parisiennes nous ont accoutumés. Il y avait cinq couverts : ceux des deux époux et celui de la petite fille ; le *mien*, qui devait être le *sien* ; le dernier était celui d'un chanoine de Saint-Denis qui, les grâces dites, demanda : « Où donc est notre chère comtesse ?

– Oh ! elle va venir, répondit le comte qui après nous avoir servi avec empressement le potage s'en donna une très ample assiettée et l'expédia merveilleusement vite.

– Oh ! mon neveu, s'écria le chanoine, si votre femme était là, vous seriez plus raisonnable.

– Papa se fera mal », dit la petite fille d'un air malin.

Un instant après ce singulier épisode gastronomique, et au moment où le comte découpait avec
empressement je ne sais quelle pièce de venaison, une
femme de chambre entra et dit : « Monsieur, nous ne
trouvons point Madame ! »

À ce mot, je me levai par un mouvement brusque
en redoutant quelque malheur, et ma physionomie
exprima si vivement mes craintes, que le vieux chanoine me suivit au jardin. Le mari vint par décence
jusque sur le seuil de la porte.

« Restez ! restez ! n'ayez aucune inquiétude », nous
cria-t-il.

Mais il ne nous accompagna point. Le chanoine, la
femme de chambre et moi nous parcourûmes les sentiers et les boulingrins du parc, appelant, écoutant, et
d'autant plus inquiets, que j'annonçai la mort du jeune
vicomte. En courant, je racontai les circonstances de ce
fatal événement, et m'aperçus que la femme de
chambre était extrêmement attachée à sa maîtresse ;
car elle entra bien mieux que le chanoine dans les
secrets de ma terreur. Nous allâmes aux pièces d'eau,
nous visitâmes tout sans trouver la comtesse, ni le
moindre vestige de son passage. Enfin, en revenant le
long d'un mur, j'entendis des gémissements sourds et
profondément étouffés qui semblaient sortir d'une
espèce de grange. À tout hasard, j'y entrai. Nous y
découvrîmes Juliette, qui, mue par l'instinct du désespoir, s'y était ensevelie au milieu du foin. Elle avait
caché là sa tête afin d'assourdir ses horribles cris,
obéissant à une invincible pudeur : c'était des san-
glots, des pleurs d'enfant, mais plus pénétrants, plus
plaintifs. Il n'y avait plus rien dans le monde pour elle.
La femme de chambre dégagea sa maîtresse, qui se
laissa faire avec la flasque insouciance de l'animal
mourant. Cette fille ne savait rien dire autre chose
que : « Allons, madame, allons ?… »

Le vieux chanoine demandait : « Mais qu'a-t-elle ?
Qu'avez-vous, ma nièce ? »

Enfin, aidé par la femme de chambre, je transportai
Juliette dans sa chambre ; je recommandai soigneuse-

ment de veiller sur elle et de dire à tout le monde que
la comtesse avait la migraine. Puis, nous redes-
cendîmes, le chanoine et moi, dans la salle à manger.
Il y avait déjà quelque temps que nous avions quitté le
comte, je ne pensai guère à lui qu'au moment où je me
trouvai sous le péristyle, son indifférence me surprit ;
mais mon étonnement augmenta quand je le trouvai
philosophiquement assis à table : il avait mangé
presque tout le dîner, au grand plaisir de sa fille qui
souriait de voir son père en flagrante désobéissance
aux ordres de la comtesse. La singulière insouciance
de ce mari me fut expliquée par la légère altercation
qui s'éleva soudain entre le chanoine et lui. Le comte
était soumis à une diète sévère que les médecins lui
avaient imposée pour le guérir d'une maladie grave
dont le nom m'échappe ; et, poussé par cette gloutonnerie féroce, assez familière aux convalescents, l'appétit de la bête l'avait emporté chez lui sur toutes les sen-
sibilités de l'homme. En un moment j'avais vu la
nature dans toute sa vérité, sous deux aspects bien différents qui mettaient le comique au sein même de la
plus horrible douleur. La soirée fut triste. J'étais
fatigué. Le chanoine employait toute son intelligence à
deviner la cause des pleurs de sa nièce. Le mari digérait silencieusement, après s'être contenté d'une assez
vague explication que la comtesse lui fit donner de son
malaise par sa femme de chambre, et qui fut, je crois,
empruntée aux indispositions naturelles à la femme.
Nous nous couchâmes tous de bonne heure. En passant devant la chambre de la comtesse pour aller au
gîte où me conduisit un valet, je demandai timidement
de ses nouvelles. En reconnaissant ma voix, elle me fit
entrer, voulut me parler ; mais, ne pouvant rien arti-
culer, elle inclina la tête, et je me retirai. Malgré les
émotions cruelles que je venais de partager avec la
bonne foi d'un jeune homme, je dormis accablé par la
fatigue d'une marche forcée. À une heure avancée de
la nuit, je fus réveillé par les aigres bruissements que
produisirent les anneaux de mes rideaux violemment
tirés sur leurs tringles de fer. Je vis la comtesse assise

sur le pied de mon lit. Son visage recevait toute la lumière d'une lampe posée sur ma table.

« Est-ce toujours bien vrai, monsieur ? me dit-elle. Je ne sais comment je puis vivre après l'horrible coup qui vient de me frapper ; mais en ce moment j'éprouve du calme. Je veux tout apprendre. »

« Quel calme ! », me dis-je en apercevant l'effrayante pâleur de son teint qui contrastait avec la couleur brune de sa chevelure, en entendant les sons gutturaux de sa voix, en restant stupéfait des ravages dont témoignaient tous ses traits altérés. Elle était étiolée déjà comme une feuille dépouillée des dernières teintes qu'y imprime l'automne. Ses yeux rouges et gonflés, dénués de toutes leurs beautés, ne réfléchissaient qu'une amère et profonde douleur : vous eussiez dit d'un nuage gris, là où naguère pétillait le soleil.

Je lui redis simplement, sans trop appuyer sur certaines circonstances trop douloureuses pour elle, l'événement rapide qui l'avait privée de son ami. Je lui racontai la première journée de notre voyage, si remplie par les souvenirs de leur amour. Elle ne pleura point, elle écoutait avec avidité, la tête penchée vers moi, comme un médecin zélé qui épie un mal. Saisissant un moment où elle me parut avoir entièrement ouvert son cœur aux souffrances et vouloir se plonger dans son malheur avec toute l'ardeur que donne la première fièvre du désespoir, je lui parlai des craintes qui agitèrent le pauvre mourant, et lui dis comment et pourquoi il m'avait chargé de ce fatal message. Ses yeux se séchèrent alors sous le feu sombre qui s'échappa des plus profondes régions de l'âme. Elle put pâlir encore. Lorsque je lui tendis les lettres que je gardais sous mon oreiller, elle les prit machinalement ; puis elle tressaillit violemment, et me dit d'une voix creuse : « Et moi qui brûlais les siennes ! Je n'ai rien de lui ! rien ! rien. »

Elle se frappa fortement au front.

« Madame », lui dis-je. Elle me regarda par un mouvement convulsif. « J'ai coupé sur sa tête, dis-je en continuant, une mèche de cheveux que voici. »

Et je lui présentai ce dernier, cet incorruptible lambeau de celui qu'elle aimait. Ah ! si vous aviez reçu comme moi les larmes brûlantes qui tombèrent alors sur mes mains, vous sauriez ce qu'est la reconnaissance, quand elle est si voisine du bienfait ! Elle me serra les mains, et d'une voix étouffée, avec un regard brillant de fièvre, un regard où son frêle bonheur rayonnait à travers d'horribles souffrances : « Ah ! vous aimez ! dit-elle. Soyez toujours heureux ! ne perdez pas celle qui vous est chère ! »

Elle n'acheva pas, et s'enfuit avec son trésor.

Le lendemain, cette scène nocturne, confondue dans mes rêves, me parut être une fiction. Il fallut, pour me convaincre de la douloureuse vérité, que je cherchasse infructueusement les lettres sous mon chevet. Il serait inutile de vous raconter les événements du lendemain. Je restai plusieurs heures encore avec la Juliette que m'avait tant vantée mon pauvre compagnon de voyage. Les moindres paroles, les gestes, les actions de cette femme me prouvèrent la noblesse d'âme, la délicatesse de sentiment qui faisaient d'elle une de ces chères créatures d'amour et de dévouement si rares semées sur cette terre. Le soir, le comte de Montpersan me conduisit lui-même jusqu'à Moulins. En y arrivant, il me dit avec une sorte d'embarras : « Monsieur, si ce n'est pas abuser de votre complaisance, et agir bien indiscrètement avec un inconnu auquel nous avons déjà des obligations, voudriez-vous avoir la bonté de remettre, à Paris, puisque vous y allez, chez M. de ... (j'ai oublié le nom), rue du Sentier, une somme que je lui dois, et qu'il m'a prié de lui faire promptement passer ?

— Volontiers », dis-je.

Et dans l'innocence de mon âme, je pris un rouleau de vingt-cinq louis, qui me servit à revenir à Paris, et que je rendis fidèlement au prétendu correspondant de M. de Montpersan.

À Paris seulement, et en portant cette somme dans la maison indiquée, je compris l'ingénieuse adresse avec laquelle Juliette m'avait obligé. La manière dont me fut prêté cet or, la discrétion gardée sur une pauvreté facile à deviner, ne révèlent-ils pas tout le génie d'une femme aimante ?

Quelles délices d'avoir pu raconter cette aventure à une femme qui, peureuse, vous a serré, vous a dit : « Oh ! cher, ne meurs pas, toi ! »

                                        Paris, janvier 1832.

LA BOURSE

Un beau jeune homme gisant, secouru par deux saintes femmes : ce n'est pas un tableau religieux (saint Sébastien délivré de ses flèches), mais on le croirait presque ; en tout cas, c'est un tableau, et comment s'en étonner puisqu'on est dans l'atelier d'un peintre ? Tombé de son échelle, Hippolyte est moins la victime d'un stupide accident que le bénéficiaire d'une grâce qui va illuminer sa vie : la découverte d'un amour pur, noble et partagé. Cette chute est un miracle : comme le dira *Le Soulier de satin*, « Dieu écrit droit par lignes tordues ».

Le Paris de Balzac, c'est *aussi* cela : non seulement les difformités et ignominies de tous les Léviathans, le chaudron des vices et les *bolges* dantesques où grouillent les iniquités, mais, organiquement mêlées à ces horreurs dans le tissu conjonctif du réel, des merveilles ignorées, l'innocence, la foi, la vertu, le bonheur. Le sublime côtoie l'abominable dans l'océan remuant qui les brasse aveuglément. Et c'est bien pourquoi Paris, ville absolue, métaphore concrète de l'Universel, à la fois en expansion infinie et sans cesse transvasé en lui-même dans ses permanentes métamorphoses, est le lieu d'un romanesque inépuisable, et pour mieux dire intégral.

Il y a donc aussi, dans la « capitale infâme » dont Baudelaire célébrera le désespoir vénéneux, des oasis inconnues,
des enclaves ou des « réserves » où, dans la discrétion, s'épa-
nouissent des valeurs d'un autre âge, loin de l'enfer des passions cannibales ou des ravages de la morale des intérêts. Et
pourtant en pleine pâte « moderne » : mais c'est l'une des
grandes intuitions de Balzac que le temps n'est ni homogène
ni synchrone ; au même instant de la durée et au même
endroit, il marque des heures différentes pour des êtres qui
ne sont qu'apparemment contemporains. Le modeste ménage
d'Adélaïde de Rouville et de sa mère a arrêté les horloges à
la mort du père, et l'une des originalités de *La Bourse* est la
subtile observation d'un microcosme décalé : décalé dans la
chronologie, dans les objets, dans les sentiments de ceux qui
l'habitent ou le fréquentent. Balzac énonce explicitement
son ambition d'explorateur des « intérieurs vraiment curieux
de certaines existences parisiennes » et, en l'occurrence,
d'un milieu qu'il qualifie d'« amphibie », parce qu'il est fondamentalement intermédiaire, en lisière frontalière : ni vraie
misère ni véritable aisance, ni d'autrefois ni de maintenant,
dans les eaux d'une médiocrité indéfinissable dont il relève
les symptômes avec une minutie qui deviendra en quelque
sorte sa marque de fabrique et qu'il justifie, comme toujours, en disant que la description « fait corps avec l'histoire », que les choses sont bien plus que des choses, qu'elles
sont l'image et la projection signifiante de l'univers moral
qui les a sécrétées et auquel elles ont donné forme en retour,
dans cette dialectique interactive qui, pour lui, est la loi
même du vivant.

Étude de l'intime, *La Bourse* inventorie donc dans les
moindres détails les reliques fatiguées d'un bien-être révolu,
les épaves de plus en plus décaties et erratiques rejetées par
le naufrage où s'est englouti l'espoir des Rouville, ce capitaine de vaisseau qui avait mis sa noblesse au service de la
République, et dont les Bourbons revenus se vengent en laissant croupir sa veuve dans la gêne. Son portrait qui s'écaille
de jour en jour manifeste éloquemment combien ce point
d'ancrage en amont du mythe familial s'éloigne, devient iné-
luctablement mirage, pur fantasme nostalgique des perdants
de l'Histoire. Il n'est pas non plus indifférent que les deux
seuls amis émanent d'une autre époque (le XVIIIᵉ siècle, ainsi
qu'en témoigne leur langage savoureusement suranné) et
d'un autre espace (la province, et, entre toutes les provinces,
la plus granitique, immémoriale et traditionaliste : la

Bretagne). C'est un paradoxe plein de sens que les soirées du « salon » de Mme de Rouville – si on ose le décorer de ce nom – soient, avec leur sacro-saint piquet, tout aussi monotones que celles de l'hôtel du Guénic à Guérande, avec ses liturgiques parties de mouche (dans *Béatrix*). Il y a tout à Paris, et même la province, et son présent inclut aussi un passé sans âge, qui coexiste dans l'ombre avec ce qui le nie. Cette humble cellule humaine vit à l'antique et appartient bien à cet « âge d'or » auquel, pour se moquer de sa naïveté, les camarades d'Hippolyte le renverront ironiquement, justement parce qu'ils sont bien, eux, de leur temps, et bien Parisiens, c'est-à-dire incapables de comprendre et d'admettre la persistance d'une certaine éthique, que l'évolution historique rend de plus en plus obsolète. Jeune homme lancé, Hippolyte est aussi et surtout un artiste véritable, et c'est bien (outre son histoire personnelle de fils lui aussi sans père, qui le prédisposait à entendre les délicates harmoniques d'Adélaïde) ce qui, en le prémunissant contre la trivialité de l'esprit du moment, va lui ouvrir l'accès au sanctuaire d'une vie protégée, parce que sous globe, et chimiquement indemne de toute adultération ou compromission. En redonnant vie et couleurs à l'effigie mourante de l'ancêtre, il offre le renouveau à quelque chose qui semblait condamné, il opère sur un rameau desséché une prometteuse greffe d'avenir.

Mais il aura, pour y réussir, fallu traverser l'épreuve du soupçon. Partout, toujours, Balzac souligne l'ambiguïté ou l'ambivalence constitutive des signes. La sémiotique sociale et morale n'est qu'un tissu de contresens possibles. Lire un visage, lire un appartement, lire une vie, rien de moins facile à partir d'indices par définition plurivoques. Chez les Rouville, évolue-t-on dans la paisible bonhomie d'un Drolling ou d'un Boilly (puisqu'on est dans la peinture), ou derrière le visage bénin de la baronne, voit-on se profiler une tenancière de tripot, une entremetteuse, une sorcière à la Goya ? Les ravages du doute sont entretenus par le chœur de « l'opinion », dont, après *Madame Firmiani*, Balzac illustre à nouveau la futilité malfaisante. Elle flétrit une réalité trop haute pour elle, et ne peut en proposer qu'une interprétation à son propre niveau, c'est-à-dire dégradante et dégradée. La vérité des êtres ne s'atteint qu'après avoir vaincu ces puissants faux-semblants, qui occupent bruyamment les tréteaux de leur néant. Hippolyte a douté, et Adélaïde a su qu'il avait douté : à chacun sa souffrance. « Heureux ceux qui auront cru sans avoir vu ! »

Mais dans *La Bourse* triomphent rapidement les bons sentiments, qui pour une fois font de la bonne littérature, et on se sépare sur un tableau heureux, ressortissant au genre apaisé des *family pieces*. Comme nul n'a encore lu Freud, aucun esprit malin ne s'est avisé de ce que pourrait symboliser cette bourse dérobée (pour la bonne cause), puis rendue, magnifiée, à un jeune homme par une jeune fille – on pense évidemment à la bourse offerte à Octave de Malivert par l'Armance de Stendhal (1827), et qui est l'objet de si étranges manipulations amoureuses. Un pli a ridé momentanément une surface lisse. Dans cette nouvelle en exquises demi-teintes, où Félix Davin voyait une atmosphère « toute allemande » (Maurice Bardèche évoque à ce propos les romans sentimentaux d'Auguste Lafontaine), il n'y a pas de place finalement pour les mauvaises pensées. Balzac, comme tout romancier grand régisseur de catastrophes et abondant prophète de malheur, pour une fois célèbre un unisson sans double fond ni chausse-trapes. Puisque nous avons commencé en évoquant *Le Soulier de satin* (objet non moins précieux et fétichisé qu'une bourse), retrouvons-le *in fine* : *La Bourse*, ou *Le pire n'est pas toujours sûr*.

Histoire du texte

La Bourse, dont on ne connaît pas de manuscrit, a d'abord été publié au tome III des *Scènes de la vie privée*, deuxième édition, chez Mame-Delaunay en 1832.

Nouvelle édition en 1835, chez Mme Béchet, au tome IX des *Études de mœurs au XIXe siècle* (tome I des *Scènes de la vie parisienne*).

Republication en 1839, chez Charpentier, au tome I des *Scènes de la vie parisienne*.

Enfin, dans *La Comédie humaine*, tome I des *Scènes de la vie privée*, Furne, 1842.

Choix bibliographique

Maurice BARDÈCHE, introduction, dans Balzac, *Œuvres complètes*, Club de l'honnête homme, t. I, 1956.

Gaétan PICON, préface, *L'Œuvre de Balzac*, Club français du livre, t. II, 1964.

Olivier BONARD, *La Peinture dans la création balzacienne. Invention et vision picturales de La Maison du chat-qui-pelote au Père Goriot*, Genève, Droz, 1969, p. 31-36.

Max ANDRÉOLI, *Le Système balzacien. Essai de description synchronique*, Berne, Francfort, New York, Nancy, Peter Lang, 1983, p. 722-725.

LA BOURSE

À Sofka [1]

N'avez-vous pas remarqué, Mademoiselle, qu'en met-
tant deux figures en adoration aux côtés d'une belle sainte,
les peintres ou les sculpteurs du Moyen Âge n'ont jamais
manqué de leur imprimer une ressemblance filiale ? En
voyant votre nom parmi ceux qui me sont chers et sous la
protection desquels je place mes œuvres, souvenez-vous de
cette touchante harmonie, et vous trouverez ici moins un
hommage que l'expression de l'affection fraternelle que
vous a vouée

Votre serviteur,
DE BALZAC.

Il est pour les âmes faciles à s'épanouir une heure
délicieuse qui survient au moment où la nuit n'est pas
encore et où le jour n'est plus ; la lueur crépusculaire
jette alors ses teintes molles ou ses reflets bizarres sur
tous les objets, et favorise une rêverie qui se marie
vaguement aux jeux de la lumière et de l'ombre. Le

---

1. Sophie Rebora, fille naturelle du prince Koslowski et de
Mme Rebora. En 1842, elle a aidé Balzac à préparer la représentation de sa pièce *Les Ressources de Quinola*. Il l'en remercie par une
dédicace, qui apparaît cette même année.

silence qui règne presque toujours en cet instant le
rend plus particulièrement cher aux artistes qui se
recueillent, se mettent à quelques pas de leurs œuvres
auxquelles ils ne peuvent plus travailler, et ils les
jugent en s'enivrant du sujet dont le sens intime éclate
alors aux yeux intérieurs du génie. Celui qui n'est pas
demeuré pensif près d'un ami, pendant ce moment de
songes poétiques, en comprendra difficilement les
indicibles bénéfices. À la faveur du clair-obscur, les
ruses matérielles employées par l'art pour faire croire
à des réalités disparaissent entièrement. S'il s'agit d'un
tableau, les personnages qu'il représente semblent et
parler et marcher : l'ombre devient ombre, le jour est
jour, la chair est vivante, les yeux remuent, le sang
coule dans les veines, et les étoffes chatoient. L'imagination aide au naturel de chaque détail et ne voit
plus que les beautés de l'œuvre. À cette heure, l'illusion règne despotiquement : peut-être se lève-t-elle
avec la nuit ? l'illusion n'est-elle pas pour la pensée
une espèce de nuit que nous meublons de songes ?
L'illusion déploie alors ses ailes, elle emporte l'âme
dans le monde des fantaisies, monde fertile en voluptueux caprices et où l'artiste oublie le monde positif,
la veille et le lendemain, l'avenir, tout jusqu'à ses
misères, les bonnes comme les mauvaises. À cette
heure de magie, un jeune peintre, homme de talent, et
qui dans l'art ne voyait que l'art même, était monté
sur la double échelle qui lui servait à peindre une
grande, une haute toile presque terminée. Là, se criti-
quant, s'admirant avec bonne foi, nageant au cours de
ses pensées, il s'abîmait dans une de ces méditations
qui ravissent l'âme et la grandissent, la caressent et la
consolent. Sa rêverie dura longtemps sans doute. La
nuit vint. Soit qu'il voulût descendre de son échelle,
soit qu'il eût fait un mouvement imprudent en se
croyant sur le plancher, l'événement ne lui permit pas
d'avoir un souvenir exact des causes de son accident,
il tomba, sa tête porta sur un tabouret, il perdit
connaissance et resta sans mouvement pendant un
laps de temps dont la durée lui fut inconnue. Une

douce voix le tira de l'espèce d'engourdissement dans
lequel il était plongé. Lorsqu'il ouvrit les yeux, la vue
d'une vive lumière les lui fit refermer promptement ;
mais à travers le voile qui enveloppait ses sens, il
entendit le chuchotement de deux femmes, et sentit
deux jeunes, deux timides mains entre lesquelles reposait sa tête. Il reprit bientôt connaissance et put apercevoir, à la lueur d'une de ces vieilles lampes dites *à double
courant d'air* [1], la plus délicieuse tête de jeune fille qu'il
eût jamais vue, une de ces têtes qui souvent passent
pour un caprice du pinceau, mais qui tout à coup réalisa pour lui les théories de ce beau idéal que se crée
chaque artiste et d'où procède son talent. Le visage de
l'inconnue appartenait, pour ainsi dire, au type fin et
délicat de l'école de Prudhon [2], et possédait aussi cette
poésie que Girodet donnait à ses figures fantastiques [3].
La fraîcheur des tempes, la régularité des sourcils, la
pureté des lignes, la virginité fortement empreinte dans
tous les traits de cette physionomie faisaient de la jeune
fille une création accomplie. La taille était souple et
mince, les formes étaient frêles. Ses vêtements, quoique
simples et propres, n'annonçaient ni fortune ni misère.
En reprenant possession de lui-même, le peintre
exprima son admiration par un regard de surprise, et
balbutia de confus remerciements. Il trouva son front
pressé par un mouchoir, et reconnut, malgré l'odeur
particulière aux ateliers, la senteur forte de l'éther, sans
doute employé pour le tirer de son évanouissement.
Puis, il finit par voir une vieille femme, qui ressemblait
aux marquises de l'Ancien Régime, et qui tenait la
lampe en donnant des conseils à la jeune inconnue.

« Monsieur », répondit la jeune fille à l'une des
demandes faites par le peintre pendant le moment où

---

1. Lampes inventées par Argand vers 1780. En 1820, elles sont
très démodées.

2. Ce peintre (1758-1823) est aujourd'hui surtout prisé pour ses
dessins sur papier bleuté, d'une grâce et d'une sensualité exception-
nelles.

3. Par exemple dans ses *Guerriers français reçus par Ossian*, qui
avaient été exposés au Salon de 1831.

il était encore en proie à tout le vague que la chute avait produit dans ses idées, « ma mère et moi, nous avons entendu le bruit de votre corps sur le plancher, nous avons cru distinguer un gémissement. Le silence qui a succédé à la chute nous a effrayées, et nous nous sommes empressées de monter. En trouvant la clef sur la porte, nous nous sommes heureusement permis d'entrer, et nous vous avons aperçu étendu par terre, sans mouvement. Ma mère a été chercher tout ce qu'il fallait pour faire une compresse et vous ranimer. Vous êtes blessé au front, là, sentez-vous ?

– Oui, maintenant, dit-il.

– Oh ! cela ne sera rien, reprit la vieille mère. Votre tête a, par bonheur, porté sur ce mannequin.

– Je me sens infiniment mieux, répondit le peintre, je n'ai plus besoin que d'une voiture pour retourner chez moi. La portière ira m'en chercher une. »

Il voulut réitérer ses remerciements aux deux inconnues ; mais, à chaque phrase, la vieille dame l'interrompait en disant : « Demain, monsieur, ayez bien soin de mettre des sangsues ou de vous faire saigner, buvez quelques tasses de vulnéraire [1], soignez-vous, les chutes sont dangereuses. »

La jeune fille regardait à la dérobée le peintre et les tableaux de l'atelier. Sa contenance et ses regards révélaient une décence parfaite ; sa curiosité ressemblait à de la distraction, et ses yeux paraissaient exprimer cet intérêt que les femmes portent, avec une spontanéité pleine de grâce, à tout ce qui est malheur en nous. Les deux inconnues semblaient oublier les œuvres du peintre en présence du peintre souffrant. Lorsqu'il les eut rassurées sur sa situation, elles sortirent en l'examinant avec une sollicitude également dénuée d'emphase et de familiarité, sans lui faire de questions indiscrètes, ni sans chercher à lui inspirer le désir de les connaître. Leurs actions furent marquées au coin d'un naturel exquis et du bon goût. Leurs

----

1. Baume cicatrisant les blessures. On l'applique plus qu'on ne le boit.

manières nobles et simples produisirent d'abord peu
d'effet sur le peintre ; mais plus tard, lorsqu'il se souvint de toutes les circonstances de cet événement, il en
fut vivement frappé. En arrivant à l'étage au-dessus
duquel était situé l'atelier du peintre, la vieille femme
s'écria doucement : « Adélaïde, tu as laissé la porte
ouverte.

– C'était pour me secourir, répondit le peintre avec
un sourire de reconnaissance.

– Ma mère, vous êtes descendue tout à l'heure,
répliqua la jeune fille en rougissant.

– Voulez-vous que nous vous accompagnions
jusqu'en bas ? dit la mère au peintre. L'escalier est
sombre.

– Je vous remercie, madame, je suis bien mieux.

– Tenez bien la rampe ! »

Les deux femmes restèrent sur le palier pour éclairer
le jeune homme en écoutant le bruit de ses pas.

Afin de faire comprendre tout ce que cette scène
pouvait avoir de piquant et d'inattendu pour le
peintre, il faut ajouter que depuis quelques jours seulement il avait installé son atelier dans les combles de
cette maison, sise à l'endroit le plus obscur, partant le
plus boueux, de la rue de Surène, presque devant
l'église de la Madeleine, à deux pas de son appartement qui se trouvait rue des Champs-Élysées [1]. La
célébrité que son talent lui avait acquise ayant fait de
lui l'un des artistes les plus chers à la France, il commençait à ne plus connaître le besoin, et jouissait,
selon son expression, de ses dernières misères. Au lieu
d'aller travailler dans un de ces ateliers situés près des
barrières [2] et dont le loyer modique était jadis en rapport avec la modestie de ses gains, il avait satisfait à un
désir qui renaissait tous les jours, en s'évitant une
longue course et la perte d'un temps devenu pour lui

1. Aujourd'hui rue Boissy-d'Anglas. La rue de Surène commençait vers l'actuel boulevard Malesherbes.

2. Les anciennes portes d'octroi, en banlieue ; par extension :
quartiers mal famés.

plus précieux que jamais. Personne au monde n'eût inspiré autant d'intérêt qu'Hippolyte [1] Schinner s'il eût consenti à se faire connaître ; mais il ne confiait pas légèrement les secrets de sa vie. Il était l'idole d'une mère pauvre qui l'avait élevé au prix des plus dures privations. Mlle Schinner, fille d'un fermier alsacien, n'avait jamais été mariée. Son âme tendre fut jadis cruellement froissée par un homme riche qui ne se piquait pas d'une grande délicatesse en amour. Le jour où, jeune fille et dans tout l'éclat de sa beauté, dans toute la gloire de sa vie, elle subit, aux dépens de son cœur et de ses belles illusions, ce désenchantement qui nous atteint si lentement et si vite, car nous voulons croire le plus tard possible au mal et il nous semble toujours venu trop promptement, ce jour fut tout un siècle de réflexions, et ce fut aussi le jour des pensées religieuses et de la résignation. Elle refusa les aumônes de celui qui l'avait trompée, renonça au monde, et se fit une gloire de sa faute. Elle se donna toute à l'amour maternel en lui demandant, pour les jouissances sociales auxquelles elle disait adieu, toutes ses délices. Elle vécut de son travail, en accumulant un trésor dans son fils. Aussi plus tard, un jour, une heure lui paya-t-elle les longs et lents sacrifices de son indigence. À la dernière exposition, son fils avait reçu la croix de la Légion d'honneur. Les journaux, unanimes en faveur d'un talent ignoré, retentissaient encore de louanges sincères. Les artistes eux-mêmes reconnaissaient Schinner pour un maître, et les marchands couvraient d'or ses tableaux. À vingt-cinq ans, Hippolyte Schinner, auquel sa mère avait transmis son âme de femme, avait, mieux que jamais, compris sa situation dans le monde. Voulant rendre à sa mère les jouissances dont la société l'avait privée pendant si longtemps, il vivait pour elle, espérant à force de gloire et de fortune la voir un jour heureuse, riche, considérée, entourée d'hommes célèbres. Schinner avait donc choisi ses amis parmi les hommes les plus hono-

---

1. Il s'appelle Jules en 1832.

rables et les plus distingués. Difficile dans le choix de
ses relations, il voulait encore élever sa position que
son talent faisait déjà si haute. En le forçant à
demeurer dans la solitude, cette mère des grandes
pensées, le travail auquel il s'était voué dès sa jeunesse
l'avait laissé dans les belles croyances qui décorent les
premiers jours de la vie. Son âme adolescente ne
méconnaissait aucune des mille pudeurs qui font du
jeune homme un être à part dont le cœur abonde en
félicités, en poésies, en espérances vierges, faibles aux
yeux des gens blasés, mais profondes parce qu'elles
sont simples. Il avait été doué de ces manières douces
et polies qui vont si bien à l'âme et séduisent ceux
mêmes par qui elles ne sont pas comprises. Il était
bien fait. Sa voix, qui partait du cœur, y remuait chez
les autres des sentiments nobles, et témoignait d'une
modestie vraie par une certaine candeur dans l'accent.
En le voyant, on se sentait porté vers lui par une de ces
attractions morales que les savants ne savent heureusement pas encore analyser, ils y trouveraient quelque
phénomène de galvanisme ou le jeu de je ne sais quel
fluide, et formuleraient nos sentiments par des proportions d'oxygène et d'électricité. Ces détails feront
peut-être comprendre aux gens hardis par caractère et
aux hommes bien cravatés pourquoi, pendant l'absence du portier, qu'il avait envoyé chercher une voiture au bout de la rue de la Madeleine, Hippolyte
Schinner ne fit à la portière aucune question sur les
deux personnes dont le bon cœur s'était dévoilé pour
lui. Mais quoiqu'il répondît par oui et non aux
demandes, naturelles en semblable occurrence, qui lui
furent faites par cette femme sur son accident et sur
l'intervention officieuse des locataires qui occupaient
le quatrième étage, il ne put l'empêcher d'obéir à l'instinct des portiers ; elle lui parla des deux inconnues
selon les intérêts de sa politique et d'après les jugements souterrains de la loge.

« Ah ! dit-elle, c'est sans doute Mlle Leseigneur et sa
mère qui demeurent ici depuis quatre ans. Nous ne
savons pas encore ce que font ces dames ; le matin,

jusqu'à midi seulement, une vieille femme de ménage à moitié sourde, et qui ne parle pas plus qu'un mur, vient les servir ; le soir, deux ou trois vieux messieurs, décorés comme vous, monsieur, dont l'un a équipage, des domestiques, et à qui l'on donne soixante mille livres de rente, arrivent chez elles, et restent souvent très tard. C'est d'ailleurs des locataires bien tranquilles, comme vous, monsieur ; et puis, c'est économe, ça vit de rien ; aussitôt qu'il arrive une lettre, elles la paient [1]. C'est drôle, monsieur, la mère se nomme autrement que sa fille. Ah ! quand elles vont aux Tuileries, mademoiselle est bien flambante, et ne sort pas de fois qu'elle ne soit suivie de jeunes gens auxquels elle ferme la porte au nez, et elle fait bien. Le propriétaire ne souffrirait pas... »

La voiture était arrivée, Hippolyte n'en entendit pas davantage et revint chez lui. Sa mère, à laquelle il raconta son aventure, pansa de nouveau sa blessure, et ne lui permit pas de retourner le lendemain à son atelier. Consultation faite, diverses prescriptions furent ordonnées, et Hippolyte resta trois jours au logis. Pendant cette réclusion, son imagination inoccupée lui rappela vivement, et comme par fragments, les détails de la scène qui suivit son évanouissement. Le profil de la jeune fille tranchait fortement sur les ténèbres de sa vision intérieure : il revoyait le visage flétri de la mère ou sentait encore les mains d'Adélaïde, il retrouvait un geste qui l'avait peu frappé d'abord mais dont les grâces exquises furent mises en relief par le souvenir ; puis une attitude ou les sons d'une voix mélodieuse embellis par le lointain de la mémoire reparaissaient tout à coup, comme ces objets qui plongés au fond des eaux reviennent à la surface. Aussi, le jour où il put reprendre ses travaux, retourna-t-il de bonne heure à son atelier ; mais la visite qu'il avait incontestablement le droit de faire à ses voisines fut la véritable cause de son empressement, il oubliait déjà ses tableaux com-

---

1. Jusque vers le milieu du XIXᵉ siècle, c'était le destinataire qui devait régler le port du courrier.

mencés. Au moment où une passion brise ses langes,
il se rencontre des plaisirs inexplicables que compren-
nent ceux qui ont aimé. Ainsi quelques personnes sauront pourquoi le peintre monta lentement les marches
du quatrième étage, et seront dans le secret des pulsations qui se succédèrent rapidement dans son cœur au
moment où il vit la porte brune du modeste appartement habité par Mlle Leseigneur. Cette fille, qui ne
portait pas le nom de sa mère, avait éveillé mille sympathies chez le jeune peintre ; il voulait voir entre elle
et lui quelques similitudes de position, et la dotait des
malheurs de sa propre origine. Tout en travaillant,
Hippolyte se livra fort complaisamment à des pensées
d'amour, et fit beaucoup de bruit pour obliger les
deux dames à s'occuper de lui comme il s'occupait
d'elles. Il resta très tard à son atelier, il y dîna ; puis,
vers sept heures, descendit chez ses voisines.

Aucun peintre de mœurs n'a osé nous initier, par
pudeur peut-être, aux intérieurs vraiment curieux de
certaines existences parisiennes, au secret de ces habitations d'où sortent de si fraîches, de si élégantes toilettes, des femmes si brillantes qui, riches au dehors,
laissent voir partout chez elles les signes d'une fortune
équivoque. Si la peinture est ici trop franchement dessinée, si vous y trouvez des longueurs, n'en accusez
pas la description qui fait, pour ainsi dire, corps avec
l'histoire ; car l'aspect de l'appartement habité par ses
deux voisines influa beaucoup sur les sentiments et
sur les espérances d'Hippolyte Schinner.

La maison appartenait à l'un de ces propriétaires
chez lesquels préexiste une horreur profonde pour les
réparations et pour les embellissements, un de ces
hommes qui considèrent leur position de propriétaire
parisien comme un état. Dans la grande chaîne des
espèces morales, ces gens tiennent le milieu entre
l'avare et l'usurier. Optimistes par calcul, ils sont tous
fidèles au *statu quo* de l'Autriche [1]. Si vous parlez de

---

1. Metternich ne voulait aucun changement au traité de Vienne
de 1815.

déranger un placard ou une porte, de pratiquer la plus
nécessaire des ventouses [1], leurs yeux brillent, leur bile
s'émeut, ils se cabrent comme des chevaux effrayés.
Quand le vent a renversé quelques faîteaux [2] de leurs
cheminées, ils sont malades et se privent d'aller au
Gymnase ou à la Porte-Saint-Martin [3] pour cause de
réparations. Hippolyte, qui, à propos de certains embellissements à faire dans son atelier, avait eu *gratis* la
représentation d'une scène comique avec le sieur
Molineux [4], ne s'étonna pas des tons noirs et gras, des
teintes huileuses, des taches et autres accessoires assez
désagréables qui décoraient les boiseries. Ces stigmates de misère ne sont point d'ailleurs sans poésie
aux yeux d'un artiste.

Mlle Leseigneur vint elle-même ouvrir la porte. En
reconnaissant le jeune peintre, elle le salua ; puis, en
même temps, avec cette dextérité parisienne et cette
présence d'esprit que la fierté donne, elle se retourna
pour fermer la porte d'une cloison vitrée à travers
laquelle Hippolyte aurait pu entrevoir quelques linges
étendus sur des cordes au-dessus des fourneaux économiques, un vieux lit de sangles, la braise, le char-
bon, les fers à repasser, la fontaine filtrante, la vaisselle
et tous les ustensiles particuliers aux petits ménages.
Des rideaux de mousseline assez propres cachaient
soigneusement ce *capharnaüm*, mot en usage pour
désigner familièrement ces espèces de laboratoires,
mal éclairé d'ailleurs par des jours de souffrance [5] pris
sur une cour voisine. Avec le rapide coup d'œil des
artistes, Hippolyte vit la destination, les meubles,
l'ensemble et l'état de cette première pièce coupée en
deux. La partie honorable, qui servait à la fois d'antichambre et de salle à manger, était tendue d'un vieux

---

1. Ouverture pour laisser passer l'air.
2. Ornements en métal ou en poterie vernissée.
3. Théâtres du Boulevard, le premier spécialisé dans le vaudeville, le second dans le mélodrame
4. Ce nom, repris de *César Birotteau* (1837), n'apparaît qu'en
1842.
5. Ouvertures tolérées, « souffertes » par les voisins.

papier de couleur aurore, à bordure veloutée, sans
doute fabriqué par Réveillon [1], et dont les trous ou les
taches avaient été soigneusement dissimulés sous des
pains à cacheter [2]. Des estampes représentant les
batailles d'Alexandre par Lebrun [3], mais à cadres
dédorés, garnissaient symétriquement les murs. Au
milieu de cette pièce était une table d'acajou massif,
vieille de formes et à bords usés. Un petit poêle, dont
le tuyau droit et sans coude s'apercevait à peine, se
trouvait devant la cheminée, dont l'âtre contenait une
armoire. Par un contraste bizarre, les chaises offraient
quelques vestiges d'une splendeur passée, elles étaient
en acajou sculpté ; mais le maroquin rouge du siège,
les clous dorés et les cannetilles [4] montraient des cica-
trices aussi nombreuses que celles des vieux sergents
de la garde impériale. Cette pièce servait de musée à
certaines choses qui ne se rencontrent que dans ces
sortes de ménages amphibies, objets innommés parti-
cipant à la fois du luxe et de la misère. Entre autres
curiosités, Hippolyte remarqua une longue-vue magnifiquement ornée, suspendue au-dessus de la petite
glace verdâtre qui décorait la cheminée. Pour appa-
reiller cet étrange mobilier, il y avait entre la cheminée
et la cloison un mauvais buffet peint en acajou, celui
de tous les bois qu'on réussit le moins à simuler. Mais
le carreau rouge et glissant, mais les méchants petits
tapis placés devant les chaises, mais les meubles, tout
reluisait de cette propreté frotteuse qui prête un faux
lustre aux vieilleries en accusant encore mieux leurs
défectuosités, leur âge et leurs longs services. Il régnait
dans cette pièce une senteur indéfinissable résultant
des exhalaisons du capharnaüm mêlées aux vapeurs

---

1. La grande époque de ce marchand de papiers peints avait été
la fin du XVIIIᵉ siècle ; il avait été détrôné par les fabriques d'Alsace.
Encore une indication confirmant le caractère vieillot du décor.

2. En cire.

3. Peintre de mythologie et d'histoire sous Louis XIV, un des
grands décorateurs de Versailles.

4. Fils d'or, d'argent, de cuivre, etc., tortillés, utilisés dans les bro-
deries.

de la salle à manger et à celles de l'escalier, quoique la fenêtre fût entrouverte et que l'air de la rue agitât les rideaux de percale soigneusement étendus, de manière à cacher l'embrasure où les précédents locataires avaient signé leur présence par diverses incrustations, espèces de fresques domestiques. Adélaïde ouvrit promptement la porte de l'autre chambre, où elle introduisit le peintre avec un certain plaisir. Hippolyte, qui jadis avait vu chez sa mère les mêmes signes d'indigence, les remarqua avec la singulière vivacité d'impression qui caractérise les premières acquisitions de notre mémoire, et entra mieux que tout autre ne l'aurait fait dans les détails de cette existence. En reconnaissant les choses de sa vie d'enfance, ce bon jeune homme n'eut ni mépris de ce malheur caché, ni orgueil du luxe qu'il venait de conquérir pour sa mère.

« Eh bien, monsieur ! j'espère que vous ne vous sentez plus de votre chute ? lui dit la vieille mère en se levant d'une antique bergère placée au coin de la cheminée et en lui présentant un fauteuil.

– Non, madame. Je viens vous remercier des bons soins que vous m'avez donnés, et surtout mademoiselle qui m'a entendu tomber. »

En disant cette phrase, empreinte de l'adorable stupidité que donnent à l'âme les premiers troubles de l'amour vrai, Hippolyte regardait la jeune fille. Adélaïde allumait la lampe à double courant d'air, sans doute pour faire disparaître une chandelle contenue dans un grand martinet [1] de cuivre et ornée de quelques cannelures saillantes par un coulage extraordinaire. Elle salua légèrement, alla mettre le martinet dans l'antichambre, revint placer la lampe sur la cheminée et s'assit près de sa mère, un peu en arrière du peintre, afin de pouvoir le regarder à son aise en paraissant très occupée du débit de la lampe dont la lumière, saisie par l'humidité d'un verre terni, pétillait en se débattant avec une mèche noire et mal coupée. En voyant la grande glace qui ornait la cheminée, Hippolyte y jeta

---

1. Chandelier à manche.

promptement les yeux pour admirer Adélaïde. La petite ruse de la jeune fille ne servit donc qu'à les embarrasser tous deux. En causant avec Mme Leseigneur, car Hippolyte lui donna ce nom à tout hasard, il examina le salon, mais décemment et à la dérobée. On voyait à peine les figures égyptiennes des chenets en fer dans un foyer plein de cendres où des tisons essayaient de se rejoindre devant une fausse bûche en terre cuite, enterrée aussi soigneusement que peut l'être le trésor d'un avare. Un vieux tapis d'Aubusson bien raccommodé, bien passé, usé comme l'habit d'un invalide, ne couvrait pas tout le carreau dont la froideur se faisait sentir aux pieds. Les murs avaient pour ornement un papier rougeâtre, figurant une étoffe en lampas [1] à dessins jaunes. Au milieu de la paroi opposée à celle des fenêtres, le peintre vit une fente et les cassures produites dans le papier par les portes d'une alcôve où Mme Leseigneur couchait sans doute, et qu'un canapé placé devant déguisait mal. En face de la cheminée, au-dessus d'une commode en acajou dont les ornements ne manquaient ni de richesse ni de goût se trouvait le portrait d'un militaire de haut grade que le peu de lumière ne permit pas au peintre de distinguer ; mais d'après le peu qu'il en vit, il pensa que cette effroyable croûte devait avoir été peinte en Chine. Aux fenêtres, des rideaux en soie rouge étaient décolorés comme le meuble [2] en tapisserie jaune et rouge de ce salon à deux fins. Sur le marbre de la commode, un précieux plateau de malachite supportait une douzaine de tasses à café, magnifiques de peinture, et sans doute faites à Sèvres. Sur la cheminée s'élevait l'éternelle pendule de l'Empire, un guerrier guidant les quatre chevaux d'un char dont la roue porte à chaque rais [3] le chiffre d'une heure. Les bougies des flambeaux étaient jaunies par la fumée, et à chaque coin du chambranle on voyait un vase en

---

1. Étoffe de soie, d'origine chinoise.
2. Les sièges.
3. Cette orthographe est conforme à l'usage.

porcelaine couronné de fleurs artificielles pleines de
poussière et garnies de mousse. Au milieu de la pièce,
Hippolyte remarqua une table de jeu dressée et des
cartes neuves. Pour un observateur, il y avait je ne sais
quoi de désolant dans le spectacle de cette misère
fardée comme une vieille femme qui veut faire mentir
son visage. À ce spectacle, tout homme de bon sens se
serait proposé secrètement et tout d'abord cette
espèce de dilemme : ou ces deux femmes sont la probité même, ou elles vivent d'intrigues et de jeu. Mais
en voyant Adélaïde, un jeune homme aussi pur que
Schinner devait croire à l'innocence la plus parfaite, et
prêter aux incohérences de ce mobilier les plus honorables causes.

« Ma fille, dit la vieille dame à la jeune personne, j'ai
froid, faites-nous un peu de feu, et donnez-moi mon
châle. »

Adélaïde alla dans une chambre contiguë au salon
où sans doute elle couchait, et revint en apportant à sa
mère un châle de cachemire qui neuf dut avoir un
grand prix, les dessins étaient indiens ; mais vieux,
sans fraîcheur et plein de reprises, il s'harmoniait [1]
avec les meubles. Mme Leseigneur s'en enveloppa très
artistement et avec l'adresse d'une vieille femme qui
voulait faire croire à la vérité de ses paroles. La jeune
fille courut lestement au capharnaüm, et reparut avec
une poignée de menu bois qu'elle jeta bravement dans
le feu pour le rallumer.

Il serait assez difficile de traduire la conversation qui
eut lieu entre ces trois personnes. Guidé par le tact
que donnent presque toujours les malheurs éprouvés
dès l'enfance, Hippolyte n'osait se permettre la
moindre observation relative à la position de ses voisines, en voyant autour de lui les symptômes d'une
gêne si mal déguisée. La plus simple question eût été
indiscrète et ne devait être faite que par une amitié
déjà vieille. Néanmoins le peintre était profondément

---

1. Balzac a une prédilection pour ce verbe, qu'il tient à différen-
cier du verbe « harmoniser ».

préoccupé de cette misère cachée, son âme généreuse
en souffrait ; mais sachant ce que toute espèce de
pitié, même la plus amie, peut avoir d'offensif [1], il se
trouvait mal à l'aise du désaccord qui existait entre ses
pensées et ses paroles. Les deux dames parlèrent
d'abord de peinture, car les femmes devinent très bien
les secrets embarras que cause une première visite ;
elles les éprouvent peut-être, et la nature de leur esprit
leur fournit mille ressources pour les faire cesser. En
interrogeant le jeune homme sur les procédés matériels de son art, sur ses études, Adélaïde et sa mère
surent l'enhardir à causer. Les riens indéfinissables de
leur conversation animée de bienveillance amenèrent
tout naturellement Hippolyte à lancer des remarques
ou des réflexions qui peignirent la nature de ses
mœurs et de son âme. Les chagrins avaient prématurément flétri le visage de la vieille dame, sans doute
belle autrefois ; mais il ne lui restait plus que les traits
saillants, les contours, en un mot le squelette d'une
physionomie dont l'ensemble indiquait une grande
finesse, beaucoup de grâce dans le jeu des yeux où se
retrouvait l'expression particulière aux femmes de
l'ancienne cour et que rien ne saurait définir. Ces
traits si fins, si déliés pouvaient tout aussi bien dénoter
des sentiments mauvais, faire supposer l'astuce et la
ruse féminines à un haut degré de perversité que
révéler les délicatesses d'une belle âme. En effet, le
visage de la femme a cela d'embarrassant pour les
observateurs vulgaires, que la différence entre la franchise et la duplicité, entre le génie de l'intrigue et le génie
du cœur, y est imperceptible. L'homme doué d'une vue
pénétrante devine ces nuances insaisissables que pro-
duisent une ligne plus ou moins courbe, une fossette
plus ou moins creuse, une saillie plus ou moins bom-
bée ou proéminente. L'appréciation de ces diagnostics
est tout entière dans le domaine de l'intuition, qui peut
seule faire découvrir ce que chacun est intéressé à
cacher. Il en était du visage de cette vieille dame

_____

1. Offensant.

comme de l'appartement qu'elle habitait : il semblait aussi difficile de savoir si cette misère couvrait des vices ou une haute probité, que de reconnaître si la mère d'Adélaïde était une ancienne coquette habituée à tout peser, à tout calculer, à tout vendre, ou une femme aimante, pleine de noblesse et d'aimables qualités. Mais à l'âge de Schinner, le premier mouvement du cœur est de croire au bien. Aussi, en contemplant le front noble et presque dédaigneux d'Adélaïde, en regardant ses yeux pleins d'âme et de pensées, respira-t-il, pour ainsi dire, les suaves et modestes parfums de la vertu. Au milieu de la conversation, il saisit l'occasion de parler des portraits en général, pour avoir le droit d'examiner l'effroyable pastel dont toutes les teintes avaient pâli, et dont la poussière était en grande partie tombée.

« Vous tenez sans doute à cette peinture en faveur de la ressemblance, mesdames, car le dessin en est horrible ? dit-il en regardant Adélaïde.

– Elle a été faite à Calcutta, en grande hâte », répondit la mère d'une voix émue.

Elle contempla l'esquisse informe avec cet abandon profond que donnent les souvenirs de bonheur quand ils se réveillent et tombent sur le cœur, comme une bienfaisante rosée aux fraîches impressions de laquelle on aime à s'abandonner ; mais il y eut aussi dans l'expression du visage de la vieille dame les vestiges d'un deuil éternel. Le peintre voulut du moins interpréter ainsi l'attitude et la physionomie de sa voisine, près de laquelle il vint alors s'asseoir.

« Madame, dit-il, encore un peu de temps, et les couleurs de ce pastel auront disparu. Le portrait n'existera plus que dans votre mémoire. Là où vous verrez une figure qui vous est chère, les autres ne pourront plus rien apercevoir. Voulez-vous me permettre de transporter cette ressemblance sur la toile ? elle y sera plus solidement fixée qu'elle ne l'est sur ce papier. Accordez-moi, en faveur de notre voisinage, le plaisir de vous rendre ce service. Il se rencontre des heures pendant lesquelles un artiste aime à se délasser de ses grandes compositions par des travaux d'une portée moins élevée, ce sera donc pour moi une distraction que de refaire cette tête. »

La vieille dame tressaillit en entendant ces paroles, et Adélaïde jeta sur le peintre un de ces regards recueillis qui semblent être un jet de l'âme. Hippolyte voulait appartenir à ses deux voisines par quelque lien, et conquérir le droit de se mêler à leur vie. Son offre, en s'adressant aux plus vives affections du cœur, était la seule qu'il lui fût possible de faire : elle contentait sa fierté d'artiste, et n'avait rien de blessant pour les deux dames. Mme Leseigneur accepta sans empressement ni regret, mais avec cette conscience des grandes âmes qui savent l'étendue des liens que nouent de semblables obligations et qui en font un magnifique éloge, une preuve d'estime.

« Il me semble, dit le peintre, que cet uniforme est celui d'un officier de marine ?

– Oui, dit-elle, c'est celui des capitaines de vaisseau. M. de Rouville, mon mari, est mort à Batavia [1] des suites d'une blessure reçue dans un combat contre un vaisseau anglais qui le rencontra sur les côtes d'Asie. Il montait une frégate de cinquante-six canons, et le *Revenge* était un vaisseau de quatre-vingt-seize. La lutte fut très inégale ; mais il se défendit si courageusement qu'il la maintint jusqu'à la nuit et put échapper. Quand je revins en France, Bonaparte n'avait pas encore le pouvoir, et l'on me refusa une pension. Lorsque, dernièrement, je la sollicitai de nouveau, le ministre me dit avec dureté que si le baron de Rouville eût émigré, je l'aurais conservé ; qu'il serait sans doute aujourd'hui contre-amiral ; enfin, Son Excellence finit par m'opposer je ne sais quelle loi sur les déchéances [2]. Je n'ai fait cette démarche, à laquelle des amis m'avaient poussée, que pour ma pauvre Adélaïde. J'ai toujours eu de la répugnance à tendre la main au nom

---

1. Aujourd'hui Jakarta.
2. Si une créance n'a pas été revendiquée dans un certain délai, elle est annulée.

d'une douleur qui ôte à une femme sa voix et ses forces. Je n'aime pas cette évaluation pécuniaire d'un sang irréparablement versé…

– Ma mère, ce sujet de conversation vous fait toujours mal. »

Sur ce mot d'Adélaïde, la baronne Leseigneur de Rouville inclina la tête et garda le silence.

« Monsieur, dit la jeune fille à Hippolyte, je croyais que les travaux des peintres étaient en général peu bruyants ? »

À cette question, Schinner se prit à rougir en se souvenant de son tapage. Adélaïde n'acheva pas et lui sauva quelque mensonge en se levant tout à coup au bruit d'une voiture qui s'arrêtait à la porte, elle alla dans sa chambre d'où elle revint aussitôt en tenant deux flambeaux dorés garnis de bougies entamées qu'elle alluma promptement ; et sans attendre le tintement de la sonnette, elle ouvrit la porte de la première pièce, où elle laissa la lampe. Le bruit d'un baiser reçu et donné retentit jusque dans le cœur d'Hippolyte. L'impatience que le jeune homme eut de voir celui qui traitait si familièrement Adélaïde ne fut pas promptement satisfaite, les arrivants eurent avec la jeune fille une conversation à voix basse qu'il trouva bien longue. Enfin, Mlle de Rouville reparut suivie de deux hommes dont le costume, la physionomie et l'aspect sont toute une histoire. Âgé d'environ soixante ans, le premier portait un de ces habits inventés, je crois, pour Louis XVIII alors régnant, et dans lesquels le problème vestimental [1] le plus difficile fut résolu par un tailleur qui devrait être immortel. Cet artiste connaissait, à coup sûr, l'art des transitions qui fut tout le génie de ce temps si politiquement mobile. N'est-ce pas un bien rare mérite que de savoir juger son époque ? Cet habit, que les jeunes gens d'aujourd'hui peuvent prendre pour une fable, n'était ni civil ni militaire et pouvait passer tour à tour pour militaire et pour civil. Des fleurs de lys brodées ornaient les

---

1. Cet adjectif semble un néologisme.

retroussis des deux pans de derrière. Les boutons
dorés étaient également fleurdelisés. Sur les épaules,
deux attentes [1] vides demandaient des épaulettes inutiles. Ces deux symptômes de milice étaient là comme
une pétition sans apostille [2]. Chez le vieillard, la boutonnière de cet habit en drap bleu de roi était fleurie
de plusieurs rubans. Il tenait sans doute toujours à la
main son tricorne garni d'une ganse d'or, car les ailes
neigeuses de ses cheveux poudrés n'offraient pas trace
de la pression du chapeau. Il semblait ne pas avoir
plus de cinquante ans, et paraissait jouir d'une santé
robuste. Tout en accusant le caractère loyal et franc
des vieux émigrés, sa physionomie dénotait aussi les
mœurs libertines et faciles, les passions gaies et l'insouciance de ces mousquetaires, jadis si célèbres dans
les fastes de la galanterie. Ses gestes, son allure, ses
manières annonçaient qu'il ne voulait se corriger ni de
son royalisme, ni de sa religion, ni de ses amours.

Une figure vraiment fantastique suivait ce prétentieux *voltigeur de Louis XIV* (tel fut le sobriquet donné
par les bonapartistes à ces nobles restes de la monarchie) ; mais pour la bien peindre il faudrait en faire
l'objet principal du tableau où elle n'est qu'un accessoire. Figurez-vous un personnage sec et maigre, vêtu
comme l'était le premier, mais n'en étant pour ainsi
dire que le reflet, ou l'ombre, si vous voulez. L'habit,
neuf chez l'un, se trouvait vieux et flétri chez l'autre.
La poudre des cheveux semblait moins blanche chez
le second, l'or des fleurs de lys moins éclatant, les
attentes de l'épaulette plus désespérées et plus recro-
quevillées, l'intelligence plus faible, la vie plus avancée
vers le terme fatal que chez le premier. Enfin, il
réalisait ce mot de Rivarol sur Champcenetz [3] : « C'est
mon clair de lune. » Il n'était que le double de l'autre,

---

1. Galons destinés à recevoir l'épaulette.
2. Recommandation ajoutée à la demande.
3. Il est surtout connu pour sa collaboration aux écrits satiriques
de Rivarol, en particulier le *Petit Almanach de nos grands hommes*. Il
fut guillotiné en 1794.

le double pâle et pauvre, car il se trouvait entre eux toute la différence qui existe entre la première et la dernière épreuve d'une lithographie. Ce vieillard muet fut un mystère pour le peintre, et resta constamment un mystère. Le chevalier, il était chevalier, ne parla pas, et personne ne lui parla. Était-ce un ami, un parent pauvre, un homme qui restait près du vieux galant comme une demoiselle de compagnie près d'une vieille femme ? Tenait-il le milieu entre le chien, le perroquet et l'ami ? Avait-il sauvé la fortune ou seulement la vie de son bienfaiteur ? Était-ce le *Trim* d'un autre capitaine Tobie [1] ? Ailleurs, comme chez la baronne de Rouville, il excitait toujours la curiosité sans jamais la satisfaire. Qui pouvait, sous la Restauration, se rappeler l'attachement qui liait avant la Révolution ce chevalier à la femme de son ami, morte depuis vingt ans [2] ?

Le personnage qui paraissait être le plus neuf de ces deux débris s'avança galamment vers la baronne de Rouville, lui baisa la main, et s'assit auprès d'elle. L'autre salua et se mit près de son type [3], à une distance représentée par deux chaises. Adélaïde vint appuyer ses coudes sur le dossier du fauteuil occupé par le vieux gentilhomme en imitant, sans le savoir, la pose que Guérin a donnée à la sœur de Didon dans son célèbre tableau [4]. Quoique la familiarité du gentilhomme fût celle d'un père, pour le moment ses libertés parurent déplaire à la jeune fille.

« Eh bien ! tu me boudes ? » dit-il. Puis il jeta sur Schinner un de ces regards obliques pleins de finesse et de ruse, regards diplomatiques dont l'expression trahissait la prudente inquiétude, la curiosité polie des gens bien élevés qui semblent demander en voyant un inconnu : « Est-il des nôtres ? »

---

1. Les inséparables de *Tristram Shandy* de Sterne, qui commença à paraître en 1759.
2. Voir *Béatrix* (1839). Le nom du chevalier du Halga ne sera introduit ici qu'en 1842.
3. L'original dont il est la copie.
4. *Didon et Énée*, 1817 (Louvre), par Pierre Narcisse Guérin.

« Vous voyez notre voisin, lui dit la vieille dame en lui montrant Hippolyte. Monsieur est un peintre célèbre dont le nom doit être connu de vous malgré votre insouciance pour les arts. »

Le gentilhomme reconnut la malice de sa vieille amie dans l'omission du nom, et salua le jeune homme.

« Certes, dit-il, j'ai beaucoup entendu parler de ses tableaux au dernier Salon. Le talent a de beaux privilèges, monsieur, ajouta-t-il en regardant le ruban rouge de l'artiste. Cette distinction, qu'il nous faut acquérir au prix de notre sang et de longs services, vous l'obtenez jeunes ; mais toutes les gloires sont sœurs », ajouta-t-il en portant les mains à sa croix de Saint-Louis [1].

Hippolyte balbutia quelques paroles de remerciement, et rentra dans son silence, se contentant d'admirer avec un enthousiasme croissant la belle tête de jeune fille par laquelle il était charmé. Bientôt il s'oublia dans cette contemplation, sans plus songer à la misère profonde du logis. Pour lui, le visage d'Adélaïde se détachait sur une atmosphère lumineuse. Il répondit brièvement aux questions qui lui furent adressées et qu'il entendit heureusement, grâce à une singulière faculté de notre âme dont la pensée peut en quelque sorte se dédoubler parfois. À qui n'est-il pas arrivé de rester plongé dans une méditation voluptueuse ou triste, d'en écouter la voix en soi-même, et d'assister à une conversation ou à une lecture ? Admirable dualisme qui souvent aide à prendre les ennuyeux en patience ! Féconde et riante, l'espérance lui versa mille pensées de bonheur, et il ne voulut plus rien observer autour de lui. Enfant plein de confiance, il lui parut honteux d'analyser un plaisir. Après un certain laps de temps, il s'aperçut que la vieille dame et sa fille jouaient avec le vieux gentilhomme. Quant au satellite de celui-ci, fidèle à son état d'ombre, il se tenait

_____

1. L'ordre royal et militaire de Saint-Louis avait été institué en 1693 par Louis XIV ; il était réservé aux officiers catholiques.

debout derrière son ami dont le jeu le préoccupait,
répondant aux muettes questions que lui faisait le
joueur par de petites grimaces approbatives qui répé-
taient les mouvements interrogateurs de l'autre physionomie.

« Du Halga, je perds toujours, disait le gentilhomme.

– Vous écartez [1] mal, répondait la baronne de Rouville.

– Voilà trois mois que je n'ai pas pu vous gagner
une seule partie, reprit-il.

– Monsieur le comte a-t-il des as ? demanda la
vieille dame.

– Oui. Encore un marqué, dit-il.

– Voulez-vous que je vous conseille ? disait Adélaïde.

– Non, non, reste devant moi. Ventre-de-biche ! ce
serait trop perdre que de ne pas t'avoir en face. »

Enfin la partie finit. Le gentilhomme tira sa bourse,
et jetant deux louis sur le tapis, non sans humeur :
« Quarante francs, juste comme de l'or, dit-il. Et
diantre ! il est onze heures.

– Il est onze heures », répéta le personnage muet en
regardant le peintre.

Le jeune homme, entendant cette parole un peu
plus distinctement que toutes les autres, pensa qu'il
était temps de se retirer. Rentrant alors dans le monde
des idées vulgaires, il trouva quelques lieux communs
pour prendre la parole, salua la baronne, sa fille, les
deux inconnus, et sortit en proie aux premières félicités de l'amour vrai, sans chercher à s'analyser les
petits événements de cette soirée.

Le lendemain, le jeune peintre éprouva le désir le
plus violent de revoir Adélaïde. S'il avait écouté sa
passion, il serait entré chez ses voisines dès six heures
du matin, en arrivant à son atelier. Il eut cependant
encore assez de raison pour attendre jusqu'à l'après-

_____

1. Rejeter une ou plusieurs cartes de son jeu pour en prendre de
nouvelles.

midi. Mais, aussitôt qu'il crut pouvoir se présenter chez Mme de Rouville, il descendit, sonna, non sans quelques larges battements de cœur ; et, rougissant comme une jeune fille, il demanda timidement le portrait du baron de Rouville à Mlle Leseigneur qui était venue lui ouvrir.

« Mais entrez », lui dit Adélaïde qui l'avait sans doute entendu descendre de son atelier.

Le peintre la suivit, honteux, décontenancé, ne sachant rien dire, tant le bonheur le rendait stupide. Voir Adélaïde, écouter le frissonnement de sa robe, après avoir désiré pendant toute une matinée d'être près d'elle, après s'être levé cent fois en disant : « Je descends ! » et n'être pas descendu, c'était, pour lui, vivre si richement que de telles sensations trop prolongées lui auraient usé l'âme. Le cœur a la singulière puissance de donner un prix extraordinaire à des riens. Quelle joie n'est-ce pas pour un voyageur de recueillir un brin d'herbe, une feuille inconnue, s'il a risqué sa vie dans cette recherche. Les riens de l'amour sont ainsi, la vieille dame n'était pas dans le salon. Quand la jeune fille s'y trouva seule avec le peintre, elle apporta une chaise pour avoir le portrait ; mais, en s'apercevant qu'elle ne pouvait pas le décrocher sans mettre le pied sur la commode, elle se tourna vers Hippolyte et lui dit en rougissant : « Je ne suis pas assez grande. Voulez-vous le prendre ? »

Un sentiment de pudeur, dont témoignaient l'expression de sa physionomie et l'accent de sa voix, fut le véritable motif de sa demande ; et le jeune homme, la comprenant ainsi, lui jeta un de ces regards intelligents qui sont le plus doux langage de l'amour. En voyant que le peintre l'avait devinée, Adélaïde baissa les yeux par un mouvement de fierté dont le secret appartient aux vierges. Ne trouvant pas un mot à dire, et presque intimidé, le peintre prit alors le tableau, l'examina gravement en le mettant au jour près de la fenêtre, et s'en alla sans dire autre chose à Mlle Leseigneur que : « Je vous le rendrai bientôt. » Tous deux, pendant ce rapide instant, ils ressentirent

une de ces commotions vives dont les effets dans
l'âme peuvent se comparer à ceux que produit une
pierre jetée au fond d'un lac. Les réflexions les plus
douces naissent et se succèdent, indéfinissables, mul-
tipliées, sans but, agitant le cœur comme les rides circulaires qui plissent longtemps l'onde en partant du
point où la pierre est tombée. Hippolyte revint dans
son atelier armé de ce portrait. Déjà son chevalet avait
été garni d'une toile, une palette chargée de couleurs ;
les pinceaux étaient nettoyés, la place et le jour choisis.
Aussi, jusqu'à l'heure du dîner, travailla-t-il au portrait avec cette ardeur que les artistes mettent à leurs
caprices. Il revint le soir même chez la baronne de
Rouville, et y resta depuis neuf heures jusqu'à onze.
Hormis les différents sujets de conversation, cette
soirée ressembla fort exactement à la précédente. Les
deux vieillards arrivèrent à la même heure, la même
partie de piquet eut lieu, les mêmes phrases furent
dites par les joueurs, la somme perdue par l'ami
d'Adélaïde fut aussi considérable que celle perdue la
veille ; seulement Hippolyte, un peu plus hardi, osa
causer avec la jeune fille.

Huit jours se passèrent ainsi, pendant lesquels les
sentiments du peintre et ceux d'Adélaïde subirent ces
délicieuses et lentes transformations qui amènent les
âmes à une parfaite entente. Aussi, de jour en jour, le
regard par lequel Adélaïde accueillait son ami devint-
il plus intime, plus confiant, plus gai, plus franc ; sa
voix, ses manières eurent-elles quelque chose de plus
onctueux, de plus familier. Schinner voulut apprendre
le piquet. Ignorant et novice, il fit naturellement école [1]
sur école, et, comme le vieillard, il perdit presque toutes
les parties. Sans s'être encore confié leur amour, les
deux amants savaient qu'ils s'appartenaient l'un à
l'autre. Tous deux riaient, causaient, se communi-
quaient leurs pensées, parlaient d'eux-mêmes avec la
naïveté de deux enfants qui, dans l'espace d'une
journée, ont fait connaissance, comme s'ils s'étaient

---

1. Faute de jeu.

vus depuis trois ans. Hippolyte se plaisait à exercer
son pouvoir sur sa timide amie. Bien des concessions
lui furent faites par Adélaïde qui, craintive et dévouée,
était la dupe de ces fausses bouderies que l'amant le
moins habile ou la jeune fille la plus naïve inventent et
dont ils se servent sans cesse comme les enfants gâtés
abusent de la puissance que leur donne l'amour de
leur mère. Ainsi, toute familiarité cessa promptement
entre le vieux comte et Adélaïde. La jeune fille comprit les tristesses du peintre et les pensées cachées
dans les plis de son front, dans l'accent brusque du
peu de mots qu'il prononçait lorsque le vieillard baisait sans façon les mains ou le cou d'Adélaïde. De son
côté, Mlle Leseigneur demanda bientôt à son amoureux un compte sévère de ses moindres actions : elle
était si malheureuse, si inquiète quand Hippolyte ne
venait pas, elle savait si bien le gronder de ses
absences, que le peintre dut renoncer à voir ses amis,
à hanter le monde. Adélaïde laissa percer la jalousie
naturelle aux femmes en apprenant que parfois, en
sortant de chez Mme de Rouville, à onze heures, le
peintre faisait encore des visites et parcourait les
salons les plus brillants de Paris. Selon elle, ce genre
de vie était mauvais pour la santé ; puis, avec cette
conviction profonde à laquelle l'accent, le geste et le
regard d'une personne aimée donnent tant de pouvoir, elle prétendit « qu'un homme obligé de prodi-
guer à plusieurs femmes à la fois son temps et les
grâces de son esprit ne pouvait pas être l'objet d'une
affection bien vive ». Le peintre fut donc amené,
autant par le despotisme de la passion que par les exigences d'une jeune fille aimante, à ne vivre que dans
ce petit appartement où tout lui plaisait. Enfin, jamais
amour ne fut ni plus pur ni plus ardent. De part et
d'autre, la même foi, la même délicatesse firent croître
cette passion sans le secours de ces sacrifices par lesquels beaucoup de gens cherchent à se prouver leur
amour. Entre eux il existait un échange continuel de
sensations si douces, qu'ils ne savaient lequel des deux
donnait ou recevait le plus. Un penchant involontaire

rendait l'union de leurs âmes toujours plus étroite. Le progrès de ce sentiment vrai fut si rapide que, deux mois après l'accident auquel le peintre avait dû le bonheur de connaître Adélaïde, leur vie était devenue une même vie. Dès le matin, la jeune fille, entendant le pas du peintre, pouvait se dire : « Il est là ! » Quand Hippolyte retournait chez sa mère à l'heure du dîner, il ne manquait jamais de venir saluer ses voisines ; et le soir, il accourait, à l'heure accoutumée, avec une ponctualité d'amoureux. Ainsi, la femme la plus tyrannique et la plus ambitieuse en amour n'aurait pu faire le plus léger reproche au jeune peintre. Aussi Adélaïde savoura-t-elle un bonheur sans mélange et sans bornes en voyant se réaliser dans toute son étendue l'idéal qu'il est si naturel de rêver à son âge. Le vieux gentilhomme vint moins souvent, le jaloux Hippolyte l'avait remplacé le soir, au tapis vert, dans son malheur constant au jeu. Cependant, au milieu de son bonheur, en songeant à la désastreuse situation de Mme de Rouville, car il avait acquis plus d'une preuve de sa détresse, il fut saisi par une pensée importune. Déjà plusieurs fois il s'était dit en rentrant chez lui : « Comment ! vingt francs tous les soirs ? » Et il n'osait s'avouer à lui-même d'odieux soupçons. Il employa deux mois à faire le portrait, et quand il fut fini, verni, encadré, il le regarda comme un de ses meilleurs ouvrages. Mme la baronne de Rouville ne lui en avait plus parlé. Était-ce insouciance ou fierté ? Le peintre ne voulut pas s'expliquer ce silence. Il complota joyeusement avec Adélaïde de mettre le portrait en place pendant une absence de Mme de Rouville. Un jour donc, durant la promenade que sa mère faisait ordinairement aux Tuileries, Adélaïde monta seule, pour la première fois, à l'atelier d'Hippolyte, sous prétexte de voir le portrait dans le jour favorable sous lequel il avait été peint. Elle demeura muette et immobile, en proie à une contemplation délicieuse où se fondaient en un seul tous les sentiments de la femme. Ne se résument-ils pas tous dans une admiration pour l'homme aimé ? Lorsque le peintre, inquiet de ce silence, se pencha pour voir la jeune fille, elle lui tendit la main, sans pouvoir dire un mot ; mais deux larmes étaient tombées de ses yeux ; Hippolyte prit cette main, la couvrit de baisers, et, pendant un moment, ils se regardèrent en silence, voulant tous deux s'avouer leur amour, et ne l'osant pas. Le peintre garda la main d'Adélaïde dans les siennes, une même chaleur et un même mouvement leur apprirent alors que leurs cœurs battaient aussi fort l'un que l'autre. Trop émue, la jeune fille s'éloigna doucement d'Hippolyte, et dit, en lui jetant un regard plein de naïveté : « Vous allez rendre ma mère bien heureuse !

– Quoi ! votre mère seulement, demanda-t-il.

– Oh ! moi, je le suis trop. »

Le peintre baissa la tête et resta silencieux, effrayé de la violence des sentiments que l'accent de cette phrase réveilla dans son cœur. Comprenant alors tous deux le danger de cette situation, ils descendirent et mirent le portrait à sa place. Hippolyte dîna pour la première fois avec la baronne qui, dans son attendrissement et tout en pleurs, voulut l'embrasser. Le soir, le vieil émigré, ancien camarade du baron de Rouville, fit à ses deux amies une visite pour leur apprendre qu'il venait d'être nommé vice-amiral. Ses navigations terrestres à travers l'Allemagne et la Russie lui avaient été comptées comme des campagnes navales. À l'aspect du portrait, il serra cordialement la main du peintre, et s'écria : « Ma foi ! quoique ma vieille carcasse ne vaille pas la peine d'être conservée, je donnerais bien cinq cents pistoles pour me voir aussi ressemblant que l'est mon vieux Rouville. »

À cette proposition, la baronne regarda son ami, et sourit en laissant éclater sur son visage les marques d'une soudaine reconnaissance. Hippolyte crut deviner que le vieil amiral voulait lui offrir le prix des deux portraits en payant le sien. Sa fierté d'artiste, tout autant que sa jalousie peut-être, s'offensa de cette pensée, et il répondit : « Monsieur, si je peignais le portrait, je n'aurais pas fait celui-ci. »

L'amiral se mordit les lèvres et se mit à jouer. Le peintre resta près d'Adélaïde qui lui proposa six rois de piquet, il accepta. Tout en jouant, il observa chez Mme de Rouville une ardeur pour le jeu qui le surprit. Jamais cette vieille baronne n'avait encore manifesté un désir si ardent pour le gain, ni un plaisir si vif en palpant les pièces d'or du gentilhomme. Pendant la soirée, de mauvais soupçons vinrent troubler le bonheur d'Hippolyte, et lui donnèrent de la défiance. Mme de Rouville vivrait-elle donc du jeu ? Ne jouait-elle pas en ce moment pour acquitter quelque dette, ou poussée par quelque nécessité ? Peut-être n'avait-elle pas payé son loyer. Ce vieillard paraissait être assez fin pour ne pas se laisser impunément prendre son argent. Quel intérêt l'attirait dans cette maison pauvre, lui riche ? Pourquoi, jadis si familier près d'Adélaïde, avait-il renoncé à des privautés acquises et dues peut-être ? Ces réflexions involontaires l'excitèrent à examiner le vieillard et la baronne, dont les airs d'intelligence et certains regards obliques jetés sur Adélaïde et sur lui le mécontentèrent. « Me tromperait-on ? » fut pour Hippolyte une dernière idée, horrible, flétrissante, à laquelle il crut précisément assez pour en être torturé. Il voulut rester après le départ des deux vieillards pour confirmer ses soupçons ou pour les dissiper. Il tira sa bourse afin de payer Adélaïde ; mais, emporté par ses pensées poignantes, il la mit sur la table, tomba dans une rêverie qui dura peu ; puis, honteux de son silence, il se leva, répondit à une interrogation banale de Mme de Rouville, et vint près d'elle pour, tout en causant, mieux scruter ce vieux visage. Il sortit en proie à mille incertitudes. Après avoir descendu quelques marches, il rentra pour prendre sa bourse oubliée.

« Je vous ai laissé ma bourse, dit-il à la jeune fille.

– Non, répondit-elle en rougissant.

– Je la croyais là », reprit-il en montrant la table de jeu. Honteux pour Adélaïde et pour la baronne de ne pas l'y voir, il les regarda d'un air hébété qui les fit rire, pâlit et reprit en tâtant son gilet : « Je me suis trompé, je l'ai sans doute. »

Dans l'un des côtés de cette bourse, il y avait quinze louis, et, dans l'autre, quelque menue monnaie. Le vol était si flagrant, si effrontément nié, qu'Hippolyte n'eut plus de doute sur la moralité de ses voisines ; il s'arrêta dans l'escalier, le descendit avec peine ; ses jambes tremblaient, il avait des vertiges, il suait, il grelottait, et se trouvait hors d'état de marcher, aux prises avec l'atroce commotion causée par le renversement de toutes ses espérances. Dès ce moment, il pêcha dans sa mémoire une foule d'observations, légères en apparence, mais qui corroboraient ses affreux soupçons, et qui, en lui prouvant la réalité du dernier fait, lui ouvrirent les yeux sur le caractère et la vie de ces deux femmes. Avaient-elles donc attendu que le portrait fût donné, pour voler cette bourse ? Combiné, le vol semblait encore plus odieux. Le peintre se souvint, pour son malheur, que, depuis deux ou trois soirées, Adélaïde, en paraissant examiner avec une curiosité de jeune fille le travail particulier du réseau de soie usé, vérifiait probablement l'argent contenu dans la bourse en faisant des plaisanteries innocentes en apparence, mais qui sans doute avaient pour but d'épier le moment où la somme serait assez forte pour être dérobée. « Le vieil amiral a peut-être d'excellentes raisons pour ne pas épouser Adélaïde, et alors la baronne aura tâché de me... » À cette supposition, il s'arrêta, n'achevant pas même sa pensée qui fut détruite par une réflexion bien juste : « Si la baronne, pensa-t-il, espère me marier avec sa fille, elles ne m'auraient pas volé. » Puis il essaya, pour ne point renoncer à ses illusions, à son amour déjà si fortement enraciné, de chercher quelque justification dans le hasard. « Ma bourse sera tombée à terre, se dit-il, elle sera restée sur mon fauteuil. Je l'ai peut-être, je suis si distrait ! » Il se fouilla par des mouvements rapides et ne retrouva pas la maudite bourse. Sa mémoire cruelle lui retraçait par instants la fatale vérité. Il voyait distinctement sa bourse étalée sur le tapis ; mais ne doutant plus du vol, il excusait alors Adélaïde en se disant que l'on ne devait pas juger si promptement les malheureux. Il y avait sans doute un secret dans cette action en apparence si dégradante. Il ne voulait pas que cette fière et noble figure fût un mensonge. Cependant cet appartement si misérable lui apparut dénué des poésies de l'amour qui embellit tout : il le vit sale et flétri, le considéra comme la représentation d'une vie intérieure sans noblesse, inoccupée, vicieuse. Nos sentiments ne sont-ils pas, pour ainsi dire, écrits sur les choses qui nous entourent ? Le lendemain matin, il se leva sans avoir dormi. La douleur du cœur, cette grave maladie morale, avait fait en lui d'énormes progrès. Perdre un bonheur rêvé, renoncer à tout un avenir, est une souffrance plus aiguë que celle causée par la ruine d'une félicité ressentie, quelque complète qu'elle ait été : l'espérance n'est-elle pas meilleure que le souvenir ? Les méditations dans lesquelles tombe tout à coup notre âme sont alors comme une mer sans rivage au sein de laquelle nous pouvons nager pendant un moment, mais où il faut que notre amour se noie et périsse. Et c'est une affreuse mort. Les sentiments ne sont-ils pas la partie la plus brillante de notre vie ? De cette mort partielle viennent, chez certaines organisations délicates ou fortes, les grands ravages produits par les désenchantements, par les espérances et les passions trompées. Il en fut ainsi du jeune peintre. Il sortit de grand matin, alla se promener sous les frais ombrages des Tuileries, absorbé par ses idées, oubliant tout dans le monde. Là, par hasard, il rencontra un de ses amis les plus intimes, un camarade de collège et d'atelier, avec lequel il avait vécu mieux qu'on ne vit avec un frère.

« Eh bien, Hippolyte, qu'as-tu donc ? lui dit François Souchet [1], jeune sculpteur qui venait de remporter le grand prix et devait bientôt partir pour l'Italie.

---

1. Antérieurement à 1842 : « Daniel Vallier ».

– Je suis très malheureux, répondit gravement Hippolyte.

– Il n'y a qu'une affaire de cœur qui puisse te chagriner. Argent, gloire, considération, rien ne te manque. »

Insensiblement, les confidences commencèrent, et le peintre avoua son amour. Au moment où il *parla* de la rue de Surène et d'une jeune personne logée à un quatrième étage : « Halte-là ! s'écria gaiement Souchet. C'est une petite fille que je viens voir tous les matins à l'Assomption, et à laquelle je fais la cour. Mais, mon cher, nous la connaissons tous. Sa mère est une baronne ! Est-ce que tu crois aux baronnes logées au quatrième ? Brrr. Ah ! bien, tu es un homme de l'âge d'or. Nous voyons ici, dans cette allée, la vieille mère tous les jours ; mais elle a une figure, une tournure qui disent tout. Comment ! tu n'as pas deviné ce qu'elle est à la manière dont elle tient son sac ? »

Les deux amis se promenèrent longtemps, et plusieurs jeunes gens qui connaissaient Souchet ou Schinner se joignirent à eux. L'aventure du peintre, jugée comme de peu d'importance, leur fut racontée par le sculpteur.

« Et lui aussi, disait-il, a vu cette petite ! »

Ce fut des observations, des rires, des moqueries innocentes et empreintes de la gaieté familière aux artistes, mais qui firent horriblement souffrir Hippolyte. Une certaine pudeur d'âme le mettait mal à l'aise en voyant le secret de son cœur traité si légèrement, sa passion déchirée, mise en lambeaux, une jeune fille inconnue et dont la vie paraissait si modeste, sujette à des jugements vrais ou faux, portés avec tant d'insouciance. Il affecta d'être mû par un esprit de contradiction, il demanda sérieusement à chacun les preuves de ses assertions, et les plaisanteries recommencèrent.

« Mais, mon cher ami, as-tu vu le châle de la baronne ? disait Souchet.

– As-tu suivi la petite quand elle trotte le matin à
l'Assomption ? disait Joseph Bridau [1], jeune rapin de
l'atelier de Gros [2].

– Ah ! la mère a, entre autres vertus, une certaine
robe grise que je regarde comme un type, dit Bixiou le
faiseur de caricatures.

– Écoute, Hippolyte, reprit le sculpteur, viens ici
vers quatre heures, et analyse un peu la marche de la
mère et de la fille. Si, après, tu as des doutes ! hé bien,
l'on ne fera jamais rien de toi : tu seras capable
d'épouser la fille de ta portière. »

En proie aux sentiments les plus contraires, le
peintre quitta ses amis. Adélaïde et sa mère lui semblaient devoir être au-dessus de ces accusations, et il
éprouvait, au fond de son cœur, le remords d'avoir
soupçonné la pureté de cette jeune fille, si belle et si
simple. Il vint à son atelier, passa devant la porte de
l'appartement où était Adélaïde, et sentit en lui-même
une douleur de cœur à laquelle nul homme ne se
trompe. Il aimait Mlle de Rouville si passionnément
que, malgré le vol de la bourse, il l'adorait encore. Son
amour était celui du chevalier des Grieux admirant et
purifiant sa maîtresse jusque sur la charrette qui mène
en prison les femmes perdues [3]. « Pourquoi mon
amour ne la rendrait-il pas la plus pure de toutes les
femmes ? Pourquoi l'abandonner au mal et au vice,
sans lui tendre une main amie ? » Cette mission lui
plut. L'amour fait son profit de tout. Rien ne séduit
plus un jeune homme que de jouer le rôle d'un bon
génie auprès d'une femme. Il y a je ne sais quoi de
romanesque dans cette entreprise, qui sied aux âmes
exaltées. N'est-ce pas le dévouement le plus étendu
sous la forme la plus élevée, la plus gracieuse ? N'y
a-t-il pas quelque grandeur à savoir que l'on aime

1. Comme Bixiou aussitôt après, il n'apparaît qu'en 1842. Joseph
Bridau intervient dans *Illusions perdues*, *Un début dans la vie* et *La
Cousine Bette*.
2. Célèbre peintre, en particulier de l'épopée impériale (1771-
1835).
3. Dans *Manon Lescaut* de l'abbé Prévost (1731).

assez pour aimer encore là où l'amour des autres
s'éteint et meurt ? Hippolyte s'assit dans son atelier,
contempla son tableau sans y rien faire, n'en voyant
les figures qu'à travers quelques larmes qui lui roulaient dans les yeux, tenant toujours sa brosse à la
main, s'avançant vers la toile comme pour adoucir
une teinte, et n'y touchant pas. La nuit le surprit dans
cette attitude. Réveillé de sa rêverie par l'obscurité, il
descendit, rencontra le vieil amiral dans l'escalier, lui
jeta un regard sombre en le saluant, et s'enfuit. Il avait
eu l'intention d'entrer chez ses voisines, mais l'aspect
du protecteur d'Adélaïde lui glaça le cœur et fit évanouir sa résolution. Il se demanda pour la centième
fois quel intérêt pouvait amener ce vieil homme à
bonnes fortunes, riche de quatre-vingt mille livres de
rentes, dans ce quatrième étage où il perdait environ
quarante francs tous les soirs ; et cet intérêt, il crut le
deviner. Le lendemain et les jours suivants, Hippolyte
se jeta dans le travail pour tâcher de combattre sa passion par l'entraînement des idées et par la fougue de la
conception. Il réussit à demi. L'étude le consola sans
parvenir cependant à étouffer les souvenirs de tant
d'heures caressantes passées auprès d'Adélaïde. Un
soir, en quittant son atelier, il trouva la porte de
l'appartement des deux dames entrouverte. Une personne y était debout, dans l'embrasure de la fenêtre.
La disposition de la porte et de l'escalier ne permettait
pas au peintre de passer sans voir Adélaïde, il la salua
froidement en lui lançant un regard plein d'indifférence ; mais, jugeant des souffrances de cette jeune
fille par les siennes, il eut un tressaillement intérieur en
songeant à l'amertume que ce regard et cette froideur
devaient jeter dans un cœur aimant. Couronner les
plus douces fêtes qui aient jamais réjoui deux âmes
pures par un dédain de huit jours, et par le mépris le
plus profond, le plus entier ?... affreux dénouement !
Peut-être la bourse était-elle retrouvée, et peut-être
chaque soir Adélaïde avait-elle attendu son ami ?
Cette pensée si simple, si naturelle fit éprouver de
nouveaux remords à l'amant, il se demanda si les

preuves d'attachement que la jeune fille lui avait données, si les ravissantes causeries empreintes d'un
amour qui l'avait charmé, ne méritaient pas au moins
une enquête, ne valaient pas une justification. Honteux d'avoir résisté pendant une semaine aux vœux de
son cœur, et se trouvant presque criminel de ce
combat, il vint le soir même chez Mme de Rouville.
Tous ses soupçons, toutes ses pensées mauvaises s'éva-
nouirent à l'aspect de la jeune fille pâle et maigrie.

« Eh, bon Dieu ! qu'avez-vous donc ? » lui dit-il
après avoir salué la baronne.

Adélaïde ne lui répondit rien, mais elle lui jeta un
regard plein de mélancolie, un regard triste, découragé, qui lui fit mal.

« Vous avez sans doute beaucoup travaillé, dit la
vieille dame, vous êtes changé. Nous sommes la cause
de votre réclusion. Ce portrait aura retardé quelques
tableaux importants pour votre réputation. »

Hippolyte fut heureux de trouver une si bonne
excuse à son impolitesse.

« Oui, dit-il, j'ai été fort occupé, mais j'ai souffert… »

À ces mots, Adélaïde leva la tête, regarda son amant,
et ses yeux inquiets ne lui reprochèrent plus rien.

« Vous nous avez donc supposées bien indifférentes
à ce qui peut vous arriver d'heureux ou de
malheureux ? dit la vieille dame.

— J'ai eu tort, reprit-il. Cependant il est de ces
peines que l'on ne saurait confier à qui que ce soit,
même à un sentiment moins jeune que ne l'est celui
dont vous m'honorez…

— La sincérité, la force de l'amitié ne doivent pas se
mesurer d'après le temps. J'ai vu de vieux amis ne pas
se donner une larme dans le malheur, dit la baronne
en hochant la tête.

— Mais qu'avez-vous donc, demanda le jeune
homme à Adélaïde.

— Oh ! rien, répondit la baronne. Adélaïde a passé
quelques nuits pour achever un ouvrage de femme, et

n'a pas voulu m'écouter lorsque je lui disais qu'un jour de plus ou de moins importait peu… »

Hippolyte n'écoutait pas. En voyant ces deux figures si nobles, si calmes, il rougissait de ses soupçons, et attribuait la perte de sa bourse à quelque hasard inconnu. Cette soirée fut délicieuse pour lui, et peut-être aussi pour elle. Il y a de ces secrets que les âmes jeunes entendent si bien ! Adélaïde devinait les pensées d'Hippolyte. Sans vouloir avouer ses torts, le peintre les reconnaissait, il revenait à sa maîtresse plus aimant, plus affectueux, en essayant ainsi d'acheter un pardon tacite. Adélaïde savourait des joies si parfaites, si douces qu'elles ne lui semblaient pas trop payées par tout le malheur qui avait si cruellement froissé son âme. L'accord si vrai de leurs cœurs, cette entente pleine de magie, fut néanmoins troublée par un mot de la baronne de Rouville.

« Faisons-nous notre petite partie ? dit-elle, car mon vieux Kergarouët [1] me tient rigueur. »

Cette phrase réveilla toutes les craintes du jeune peintre, qui rougit en regardant la mère d'Adélaïde ; mais il ne vit sur ce visage que l'expression d'une bonhomie sans fausseté : nulle arrière-pensée n'en détruisait le charme, la finesse n'en était point perfide, la malice en semblait douce, et nul remords n'en altérait le calme. Il se mit alors à la table de jeu. Adélaïde voulut partager le sort du peintre, en prétendant qu'il ne connaissait pas le piquet, et avait besoin d'un *partner* [2]. Mme de Rouville et sa fille se firent, pendant la partie, des signes d'intelligence qui inquiétèrent d'autant plus Hippolyte qu'il gagnait ; mais à la fin, un dernier coup rendit les deux amants débiteurs de la baronne. En voulant chercher de la monnaie dans son gousset, le peintre retira ses mains de dessus la table, et vit alors devant lui une bourse qu'Adélaïde y avait glissée sans qu'il s'en aperçût ; la pauvre enfant tenait

---

1. Il vient du *Bal de Sceaux* (1830) et n'apparaît ici qu'en 1842.
2. Littré donne encore cette orthographe anglaise comme possible.

l'ancienne, et s'occupait par contenance à y chercher
de l'argent pour payer sa mère. Tout le sang d'Hippolyte afflua si vivement à son cœur qu'il faillit perdre
connaissance. La bourse neuve substituée à la sienne,
et qui contenait ses quinze louis, était brodée en perles
d'or. Les coulants [1], les glands, tout attestait le
bon goût d'Adélaïde, qui sans doute avait épuisé son
pécule aux ornements de ce charmant ouvrage. Il était
impossible de dire avec plus de finesse que le don du
peintre ne pouvait être récompensé que par un témoignage de tendresse. Quand Hippolyte, accablé de
bonheur, tourna les yeux sur Adélaïde et sur la
baronne, il les vit tremblant de plaisir et heureuses de
cette aimable supercherie. Il se trouva petit, mesquin,
niais ; il aurait voulu pouvoir se punir, se déchirer le
cœur. Quelques larmes lui vinrent aux yeux, il se leva
par un mouvement irrésistible, prit Adélaïde dans ses
bras, la serra contre son cœur, lui ravit un baiser ;
puis, avec une bonne foi d'artiste : « Je vous la
demande pour femme », s'écria-t-il en regardant la
baronne.

Adélaïde jetait sur le peintre des yeux à demi cour-
roucés, et Mme de Rouville un peu étonnée cherchait
une réponse, quand cette scène fut interrompue par le
bruit de la sonnette. Le vieux vice-amiral apparut
suivi de son ombre et de Mme Schinner. Après avoir
deviné la cause des chagrins que son fils essayait vainement de lui cacher, la mère d'Hippolyte avait pris
des renseignements auprès de quelques-uns de ses
amis sur Adélaïde. Justement alarmée des calomnies
qui pesaient sur cette jeune fille à l'insu du comte de
Kergarouët dont le nom lui fut dit par la portière, elle
était allée les conter au vice-amiral, qui dans sa colère
« voulait, disait-il, couper les oreilles à ces bélîtres ».
Animé par son courroux, l'amiral avait appris à
Mme Schinner le secret des pertes volontaires qu'il
faisait au jeu, puisque la fierté de la baronne ne lui
laissait que cet ingénieux moyen de la secourir.

_____

1. Les lacets.

Lorsque Mme Schinner eut salué Mme de Rouville, celle-ci regarda le comte de Kergarouët, le chevalier du Halga, l'ancien ami de la feue comtesse de Kergarouët, Hippolyte, Adélaïde, et dit avec la grâce du cœur : « Il paraît que nous sommes en famille ce soir. »

Paris, mai 1832.

LA FEMME ABANDONNÉE

NOTICE

Avec son système de « personnages reparaissants », *La Comédie humaine* produit des effets troublants de perspective temporelle. *La Femme abandonnée* a été publiée deux ans avant *Le Père Goriot*, mais son action commence trois ans après : c'est donc comme dans un *flash-back* que le lecteur de 1834 aura le récit du « premier abandon » de Mme de Beauséant, dont il connaît déjà la suite (un second abandon). Redoublement anticipé, prolepse fictionnelle, qui donne évidemment à la lecture du texte ultérieur, mais narrativement antérieur, une profondeur de résonance tout à fait singulière : l'avenir du personnage est derrière lui, auréolé de son désastre futur ; au moment où nous le voyons souffrir, nous savons qu'il souffrira encore et qu'un autre malheur le fera chuter une deuxième fois. *Bis repetita* : dans son Naxos normand, Mme de Beausant semble vouée à la fatalité d'un délaissement toujours recommencé.

Cette fois, point de brillant diplomate lusitanien (Ajuda-Pinto), mais un jeune Parisien que la Faculté envoie se mettre au vert : il a un frère poitrinaire, et lui-même est fatigué par « quelque excès d'étude, ou de vie peut-être ». Ni orgies, ni même la classique « noce » juvénile : Gaston est un cœur pur. C'est tout simplement le fait de vivre à Paris, cette ville qualifiée par Balzac d'« inflammatoire », qui l'a éprouvé. La capitale est, en soi, pathogène : l'intensité hystérique de ce maelström où tous les désirs s'entrechoquent sans trêve use prématurément. Une cure de Normandie permettra à la victime d'un mal typiquement moderne de se ressourcer roborativement à une énergie première, dans un terroir que rien n'a encore adultéré. Bayeux est donc prescrit par ordonnance, comme en d'autres temps on sera expédié en sanatorium, au pied de quelque « montagne magique », pour se refaire des poumons. La province, ce peut être cela : une santé.

C'est aussi malheureusement autre chose que, partout dans son œuvre, Balzac passera au scanner avec une acuité anthropologique tout à fait inédite. Les premières pages de *La Femme abandonnée* offrent déjà une magistrale stratigraphie sociologique de la ville de province archétypique (qui en connaît une les connaît toutes), dans ses cercles aussi hermétiquement clos sur eux-mêmes que ceux de l'Enfer dantesque, ses « couches » hiérarchiquement superposées et cimentées par le dédain réciproque. En quelques lignes, pour chacun de ces microcosmes crispés sur leur identité, il donne une sorte de fiche signalétique ou sémiotique express, avec les principaux indices permettant de les reconnaître (les opinions, mais aussi les vêtements, les lectures, les accessoires de table, les moyens de locomotion, les jeux), crayonnant un cadastre qui est celui-là même, dans son épaisseur, de la France révolutionnée, avec ses nostalgiques et ses dynamiques, sa résistance et son mouvement. Mais il analyse aussi ce qui fait le fond moral de la « provincialitude » : l'ennui d'une existence uniforme et désespérément répétitive (celle d'écureuils tournant sans fin dans leur cage), tissue de rituels dérisoires et de cérémonies minuscules – la régularité de la vie de province a quelque chose de monastique –, de préoccupations futiles (la généalogie sans cesse récitée), ou purement matérielles (l'acquisition de terres, la production agricole), dans un immense vide intellectuel. L'opulente Normandie est aussi une figure du désert. Le cidre n'est pas le champagne qui, bien que produit en province, ne pétille que dans les salons parisiens, autant et plus dans ce qu'on dit que dans ce qu'on boit. Constater cette évidence, c'est mettre le doigt sur le rapport de fascination qu'entretient la province avec ce Grand Autre qu'elle affecte de condamner parce qu'elle ne sent que trop combien il la renvoie de tout son éclat à son propre néant. Horizon de toutes les frustrations secrètes et de tous les rêves réprimés, la capitale maudite – on ne peut qu'y être méchant ou corrompu – obsède les ruminations déjà bovaryques d'un univers rétréci.

Que la province, cet éteignoir très efficace (et par ailleurs aussi muséum d'antiques vertus conservées dans le formol), soit paradoxalement une *tentation*, c'est ce qu'éprouve à ses dépens l'élégant Parisien, dont le regard de Huron, ou d'Ovide chez les Scythes, au début, s'amuse du zoo local, de ces « automates » s'acquittant avec une dignité risible de leurs fonctions mécaniques. Il y a une volupté morbide à se sentir couler dans le confort de ce que Péguy appellera « les âmes habituées ». C'est tellement reposant de voir toujours les mêmes gens, de faire et de dire toujours les mêmes choses aux mêmes heures, de rester confortablement *entre soi*, sans risques ni imprévus – et la cuisine est si succulente (du point de vue gastronomique, Paris ne fait pas le poids devant la province, qui y met tout son génie). Un douceâtre vertige de la démission saisit bientôt Gaston, peu à peu absorbé par la spongieuse contagion du non-être. Le bonheur qu'on y goûte est bovin (les grasses prairies) ou porcin (celui des compagnons d'Ulysse transformés en cochons dodus). Animalisation, végétalisation, pétrification : les métaphores expriment toutes le même écœurant glissement vers l'abdication, le renoncement, l'auto-annulation maquillée en sagesse. La province, c'est une forme douce du suicide.

Sans doute la rencontre entre Gaston et Mme de Beauséant était-elle programmée parce que l'un et l'autre, venus estropiés de Paris (l'un de corps, l'autre d'âme), fondamentalement n'appartiennent pas à la Normandie et lui restent spirituellement réfractaires. La manière dont cet amour commence est symptomatique, et on ne peut plus anti-provinciale, c'est-à-dire essentiellement poétique. Gaston entend parler d'une noble dame « qui a eu des malheurs » (comme dirait Mme Vauquer), et vit recluse depuis trois ans sans vouloir voir qui que ce soit. Déjà, en 1822, dans son roman de jeunesse *Wann-Chlore*, Balzac avait célébré l'aura qui nimbe l'amoureuse trahie : « Une femme abandonnée a quelque chose d'imposant et de sacré. En la voyant, on frissonne et l'on pleure. Elle réalise cette fiction du monde détruit et sans Dieu, sans soleil, encore habité par une dernière créature qui marche au hasard dans l'ombre et le désespoir… Une *Femme abandonnée* ! C'est l'innocence assise sur les débris de toutes les vertus mortes [1]. » S'enclenche alors chez le jeune homme, à partir de cet « infracassable noyau » d'absence, un processus de cristallisation imaginaire – on peut d'autant plus employer ce terme que 1822, date supposée de l'action, est justement l'année où Stendhal rédige son traité *De l'amour*, où il le consacr – qui l'amène à se façonner une idole pétrie de tout ce qui la rend inconnaissable et inabordable, une pure création de son manque. Nouveau Jauffré Rudel, dans cet *amor de lonh*, il s'enflamme pour une princesse de Tripoli qu'il invente, de tout le besoin passionné qu'il a de la savoir exister. L'idéalisme absolu de la « courtoisie » rejoint ici un schéma de contes de fées, explicitement évoqué par Balzac, où le chevalier fait le siège du château inaccessible où il a mission de réveiller une belle endormie. Vierge et vibrant de toutes les ardeurs de « l'amour adolescent », Gaston incarne avec lyrisme l'irrésistible élan du premier amour, sa capacité qui semble intarissable de dévouement romanesque. Il est le frère de Félix de Vandenesse dans *Le Lys dans la vallée* et d'Honoré de Balzac lui-même dans son approche éblouie de Mme de Berny – en cette même année 1822, décidément faste pour les choses de l'amour. L'investissement autobiographique dans la nouvelle ne saurait être sous-estimé et, après les débuts enthousiastes, réapparaîtra cruellement plus tard.

Conformément à la constante conviction balzacienne, selon laquelle l'idée, la volonté, le désir étant essentiellement des forces qui vont, il est impossible que, montées à une certaine incandescence, elles ne finissent pas par *créer* leur objet et l'atteindre, la mallarméenne Mme de Beauséant, évoquée par la puissance et la prégnance du fantasme de Gaston, émerge de sa virtualité limbaire toute vêtue de noir, en cariatide du deuil, veuve de ses illusions sur la fidélité des hommes et n'attendant plus rien de la vie : « Tristesse et beauté », pour reprendre un titre de Kawabata. Ce qui suit relève d'une sorte de miracle résurrectionnel : l'authenticité d'un sentiment d'abord purement miragineux, qui a trouvé une incarnation digne de son irresponsable délire (celui qui donne vie à la Sylphide de Chateaubriand), est telle qu'à partir de rien, elle réussit à imposer son rayonnement et son réchauffement – morte-vivante, Mme de Beauséant va peu à peu sortir de son engourdissement existentiel, secouer son manteau de glace, réapprendre qu'il y a un printemps.

---

1. Thierry Bodin éd., Mémoire du livre, 1999, p. 360.

Comme la grande Histoire, l'histoire du cœur, d'ordinaire, ne repasse pas les plats : Claire sait qu'elle vit l'exception.

« Je ne sais qu'aimer », a-t-elle dit avec simplicité. Déclaration littéralement reprise à son propre compte par Gaston. Ces deux êtres qui se font la même idée de l'amour entrent en passion comme on entre en religion : ostracisés par le monde, hors des liens tels qu'ils sont légitimés par les hommes et sanctifiés par Dieu, ils s'administrent à eux-mêmes leur propre sacrement, devant les Alpes sublimes du vicaire savoyard. Rousseau est partout : dans l'échange de lettres (qui renvoie à *La Nouvelle Héloïse*), dans la petite maison du bonheur, aux contrevents verts, au bord du lac (où Balzac médite d'emmener bientôt Mme de Castries, dont l'astre s'affirme au fur et à mesure que pâlit celui de Mme de Berny), dans l'exaltation des droits naturels du cœur, qui ne se distingue plus de la poésie ni de la prière. Comme dans les *Mémoires de deux jeunes mariées*, Balzac rêve à l'utopie, qui est aussi uchronie, de la sécession heureuse du couple, de la retraite sentimentale à deux, loin des mutilantes injonctions de la socialité et de ce qu'il est convenu d'appeler « la morale ». Plénitude autarcique d'un échange stéréophonique et fusionnel. Claire et Gaston ont le privilège de le vivre dans une parfaite harmonie, pendant neuf ans : ce qui est à la fois beaucoup et très peu, puisque l'ambition inavouée de toute expérience de ce genre ne saurait être que d'abolir le temps. Dans *Le Bonheur dans le crime* de Barbey d'Aurevilly, le prodige et le véritable scandale du duo formé par Hauteclaire et Serlon, ce n'est pas qu'ils prospèrent imperturbablement sur le cadavre de la gêneuse qu'ils ont éliminée, c'est que la durée ne laisse apparemment aucune trace sur eux : aucun signe d'usure ou d'entropie, ils passent radieusement dans la vie, fondus l'un en l'autre, comme des immortels. C'est dans cette victoire sur tous les principes d'érosion que se situe la véritable pierre d'achoppement de cette situation choquante : non parce qu'elle a été achetée par un meurtre, mais tout simplement parce qu'elle s'affranchit d'une malédiction qui semble inhérente à la condition humaine. Le fait qu'il n'y a pas d'enfants – « Ils sont bons pour les femmes malheureuses ! », dira dédaigneusement Hauteclaire –, pas plus qu'il n'y en a pour Claire et Gaston, renforce encore l'autosuffisance d'un dispositif duel entièrement rabattu sur lui-même, et qui ne permet à aucune goutte de sa précieuse substance de s'évaporer.

Comme la maréchale du *Chevalier à la rose* de Hofmanns-
thal, les amants arrêtent les horloges, ou croient les arrêter.
Mais c'est une totale illusion. D'autant plus que se font inévitablement, et de plus en plus, sentir les effets de la différence
d'âge. Huit ans les séparent, mais le temps passant, ces huit
ans creusent beaucoup plus que huit ans. Surtout pour Gaston, qui connaît les mêmes déceptions secrètes que Balzac, en
cette année 1832, où il rédige *La Femme abandonnée* et fête, si
l'on peut dire, ses dix ans de liaison avec Mme de Berny,
laquelle aurait pu être sa mère et, c'est là toute la merveille et
le drame, a été sa mère (vingt-deux ans de différence, rappe-
lons-le – toujours vingt-deux !). Mme de Beauséant est beaucoup trop lucide pour ne pas prendre hardiment l'initiative
de porter le fer dans la plaie. Dans une lettre aussi admirable
que celle de Mme Firmiani, elle expose ce que Gaston n'ose
pas se dire à lui-même : l'amour du plus jeune devient peu
à peu sacrifice ; elle sait qu'en cueillant les prémices de ce
cœur sincère, elle a eu la meilleure part (les autres ne
recueilleront que les restes) ; et, dans un chantage à l'abnégation qui devrait être irrésistible, elle propose de s'effacer,
le laisse libre de résilier ses vœux, tout en s'offrant à continuer avec lui dans le partage d'un sentiment qui tient lieu de
tout, parce qu'il est tout.

À ce message qui le prend au mot de ses serments d'éternelle fidélité, Gaston répond... en épousant une jeune fille
impeccable et insipide au physique, mais qui, au moral, fait
valoir quarante mille livres de rentes. Retour du refoulé. Le
refoulé, c'était le temps, c'est-à-dire le réel, l'économique, le
social, le moral – les terres, les enfants, la « position dans le
monde » –, toutes les excellentes raisons qu'on peut se
donner pour abîmer un rêve dont on est un peu las, sans
avoir le courage de se l'avouer : il faut bien, à un moment
donné, « se ranger », baisser le pavillon des folies de la jeunesse, sans doute belles, mais surtout frivoles ; il faut
assumer ses responsabilités, « être homme » (*sic*). Dans sa
ferveur d'antan, Gaston avait refusé avec panache de jamais
devenir un « homme ordinaire ». Il est devenu un homme
ordinaire – expression qui relève sans doute du pléonasme.
Claire de Beauséant, elle, jusqu'au bout, n'aura jamais été
une femme ordinaire. Elle seule, une deuxième fois meur-
trie, dépareillée, demeure fidèle à sa conception intransi-
geante de l'amour comme absolu. Céline le définira comme
« l'infini mis à la portée des caniches ». C'est tout à fait ainsi
que l'aura vécu Gaston, avant de retourner à sa niche. Son

geste final est une tentative désespérée pour se requalifier à ses propres yeux et à ceux de son amante. Ce geste, commente Balzac avec une féroce ironie, « si contraire à toutes les habitudes de la jeune France ». Certes, sous le gouvernement digérant du Juste Milieu, on va à la Bourse plus qu'on ne se tue pour des histoires de femmes. Gaston se punit d'avoir fait comme tout le monde, lui qui prétendait à la différence, c'est-à-dire à la supériorité. Mais il est trop tard : la trahison a eu lieu, elle est irréparable. Toute blessure infligée à l'idée de l'amour est mortelle.

Mme de Beauséant avait, d'emblée, prophétisé leur destin : « Plus tard, vous saurez qu'il ne faut point former de liens quand ils doivent nécessairement se briser un jour » ; « Un jour, tout vous commandera, la nature elle-même vous ordonnera de me quitter. » Déjà échaudée, et ayant parfaitement pénétré, à ses cuisants dépens, les ressorts de « la vie », elle a commis l'émouvante faute de vouloir croire encore et quand même qu'il était possible de leur échapper. Mais elle avait tout expliqué à Gaston dès leur première entrevue : la femme est la victime désignée du désordre établi. Mariée à dix-huit ans par pure convenance, elle n'a pas eu « la haute vertu sociale » d'appartenir sans amour à un homme. Pour vivre, elle a transgressé les lois humaines et divines. Dans *Delphine* (1802), Mme de Staël avait défini le mariage arrangé tel qu'il se pratique dans l'univers aristocratique comme une « fête de la mort ». Mme de Beauséant confirme ce diagnostic. Ce qui est permis à l'homme – l'adultère – est inexorablement sanctionné chez la femme, qui devient aussitôt une *outlaw*, une paria. Elle peut être justifiée de son défi par le bonheur, qui est toute sa vocation, et son accomplissement. Mais, par deux fois, l'expérience lui prouve que celui-ci ne résiste pas à la « chimère sociale » et masculine de l'établissement avantageux, à laquelle l'amant enfiévré des débuts finit toujours par succomber. Reste pour se consoler l'idée qu'on aura été « la véritable épouse » – l'autre, l'épouse en titre, n'ayant été qu'une triste nécessité biologique (assurer la lignée) et mondaine (tenir son rang). On ne ménagera pas sa compassion à la pauvre Mlle de La Rodière, qui a fait honnêtement tout ce qu'elle a pu, mais paie, elle aussi, et tout autant que la vieille maîtresse de son mari, la facture d'un système pourri. À peine a-t-elle commencé à vivre, que sa vie est gâchée. L'enfant qu'elle porte, orpheline avant de naître, l'apaisera-t-elle ? Ni plus ni moins, sans doute, que les messes quotidiennes auxquelles assiste la femme deux fois abandonnée : entrera-t-elle au couvent, comme la duchesse de Langeais ? *Fuge, late, tace* : cette femme qui lève souvent les yeux au ciel a en elle sa Chartreuse.

À qui la faute ? Faut-il désigner des responsabilités ? Le commentaire auctorial dont, au risque de compromettre le fulminant effet d'accélération de la fin de son récit, Balzac croit nécessaire de le flanquer comme d'un post-scriptum, maintient une subtile balance entre la sympathie qu'inspire la martyre de l'amour, irréprochable par la pureté, l'exclusivité de ses sentiments (qui les rendent légitimes, à défaut d'être légaux) et son refus d'un « avilissant partage », et les « hautes raisons sociales » qui doivent conduire une épouse à subir ce même partage dont l'amante n'a pas voulu. Balzac n'est pas George Sand, et, toujours préoccupé de synthèse, il n'a jamais remis en cause la nécessité de l'institution matrimoniale, sans laquelle il redoute le drame de la pulvérulence anarchique et de la désintégration. Mais en même temps, son miel d'écrivain, et il le sait bien, n'est pas ailleurs que dans ces brillantes et brûlantes entorses faites au contrat. Chacun est dans son rôle, et, avec une méritoire impartialité, Mme de Beauséant le constate ; elle a eu raison de rejeter le carcan d'une union imposée, la société a eu raison de s'en venger. Le drame de la *Traviata* (la dévoyée, qui s'avérera hélas être une fourvoyée), c'est que les partenaires avec lesquels elle avait cru pouvoir s'établir dans une marginalité certes peccamineuse, mais splendide, ne respiraient pas à la même altitude qu'elle. Lorsqu'elle apprend la défection de Gaston, elle palpite « comme une hirondelle prise ». La pesanteur des jours l'a emporté sur la grâce qui pensait pouvoir l'oublier. Rien de plus banal. Parions qu'il ne manquera pas de belles âmes et de consciences vertueuses, au faubourg Saint-Germain et à Bayeux, pour se réjouir de l'édifiant triomphe de cette banalité.

HISTOIRE DU TEXTE

La nouvelle a été rédigée du 16 juillet au 22 août 1832 à Angoulême, où Balzac séjournait chez ses amis Carraud. Il l'a corrigée ensuite à Aix-les-Bains. Le manuscrit, offert à Mme de Castries, est conservé à la Fondation Martin Bodmer, à Cologny (Suisse).

La Femme abandonnée a d'abord paru dans *La Revue de Paris* des 9 et 16 septembre 1832.

Elle a été reprise au tome VI des *Études de mœurs au XIXᵉ siècle* (tome II des *Scènes de la vie de province*), publié chez Mme Béchet en 1834.

Nouvelle édition dans les *Scènes de la vie de province*, Charpentier, 1839.

Enfin, dans *La Comédie humaine*, tome II, Furne, 1842.

CHOIX BIBLIOGRAPHIQUE

Georges BLIN, « Une rencontre de Stendhal avec Balzac : *Lucien Leuwen* et *La Femme abandonnée* » [1950], *H.B.*, 2, 1998.

Roland CHOLLET, introduction et notes, *La Comédie humaine*, éd. Rencontre et Cercle du Bibliophile, t. V, 1965.

Madeleine FARGEAUD, introduction et notes, *La Comédie humaine*, Gallimard, « Bibliothèque de la Pléiade », t. II, 1976.

Pierre CITRON, *Dans Balzac*, Seuil, 1986, p. 141-143.

LA FEMME ABANDONNÉE [1]

À MADAME LA DUCHESSE D'ABRANTÈS [2]

Son affectionné serviteur,
HONORÉ DE BALZAC.

Paris, août 1835.

En 1822, au commencement du printemps, les médecins de Paris envoyèrent en Basse-Normandie un jeune homme qui relevait alors d'une maladie inflammatoire causée par quelque excès d'étude, ou de vie peut-être. Sa convalescence exigeait un repos complet, une nourriture douce, un air froid et l'absence totale de sensations extrêmes. Les grasses campagnes du Bessin et l'existence pâle de la province parurent donc propices à son rétablissement. Il vint à

---

1. Sur le manuscrit, le premier titre est *Une fille d'Ève*. Balzac le reprendra en 1838 pour une autre œuvre.
2. Cette dédicace apparaît en 1835. Balzac avait depuis 1825 une liaison avec la veuve de Junot, qui s'était suicidé en 1813. Il l'avait conseillée pour la rédaction de ses *Mémoires* (1831 et 1834). Elle avait quinze ans de plus que lui, ce qui jette une curieuse lueur sur cette dédicace d'une œuvre où la différence d'âge entre amants joue un rôle si crucial.

Bayeux [1], jolie ville située à deux lieues de la mer, chez une de ses cousines, qui l'accueillit avec cette cordialité particulière aux gens habitués à vivre dans la retraite, et pour lesquels l'arrivée d'un parent ou d'un ami devient un bonheur.

À quelques usages près, toutes les petites villes se ressemblent. Or, après plusieurs soirées passées chez sa cousine Mme de Sainte-Sevère, ou chez les personnes qui composaient sa compagnie, ce jeune Parisien, nommé M. le baron Gaston de Nueil [2], eut bientôt connu les gens que cette société exclusive regardait comme étant toute la ville. Gaston de Nueil vit en eux le personnel immuable que les observateurs retrouvent dans les nombreuses capitales de ces anciens États qui formaient la France d'autrefois.

C'était d'abord la famille dont la noblesse, inconnue à cinquante lieues plus loin, passe, dans le département, pour incontestable et de la plus haute antiquité. Cette espèce de *famille royale* au petit pied effleure par ses alliances, sans que personne s'en doute, les Navarreins, les Grandlieu, touche aux Cadignan, et s'accroche aux Blamont-Chauvry [3]. Le chef de cette race illustre est toujours un chasseur déterminé. Homme sans manières, il accable tout le monde de sa supériorité nominale ; tolère le sous-préfet, comme il souffre l'impôt ; n'admet aucune des puissances nouvelles créées par le dix-neuvième siècle, et fait observer, comme une monstruosité politique, que le premier ministre n'est pas gentilhomme. Sa femme a le ton tranchant, parle haut, a eu des adorateurs, mais fait régulièrement ses pâques ; elle

---

1. Tout comme Balzac en cette même année 1822. Sa mère voulait l'éloigner de Mme de Berny. Il y séjourna du 23 mai au 9 août chez sa sœur Laure Surville. Bayeux avait déjà paru dans *Une double famille* (1830).

2. Sur le manuscrit, il se nomme Joseph. Nueil est le nom d'une localité proche de Saché, en Touraine, où Balzac séjourna maintes fois. Julien Gracq l'a repris dans sa nouvelle *Le Roi Cophétua* (1970).

3. Antérieurement à l'exemplaire personnel de Balzac, dit « Furne corrigé », on lit : « les Créqui, les Montmorency, touche aux Lusignan, et s'accroche aux Soubise ».

élève mal ses filles, et pense qu'elles seront toujours assez riches de leur nom. La femme et le mari n'ont d'ailleurs aucune idée du luxe actuel : ils gardent les livrées de théâtre, tiennent aux anciennes formes pour l'argenterie, les meubles, les voitures, comme pour les mœurs et le langage. Ce vieux faste s'allie d'ailleurs assez bien avec l'économie des provinces. Enfin c'est les gentilshommes d'autrefois, moins les lods et ventes [1], moins la meute et les habits galonnés ; tous pleins d'honneur entre eux, tous dévoués à des princes qu'ils ne voient qu'à distance. Cette maison historique *incognito* conserve l'originalité d'une antique tapisserie de haute lice. Dans la famille végète infailliblement un oncle ou un frère, lieutenant général, cordon rouge [2], homme de cour, qui est allé en Hanovre avec le maréchal de Richelieu [3], et que vous retrouvez là comme le feuillet égaré d'un vieux pamphlet du temps de Louis XV.

À cette famille fossile s'oppose une famille plus riche, mais de noblesse moins ancienne. Le mari et la femme vont passer deux mois d'hiver à Paris, ils en rapportent le ton fugitif et les passions éphémères. Madame est élégante, mais un peu guindée et toujours en retard avec les modes. Cependant elle se moque de l'ignorance affectée par ses voisins ; son argenterie est moderne ; elle a des grooms, des nègres, un valet de chambre. Son fils aîné a tilbury, ne fait rien, il a un majorat [4] ; le cadet est auditeur au Conseil d'État. Le père, très au fait des intrigues du ministère, raconte des anecdotes sur Louis XVIII et sur Mme du Cayla [5] ; il

---

1. Droits de l'Ancien Régime qu'il fallait payer au seigneur quand on vendait ou louait une terre de sa mouvance.

2. Grand-Croix de l'ordre de Saint-Louis.

3. Il dirigea l'occupation du Hanovre, où il imposa la capitulation de Kloster Zeven (1757).

4. « Fortune inaliénable, prélevée sur la fortune des deux époux, et constituée au profit de l'aîné de la maison, à chaque génération, sans qu'il soit privé de ses droits au partage égal des autres biens » (définition donnée par Balzac dans *Le Contrat de mariage*). Nul ne pouvait accéder à la pairie sans majorat. Cette institution fut supprimée en 1835 par extinction.

5. Sa maîtresse.

place dans le *cinq pour cent*, évite la conversation sur les cidres, mais tombe encore parfois dans la manie de rectifier le chiffre des fortunes départementales ; il est membre du conseil général, se fait habiller à Paris, et porte la croix de la Légion d'honneur. Enfin ce gentilhomme a compris la Restauration, et bat monnaie à la Chambre ; mais son royalisme est moins pur que celui de la famille avec laquelle il rivalise. Il reçoit *La Gazette* et les *Débats*. L'autre famille ne lit que *La Quotidienne* [1].

Monseigneur l'évêque, ancien vicaire général, flotte entre ces deux puissances qui lui rendent les honneurs dus à la religion, mais en lui faisant sentir parfois la morale que le bon La Fontaine a mise à la fin de *L'Âne chargé de reliques* [2]. Le bonhomme est roturier.

Puis viennent les astres secondaires, les gentilshommes qui jouissent de dix ou douze mille livres de rente, et qui ont été capitaines de vaisseau, ou capitaines de cavalerie, ou rien du tout. À cheval par les chemins, ils tiennent le milieu entre le curé portant les sacrements et le contrôleur des contributions en tournée. Presque tous ont été dans les pages ou dans les mousquetaires, et achèvent paisiblement leurs jours dans une *faisance-valoir*, plus occupés d'une coupe de bois ou de leur cidre que de la monarchie. Cependant ils parlent de la charte et des libéraux entre deux *rubbers* [3] de whist, ou pendant une partie de trictrac, après avoir calculé des dots et arrangé des mariages en rapport avec les généalogies qu'ils savent par cœur. Leurs femmes font les fières et prennent les airs de la cour dans leurs cabriolets d'osier ; elles croient être parées quand elles sont affublées d'un châle et d'un bonnet ; elles achètent annuellement deux chapeaux, mais après de mûres délibérations, et se les font

---

1. Voir p. 244, n. 3.
2. « D'un magistrat ignorant/C'est la robe qu'on salue » (*Fables*, V, 14, « L'âne portant des reliques »).
3. Quand on gagne deux parties liées.

apporter de Paris par occasion ; elles sont généralement vertueuses et bavardes.

Autour de ces éléments principaux de la gent aristocratique se groupent deux ou trois vieilles filles de
qualité qui ont résolu le problème de l'immobilisation
de la créature humaine. Elles semblent être scellées
dans les maisons où vous les voyez : leurs figures, leurs
toilettes font partie de l'immeuble, de la ville, de la
province ; elles en sont la tradition, la mémoire,
l'esprit. Toutes ont quelque chose de raide et de monu-
mental ; elles savent sourire ou hocher la tête à propos,
et, de temps en temps, disent des mots qui passent
pour spirituels.

Quelques riches bourgeois se sont glissés dans ce
petit faubourg Saint-Germain, grâce à leurs opinions
aristocratiques ou à leurs fortunes. Mais, en dépit de
leurs quarante ans, là chacun dit d'eux : « Ce petit *un
tel* pense bien ! » Et l'on en fait des députés. Généralement ils sont protégés par les vieilles filles, mais
l'on en cause.

Puis enfin deux ou trois ecclésiastiques sont reçus
dans cette société d'élite, pour leur étole, ou parce
qu'ils ont de l'esprit, et que ces nobles personnes,
s'ennuyant entre elles, introduisent l'élément bourgeois dans leurs salons, comme un boulanger met de
la levure dans sa pâte.

La somme d'intelligence amassée dans toutes ces
têtes se compose d'une certaine quantité d'idées
anciennes auxquelles se mêlent quelques pensées nouvelles qui se brassent en commun tous les soirs. Semblables à l'eau d'une petite anse, les phrases qui repré-
sentent ces idées ont leur flux et reflux quotidien, leur
remous perpétuel, exactement pareil : qui en entend
aujourd'hui le vide retentissement l'entendra demain,
dans un an, toujours. Leurs arrêts immuablement portés sur les choses d'ici-bas forment une science traditionnelle à laquelle il n'est au pouvoir de personne
d'ajouter une goutte d'esprit. La vie de ces routinières
personnes gravite dans une sphère d'habitudes aussi

incommutables que le sont leurs opinions religieuses, politiques, morales et littéraires.

Un étranger est-il admis dans ce cénacle, chacun lui dira, non sans une sorte d'ironie : «Vous ne trouverez pas ici le brillant de votre monde parisien ! » Et chacun condamnera l'existence de ses voisins en cherchant à faire croire qu'il est une exception dans cette société, qu'il a tenté sans succès de la rénover. Mais si, par malheur, l'étranger fortifié par quelque remarque l'opinion que ces gens ont mutuellement d'eux-mêmes, il passe aussitôt pour un homme méchant, sans foi ni loi, pour un Parisien corrompu, *comme le sont en général tous les Parisiens.*

Quand Gaston de Nueil apparut dans ce petit monde, où l'étiquette était parfaitement observée, où chaque chose de la vie s'harmoniait [1], où tout se trouvait mis à jour, où les valeurs nobiliaires et territoriales étaient cotées comme le sont les fonds de la Bourse à la dernière page des journaux, il avait été pesé d'avance dans les balances infaillibles de l'opinion bayeusaine. Déjà sa cousine Mme de Sainte-Sévère avait dit le chiffre de sa fortune, celui de ses espérances, exhibé son arbre généalogique, vanté ses connaissances, sa politesse et sa modestie. Il reçut l'accueil auquel il devait strictement prétendre, fut accepté comme un bon gentilhomme, sans façon, parce qu'il n'avait que vingt-trois ans ; mais certaines jeunes personnes et quelques mères lui firent les yeux doux. Il possédait dix-huit mille livres de rente dans la vallée d'Auge, et son père devait tôt ou tard lui laisser le château de Manerville avec toutes ses dépendances. Quant à son instruction, à son avenir politique, à sa valeur personnelle, à ses talents, il n'en fut seulement pas question. Ses terres étaient bonnes et les fermages bien assurés ; d'excellentes plantations y avaient été faites ; les réparations et les impôts étaient à la charge des fermiers ; les pommiers avaient trente-huit ans ; enfin son père était en marché pour acheter deux cents arpents de bois contigus à son parc, qu'il

---

1. Voir p. 297, n. 1.

voulait entourer de murs : aucune espérance ministérielle, aucune célébrité humaine ne pouvait lutter
contre de tels avantages. Soit malice, soit calcul,
Mme de Sainte-Sevère n'avait pas parlé du frère aîné
de Gaston, et Gaston n'en dit pas un mot. Mais ce
frère était poitrinaire, et paraissait devoir être bientôt
enseveli, pleuré, oublié. Gaston de Nueil commença
par s'amuser de ces personnages ; il en dessina, pour
ainsi dire, les figures sur son album dans la sapide
vérité de leurs physionomies anguleuses, crochues,
ridées, dans la plaisante originalité de leurs costumes
et de leurs tics ; il se délecta des *normanismes* de leur
idiome, du fruste de leurs idées et de leurs caractères.
Mais, après avoir épousé pendant un moment cette
existence semblable à celle des écureuils occupés à
tourner leur cage, il sentit l'absence des oppositions
dans une vie arrêtée d'avance, comme celle des religieux au fond des cloîtres, et tomba dans une crise qui
n'est encore ni l'ennui, ni le dégoût, mais qui en comporte presque tous les effets. Après les légères souffrances de cette transition, s'accomplit pour l'individu
le phénomène de sa transplantation dans un terrain
qui lui est contraire, où il doit s'atrophier et mener une
vie rachitique. En effet, si rien ne le tire de ce monde,
il en adopte insensiblement les usages, et se fait à son
vide qui le gagne et l'annule. Déjà les poumons de
Gaston s'habituaient à cette atmosphère. Prêt à reconnaître une sorte de bonheur végétal dans ces journées
passées sans soins et sans idées, il commençait à perdre
le souvenir de ce mouvement de sève, de cette fructi-
fication constante des esprits qu'il avait si ardemment
épousée dans la sphère parisienne, et allait se pétrifier
parmi ces pétrifications, y demeurer pour toujours,
comme les compagnons d'Ulysse [1], content de sa grasse
enveloppe. Un soir Gaston de Nueil se trouvait assis
entre une vieille dame et l'un des vicaires généraux du
diocèse, dans un salon à boiseries peintes en gris, car-

---

1. Changés en porcs par la magicienne Circé, au chant X de
l'*Odyssée* d'Homère.

relé en grands carreaux de terre blancs, décoré de
quelques portraits de famille, garni de quatre tables de
jeu, autour desquelles seize personnes babillaient en
jouant au whist. Là, ne pensant à rien, mais digérant
un de ces dîners exquis, l'avenir de la journée de province, il se surprit à justifier les usages du pays. Il concevait pourquoi ces gens-là continuaient à se servir
des cartes de la veille, à les battre sur des tapis usés, et
comment ils arrivaient à ne plus s'habiller ni pour eux-
mêmes ni pour les autres. Il devinait je ne sais quelle
philosophie dans le mouvement uniforme de cette vie
circulaire, dans le calme de ces habitudes logiques et
dans l'ignorance des choses élégantes. Enfin il comprenait presque l'inutilité du luxe. La ville de Paris, avec
ses passions, ses orages et ses plaisirs, n'était déjà plus
dans son esprit que comme un souvenir d'enfance. Il
admirait de bonne foi les mains rouges, l'air modeste
et craintif d'une jeune personne dont, à la première
vue, la figure lui avait paru niaise, les manières sans
grâces, l'ensemble repoussant et la mine souverainement ridicule. C'en était fait de lui. Venu de la province à Paris, il allait retomber de l'existence inflammatoire de Paris dans la froide vie de province, sans
une phrase qui frappa son oreille et lui apporta soudain une émotion semblable à celle que lui aurait
causée quelque motif original parmi les accompagne-
ments d'un opéra ennuyeux.

« N'êtes-vous pas allé voir hier Mme de Beauséant ?
dit une vieille femme au chef de la maison princière
du pays.

– J'y suis allé ce matin, répondit-il. Je l'ai trouvée
bien triste et si souffrante que je n'ai pas pu la décider
à venir dîner demain avec nous.

– Avec Mme de Champignelles ? s'écria la douairière en manifestant une sorte de surprise.

– Avec ma femme, dit tranquillement le gentilhomme. Mme de Beauséant n'est-elle pas de la maison de Bourgogne ? Par les femmes, il est vrai ; mais
enfin ce nom-là blanchit tout. Ma femme aime beau-

coup la vicomtesse, et la pauvre dame est depuis si longtemps seule que… »

En disant ces derniers mots, le marquis de Champignelles regarda d'un air calme et froid les personnes qui l'écoutaient en l'examinant ; mais il fut presque impossible de deviner s'il faisait une concession au malheur ou à la noblesse de Mme de Beauséant, s'il était flatté de la recevoir, ou s'il voulait forcer par orgueil les gentilshommes du pays et leurs femmes à la voir.

Toutes les dames parurent se consulter en se jetant le même coup d'œil ; et alors, le silence le plus profond ayant tout à coup régné dans le salon, leur attitude fut prise comme un indice d'improbation.

« Cette Mme de Beauséant est-elle par hasard celle dont l'aventure avec M. d'Ajuda-Pinto a fait tant de bruit [1] ? demanda Gaston à la personne près de laquelle il était.

– Parfaitement la même, lui répondit-on. Elle est venue habiter Courcelles après le mariage du marquis d'Ajuda, personne ici ne la reçoit. Elle a d'ailleurs beaucoup trop d'esprit pour ne pas avoir senti la fausseté de sa position : aussi n'a-t-elle cherché à voir personne. M. de Champignelles et quelques hommes se sont présentés chez elle, mais elle n'a reçu que M. de Champignelles, à cause peut-être de leur parenté : ils sont alliés par les Beauséant. Le marquis de Beauséant le père a épousé une Champignelles de la branche aînée. Quoique la vicomtesse de Beauséant passe pour descendre de la maison de Bourgogne, vous comprenez que nous ne pouvions pas admettre ici une femme séparée de son mari. C'est de vieilles idées auxquelles nous avons encore la bêtise de tenir. La vicomtesse a eu d'autant plus de tort dans ses escapades que M. de Beauséant est un galant homme, un homme de cour : il aurait très bien entendu raison. Mais sa femme est une tête folle… »

M. de Nueil, tout en entendant la voix de son interlocutrice, ne l'écoutait plus. Il était absorbé par mille

---

1. Cf. *Le Père Goriot*.

fantaisies. Existe-t-il d'autre mot pour exprimer les
attraits d'une aventure au moment où elle sourit à
l'imagination, au moment où l'âme conçoit de vagues
espérances, pressent d'inexplicables félicités, des
craintes, des événements, sans que rien encore n'ali-
mente ni ne fixe les caprices de ce mirage ? L'esprit
voltige alors, enfante des projets impossibles et donne
en germe les bonheurs d'une passion. Mais peut-être
le germe de la passion la contient-elle entièrement,
comme une graine contient une belle fleur avec ses
parfums et ses riches couleurs. M. de Nueil ignorait
que Mme de Beauséant se fût réfugiée en Normandie
après un éclat que la plupart des femmes envient et
condamnent, surtout lorsque les séductions de la jeunesse et de la beauté justifient presque la faute qui l'a
causé. Il existe un prestige inconcevable dans toute
espèce de célébrité, à quelque titre qu'elle soit due. Il
semble que, pour les femmes comme jadis pour les
familles, la gloire d'un crime en efface la honte. De
même que telle maison s'enorgueillit de ses têtes tranchées, une jolie, une jeune femme devient plus
attrayante par la fatale renommée d'un amour heureux ou d'une affreuse trahison. Plus elle est à
plaindre, plus elle excite de sympathies. Nous ne
sommes impitoyables que pour les choses, pour les
sentiments et les aventures vulgaires. En attirant les
regards, nous paraissons grands. Ne faut-il pas en
effet s'élever au-dessus des autres pour en être vu ?
Or, la foule éprouve involontairement un sentiment de
respect pour tout ce qui s'est grandi, sans trop
demander compte des moyens. En ce moment, Gaston de Nueil se sentait pousser vers Mme de Beauséant par la secrète influence de ces raisons, ou peut-
être par la curiosité, par le besoin de mettre un intérêt
dans sa vie actuelle, enfin par cette foule de motifs
impossibles à dire, et que le mot de *fatalité* sert souvent à exprimer. La vicomtesse de Beauséant avait
surgi devant lui tout à coup, accompagnée d'une foule
d'images gracieuses : elle était un monde nouveau ;
près d'elle sans doute il y avait à craindre, à espérer, à

combattre, à vaincre. Elle devait contraster avec les
personnes que Gaston voyait dans ce salon mesquin ;
enfin c'était une femme, il n'avait point encore rencontré de femme dans ce monde froid où les calculs
remplaçaient les sentiments, où la politesse n'était plus
que des devoirs, et où les idées les plus simples avaient
quelque chose de trop blessant pour être acceptées ou
émises. Mme de Beauséant réveillait en son âme le
souvenir de ses rêves de jeune homme et ses plus
vivaces passions, un moment endormies. Gaston de
Nueil devint distrait pendant le reste de la soirée. Il
pensait aux moyens de s'introduire chez Mme de
Beauséant, et certes il n'en existait guère. Elle passait
pour être éminemment spirituelle. Mais, si les personnes d'esprit peuvent se laisser séduire par les
choses originales ou fines, elles sont exigeantes, savent
tout deviner ; auprès d'elles il y a donc autant de
chances pour se perdre que pour réussir dans la difficile entreprise de plaire. Puis la vicomtesse devait
joindre à l'orgueil de sa situation la dignité que son
nom lui commandait. La solitude profonde dans
laquelle elle vivait semblait être la moindre des
barrières élevées entre elle et le monde. Il était donc
presque impossible à un inconnu, de quelque bonne
famille qu'il fût, de se faire admettre chez elle. Cependant le lendemain matin M. de Nueil dirigea sa promenade vers le pavillon de Courcelles, et fit plusieurs
fois le tour de l'enclos qui en dépendait. Dupé par les
illusions auxquelles il est si naturel de croire à son âge,
il regardait à travers les brèches ou par-dessus les
murs, restait en contemplation devant les persiennes
fermées ou examinait celles qui étaient ouvertes. Il
espérait un hasard romanesque, il en combinait les
effets sans s'apercevoir de leur impossibilité, pour
s'introduire auprès de l'inconnue. Il se promena pendant plusieurs matinées fort infructueusement ; mais, à
chaque promenade, cette femme placée en dehors du
monde, victime de l'amour, ensevelie dans la solitude,
grandissait dans sa pensée et se logeait dans son âme.
Aussi le cœur de Gaston battait-il d'espérance et de joie

si par hasard, en longeant les murs de Courcelles, il venait à entendre le pas pesant de quelque jardinier.

Il pensait bien à écrire à Mme de Beauséant ; mais que dire à une femme que l'on n'a pas vue et qui ne nous connaît pas ? D'ailleurs Gaston se défiait de lui-même ; puis, semblable aux jeunes gens encore pleins d'illusions, il craignait plus que la mort les terribles dédains du silence, et frissonnait en songeant à toutes les chances que pouvait avoir sa première prose amoureuse d'être jetée au feu. Il était en proie à mille idées contraires qui se combattaient. Mais enfin, à force d'enfanter des chimères, de composer des romans et de se creuser la cervelle, il trouva l'un de ces heureux stratagèmes qui finissent par se rencontrer dans le grand nombre de ceux que l'on rêve, et qui révèlent à la femme la plus innocente l'étendue de la passion avec laquelle un homme s'est occupé d'elle. Souvent les bizarreries sociales créent autant d'obstacles réels entre une femme et son amant que les poètes orientaux en ont mis dans les délicieuses fictions de leurs contes, et leurs images les plus fantastiques sont rarement exagérées. Aussi, dans la nature comme dans le monde des fées, la femme doit-elle toujours appartenir à celui qui sait arriver à elle et la délivrer de la situation où elle languit. Le plus pauvre des calenders [1], tombant amoureux de la fille d'un calife [2], n'en était pas certes séparé par une distance plus grande que celle qui se trouvait entre Gaston et Mme de Beauséant. La vicomtesse vivait dans une ignorance absolue des circonvallations [3] tracées autour d'elle par M. de Nueil, dont l'amour s'accroissait de toute la grandeur des obstacles à franchir, et qui donnaient à sa maîtresse improvisée les attraits que possède toute chose lointaine.

---

1. Moines mendiants des *Mille et Une Nuits*.
2. Le manuscrit porte : « d'une princesse de Mingrélie ». Pierre Citron croit y voir une allusion à Mme Hanska, avec qui Balzac avait commencé à correspondre deux mois plus tôt.
3. Travaux de siège autour d'une place.

Un jour, se fiant à son inspiration, il espéra tout de
l'amour qui devait jaillir de ses yeux. Croyant la parole
plus éloquente que ne l'est la lettre la plus passionnée,
et spéculant aussi sur la curiosité naturelle à la femme,
il alla chez M. de Champignelles en se proposant de
l'employer à la réussite de son entreprise. Il dit au
gentilhomme qu'il avait à s'acquitter d'une commission importante et délicate auprès de Mme de
Beauséant ; mais, ne sachant point si elle lisait les
lettres d'une écriture inconnue ou si elle accorderait sa
confiance à un étranger, il le priait de demander à la
vicomtesse, lors de sa première visite, si elle daignerait
le recevoir. Tout en invitant le marquis à garder le
secret en cas de refus, il l'engagea fort spirituellement
à ne point taire à Mme de Beauséant les raisons qui
pouvaient le faire admettre chez elle. N'était-il pas
homme d'honneur, loyal et incapable de se prêter à
une chose de mauvais goût ou même malséante ! Le
hautain gentilhomme, dont les petites vanités avaient
été flattées, fut complètement dupé par cette diplo-
matie de l'amour qui prête à un jeune homme
l'aplomb et la haute dissimulation d'un vieil ambassadeur. Il essaya bien de pénétrer les secrets de Gaston ;
mais celui-ci, fort embarrassé de les lui dire, opposa
des phrases normandes aux adroites interrogations de
M. de Champignelles, qui, en chevalier français, le
complimenta sur sa discrétion.

Aussitôt le marquis courut à Courcelles avec cet
empressement que les gens d'un certain âge mettent à
rendre service aux jolies femmes. Dans la situation où
se trouvait la vicomtesse de Beauséant, un message de
cette espèce était de nature à l'intriguer. Aussi,
quoiqu'elle ne vît, en consultant ses souvenirs, aucune
raison qui pût amener chez elle M. de Nueil, n'aper-
çut-elle aucun inconvénient à le recevoir, après toutefois s'être prudemment enquise de sa position dans le
monde. Elle avait cependant commencé par refuser ;
puis elle avait discuté ce point de convenance avec
M. de Champignelles, en l'interrogeant pour tâcher
de deviner s'il savait le motif de cette visite ; puis elle

était revenue sur son refus. La discussion et la discrétion forcée du marquis avaient irrité sa curiosité.

M. de Champignelles, ne voulant point paraître ridicule, prétendait, en homme instruit, mais discret, que la vicomtesse devait parfaitement bien connaître l'objet de cette visite, quoiqu'elle le cherchât de bien bonne foi sans le trouver. Mme de Beauséant créait des liaisons entre Gaston et des gens qu'il ne connaissait pas, se perdait dans d'absurdes suppositions, et se demandait à elle-même si elle avait jamais vu M. de Nueil. La lettre d'amour la plus vraie ou la plus habile n'eût certes pas produit autant d'effet que cette espèce d'énigme sans mot de laquelle Mme de Beauséant fut occupée à plusieurs reprises.

Quand Gaston apprit qu'il pouvait voir la vicomtesse, il fut tout à la fois dans le ravissement d'obtenir si promptement un bonheur ardemment souhaité et singulièrement embarrassé de donner un dénouement à sa ruse. « Bah ! *la* voir, répétait-il en s'habillant, la voir, c'est tout ! » Puis il espérait, en franchissant la porte de Courcelles, rencontrer un expédient pour dénouer le nœud gordien qu'il avait serré lui-même. Gaston était du nombre de ceux qui, croyant à la toute-puissance de la nécessité, vont toujours ; et, au dernier moment, arrivés en face du danger, ils s'en inspirent et trouvent des forces pour le vaincre. Il mit un soin particulier à sa toilette. Il s'imaginait, comme les jeunes gens, que d'une boucle bien ou mal placée dépendait son succès, ignorant qu'au jeune âge tout est charme et attrait. D'ailleurs les femmes de choix qui ressemblent à Mme de Beauséant ne se laissent séduire que par les grâces de l'esprit et par la supériorité du caractère. Un grand caractère flatte leur vanité, leur promet une grande passion et paraît devoir admettre les exigences de leur cœur. L'esprit les amuse, répond aux finesses de leur nature, et elles se croient comprises. Or, que veulent toutes les femmes, si ce n'est d'être amusées, comprises ou adorées ? Mais il faut avoir bien réfléchi sur les choses de la vie pour deviner la haute coquetterie que comportent la

négligence du costume et la réserve de l'esprit dans une
première entrevue. Quand nous devenons assez rusés
pour être d'habiles politiques, nous sommes trop vieux
pour profiter de notre expérience. Tandis que Gaston
se défiait assez de son esprit pour emprunter des
séductions à son vêtement, Mme de Beauséant elle-
même mettait instinctivement de la recherche dans sa
toilette et se disait en arrangeant sa coiffure : « Je ne
veux cependant pas être à faire peur. »

M. de Nueil avait dans l'esprit, dans sa personne et
dans les manières, cette tournure naïvement originale
qui donne une sorte de saveur aux gestes et aux idées
ordinaires, permet de tout dire et fait tout passer. Il
était instruit, pénétrant, d'une physionomie heureuse
et mobile comme son âme impressible [1]. Il y avait de la
passion, de la tendresse dans ses yeux vifs ; et son
cœur, essentiellement bon, ne les démentait pas. La
résolution qu'il prit en entrant à Courcelles fut donc
en harmonie avec la nature de son caractère franc et
de son imagination ardente. Malgré l'intrépidité de
l'amour, il ne put cependant se défendre d'une violente palpitation quand, après avoir traversé une
grande cour dessinée en jardin anglais, il arriva dans
une salle où un valet de chambre, lui ayant demandé
son nom, disparut et revint pour l'introduire.

« M. le baron de Nueil. »

Gaston entra lentement, mais d'assez bonne grâce,
chose plus difficile encore dans un salon où il n'y a
qu'une femme que dans celui où il y en a vingt. À
l'angle de la cheminée, où, malgré la saison, brillait un
grand foyer, et sur laquelle se trouvaient deux candélabres allumés jetant de molles lumières, il aperçut une
jeune femme assise dans cette moderne bergère à dossier très élevé, dont le siège bas lui permettait de
donner à sa tête des poses variées pleines de grâce et
d'élégance, de l'incliner, de la pencher, de la redresser
languissamment, comme si c'était un fardeau pesant ;
puis de plier ses pieds, de les montrer ou de les rentrer

---

1. Sensible aux impressions qu'elle reçoit.

sous les longs plis d'une robe noire. La vicomtesse
voulut placer sur une petite table ronde le livre qu'elle
lisait ; mais ayant en même temps tourné la tête vers
M. de Nueil, le livre, mal posé, tomba dans l'intervalle
qui séparait la table de la bergère. Sans paraître surprise de cet accident, elle se rehaussa, et s'inclina pour
répondre au salut du jeune homme, mais d'une
manière imperceptible et presque sans se lever de son
siège où son corps resta plongé. Elle se courba pour
s'avancer, remua vivement le feu, puis elle se baissa,
ramassa un gant qu'elle mit avec négligence à sa main
gauche, en cherchant l'autre par un regard promptement réprimé ; car de sa main droite, main blanche,
presque transparente, sans bagues, fluette, à doigts
effilés, et dont les ongles roses formaient un ovale parfait, elle montra une chaise comme pour dire à Gaston
de s'asseoir. Quand son hôte inconnu fut assis, elle
tourna la tête vers lui par un mouvement interrogant [1]
et coquet dont la finesse ne saurait se peindre ; il
appartenait à ces intentions bienveillantes, à ces gestes
gracieux, quoique précis, que donnent l'éducation
première et l'habitude constante des choses de bon
goût. Ces mouvements multipliés se succédèrent rapidement en un instant, sans saccades ni brusqueries, et
charmèrent Gaston par ce mélange de soin et d'abandon qu'une jolie femme ajoute aux manières aristocratiques de la haute compagnie. Mme de Beauséant
contrastait trop vivement avec les automates parmi
lesquels il vivait depuis deux mois d'exil au fond de la
Normandie, pour ne pas lui personnifier la poésie de
ses rêves ; aussi ne pouvait-il en comparer les perfections à aucune de celles qu'il avait jadis admirées.
Devant cette femme et dans ce salon meublé comme
l'est un salon du faubourg Saint-Germain, plein de
ces riens si riches qui traînent sur les tables, en apercevant des livres et des fleurs, il se retrouva dans Paris.

---

1. Manuscrit : « interrogateur » ; *La Revue de Paris* : « interrogeant ». L'expression « point interrogant » pour « point d'interrogation » a disparu.

Il foulait un vrai tapis de Paris, revoyait le type distingué, les formes frêles de la Parisienne, sa grâce exquise, et sa négligence des effets cherchés qui nuisent tant aux femmes de province.

Mme la vicomtesse de Beauséant était blonde, blanche comme une blonde, et avait les yeux bruns. Elle présentait noblement son front, un front d'ange déchu qui s'enorgueillit de sa faute et ne veut point de pardon. Ses cheveux, abondants et tressés en hauteur au-dessus de deux bandeaux qui décrivaient sur ce front de larges courbes, ajoutaient encore à la majesté de sa tête. L'imagination retrouvait, dans les spirales de cette chevelure dorée, la couronne ducale de Bourgogne, et, dans les yeux brillants de cette grande dame, tout le courage de sa maison ; le courage d'une femme forte seulement pour repousser le mépris ou l'audace, mais pleine de tendresse pour les sentiments doux. Les contours de sa petite tête, admirablement posée sur un long col blanc ; les traits de sa figure fine, ses lèvres déliées et sa physionomie mobile gardaient une expression de prudence exquise, une teinte d'ironie affectée qui ressemblait à de la ruse et à de l'impertinence. Il était difficile de ne pas lui pardonner ces deux péchés féminins en pensant à ses malheurs, à la passion qui avait failli lui coûter la vie, et qu'attestaient soit les rides qui, par le moindre mouvement, sillonnaient son front, soit la douloureuse éloquence de ses beaux yeux souvent levés vers le ciel. N'était-ce pas un spectacle imposant, et encore agrandi par la pensée, de voir dans un immense salon silencieux cette femme séparée du monde entier, et qui, depuis trois ans, demeurait au fond d'une petite vallée, loin de la ville, seule avec les souvenirs d'une jeunesse brillante, heureuse, passionnée, jadis remplie par des fêtes, par de constants hommages, mais maintenant livrée aux horreurs du néant ? Le sourire de cette femme annonçait une haute conscience de sa valeur. N'étant ni mère ni épouse, repoussée par le monde, privée du seul cœur qui pût faire battre le sien sans honte, ne tirant d'aucun sentiment les secours nécessaires à son âme chancelante, elle devait prendre sa force sur elle-même, vivre de sa propre vie, et n'avoir d'autre espérance que celle de la femme abandonnée : attendre la mort, en hâter la lenteur malgré les beaux jours qui lui restaient encore. Se sentir destinée au bonheur, et périr sans le recevoir, sans le donner ?... une femme ! Quelles douleurs ! M. de Nueil fit ces réflexions avec la rapidité de l'éclair, et se trouva bien honteux de son personnage en présence de la plus grande poésie dont puisse s'envelopper une femme. Séduit par le triple éclat de la beauté, du malheur et de la noblesse, il demeura presque béant, songeur, admirant la vicomtesse, mais ne trouvant rien à lui dire.

Mme de Beauséant, à qui cette surprise ne déplut sans doute point, lui tendit la main par un geste doux, mais impératif ; puis, rappelant un sourire sur ses lèvres pâlies, comme pour obéir encore aux grâces de son sexe, elle lui dit : « M. de Champignelles m'a prévenue, monsieur, du message dont vous vous êtes si complaisamment chargé pour moi. Serait-ce de la part de... »

En entendant cette terrible phrase, Gaston comprit encore mieux le ridicule de sa situation, le mauvais goût, la déloyauté de son procédé envers une femme et si noble et si malheureuse. Il rougit. Son regard, empreint de mille pensées, se troubla ; mais tout à coup, avec cette force que de jeunes cœurs savent puiser dans le sentiment de leurs fautes, il se rassura ; puis, interrompant Mme de Beauséant, non sans faire un geste plein de soumission, il lui répondit d'une voix émue : « Madame, je ne mérite pas le bonheur de vous voir ; je vous ai indignement trompée. Le sentiment auquel j'ai obéi, si grand qu'il puisse être, ne saurait faire excuser le misérable subterfuge qui m'a servi pour arriver jusqu'à vous. Mais, madame, si vous aviez la bonté de me permettre de vous dire... »

La vicomtesse lança sur M. de Nueil un coup d'œil plein de hauteur et de mépris, leva la main pour saisir le cordon de sa sonnette, sonna ; le valet de chambre vint ; elle lui dit, en regardant le jeune homme avec dignité : « Jacques, éclairez monsieur. »

Elle se leva, fière, salua Gaston, et se baissa pour ramasser le livre tombé. Ses mouvements furent aussi secs, aussi froids que ceux par lesquels elle l'accueillit avaient été mollement élégants et gracieux. M. de Nueil s'était levé, mais il restait debout. Mme de Beauséant lui jeta de nouveau un regard comme pour lui dire : « Eh bien, vous ne sortez pas ? »

Ce regard fut empreint d'une moquerie si perçante, que Gaston devint pâle comme un homme près de défaillir. Quelques larmes roulèrent dans ses yeux ; mais il les retint, les sécha dans les feux de la honte et du désespoir, regarda Mme de Beauséant avec une sorte d'orgueil qui exprimait tout ensemble et de la résignation et une certaine conscience de sa valeur : la vicomtesse avait le droit de le punir, mais le devait-elle ? Puis il sortit. En traversant l'antichambre, la perspicacité de son esprit et son intelligence aiguisée par la passion lui firent comprendre tout le danger de sa situation. « Si je quitte cette maison, se dit-il, je n'y pourrai jamais rentrer, je serai toujours un sot pour la vicomtesse. Il est impossible à une femme, et elle est femme ! de ne pas deviner l'amour qu'elle inspire ; elle ressent peut-être un regret vague et involontaire de m'avoir si brusquement congédié, mais elle ne doit pas, elle ne peut pas révoquer son arrêt : c'est à moi de la comprendre. »

À cette réflexion, Gaston s'arrête sur le perron, laisse échapper une exclamation, se retourne vivement et dit : « J'ai oublié quelque chose ! » Et il revint vers le salon suivi du valet de chambre, qui, plein de respect pour un baron et pour les droits sacrés de la propriété, fut complètement abusé par le ton naïf avec lequel cette phrase fut dite. Gaston entra doucement sans être annoncé. Quand la vicomtesse, pensant peut-être que l'intrus était son valet de chambre, leva la tête, elle trouva devant elle M. de Nueil.

« Jacques m'a éclairé », dit-il en souriant. Son sourire, empreint d'une grâce à demi triste, ôtait à ce mot tout ce qu'il avait de plaisant, et l'accent avec lequel il était prononcé devait aller à l'âme.

Mme de Beauséant fut désarmée.

« Eh bien, asseyez-vous », dit-elle.

Gaston s'empara de la chaise par un mouvement avide. Ses yeux, animés par la félicité, jetèrent un éclat si vif que la vicomtesse ne put soutenir ce jeune regard, baissa les yeux sur son livre et savoura le plaisir toujours nouveau d'être pour un homme le principe de son bonheur, sentiment impérissable chez la femme. Puis, Mme de Beauséant avait été devinée. La femme est si reconnaissante de rencontrer un homme au fait des caprices si logiques de son cœur, qui comprenne les allures en apparence contradictoires de son esprit, les fugitives pudeurs de ses sensations tantôt timides, tantôt hardies, étonnant mélange de coquetterie et de naïveté !

« Madame, s'écria doucement Gaston, vous connaissez ma faute, mais vous ignorez mes crimes. Si vous saviez avec quel bonheur j'ai…

– Ah ! prenez garde », dit-elle en levant un de ses doigts d'un air mystérieux à la hauteur de son nez, qu'elle effleura ; puis, de l'autre main, elle fit un geste pour prendre le cordon de la sonnette.

Ce joli mouvement, cette gracieuse menace provoquèrent sans doute une triste pensée, un souvenir de sa vie heureuse, du temps où elle pouvait être tout charme et tout gentillesse, où le bonheur justifiait les caprices de son esprit comme il donnait un attrait de plus aux moindres mouvements de sa personne. Elle amassa les rides de son front entre ses deux sourcils ; son visage, si doucement éclairé par les bougies, prit une sombre expression ; elle regarda M. de Nueil avec une gravité dénuée de froideur, et lui dit en femme profondément pénétrée par le sens de ses paroles : « Tout ceci est bien ridicule ! Un temps a été, monsieur, où j'avais le droit d'être follement gaie, où j'aurais pu rire avec vous et vous recevoir sans crainte ; mais aujourd'hui, ma vie est bien changée, je ne suis plus maîtresse de mes actions, et suis forcée d'y réfléchir. À quel sentiment dois-je votre visite ? Est-ce curiosité ? Je paie alors bien cher un fragile instant de bonheur. Aimeriez-vous déjà *passionnément* une femme infailliblement calomniée et que vous n'avez jamais vue ? Vos sentiments seraient donc fondés sur la mésestime, sur une faute à laquelle le hasard a donné de la célébrité. » Elle jeta son livre sur la table avec dépit. « Hé quoi, reprit-elle après avoir lancé un regard terrible sur Gaston, parce que j'ai été faible, le monde veut donc que je le sois toujours ? Cela est affreux, dégradant. Venez-vous chez moi pour me plaindre ? Vous êtes bien jeune pour sympathiser avec des peines de cœur. Sachez-le bien, monsieur, je pré- fère le mépris à la pitié ; je ne veux subir la compas- sion de personne. » Il y eut un moment de silence. « Eh bien, vous voyez, monsieur, reprit-elle en levant la tête vers lui d'un air triste et doux, quel que soit le sentiment qui vous ait porté à vous jeter étourdiment dans ma retraite, vous me blessez. Vous êtes trop jeune pour être tout à fait dénué de bonté, vous sentirez donc l'inconvenance de votre démarche ; je vous la pardonne, et vous en parle maintenant sans amer- tume. Vous ne reviendrez plus ici, n'est-ce pas ? Je vous prie quand je pourrais ordonner. Si vous me fai- siez une nouvelle visite, il ne serait ni en votre pouvoir ni au mien d'empêcher toute la ville de croire que vous devenez mon amant, et vous ajouteriez à mes chagrins un chagrin bien grand. Ce n'est pas votre volonté, je pense. »

Elle se tut en le regardant avec une dignité vraie qui le rendit confus.

« J'ai eu tort, madame, répondit-il d'un ton péné- tré ; mais l'ardeur, l'irréflexion, un vif besoin de bon- heur sont à mon âge des qualités et des défauts. Main- tenant, reprit-il, je comprends que je n'aurais pas dû chercher à vous voir, et cependant mon désir était bien naturel. »

Il tâcha de raconter avec plus de sentiment que d'esprit les souffrances auxquelles l'avait condamné son exil nécessaire. Il peignit l'état d'un jeune homme dont les feux brûlaient sans aliment, en faisant penser qu'il était digne d'être aimé tendrement, et néanmoins n'avait jamais connu les délices d'un amour inspiré par une femme jeune, belle, pleine de goût, de délicatesse. Il expliqua son manque de convenance sans vouloir le justifier. Il flatta Mme de Beauséant en lui prouvant qu'elle réalisait pour lui le type de la maîtresse incessamment mais vainement appelée par la plupart des jeunes gens. Puis, en parlant de ses promenades matinales autour de Courcelles, et des idées vagabondes qui le saisissaient à l'aspect du pavillon où il s'était enfin introduit, il excita cette indéfinissable indulgence que la femme trouve dans son cœur pour les folies qu'elle inspire. Il fit entendre une voix passionnée dans cette froide solitude, où il apportait les chaudes inspirations du jeune âge et les charmes d'esprit qui décèlent une éducation soignée. Mme de Beauséant était privée depuis trop longtemps des émotions que donnent les sentiments vrais finement exprimés pour ne pas en sentir vivement les délices. Elle ne put s'empêcher de regarder la figure expressive de M. de Nueil, et d'admirer en lui cette belle confiance de l'âme qui n'a encore été ni déchirée par les cruels enseignements de la vie du monde, ni dévorée par les perpétuels calculs de l'ambition ou de la vanité. Gaston était le jeune homme dans sa fleur, et se produisait en homme de caractère qui méconnaît encore ses hautes destinées. Ainsi tous deux faisaient à l'insu l'un de l'autre les réflexions les plus dangereuses pour leur repos, et tâchaient de se les cacher. M. de Nueil reconnaissait dans la vicomtesse une de ces femmes si rares, toujours victimes de leur propre perfection et de leur inextinguible tendresse, dont la beauté gracieuse est le moindre charme quand elles ont une fois permis l'accès de leur âme où les sentiments sont infinis, où tout est bon, où l'instinct du beau s'unit aux expressions les plus variées de l'amour pour purifier les voluptés et les rendre presque saintes : admirable secret de la femme, présent exquis si rarement accordé par la nature. De son côté, la vicomtesse, en écoutant l'accent vrai avec lequel Gaston lui parlait des malheurs de sa jeunesse, devinait les souffrances imposées par la timidité aux grands enfants de vingt-cinq ans, lorsque l'étude les a garantis de la corruption et du contact des gens du monde dont l'expérience raisonneuse corrode les belles qualités du jeune âge. Elle trouvait en lui le rêve de toutes les femmes, un homme chez lequel n'existait encore ni cet égoïsme de famille et de fortune, ni ce sentiment personnel qui finissent par tuer, dans leur premier élan, le dévouement, l'honneur, l'abnégation, l'estime de soi-même, fleurs d'âme si tôt fanées qui d'abord enrichissent la vie d'émotions délicates, quoique fortes, et ravivent en l'homme la probité du cœur. Une fois lancés dans les vastes espaces du sentiment, ils arrivèrent très loin en théorie, sondèrent l'un et l'autre la profondeur de leurs âmes, s'informèrent de la vérité de leurs expressions. Cet examen, involontaire chez Gaston, était prémédité chez Mme de Beauséant. Usant de sa finesse naturelle ou acquise, elle exprimait, sans se nuire à elle-même, des opinions contraires aux siennes pour connaître celles de M. de Nueil. Elle fut si spirituelle, si gracieuse, elle fut si bien elle-même avec un jeune homme qui ne réveillait point sa défiance, en croyant ne plus le revoir, que Gaston s'écria naïvement à un mot délicieux dit par elle-même : « Eh ! madame, comment un homme a-t-il pu vous abandonner ? »

La vicomtesse resta muette. Gaston rougit, il pensait l'avoir offensée. Mais cette femme était surprise par le premier plaisir profond et vrai qu'elle ressentait depuis le jour de son malheur. Le roué le plus habile n'eût pas fait à force d'art le progrès que M. de Nueil dut à ce cri parti du cœur. Ce jugement arraché à la candeur d'un homme jeune la rendait innocente à ses yeux, condamnait le monde, accusait celui qui l'avait quittée, et justifiait la solitude où elle était venue languir. L'absolution mondaine, les touchantes sympathies, l'estime sociale, tant souhaitées, si cruellement refusées, enfin ses plus secrets désirs étaient accomplis

par cette exclamation qu'embellissaient encore les
plus douces flatteries du cœur et cette admiration toujours avidement savourée par les femmes. Elle était
donc entendue et comprise, M. de Nueil lui donnait
tout naturellement l'occasion de se grandir de sa
chute. Elle regarda la pendule.

« Oh ! madame, s'écria Gaston, ne me punissez pas
de mon étourderie. Si vous ne m'accordez qu'une
soirée, daignez ne pas l'abréger encore. »

Elle sourit du compliment.

« Mais, dit-elle, puisque nous ne devons plus nous
revoir, qu'importe un moment de plus ou de moins ?
Si je vous plaisais, ce serait un malheur.

– Un malheur tout venu, répondit-il tristement.

– Ne me dites pas cela, reprit-elle gravement. Dans
toute autre position je vous recevrais avec plaisir. Je
vais vous parler sans détour, vous comprendrez pourquoi je ne veux pas, pourquoi je ne dois pas vous
revoir. Je vous crois l'âme trop grande pour ne pas
sentir que si j'étais seulement soupçonnée d'une
seconde faute, je deviendrais, pour tout le monde, une
femme méprisable et vulgaire, je ressemblerais aux
autres femmes. Une vie pure et sans tache donnera
donc du relief à mon caractère. Je suis trop fière pour
ne pas essayer de demeurer au milieu de la Société
comme un être à part, victime des lois par mon
mariage, victime des hommes par mon amour. Si je ne
restais pas fidèle à ma position, je mériterais tout le
blâme qui m'accable, et perdrais ma propre estime. Je
n'ai pas eu la haute vertu sociale d'appartenir à un
homme que je n'aimais pas. J'ai brisé, malgré les lois,
les liens du mariage : c'était un tort, un crime, ce sera
tout ce que vous voudrez ; mais pour moi cet état
équivalait à la mort. J'ai voulu vivre. Si j'eusse été
mère, peut-être aurais-je trouvé des forces pour supporter le supplice d'un mariage imposé par les conve-
nances. À dix-huit ans, nous ne savons guère, pauvres
jeunes filles, ce que l'on nous fait faire. J'ai violé les
lois du monde, le monde m'a punie ; nous étions
justes l'un et l'autre. J'ai cherché le bonheur. N'est-ce

pas une loi de notre nature que d'être heureuses ?
J'étais jeune, j'étais belle… J'ai cru rencontrer un être
aussi aimant qu'il paraissait passionné. J'ai été bien
aimée pendant un moment !… »

Elle fit une pause.

« Je pensais, reprit-elle, qu'un homme ne devait
jamais abandonner une femme dans la situation où je
me trouvais. J'ai été quittée, j'aurai déplu. Oui, j'ai
manqué sans doute à quelque loi de nature : j'aurai été
trop aimante, trop dévouée ou trop exigeante, je ne
sais. Le malheur m'a éclairée. Après avoir été longtemps l'accusatrice, je me suis résignée à être la seule
criminelle. J'ai donc absous à mes dépens celui de qui
je croyais avoir à me plaindre. Je n'ai pas été assez
adroite pour le conserver : la destinée m'a fortement
punie de ma maladresse. Je ne sais qu'aimer : le moyen
de penser à soi quand on aime ? J'ai donc été l'esclave
quand j'aurais dû me faire tyran. Ceux qui me connaî-
tront pourront me condamner, mais ils m'estimeront.
Mes souffrances m'ont appris à ne plus m'exposer à
l'abandon. Je ne comprends pas comment j'existe
encore, après avoir subi les douleurs des huit premiers
jours qui ont suivi cette crise, la plus affreuse dans la
vie d'une femme. Il faut avoir vécu pendant trois ans
seule pour avoir acquis la force de parler comme je le
fais en ce moment de cette douleur. L'agonie se termine ordinairement par la mort, eh bien, monsieur,
c'était une agonie sans le tombeau pour dénouement.
Oh ! j'ai bien souffert ! »

La vicomtesse leva ses beaux yeux vers la corniche,
à laquelle sans doute elle confia tout ce que ne devait
pas entendre un inconnu. Une corniche est bien la
plus douce, la plus soumise, la plus complaisante
confidente que les femmes puissent trouver dans les
occasions où elles n'osent regarder leur interlocuteur.
La corniche d'un boudoir est une institution. N'est-ce
pas un confessionnal, moins le prêtre ? En ce moment,
Mme de Beauséant était éloquente et belle ; il faudrait
dire coquette, si ce mot n'était pas trop fort. En se
rendant justice, en mettant, entre elle et l'amour, les

plus hautes barrières, elle aiguillonnait tous les sentiments de l'homme : et, plus elle élevait le but, mieux
elle l'offrait aux regards. Enfin elle abaissa ses yeux sur
Gaston, après leur avoir fait perdre l'expression trop
attachante que leur avait communiquée le souvenir de
ses peines.

« Avouez que je dois rester froide et solitaire ? » lui
dit-elle d'un ton calme.

M. de Nueil se sentait une violente envie de tomber
aux pieds de cette femme alors sublime de raison et de
folie, il craignit de lui paraître ridicule, il réprima donc
et son exaltation et ses pensées : il éprouvait à la fois et
la crainte de ne point réussir à les bien exprimer, et la
peur de quelque terrible refus ou d'une moquerie
dont l'appréhension glace les âmes les plus ardentes.
La réaction des sentiments qu'il refoulait au moment
ou ils s'élançaient de son cœur lui causa cette douleur
profonde que connaissent les gens timides et les ambitieux, souvent forcés de dévorer leurs désirs. Cependant il ne put s'empêcher de rompre le silence pour
dire d'une voix tremblante : « Permettez-moi, madame,
de me livrer à une des plus grandes émotions de ma
vie, en vous avouant ce que vous me faites éprouver.
Vous m'agrandissez le cœur ! Je sens en moi le désir
d'occuper ma vie à vous faire oublier vos chagrins, à
vous aimer pour tous ceux qui vous ont haïe ou
blessée. Mais c'est une effusion de cœur bien soudaine, qu'aujourd'hui rien ne justifie et que je
devrais...

– Assez, monsieur, dit Mme de Beauséant. Nous
sommes allés trop loin l'un et l'autre. J'ai voulu
dépouiller de toute dureté le refus qui m'est imposé,
vous en expliquer les tristes raisons, et non m'attirer
des hommages. La coquetterie ne va bien qu'à la
femme heureuse. Croyez-moi, restons étrangers l'un à
l'autre. Plus tard, vous saurez qu'il ne faut point
former de liens quand ils doivent nécessairement se
briser un jour. »

Elle soupira légèrement, et son front se plissa pour
reprendre aussitôt la pureté de sa forme.

« Quelles souffrances pour une femme, reprit-elle, de ne pouvoir suivre l'homme qu'elle aime dans toutes les phases de sa vie ! Puis ce profond chagrin ne doit-il pas horriblement retentir dans le cœur de cet homme, si elle en est bien aimée ? N'est-ce pas un double malheur ? »

Il y eut un moment de silence, après lequel elle dit en souriant et en se levant pour faire lever son hôte : «Vous ne vous doutiez pas en venant à Courcelles d'y entendre un sermon. »

Gaston se trouvait en ce moment plus loin de cette femme extraordinaire qu'à l'instant où il l'avait abordée. Attribuant le charme de cette heure délicieuse à la coquetterie d'une maîtresse de maison jalouse de déployer son esprit, il salua froidement la vicomtesse, et sortit désespéré. Chemin faisant, le baron cherchait à surprendre le vrai caractère de cette créature souple et dure comme un ressort ; mais il lui avait vu prendre tant de nuances, qu'il lui fut impossible d'asseoir sur elle un jugement vrai. Puis les intonations de sa voix lui retentissaient encore aux oreilles, et le souvenir prêtait tant de charmes aux gestes, aux airs de tête, au jeu des yeux, qu'il s'éprit davantage à cet examen. Pour lui, la beauté de la vicomtesse reluisait encore dans les ténèbres, les impressions qu'il en avait reçues se réveillaient attirées l'une par l'autre, pour de nouveau le séduire en lui révélant des grâces de femme et d'esprit inaperçues d'abord. Il tomba dans une de ces méditations vagabondes pendant lesquelles les pensées les plus lucides se combattent, se brisent les unes contre les autres, et jettent l'âme dans un court accès de folie. Il faut être jeune pour révéler et pour comprendre les secrets de ces sortes de dithyrambes [1], où le cœur, assailli par les idées les plus justes et les plus folles, cède à la dernière qui le frappe, à une pensée d'espérance ou de désespoir, au gré d'une puissance inconnue. À l'âge de vingt-trois ans, l'homme est presque toujours dominé par un sentiment de

---

1. Au sens propre, chants liturgiques en l'honneur de Dionysos.

modestie : les timidités, les troubles de la jeune fille
l'agitent, il a peur de mal exprimer son amour, il ne
voit que des difficultés et s'en effraie, il tremble de ne
pas plaire, il serait hardi s'il n'aimait pas tant ; plus il
sent le prix du bonheur, moins il croit que sa maîtresse
puisse le lui facilement accorder ; d'ailleurs, peut-être
se livre-t-il trop entièrement à son plaisir, et craint-il
de n'en point donner ; lorsque, par malheur, son idole
est imposante, il l'adore en secret et de loin ; s'il n'est
pas deviné, son amour expire. Souvent cette passion
hâtive, morte dans un jeune cœur, y reste brillante
d'illusions. Quel homme n'a pas plusieurs de ces
vierges souvenirs qui, plus tard, se réveillent, toujours
plus gracieux, et apportent l'image d'un bonheur
parfait ? souvenirs semblables à ces enfants perdus à
la fleur de l'âge, et dont les parents n'ont connu que
les sourires. M. de Nueil revint donc de Courcelles en
proie à un sentiment gros de résolutions extrêmes.
Mme de Beauséant était déjà devenue pour lui la
condition de son existence : il aimait mieux mourir
que de vivre sans elle. Encore assez jeune pour ressentir ces cruelles fascinations que la femme parfaite
exerce sur les âmes neuves et passionnées, il dut
passer une de ces nuits orageuses pendant lesquelles
les jeunes gens vont du bonheur au suicide, du suicide
au bonheur, dévorent toute une vie heureuse et
s'endorment impuissants. Nuits fatales, où le plus
grand malheur qui puisse arriver est de se réveiller
philosophe. Trop véritablement amoureux pour dormir, M. de Nueil se leva, se mit à écrire des lettres
dont aucune ne le satisfit, et les brûla toutes.

Le lendemain, il alla faire le tour du petit enclos de
Courcelles ; mais à la nuit tombante, car il avait peur
d'être aperçu par la vicomtesse. Le sentiment auquel il
obéissait alors appartient à une nature d'âme si mystérieuse, qu'il faut être encore jeune homme, ou se trouver dans une situation semblable, pour en comprendre
les muettes félicités, et les bizarreries ; toutes choses qui
feraient hausser les épaules aux gens assez heureux
pour toujours voir le *positif* de la vie. Après des hésita-

tions cruelles, Gaston écrivit à Mme de Beauséant la lettre suivante, qui peut passer pour un modèle de la phraséologie particulière aux amoureux, et se comparer aux dessins faits en cachette par les enfants pour la fête de leurs parents ; présents détestables pour tout le monde, excepté pour ceux qui les reçoivent.

« Madame,

Vous exercez un si grand empire sur mon cœur, sur mon âme et ma personne, qu'aujourd'hui ma destinée dépend entièrement de vous. Ne jetez pas ma lettre au feu. Soyez assez bienveillante pour la lire. Peut-être me pardonnerez-vous cette première phrase en vous apercevant que ce n'est pas une déclaration vulgaire ni intéressée, mais l'expression d'un fait naturel. Peut-être serez-vous touchée par la modestie de mes prières, par la résignation que m'inspire le sentiment de mon infériorité, par l'influence de votre détermination sur ma vie. À mon âge, madame, je ne sais qu'aimer, j'ignore entièrement et ce qui peut plaire à une femme et ce qui la séduit ; mais je me sens au cœur, pour elle, d'enivrantes adorations. Je suis irrésistiblement attiré vers vous par le plaisir immense que vous me faites éprouver, et pense à vous avec tout l'égoïsme qui nous entraîne là où, pour nous, est la chaleur vitale. Je ne me crois pas digne de vous. Non, il me semble impossible à moi, jeune, ignorant, timide, de vous apporter la millième partie du bonheur que j'aspirais en vous entendant, en vous voyant. Vous êtes pour moi la seule femme qu'il y ait dans le monde. Ne concevant point la vie sans vous, j'ai pris la résolution de quitter la France et d'aller jouer mon existence jusqu'à ce que je la perde dans quelque entreprise impossible, aux Indes, en Afrique, je ne sais où. Ne faut-il pas que je combatte un amour sans bornes par quelque chose d'infini ? Mais si vous voulez me laisser l'espoir, non pas d'être à vous, mais d'obtenir votre amitié, je reste. Permettez-moi de passer près de vous, rarement même si vous l'exigez, quelques heures semblables à celles que j'ai surprises. Ce frêle bonheur, dont les vives jouissances peuvent m'être interdites à la moindre parole trop ardente, suffira pour me faire endurer les bouillonnements de mon sang. Ai-je trop présumé de votre générosité en vous suppliant de souffrir un commerce où tout est profit pour moi seulement ? Vous saurez bien faire voir à ce monde, auquel vous sacrifiez tant, que je ne vous suis rien. Vous êtes si spirituelle et si fière ! Qu'avez-vous à craindre ? Maintenant je voudrais pouvoir vous ouvrir mon cœur, afin de vous persuader que mon humble demande ne cache aucune arrière-pensée. Je ne vous aurais pas dit que mon amour était sans bornes en vous priant de m'accorder de l'amitié, si j'avais l'espoir de vous faire partager le sentiment profond enseveli dans mon âme. Non, je serai près de vous ce que vous voudrez que je sois, pourvu que j'y sois. Si vous me refusiez, et vous le pouvez, je ne murmurerai point, je partirai. Si plus tard une femme autre que vous entre pour quelque chose dans ma vie, vous aurez eu raison ; mais si je meurs fidèle à mon amour, vous concevrez quelque regret peut-être ! L'espoir de vous causer un regret adoucira mes angoisses, et sera toute la vengeance de mon cœur méconnu... »

Il faut n'avoir ignoré aucun des excellents malheurs du jeune âge, il faut avoir grimpé sur toutes les Chimères aux doubles ailes blanches qui offrent leur croupe féminine à de brûlantes imaginations, pour comprendre le supplice auquel Gaston de Nueil fut en proie quand il supposa son premier *ultimatum* entre les mains de Mme de Beauséant. Il voyait la vicomtesse froide, rieuse et plaisantant de l'amour comme les êtres qui n'y croient plus. Il aurait voulu reprendre sa lettre, il la trouvait absurde, il lui venait dans l'esprit mille et une idées infiniment meilleures, ou qui eussent été plus touchantes que ses froides phrases, ses maudites phrases alambiquées, sophistiquées, prétentieuses, mais heureusement assez mal ponctuées et fort bien écrites de travers. Il essayait de ne pas pen-

ser, de ne pas sentir, mais il pensait, il sentait et souffrait. S'il avait eu trente ans, il se serait enivré ; mais ce
jeune homme encore naïf ne connaissait ni les ressources de l'opium, ni les expédients de l'extrême civilisation. Il n'avait pas là, près de lui, un de ces bons
amis de Paris, qui savent si bien vous dire : « PÆTE,
NON DOLET [1] ! » en vous tendant une bouteille de vin
de Champagne, ou vous entraînent à une orgie pour
vous adoucir les douleurs de l'incertitude. Excellents
amis, toujours ruinés lorsque vous êtes riche, toujours
aux Eaux quand vous les cherchez, ayant toujours
perdu leur dernier louis au jeu quand vous leur en
demandez un, mais ayant toujours un mauvais cheval
à vous vendre ; au demeurant, les meilleurs enfants de
la terre, et toujours prêts à s'embarquer avec vous
pour descendre une de ces pentes rapides sur lesquelles se dépensent le temps, l'âme et la vie !

Enfin M. de Nueil reçut des mains de Jacques une
lettre ayant un cachet de cire parfumée aux armes de
Bourgogne, écrite sur un petit papier vélin, et qui sentait la jolie femme.

Il courut aussitôt s'enfermer pour lire et relire *sa*
lettre.

« Vous me punissez bien sévèrement, monsieur, et
de la bonne grâce que j'ai mise à vous sauver la
rudesse d'un refus, et de la séduction que l'esprit exerce
toujours sur moi. J'ai eu confiance en la noblesse du
jeune âge, et vous m'avez trompée. Cependant je vous
ai parlé sinon à cœur ouvert, ce qui eût été parfaitement ridicule, du moins avec franchise, et vous ai dit
ma situation, afin de faire concevoir ma froideur à une
âme jeune. Plus vous m'avez intéressée, plus vive a été
la peine que vous m'avez causée. Je suis naturellement
tendre et bonne ; mais les circonstances me rendent

---

1. La femme de Paetus, condamné à mort en 42 apr. J.-C. pour
avoir comploté contre l'empereur Claude, se perça de son poignard
et le tendit à son mari en lui disant : « Paetus, cela ne fait pas mal »
(Pline le Jeune, *Lettres*, III, 16).

mauvaise. Une autre femme eût brûlé votre lettre sans
lire ; moi je l'ai lue, et j'y réponds. Mes raisonnements
vous prouveront que, si je ne suis pas insensible à
l'expression d'un sentiment que j'ai fait naître, même
involontairement, je suis loin de le partager, et ma
conduite vous démontrera bien mieux encore la sincérité de mon âme. Puis, j'ai voulu, pour votre bien,
employer l'espèce d'autorité que vous me donnez sur
votre vie, et désire l'exercer une seule fois pour faire
tomber le voile qui vous couvre les yeux.

« J'ai bientôt trente ans, monsieur, et vous en avez
vingt-deux à peine. Vous ignorez vous-même ce que
seront vos pensées quand vous arriverez à mon âge.
Les serments que vous jurez si facilement aujourd'hui
pourront alors vous paraître bien lourds. Aujourd'hui,
je veux bien le croire, vous me donneriez sans regret
votre vie entière, vous sauriez mourir même pour un
plaisir éphémère ; mais à trente ans, l'expérience vous
ôterait la force de me faire chaque jour des sacrifices,
et moi, je serais profondément humiliée de les
accepter. Un jour, tout vous commandera, la nature
elle-même vous ordonnera de me quitter ; je vous l'ai
dit, je préfère la mort à l'abandon. Vous le voyez, le
malheur m'a appris à calculer. Je raisonne, je n'ai
point de passion. Vous me forcez à vous dire que je ne
vous aime point, que je ne dois, ne peux, ni ne veux
vous aimer. J'ai passé le moment de la vie où les
femmes cèdent à des mouvements de cœur irréfléchis,
et ne saurais plus être la maîtresse que vous quêtez.
Mes consolations, monsieur, viennent de Dieu, non
des hommes. D'ailleurs, je lis trop clairement dans les
cœurs à la triste lumière de l'amour trompé pour
accepter l'amitié que vous demandez, que vous offrez.
Vous êtes la dupe de votre cœur, et vous espérez bien
plus en ma faiblesse qu'en votre force. Tout cela est un
effet d'instinct. Je vous pardonne cette ruse d'enfant,
vous n'en êtes pas encore complice. Je vous ordonne,
au nom de cet amour passager, au nom de votre vie,
au nom de ma tranquillité, de rester dans votre pays,
de ne pas y manquer une vie honorable et belle pour

une illusion qui s'éteindra nécessairement. Plus tard, lorsque vous aurez, en accomplissant votre véritable destinée, développé tous les sentiments qui attendent l'homme, vous apprécierez ma réponse, que vous accusez peut-être en ce moment de sécheresse. Vous retrouverez alors avec plaisir une vieille femme dont l'amitié vous sera certainement douce et précieuse : elle n'aura été soumise ni aux vicissitudes de la passion, ni aux désenchantements de la vie ; enfin de nobles idées, des idées religieuses la conserveront pure et sainte. Adieu, monsieur, obéissez-moi en pensant que vos succès jetteront quelque plaisir dans ma solitude, et ne songez à moi que comme on songe aux absents. »

Après avoir lu cette lettre, Gaston de Nueil écrivit ces mots :

« Madame, si je cessais de vous aimer en acceptant les chances que vous m'offrez d'être un homme ordinaire, je mériterais bien mon sort, avouez-le ? Non, je ne vous obéirai pas, et je vous jure une fidélité qui ne se déliera que par la mort. Oh ! prenez ma vie, à moins cependant que vous ne craigniez de mettre un remords dans la vôtre... »

Quand le domestique de M. de Nueil revint de Courcelles, son maître lui dit : « À qui as-tu remis mon billet ?

– À Mme la vicomtesse elle-même ; elle était en voiture, et partait...

– Pour venir en ville ?

– Monsieur, je ne le pense pas. La berline de Mme la vicomtesse était attelée avec des chevaux de poste.

– Ah ! elle s'en va, dit le baron.

– Oui, monsieur », répondit le valet de chambre.

Aussitôt Gaston fit ses préparatifs pour suivre Mme de Beauséant, et elle le mena jusqu'à Genève sans se savoir accompagnée par lui. Entre les mille réflexions qui l'assaillirent pendant ce voyage, celle-ci : « Pourquoi s'est-elle en allée ? » l'occupa plus spécialement. Ce mot fut le texte d'une multitude de suppositions, parmi lesquelles il choisit naturellement la plus flatteuse, et que voici : « Si la vicomtesse veut m'aimer, il n'y a pas de doute qu'en femme d'esprit, elle préfère la Suisse où personne ne nous connaît, à la France où elle rencontrerait des censeurs. »

Certains hommes passionnés n'aimeraient pas une femme assez habile pour choisir son terrain, c'est des raffinés. D'ailleurs rien ne prouve que la supposition de Gaston fût vraie.

La vicomtesse prit une petite maison sur le lac. Quand elle y fut installée, Gaston s'y présenta par une belle soirée, à la nuit tombante. Jacques, valet de chambre essentiellement aristocratique, ne s'étonna point de voir M. de Nueil, et l'annonça en valet habitué à tout comprendre. En entendant ce nom, en voyant le jeune homme, Mme de Beauséant laissa tomber le livre qu'elle tenait ; sa surprise donna le temps à Gaston d'arriver à elle, et de lui dire d'une voix qui lui parut délicieuse : « Avec quel plaisir je prenais les chevaux qui vous avaient menée ! »

Être si bien obéie dans ses vœux secrets ! Où est la femme qui n'eût pas cédé à un tel bonheur ? Une Italienne, une de ces divines créatures dont l'âme est à l'antipode de celle des Parisiennes et que de ce côté des Alpes l'on trouverait profondément immorale [1], disait en lisant des romans français : « Je ne vois pas pourquoi ces pauvres amoureux passent autant de temps à arranger ce qui doit être l'affaire d'une matinée. » Pourquoi le narrateur ne pourrait-il pas, à l'exemple de cette bonne Italienne, ne pas trop faire languir ses auditeurs ni son sujet ? Il y aurait bien quelques scènes de coquetterie charmantes à dessiner, doux retards que Mme de Beauséant voulait apporter

---

1. On dirait absolument du Stendhal. Balzac a commencé à s'intéresser à lui en lisant *De l'amour* et l'a rencontré chez le baron Gérard en 1828-1829.

au bonheur de Gaston pour tomber avec grâce comme les vierges de l'Antiquité ; peut-être aussi pour jouir des voluptés chastes d'un premier amour, et le faire arriver à sa plus haute expression de force et de puissance. M. de Nueil était encore dans l'âge où un homme est la dupe de ces caprices, de ces jeux qui affriandent tant les femmes, et qu'elles prolongent, soit pour bien stipuler leurs conditions, soit pour jouir plus longtemps de leur pouvoir dont la prochaine diminution est instinctivement devinée par elles. Mais ces petits protocoles de boudoir, moins nombreux que ceux de la conférence de Londres [1], tiennent trop peu de place dans l'histoire d'une passion vraie pour être mentionnés.

Mme de Beauséant et M. de Nueil demeurèrent pendant trois années dans la villa située sur le lac de Genève que la vicomtesse avait louée. Ils y restèrent seuls, sans voir personne, sans faire parler d'eux, se promenant en bateau, se levant tard, enfin heureux comme nous rêvons tous de l'être. Cette petite maison était simple, à persiennes vertes, entourée de larges balcons ornés de tentes, une véritable maison d'amants, maison à canapés blancs, à tapis muets, à tentures fraîches, où tout reluisait de joie. À chaque fenêtre le lac apparaissait sous des aspects différents ; dans le lointain, les montagnes et leurs fantaisies nuageuses, colorées, fugitives ; au-dessus d'eux, un beau ciel ; puis, devant eux, une longue nappe d'eau capricieuse, changeante ! Les choses semblaient rêver pour eux, et tout leur souriait.

Des intérêts graves rappelèrent M. de Nueil en France : son frère et son père étaient morts ; il fallut quitter Genève. Les deux amants achetèrent cette maison, ils auraient voulu briser les montagnes et faire enfuir l'eau du lac en ouvrant une soupape, afin de tout emporter avec eux. Mme de Beauséant suivit M. de Nueil. Elle réalisa sa fortune, acheta, près de Manerville,

----

1. En octobre 1831, une conférence internationale avait ratifié la séparation entre la Belgique et la Hollande.

une propriété considérable qui joignait les terres de
Gaston, et où ils demeurèrent ensemble. M. de Nueil
abandonna très gracieusement à sa mère l'usufruit des
domaines de Manerville, en retour de la liberté qu'elle
lui laissa de vivre garçon. La terre de Mme de Beauséant était située près d'une petite ville, dans une des
plus jolies positions de la vallée d'Auge. Là, les deux
amants mirent entre eux et le monde des barrières que
ni les idées sociales, ni les personnes ne pouvaient franchir, et retrouvèrent leurs bonnes journées de la Suisse.
Pendant neuf années entières, ils goûtèrent un bonheur
qu'il est inutile de décrire, le dénouement de cette aventure en fera sans doute deviner les délices à ceux dont
l'âme peut comprendre, dans l'infini de leurs modes, la
poésie et la prière.

Cependant, M. le marquis de Beauséant (son père
et son frère aîné étaient morts), le mari de Mme de
Beauséant, jouissait d'une parfaite santé. Rien ne nous
aide mieux à vivre que la certitude de faire le bonheur
d'autrui par notre mort. M. de Beauséant était un de
ces gens ironiques et entêtés qui, semblables à des ren-
tiers viagers, trouvent un plaisir de plus que n'en ont
les autres à se lever bien portants chaque matin. Galant
homme du reste, un peu méthodique, cérémonieux, et
calculateur capable de déclarer son amour à une
femme aussi tranquillement qu'un laquais dit : « Madame
est servie. »

Cette petite notice biographique sur le marquis de
Beauséant a pour objet de faire comprendre l'im-
possibilité dans laquelle était la marquise d'épouser
M. de Nueil.

Or, après ces neuf années de bonheur, le plus doux
bail qu'une femme ait jamais pu signer [1], M. de Nueil
et Mme de Beauséant se trouvèrent dans une situation
tout aussi naturelle et tout aussi fausse que celle où ils
étaient restés depuis le commencement de cette
aventure ; crise fatale néanmoins, de laquelle il est

---

1. Les baux locatifs sont souvent de *Trois… six… neuf…* (ans). Cf.
le titre de l'ouvrage où Colette évoque ses divers logis.

impossible de donner une idée, mais dont les termes peuvent être posés avec une exactitude mathématique.

Mme la comtesse de Nueil, mère de Gaston, n'avait jamais voulu voir Mme de Beauséant. C'était une personne roide et vertueuse, qui avait très légalement accompli le bonheur de M. de Nueil le père. Mme de Beauséant comprit que cette honorable douairière devait être son ennemie, et tenterait d'arracher Gaston à sa vie immorale et antireligieuse. La marquise aurait bien voulu vendre sa terre, et retourner à Genève. Mais c'eût été se défier de M. de Nueil, elle en était incapable. D'ailleurs, il avait précisément pris beaucoup de goût pour la terre de Valleroy, où il faisait force plantations, force mouvements de terrains. N'était-ce pas l'arracher à une espèce de bonheur mécanique que les femmes souhaitent toujours à leurs maris et même à leurs amants ? Il était arrivé dans le pays une demoiselle de La Rodière, âgée de vingt-deux ans, et riche de quarante mille livres de rentes. Gaston rencontrait cette héritière à Manerville toutes les fois que son devoir l'y conduisait. Ces personnages étant ainsi placés comme les chiffres d'une proposition arithmétique, la lettre suivante, écrite et remise un matin à Gaston, expliquera maintenant l'affreux problème que, depuis un mois, Mme de Beauséant tâchait de résoudre.

« Mon ange aimé, t'écrire quand nous vivons cœur à cœur, quand rien ne nous sépare, quand nos caresses nous servent si souvent de langage, et que les paroles sont aussi des caresses, n'est-ce pas un contresens ? Eh bien, non, mon amour. Il est de certaines choses qu'une femme ne peut dire en présence de son amant ; la seule pensée de ces choses lui ôte la voix, lui fait refluer tout son sang vers le cœur ; elle est sans force et sans esprit. Être ainsi près de toi me fait souffrir ; et souvent j'y suis ainsi. Je sens que mon cœur doit être tout vérité pour toi, ne te déguiser aucune de ses pensées, même les plus fugitives ; et j'aime trop ce doux laisser-aller qui me sied si bien,

pour rester plus longtemps gênée, contrainte. Aussi
vais-je te confier mon angoisse : oui, c'est une
angoisse. Écoute-moi ? Ne fais pas ce petit : *ta ta ta...*
par lequel tu me fais taire avec une impertinence que
j'aime, parce que de toi tout me plaît. Cher époux du
ciel, laisse-moi te dire que tu as effacé tout souvenir
des douleurs sous le poids desquelles jadis ma vie allait
succomber. Je n'ai connu l'amour que par toi. Il a fallu
la candeur de ta belle jeunesse, la pureté de ta grande
âme pour satisfaire aux exigences d'un cœur de
femme exigeante. Ami, j'ai bien souvent palpité de joie
en pensant que, durant ces neuf années, si rapides et
si longues, ma jalousie n'a jamais été réveillée. J'ai eu
toutes les fleurs de ton âme, toutes tes pensées. Il n'y
a pas eu le plus léger nuage dans notre ciel, nous
n'avons pas su ce qu'était un sacrifice, nous avons
toujours obéi aux inspirations de nos cœurs. J'ai joui
d'un bonheur sans bornes pour une femme. Les
larmes qui mouillent cette page te diront-elles bien
toute ma reconnaissance ? j'aurais voulu l'avoir écrite
à genoux. Eh bien, cette félicité m'a fait connaître un
supplice plus affreux que ne l'était celui de l'abandon.
Cher, le cœur d'une femme a des replis bien profonds : j'ai ignoré moi-même jusqu'aujourd'hui l'étendue du mien, comme j'ignorais l'étendue de l'amour.
Les misères les plus grandes qui puissent nous accabler sont encore légères à porter en comparaison de la
seule idée du malheur de celui que nous aimons. Et si
nous le causions, ce malheur, n'est-ce pas à en mourir ?... Telle est la pensée qui m'oppresse. Mais elle en
traîne après elle une autre beaucoup plus pesante ;
celle-là dégrade la gloire de l'amour, elle le tue, elle en
fait une humiliation qui ternit à jamais la vie. Tu as
trente ans et j'en ai quarante. Combien de terreurs
cette différence d'âge n'inspire-t-elle pas à une femme
aimante ? Tu peux avoir d'abord involontairement,
puis sérieusement senti les sacrifices que tu m'as faits,
en renonçant à tout au monde pour moi. Tu as pensé
peut-être à ta destinée sociale, à ce mariage qui doit
augmenter nécessairement ta fortune, te permettre

d'avouer ton bonheur, tes enfants, de transmettre tes
biens, de reparaître dans le monde et d'y occuper ta
place avec honneur. Mais tu auras réprimé ces pensées, heureux de me sacrifier, sans que je le sache, une
héritière, une fortune et un bel avenir. Dans ta générosité de jeune homme, tu auras voulu rester fidèle
aux serments qui ne nous lient qu'à la face de Dieu.
Mes douleurs passées te seront apparues, et j'aurai été
protégée par le malheur d'où tu m'as tirée. Devoir ton
amour à ta pitié ! cette pensée m'est plus horrible
encore que la crainte de te faire manquer ta vie. Ceux
qui savent poignarder leurs maîtresses sont bien charitables quand ils les tuent heureuses, innocentes, et
dans la gloire de leurs illusions... Oui, la mort est pré-
férable aux deux pensées qui, depuis quelques jours,
attristent secrètement mes heures. Hier, quand tu
m'as demandé si doucement : "Qu'as-tu ?" ta voix
m'a fait frissonner. J'ai cru que, selon ton habitude, tu
lisais dans mon âme, et j'attendais tes confidences,
imaginant avoir eu de justes pressentiments en devinant les calculs de ta raison. Je me suis alors souvenue
de quelques attentions qui te sont habituelles, mais où
j'ai cru apercevoir cette sorte d'affectation par laquelle
les hommes trahissent une loyauté pénible à porter.
En ce moment, j'ai payé bien cher mon bonheur, j'ai
senti que la nature nous vend toujours les trésors de
l'amour. En effet, le sort ne nous a-t-il pas séparés ?
Tu te seras dit : "Tôt ou tard, je dois quitter la pauvre
Claire, pourquoi ne pas m'en séparer à temps ?" Cette
phrase était écrite au fond de ton regard. Je t'ai quitté
pour aller pleurer loin de toi. Te dérober des larmes !
voilà les premières que le chagrin m'ait fait verser
depuis dix ans, et je suis trop fière pour te les montrer ; mais je ne t'ai point accusé. Oui, tu as raison, je
ne dois point avoir l'égoïsme d'assujettir ta vie brillante et longue à la mienne bientôt usée... Mais si je
me trompais ?... si j'avais pris une de tes mélancolies
d'amour pour une pensée de raison ?... ah ! mon
ange, ne me laisse pas dans l'incertitude, punis ta
jalouse femme ; mais rends-lui la conscience de son

amour et du tien : toute la femme est dans ce sentiment, qui sanctifie tout. Depuis l'arrivée de ta mère, et
depuis que tu as vu chez elle Mlle de La Rodière, je
suis en proie à des doutes qui nous déshonorent. Fais-
moi souffrir, mais ne me trompe pas : je veux tout
savoir, et ce que ta mère te dit et ce que tu penses ! Si
tu as hésité entre quelque chose et moi, je te rends ta
liberté… Je te cacherai ma destinée, je saurai ne pas
pleurer devant toi ; seulement, je ne veux plus te
revoir… Oh ! je m'arrête, mon cœur se brise …………
…………………………………………………………

« Je suis restée morne et stupide pendant quelques
instants. Ami, je ne me trouve point de fierté contre
toi, tu es si bon, si franc ! tu ne saurais ni me blesser,
ni me tromper ; mais tu me diras la vérité, quelque
cruelle qu'elle puisse être. Veux-tu que j'encourage tes
aveux ? Eh bien, cœur à moi, je serai consolée par une
pensée de femme. N'aurais-je pas possédé de toi l'être
jeune et pudique, toute grâce, toute beauté, toute délicatesse, un Gaston que nulle femme ne peut plus
connaître et de qui j'ai délicieusement joui… Non, tu
n'aimeras plus comme tu m'as aimée, comme tu
m'aimes ; non, je ne saurais avoir de rivale. Mes souvenirs seront sans amertume en pensant à notre
amour, qui fait toute ma pensée. N'est-il pas hors de
ton pouvoir d'enchanter désormais une femme par les
agaceries enfantines, par les jeunes gentillesses d'un
cœur jeune, par ces coquetteries d'âme, ces grâces du
corps et ces rapides ententes de volupté, enfin par
l'adorable cortège qui suit l'amour adolescent ? Ah, tu
es homme ! maintenant, tu obéiras à ta destinée en
calculant tout. Tu auras des soins, des inquiétudes, des
ambitions, des soucis qui *la* priveront de ce sourire
constant et inaltérable par lequel tes lèvres étaient toujours embellies pour moi. Ta voix, pour moi toujours
si douce, sera parfois chagrine. Tes yeux, sans cesse
illuminés d'un éclat céleste en me voyant, se terniront
souvent pour *elle*. Puis, comme il est impossible de
t'aimer comme je t'aime, cette femme ne te plaira
jamais autant que je t'ai plu. Elle n'aura pas ce soin

perpétuel que j'ai eu de moi-même et cette étude continuelle de ton bonheur dont jamais l'intelligence ne m'a manqué. Oui, l'homme, le cœur, l'âme que j'aurai connus n'existeront plus ; je les ensevelirai dans mon souvenir pour en jouir encore, et vivre heureuse de cette belle vie passée, mais inconnue à tout ce qui n'est pas nous.

« Mon cher trésor, si cependant tu n'as pas conçu la plus légère idée de liberté, si mon amour ne te pèse pas, si mes craintes sont chimériques, si je suis toujours pour toi ton ÈVE [1], la seule femme qu'il y ait dans le monde, cette lettre lue, viens ! accours ! Ah, je t'aimerai dans un instant plus que je ne t'ai aimé, je crois, pendant ces neuf années. Après avoir subi le supplice inutile de ces soupçons dont je m'accuse, chaque jour ajouté à notre amour, oui, un seul jour, sera toute une vie de bonheur. Ainsi, parle ! sois franc : ne me trompe pas, ce serait un crime. Dis ? veux-tu ta liberté ? As-tu réfléchi à ta vie d'homme ? As-tu un regret ? Moi, te causer un regret ! j'en mourrais. Je te l'ai dit : j'ai assez d'amour pour préférer ton bonheur au mien, ta vie à la mienne. Quitte, si tu le peux, la riche mémoire de nos neuf années de bonheur pour n'en être pas influencé dans ta décision ; mais parle ! Je te suis soumise, comme à Dieu, à ce seul consolateur qui me reste si tu m'abandonnes. »

Quand Mme de Beauséant sut la lettre entre les mains de M. de Nueil, elle tomba dans un abattement si profond, et dans une méditation si engourdissante, par la trop grande abondance de ses pensées, qu'elle resta comme endormie. Certes, elle souffrit de ces douleurs dont l'intensité n'a pas toujours été proportionnée aux forces de la femme, et que les femmes seules connaissent. Pendant que la malheureuse marquise attendait son sort, M. de Nueil était, en lisant sa lettre, fort *embarrassé*, selon l'expression employée par les jeunes gens dans ces sortes de crises. Il avait alors

_____

1. Allusion délicate au prénom de Mme Hanska.

presque cédé aux instigations de sa mère et aux attraits
de Mlle de La Rodière, jeune personne assez insigni-
fiante, droite comme un peuplier, blanche et rose,
muette à demi, suivant le programme prescrit à toutes
les jeunes filles à marier ; mais ses quarante mille livres
de rente en fonds de terre parlaient suffisamment
pour elle. Mme de Nueil, aidée par sa sincère affection de mère, cherchait à embaucher son fils pour la
Vertu. Elle lui faisait observer ce qu'il y avait pour lui
de flatteur à être préféré par Mlle de La Rodière,
lorsque tant de riches partis lui étaient proposés : il
était bien temps de songer à son sort, une si belle
occasion ne se retrouverait plus ; il aurait un jour
quatre-vingt mille livres de rente en biens-fonds ; la
fortune consolait de tout ; si Mme de Beauséant l'aimait pour lui, elle devait être la première à l'engager à
se marier. Enfin, cette bonne mère n'oubliait aucun
des moyens d'action par lesquels une femme peut
influer sur la raison d'un homme. Aussi avait-elle amené
son fils à chanceler. La lettre de Mme de Beauséant
arriva dans un moment où l'amour de Gaston luttait
contre toutes les séductions d'une vie arrangée conve-
nablement et conforme aux idées du monde ; mais
cette lettre décida le combat. Il résolut de quitter la
marquise et de se marier. « Il faut être homme dans la
vie ! » se dit-il. Puis il soupçonna les douleurs que sa
résolution causerait à sa maîtresse. Sa vanité d'homme
autant que sa conscience d'amant les lui grandissant
encore, il fut pris d'une sincère pitié. Il ressentit tout
d'un coup cet immense malheur, et crut nécessaire,
charitable d'amortir cette mortelle blessure. Il espéra
pouvoir amener Mme de Beauséant à un état calme,
et se faire ordonner par elle ce cruel mariage, en
l'accoutumant par degrés à l'idée d'une séparation
nécessaire, en laissant toujours entre eux Mlle de La
Rodière comme un fantôme, et en la lui sacrifiant
d'abord pour se la faire imposer plus tard. Il allait,
pour réussir dans cette compatissante entreprise, jusqu'à compter sur la noblesse, la fierté de la marquise,
et sur les belles qualités de son âme. Il lui répondit

alors afin d'endormir ses soupçons. Répondre ! Pour
une femme qui joignait à l'intuition de l'amour vrai les
perceptions les plus délicates de l'esprit féminin, la
lettre était un arrêt. Aussi, quand Jacques entra, qu'il
s'avança vers Mme de Beauséant pour lui remettre un
papier plié triangulairement, la pauvre femme tressail-
lit-elle comme une hirondelle prise. Un froid inconnu
tomba de sa tête à ses pieds, en l'enveloppant d'un linceul de glace. S'il n'accourait pas à ses genoux, s'il n'y
venait pas pleurant, pâle, amoureux, tout était dit.
Cependant il y a tant d'espérances dans le cœur des
femmes qui aiment ! il faut bien des coups de poignard
pour les tuer, elles aiment et saignent jusqu'au dernier.

« Madame a-t-elle besoin de quelque chose ? demanda
Jacques d'une voix douce en se retirant.

– Non », dit-elle.

« Pauvre homme ! pensa-t-elle en essuyant une
larme, il me devine, lui, un valet ! »

Elle lut : *Ma bien-aimée, tu te crées des chimères…* En
apercevant ces mots, un voile épais se répandit sur les
yeux de la marquise. La voix secrète de son cœur lui
criait : « Il ment. » Puis, sa vue embrassant toute la
première page avec cette espèce d'avidité lucide que
communique la passion, elle avait lu en bas ces mots :
Rien n'est arrêté… Tournant la page avec une vivacité
convulsive, elle vit distinctement l'esprit qui avait dicté
les phrases entortillées de cette lettre où elle ne
retrouva plus les jets impétueux de l'amour ; elle la
froissa, la déchira, la roula, la mordit, la jeta dans le
feu, et s'écria : « Oh ! l'infâme ! il m'a possédée ne
m'aimant plus !… » Puis, demi-morte, elle alla se jeter
sur son canapé.

M. de Nueil sortit après avoir écrit sa lettre. Quand
il revint, il trouva Jacques sur le seuil de la porte, et
Jacques lui remit une lettre en lui disant : « Madame la
marquise n'est plus au château. »

M. de Nueil étonné brisa l'enveloppe et lut :
« Madame, si je cessais de vous aimer en acceptant les
chances que vous m'offrez d'être un homme ordinaire, je mériterais bien mon sort, avouez-le ? Non, je

ne vous obéirai pas, et je vous jure une fidélité qui ne se déliera que par la mort. Oh ! prenez ma vie, à moins cependant que vous ne craigniez de mettre un remords dans la vôtre… » C'était le billet qu'il avait écrit à la marquise au moment où elle partait pour Genève. Au-dessous, Claire de Bourgogne avait ajouté : *Monsieur, vous êtes libre.*

M. de Nueil retourna chez sa mère, à Manerville. Vingt jours après, il épousa Mlle Stéphanie de La Rodière.

Si cette histoire d'une vérité vulgaire se terminait là, ce serait presque une mystification. Presque tous les hommes n'en ont-ils pas une plus intéressante à se raconter ? Mais la célébrité du dénouement, malheureusement vrai [1] ; mais tout ce qu'il pourra faire naître de souvenirs au cœur de ceux qui ont connu les célestes délices d'une passion infinie, et l'ont brisée eux-mêmes ou perdue par quelque fatalité cruelle, mettront peut-être ce récit à l'abri des critiques. Mme la marquise de Beauséant n'avait point quitté son château de Valleroy lors de sa séparation avec M. de Nueil. Par une multitude de raisons qu'il faut laisser ensevelies dans le cœur des femmes, et d'ailleurs chacune d'elles devinera celles qui lui seront propres, Claire continua d'y demeurer après le mariage de M. de Nueil. Elle vécut dans une retraite si profonde que ses gens, sa femme de chambre et Jacques exceptés, ne la virent point. Elle exigeait un silence absolu chez elle, et ne sortait de son appartement que pour aller à la chapelle de Valleroy, où un prêtre du voisinage venait lui dire la messe tous les matins. Quelques jours après son mariage, le comte de Nueil tomba dans une espèce d'apathie conjugale, qui pouvait faire supposer le bonheur tout aussi bien que le malheur. Sa mère disait à tout le monde : « Mon fils

---

1. Balzac se serait inspiré d'un drame qui s'est déroulé à Flins, en 1796, entre la comtesse de Castellane et son amant Charles de Pont, qui épousa la fille d'un banquier d'Orléans. Il en aurait eu connaissance par Mme d'Abrantès.

est parfaitement heureux. » Mme Gaston de Nueil, semblable à beaucoup de jeunes femmes, était un peu terne, douce, patiente, elle devint enceinte après un mois de mariage. Tout cela se trouvait conforme aux idées reçues. M. de Nueil était très bien pour elle, seulement il fut, deux mois après avoir quitté la marquise, extrêmement rêveur et pensif. « Mais il avait toujours été sérieux », disait sa mère.

Après sept mois de ce bonheur tiède, il arriva quelques événements légers en apparence, mais qui comportent de trop larges développements de pensées, et accusent de trop grands troubles d'âme, pour n'être pas rapportés simplement, et abandonnés au caprice des interprétations de chaque esprit. Un jour, pendant lequel M. de Nueil avait chassé sur les terres de Manerville et de Valleroy, il revint par le parc de Mme de Beauséant, fit demander Jacques, l'attendit, et, quand le valet de chambre fut venu : « La marquise aime-t-elle toujours le gibier ? » lui demanda-t-il. Sur la réponse affirmative de Jacques, Gaston lui offrit une somme assez forte, accompagnée de raisonnements très spécieux, afin d'obtenir de lui le léger service de réserver pour la marquise le produit de sa chasse. Il parut fort peu important à Jacques que sa maîtresse mangeât une perdrix tuée par son garde ou par M. de Nueil, puisque celui-ci désirait que la marquise ne sût pas l'origine du gibier. « Il a été tué sur ses terres », dit le comte. Jacques se prêta pendant plusieurs jours à cette innocente tromperie. M. de Nueil partait dès le matin pour la chasse, et ne revenait chez lui que pour dîner, n'ayant jamais rien tué. Une semaine entière se passa ainsi. Gaston s'enhardit assez pour écrire une longue lettre à la marquise et la lui fit parvenir. Cette lettre lui fut renvoyée sans avoir été ouverte. Il était presque nuit quand le valet de chambre de la marquise la lui rapporta. Soudain le comte s'élança hors du salon où il paraissait écouter un Caprice d'Hérold [1]

---

1. Musicien français, auteur de l'opéra-comique *Le Pré-aux-clercs* (1832). Mme de Nueil veut être à la mode.

écorché sur le piano par sa femme, et courut chez la marquise avec la rapidité d'un homme qui vole à un rendez-vous. Il sauta dans le parc par une brèche qui lui était connue, marcha lentement à travers les allées en s'arrêtant par moments comme pour essayer de réprimer les sonores palpitations de son cœur ; puis, arrivé près du château, il en écouta les bruits sourds, et présuma que tous les gens étaient à table. Il alla jusqu'à l'appartement de Mme de Beauséant. La marquise ne quittait jamais sa chambre à coucher, M. de Nueil put en atteindre la porte sans avoir fait le moindre bruit. Là, il vit à la lueur de deux bougies la marquise maigre et pâle, assise dans un grand fauteuil, le front incliné, les mains pendantes, les yeux arrêtés sur un objet qu'elle paraissait ne point voir. C'était la douleur dans son expression la plus complète. Il y avait dans cette attitude une vague espérance, mais l'on ne savait si Claire de Bourgogne regardait vers la tombe ou dans le passé. Peut-être les larmes de M. de Nueil brillèrent-elles dans les ténèbres, peut-être sa respiration eut-elle un léger retentissement, peut-être lui échappa-t-il un tressaillement involontaire, ou peut-être sa présence était-elle impossible sans le phénomène d'intussusception dont l'habitude est à la fois la gloire, le bonheur et la preuve du véritable amour. Mme de Beauséant tourna lentement son visage vers la porte et vit son ancien amant. Le comte fit alors quelques pas.

« Si vous avancez, monsieur, s'écria la marquise en pâlissant, je me jette par cette fenêtre. »

Elle sauta sur l'espagnolette, l'ouvrit, et se tint un pied sur l'appui extérieur de la croisée, la main au balcon et la tête tournée vers Gaston.

« Sortez ! sortez ! cria-t-elle, ou je me précipite. »

À ce cri terrible, M. de Nueil, entendant les gens en émoi, se sauva comme un malfaiteur.

Revenu chez lui, le comte écrivit une lettre très courte, et chargea son valet de chambre de la porter à Mme de Beauséant, en lui recommandant de faire savoir à la marquise qu'il s'agissait de vie ou de mort pour lui. Le messager parti, M. de Nueil rentra dans

le salon et y trouva sa femme qui continuait à déchiffrer le caprice. Il s'assit en attendant la réponse. Une
heure après, le caprice fini, les deux époux étaient l'un
devant l'autre, silencieux, chacun d'un côté de la cheminée, lorsque le valet de chambre revint de Valleroy,
et remit à son maître la lettre qui n'avait pas été
ouverte. M. de Nueil passa dans un boudoir attenant
au salon, où il avait mis son fusil en revenant de la
chasse, et se tua.

Ce prompt et fatal dénouement si contraire à toutes
les habitudes de la jeune France est naturel.

Les gens qui ont bien observé, ou délicieusement
éprouvé les phénomènes auxquels l'union parfaite de
deux êtres donne lieu, comprendront parfaitement ce
suicide. Une femme ne se forme pas, ne se plie pas en
un jour aux caprices de la passion. La volupté, comme
une fleur rare, demande les soins de la culture la plus
ingénieuse ; le temps, l'accord des âmes, peuvent seuls
en révéler toutes les ressources, faire naître ces plaisirs
tendres, délicats, pour lesquels nous sommes imbus de
mille superstitions et que nous croyons inhérents à la
personne dont le cœur nous les prodigue. Cette admirable entente, cette croyance religieuse, et la certitude
féconde de ressentir un bonheur particulier ou excessif
près de la personne aimée, sont en partie le secret des
attachements durables et des longues passions. Près
d'une femme qui possède le génie de son sexe, l'amour
n'est jamais une habitude : son adorable tendresse sait
revêtir des formes si variées ; elle est si spirituelle et si
aimante tout ensemble ; elle met tant d'artifices dans sa
nature, ou de naturel dans ses artifices, qu'elle se rend
aussi puissante par le souvenir qu'elle l'est par sa présence. Auprès d'elle toutes les femmes pâlissent. Il faut
avoir eu la crainte de perdre un amour si vaste, si
brillant, ou l'avoir perdu pour en connaître tout le prix.
Mais si l'ayant connu, un homme s'en est privé, pour
tomber dans quelque mariage froid ; si la femme avec
laquelle il a espéré rencontrer les mêmes félicités lui
prouve, par quelques-uns de ces faits ensevelis dans les

ténèbres de la vie conjugale, qu'elles ne renaîtront plus pour lui ; s'il a encore sur les lèvres le goût d'un amour céleste, et qu'il ait blessé mortellement sa véritable épouse au profit d'une chimère sociale, alors il lui faut mourir ou avoir cette philosophie matérielle, égoïste, froide qui fait horreur aux âmes passionnées.

Quant à Mme de Beauséant, elle ne crut sans doute pas que le désespoir de son ami allât jusqu'au suicide, après l'avoir largement abreuvé d'amour pendant neuf années. Peut-être pensait-elle avoir seule à souffrir. Elle était d'ailleurs bien en droit de se refuser au plus avilissant partage qui existe, et qu'une épouse peut subir par des hautes raisons sociales, mais qu'une maîtresse doit avoir en haine, parce que dans la pureté de son amour en réside toute la justification.

Angoulême, septembre 1832 [1].

---

1. Cette date apparaît en 1842 ; jusqu'alors, la nouvelle était datée d'août.

LA GRENADIÈRE

NOTICE

Il ne se passe pratiquement rien dans *La Grenadière*, qui représente à peu près le degré zéro de l'action narrative. Une femme malade et sans homme vient s'abattre, tel le pélican, dans les roseaux de la Loire pour s'occuper de ses enfants avant de mourir. Elle meurt. Ses enfants entrent dans la vie. C'est tout.

Qu'il n'y ait aucune proportion entre le contenu événementiel d'un texte et son pouvoir d'ébranlement vibratoire est une évidence, dont cette nouvelle, l'une des plus lyriques mais aussi l'une des plus mystérieuses de Balzac, offre une éloquente confirmation.

« Sans la Touraine, peut-être ne vivrais-je pas. » Il faudra attendre *Le Lys dans la vallée* (1836) pour retrouver, sous la plume de Balzac, une célébration aussi exubérante des beautés de ce pays qu'il partage avec son héroïne. En choisissant de situer son récit immobile dans un lieu qu'il avait toutes raisons de connaître parfaitement, consacré par le souvenir de l'été heureux que, deux ans plus tôt, il y avait passé avec Mme de Berny (séjour déjà évoqué à la fin de *La Peau de chagrin*, 1831), il fête un anniversaire intime, paie une dette, avec d'autant plus de ferveur que, secrètement, ses vœux se sont déjà orientés vers un autre horizon : à peine sèche l'encre de *La Grenadière*, il file vers son rendez-vous savoyard avec la nouvelle étoile de son ciel, Mme de Castries. Les beaux jours de Mme de Berny sont finis. La lumière dorée qui baigne et magnifie le paysage ligérien est celle des amours mourant dans leur gloire. *La Grenadière* est vouée au partage de la tendresse clandestine ou transgressive : c'est là que s'installera lady Dudley, dans *Le Lys*, venue, jusque dans ses terres, arracher Félix de Vandenesse à sa belle châtelaine de Clochegourde. C'est là que lady Brandon cache un drame dont le monde doit ignorer les arcanes.

Pour décrire cette retraite bénie, Balzac entonne véritablement un hymne d'actions de grâces à la splendeur, à la richesse d'une petite patrie identifiée avec l'Éden. *La Grenadière*, mise en abyme et concentré de Touraine dans la Touraine elle-même, rassemble dans son espace restreint, qui réalise un équilibre de rêve entre l'intimité de la « closerie », où il fait bon être ensemble, et l'immensité panoramique, où le regard s'enchante de se perdre, toutes les ensorcelantes séductions d'un paradis terrestre en miniature. Le temps a paisiblement sédimenté depuis des siècles, aussi bien dans les murs d'une vieille demeure que dans l'harmonie d'un site de très antique civilisation. On y est douillettement reclus, mais nullement prisonnier. Une véritable orgie florale embellit la vie et parle de lointains (Espagne, Italie, Açores), avec une générosité tropicale dans ce climat si doux. Pomone prodigue aussi ses dons luxueusement et comme dans une amitié inépuisable : dans les anciens mythes, la grenade n'était-elle pas fruit d'immortalité ? S'il est quelque part un asile comblant, qui, comme on dit sans doute trop vite, *ne laisse rien à désirer*, c'est bien celui-là, où l'existence au quotidien est à la fois simplicité parfaite et poésie pure. On est encore chez Rousseau, on est déjà chez Nerval, on est surtout chez Balzac, qui chante ici dans son arbre généalogique (n'a-t-il pas été mis en nourrice à deux pas ?), avec un accent ému qui ne trompe pas.

Organiquement et musicalement liée à l'orchestration des charmes uniques de cette Arcadie tourangelle, celle de l'amour fusionnel qui circule dans une trinité merveilleusement accordée, avec une intensité, une fluidité, une réciprocité incomparables. Il est étrange, ou peut-être très logique au contraire, qu'un homme, et un homme sans enfants, ait trouvé, ici et dans les *Mémoires de deux jeunes mariées* par exemple, le ton juste et des intuitions convaincantes pour évoquer, sans tomber dans la mièvrerie ou l'artifice, le mys-

tère de l'affection maternelle et filiale. « Quiconque n'aime
pas sa mère océaniquement est un monstre », dit Joseph
Delteil. C'est dans les abîmes de cet « océan » que Balzac
jette la sonde, égrenant les instantanés d'une journée ordinaire qui tissent dans leur répétition la trame d'une vie apparemment lisse, dont le vide extérieur déborde intérieurement de la plénitude d'un amour idéalement partagé. La
miraculeuse banalité du bonheur. Bien entendu, dans l'ardeur contagieuse avec laquelle Balzac peint le tableau de
cette idylle familiale si *unitive*, comme disent les mystiques,
se lit en négatif l'inguérissable regret de n'avoir pu, lui, ni
aimer ni surtout être aimé ainsi. Tout pour ses enfants, la
Mère est aussi totalement vouée à ceux qui sont tout pour
elle : circularité d'un échange où masculin et féminin se
balancent, se répondent, compensent et subliment à leur
façon une criante absence, celle du Père, formidablement
présent par le silence même dont il est l'objet. Pensons-y
toujours, n'en parlons jamais : telle semble être la loi censu-
rant le nom du père dans cette Grenadière si enivrante, qui
est aussi le cénotaphe d'un géniteur inconnu ou tabou. Que
les enfants de lady Brandon soient des fils est évidemment
significatif : ils remplacent auprès d'elle le mâle manquant.
Ces « anges » qui semblent peints par Lawrence ou Gains-
borough se comportent aussi avec leur mère comme des
« amants ». Sans avoir rien su ni compris, ils savent et com-
prennent qu'ils doivent tenir lieu de ce qu'elle a perdu.
Balzac rend avec une finesse remarquable le mixte *sui generis*
de spiritualité éthérée et de sensualité câline par quoi
s'expriment des transports passionnés qui, au-delà de leur
destinataire immédiat, s'adressent à un autre ou remplacent
l'autre, corps et âme, c'est-à-dire le supposent, au moment
même où ils croient pouvoir nier le besoin qu'on a de lui.

Les discrets stigmates physiques marquant cette mère
heureuse, qui est aussi, pour l'éternité de son épitaphe, une
« femme malheureuse », de quelle tragédie « à transpiration
rentrée », comme dira Barbey d'Aurevilly, sont-ils le symp-
tôme ? Le lecteur de *La Grenadière* en 1832 n'a aucun
moyen d'en entrevoir les dessous. Seuls quelques indices
comme l'allusion à un lointain bonheur alpestre ou suisse,
dont rien ne sera dit, relie directement la nouvelle à *La
Femme abandonnée* et évoque le séjour caché d'amants adul-
tères. Il faut pouvoir consulter le manuscrit pour apercevoir
qu'il est question d'un poison, que le père des enfants (lequel,
apparemment, n'est pas lord Brandon) a été obligé de boire,

de même que leur mère, à qui il s'est sacrifié en lui réservant
le contrepoison. Cette ténébreuse affaire ne s'éclaircira
quelque peu que trois ans plus tard, en 1835, dans un passage du *Père Goriot* que, sur son exemplaire dit « Furne corrigé », Balzac a finalement supprimé. Au bal que, le soir de
sa mise à mort officielle par Ajuda-Pinto, donne la vicomtesse de Beauséant, « femme abandonnée » que tout Paris
vient saluer, Rastignac rencontre

un de ces couples que la réunion de toutes les beautés
humaines rend sublimes à voir. Jamais il n'avait eu l'occasion
d'admirer de telles perfections. Pour tout exprimer en un
mot, l'homme était un Antinoüs vivant, et ses manières ne
détruisaient pas le charme qu'on éprouvait à le regarder. La
femme était une fée ; elle enchantait le regard, elle fascinait
l'âme, irritait les sens les plus froids. La toilette s'harmoniait
chez l'un et chez l'autre avec la beauté. Tout le monde les
contemplait avec plaisir et enviait le bonheur qui éclatait dans
l'accord de leurs yeux et leurs mouvements.

   – Mon Dieu, qui est cette femme ? dit Rastignac.

   – Oh ! la plus incontestablement belle, répondit la vicomtesse. C'est lady Brandon ; elle est aussi célèbre pour son
bonheur que pour sa beauté. Elle a tout sacrifié à ce jeune
homme. Ils ont, dit-on, des enfants, mais le malheur plane
toujours sur eux. On dit que lord Brandon a juré de tirer une
effroyable vengeance de sa femme et de cet amant. Ils sont
heureux, mais ils tremblent sans cesse.

   – Et lui ?

   – Comment ! Vous ne connaissez pas le colonel Franchessini ?

   – Celui qui s'est battu…

   – Il y a trois jours, oui. Il avait été provoqué par le fils d'un
banquier : il ne voulait que le blesser, mais il l'a tué…

Le voile se lève, mais c'est pour retomber, car *quid* entre
Vautrin et Franchessini, l'amant de lady Brandon et le père
des enfants de la Grenadière ? Il faudra lire *Le Père Goriot*
pour apprendre que, subjugué par la beauté de Franchessini, « un jeune Italien assez joueur, entré depuis au service
militaire, où il s'est d'ailleurs parfaitement comporté », Vautrin a pris sur lui un faux, dont l'éphèbe s'était rendu coupable, ce qui l'a expédié au bagne de Toulon. On ignore
comment l'intéressé l'a remercié, mais en tout cas, assure
Vautrin à Rastignac, « il remettrait le Christ en croix si je le
lui disais », et c'est lui qui, à la demande du forçat évadé,

tuera le fils du banquier Taillefer (l'assassin de *L'Auberge rouge*) afin de permettre à sa fille Victorine, étiolée à la pension Vauquer, d'hériter et d'épouser Rastignac. L'homosexualité, le meurtre déguisé en duel sont donc dissimulés dans les placards de l'innocente Grenadière, ainsi qu'une vengeance du mari outragé, qui transforme Londres en Rome des Borgia. De tout ce vertigineux écheveau d'intrigues féroces non moins que criminelles, strictement rien n'est dévidé dans *La Grenadière*, où se vérifie à merveille l'efficacité de la suggestion, ou du *less is more*, rêveusement beaucoup plus féconds que l'explication. Ce qui est admirable dans cette nouvelle, construite sur le vide ou, pour mieux dire, entièrement décentrée, c'est qu'elle ne nous livre que la réverbération d'une lointaine catastrophe en amont, dont nous sommes réduits à observer les reflets et résonances d'autant plus troublants qu'ils nous restent indéchiffrables. Le sens se creuse à l'infini, travaillé et travaillant par ce mutisme actif.

En synchronie avec la nature complice qui l'accompagne dans son déclin, la nouvelle femme abandonnée, non par l'infidélité, mais par la mort de celui qu'elle aimait, meurt en sourdine, sans les déploiements spectaculaires qui marqueront les agonies d'Henriette de Mortsauf (*Le Lys dans la vallée*) ou de Véronique Graslin (*Le Curé de village*). Contrairement à elles, elle ne clame pas d'aveux suprêmes, ne demande pardon de rien. C'est pourtant, à sa façon, une fin exemplaire, voire édifiante, s'il est vrai, comme prend soin de le préciser Balzac, que ce que la défunte a commis, c'est « le plus doux des crimes, un crime toujours puni sur cette terre, afin que ces anges pardonnés entrent dans le ciel ». La société édicte des règles qui visent à sa conservation, et Balzac les approuve. Mais, sans même parler de la littérature, qui par définition ne s'intéresse qu'aux fautes (qu'écrire d'autre ?), il est un tribunal invisible, dont les jugements obéissent à d'autres critères que ceux qui régissent la justice des hommes. Balzac ne craint pas d'anticiper son verdict : lady Brandon sera pardonnée parce qu'elle a beaucoup aimé. Si, comme *La Divine Comédie*, *La Comédie humaine* a aussi son Enfer, il n'est jamais pour les femmes amoureuses.

Histoire du texte

D'après Zulma Carraud, *La Grenadière* a été écrite « en jouant au billard », au cours d'une seule journée, en août 1832, chez elle, à Angoulême.

Le manuscrit en a été offert par Balzac, comme celui de *La Femme abandonnée*, à la marquise de Castries, qu'il avait rejointe à Aix-les-Bains aussitôt après l'avoir rédigé. Il est conservé à la Fondation Martin Bodmer, à Cologny (Suisse).

La nouvelle a paru pour la première fois dans *La Revue de Paris* le 28 octobre 1832.

Elle est republiée en 1834, au tome VI des *Études de mœurs au XIXᵉ siècle* (tome II des *Scènes de la vie de province*), chez Mme Ch. Béchet.

Puis de nouveau en 1839, au tome II des *Scènes de la vie de province* (Charpentier).

Enfin au tome II des *Scènes de la vie privée*, dans *La Comédie humaine*, Furne, 1842.

Choix bibliographique

Anne-Marie Meininger, introduction et notes, *La Comédie humaine*, Gallimard, « Bibliothèque de la Pléiade », t. II, 1976.

Alex Lascar, « *La Grenadière*, ou le poème de la création », *L'École des lettres*, n° 13, juillet 2003, p. 35-54.

LA GRENADIÈRE [1]

La Grenadière [2] est une petite habitation située sur
la rive droite de la Loire, en aval et à un mille environ

---

1. En 1842, Balzac ajoute cette dédicace, qu'il supprimera dans
son « Furne corrigé » : « À Caroline, la poésie du voyage, le voyageur reconnaissant, DE BALZAC ». Caroline Marbouty, travestie en
homme, l'avait accompagné à Turin en 1836.

2. Anne-Marie Meininger a publié le texte d'un autre début, supprimé par Balzac (*La Comédie humaine*, Gallimard, « Bibliothèque
de la Pléiade », t. II, p. 1381-1382). Nous le reproduisons ci-des-
sous, en respectant l'orthographe d'origine :

LES ORPHELINS

La Grenadière est une petite maison située sur la rive droite de la
Loire en aval et à un mille environ du pont de Tours. En cet endroit
la rivière qui a l'air large comme un lac parsemé d'îles est bordée
par un long rocher sur lequel sont assises de jolies maisons de campagne bâties en pierre blanche, entourées toutes d'un clos de vigne
et de jardins où murissent les plus beaux fruits du monde et où de
délicieuses fleurs embaument l'air champêtre. Aucun aspect n'est
plus pittoresque – La Loire a presque la largeur d'un lac ; elle est
parsemée d'îles délicieuses toujours vertes ; et d'îlots rouges ou
jaunes suivant la nature de ses sables mouvants.

La maison bâtie à mi-coteau, est une de ces maisons qui comptent deux ou trois cents ans d'existence – elle a un perron voûté,
dont les pierres sont noircies par les taches de mousses brunes, et
sous ce perron commencent des caves creusées dans le roc – La
maison est entourée de treilles de jasmins, de chèvrefeuilles et de
grenadiers en pleine terre ; de là son nom – Elle a une porte bâtarde,
de chaque côté de laquelle sont deux fenêtres à contrevents verts
– au rez-de-chaussée en entrant, vous trouverez un escalier de

du pont de Tours [1]. En cet endroit, la rivière, large
comme un lac, est parsemée d'îles vertes et bordée par
une roche sur laquelle sont assises plusieurs maisons
de campagne, toutes bâties en pierre blanche, entourées de clos de vigne et de jardins où les plus beaux
fruits du monde mûrissent à l'exposition du midi.
Patiemment terrassés par plusieurs générations, les
creux du rocher réfléchissent les rayons du soleil, et
permettent de cultiver en pleine terre, à la faveur
d'une température factice, les productions des plus
chauds climats. Dans une des moins profondes
anfractuosités qui découpent cette colline s'élève la
flèche aiguë de Saint-Cyr, petit village duquel
dépendent toutes ces maisons éparses. Puis, un peu
plus loin, la Choisille se jette dans la Loire par une
grasse vallée qui interrompt ce long coteau. La Grenadière, sise à mi-côte du rocher, à une centaine de pas
de l'église, est un de ces vieux logis âgés de deux ou
trois cents ans qui se rencontrent en Touraine dans
chaque jolie situation. Une cassure de roc a favorisé la
construction d'une rampe qui arrive en pente douce
sur la *levée*, nom donné dans le pays à la digue établie
au bas de la côte pour maintenir la Loire dans son lit,
et sur laquelle passe la grande route de Paris à Nantes.
En haut de la rampe est une porte, où commence un
petit chemin pierreux, ménagé entre deux terrasses,
espèces de fortifications garnies de treilles et d'espaliers, destinées à empêcher l'éboulement des terres.

Meunier, à droite duquel est une vaste salle à manger dallée en carreaux blancs qui se fabriquent à château regnault – cette salle est
boisée à l'antique et peinte en gris, à gauche est un salon de pareille
dimension à cheminée haute, tendue d'un papier aurore à bordure
verte – au premier étage, il y a deux grandes chambres dont les
croisées sont prises en forme de mansarde dans un toit d'une élévation prodigieuse relativement au peu de hauteur du bâtiment. Ce
toit à pignons est couvert en ardoises – Les murs sont peints en
ocre. À droite de la maison est adossée une petite construction en
colombage dont les poutres, les traverses sont protégées contre la
pluie par des ardoises qui dessinent de longues lignes bleues.

1. La maison existe toujours. Balzac a plusieurs fois exprimé le
désir de l'acheter. Béranger y séjourna de 1836 à 1839.

Ce sentier pratiqué au pied de la terrasse supérieure, et presque caché par les arbres de celle qu'il couronne, mène à la maison par une pente rapide, en laissant voir la rivière dont l'étendue s'agrandit à chaque pas. Ce chemin creux est terminé par une seconde porte de style gothique, cintrée, chargée de quelques ornements simples mais en ruines, couvertes de giroflées sauvages, de lierres, de mousses et de pariétaires. Ces plantes indestructibles décorent les murs de toutes les terrasses, d'où elles sortent par la fente des assises, en dessinant à chaque nouvelle saison de nouvelles guirlandes de fleurs.

En franchissant cette porte vermoulue, un petit jardin, conquis sur le rocher par une dernière terrasse dont la vieille balustrade noire domine toutes les autres, offre à la vue son gazon orné de quelques arbres verts et d'une multitude de rosiers et de fleurs. Puis, en face du portail, à l'autre extrémité de la terrasse, est un pavillon de bois appuyé sur le mur voisin, et dont les poteaux sont cachés par des jasmins, des chèvrefeuilles, de la vigne et des clématites. Au milieu de ce dernier jardin, s'élève la maison sur un perron voûté, couvert de pampres, et sur lequel se trouve la porte d'une vaste cave creusée dans le roc. Le logis est entouré de treilles et de grenadiers en pleine terre, de là vient le nom donné à cette closerie [1]. La façade est composée de deux larges fenêtres séparées par une porte bâtarde très rustique, et de trois mansardes prises sur un toit d'une élévation prodigieuse relativement au peu de hauteur du rez-de-chaussée. Ce toit à deux pignons est couvert en ardoise. Les murs du bâtiment principal sont peints en jaune ; et la porte, les contrevents d'en bas, les persiennes des mansardes sont vertes.

En entrant, vous trouverez un petit palier où commence un escalier tortueux, dont le système change à chaque tournant ; il est en bois presque pourri ; sa rampe creusée en forme de vis a été brunie par un long usage.

---

1. Petit clos.

À droite est une vaste salle à manger boisée à l'antique, dallée en carreau blanc fabriqué à Château-Regnault [1] ; puis, à gauche, un salon de pareille dimension, sans boiseries, mais tendu d'un papier aurore à bordure verte. Aucune des deux pièces n'est plafonnée ; les solives sont en bois de noyer et les interstices remplis d'un torchis blanc fait avec de la bourre. Au premier étage, il y a deux grandes chambres dont les murs sont blanchis à la chaux ; les cheminées en pierre y sont moins richement sculptées que celles du rez-de-chaussée. Toutes les ouvertures sont exposées au midi. Au nord il n'y a qu'une seule porte, donnant sur les vignes et pratiquée derrière l'escalier. À gauche de la maison, est adossée une construction en colombage, dont les bois sont extérieurement garantis de la pluie et du soleil par des ardoises qui dessinent sur les murs de longues lignes bleues, droites ou transversales. La cuisine, placée dans cette espèce de chaumière, communique intérieurement avec la maison, mais elle a néanmoins une entrée particulière, élevée de quelques marches, au bas desquelles se trouve un puits profond, surmonté d'une pompe champêtre enveloppée de sabines [2], de plantes aquatiques et de hautes herbes. Cette bâtisse récente prouve que la Grenadière était jadis un simple *vendangeoir*. Les propriétaires y venaient de la ville, dont elle est séparée par le vaste lit de la Loire, seulement pour faire leur récolte, ou quelque partie de plaisir. Ils y envoyaient dès le matin leurs provisions et n'y couchaient guère que pendant le temps des vendanges. Mais les Anglais sont tombés comme un nuage de sauterelles sur la Touraine, et il a bien fallu compléter la Grenadière pour la leur louer. Heureusement ce moderne appendice est dissimulé sous les premiers tilleuls d'une allée plantée dans un ravin au bas des vignes. Le vignoble, qui peut avoir deux arpents, s'élève au-dessus de la maison, et la domine entièrement par une pente si raide qu'il est très difficile de la gravir. À peine y a-t-il entre la maison et

---

1. Aujourd'hui Château-Renault.
2. Sorte de genévriers.

cette colline verdie par des pampres traînants un espace
de cinq pieds, toujours humide et froid, espèce de fossé
plein de végétations vigoureuses où tombent, par les
temps de pluie, les engrais de la vigne qui vont enrichir
le sol des jardins soutenus par la terrasse à balustrade. La
maison du closier chargé de faire les façons de la vigne
est adossée au pignon de gauche ; elle est couverte en
chaume et fait en quelque sorte le pendant de la cuisine.
La propriété est entourée de murs et d'espaliers ; la
vigne est plantée d'arbres fruitiers de toute espèce ; enfin
pas un pouce de ce terrain précieux n'est perdu pour la
culture. Si l'homme néglige un aride quartier de roche,
la nature y jette soit un figuier, soit des fleurs cham-
pêtres, ou quelques fraisiers abrités par des pierres.

En aucun lieu du monde vous ne rencontreriez une
demeure tout à la fois si modeste et si grande, si riche
en fructifications, en parfums, en points de vue. Elle
est, au cœur de la Touraine, une petite Touraine où
toutes les fleurs, tous les fruits, toutes les beautés de ce
pays sont complètement représentés. C'est les raisins
de chaque contrée, les figues, les pêches, les poires de
toutes les espèces, et des melons en plein champ aussi
bien que la réglisse, les genêts d'Espagne, les lauriers-
roses de l'Italie et les jasmins des Açores. La Loire est
à vos pieds. Vous la dominez d'une terrasse élevée de
trente toises au-dessus de ses eaux capricieuses ; le
soir vous respirez ses brises venues fraîches de la mer
et parfumées dans leur route par les fleurs des longues
levées. Un nuage errant qui, à chaque pas dans l'espace, change de couleur et de forme, sous un ciel parfaitement bleu, donne mille aspects nouveaux à
chaque détail des paysages magnifiques qui s'offrent
aux regards, en quelque endroit que vous vous pla-
ciez. De là, les yeux embrassent d'abord la rive gauche
de la Loire depuis Amboise ; la fertile plaine où s'élè-
vent Tours, ses faubourgs, ses fabriques, le Plessis ;
puis, une partie de la rive gauche [1] qui, depuis Vou-
vray jusqu'à Saint-Symphorien, décrit un demi-cercle

---

1. Lapsus : rive droite.

de rochers pleins de joyeux vignobles. La vue n'est bornée que par les riches coteaux du Cher, horizon bleuâtre, chargé de parcs et de châteaux. Enfin, à l'ouest, l'âme se perd dans le fleuve immense sur lequel naviguent à toute heure les bateaux à voiles blanches enflées par les vents qui règnent presque toujours dans ce vaste bassin. Un prince peut faire sa *villa* de la Grenadière, mais certes un poète en fera toujours son logis ; deux amants y verront le plus doux refuge, elle est la demeure d'un bon bourgeois de Tours ; elle a des poésies pour toutes les imaginations ; pour les plus humbles et les plus froides, comme pour les plus élevées et les plus passionnées : personne n'y reste sans y sentir l'atmosphère du bonheur, sans y comprendre toute une vie tranquille, dénuée d'ambition, de soins. La rêverie est dans l'air et dans le murmure des flots, les sables parlent, ils sont tristes ou gais, dorés ou ternes ; tout est mouvement autour du possesseur de cette vigne, immobile au milieu de ses fleurs vivaces et de ses fruits appétissants. Un Anglais donne mille francs pour habiter pendant six mois cette humble maison ; mais il s'engage à en respecter les récoltes : s'il veut les fruits, il en double le loyer ; si ce vin lui fait envie, il double encore la somme. Que vaut donc la Grenadière avec sa rampe, son chemin creux, sa triple terrasse, ses deux arpents de vigne, ses balustrades de rosiers fleuris, son vieux perron, sa pompe, ses clématites échevelées et ses arbres cosmopolites ? N'offrez pas de prix ! La Grenadière ne sera jamais à vendre. Achetée une fois en 1690, et laissée à regret pour quarante mille francs, comme un cheval favori abandonné par l'Arabe du désert, elle est restée dans la même famille, elle en est l'orgueil, le joyau patrimonial, le Régent [1]. Voir, n'est-ce pas avoir ? a dit un poète. De là vous voyez trois vallées de la Touraine et sa cathédrale suspendue dans les airs comme un ouvrage en filigrane.

_____

1. Diamant de 137 carats, acheté pour la Couronne en 1717 par le Régent Philippe d'Orléans (Louvre).

Peut-on payer de tels trésors ? Pourrez-vous jamais payer la santé que vous recouvrez là sous les tilleuls ?

Au printemps d'une des plus belles années de la Restauration [1], une dame, accompagnée d'une femme de charge et de deux enfants, dont le plus jeune paraissait avoir huit ans et l'autre environ treize, vint à Tours y chercher une habitation. Elle vit la Grenadière et la loua. Peut-être la distance qui la séparait de la ville la décida-t-elle à s'y loger. Le salon lui servit de chambre à coucher, elle mit chaque enfant dans une des pièces du premier étage, et la femme de charge coucha dans un petit cabinet ménagé au-dessus de la cuisine. La salle à manger devint le salon commun à la petite famille et le lieu de réception. La maison fut meublée très simplement, mais avec goût ; il n'y eut rien d'inutile ni rien qui sentît le luxe. Les meubles choisis par l'inconnue étaient en noyer, sans aucun ornement. La propreté, l'accord régnant entre l'intérieur et l'extérieur du logis en firent tout le charme.

Il fut donc assez difficile de savoir si Mme Willemsens [2] (nom que prit l'étrangère) appartenait à la riche bourgeoisie, à la haute noblesse ou à certaines classes équivoques de l'espèce féminine. Sa simplicité donnait matière aux suppositions les plus contradictoires, mais ses manières pouvaient confirmer celles qui lui étaient favorables. Aussi, peu de temps après son arrivée à Saint-Cyr, sa conduite réservée excita-t-elle l'intérêt des personnes oisives, habituées à observer en province tout ce qui semble devoir animer la sphère étroite où elles vivent. Mme Willemsens était une femme d'une taille assez élevée, mince et maigre, mais délicatement faite. Elle avait de jolis pieds, plus remarquables par la grâce avec laquelle ils étaient attachés que par leur étroitesse, mérite vulgaire ; puis des

---

1. « 1820 », surchargé par « 1819 », selon le manuscrit. De même, Balzac hésite entre novembre et mars.

2. Selon Anne-Marie Meininger, Balzac se serait inspiré de l'histoire familiale et tourangelle de Villemessant, futur directeur du *Figaro* (éd. cit., p. 414-416).

mains qui semblaient belles sous le gant. Quelques
rougeurs foncées et mobiles couperosaient son teint
blanc, jadis frais et coloré. Des rides précoces flétris-
saient un front de forme élégante, couronné par de
beaux cheveux châtains, bien plantés et toujours tressés
en deux nattes circulaires, coiffure de vierge qui seyait
à sa physionomie mélancolique. Ses yeux noirs, fortement cernés, creusés, pleins d'une ardeur fiévreuse,
affectaient un calme menteur ; et par moments, si elle
oubliait l'expression qu'elle s'était imposée, il s'y peignait de secrètes angoisses. Son visage ovale était un
peu long ; mais peut-être autrefois le bonheur et la
santé lui donnaient-ils de justes proportions. Un faux
sourire, empreint d'une tristesse douce, errait habituellement sur ses lèvres pâles ; néanmoins sa bouche
s'animait et son sourire exprimait les délices du sentiment maternel quand les deux enfants, par lesquels
elle était toujours accompagnée, la regardaient ou lui
faisaient une de ces questions intarissables et oiseuses,
qui toutes ont un sens pour une mère. Sa démarche
était lente et noble. Elle conserva la même mise avec
une constance qui annonçait l'intention formelle de ne
plus s'occuper de sa toilette et d'oublier le monde, par
qui elle voulait sans doute être oubliée. Elle avait une
robe noire très longue, serrée par un ruban de moire,
et par-dessus, en guise de châle, un fichu de batiste à
large ourlet dont les deux bouts étaient négligemment
passés dans sa ceinture. Chaussée avec un soin qui
dénotait des habitudes d'élégance, elle portait des bas
de soie gris qui complétaient la teinte de deuil répandue dans ce costume de convention. Enfin son chapeau, de forme anglaise et invariable, était en étoffe
grise et orné d'un voile noir. Elle paraissait être d'une
extrême faiblesse et très souffrante. Sa seule promenade consistait à aller de la Grenadière au pont de
Tours, où, quand la soirée était calme, elle venait avec
les deux enfants respirer l'air frais de la Loire et
admirer les effets produits par le soleil couchant dans
ce paysage aussi vaste que l'est celui de la baie de
Naples ou du lac de Genève. Durant le temps de son

séjour à la Grenadière, elle ne se rendit que deux fois
à Tours : ce fut d'abord pour prier le principal du collège de lui indiquer les meilleurs maîtres de latin, de
mathématiques et de dessin ; puis pour déterminer
avec les personnes qui lui furent désignées soit le prix
de leurs leçons, soit les heures auxquelles ces leçons
pourraient être données aux enfants. Mais il lui suffisait de se montrer une ou deux fois par semaine, le
soir, sur le pont, pour exciter l'intérêt de presque tous
les habitants de la ville, qui s'y promènent habituellement. Cependant, malgré l'espèce d'espionnage innocent que créent en province le désœuvrement et l'inquiète curiosité des principales sociétés, personne ne
put obtenir de renseignements certains sur le rang que
l'inconnue occupait dans le monde, ni sur sa fortune,
ni même sur son état véritable. Seulement le propriétaire de la Grenadière apprit à quelques-uns de ses
amis le nom, sans doute vrai, sous lequel l'inconnue
avait contracté son bail. Elle s'appelait Augusta [1] Willemsens, comtesse de Brandon. Ce nom devait être celui
de son mari. Plus tard les derniers événements de
cette histoire confirmèrent la véracité de cette révélation ; mais elle n'eut de publicité que dans le monde
de commerçants fréquenté par le propriétaire. Ainsi
Mme Willemsens demeura constamment un mystère
pour les gens de la bonne compagnie, et tout ce qu'elle
leur permit de deviner en elle fut une nature distinguée, des manières simples, délicieusement naturelles,
et un son de voix d'une douceur angélique. Sa profonde solitude, sa mélancolie et sa beauté si passionnément obscurcie, à demi flétrie même, avaient tant
de charmes que plusieurs jeunes gens s'éprirent
d'elle ; mais plus leur amour fut sincère, moins il fut
audacieux ; puis elle était imposante, il était difficile
d'oser lui parler. Enfin, si quelques hommes hardis lui
écrivirent, leurs lettres durent être brûlées sans avoir
été ouvertes. Mme Willemsens jetait au feu toutes

---

1. Avant 1842 : « Marie ». Dans le manuscrit, elle se nomme
« comtesse de Belliguardo ».

celles qu'elle recevait, comme si elle eût voulu passer sans le plus léger souci le temps de son séjour en Touraine. Elle semblait être venue dans sa ravissante retraite pour se livrer tout entière au bonheur de vivre. Les trois maîtres auxquels l'entrée de la Grenadière fut permise parlèrent avec une sorte d'admiration respectueuse du tableau touchant que présentait l'union intime et sans nuages de ces enfants et de cette femme.

Les deux enfants excitèrent également beaucoup d'intérêt, et les mères ne pouvaient pas les regarder sans envie. Tous deux ressemblaient à Mme Willemsens, qui était en effet leur mère. Ils avaient l'un et l'autre ce teint transparent et ces vives couleurs, ces yeux purs et humides, ces longs cils, cette fraîcheur de formes qui impriment tant d'éclat aux beautés de l'enfance. L'aîné, nommé Louis-Gaston, avait les cheveux noirs et un regard plein de hardiesse. Tout en lui dénotait une santé robuste, de même que son front large et haut, heureusement bombé, semblait trahir un caractère énergique. Il était leste, adroit dans ses mouvements, bien découplé, n'avait rien d'emprunté, ne s'étonnait de rien, et paraissait réfléchir sur tout ce qu'il voyait. L'autre, nommé Marie-Gaston, était presque blond, quoique parmi ses cheveux quelques mèches fussent déjà cendrées et prissent la couleur des cheveux de sa mère. Marie avait les formes grêles, la délicatesse de traits, la finesse gracieuse, qui charmaient tant dans Mme Willemsens. Il paraissait maladif : ses yeux gris lançaient un regard doux, ses couleurs étaient pâles. Il y avait de la femme en lui. Sa mère lui conservait encore la collerette brodée, les longues boucles frisées et la petite veste ornée de brandebourgs et d'olives qui revêt un jeune garçon d'une grâce indicible, et trahit ce plaisir de parure tout féminin dont s'amuse la mère autant que l'enfant peut-être. Ce joli costume contrastait avec la veste simple de l'aîné, sur laquelle se rabattait le col tout uni de sa chemise. Les pantalons, les brodequins, la couleur des habits étaient semblables et annonçaient deux

frères aussi bien que leur ressemblance. Il était impossible en les voyant de n'être pas touché des soins de
Louis pour Marie. L'aîné avait pour le second quelque
chose de paternel dans le regard ; et Marie, malgré
l'insouciance du jeune âge, semblait pénétré de reconnaissance pour Louis : c'était deux petites fleurs à
peine séparées de leur tige, agitées par la même brise,
éclairées par le même rayon de soleil, l'une colorée,
l'autre étiolée à demi. Un mot, un regard, une
inflexion de voix de leur mère suffisait pour les rendre
attentifs, leur faire tourner la tête, écouter, entendre
un ordre, une prière, une recommandation, et obéir.
Mme Willemsens leur faisait toujours comprendre ses
désirs, sa volonté, comme s'il y eût entre eux une
pensée commune. Quand ils étaient, pendant la promenade, occupés à jouer en avant d'elle, cueillant une
fleur, examinant un insecte, elle les contemplait avec
un attendrissement si profond que le passant le plus
indifférent se sentait ému, s'arrêtait pour voir les
enfants, leur sourire, et saluer la mère par un coup
d'œil d'ami. Qui n'eût pas admiré l'exquise propreté
de leurs vêtements, leur joli son de voix, la grâce de
leurs mouvements, leur physionomie heureuse et l'instinctive noblesse qui révélait en eux une éducation soignée dès le berceau ! Ces enfants semblaient n'avoir
jamais ni crié ni pleuré. Leur mère avait comme une
prévoyance électrique de leurs désirs, de leurs douleurs, les prévenant, les calmant sans cesse. Elle paraissait craindre une de leurs plaintes plus que sa
condamnation éternelle. Tout dans ces enfants était un
éloge pour leur mère ; et le tableau de leur triple vie,
qui semblait une même vie, faisait naître des demi-
pensées vagues et caressantes, image de ce bonheur
que nous rêvons de goûter dans un monde meilleur.
L'existence intérieure de ces trois créatures si harmo-
nieuses s'accordait avec les idées que l'on concevait à
leur aspect : c'était la vie d'ordre, régulière et simple
qui convient à l'éducation des enfants. Tous deux se
levaient une heure après la venue du jour, récitaient
d'abord une courte prière, habitude de leur enfance,

paroles vraies, dites pendant sept ans sur le lit de leur
mère, commencées et finies entre deux baisers. Puis
les deux frères, accoutumés sans doute à ces soins
minutieux de la personne, si nécessaires à la santé du
corps, à la pureté de l'âme, et qui donnent en quelque
sorte la conscience du bien-être, faisaient une toilette
aussi scrupuleuse que peut l'être celle d'une jolie
femme. Ils ne manquaient à rien, tant ils avaient peur
l'un et l'autre d'un reproche, quelque tendrement qu'il
leur fût adressé par leur mère quand, en les embrassant, elle leur disait au déjeuner, suivant la circonstance : « Mes chers anges, où donc avez-vous pu déjà
vous noircir les ongles ? » Tous deux descendaient
alors au jardin, y secouaient les impressions de la nuit
dans la rosée et la fraîcheur, en attendant que la
femme de charge eût préparé le salon commun, où ils
allaient étudier leurs leçons jusqu'au lever de leur
mère. Mais de moment en moment ils en épiaient le
réveil, quoiqu'ils ne dussent entrer dans sa chambre
qu'à une heure convenue. Cette irruption matinale,
toujours faite en contravention au pacte primitif, était
toujours une scène délicieuse et pour eux et pour
Mme Willemsens. Marie sautait sur le lit pour passer
ses bras autour de son idole, tandis que Louis, agenouillé au chevet, prenait la main de sa mère. C'était
alors des interrogations inquiètes, comme un amant
en trouve pour sa maîtresse ; puis des rires d'anges,
des caresses tout à la fois passionnées et pures, des
silences éloquents, des bégaiements, des histoires
enfantines interrompues et reprises par des baisers,
rarement achevées, toujours écoutées...

« Avez-vous bien travaillé ? » demandait la mère,
mais d'une voix douce et amie, près de plaindre la fai-
néantise comme un malheur, prête à lancer un regard
mouillé de larmes à celui qui se trouvait content de
lui-même. Elle savait que ses enfants étaient animés
par le désir de lui plaire ; eux savaient que leur mère
ne vivait que pour eux, les conduisait dans la vie avec
toute l'intelligence de l'amour, et leur donnait toutes
ses pensées, toutes ses heures. Un sens merveilleux,

qui n'est encore ni l'égoïsme ni la raison, qui est peut-être le sentiment dans sa première candeur, apprend aux enfants s'ils sont ou non l'objet de soins exclusifs, et si l'on s'occupe d'eux avec bonheur. Les aimez-vous bien ? ces chères créatures, tout franchise et tout justice, sont alors admirablement reconnaissantes. Elles aiment avec passion, avec jalousie, ont les délicatesses les plus gracieuses, trouvent à dire les mots les plus tendres ; elles sont confiantes, elles croient en tout à vous. Aussi peut-être n'y a-t-il pas de mauvais enfants sans mauvaises mères ; car l'affection qu'ils ressentent est toujours en raison de celle qu'ils ont éprouvée, des premiers soins qu'ils ont reçus, des premiers mots qu'ils ont entendus, des premiers regards où ils ont cherché l'amour et la vie. Tout devient alors attrait ou tout est répulsion. Dieu a mis les enfants au sein de la mère pour lui faire comprendre qu'ils devaient y rester longtemps. Cependant il se rencontre des mères cruellement méconnues, de tendres et sublimes tendresses constamment froissées : effroyables ingratitudes, qui prouvent combien il est difficile d'établir des principes absolus en fait de sentiment. Il ne manquait dans le cœur de cette mère et dans ceux de ses fils aucun des mille liens qui devaient les attacher les uns aux autres. Seuls sur la terre, ils y vivaient de la même vie et se comprenaient bien. Quand au matin Mme Willemsens demeurait silencieuse, Louis et Marie se taisaient en respectant tout d'elle, même les pensées qu'ils ne partageaient pas. Mais l'aîné, doué d'une pensée déjà forte, ne se contentait jamais des assurances de bonne santé que lui donnait sa mère : il en étudiait le visage avec une sombre inquiétude, ignorant le danger, mais le pressentant lorsqu'il voyait autour de ses yeux cernés des teintes violettes, lorsqu'il apercevait leurs orbites plus creuses et les rougeurs du visage plus enflammées. Plein d'une sensibilité vraie, il devinait quand les jeux de Marie commençaient à la fatiguer, et il savait alors dire à son frère : « Viens, Marie, allons déjeuner, j'ai faim. »

Mais en atteignant la porte, il se retournait pour saisir l'expression de la figure de sa mère, qui pour lui trouvait encore un sourire ; et souvent même des larmes roulaient dans ses yeux, quand un geste de son enfant lui révélait un sentiment exquis, une précoce entente de la douleur.

Le temps destiné au premier déjeuner de ses enfants et à leur récréation était employé par Mme Willemsens à sa toilette ; car elle avait de la coquetterie pour ses chers petits, elle voulait leur plaire, leur agréer en toute chose, être pour eux gracieuse à voir ; être pour eux attrayante comme un doux parfum auquel on revient toujours. Elle se tenait toujours prête pour les répétitions qui avaient lieu entre dix et trois heures, mais qui étaient interrompues à midi par un second déjeuner fait en commun sous le pavillon du jardin. Après ce repas, une heure était accordée aux jeux, pendant laquelle l'heureuse mère, la pauvre femme restait couchée sur un long divan placé dans ce pavillon d'où l'on découvrait cette douce Touraine incessamment changeante, sans cesse rajeunie par les mille accidents du jour, du ciel, de la saison. Ses deux enfants trottaient à travers le clos, grimpaient sur les terrasses, couraient après les lézards, groupés eux-mêmes et agiles comme le lézard ; ils admiraient des graines, des fleurs, étudiaient des insectes, et venaient demander raison de tout à leur mère. C'était alors des allées et venues perpétuelles au pavillon. À la campagne, les enfants n'ont pas besoin de jouets, tout leur est occupation. Mme Willemsens assistait aux leçons en faisant de la tapisserie. Elle restait silencieuse, ne regardait ni les maîtres ni les enfants, elle écoutait avec attention comme pour tâcher de saisir le sens des paroles et savoir vaguement si Louis acquérait de la force : embarrassait-il son maître par une question, et accusait-il ainsi un progrès ? les yeux de la mère s'animaient alors, elle souriait, elle lui lançait un regard empreint d'espérance. Elle exigeait peu de chose de Marie. Ses vœux étaient pour l'aîné auquel elle témoignait une sorte de respect, employant tout son tact de femme et de mère à lui élever l'âme, à lui donner une haute idée de lui-même. Cette conduite cachait une pensée secrète que l'enfant devait comprendre un jour et qu'il comprit. Après chaque leçon, elle reconduisait les maîtres jusqu'à la première porte ; et là, leur demandait consciencieusement compte des études de Louis. Elle était si affectueuse et si engageante que les répétiteurs lui disaient la vérité, pour l'aider à faire travailler Louis sur les points où il leur paraissait faible. Le dîner venait ; puis, le jeu, la promenade ; enfin, le soir, les leçons s'apprenaient.

Telle était leur vie, vie uniforme, mais pleine, où le travail et les distractions heureusement mêlés ne laissaient aucune place à l'ennui. Les découragements et les querelles étaient impossibles. L'amour sans bornes de la mère rendait tout facile. Elle avait donné de la discrétion à ses deux fils en ne leur refusant jamais rien, du courage en les louant à propos, de la résignation en leur faisant apercevoir la Nécessité sous toutes ses formes ; elle en avait développé, fortifié l'angélique nature avec un soin de fée. Parfois, quelques larmes humectaient ses yeux ardents, quand, en les voyant jouer, elle pensait qu'ils ne lui avaient pas causé le moindre chagrin. Un bonheur étendu, complet, ne nous fait ainsi pleurer que parce qu'il est une image du ciel duquel nous avons tous de confuses perceptions. Elle passait des heures délicieuses couchée sur son canapé champêtre, voyant un beau jour, une grande étendue d'eau, un pays pittoresque, entendant la voix de ses enfants, leurs rires renaissant dans le rire même, et leurs petites querelles où éclataient leur union, le sentiment paternel de Louis pour Marie, et l'amour de tous deux pour elle. Tous deux ayant eu, pendant leur première enfance, une bonne anglaise, parlaient également bien le français et l'anglais ; aussi leur mère se servait-elle alternativement des deux langues dans la conversation. Elle dirigeait admirablement bien leurs jeunes âmes, ne laissant entrer dans leur entendement aucune idée fausse, dans le cœur aucun principe mauvais. Elle les gouvernait par la douceur, ne leur cachant rien, leur expliquant tout. Lorsque Louis désirait lire, elle avait soin de lui donner des livres intéressants, mais exacts. C'était la vie des marins célèbres, les biographies des grands hommes, des capitaines illustres, trouvant dans les moindres détails de ces sortes de livres mille occasions de lui expliquer prématurément le monde et la vie ; insistant sur les moyens dont s'étaient servis les gens obscurs, mais réellement grands, partis, sans protecteurs, des derniers rangs de la société, pour parvenir à de nobles destinées. Ces leçons, qui n'étaient pas les moins utiles, se donnaient le soir quand le petit Marie s'endormait sur les genoux de sa mère, dans le silence d'une belle nuit, quand la Loire réfléchissait les cieux ; mais elles redoublaient toujours la mélancolie de cette adorable femme, qui finissait toujours par se taire et par rester immobile, songeuse, les yeux pleins de larmes.

« Ma mère, pourquoi pleurez-vous ? lui demanda Louis par une riche soirée du mois de juin, au moment où les demi-teintes d'une nuit doucement éclairée succédaient à un jour chaud.

– Mon fils, répondit-elle en attirant par le cou l'enfant dont l'émotion cachée la toucha vivement, parce que le sort pauvre d'abord de Jameray Duval [1], parvenu sans secours, est le sort que je t'ai fait à toi et à ton frère. Bientôt, mon cher enfant, vous serez seuls sur la terre, sans appui, sans protections. Je vous y laisserai petits encore, et je voudrais cependant te voir assez fort, assez instruit pour servir de guide à Marie. Et je n'en aurai pas le temps. Je vous aime trop pour ne pas être bien malheureuse par ces pensées. Chers enfants, pourvu que vous ne me maudissiez pas un jour…

– Et pourquoi vous maudirais-je un jour, ma mère ?

---

1. Valentin Jameray Duval (1695-1755) : orphelin, gardien de dindons, il fut recueilli et instruit par des moines puis devint directeur du Cabinet des médailles et de la Bibliothèque impériale de Vienne.

– Un jour, pauvre petit, dit-elle en le baisant au front, tu reconnaîtras que j'ai eu des torts envers vous. Je vous abandonnerai, ici, sans fortune, sans… » Elle hésita. « Sans un père », reprit-elle.

À ce mot, elle fondit en larmes, repoussa doucement son fils qui, par une sorte d'intuition, devina que sa mère voulait être seule, et il emmena Marie à moitié endormi. Puis, une heure après, quand son frère fut couché, Louis revint à pas discrets vers le pavillon où était sa mère. Il entendit alors ces mots prononcés par une voix délicieuse à son cœur : « Viens, Louis ? »

L'enfant se jeta dans les bras de sa mère, et ils s'embrassèrent presque convulsivement.

« Ma chérie, dit-il enfin, car il lui donnait souvent ce nom, trouvant même les mots de l'amour trop faibles pour exprimer ses sentiments ; ma chérie, pourquoi crains-tu donc de mourir ?

– Je suis malade, pauvre ange aimé, chaque jour mes forces se perdent, et mon mal est sans remède. Je le sais.

– Quel est donc votre mal ?

– Je dois l'oublier [1] ; et toi, tu ne dois jamais savoir la cause de ma mort. »

L'enfant resta silencieux pendant un moment, jetant à la dérobée des regards sur sa mère, qui, les yeux levés au ciel, en contemplait les nuages. Moment de douce mélancolie ! Louis ne croyait pas à la mort prochaine de sa mère, mais il en ressentait les chagrins sans les deviner. Il respecta cette longue rêverie. Moins jeune, il aurait lu sur ce visage sublime quelques pensées de repentir mêlées à des souvenirs heureux, toute une vie de femme : une enfance insouciante, un mariage froid, une passion terrible, des fleurs nées dans un orage, abîmées par la foudre, dans un gouffre d'où rien ne saurait revenir.

« Ma mère aimée, dit enfin Louis, pourquoi me cachez-vous vos souffrances ?

_____

1. Manuscrit : « quelqu'un m'a fait prendre un poison ».

– Mon fils, répondit-elle, nous devons ensevelir nos peines aux yeux des étrangers, leur montrer un visage riant, ne jamais leur parler de nous, nous occuper d'eux : ces maximes pratiquées en famille y sont une des causes du bonheur. Tu auras à souffrir beaucoup un jour ! Eh bien, souviens-toi de ta pauvre mère qui se mourait devant toi en te souriant toujours, et te cachait ses douleurs ; tu te trouveras alors du courage pour supporter les maux de la vie. »

En ce moment, dévorant ses larmes, elle tâcha de révéler à son fils le mécanisme de l'existence, la valeur, l'assiette, la consistance des fortunes, les rapports sociaux, les moyens honorables d'amasser l'argent nécessaire aux besoins de la vie, et la nécessité de l'instruction. Puis elle lui apprit une des causes de sa tristesse habituelle et de ses pleurs, en lui disant que, le lendemain de sa mort, lui et Marie seraient dans le plus grand dénuement, ne possédant, à eux deux, qu'une faible somme, n'ayant plus d'autre protecteur que Dieu.

« Comme il faut que je me dépêche d'apprendre ! s'écria l'enfant en lançant à sa mère un regard plaintif et profond.

– Ah ! que je suis heureuse, dit-elle en couvrant son fils de baisers et de larmes. Il me comprend ! – Louis, ajouta-t-elle, tu seras le tuteur de ton frère, n'est-ce pas, tu me le promets ? Tu n'es plus un enfant !

– Oui, répondit-il, mais vous ne mourrez pas encore, dites ?

– Pauvres petits, répondit-elle, mon amour pour vous me soutient ! Puis ce pays est si beau, l'air y est si bienfaisant, peut-être…

– Vous me faites encore mieux aimer la Touraine », dit l'enfant tout ému.

Depuis ce jour où Mme Willemsens, prévoyant sa mort prochaine, avait parlé à son fils aîné de son sort à venir, Louis, qui avait achevé sa quatorzième année, devint moins distrait, plus appliqué, moins disposé à jouer qu'auparavant. Soit qu'il sût persuader à Marie de lire au lieu de se livrer à des distractions bruyantes, les deux enfants firent moins de tapage à travers les chemins creux, les jardins, les terrasses étagées de la Grenadière. Ils conformèrent leur vie à la pensée mélancolique de leur mère, dont le teint pâlissait de jour en jour, en prenant des teintes jaunes, dont le front se creusait aux tempes, dont les rides devenaient plus profondes de nuit en nuit.

Au mois d'août, cinq mois après l'arrivée de la petite famille à la Grenadière, tout y avait changé. Observant les symptômes encore légers de la lente dégradation qui minait le corps de sa maîtresse soutenue seulement par une âme passionnée et un excessif amour pour ses enfants, la vieille femme de charge était devenue sombre et triste : elle paraissait posséder le secret de cette mort anticipée. Souvent, lorsque sa maîtresse, belle encore, plus coquette qu'elle ne l'avait jamais été, parant son corps éteint et mettant du rouge, se promenait sur la haute terrasse, accompagnée de ses deux enfants, la vieille Annette passait la tête entre les deux sabines de la pompe, oubliait son ouvrage commencé, gardait son linge à la main, et retenait à peine ses larmes en voyant une Mme Willemsens si peu semblable à la ravissante femme qu'elle avait connue.

Cette jolie maison, d'abord si gaie, si animée, semblait être devenue triste ; elle était silencieuse, les habitants en sortaient rarement, Mme Willemsens ne pouvait plus aller se promener au pont de Tours sans de grands efforts. Louis, dont l'imagination s'était tout à coup développée, et qui s'était identifié pour ainsi dire à sa mère, en ayant deviné la fatigue et les douleurs sous le rouge, inventait toujours des prétextes pour ne pas faire une promenade devenue trop longue pour sa mère. Les couples joyeux qui allaient alors à Saint-Cyr, la petite Courtille [1] de Tours, et les groupes de prome-

---

1. La Courtille était un quartier de cabarets et de guinguettes du village de Belleville. Dans la nuit du mardi gras au mercredi des Cendres, on s'y livrait à une sorte de carnaval et le populaire ne manquait pas d'assister, à l'aube, à la « descente de la Courtille », c'est-à-dire au retour des fêtards chassés par le début du carême.

neurs voyaient au-dessus de la levée, le soir, cette femme pâle et maigre, tout en deuil, à demi consumée, mais encore brillante, passant comme un fantôme le long des terrasses. Les grandes souffrances se devinent. Aussi le ménage du closier était-il devenu silencieux. Quelquefois le paysan, sa femme et ses deux enfants se trouvaient groupés à la porte de leur chaumière ; Annette lavait au puits ; Madame et ses enfants étaient sous le pavillon ; mais on n'entendait pas le moindre bruit dans ces gais jardins ; et, sans que Mme Willemsens s'en aperçût, tous les yeux attendris la contemplaient. Elle était si bonne, si prévoyante, si imposante pour ceux qui l'approchaient ! Quant à elle, depuis le commencement de l'automne, si beau, si brillant en Touraine, et dont les bienfaisantes influences, les raisins, les bons fruits devaient prolonger la vie de cette mère au-delà du terme fixé par les ravages d'un mal inconnu, elle ne voyait plus que ses enfants, et en jouissait à chaque heure comme si c'eût été la dernière.

Depuis le mois de juin jusqu'à la fin de septembre, Louis travailla pendant la nuit à l'insu de sa mère, et fit d'énormes progrès ; il était arrivé aux équations du second degré en algèbre, avait appris la géométrie descriptive, dessinait à merveille ; enfin, il aurait pu soutenir avec succès l'examen imposé aux jeunes gens qui veulent entrer à l'École polytechnique. Quelquefois, le soir, il allait se promener sur le pont de Tours, où il avait rencontré un lieutenant de vaisseau mis en demi-solde : la figure mâle, la décoration, l'allure de ce marin de l'Empire avaient agi sur son imagination. De son côté, le marin s'était pris d'amitié pour un jeune homme dont les yeux pétillaient d'énergie. Louis, avide de récits militaires et curieux de renseignements, venait flâner dans les eaux du marin pour causer avec lui. Le lieutenant en demi-solde avait pour ami et pour compagnon un colonel d'infanterie, proscrit comme lui des cadres de l'armée [1], le jeune Gaston pouvait

---

1. Après Waterloo, les Bourbons licencièrent les soldats de l'Empire, repliés au sud de la Loire.

donc tour à tour apprendre la vie des camps et la vie
des vaisseaux. Aussi accablait-il de questions les deux
militaires. Puis, après avoir, par avance, épousé leurs
malheurs et leur rude existence, il demandait à sa
mère la permission de voyager dans le canton pour se
distraire. Or comme les maîtres étonnés disaient à
Mme Willemsens que son fils travaillait trop, elle
accueillait cette demande avec un plaisir infini. L'enfant faisait donc des courses énormes. Voulant s'en-
durcir à la fatigue, il grimpait aux arbres les plus élevés avec une incroyable agilité ; il apprenait à nager ; il
veillait. Il n'était plus le même enfant, c'était un jeune
homme sur le visage duquel le soleil avait jeté son hâle
brun, et où je ne sais quelle pensée profonde apparaissait déjà.

   Le mois d'octobre vint, Mme Willemsens ne pouvait plus se lever qu'à midi, quand les rayons du soleil,
réfléchis par les eaux de la Loire et concentrés dans les
terrasses, produisaient à la Grenadière cette température égale à celle des chaudes et tièdes journées de la
baie de Naples, qui font recommander son habitation
par les médecins du pays. Elle venait alors s'asseoir
sous un des arbres verts, et ses deux fils ne s'écartaient
plus d'elle. Les études cessèrent, les maîtres furent
congédiés. Les enfants et la mère voulurent vivre au
cœur les uns des autres, sans soins, sans distractions.
Il n'y avait plus ni pleurs ni cris joyeux. L'aîné, couché
sur l'herbe près de sa mère, restait sous son regard
comme un amant, et lui baisait les pieds. Marie,
inquiet, allait lui cueillir des fleurs, les lui apportait
d'un air triste, et s'élevait sur la pointe des pieds pour
prendre sur ses lèvres un baiser de jeune fille. Cette
femme blanche, aux grands yeux noirs, tout abattue,
lente dans ses mouvements, ne se plaignant jamais,
souriant à ses deux enfants bien vivants, d'une belle
santé, formaient [1] un tableau sublime auquel ne manquaient ni les pompes mélancoliques de l'automne
avec ses feuilles jaunies et ses arbres à demi dépouillés,

---

1. Remplace incorrectement en 1842 « formait ».

ni la lueur adoucie du soleil et les nuages blancs du ciel
de Touraine.

Enfin Mme Willemsens fut condamnée par un
médecin à ne pas sortir de sa chambre. Sa chambre fut
chaque jour embellie des fleurs qu'elle aimait, et ses
enfants y demeurèrent. Dans les premiers jours de
novembre, elle toucha du piano pour la dernière fois. Il
y avait un paysage de Suisse au-dessus du piano. Du
côté de la fenêtre, ses deux enfants, groupés l'un sur
l'autre, lui montrèrent leurs têtes confondues. Ses
regards allèrent alors constamment de ses enfants au
paysage et du paysage à ses enfants. Son visage se
colora, ses doigts coururent avec passion sur les touches
d'ivoire. Ce fut sa dernière fête, fête inconnue, fête célébrée dans les profondeurs de son âme par le génie des
souvenirs. Le médecin vint, et lui ordonna de garder le
lit. Cette sentence effrayante fut reçue par la mère et par
les deux fils dans un silence presque stupide.

Quand le médecin s'en alla : « Louis, dit-elle, conduis-
moi sur la terrasse, que je voie encore mon pays. »

À cette parole proférée simplement, l'enfant donna
le bras à sa mère et l'amena au milieu de la terrasse. Là
ses yeux se portèrent, involontairement peut-être, plus
sur le ciel que sur la terre ; mais il eût été difficile de
décider en ce moment où étaient les plus beaux paysages, car les nuages représentaient vaguement les
plus majestueux glaciers des Alpes. Son front se plissa
violemment, ses yeux prirent une expression de douleur et de remords, elle saisit les deux mains de ses
enfants et les appuya sur son cœur violemment agité :
« *Père et mère inconnus !* s'écria-t-elle en leur jetant un
regard profond. Pauvres anges ! que deviendrez-
vous ? Puis, à vingt ans, quel compte sévère ne me
demanderez-vous pas de ma vie et de la vôtre ? »

Elle repoussa ses enfants, se mit les deux coudes sur
la balustrade, se cacha le visage dans les mains, et
resta là pendant un moment seule avec elle-même,
craignant de se laisser voir. Quand elle se réveilla de sa
douleur, elle trouva Louis et Marie agenouillés à ses

côtés comme deux anges ; ils épiaient ses regards, et tous deux lui sourirent doucement.

« Que ne puis-je emporter ce sourire ! » dit-elle en essuyant ses larmes.

Elle rentra pour se mettre au lit, et n'en devait sortir que couchée dans le cercueil.

Huit jours se passèrent, huit jours tout semblables les uns aux autres. La vieille Annette et Louis restaient chacun à leur tour pendant la nuit auprès de Mme Willemsens, les yeux attachés sur ceux de la malade. C'était à toute heure ce drame profondément tragique, et qui a lieu dans toutes les familles lorsqu'on craint, à chaque respiration trop forte d'une malade adorée, que ce ne soit la dernière. Le cinquième jour de cette fatale semaine, le médecin proscrivit les fleurs. Les illusions de la vie s'en allaient une à une.

Depuis ce jour, Marie et son frère trouvèrent du feu sous leurs lèvres quand ils venaient baiser leur mère au front. Enfin le samedi soir, Mme Willemsens ne pouvant supporter aucun bruit, il fallut laisser sa chambre en désordre. Ce défaut de soin fut un commencement d'agonie pour cette femme élégante, amoureuse de grâce. Louis ne voulut plus quitter sa mère. Pendant la nuit du dimanche, à la clarté d'une lampe et au milieu du silence le plus profond, Louis, qui croyait sa mère assoupie, lui vit écarter le rideau d'une main blanche et moite.

« Mon fils », dit-elle.

L'accent de la mourante eut quelque chose de si solennel que son pouvoir venu d'une âme agitée réagit violemment sur l'enfant, il sentit une chaleur exorbitante dans la moelle de ses os.

« Que veux-tu, ma mère ?

– Écoute-moi. Demain, tout sera fini pour moi. Nous ne nous verrons plus. Demain, tu seras un homme, mon enfant. Je suis donc obligée de faire quelques dispositions qui soient un secret entre nous deux. Prends la clef de ma petite table. Bien ! Ouvre le tiroir. Tu trouveras à gauche deux papiers cachetés. Sur l'un, il y a : "LOUIS". Sur l'autre : "MARIE".

– Les voici, ma mère.

– Mon fils chéri, c'est vos deux actes de naissance ;
ils vous seront nécessaires. Tu les donneras à garder à
ma pauvre vieille Annette, qui vous les rendra quand
vous en aurez besoin.

« Maintenant, reprit-elle, n'y a-t-il pas au même
endroit un papier sur lequel j'ai écrit quelques lignes ?

– Oui, ma mère. »

Et Louis commençant à lire : « *Marie Willemsens,
née à…*

– Assez, dit-elle vivement. Ne continue pas. Quand
je serai morte, mon fils, tu remettras encore ce papier
à Annette, et tu lui diras de le donner à la mairie de
Saint-Cyr, où il doit servir à faire dresser exactement
mon acte de décès. Prends ce qu'il faut pour écrire
une lettre que je vais te dicter. »

Quand elle vit son fils prêt, et qu'il se tourna vers
elle comme pour l'écouter, elle dit d'une voix calme :
« *Monsieur le comte, votre femme lady Brandon est morte
à Saint-Cyr, près de Tours, département d'Indre-et-Loire.
Elle vous a pardonné.*

« Signe… »

Elle s'arrêta, indécise, agitée.

« Souffrez-vous davantage ? demanda Louis.

– Signe : *Louis-Gaston !* »

Elle soupira, puis reprit : « Cachette la lettre, et écris
l'adresse suivante : à lord Brandon. Brandon-Square.
Hyde-Park, Londres. Angleterre.

« Bien, reprit-elle. Le jour de ma mort tu feras
affranchir cette lettre à Tours.

« Maintenant, dit-elle après une pause, prends le
petit portefeuille que tu connais, et viens près de moi,
mon cher enfant.

« Il y a là, dit-elle, quand Louis eut repris sa place,
douze mille francs [1]. Ils sont bien à vous, hélas ! Vous
eussiez été plus riches, si votre père…

– Mon père, s'écria l'enfant, où est-il ?

---

1. Manuscrit : « C'est la valeur des joyaux que ton père me
prodiguait… »

– Mort, dit-elle en mettant un doigt sur ses lèvres, mort pour me sauver l'honneur et la vie [1]. »

Elle leva les yeux au ciel. Elle eût pleuré, si elle avait encore eu des larmes pour les douleurs.

« Louis, reprit-elle, jurez-moi là, sur ce chevet, d'oublier ce que vous avez écrit et ce que je vous ai dit.

– Oui, ma mère.

– Embrasse-moi, cher ange. »

Elle fit une longue pause, comme pour puiser du courage en Dieu, et mesurer ses paroles aux forces qui lui restaient.

« Écoute. Ces douze mille francs sont toute votre fortune ; il faut que tu les gardes sur toi, parce que quand je serai morte il viendra des gens de justice qui fermeront tout ici. Rien ne vous y appartiendra, pas même votre mère ! Et vous n'aurez plus, pauvres orphelins, qu'à vous en aller, Dieu sait où. J'ai assuré le sort d'Annette. Elle aura cent écus tous les ans, et restera sans doute à Tours. Mais que feras-tu de toi et de ton frère ? »

Elle se mit sur son séant et regarda l'enfant intrépide, qui la sueur au front, pâle d'émotions, les yeux à demi voilés par les pleurs, restait debout devant son lit.

« Mère, répondit-il d'un son de voix profond, j'y ai pensé. Je conduirai Marie au collège de Tours. Je donnerai dix mille francs à la vieille Annette en lui disant de les mettre en sûreté et de veiller sur mon frère. Puis, avec les cent louis qui resteront, j'irai à Brest, je m'embarquerai comme novice. Pendant que Marie étudiera, je deviendrai lieutenant de vaisseau. Enfin, meurs tranquille, ma mère, va : je reviendrai riche, je ferai entrer notre petit à l'École polytechnique, ou je le dirigerai suivant ses goûts. »

Un éclair de joie brilla dans les yeux à demi éteints de la mère, deux larmes en sortirent, roulèrent sur ses joues enflammées ; puis, un grand soupir s'échappa

---

1. Manuscrit : « mort avant moi. La chère créature a voulu que je prisse tout le contrepoison ».

de ses lèvres, et elle faillit mourir victime d'un accès de joie, en trouvant l'âme du père dans celle de son fils devenu homme tout à coup.

« Ange du ciel, dit-elle en pleurant, tu as effacé par un mot toutes mes douleurs. Ah ! je puis souffrir. – C'est mon fils, reprit-elle, j'ai fait, j'ai élevé cet homme ! »

Et elle leva ses mains en l'air et les joignit comme pour exprimer une joie sans bornes : puis elle se coucha.

« Ma mère, vous pâlissez ! s'écria l'enfant.

– Il faut aller chercher un prêtre », répondit-elle d'une voix mourante.

Louis réveilla la vieille Annette, qui, tout effrayée, courut au presbytère de Saint-Cyr.

Dans la matinée, Mme Willemsens reçut les sacrements au milieu du plus touchant appareil. Ses enfants, Annette et la famille du closier, gens simples déjà devenus de la famille, étaient agenouillés. La croix d'argent, portée par un humble enfant de chœur, un enfant de chœur de village ! s'élevait devant le lit, et un vieux prêtre administrait le viatique à la mère mourante. Le viatique ! mot sublime, idée plus sublime encore que le mot, et que possède seule la religion apostolique de l'Église romaine.

« Cette femme a bien souffert ! » dit le curé dans son simple langage.

Marie Willemsens n'entendait plus ; mais ses yeux restaient attachés sur ses deux enfants. Chacun en proie à la terreur écoutait dans le plus profond silence les aspirations de la mourante, qui déjà s'étaient ralenties. Puis, par intervalles, un soupir profond annonçait encore la vie en trahissant un débat intérieur. Enfin, la mère ne respira plus. Tout le monde fondit en larmes, excepté Marie. Le pauvre enfant était encore trop jeune pour comprendre la mort. Annette et la closière fermèrent les yeux à cette adorable créature dont alors la beauté reparut dans tout son éclat. Elles renvoyèrent tout le monde, ôtèrent les meubles de la chambre, mirent la morte dans son linceul, la couchèrent,

allumèrent des cierges autour du lit, disposèrent le
bénitier, la branche de buis et le crucifix, suivant la
coutume du pays, poussèrent les volets, étendirent les
rideaux ; puis le vicaire vint plus tard passer la nuit en
prières avec Louis, qui ne voulut point quitter sa
mère. Le mardi matin l'enterrement se fit. La vieille
femme, les deux enfants, accompagnés de la closière,
suivirent seuls le corps d'une femme dont l'esprit, la
beauté, les grâces avaient une renommée européenne,
et dont à Londres le convoi eût été une nouvelle pom-
peusement enregistrée dans les journaux, une sorte de
solennité aristocratique, si elle n'eût pas commis le
plus doux des crimes, un crime toujours puni sur cette
terre, afin que ces anges pardonnés entrent dans le
ciel. Quand la terre fut jetée sur le cercueil de sa mère,
Marie pleura, comprenant alors qu'il ne la verrait
plus.

Une simple croix de bois, plantée sur sa tombe,
porta cette inscription due au curé de Saint-Cyr :

CY GÎT
UNE FEMME MALHEUREUSE,
morte à trente-six ans,
AYANT NOM AUGUSTA DANS LES CIEUX.
Priez pour elle !

Lorsque tout fut fini, les deux enfants vinrent à la
Grenadière, jetèrent sur l'habitation un dernier
regard ; puis, se tenant par la main, ils se disposèrent
à la quitter avec Annette, confiant tout aux soins du
closier, et le chargeant de répondre à la justice.

Ce fut alors que la vieille femme de charge appela
Louis sur les marches de la pompe, le prit à part et lui
dit « Monsieur Louis, voici l'anneau [1] de Madame ! »

L'enfant pleura, tout ému de retrouver un vivant
souvenir de sa mère morte. Dans sa force, il n'avait
point songé à ce soin suprême. Il embrassa la vieille
femme. Puis ils partirent tous trois par le chemin

_____
1. Manuscrit : « les cheveux ».

creux, descendirent la rampe et allèrent à Tours sans détourner la tête.

« Maman venait par là », dit Marie en arrivant au pont.

Annette avait une vieille cousine, ancienne couturière retirée à Tours, rue de la Guerche. Elle mena les deux enfants dans la maison de sa parente, avec laquelle elle pensait à vivre en commun. Mais Louis lui expliqua ses projets, lui remit l'acte de naissance de Marie et les dix mille francs ; puis, accompagné de la vieille femme de charge, il conduisit le lendemain son frère au collège. Il mit le principal au fait de sa situation, mais fort succinctement, et sortit en emmenant son frère jusqu'à la porte. Là, il lui fit solennellement les recommandations les plus tendres en lui annonçant sa solitude dans le monde ; et, après l'avoir contemplé pendant un moment, il l'embrassa, le regarda encore, essuya une larme, et partit en se retournant à plusieurs reprises pour voir jusqu'au dernier moment son frère resté sur le seuil du collège [1].

Un mois après, Louis-Gaston était en qualité de novice à bord d'un vaisseau de l'État, et sortait de la rade de Rochefort. Appuyé sur le bastingage de la corvette l'*Iris*, il regardait les côtes de France qui fuyaient rapidement et s'effaçaient dans la ligne bleuâtre de l'horizon. Bientôt il se trouva seul et perdu au milieu de l'Océan, comme il l'était dans le monde et dans la vie.

« Il ne faut pas pleurer, jeune homme ! il y a un Dieu pour tout le monde », lui dit un vieux matelot [2] de sa grosse voix tout à la fois rude et bonne.

---

1. Marie-Gaston reparaîtra dans *Mémoires de deux jeunes mariées* (1840), où il sera l'amant de Louise de Chaulieu. Dans le même roman, on apprendra la mort de Louis.

2. Manuscrit : « lui dit une voix. Il se retourna et vit son ami le lieutenant. – Et mon frère !... répondit l'orphelin. – Le Colonel n'est-il pas à Tours ? répliqua le vieux marin qui, par un hasard providentiel, avait été remis en activité sur le vaisseau choisi par Louis-Gaston ».

L'enfant remercia cet homme par un regard plein de fierté. Puis il baissa la tête en se résignant à la vie des marins. Il était devenu père.

Angoulême, août 1832 [1].

---

1. *La Revue de Paris* : « À la poudrerie d'Angoulême » (c'était dans cet établissement qu'exerçait le mari de Zulma Carraud).

UN DRAME AU BORD DE LA MER

NOTICE

En juin 1830, Balzac descend la Loire en bateau avec Mme de Berny et visite Le Croisic, Batz et Guérande. De cette excursion en des confins encore exotiques témoignent *Un drame au bord de la mer* et *Béatrix* qui, cinq ans plus tard, reviendra en esprit sur les lieux. La nouvelle ne s'attache pas à l'exactitude du détail et son paysage est surtout symbolique, mais l'effet de réel est indéniable et, s'agissant des marais salants, qui sont une des attractions touristiques de l'endroit, Balzac ne frustre pas l'attente de son lecteur : il leur consacre un vrai petit reportage. Choses vues, donc, mais il est clair que Balzac ne se propose pas d'abord de contribuer à l'imagerie d'un « album pittoresque ». Ni de verser une pièce à un dossier socio-économique lorsqu'il analyse les conditions de vie très dures des petits professionnels de la pêche. Certes, ceux qui, dans *La Comédie humaine*, s'intéressent surtout à son inhumanité trouveront matière à marxiser dans l'évocation du triste destin du prolétariat halieutique, voué à disputer une chétive survie aux caprices de la marée. Le paternalisme charitable avec lequel les beaux visiteurs secourent un indigène nécessiteux illustre cruellement un certain état de fait, mais là encore la précision du diagnostic sur l'éphémère rencontre de deux univers qui n'ont rien en commun est subordonnée à une intention qui ne ressortit nullement à l'enquête naturaliste. *Un drame au bord de la mer* est une « étude philosophique » qui n'usurpe pas sa qualification.

Philosophique, elle l'est d'abord par son cadre, qui est à mettre directement en relation avec celui d'*Une passion dans le désert*, dont le titre conviendrait aussi à cette nouvelle. La mer, les sables, l'espace : là encore, une horizontalité « dévorante », un vide aspirant [1], une aire d'élection pour la vocation à l'absolu. Balzac multiplie les références, étonnantes *a priori*, profondément logiques en réalité, à l'Orient, et même explicitement à la Thébaïde, où les premiers anachorètes s'épuisaient dans la solitude et la contemplation mystique du néant, voie d'accès à son contraire. « Cloître sublime », le littoral est un espace fondamentalement religieux, c'est-à-dire que son apparente infécondité relie à un sens supérieur et caché. Sur ce *finis terræ*, on a rendez-vous avec un visage de l'infini, double (« deux steppes bleus l'un sur l'autre »), voire triple (« trois immensités »), dont la réverbération démultiplie, jusqu'à s'y perdre hors du temps, les miroitements de l'Être pur. Il y a un pressentiment déjà valéryen dans cette apothéose lumineuse d'un Rien toujours recommencé et musical – le « tumulte au silence pareil » du *Cimetière marin* –, dont la méditation a quelque chose à la fois d'exaltant et d'insoutenable : « tu n'en supporteras pas le langage, tu croiras y découvrir une pensée qui t'accablera. Hier, au coucher du soleil, j'ai eu cette sensation ; elle m'a brisé ». Comme Julien Gracq, qui définira la « tendineuse » Bretagne comme une « province de l'âme [2] », Balzac assigne à la côte, pays qui ne peut être habité « que par des poètes ou par des bernicles », un programme radical ou extrémiste : c'est la lisière d'une sommation ontologique, d'un « tout ou rien » existentiel. En l'absence complète des agréments ordinairement attendus d'un décor, dans son dénuement inhumain, elle convoque à être soi, quel que soit le prix à payer. Elle accule dans leurs derniers retranchements le désir, la

---

1. Cf. Alain Corbin, *Le Territoire du vide. L'Occident et le désir du rivage, 1750-1840*, Flammarion, « Champs », 1988.

2. *Lettrines*, in *Œuvres complètes*, Gallimard, « Bibliothèque de la Pléiade », t. II, 1995, p. 231-234. Julien Gracq, dans sa nouvelle *La Presqu'île*, a décrit les environs de Guérande, mais sans donner les noms réels : « Apporter à la fiction des éléments de réalité non transformés doit se faire le moins possible » (*Entretiens*, José Corti, 2002, p. 39).

pensée, par la dure confrontation avec la simplicité des éléments premiers. Civilisation, société se délitent comme châteaux de sable face à l'évidence et à l'appel d'une genèse.
Lieu de l'inépuisable rêverie, de l'illumination, c'est aussi,
réversiblement, un lieu entre tous désigné pour « le désespoir » – celui d'aspirations trop grandes pour des créatures
qui, là plus que partout ailleurs, mesurent la criante disproportion entre leurs moyens et leurs fins. Celui d'une fatalité
écrasante, qu'on subit comme la loi aveugle et immémoriale
des étoiles, de la dune, du ressac.

Le pêcheur est là, « pétrifié ». Il semble émaner de la
vague et du granit. Toute sa vie collé au même rocher, soutenu dans sa patience par une idée fixe : nourrir le vieux
père qui l'a nourri. Devenu père de son père, il a renoncé
pour lui-même à la paternité. Par dévouement filial, il s'est
fait eunuque volontaire sans même se douter de son sacrifice. À sa figure se superpose celle de Cambremer, dont il
livre l'histoire, lui aussi confondu avec le socle minéral sur
lequel il se détache, immobile et muet comme une statue
vivante du remords, du désespoir, de la prière, farouche
autochtone en vigie éternelle – guettant quoi ? Le drame
raconté par le pêcheur avec sa savoureuse parlure locale
(comme le fera plus tard Barbey d'Aurevilly dans *Une vieille
maîtresse* et *L'Ensorcelée*, Balzac joue sur l'emboîtement de
plusieurs niveaux de narration et de langage) entretient avec
le sien propre, même s'il n'en est pas conscient, des rapports
profonds, puisqu'il s'agit toujours du nœud gordien de la
paternité. Comme *Le Père Goriot* dont, au même moment,
Balzac s'occupe activement, Cambremer, par amour pour
son enfant, a renoncé à l'éduquer, le laissant libre de tous ses
caprices : comme on pouvait s'y attendre, cette tendresse
mal entendue a produit les pires résultats. Jacques a mal
tourné, est devenu un voyou, un voleur, un (quasi-) matri-
cide. Face à ces débordements dont il sent bien lui-même
obscurément qu'il est le premier coupable, Cambremer cite
son fils à comparaître à l'antique, devant le tribunal
patriarcal, et fait justice lui-même. Balzac a lu, il va de soi, le
Mateo Falcone de Mérimée (1829) [1] ; Bretagne et Corse ont
en commun le sourcilleux archaïsme de codes d'honneur

---

1. Il a pu lire aussi, en avril 1834, un récit de Félix Davin (qui
allait rédiger l'introduction aux *Études philosophiques*), intitulé *Une
exécution en famille* : chez des pêcheurs normands, le mauvais fils va
jusqu'au parricide ; il est noyé par ses frères.

que la modernité émolliente répudie comme barbares. Dans *Béatrix*, Camille Maupin dira : « Vous verrez Cambremer [...]. Oh ! Vous êtes dans un pays primitif où les hommes n'éprouvent pas des sentiments ordinaires. » On évolue hors du quadrillage législatif et des normes de la vie sociale tels qu'ils sont conçus par les « Lumières », dans une sorte de droit non écrit et biblique, dont les règles immanentes ne se discutent pas. La sauvagerie hercynienne de ces comportements et de ces conceptions illustre éloquemment à quel point la Bretagne, dont « l'excentricité » ne tient pas seulement à la géographie, reste à l'écart, dans ses moelles profondes, des changements induits dans la France révolutionnée. Elle reste une enclave, certes de plus en plus folklorique, mais résistante aux effluves de l'esprit du temps. Le pêcheur explique d'ailleurs que, si Jacques a déraillé, c'est parce qu'il savait lire : dans ce milieu analphabète, c'était se perdre non seulement pour la pêche, mais pour la morale.

Cambremer a donc assassiné son fils. En 1831 (ou début 1832), Balzac avait projeté une nouvelle qui se serait intitulée *Le Roi* et qui, en pendant à *El Verdugo*, dont elle aurait offert l'envers symétrique, eût traité ce thème. Dans l'introduction aux *Études philosophiques*, Félix Davin souligne à quel point ce sujet témoigne d'une préoccupation endurante de Balzac, l'illustration des ravages de l'Idée : « La paternité, à son tour, est devenue *tueuse*. » Désordre évidemment monstrueux et contre nature, et pourtant « crime nécessaire ». Pour évoquer le meurtrier, le déployer dans toute son envergure emblématique, Balzac ne lésine pas et convoque Hercule et Jupiter – un Jupiter calciné par sa propre foudre ; on pourrait y ajouter Prométhée. Certes, le sentier des douaniers du Croisic n'est pas le Caucase, mais Cambremer, défini avec une énergique sobriété comme « un homme », ce qui le résume en effet parfaitement, dans sa grandeur et sa misère, a bien quelque chose de la victime héroïque d'une transgression obéissant à des justifications transcendantes, et qui ne pouvait pas ne pas avoir lieu. Il est devenu *sacer*, comme l'indique la croix qui le désigne : on ne peut le toucher sans le souiller ou en être souillé. Son acte « objectivement » abominable accomplit aussi, mystérieusement, des décrets qui le dépassent, et dont il n'aura été que l'instrument. On voit bien comment le pêcheur et Cambremer sont des figures inversées l'un de l'autre, mais s'infligent au fond le même supplice : l'un, par filiation exacerbée, tue le père

potentiel qui est en lui ; l'autre met à mort sa propre paternité pour punir son fils et se punir en lui. Par des voies en
apparence opposées, on en arrive à la même abolition suici-
daire.

À quoi l'on se doit d'ajouter que, comme l'a bien vu
Pierre Citron, ce scénario est gros d'un contentieux tout
autobiographique : dans le mauvais fils trop aimé, Balzac
projette son frère adultérin Henry, honte de la famille et
objet d'une prédilection qui lui a été refusée. Balzac s'en
venge en le liquidant (c'est le cas de le dire) [1].

Le couple de touristes qui a entendu cette effroyable histoire en est naturellement affecté, mais beaucoup plus qu'on
ne s'y attendrait, à vrai dire. Le lecteur pourrait à bon droit
s'en étonner et subodore des enjeux qui lui échappent en
partie. En 1834, « Louis » et « Pauline » ne sont pas pour lui
des inconnus. S'il a bonne mémoire, il se rappelle les avoir
déjà rencontrés. En 1832, dans *Le Curé de Tours*, Pauline de
Villenoix était restée, *come scoglio*, un des rares soutiens de
l'abbé Birotteau en proie aux intrigues vénéneuses du perfide Troubert. La même année, et encore en 1833, le lecteur
avait, dans les deux premières versions de *Louis Lambert*, été
renseigné sur son amour pour ce jeune homme inspiré, qui
avait sombré dans la démence, et qu'avec une abnégation
admirable, elle avait soigné et même épousé. « Contente
d'entendre battre son cœur, tout mon bonheur est d'être
auprès de lui. N'est-il pas tout à moi ? Depuis trois ans, à
deux reprises, je l'ai possédé pendant quelques jours : en
Suisse où je l'ai conduit, et au fond de la Bretagne dans une
île où je l'ai mené prendre des bains de mer. J'ai été deux fois
bien heureuse ! Je puis vivre par mes souvenirs. » *Un drame
au bord de la mer* est donc un moment de ce séjour breton,
escapade sentimentale à but thérapeutique : à la fois ange
gardien, muse, infirmière et médecin, Pauline a organisé
cette expédition thalassothérapique dans l'espoir d'amé-
liorer la santé de son malade. De quoi souffre-t-il ? Louis
Lambert est le martyr de ses capacités mentales exception-
nelles. Son cerveau le détruit. La critique a fait justement
remarquer l'obsédante récurrence, dans la nouvelle, du
chiffre trois (trois immensités, trois couleurs, trois éléments,
trois expressions de l'infini, triple vie, trois êtres, trois existences…) qui, pour un être aussi réceptif aux significations
ésotériques que Louis Lambert, ne peut pas être innocente.

---

1. *Dans Balzac*, Seuil, 1986, p. 188-189.

Après avoir entendu le récit, il se perd, avec Pauline, en rêverie sur les liens si complexes et si funestes entre Cambremer, sa femme et leur fils. Mais un trio peut en cacher un autre. Mis en abyme dans celui du pêcheur, le destin de Cambremer va être pour lui tout autre chose qu'une tragique anecdote, mais à travers eux, le déstabiliser profondément comme *lui parlant de lui*. Bel exemple, selon Juliette Frølich, « du danger de la contagion narrative [1] ».

La nouvelle commence en majeur, sur une tonalité quasi triomphante. Campé au-dessus de l'océan en posture surplombante (comme le randonneur montagnard de Caspar David Friedrich au-dessus de la mer de nuages), Louis est d'abord montré dans un moment d'euphorie, emporté par le sentiment d'un afflux d'énergie, indissociablement amoureuse et intellectuelle : les verbes dynamiques (« nager », « chevaucher ») soulignent comme un élan irrépressible, la conscience quasi musculaire de sa force. Lui et Pauline viennent de se baigner, le texte débute comme finit *Le Cimetière marin* : ils ont couru à l'onde en rejaillir vivants, ayant reçu comme un baptême, qui les ranime, les rajeunit, les galvanise. Pour une fois, cet être que ronge le doute semble avoir exorcisé les spectres de l'impuissance. Ses ouvrages futurs apparaissent clairement à son esprit, ils sont faits, il n'a plus qu'à les écrire. Il coïncide enfin miraculeusement avec ses immenses virtualités. « La vie humaine a de beaux moments ! » Double cadeau de l'iode vivifiante et de la présence à ses côtés de la médiatrice qui, elle, ne semble avoir jamais douté : « Tu réussiras ! » Louis et Pauline vivent une expérience symbiotique totale (platonicienne ? swedenborgienne ?) de désincarnation et de retour à la patrie perdue de l'unité, qui pour Balzac est le sceau de l'amour absolu : leurs pensées sont tellement fondues en une seule qu'on dirait qu'elles s'objectivent dans les mouvements de l'eau et de l'air. Immergés dans une « harmonieuse extase », ils vibrent lyriquement comme au plexus du sens universel. C'est si comblant qu'un pressentiment ride la surface de cette conscience heureuse : et si c'était la dernière fois ?

La rencontre avec le pêcheur introduit la première fausse note dans cette symphonie à la fois physique, morale et cosmique : bien loin de ces extases poétiques, l'âpreté du réel réintroduit brutalement sa disgrâce ; il n'est question

---

1. *Au parloir du roman*, Solum Forlag et Didier Érudition, 1991, p. 81.

que de sous, c'est-à-dire de caca (les bouses de vache que les paysannes ramassent pour se chauffer). Plus dure est la chute dans les rebutantes horreurs du pratico-inerte. On se croyait chez l'Arioste, on tombe déjà dans Zola. Face au pêcheur, Louis formule une sentence qui s'applique douloureusement à lui-même : « Rien n'est plus cruel que d'avoir des désirs impuissants. » Nous qui savons, par ailleurs, qu'il a fait une tentative d'autocastration, nous pouvons imaginer ce qu'il projette de son propre sort, génital mais surtout intellectuel, sur celui de cet homme qui s'est délibérément mutilé. Les livres aussi sont des enfants, mais il est des stérilités qu'on n'a pas choisies.

C'est bien dans cette perspective que le drame de Cambremer (qui, s'étant voué au mutisme, a tué le langage) peut lui apparaître aussi comme une modalité du sien. Ce créateur qui a raturé sa création (ce père qui a annulé son fils) ressemble à un créateur qui ne peut pas créer, entravé par l'exorbitance même de ses potentialités créatrices. Comme le peintre Frenhofer (*Le Chef-d'œuvre inconnu*), comme le musicien Gambara dans la nouvelle homonyme, le philosophe Louis Lambert s'annule par excès de dons, qu'il est incapable de réguler, et donc de fertiliser. De même que Cambremer, le regard farouche et fou, ne cesse de fixer le lieu où le corps de son fils s'est englouti dans les flots nocturnes (version inattendue de tant d'épisodes romantiques et orientalistes – Byron, Hugo – de belles du sérail jetées au clair de lune dans des sacs coulant au fond du Bosphore), Louis Lambert ne cesse de contempler en esprit ses cadavres à lui : combien de concepts avortés, de pensées improductives, d'idées sans postérité, de traités tellement géniaux qu'ils ne verront jamais le jour ? Ce cimetière marin vaut bien l'autre. Albert Béguin l'a parfaitement exprimé :

lorsque Louis doit affronter l'apparition monitrice de Cambremer, il vient encore une fois de céder à sa grande tentation, qui est de se croire maître de soi-même et de l'avenir. Cambremer n'a tué son enfant que parce qu'il a fait un absolu d'une idée, celle de son honneur paternel. Péché d'orgueil qui le mènera au plus absurde des actes : dans l'oubli du vrai sentiment paternel, il s'imagine agir en père alors que, supprimant son fils, il anéantit sa paternité. Ce meurtre secoue Louis d'un choc « aussi aigrement incisif que l'est un coup de hache ». Car il lui met sous les yeux, dans une traduction grossière, le paradoxe tragique de la fécondité spirituelle, meurtrière d'elle-même [1].

Nul doute que Balzac n'ait investi dans cette angoisse qui saisit Louis Lambert quelque chose qui le hantait lui-même profondément.

Comme par hasard, le temps a changé (les nuages arrivent), la nature tout à l'heure si oxygénée et si complice se fait « âcrement sombre », « maladive ». Un deuil semble s'être abattu brusquement sur le monde. Les marais n'évoquent plus le sel de la purification, mais celui des malédictions, celui d'une mer morte dont les eaux saumâtres baignent lourdement les villes condamnées parce qu'on n'y procrée plus. Les paludiers font surgir la mémoire des « infernaux paluds » de Villon. Et leur endogamie classique affiche moins le signe d'un orgueilleux corporatisme que celui d'une entropie vouée fatalement au déclin. Louis sent monter en lui le mascaret de la crise, qu'il connaît trop bien. « À moi aussi, il me faut le désert », avait-il dit. En Bretagne, il l'a trouvé. Mais, après avoir cru un instant qu'il pourrait le faire fleurir, il a été renvoyé plus cruellement à son aridité paradoxale de penseur qui, parce qu'il pense trop, ne pense plus. La cure a été compromise, il faut rentrer. Pour écrire, selon l'ordonnance de Pauline : seul moyen peut-être de conjurer le mal en le produisant hors de soi. La lettre à l'oncle, ancien curé de Mer en Touraine (une localité au nom vraiment prédestiné…) – en 1835, dans *Louis Lambert*, Balzac en ajoutera une seconde, capitale –, vaut traitement. Mais, au lieu de délivrer, l'écriture peut au contraire plonger plus que jamais dans le remâchement de l'impasse. Elle ne suffira pas à endiguer le déferlement de ce que, faute de mieux et parce qu'on n'a pas de mots pour désigner cette réalité psychique, on appelle pitoyablement « folie », et dont, mieux que quiconque, Balzac sait qu'elle est à l'horizon de toute démiurgie de l'esprit.

1. *Balzac lu et relu*, Seuil, 1965, p. 181.

Histoire du texte

La rédaction d'*Un drame au bord de la mer*, dont le manuscrit manque, est contemporaine du *Père Goriot* ; vraisemblablement, elle eut lieu chez Mme de Berny, à la Bouleaunière, en Seine-et-Marne, en novembre 1834.

La nouvelle paraît le mois suivant chez Werdet, au tome V des *Études philosophiques*.

Elle est reprise dans *Les Mystères de province*, chez Souverain en 1843, sous le titre *La Justice paternelle*.

On la retrouvera au tome XV de *La Comédie humaine*, Furne, 1846.

Choix bibliographique

Albert Béguin, *Balzac lu et relu*, Seuil, 1965, p. 177-182.

Moïse Le Yaouanc, introduction et notes, *La Comédie humaine*, Gallimard, « Bibliothèque de la Pléiade », t. X, 1979.

Michel Gouverneur, « Le voyage en "Far West" : Balzac outre-Atlantique », in *Ouest et romantismes*, Georges Cesbron éd., Presses de l'université d'Angers, 1991, p. 601-619.

Alain-Michel Boyer, « Balzac et l'infanticide », postface à *Un drame au bord de la mer*, Rezé, Séquences, 1993, p. 49-95.

Alex Lascar, « *Un drame au bord de la mer* ou le naufrage de la création », *L'École des lettres*, n° 9, 15 janvier 2001, p. 127-146.

Scott Lee, « *Un drame au bord de la mer* ou le surnom du nom », *Traces de l'excès. Essai sur la nouvelle philosophique de Balzac*, Champion, 2002, p. 21-47.

UN DRAME AU BORD DE LA MER

À Madame la princesse
Caroline Gallitzin de Genthod
(née comtesse Walewska)

Hommage et souvenir de l'auteur [1].

Les jeunes gens ont presque tous un compas avec lequel ils se plaisent à mesurer l'avenir ; quand leur volonté s'accorde avec la hardiesse de l'angle qu'ils ouvrent, le monde est à eux. Mais ce phénomène de la vie morale n'a lieu qu'à un certain âge. Cet âge, qui pour tous les hommes se trouve entre vingt-deux et vingt-huit ans [2], est celui des grandes pensées, l'âge des conceptions premières, parce qu'il est l'âge des immenses désirs, l'âge où l'on ne doute de rien : qui dit doute, dit impuissance. Après cet âge rapide comme une semaison, vient celui de l'exécution. Il est en quelque sorte deux jeunesses, la jeunesse durant laquelle on croit, la jeunesse pendant laquelle on agit ; souvent elles se confondent chez les hommes que la nature a favorisés, et qui sont, comme César, Newton et Bonaparte, les plus grands parmi les grands hommes.

---

1. Cette dédicace n'apparaît qu'en 1846. Balzac appréciait peu la princesse, mais l'avait revue à Dresde en mai 1845.
2. C'est l'âge auquel Louis Lambert mourra, en 1824.

Je mesurais ce qu'une pensée veut de temps pour se développer ; et, mon compas à la main, debout sur un rocher, à cent toises au-dessus de l'Océan, dont les lames se jouaient dans les brisants, j'arpentais mon avenir en le meublant d'ouvrages, comme un ingénieur qui, sur un terrain vide, trace des forteresses et des palais. La mer était belle, je venais de m'habiller après avoir nagé, j'attendais Pauline, mon ange gardien, qui se baignait dans une cuve de granit pleine d'un sable fin, la plus coquette baignoire que la nature ait dessinée pour ses fées marines. Nous étions à l'extrémité du Croisic, une mignonne presqu'île de la Bretagne ; nous étions loin du port, dans un endroit que le Fisc a jugé tellement inabordable que le douanier n'y passe presque jamais. Nager dans les airs après avoir nagé dans la mer ! ah ! qui n'aurait nagé dans l'avenir ? Pourquoi pensais-je ? pourquoi vient un mal ? qui le sait ? Les idées vous tombent au cœur ou à la tête sans vous consulter. Nulle courtisane ne fut plus fantasque ni plus impérieuse que ne l'est la Conception pour les artistes ; il faut la prendre comme la Fortune, à pleins cheveux [1], quand elle vient. Grimpé sur ma pensée comme Astolphe sur son hippogriffe [2], je chevauchais donc à travers le monde en y disposant de tout à mon gré. Quand je voulus chercher autour de moi quelque présage pour les audacieuses constructions que ma folle imagination me conseillait d'entreprendre, un joli cri, le cri d'une femme qui vous appelle dans le silence d'un désert, le cri d'une femme qui sort du bain, ranimée, joyeuse, domina le murmure des franges incessamment mobiles que dessinaient le flux et le reflux sur les découpures de la côte. En entendant cette note jaillie de l'âme, je crus avoir vu dans les rochers le pied d'un ange qui, déployant ses ailes, s'était écrié :

---

1. Dans l'iconographie traditionnelle, la Fortune, au crâne dégarni, porte sur la nuque un chignon : il faut l'attraper au vol quand elle passe.

2. Dans l'*Orlando furioso* de l'Arioste. La référence à cette histoire de folie n'est évidemment pas neutre ici.

« Tu réussiras ! » Je descendis, radieux, léger ; je descendis en bondissant comme un caillou jeté sur une pente rapide. Quand elle me vit, elle me dit : « Qu'as-tu ? » Je ne répondis pas, mes yeux se mouillèrent. La veille, Pauline avait compris mes douleurs, comme elle comprenait en ce moment mes joies, avec la sensibilité magique d'une harpe qui obéit aux variations de l'atmosphère [1]. La vie humaine a de beaux moments ! Nous allâmes en silence le long des grèves. Le ciel était sans nuages, la mer était sans rides ; d'autres n'y eussent vu que deux steppes bleus [2] l'un sur l'autre ; mais nous, nous qui nous entendions sans avoir besoin de la parole, nous qui pouvions faire jouer, entre ces deux langes de l'infini [3], les illusions avec lesquelles on se repaît au jeune âge, nous nous serrions la main au moindre changement que présentaient, soit la nappe d'eau, soit les nappes de l'air, car nous prenions ces légers phénomènes pour des traductions matérielles de notre double pensée. Qui n'a pas savouré dans les plaisirs ce moment de joie illimitée où l'âme semble s'être débarrassée des liens de la chair, et se trouver comme rendue au monde d'où elle vient ? Le plaisir n'est pas notre seul guide en ces régions. N'est-il pas des heures où les sentiments s'enlacent d'eux-mêmes et s'y élancent, comme souvent deux enfants se prennent par la main et se mettent à courir sans savoir pourquoi ? Nous allions ainsi. Au moment où les toits de la ville apparurent à l'horizon en y traçant une ligne grisâtre, nous rencontrâmes un pauvre pêcheur qui retournait au Croisic ; ses pieds étaient nus, son pantalon de toile était déchiqueté par le bas, troué, mal raccommodé ; puis, il avait une chemise de toile à voile, de mauvaises bretelles en lisière [4], et pour

---

1. La harpe éolienne, dont les cordes vibrent aux souffles du vent.

2. « Steppe » est encore masculin à l'époque.

3. « L'image est étonnante, entre ces deux langes nous pourrions naître et renaître indéfiniment » (Michel Butor, *Le Marchand et le génie. Improvisations sur Balzac*, La Différence, t. I, 1998, p. 282).

4. Fabriquées avec des chutes de tissu.

veste un haillon. Cette misère nous fit mal, comme si c'eût été quelque dissonance au milieu de nos harmonies. Nous nous regardâmes pour nous plaindre l'un à l'autre de ne pas avoir en ce moment le pouvoir de puiser dans les trésors d'Aboul-Casem [1]. Nous aperçûmes un superbe homard et une araignée de mer accrochés à une cordelette que le pêcheur balançait dans sa main droite, tandis que de l'autre il maintenait ses agrès [2] et ses engins. Nous l'accostâmes, dans l'intention de lui acheter sa pêche, idée qui nous vint à tous deux et qui s'exprima dans un sourire auquel je répondis par une légère pression du bras que je tenais et que je ramenai près de mon cœur. C'est de ces riens dont plus tard le souvenir fait des poèmes, quand auprès du feu nous nous rappelons l'heure où ce rien nous a émus, le lieu où ce fut, et ce mirage dont les effets n'ont pas encore été constatés, mais qui s'exerce souvent sur les objets qui nous entourent dans les moments où la vie est légère et où nos cœurs sont pleins. Les sites les plus beaux ne sont que ce que nous les faisons. Quel homme un peu poète n'a dans ses souvenirs un quartier de roche qui tient plus de place que n'en ont pris les plus célèbres aspects de pays cherchés à grands frais ! Près de ce rocher, de tumultueuses pensées ; là, toute une vie employée, là des craintes dissipées ; là des rayons d'espérance sont descendus dans l'âme. En ce moment, le soleil, sympathisant avec ces pensées d'amour ou d'avenir, a jeté sur les flancs fauves de cette roche une lueur ardente ; quelques fleurs des montagnes attiraient l'attention ; le calme et le silence grandissaient cette anfractuosité sombre en réalité, colorée par le rêveur ; alors elle était belle avec ses maigres végétations, ses camomilles chaudes, ses cheveux de Vénus aux feuilles veloutées. Fête prolongée, décorations magnifiques, heureuse

---

1. Dans les contes persans des *Mille et Un Jours*, publiés par l'orientaliste Pétis de La Croix en 1710-1712.

2. Ce qui sert à la manœuvre d'un navire. Ici, plus simplement : ses instruments de pêche.

exaltation des forces humaines ! Une fois déjà le lac de Bienne, vu de l'île Saint-Pierre [1], m'avait ainsi parlé ; le rocher du Croisic sera peut-être la dernière de ces joies ! Mais alors, que deviendra Pauline ?

«Vous avez fait une belle pêche ce matin, mon brave homme ? dis-je au pêcheur.

– Oui, monsieur », répondit-il en s'arrêtant et nous montrant la figure bistrée des gens qui restent pendant des heures entières exposés à la réverbération du soleil sur l'eau.

Ce visage annonçait une longue résignation, la patience du pêcheur et ses mœurs douces. Cet homme avait une voix sans rudesse, des lèvres bonnes, nulle ambition, je ne sais quoi de grêle, de chétif. Toute autre physionomie nous aurait déplu.

« Où allez-vous vendre ça ?

– À la ville.

– Combien vous paiera-t-on le homard ?

– Quinze sous.

– L'araignée ?

– Vingt sous.

– Pourquoi tant de différence entre le homard et l'araignée ?

– Monsieur, l'araignée (il la nommait une *iraigne*) est bien plus délicate ! puis elle est maligne comme un singe, et se laisse rarement prendre.

– Voulez-vous nous donner le tout pour cent sous ? dit Pauline.

L'homme resta pétrifié.

«Vous ne l'aurez pas ! dis-je en riant, j'en donnerai deux francs. Il faut savoir payer les émotions ce qu'elles valent.

– Eh bien, répondit-elle, je l'aurai ! j'en donnerai deux francs deux sous.

– Dix sous.

– Douze francs.

---

1. Souvenir de la première rencontre de Balzac avec Mme Hanska (septembre 1833), et de la Cinquième promenade des *Rêveries du promeneur solitaire* de Rousseau.

– Quinze francs.

– Quinze francs cinquante centimes, dit-elle.

– Cent francs.

– Cent cinquante. »

Je m'inclinai. Nous n'étions pas en ce moment assez riches pour pousser plus haut cette enchère. Notre pauvre pêcheur ne savait pas s'il devait se fâcher d'une mystification ou se livrer à la joie, nous le tirâmes de peine en lui donnant le nom de notre hôtesse et lui recommandant de porter chez elle le homard et l'araignée.

« Gagnez-vous votre vie ? lui demandai-je pour savoir à quelle cause devait être attribué son dénuement.

– Avec bien de la peine et en souffrant bien des misères, me dit-il. La pêche au bord de la mer, quand on n'a ni barque ni filets et qu'on ne peut la faire qu'aux engins ou à la ligne, est un chanceux métier. Voyez-vous, il faut y attendre le poisson ou le coquillage, tandis que les grands pêcheurs vont le chercher en pleine mer. Il est si difficile de gagner sa vie ainsi, que je suis le seul qui pêche à la côte. Je passe des journées entières sans rien rapporter. Pour attraper quelque chose, il faut qu'une iraigne se soit oubliée à dormir comme celle-ci, ou qu'un homard soit assez étourdi pour rester dans les rochers. Quelquefois il y vient des lubines [1] après la haute mer, alors je les empoigne.

– Enfin, l'un portant l'autre, que gagnez-vous par jour ?

– Onze à douze sous. Je m'en tirerais, si j'étais seul, mais j'ai mon père à nourrir, et le bonhomme ne peut pas m'aider, il est aveugle. »

À cette phrase, prononcée simplement, nous nous regardâmes, Pauline et moi, sans mot dire.

« Vous avez une femme ou quelque bonne amie ? »

---

1. Sorte de bars. C'est peut-être ce pêcheur qui a vendu à la vieille cuisinière des du Guénic à Guérande la lubine destinée à régaler Calyste pour l'empêcher d'aller chez la sulfureuse Camille Maupin (*Béatrix*).

Il nous jeta l'un des plus déplorables regards que j'aie vus, en répondant : « Si j'avais une femme, il faudrait donc abandonner mon père ; je ne pourrais pas le nourrir et nourrir encore une femme et des enfants.

– Hé bien, mon pauvre garçon, comment ne cherchez-vous pas à gagner davantage en portant du sel sur le port ou en travaillant aux marais salants !

– Ha ! monsieur, je ne ferais pas ce métier pendant trois mois. Je ne suis pas assez fort, et si je mourais, mon père serait à la mendicité. Il me fallait un métier qui ne voulût qu'un peu d'adresse et beaucoup de patience.

– Et comment deux personnes peuvent-elles vivre avec douze sous par jour ?

– Oh ! monsieur, nous mangeons des galettes de sarrasin et des bernicles [1] que je détache des rochers.

– Quel âge avez-vous donc ?

– Trente-sept ans.

– Êtes-vous sorti d'ici ?

– Je suis allé une fois à Guérande pour tirer à la milice [2], et suis allé à Savenay pour me faire voir à des messieurs qui m'ont mesuré. Si j'avais eu un pouce de plus, j'étais soldat. Je serais crevé à la première fatigue et mon pauvre père demanderait aujourd'hui la charité. »

J'avais pensé bien des drames ; Pauline était habituée à de grandes émotions, près d'un homme souffrant comme je le suis ; eh bien, jamais ni l'un ni l'autre nous n'avions entendu de paroles plus émouvantes que ne l'étaient celles de ce pêcheur. Nous fîmes quelques pas en silence, mesurant tous deux la profondeur muette de cette vie inconnue, admirant la noblesse de ce dévouement qui s'ignorait lui-même ; la force de cette faiblesse nous étonna ; cette insoucieuse générosité nous rapetissa. Je voyais ce pauvre être tout instinctif rivé sur ce rocher comme un galérien l'est à son boulet, y guettant depuis vingt ans des

---

1. Coquillages du genre patelle.
2. Tirage au sort pour le service militaire.

coquillages pour gagner sa vie, et soutenu dans sa patience par un seul sentiment. Combien d'heures consumées au coin d'une grève ! Combien d'espérances renversées par un grain, par un changement de temps ! Il restait suspendu au bord d'une table de granit, le bras tendu comme celui d'un fakir de l'Inde, tandis que son père, assis sur une escabelle, attendait, dans le silence et dans les ténèbres, le plus grossier des coquillages, et du pain, si le voulait la mer.

« Buvez-vous quelquefois du vin ? lui demandai-je.

– Trois ou quatre fois par an.

– Hé bien, vous en boirez aujourd'hui, vous et votre père, et nous vous enverrons un pain blanc.

– Vous êtes bien bon, monsieur.

– Nous vous donnerons à dîner si vous voulez nous conduire par le bord de la mer jusqu'à Batz, où nous irons voir la tour qui domine le bassin et les côtes entre Batz et Le Croisic.

– Avec plaisir, nous dit-il. Allez droit devant vous en suivant le chemin dans lequel vous êtes, je vous retrouverai après m'être débarrassé de mes agrès et de ma pêche. »

Nous fîmes un même signe de consentement, et il s'élança joyeusement vers la ville. Cette rencontre nous maintint dans la situation morale où nous étions, mais elle en avait affaibli la gaieté.

« Pauvre homme ! me dit Pauline avec cet accent qui ôte à la compassion d'une femme ce que la pitié peut avoir de blessant, n'a-t-on pas honte de se trouver heureux en voyant cette misère ?

– Rien n'est plus cruel que d'avoir des désirs impuissants, lui répondis-je. Ces deux pauvres êtres, le père et le fils, ne sauront pas plus combien ont été vives nos sympathies que le monde ne sait combien leur vie est belle, car ils amassent des trésors dans le ciel.

– Le pauvre pays ! dit-elle en me montrant, le long d'un champ environné d'un mur à pierres sèches, des bouses de vache appliquées symétriquement. J'ai demandé ce que c'était que cela. Une paysanne,

occupée à les coller, m'a répondu qu'elle *faisait du
bois*. Imaginez-vous, mon ami, que, quand ces bouses
sont séchées, ces pauvres gens les récoltent, les entas-
sent et s'en chauffent. Pendant l'hiver, on les vend
comme on vend les mottes de tan [1]. Enfin, que crois-
tu que gagne la couturière la plus chèrement payée ?
Cinq sous par jour, dit-elle après une pause ; mais on
la nourrit.

– Vois, lui dis-je, les vents de mer dessèchent ou
renversent tout, il n'y a point d'arbres ; les débris des
embarcations hors de service se vendent aux riches,
car le prix des transports les empêche sans doute de
consommer le bois de chauffage dont abonde la Bretagne. Ce pays n'est beau que pour les grandes âmes ;
les gens sans cœur n'y vivraient pas ; il ne peut être
habité que par des poètes ou par des bernicles. N'a-
t-il pas fallu que l'entrepôt du sel se plaçât sur ce
rocher pour qu'il fût habité ? D'un côté, la mer ; ici,
des sables ; en haut, l'espace. »

Nous avions déjà dépassé la ville, et nous étions
dans l'espèce de désert qui sépare Le Croisic du
bourg de Batz. Figurez-vous, mon cher oncle, une
lande de deux lieues remplie par le sable luisant qui se
trouve au bord de la mer. Çà et là quelques rochers y
levaient leurs têtes, et vous eussiez dit des animaux
gigantesques couchés dans les dunes. Le long de la
mer apparaissaient quelques récifs autour desquels se
jouait l'eau en leur donnant l'apparence de grandes
roses blanches flottant sur l'étendue liquide et venant
se poser sur le rivage. En voyant cette savane terminée
par l'Océan sur la droite, bordée sur la gauche par le
grand lac que fait l'irruption de la mer entre Le
Croisic et les hauteurs sablonneuses de Guérande, au
bas desquelles se trouvent des marais salants dénués
de végétation, je regardais Pauline en lui demandant si
elle se sentait le courage d'affronter les ardeurs du
soleil et la force de marcher dans le sable.

---

1. Sciure d'écorce agglomérée.

« J'ai des brodequins, allons-y », me dit-elle en me montrant la tour de Batz qui arrêtait la vue par une immense construction placée là comme une pyramide, mais une pyramide fuselée, découpée, une pyramide si poétiquement ornée qu'elle permettait à l'imagination d'y voir la première des ruines d'une grande ville asiatique. Nous fîmes quelques pas pour aller nous asseoir sur la portion d'une roche qui se trouvait encore ombrée, mais il était onze heures du matin, et cette ombre, qui cessait à nos pieds, s'effaçait avec rapidité.

« Combien ce silence est beau, me dit-elle, et comme la profondeur en est étendue par le retour égal du frémissement de la mer sur cette plage !

– Si tu veux livrer ton entendement aux trois immensités qui nous entourent, l'eau, l'air et les sables, en écoutant exclusivement le son répété du flux et du reflux, lui répondis-je, tu n'en supporteras pas le langage, tu croiras y découvrir une pensée qui t'accablera. Hier, au coucher du soleil, j'ai eu cette sensation ; elle m'a brisé.

– Oh ! oui, parlons, dit-elle après une longue pause. Aucun orateur n'est plus terrible. Je crois découvrir la causes des harmonies qui nous environnent, reprit-elle. Ce paysage, qui n'a que trois couleurs tranchées, le jaune brillant des sables, l'azur du ciel et le vert uni de la mer, est grand sans être sauvage ; il est immense, sans être désert ; il est monotone, sans être fatigant ; il n'a que trois éléments, il est varié.

– Les femmes seules savent rendre ainsi leurs impressions, répondis-je, tu serais désespérante pour un poète, chère âme que j'ai si bien devinée !

– L'excessive chaleur de midi jette à ces trois expressions de l'infini une couleur dévorante, reprit Pauline en riant. Je conçois ici les poésies et les passions de l'Orient.

– Et moi j'y conçois le désespoir.

– Oui, dit-elle, cette dune est un cloître sublime. »

Nous entendîmes le pas pressé de notre guide ; il s'était endimanché. Nous lui adressâmes quelques paroles insignifiantes ; il crut voir que nos dispositions d'âme avaient changé ; et avec cette réserve que donne le malheur, il garda le silence. Quoique nous nous pressassions de temps en temps la main pour nous avertir de la mutualité de nos idées et de nos impressions, nous marchâmes pendant une demi-heure en silence, soit que nous fussions accablés par la chaleur qui s'élançait en ondées brillantes du milieu des sables, soit que la difficulté de la marche employât notre attention. Nous allions en nous tenant par la main, comme deux enfants ; nous n'eussions pas fait douze pas si nous nous étions donné le bras. Le chemin qui mène au bourg de Batz n'était pas tracé ; il suffisait d'un coup de vent pour effacer les marques que laissaient les pieds de chevaux ou les jantes de charrette ; mais l'œil exercé de notre guide reconnaissait à quelques fientes de bestiaux, à quelques parcelles de crottin, ce chemin qui tantôt descendait vers la mer, tantôt remontait vers les terres au gré des pentes, ou pour tourner des roches. À midi nous n'étions qu'à mi-chemin.

« Nous nous reposerons là-bas », dis-je en montrant un promontoire composé de rochers assez élevés pour faire supposer que nous y trouverions une grotte.

En m'entendant, le pêcheur, qui avait suivi la direction de mon doigt, hocha la tête, et me dit : « Il y a là quelqu'un. Ceux qui viennent du bourg de Batz au Croisic, ou du Croisic au bourg de Batz, font tous un détour pour n'y point passer. »

Les paroles de cet homme furent dites à voix basse, et supposaient un mystère.

« Est-ce donc un voleur, un assassin ? »

Notre guide ne nous répondit que par une aspiration creusée qui redoubla notre curiosité.

« Mais, si nous y passons, nous arrivera-t-il quelque malheur ?

– Oh ! non.

– Y passerez-vous avec nous ?

– Non, monsieur.

– Nous irons donc, si vous nous assurez qu'il n'y a nul danger pour nous.

– Je ne dis pas cela, répondit vivement le pêcheur. Je dis seulement que celui qui s'y trouve ne vous dira rien et ne vous fera aucun mal. Oh ! mon Dieu, il ne bougera seulement pas de sa place.

– Qui est-ce donc ?

– Un homme ! »

Jamais deux syllabes ne furent prononcées d'une façon si tragique. En ce moment nous étions à une vingtaine de pas de ce récif dans lequel se jouait la mer, notre guide prit le chemin qui entourait les rochers et nous continuâmes droit devant nous ; mais Pauline me prit le bras. Notre guide hâta le pas, afin de se trouver en même temps que nous à l'endroit où les deux chemins se rejoignaient. Il supposait sans doute qu'après avoir vu l'homme, nous irions d'un pas pressé. Cette circonstance alluma notre curiosité, qui devint alors si vive, que nos cœurs palpitèrent comme si nous eussions éprouvé un sentiment de peur. Malgré la chaleur du jour et l'espèce de fatigue que nous causait la marche dans les sables, nos âmes étaient encore livrées à la mollesse indicible d'une harmonieuse extase ; elles étaient pleines de ce plaisir pur qu'on ne saurait peindre qu'en le comparant à celui qu'on ressent en écoutant quelque délicieuse musique, l'*Andiamo mio ben* de Mozart [1]. Deux sentiments purs qui se confondent, ne sont-ils pas comme deux belles voix qui chantent ? Pour pouvoir bien apprécier l'émotion qui vint nous saisir, il faut donc partager l'état à demi voluptueux dans lequel nous avaient plongés les événements de cette matinée. Admirez pendant longtemps une tourterelle aux jolies couleurs, posée sur un souple rameau, près d'une source, vous jetterez un cri de douleur en voyant tomber sur elle un émouchet [2] qui lui enfonce ses griffes d'acier jusqu'au cœur et

---

1. « Allons, mon trésor », dans le *Don Giovanni* de Mozart (don Giovanni à Zerlina, acte I).
2. Petit oiseau de proie.

l'emporte avec la rapidité meurtrière que la poudre
communique au boulet. Quand nous eûmes fait un
pas dans l'espace qui se trouvait devant la grotte,
espèce d'esplanade située à cent pieds au-dessus de
l'Océan, et défendue contre ses fureurs par une cas-
cade de rochers abrupts, nous éprouvâmes un frémissement électrique assez semblable au sursaut que
cause un bruit soudain au milieu d'une nuit silencieuse. Nous avions vu, sur un quartier de granit, un
homme assis qui nous avait regardés. Son coup d'œil,
semblable à la flamme d'un canon, sortit de deux yeux
ensanglantés, et son immobilité stoïque ne pouvait se
comparer qu'à l'inaltérable attitude des piles graniti-
ques qui l'environnaient. Ses yeux se remuèrent par
un mouvement lent, son corps demeura fixe, comme
s'il eût été pétrifié ; puis, après nous avoir jeté ce
regard qui nous frappa violemment, il reporta ses
yeux sur l'étendue de l'Océan, et la contempla malgré
la lumière qui en jaillissait, comme on dit que les aigles
contemplent le soleil, sans baisser ses paupières, qu'il
ne releva plus. Cherchez à vous rappeler, mon cher
oncle, une de ces vieilles truisses [1] de chêne, dont le
tronc noueux, ébranché de la veille, s'élève fantasti-
quement sur un chemin désert, et vous aurez une
image vraie de cet homme. C'était des formes hercu-
léennes ruinées, un visage de Jupiter olympien, mais
détruit par l'âge, par les rudes travaux de la mer, par
le chagrin, par une nourriture grossière, et comme
noirci par un éclat de foudre. En voyant ses mains poi-
lues et dures, j'aperçus des nerfs qui ressemblaient à
des veines de fer. D'ailleurs, tout en lui dénotait une
constitution vigoureuse. Je remarquai dans un coin de
la grotte une assez grande quantité de mousse, et sur
une grossière tablette taillée par le hasard au milieu du
granit, un pain rond cassé qui couvrait une cruche de
grès. Jamais mon imagination, quand elle me reportait
vers les déserts où vécurent les premiers anachorètes
de la chrétienté, ne m'avait dessiné de figure plus

---

1. Mot du centre de la France désignant des souches.

grandement religieuse ni plus horriblement repentante que l'était celle de cet homme. Vous qui avez pratiqué le confessionnal, mon cher oncle, vous n'avez jamais peut-être vu un si beau remords, mais ce remords était noyé dans les ondes de la prière, la prière continue d'un muet désespoir. Ce pêcheur, ce marin, ce Breton grossier était sublime par un sentiment inconnu. Mais ces yeux avaient-ils pleuré ? Cette main de statue ébauchée avait-elle frappé ? Ce front rude empreint de probité farouche, et sur lequel la force avait néanmoins laissé les vestiges de cette douceur qui est l'apanage de toute force vraie, ce front sillonné de rides, était-il en harmonie avec un grand cœur ? Pourquoi cet homme dans le granit ? Pourquoi ce granit dans cet homme ? Où était l'homme, où était le granit [1] ? Il nous tomba tout un monde de pensées dans la tête. Comme l'avait supposé notre guide, nous passâmes en silence, promptement, et il nous revit émus de terreur ou saisis d'étonnement, mais il ne s'arma point contre nous de la réalité de ses prédictions.

« Vous l'avez vu ? dit-il.

— Quel est cet homme ? dis-je.

— On l'appelle l'*Homme-au-vœu.* »

Vous figurez-vous bien à ce mot le mouvement par lequel nos deux têtes se tournèrent vers notre pêcheur ! C'était un homme simple ; il comprit notre muette interrogation, et voici ce qu'il nous dit dans son langage, auquel je tâche de conserver son allure populaire.

« Madame, ceux du Croisic comme ceux de Batz croient que cet homme est coupable de quelque chose et fait une pénitence ordonnée par un fameux recteur [2] auquel il est allé se confesser plus loin que

1. Devant cette phrase, Albert Béguin pense à juste titre « aux procédés de style de Victor Hugo en ses moments les moins contrôlés » (*Balzac lu et relu, op. cit.*, p. 179).

2. Il n'y a pas si longtemps encore, ce mot, en Bretagne, désignait le curé.

Nantes. D'autres croient que Cambremer, c'est son
nom [1], a une mauvaise chance qu'il communique à
qui passe sous son air. Aussi plusieurs, avant de
tourner sa roche, regardent-ils d'où vient le vent ! S'il
est de galerne [2], dit-il en nous montrant l'ouest, ils ne
continueraient pas leur chemin quand il s'agirait
d'aller quérir un morceau de la vraie croix ; ils retour-
nent, ils ont peur. D'autres, les riches du Croisic,
disent que Cambremer a fait un vœu, d'où son nom
d'Homme-au-vœu. Il est là nuit et jour, sans en sortir.
Ces dires ont une apparence de raison. Voyez-vous,
dit-il en se retournant pour nous montrer une chose
que nous n'avions pas remarquée, il a planté là, à
gauche, une croix de bois pour annoncer qu'il s'est
mis sous la protection de Dieu, de la sainte Vierge et
des saints. Il ne se serait pas sacré comme ça, que la
frayeur qu'il donne au monde fait qu'il est là en sûreté
comme s'il était gardé par de la troupe. Il n'a pas dit
un mot depuis qu'il s'est enfermé en plein air ; il se
nourrit de pain et d'eau que lui apporte tous les
matins la fille de son frère, une petite tronquette [3] de
douze ans à laquelle il a laissé ses biens, et qu'est une
jolie créature, douce comme un agneau, une bien
mignonne fille, bien plaisante. Elle vous a, dit-il en
montrant son pouce, des yeux bleus *longs comme ça*,
sous une chevelure de chérubin. Quand on lui
demande : "Dis donc, Pérotte ?... (Ça veut dire chez
nous Pierrette, fit-il en s'interrompant ; elle est vouée
à saint Pierre, Cambremer s'appelle Pierre, il a été son
parrain.) – Dis donc, Pérotte, reprit-il, qué qui te dit
ton oncle ? – Il ne me dit rin, qu'elle répond, rin du
tout, rin. – Eh ben, qué qu'il te fait ? – Il m'embrasse
au front le dimanche. – Tu n'en as pas peur ? – Ah !
ben, qu'a dit, il est mon parrain. Il n'a pas voulu
d'autre personne pour lui apporter à manger." Pérotte

---

1. Balzac emprunte ce nom à un bourg proche de Lisieux ;
Proust le reprendra à son tour.
2. Du Nord-Ouest (mot celtique).
3. Gamine.

prétend qu'il sourit quand elle vient, mais autant dire un rayon de soleil dans la brouine [1], car on dit qu'il est nuageux comme un brouillard.

– Mais, lui dis-je, vous excitez notre curiosité sans la satisfaire. Savez-vous ce qui l'a conduit là ? Est-ce le chagrin, est-ce le repentir, est-ce une manie, est-ce un crime, est-ce…

– Eh ! monsieur, il n'y a guère que mon père et moi qui sachions la vérité de la chose. Défunt ma mère servait un homme de justice à qui Cambremer a tout dit par ordre du prêtre qui ne lui a donné l'absolution qu'à cette condition-là, à entendre les gens du port. Ma pauvre mère a entendu Cambremer sans le vouloir, parce que la cuisine du justicier était à côté de sa salle, elle a écouté ! Elle est morte ; le juge qu'a écouté est défunt aussi. Ma mère nous a fait promettre, à mon père et à moi, de n'en rin afférer [2] aux gens du pays, mais je puis vous dire à vous que le soir où ma mère nous a raconté ça, les cheveux me grésillaient dans la tête.

– Hé bien, dis-nous ça, mon garçon, nous n'en parlerons à personne. »

Le pêcheur nous regarda, et continua ainsi : « Pierre Cambremer, que vous avez vu là, est l'aîné des Cambremer, qui de père en fils sont marins ; leur nom le dit, la mer a toujours plié sous eux. Celui que vous avez vu s'était fait pêcheur à bateaux. Il avait donc des barques, allait pêcher la sardine, il pêchait aussi le haut poisson [3], pour les marchands. Il aurait armé un bâtiment et pêché la morue, s'il n'avait pas tant aimé sa femme, qui était une belle femme, une Brouin de Guérande, une fille superbe, et qui avait bon cœur. Elle aimait tant Cambremer, qu'elle n'a jamais voulu que son homme la quittât plus du temps nécessaire à la pêche aux sardines. Ils demeuraient là-bas, tenez !

_____

1. Balzac joue peut-être sur le nom de jeune fille de Mme Cambremer, « Brouin ».

2. Raconter.

3. Le poisson de haute mer.

dit le pêcheur en montant sur une éminence pour
nous montrer un îlot dans la petite méditerranée qui
se trouve entre les dunes où nous marchions et les
marais salants de Guérande, voyez-vous cette maison ? Elle était à lui. Jacquette Brouin et Cambremer
n'ont eu qu'un enfant, un garçon qu'ils ont aimé…
comme quoi dirai-je ? dame ! comme on aime un
enfant unique ; ils en étaient fous. Leur petit Jacques
aurait fait, sous votre respect, dans la marmite qu'ils
auraient trouvé que c'était du sucre. Combien donc
que nous les avons vus de fois, à la foire, achetant les
plus belles berloques [1] pour lui ! C'était de la déraison,
tout le monde le leur disait. Le petit Cambremer,
voyant que tout lui était permis, est devenu méchant
comme un âne rouge. Quand on venait dire au père
Cambremer : «Votre fils a manqué tuer le petit un
tel !" il riait et disait : "Bah ! ce sera un fier marin ! il
commandera les flottes du Roi." Un autre : "Pierre
Cambremer, savez-vous que votre gars a crevé l'œil de
la petite Pougaud ! – Il aimera les filles", disait Pierre.
Il trouvait tout bon. Alors mon petit mâtin, à dix ans,
battait tout le monde et s'amusait à couper le cou aux
poules, il éventrait les cochons, enfin il se roulait dans
le sang comme une fouine. "Ce sera un fameux
soldat ! disait Cambremer, il a goût au sang." Voyez-
vous, moi, je me suis souvenu de tout ça, dit le
pêcheur. Et Cambremer aussi, ajouta-t-il après une
pause. À quinze ou seize ans, Jacques Cambremer
était… quoi ? un requin. Il allait s'amuser à Guérande,
ou faire le joli cœur à Savenay. Fallait des espèces.
Alors il se mit à voler sa mère, qui n'osait en rien dire
à son mari. Cambremer était un homme probe à faire
vingt lieues pour rendre à quelqu'un deux sous qu'on
lui aurait donnés de trop dans un compte. Enfin, un
jour, la mère fut dépouillée de tout. Pendant une
pêche de son père, le fils emporta le buffet, la mette [2],
les draps, le linge, ne laissa que les quatre murs, il avait

---

1. Breloques.
2. La huche à pain.

tout vendu pour aller faire ses frigousses [1] à Nantes. La pauvre femme en a pleuré pendant des jours et des nuits. Fallait dire ça au père à son retour, elle craignait le père, pas pour elle, allez ! Quand Pierre Cambremer revint, qu'il vit sa maison garnie des meubles que l'on avait prêtés à sa femme, il dit : "Qu'est-ce que c'est que ça ?" La pauvre femme était plus morte que vive, elle dit : "Nous avons été volés. – Où donc est Jacques ? – Jacques, il est en riolle [2] !" Personne ne savait où le drôle était allé. "Il s'amuse trop !" dit Pierre. Six mois après, le pauvre père sut que son fils allait être pris par la justice à Nantes. Il fait la route à pied, y va plus vite que par mer, met la main sur son fils, et l'amène ici. Il ne lui demanda pas : "Qu'as-tu fait ?" Il lui dit : "Si tu ne te tiens pas sage deux ans ici avec ta mère et avec moi, allant à la pêche et te conduisant comme un honnête homme, tu auras affaire à moi." L'enragé, comptant sur la bêtise de ses père et mère, lui a fait la grimace. Pierre, là-dessus, lui flanque une mornifle qui vous a mis Jacques au lit pour six mois. La pauvre mère se mourait de chagrin. Un soir, elle dormait paisiblement à côté de son mari, elle entend du bruit, se lève, elle reçoit un coup de couteau dans le bras. Elle crie, on cherche de la lumière. Pierre Cambremer voit sa femme blessée ; il croit que c'est un voleur, comme s'il y en avait dans notre pays, où l'on peut porter sans crainte dix mille francs en or, du Croisic à Saint-Nazaire, sans avoir à s'entendre demander ce qu'on a sous le bras. Pierre cherche Jacques, il ne trouve point son fils. Le matin ce monstre-là n'a-t-il pas eu le front de revenir en disant qu'il était allé à Batz. Faut vous dire que sa mère ne savait où cacher son argent. Cambremer, lui, mettait le sien chez M. Dupotet du Croisic. Les folies de leur fils leur avaient mangé des cent écus, des cent francs, des louis d'or, ils étaient quasiment ruinés, et c'était dur pour des gens qui avaient aux environs de douze mille livres, compris

_____

1. Faire bombance.
2. Il fait la fête.

leur îlot. Personne ne sait ce que Cambremer a donné
à Nantes pour ravoir son fils. Le guignon ravageait la
famille. Il était arrivé des malheurs au frère de Cambremer, qui avait besoin de secours. Pierre lui disait
pour le consoler que Jacques et Pérotte (la fille au
cadet Cambremer) se marieraient. Puis, pour lui faire
gagner son pain, il l'employait à la pêche ; car Joseph
Cambremer en était réduit à vivre de son travail. Sa
femme avait péri de la fièvre, il fallait payer les mois de
nourrice de Pérotte. La femme de Pierre Cambremer
devait une somme de cent francs à diverses personnes
pour cette petite, du linge, des hardes, et deux ou trois
mois à la grande Frelu qu'avait un enfant de Simon
Gaudry et qui nourrissait Pérotte. La Cambremer
avait cousu une pièce d'Espagne dans la laine de son
matelas, en mettant dessus : *À Pérotte*. Elle avait reçu
beaucoup d'éducation, elle écrivait comme un greffier, et avait appris à lire à son fils, c'est ce qui l'a
perdu. Personne n'a su comment ça s'est fait, mais ce
gredin de Jacques avait flairé l'or, l'avait pris et était
allé riboter [1] au Croisic. Le bonhomme Cambremer,
par un fait exprès, revenait avec sa barque chez lui. En
abordant il voit flotter un bout de papier, le prend,
l'apporte à sa femme qui tombe à la renverse en
reconnaissant ses propres paroles écrites. Cambremer
ne dit rien, va au Croisic, apprend là que son fils est au
billard ; pour lors, il fait demander la bonne femme
qui tient le café, et lui dit : "J'avais dit à Jacques de ne
pas se servir d'une pièce d'or avec quoi il vous
paiera ; rendez-la-moi, j'attendrai sur la porte, et vous
donnerai de l'argent blanc pour." La bonne femme lui
apporta la pièce. Cambremer la prend en disant :
"Bon !" et revient chez lui. Toute la ville a su cela.
Mais voilà ce que je sais et ce dont les autres ne font
que de se douter en gros. Il dit à sa femme d'approprier [2] leur chambre, qu'est par bas [3] ; il fait du feu

---

1. S'amuser.
2. Mettre en ordre.
3. En bas.

dans la cheminée, allume deux chandelles, place deux chaises d'un côté de l'âtre, et met de l'autre côté un escabeau. Puis dit à sa femme de lui apprêter ses habits de noces, en lui commandant de pouiller [1] les siens. Il s'habille. Quand il est vêtu, il va chercher son frère, et lui dit de faire le guet devant la maison pour l'avertir s'il entendait du bruit sur les deux grèves, celle-ci et celle des marais de Guérande. Il rentre quand il juge que sa femme est habillée, il charge un fusil et le cache dans le coin de la cheminée. Voici Jacques qui revient ; il revient tard ; il avait bu et joué jusqu'à dix heures ; il s'était fait passer à la pointe de Carnouf. Son oncle l'entend héler, va le chercher sur la grève des marais, et le passe sans rien dire. Quand il entre, son père lui dit : "Assieds-toi là", en lui montrant l'escabeau. "Tu es, dit-il, devant ton père et ta mère que tu as offensés, et qui ont à te juger." Jacques se mit à beugler, parce que la figure de Cambremer était tortillée d'une singulière manière. La mère était roide comme une rame. "Si tu cries, si tu bouges, si tu ne te tiens pas comme un mât sur ton escabeau, dit Pierre en l'ajustant avec son fusil, je te tue comme un chien." Le fils devint muet comme un poisson ; la mère n'a rin dit. "Voilà, dit Pierre à son fils, un papier qui enveloppait une pièce d'or espagnole ; la pièce d'or était dans le lit de ta mère ; ta mère seule savait l'endroit où elle l'avait mise ; j'ai trouvé le papier sur l'eau en abordant ici ; tu viens de donner ce soir cette pièce d'or espagnole à la mère Fleurant, et ta mère n'a plus vu sa pièce dans son lit. Explique-toi." Jacques dit qu'il n'avait pas pris la pièce de sa mère, et que cette pièce lui était restée de Nantes. "Tant mieux, dit Pierre. Comment peux-tu nous prouver cela ? – Je l'avais. – Tu n'as pas pris celle de ta mère ? – Non. – Peux-tu le jurer sur ta vie éternelle ?" Il allait le jurer ; sa mère leva les yeux sur lui et lui dit : "Jacques, mon enfant, prends garde, ne jure pas si ça n'est pas vrai ; tu peux t'amender, te repentir ; il est temps encore."

---

1. Nettoyer.

Et elle pleura. "Vous êtes une ci et une ça, lui dit-il, qu'avez toujours voulu ma perte." Cambremer pâlit et dit : "Ce que tu viens de dire à ta mère grossira ton compte. Allons au fait. Jures-tu ? – Oui. – Tiens, dit-il, y avait-il sur ta pièce cette croix que le marchand de sardines qui me l'a donnée avait faite sur la nôtre ?" Jacques se dégrisa et pleura. "Assez causé, dit Pierre. Je ne te parle pas de ce que tu as fait avant cela, je ne veux pas qu'un Cambremer soit fait mourir sur la place du Croisic. Fais tes prières, et dépêchons-nous ! Il va venir un prêtre pour te confesser." La mère était sortie, pour ne pas entendre condamner son fils. Quand elle fut dehors, Cambremer l'oncle vint avec le recteur de Piriac, auquel Jacques ne voulut rien dire. Il était malin, il connaissait assez son père pour savoir qu'il ne le tuerait pas sans confession. "Merci, excusez-nous, monsieur, dit Cambremer au prêtre, quand il vit l'obstination de Jacques. Je voulais donner une leçon à mon fils et vous prier de n'en rien dire. – Toi, dit-il à Jacques, si tu ne t'amendes pas, la première fois ce sera pour de bon, et j'en finirai sans confession." Il l'envoya se coucher. L'enfant crut cela et s'imagina qu'il pourrait se remettre avec son père. Il dormit. Le père veilla. Quand il vit son fils au fin fond de son sommeil, il lui couvrit la bouche avec du chanvre, la lui banda avec un chiffon de voile bien serré ; puis il lui lia les mains et les pieds. Il rageait, il pleurait du sang, disait Cambremer au justicier. Que voulez-vous ! La mère se jeta aux pieds du père. "Il est jugé, qu'il dit, tu vas m'aider à le mettre dans la barque." Elle s'y refusa. Cambremer l'y mit tout seul, l'y assujettit au fond, lui mit une pierre au cou, sortit du bassin, gagna la mer, et vint à la hauteur de la roche où il est. Pour lors, la pauvre mère, qui s'était fait passer ici par son beau-frère, eut beau crier *grâce !* ça servit comme une pierre à un loup. Il y avait de la lune, elle a vu le père jetant à la mer son fils qui lui tenait encore aux entrailles, et comme il n'y avait pas d'air, elle a entendu blouf ! puis rin, ni trace, ni bouillon ; la mer est d'une fameuse garde, allez ! En

abordant là pour faire taire sa femme qui gémissait,
Cambremer la trouva quasi morte, il fut impossible
aux deux frères de la porter, il a fallu la mettre dans la
barque qui venait de servir au fils, et ils l'ont ramenée
chez elle en faisant le tour par la passe du Croisic. Ah !
ben, la belle Brouin, comme on l'appelait, n'a pas duré
huit jours ; elle est morte en demandant à son mari de
brûler la damnée barque. Oh ! il l'a fait. Lui il est
devenu tout chose, il savait plus ce qu'il voulait ; il
fringalait [1] en marchant comme un homme qui ne
peut pas porter le vin. Puis il a fait un voyage de dix
jours et est revenu se mettre où vous l'avez vu, et,
depuis qu'il y est, il n'a pas dit une parole. »

Le pêcheur ne mit qu'un moment à nous raconter
cette histoire et nous la dit plus simplement encore
que je ne l'écris. Les gens du peuple font peu de
réflexions en contant, ils accusent le fait qui les a
frappés, et le traduisent comme ils le sentent. Ce récit
fut aussi aigrement incisif que l'est un coup de hache.

« Je n'irai pas à Batz », dit Pauline en arrivant au
contour supérieur du lac. Nous revînmes au Croisic
par les marais salants, dans le dédale desquels nous
conduisit le pêcheur, devenu comme nous silencieux.
La disposition de nos âmes était changée. Nous étions
tous deux plongés en de funestes réflexions, attristés
par ce drame qui expliquait le rapide pressentiment
que nous en avions eu à l'aspect de Cambremer. Nous
avions l'un et l'autre assez de connaissance du monde
pour deviner de cette triple vie tout ce que nous en
avait tu notre guide. Les malheurs de ces trois êtres se
reproduisaient devant nous comme si nous les avions
vus dans les tableaux d'un drame que ce père couron-
nait en expiant son crime nécessaire. Nous n'osions
regarder la roche où était l'homme fatal qui faisait
peur à toute une contrée. Quelques nuages embru-
maient le ciel ; des vapeurs s'élevaient à l'horizon,
nous marchions au milieu de la nature la plus âcrement sombre que j'aie jamais rencontrée. Nous fou-

---

1. Titubait.

lions une nature qui semblait souffrante, maladive ;
des marais salants, qu'on peut à bon droit nommer les
écrouelles [1] de la terre. Là, le sol est divisé en carrés
inégaux de forme, tous encaissés par d'énormes talus
de terre grise, tous pleins d'une eau saumâtre, à la surface de laquelle arrive le sel. Ces ravins faits à main
d'homme sont intérieurement partagés en plates-
bandes, le long desquelles marchent des ouvriers
armés de longs râteaux, à l'aide desquels ils écrèment
cette saumure, et amènent sur des plates-formes
rondes pratiquées de distance en distance ce sel quand
il est bon à mettre en mulons [2]. Nous côtoyâmes pendant deux heures ce triste damier, où le sel étouffe par
son abondance la végétation, et où nous n'apercevions
de loin en loin que quelques *paludiers,* nom donné à
ceux qui cultivent le sel. Ces hommes, ou plutôt ce
clan de Bretons porte un costume spécial, une
jaquette blanche assez semblable à celle des brasseurs.
Ils se marient entre eux. Il n'y a pas d'exemple qu'une
fille de cette tribu ait épousé un autre homme qu'un
paludier. L'horrible aspect de ces marécages, dont la
boue était symétriquement ratissée, et de cette terre
grise dont a horreur la flore bretonne, s'harmoniait [3]
avec le deuil de notre âme. Quand nous arrivâmes à
l'endroit où l'on passe le bras de mer formé par
l'irruption des eaux dans ce fond, et qui sert sans
doute à alimenter les marais salants, nous aperçûmes
avec plaisir les maigres végétations qui garnissent les
sables de la plage. Dans la traversée, nous aperçûmes
au milieu du lac l'île où demeurent les Cambremer ;
nous détournâmes la tête.

En arrivant à notre hôtel, nous remarquâmes un
billard dans une salle basse, et quand nous apprîmes
que c'était le seul billard public qu'il y eût au Croisic,
nous fîmes nos apprêts de départ pendant la nuit ; le

---

1. Maladie lymphatique, se manifestant par des ganglions au cou.
Le jour de leur sacre, les rois de France touchaient les écrouelles.
2. Tas.
3. Voir p. 297, n. 1.

lendemain nous étions à Guérande. Pauline était encore triste, et moi je ressentais déjà les approches de cette flamme qui me brûle le cerveau. J'étais si cruellement tourmenté par les visions que j'avais de ces trois existences, qu'elle me dit : « Louis, écris cela, tu donneras le change à la nature de cette fièvre. »

Je vous ai donc écrit cette aventure, mon cher oncle, mais elle m'a déjà fait perdre le calme que je devais à mes bains et à notre séjour ici.

Paris, 20 novembre 1832.

LA MESSE DE L'ATHÉE

Les contemporains n'ont pu s'y tromper : le protagoniste de *La Messe de l'athée* n'était autre que l'illustre Dupuytren, mort en 1835 couvert de gloire, d'honneurs et d'argent. Chirurgien en chef de l'Hôtel-Dieu, chirurgien à la fois de Charles X et du baron Rothschild, il n'était pas un praticien comme les autres, il incarnait LE Chirurgien, ponte suprême et maître absolu dans sa discipline. Le manuscrit de la nouvelle, qui, avant de le baptiser Desplein, le nomme *Dupuy*, ne fait que confirmer l'identification, que plusieurs anecdotes de notoriété publique, et des traits de caractère familiers chez un personnage aussi en vue, permettaient immédiatement. Dans un post-scriptum inhabituel de la publication préoriginale, Balzac eut beau mettre en garde contre une lecture « à clé », et à clé unique, et rappeler qu'il avait procédé selon ce qui est au fond sa méthode constante (« rassembler sur une même figure des documents relatifs à plusieurs personnes »), il est clair qu'il y avait, sinon un modèle ou un référent, ce que Stendhal aurait appelé un « pilotis », que tous reconnurent.

Desplein est l'objet d'une appréciation complexe, où ombres et lumières luttent dans un portrait nuancé. Si Balzac ne lui marchande pas son admiration pour ses immenses capacités de diagnostic et sa « main » inspirée, on est surtout frappé par les réserves dont il fait état quant à la portée exacte de son esprit. Technicien génial, est-il un génie ? On peut en douter, semble-t-il, dans la mesure où, selon lui, Desplein est (on devrait dire *n'est que*) un « confident de la Chair ». Le corps, croit-on, épuise le champ de ses investigations. Incomparable observateur de la « chimie humaine », il sonde, il dissèque, dans une perspective purement horizontale qui est celle d'une analyse de stricte scientificité. Il refuse de poser, comme ne relevant pas de son ordre, le problème des causes premières, reste sourd et aveugle à tout ce qui ne tombe pas sous son scalpel : sans pitié « pour les anges qui n'offrent point prise aux bistouris », il n'admet que ce qui est prouvé par l'expérience sensible, et répudie donc, comme coquecigrues et billevesées, tout ce qui tient à une dimension autre, que pour faire vite on qualifiera, au sens propre, de métaphysique ou de religieuse. Pour son disciple Bianchon comme pour lui-même, le mystère de l'Immaculée Conception suffirait à justifier l'incrédulité – une incrédulité voltairienne, qui s'approvisionne en preuves historiques, ne recule pas devant un anticléricalisme primaire et dénonce une imposture par laquelle les êtres de raison ne peuvent se laisser abuser. Son métier (on ne dira surtout pas ici *son sacerdoce*) lui ayant fait voir et manier non seulement la nudité des enveloppes charnelles, mais aussi et peut-être surtout celle des hideuses passions qu'elles recouvrent, Desplein est quelqu'un de totalement désillusionné, un dériseur, dit fortement Balzac, qu'aucun drapé idéaliste, que nulle baudruche humaniste ne saurait mystifier. Cet homme par ailleurs si dévoué et si utile méprise ses semblables, voit l'humanité comme un tas de boue, et professe une vision du monde et de la vie marquée par l'amertume et la dureté.

Il faut dire que ses débuts ont été plus que difficiles, et que la vache enragée ne sera jamais pour lui un thème littéraire. L'âpreté avec laquelle, devant Bianchon qu'il a entraîné en pèlerinage sur les lieux de ses obscurs commencements, il évoque ses années de galère dans une mansarde sordide ouverte aux quatre vents de la Misère (avec une majuscule qui la constitue en mauvaise divinité, en ogresse dévoreuse de jeunes hommes), qui seront aussi les Quatre Vents de l'Esprit, a un accent de violence et de rancune sociale dont l'intensité surprend chez ce spécialiste adulé, plus que superbement « arrivé », mais qui visiblement a su conserver au fond de lui, enfoui mais intact et toujours frémissant,

l'étudiant famélique apparemment recouvert par une triom-
phale réussite. Il n'a rien oublié de sa soupente, qui n'a rien
à voir avec les greniers de la bohème et Mimi Pinson. C'est
la laideur sans rémission, du besoin physiologique à l'état
brut, l'obsession du café-crème qui, tout comme chez Pré-
vert, pourrait si facilement basculer dans la tentation du
café-crime, la survie au jour le jour, dans un désert, à mille
lieues du gentil folklore du « pays latin », où l'on se collette
avec une Nécessité à la mamelle de bronze et à la dent
d'airain.

Bandant toutes les ressources de sa volonté, le jeune Desplein enterre ses plus belles années entre l'école de médecine
et son taudis, ayant choisi de mourir pour devenir, dans son
sixième étage prédestiné à abriter les incubations encore
ignorées d'êtres exceptionnels, puisqu'il aura aussi servi de
laboratoire ou d'athanor à d'Arthez, qui dans *La Comédie
humaine* incarne dans tout leur désintéressement les longs
sacrifices consentis à l'Idée, dans l'élaboration d'une œuvre
authentique et profonde. Mais là où d'Arthez travaillait et
pensait avec toute la sérénité et la noblesse innée d'une âme
pure, qui a mesuré la foire d'empoigne du monde et n'en
attend rien, planant symboliquement dans les hauteurs,
Desplein, dans ce que *La Peau de chagrin* a qualifié de
« sépulcre aérien », ne rêve que de s'imposer dans la société
et de sortir vainqueur du terrible duel contre le néant qui est
son lot. Il veut redescendre dans le bourbier pour s'en
extraire définitivement, et n'avoir plus à monter les étages.
Balzac qui, en 1818-1819, dans son galetas de la rue Lesdiguières, a fait lui aussi sécession pour préparer ce que Chateaubriand aurait appelé ses « futuritions » d'écrivain, a partagé la rage d'exister de Desplein et la confiance de d'Arthez
dans l'avenir de l'intelligence. *La Messe de l'athée* hérite
directement de cette expérience de solitude et d'espoir,
toute tendue vers la réalisation de soi, la conscience douloureuse, paradoxalement et cruellement dynamisante, d'une
supériorité qui doit accoucher d'elle-même et l'emporter,
seule contre tous, sur les obstacles semés le long de sa route
par la médiocrité (autrement dit : tout le monde).

Dans son éprouvant parcours, Desplein va recevoir
l'assistance du plus inattendu des Samaritains. Qu'il s'agisse
d'un porteur d'eau n'est pas indifférent : c'est bien l'eau de
la vie, avec son inépuisable symbolique, qu'il va lui verser
dans un univers qui meurt de soif spirituelle. Un « envoyé »,
dirait-on, tant son intervention est miraculeuse, quand tout

semble avoir abandonné le carabin – autant dire un *ange*, un de ces êtres improbables auxquels il ne croit pas, parce que aucun des instruments de sa trousse ne saurait le coucher sous sa lame, et qui pourtant, indubitablement, existe, puisqu'il l'a rencontré. Comme les dieux qui se travestissent sous une défroque grotesque, l'ange est ici un bougnat d'opérette, qui parle le *fouchtra* comme le baron de Nucingen son impayable sabir franco-tudesque (Balzac n'a jamais su résister à cet humour linguistique plutôt pesant), analphabète, seul au monde et prêt à tout donner, littéralement, pour avoir quelqu'un à aimer. Il a aimé un caniche. Le petit chien est mort. Il se fait dès lors le caniche de l'étudiant (l'identification est explicite par les messes qu'il se propose de faire dire pour son animal chéri, et dont Desplein s'acquittera plus tard envers lui-même). Avec une simplicité vraiment évangélique, ce chrétien sans lumières (sa foi n'est que celle du charbonnier) a tout compris et aime son prochain, très concrètement, beaucoup plus que lui-même, en pratiquant instinctivement, et comme allant de soi, une sublime *agapè*. Tout donné à l'autre, il ne le vampirise pas comme le Père Goriot a vampirisé ses filles, en ne les accablant de ses dons que pour en toucher les dividendes affectifs. Sa charité est d'une discrétion exemplaire, parfaitement oblative et, sans attendre de retour, à la fois père, mère, grisette, bonne à tout faire, il se transfuse dans l'être aimé et jouit par procuration du succès de ses soins (la contre-épreuve vertueuse du lien luciférien rivant à Vautrin Lucien de Rubempré). Venu sans le savoir du Moyen Âge ou de la Grèce antique, il n'est pas moderne, et c'est certes le plus bel hommage qu'on puisse lui rendre. Il renonce à ses humbles ambitions professionnelles pour se mettre intégralement au service d'une « mission » qu'il a reconnue supérieure : celle de permettre à un jeune homme doué d'écrire une thèse qu'il ne pourra pas lire.

Ainsi cet ignorant devient-il le premier maillon d'une chaîne de transmission du savoir : Bourgeat adopte Desplein qui adopte Bianchon. Il aura *fait un homme* (on retrouve ici la même expression que dans *La Grenadière*, lorsque lady Brandon comprend que son aîné a accédé à la responsabilité de l'âge adulte), lequel à son tour élit un fils qui le continuera. La postérité de l'Auvergnat sans enfants est splendide. Elle témoigne pour la fécondité du dévouement. Il est remarquable qu'on ne sache rien de la vie sentimentale de Desplein, qu'on devine peu épanoui (il est obligé de sortir de chez lui pour recevoir ses amis, et certaine allusion laisse supposer qu'il doit se contenter des faveurs des patientes reconnaissantes), comme si l'Auvergnat avait par avance épuisé toutes les possibilités d'un indépassable amour.

Dès lors, le « mystère » de cet athée qui hante les églises (d'après un titre-oxymore, à sa manière aussi détonant que *L'Atrabilaire amoureux* ou *Le Bourgeois gentilhomme*) s'éclaircit et s'épaissit à la fois. De mystère à proprement parler, il n'y en a plus, quand est expliquée la fondation de la messe anniversaire, exactement comme dans *À un dîner d'athées* de Barbey d'Aurevilly, où le mécréant endurci est, à la stupeur générale, surpris entrant dans une église pour y déposer un cœur d'enfant profané. Mais de *mystère* au sens chrétien, il y en a plus que jamais, et irréductible, lorsqu'on médite sur le sillage jamais refermé de saint Bourgeat, sur ce « foyer » rayonnant qui, dit Desplein, lequel décidément cachait bien son jeu sous son cynisme, le brûle encore aujourd'hui [1]. Cet homme dont le nom exhibe la plénitude a un vide intime que, depuis, rien n'a colmaté. On évoque son « égoïsme », et le manuscrit montre qu'il avait failli s'appeler Dussoiplein, ce qui ne peut s'entendre que comme « plein de soi », un programme onomastique de bouffissure narcissique et de fermeture sur des préoccupations étroitement personnelles. Tout se passe comme si la visitation de Bourgeat dans l'existence de Desplein lui avait révélé la radicale insuffisance de sa vision des choses et des êtres, et l'avait plongé dans l'évidence prégnante d'une perspective qui exhausse l'homme au-dessus de lui-même et ressortit bien à une forme de transcendance – cette transcendance à laquelle, dans son activité et sa pensée, le chirurgien entend absolument se soustraire, ou plutôt qu'il prétend invalider. Il ne s'agit pas de pratiquer l'art bien catholique de la « récupération », et d'assurer que Desplein se convertit. De la « bonne foi » à la foi, il y a loin. Pourtant, nous le surprenons affirmant qu'il donnerait tout au monde pour croire comme son sauveur, et Bianchon ne jurerait pas qu'à son lit de mort, où il l'assista, son ancien maître fût encore l'intraitable athée d'autrefois. Le désir de la foi, s'il n'est pas la foi, est déjà le doute du doute, et lorsqu'on élève vers un Dieu

---

1. Rappelons en passant que *La Chronique de Paris*, à laquelle la nouvelle est destinée, a un lectorat massivement catholique. Balzac sait parfaitement à qui il s'adresse, ce qui ne met du reste nullement en cause sa propre sincérité.

en qui on ne croit pas une bouleversante prière, on se demande si, à la Pascal, on n'aurait pas, sans le savoir, déjà trouvé la lumière qu'on cherchait.

D'une ingénuité franciscaine, l'exemple de Bourgeat montre en tout cas au médecin lucrétien, toujours tenté par l'arrogance de qui remédie concrètement aux désordres de la Création, qu'il est lui-même malade. Non pas charnellement, mais ontologiquement : il n'a pas accès à un royaume supérieur, où Bourgeat était de toute éternité chez lui, et d'où le bannit son orgueil matérialiste. Ce qui le rachète, ce n'est pas seulement l'infrangible piété de sa gratitude, c'est aussi et surtout *the unanswered question* qui l'habite désormais. Ce lion, ce taureau sont blessés et fragiles. Un pauvre, un modeste, un petit, un de ces « gens de peu » et de ces sans-grade auxquels le Christ a promis qu'ils entreraient les premiers dans sa gloire, lui a administré, sans prêchi-prêcha, mais en acte, une indélébile leçon dont, entre lui et lui, il n'a pas tiré toutes les conclusions, mais qui l'a définitivement orienté vers un horizon bien différent de celui auquel semblaient le vouer la conscience de sa valeur et les sornettes antireligieuses qu'il affecte encore de prôner. Par l'aide décisive qu'il lui a apportée, Bourgeat aura permis à son protégé de passer du « bocal aux grands hommes » *in spe*, au « temple terrestre » où la patrie solennellement les honore. Mais le Panthéon est une ancienne église. Et Balzac, à la fin de sa nouvelle, énonce sur le mode interro-négatif, qui impose une réponse affirmative, l'hypothèse selon laquelle Bourgeat consommera son intercession temporelle par une intercession mystique, sauvant surnaturellement Desplein, et en quelque sorte malgré lui. La dispute quasi allégorique entre le médecin et le prêtre, le goupillon et la lancette, de part et d'autre du lit de souffrance du patient, est un *topos* idéologique qui parcourt *La Messe de l'athée*, et, quoique Balzac prétende avoir relaté cette histoire pour « venger » son protagoniste de certaines imputations calomnieuses, il est clair que ce qu'il trouve de plus noble en lui, c'est l'aveu implicite de ses limites et de ses défaites. Bianchon, « cabaniste » bon teint, et, en tant que tel, disciple favori et fils spirituel, recueillera-t-il lui aussi cette sourde inquiétude, qui n'est rien d'autre que l'attente du sens (si on est effarouché par le nom de Dieu que Balzac, lui, n'hésite pas à prononcer, pour l'implorer de pardonner à qui n'avait pas su amener son intelligence jusqu'à Lui) ? Rien ne l'indique expressément, mais est-ce la simple curiosité qui l'a poussé

à assister à la messe aux côtés de son vieux patron ?
L'héritage invisible de Bourgeat n'a sans doute pas fini de
donner du fruit.

De Desplein, Balzac déclare que son talent était « solidaire
de ses croyances, et conséquemment mortel ». Ce *conséquemment* est terrible, et l'on doit en mesurer toutes les
implications. Aussi extraordinairement doué soit-il, Desplein demeure mutilé, tant qu'il ne confesse pas l'infériorité
constitutive d'une vision et d'un exercice qui ne font pas
leur part à ce que, recourant volontairement à une expression désuète, on désignera par ce « supplément d'âme » qui
est pourtant la source et la destination de tout. Il ne laissera
rien que le travail matériel de ses mains guérisseuses. Lui qui
opère avec tant de maestria, il a été, par son incroyance,
« opéré » d'un organe insubstantiel dont il n'a jamais pu pal-
lier le manque. Il aura soulagé, ce qui n'est pas rien. Mais
sans doute, au terme d'une brillantissime carrière, mesure-
t-il à quel point il est passé à côté de l'essentiel. Il mourra
tout entier.

Nul doute que Balzac qui, par Desplein interposé, médite
très personnellement sur les tribulations du génie et son
martyre ignoré, les épreuves christiques que la société lui
inflige – passion, mort et transfiguration –, n'espère s'en
tirer mieux. Desplein n'aura pas « conduit toute une école
vers des mondes nouveaux », ni été « le *verbe* » de son siècle.
Balzac compte bien ouvrir à la littérature des territoires
vierges, et *La Comédie humaine* ne se proposera rien d'autre
que d'écrire intégralement la modernité. Au-delà de sa signification spécifiquement chrétienne, la messe, avec son point
de fuite illimité vers l'En-Haut, vaut alors comme signe de
cette intégration, dans la prise en charge des phénomènes,
de leur aura ultraphénoménale. Ce lointain qui seul permet
de les aborder dans la profondeur d'une signifiance plus
riche, parce que poreuse et irréductible à toute fixation
réifiante. Desplein avait « un divin coup d'œil ». Mais il n'était
pas Dieu. Balzac non plus (quoique !), mais au moins, en
laissant, lui, à la postérité une œuvre ouverte et problématique comme la vie elle-même, diverse à l'infini et foncièrement mystérieuse, aura-t-il refusé de donner les
réponses avant de poser les questions, suggéré des prolon-
gements dans l'invisible et rappelé que les choses de ce
monde ne sont pas seulement de ce monde (ni d'ailleurs
seulement des choses). « Le verbe s'est fait chair », assurément ; mais Desplein l'a emprisonné dans la chair, finis-

sant par ne plus voir qu'elle, et par aller se perdre là où va
toute chair. Lui aussi minutieux chirurgien du réel, Balzac
entend rester en communication avec la puissance créatrice,
c'est-à-dire inconnaissable, de la Parole, qui dit toujours
infiniment plus que ce qu'elle dit.

HISTOIRE DU TEXTE

Le manuscrit de *La Messe de l'athée* est conservé à la Fondation Martin Bodmer à Cologny (Suisse). D'après une confidence à Mme Hanska dans une lettre du 18 janvier 1836,
Balzac aurait conçu, écrit et imprimé la nouvelle en une seule
nuit. Elle parut le 3 janvier dans *La Chronique de Paris*, de tendance légitimiste, dont Balzac était devenu propriétaire deux
jours plus tôt.

En 1837, elle est reprise au tome XII des *Études philosophiques* chez Delloye et Lecou.

Elle reparaîtra en 1844, chez Furne, au tome X de *La
Comédie humaine* (tome II des *Scènes de la vie parisienne*).

CHOIX BIBLIOGRAPHIQUE

Albert-Marie SCHMIDT, préface, *L'Œuvre de Balzac*, Club français du livre, t. II, 1964.
Guy SAGNES, introduction et notes, *La Comédie humaine*, Gallimard, « Bibliothèque de la Pléiade », t. III, 1976.
Anne-Marie LEFEBVRE, « *La Messe de l'athée* : science, foi et
secret », *L'École des lettres*, n° 9, 15 janvier 2001.

LA MESSE DE L'ATHÉE

CECI EST DÉDIÉ À AUGUSTE BORGET [1]

Par son ami,
DE BALZAC.

Un médecin à qui la science doit une belle théorie physiologique, et qui, jeune encore, s'est placé parmi les célébrités de l'École de Paris, centre de lumières auquel les médecins de l'Europe rendent tous hommage, le docteur Bianchon, a longtemps pratiqué la chirurgie avant de se livrer à la médecine. Ses premières études furent dirigées par un des plus grands chirurgiens français, par l'illustre Desplein [2], qui passa comme un météore dans la science. De l'aveu de ses ennemis, il enterra dans la tombe une méthode intransmissible. Comme tous les gens de génie, il était sans héritiers : il portait et emportait tout avec lui. La gloire des chirur-

---

1. Cette dédicace apparaît en 1837. Borget était né à Issoudun en 1808 ; Balzac le connut par Zulma Carraud, lui demanda de s'occuper de ses affaires et lui emprunta de l'argent. En 1842, il rendra compte de son ouvrage *La Chine et les Chinois*. En lui dédiant un récit dont le héros s'appelle presque comme lui, Balzac semble vouloir poser une symétrie flatteuse : Borget serait à lui-même ce que Bourgeat a été à Desplein... Était-ce une manière de le rembourser de ses prêts ?

2. Manuscrit : « Dupuy ».

giens ressemble à celle des acteurs, qui n'existent que de leur vivant et dont le talent n'est plus appréciable dès qu'ils ont disparu. Les acteurs et les chirurgiens, comme aussi les grands chanteurs, comme les virtuoses qui décuplent par leur exécution la puissance de la musique, sont tous les héros du moment. Desplein offre la preuve de cette similitude entre la destinée de ces génies transitoires. Son nom, si célèbre hier, aujourd'hui presque oublié, restera dans sa spécialité sans en franchir les bornes. Mais ne faut-il pas des circonstances inouïes pour que le nom d'un savant passe du domaine de la Science dans l'histoire générale de l'Humanité ? Desplein avait-il cette universalité de connaissances qui fait d'un homme le *verbe* ou la *figure* d'un siècle ? Desplein possédait un divin coup d'œil : il pénétrait le malade et sa maladie par une intuition acquise ou naturelle qui lui permettait d'embrasser les diagnostics particuliers à l'individu, de déterminer le moment précis, l'heure, la minute à laquelle il fallait opérer, en faisant la part aux circonstances atmosphériques et aux particularités du tempérament. Pour marcher ainsi de conserve avec la Nature, avait-il donc étudié l'incessante jonction des êtres et des substances élémentaires contenues dans l'atmosphère ou que fournit la terre à l'homme qui les absorbe et les prépare pour en tirer une expression particulière ? Procédait-il par cette puissance de déduction et d'analogie à laquelle est dû le génie de Cuvier [1] ? Quoi qu'il en soit, cet homme s'était fait le confident de la Chair, il la saisissait dans le passé comme dans l'avenir, en s'appuyant sur le présent. Mais a-t-il résumé toute la science en sa personne comme ont fait Hippocrate, Galien, Aristote [2] ? A-t-il conduit toute une école

---

1. Dans *La Peau de Chagrin*, Balzac a salué comme « le plus grand poète de notre siècle » le paléontologue capable, à partir d'un os retrouvé, de reconstituer le squelette d'un énorme animal disparu.

2. Hippocrate de Cos (Vᵉ-VIᵉ siècle av. J.-C.) : le plus grand médecin de l'Antiquité. Galien (IIᵉ siècle apr. J.-C.) : médecin de Pergame dont l'influence régna jusqu'au XVIIᵉ siècle (théorie des humeurs). Aristote (384-322 av. J.-C.) : il nous a transmis toute la science de son temps et a écrit des ouvrages de biologie.

vers des mondes nouveaux ? Non. S'il est impossible de
refuser à ce perpétuel observateur de la chimie humaine
l'antique science du Magisme, c'est-à-dire la connaissance des principes en fusion, les causes de la vie, la vie
avant la vie, ce qu'elle sera par ses préparations avant
d'être, malheureusement tout en lui fut personnel :
isolé dans sa vie par l'égoïsme, l'égoïsme suicide
aujourd'hui sa gloire. Sa tombe n'est pas surmontée de
la statue sonore qui redit à l'avenir les mystères que le
Génie cherche à ses dépens. Mais peut-être le talent de
Desplein était-il solidaire de ses croyances, et conséquemment mortel. Pour lui, l'atmosphère terrestre
était un sac générateur : il voyait la terre comme un
œuf dans sa coque, et ne pouvant savoir qui de l'œuf,
qui de la poule, avait commencé, il n'admettait ni le
coq ni l'œuf. Il ne croyait ni en l'animal antérieur, ni en
l'esprit postérieur à l'homme. Desplein n'était pas
dans le doute, il affirmait. Son athéisme pur et franc
ressemblait à celui de beaucoup de savants, les meilleures gens du monde, mais invinciblement athées,
athées comme les gens religieux n'admettent pas qu'il
puisse y avoir d'athées. Cette opinion ne devait pas
être autrement chez un homme habitué depuis son
jeune âge à disséquer l'être par excellence, avant, pendant et après la vie, à le fouiller dans tous ses appareils
sans y trouver cette âme unique, si nécessaire aux
théories religieuses. En y reconnaissant un centre
cérébral, un centre nerveux et un centre aéro-sanguin,
dont les deux premiers se suppléent si bien l'un l'autre
qu'il eut dans les derniers jours de sa vie la conviction
que le sens de l'ouïe n'était pas absolument nécessaire
pour entendre, ni le sens de la vue absolument nécessaire pour voir, et que le plexus solaire les remplaçait,
sans que l'on en pût douter, Desplein, en trouvant
deux âmes dans l'homme, corrobora son athéisme de
ce fait, quoiqu'il ne préjuge encore rien sur Dieu. Cet
homme mourut, dit-on, dans l'impénitence finale où
meurent malheureusement beaucoup de beaux génies,
à qui Dieu puisse pardonner.

La vie de cet homme si grand offrait beaucoup de petitesses, pour employer l'expression dont se servaient ses ennemis, jaloux de diminuer sa gloire, mais qu'il serait plus convenable de nommer des contresens apparents. N'ayant jamais connaissance des déterminations par lesquelles agissent les esprits supérieurs, les envieux ou les niais s'arment aussitôt de quelques contradictions superficielles pour dresser un acte d'accusation sur lequel ils les font momentanément juger. Si, plus tard, le succès couronne les combinaisons attaquées, en montrant la corrélation des préparatifs et des résultats, il subsiste toujours un peu des calomnies d'avant-garde. Ainsi, de nos jours, Napoléon fut condamné par ses contemporains, lorsqu'il déployait les ailes de son aigle sur l'Angleterre : il fallut 1822 [1] pour expliquer 1804 et les bateaux plats de Boulogne [2].

Chez Desplein, la gloire et la science étant inattaquables, ses ennemis s'en prenaient à son humeur bizarre, à son caractère ; tandis qu'il possédait tout bonnement cette qualité que les Anglais nomment *excentricity*. Tantôt il allait superbement vêtu comme Crébillon le tragique [3], tantôt il affectait une singulière indifférence en fait de vêtement ; on le voyait tantôt en voiture, tantôt à pied. Tour à tour brusque et bon, en apparence âpre et avare, mais capable d'offrir sa fortune à ses maîtres exilés [4] qui lui firent l'honneur de l'accepter pendant quelques jours, aucun homme n'a inspiré plus de jugements contradictoires. Quoique capable, pour avoir un cordon noir que les médecins

---

1. Cette date n'apparaît que sur le « Furne corrigé ». Auparavant, Balzac avait écrit « 1814 » (*La Chronique de Paris*), « 1813 » (édition originale), « 1816 » (Furne). En 1816, Wellington s'était opposé à la réduction du contingent d'occupation des Alliés en France ; en 1822, au congrès de Vérone, Londres s'opposa à l'expédition d'Espagne souhaitée par Chateaubriand pour redonner son trône à Ferdinand VII.

2. Pour le débarquement projeté, et abandonné après la défaite de Trafalgar.

3. Auteur d'*Atrée et Thyeste* (1707), *Rhadamisthe et Zénobie* (1711)...

4. Dupuytren aurait offert un million à Charles X après sa chute.

n'auraient pas dû briguer, de laisser tomber à la cour un livre d'heures de sa poche [1], croyez qu'il se moquait en lui-même de tout ; il avait un profond mépris pour les hommes, après les avoir observés d'en haut et d'en bas, après les avoir surpris dans leur véritable expression, au milieu des actes de l'existence les plus solennels et les plus mesquins. Chez un grand homme, les qualités sont souvent solidaires. Si, parmi ces colosses, l'un d'eux a plus de talent que d'esprit, son esprit est encore plus étendu que celui de qui l'on dit simplement : il a de l'esprit. Tout génie suppose une vue morale. Cette vue peut s'appliquer à quelque spécialité ; mais qui voit la fleur doit voir le soleil. Celui qui entendit un diplomate, sauvé par lui, demandant : « Comment va l'Empereur ? » et qui répondit : « Le courtisan revient, l'homme suivra ! » celui-là n'est pas seulement chirurgien ou médecin, il est aussi prodigieusement spirituel. Ainsi, l'observateur patient et assidu de l'humanité légitimera les prétentions exorbitantes de Desplein et le croira, comme il se croyait lui-même, propre à faire un ministre tout aussi grand qu'était le chirurgien.

Parmi les énigmes que présente aux yeux de plusieurs contemporains la vie de Desplein, nous avons choisi l'une des plus intéressantes, parce que le mot s'en trouvera dans la conclusion du récit, et le vengera de quelques sottes accusations.

De tous les élèves que Desplein eut à son hôpital, Horace Bianchon fut un de ceux auxquels il s'attacha le plus vivement. Avant d'être interne à l'Hôtel-Dieu, Horace Bianchon était un étudiant en médecine, logé dans une misérable pension du Quartier latin, connue

---

1. On raconte qu'à une messe à Saint-Cloud, Dupuytren, pour se faire remarquer, aurait, au moment de l'élévation, laissé tomber avec fracas son paroissien. La duchesse d'Angoulême aurait dit : « Voilà M. Dupuytren qui perd ses heures », à quoi le duc de Maillé aurait rétorqué : « Mais pas son temps. » Le « cordon noir » convoité est celui de l'ordre de Saint-Michel, restauré par Louis XVIII.

sous le nom de la Maison Vauquer [1]. Ce pauvre jeune
homme y sentait les atteintes de cette ardente misère,
espèce de creuset d'où les grands talents doivent sortir
purs et incorruptibles comme des diamants qui peuvent
être soumis à tous les chocs sans se briser. Au feu violent
de leurs passions déchaînées, ils acquièrent la probité la
plus inaltérable, et contractent l'habitude des luttes qui
attendent le génie, par le travail constant dans lequel ils
ont cerclé leurs appétits trompés. Horace était un jeune
homme droit, incapable de tergiverser dans les questions d'honneur, allant sans phrase au fait, prêt pour ses
amis à mettre en gage son manteau, comme à leur
donner son temps et ses veilles. Horace était enfin un de
ces amis qui ne s'inquiètent pas de ce qu'ils reçoivent en
échange de ce qu'ils donnent, certains de recevoir à leur
tour plus qu'ils ne donneront. La plupart de ses amis
avaient pour lui ce respect intérieur qu'inspire une vertu
sans emphase, et plusieurs d'entre eux redoutaient sa
censure. Mais ces qualités, Horace les déployait sans
pédantisme. Ni puritain ni sermonneur, il jurait de
bonne grâce en donnant un conseil, et faisait volontiers
un *tronçon de chière lie* [2] quand l'occasion s'en présentait.
Bon compagnon, pas plus prude que ne l'est un cuiras-.
sier, rond et franc, non pas comme un marin, car le
marin d'aujourd'hui est un rusé diplomate, mais comme
un brave jeune homme qui n'a rien à déguiser dans sa
vie, il marchait la tête haute et la pensée rieuse. Enfin,
pour tout exprimer par un mot, Horace était le Pylade
de plus d'un Oreste, les créanciers étant pris aujourd'hui
comme la figure la plus réelle des Furies antiques [3]. Il

---

1. Cf. *Le Père Goriot*. Bianchon a des traits d'Émile Regnault,
venu de Sancerre à Paris poursuivre ses études de médecine. Celui-
ci avait suivi l'enseignement de Dupuytren. C'était un ami de
Balzac et de George Sand.

2. Expression empruntée à Rabelais, signifiant « faire bombance ».

3. Comme Achille et Patrocle, Pylade et Oreste sont les modèles
de l'amitié virile. Oreste fut poursuivi par les Furies après avoir
vengé l'assassinat de son père Agamemnon en tuant sa mère Cly-
temnestre et son amant Égisthe (Eschyle, *L'Orestie*).

portait sa misère avec cette gaieté qui peut-être est un des plus grands éléments du courage, et comme tous ceux qui n'ont rien, il contractait peu de dettes. Sobre comme un chameau, alerte comme un cerf, il était ferme dans ses idées et dans sa conduite [1]. La vie heureuse de Bianchon commença du jour où l'illustre chirurgien acquit la preuve des qualités et des défauts qui, les uns aussi bien que les autres, rendent doublement précieux à ses amis le docteur Horace Bianchon. Quand un chef de clinique prend dans son giron un jeune homme, ce jeune homme a, comme on dit, le pied dans l'étrier. Desplein ne manquait pas d'emmener Bianchon pour se faire assister par lui dans les maisons opulentes où presque toujours quelque gratification tombait dans l'escarcelle de l'interne, et où se révélaient insensiblement au provincial les mystères de la vie parisienne ; il le gardait dans son cabinet lors de ses consultations, et l'y employait ; parfois, il l'envoyait accompagner un riche malade aux Eaux ; enfin il lui préparait une clientèle [2]. Il résulte de ceci qu'au bout d'un certain temps, le tyran de la chirurgie eut un Séide [3]. Ces deux hommes, l'un au faîte des honneurs et de sa science, jouissant d'une immense fortune et d'une immense gloire ; l'autre, modeste Oméga [4], n'ayant ni fortune ni gloire, devinrent intimes. Le grand Desplein disait tout à son interne, l'interne savait si telle femme s'était assise sur une chaise auprès du maître, ou sur le fameux canapé qui se trouvait dans le cabinet et sur lequel Desplein dormait : Bianchon connaissait les mystères de ce tempérament de lion et de taureau, qui finit par élargir, amplifier outre mesure le buste du grand homme, et causa sa mort par le développement du cœur [5]. Il étudia les bizarreries de

---

1. Manuscrit : « Le Bayard des hôpitaux ».

2. Manuscrit : « Bianchon tomba malade, Dupuy le soigna comme si c'eût été sa fille. »

3. Esclave de Mahomet, fanatiquement dévoué à son maître (Cf. la tragédie de Voltaire *Mahomet ou le Fanatisme*, 1741).

4. La toute dernière lettre de l'alphabet grec.

5. L'autopsie de Dupuytren révéla en effet une hypertrophie cardiaque.

cette vie si occupée, les projets de cette avarice si sordide, les espérances de l'homme politique caché dans le savant, il put prévoir les déceptions qui attendaient le seul sentiment enfoui dans ce cœur moins de bronze que bronzé.

Un jour, Bianchon dit à Desplein qu'un pauvre porteur d'eau du quartier Saint-Jacques avait une horrible maladie [1] causée par les fatigues et la misère ; ce pauvre Auvergnat n'avait mangé que des pommes de terre dans le grand hiver de 1821. Desplein laissa tous ses malades. Au risque de crever son cheval, il vola, suivi de Bianchon, chez le pauvre homme et le fit transporter lui-même dans la maison de santé établie par le célèbre Dubois dans le faubourg Saint-Denis [2]. Il alla soigner cet homme, auquel il donna, quand il l'eut rétabli, la somme nécessaire pour acheter un cheval et un tonneau. Cet Auvergnat se distingua par un trait original. Un de ses amis tombe malade, il l'emmène promptement chez Desplein, en disant à son bienfaiteur : « Je n'aurais pas souffert qu'il allât chez un autre [3]. » Tout bourru qu'il était, Desplein serra la main du porteur d'eau, et lui dit : « Amène-les-moi tous. » Et il fit entrer l'enfant du Cantal à l'Hôtel-Dieu, où il eut de lui le plus grand soin. Bianchon avait déjà plusieurs fois remarqué chez son chef une prédilection pour les Auvergnats et surtout pour les porteurs d'eau ; mais comme Desplein mettait une sorte d'orgueil à ses traitements de l'Hôtel-Dieu, l'élève n'y voyait rien de trop étrange.

Un jour, en traversant la place Saint-Sulpice, Bianchon aperçut son maître entrant dans l'église vers neuf heures du matin. Desplein, qui ne faisait jamais alors un pas sans son cabriolet, était à pied, et se coulait par la porte de la rue du Petit-Lion, comme s'il fût entré

---

1. Manuscrit : « eczéma sur tout le corps ».

2. Antoine Dubois (1756-1837) : accoucheur et chirurgien, il avait donné son nom à une maison de santé, rue du faubourg Saint-Denis, où Dupuytren avait enseigné.

3. Manuscrit : « comme si l'Auvergnat auquel il fallait faire une opération grave avait à sa disposition les trésors d'un banquier ».

dans une maison suspecte. Naturellement pris de curiosité, l'interne, qui connaissait les opinions de son maître, et qui était *cabaniste* [1] en dyable par un y grec (ce qui semble dans Rabelais une supériorité de diablerie), Bianchon se glissa dans Saint-Sulpice, et ne fut pas médiocrement étonné de voir le grand Desplein, cet athée sans pitié pour les anges qui n'offrent point prise aux bistouris et ne peuvent avoir ni fistules ni gastrites, enfin, cet intrépide *dériseur*, humblement agenouillé, et où ?... à la chapelle de la Vierge devant laquelle il écouta une messe, donna pour les frais du culte, donna pour les pauvres, en restant sérieux comme s'il se fût agi d'une opération.

« Il ne venait certes pas éclaircir des questions relatives à l'accouchement de la Vierge, disait Bianchon, dont l'étonnement fut sans bornes. Si je l'avais vu tenant, à la Fête-Dieu, un des cordons du dais, il n'y aurait eu qu'à rire ; mais à cette heure, seul, sans témoins, il y a certes de quoi faire penser ! »

Bianchon ne voulut pas avoir l'air d'espionner le premier chirurgien de l'Hôtel-Dieu, il s'en alla. Par hasard, Desplein l'invita ce jour-là même à dîner avec lui, hors de chez lui [2], chez un restaurateur. Entre la poire et le fromage, Bianchon arriva, par d'habiles préparations, à parler de la messe, en la qualifiant de momerie et de farce.

« Une farce, dit Desplein, qui a coûté plus de sang à la chrétienté que toutes les batailles de Napoléon et que toutes les sangsues de Broussais [3] ! La messe est une invention papale qui ne remonte pas plus haut que le sixième siècle [4], et que l'on a basée sur *Hoc est corpus* [5].

---

1. Cabanis (1757-1808) : médecin et philosophe, auteur notamment du *Traité du physique et du moral de l'homme* (1802) ; il symbolise ici l'analyse purement clinique.

2. Il était notoire que Dupuytren et sa femme ne s'adressaient plus la parole.

3. Broussais (1772-1838) luttait contre ce qu'il appelait « l'irritation » par l'application de sangsues et les saignées.

4. Manuscrit : « huitième siècle ».

5. « Ceci est mon corps », formule de la consécration eucharistique.

Combien de torrents de sang n'a-t-il pas fallu verser
pour établir la Fête-Dieu [1] par l'institution de laquelle
la cour de Rome a voulu constater sa victoire dans
l'affaire de la Présence Réelle, schisme qui pendant
trois siècles a troublé l'Église ! Les guerres du comte
de Toulouse et les Albigeois sont la queue de cette
affaire. Les Vaudois et les Albigeois [2] se refusaient à
reconnaître cette innovation. »

Enfin Desplein prit plaisir à se livrer à toute sa verve
d'athée, et ce fut un flux de plaisanteries voltairiennes,
ou, pour être plus exact, une détestable contrefaçon
du *Citateur* [3].

« Ouais ! se dit Bianchon en lui-même, où est mon
dévot de ce matin ? »

Il garda le silence, il douta d'avoir vu son chef à Saint-
Sulpice. Desplein n'eût pas pris la peine de mentir à
Bianchon : ils se connaissaient trop bien tous deux, ils
avaient déjà, sur des points tout aussi graves, échangé
des pensées, discuté des systèmes *de natura rerum* [4] en
les sondant ou les disséquant avec les couteaux et le
scalpel de l'Incrédulité. Trois mois se passèrent. Bianchon ne donna point de suite à ce fait, quoiqu'il restât
gravé dans sa mémoire. Dans cette année, un jour, l'un
des médecins de l'Hôtel-Dieu prit Desplein par le bras
devant Bianchon, comme pour l'interroger.

« Qu'alliez-vous donc faire à Saint-Sulpice, mon
cher maître ? lui dit-il.

– Y voir un prêtre qui a une carie au genou, et que
Mme la duchesse d'Angoulême [5] m'a fait l'honneur
de me recommander », dit Desplein.

Le médecin se paya de cette défaite, mais non Bianchon.

---

1. Instituée par le pape Urbain IV en 1264.
2. Les Vaudois : secte fondée par Pierre Valdo à la fin du
XIIe siècle. Les Albigeois : secte rattachée aux Cathares, répandue à
la même époque dans le midi de la France.
3. Pamphlet anticatholique de Pigault-Lebrun (1803).
4. *De la nature des choses*, titre du poème matérialiste de Lucrèce
(Ier siècle av. J.-C.).
5. Fille de Louis XVI, épouse du fils de Charles X.

« Ah ! il va voir des genoux malades dans l'église ! Il allait entendre sa messe », se dit l'interne.

Bianchon se promit de guetter Desplein ; il se rappela le jour, l'heure auxquels il l'avait surpris entrant à Saint-Sulpice, et se promit d'y venir l'année suivante au même jour et à la même heure, afin de savoir s'il l'y surprendrait encore. En ce cas, la périodicité de sa dévotion autoriserait une investigation scientifique, car il ne devait pas se rencontrer chez un tel homme une contradiction directe entre la pensée et l'action. L'année suivante, au jour et à l'heure dits, Bianchon, qui déjà n'était plus l'interne de Desplein, vit le cabriolet du chirurgien s'arrêtant au coin de la rue de Tournon et de celle du Petit-Lion, d'où son ami s'en alla jésuitiquement le long des murs à Saint-Sulpice, où il entendit encore sa messe à l'autel de la Vierge. C'était bien Desplein ! le chirurgien en chef, l'athée *in petto* [1], le dévot par hasard. L'intrigue s'embrouillait. La persistance de cet illustre savant compliquait tout. Quand Desplein fut sorti, Bianchon s'approcha du sacristain qui vint desservir la chapelle, et lui demanda si ce monsieur était un habitué.

« Voici vingt ans que je suis ici, dit le sacristain, et depuis ce temps M. Desplein vient quatre fois par an entendre cette messe ; il l'a fondée. »

« Une fondation faite par lui ! dit Bianchon en s'éloignant. Ceci vaut le mystère de l'Immaculée Conception [2] ; une chose qui, à elle seule, doit rendre un médecin incrédule. »

Il se passa quelque temps sans que le docteur Bianchon, quoique ami de Desplein, fût en position de lui parler de cette particularité de sa vie. S'ils se rencontraient en consultation ou dans le monde, il était difficile de trouver ce moment de confiance et de solitude où l'on demeure les pieds sur les chenets, la tête appuyée sur le dos d'un fauteuil, et pendant lequel

---

1. Dans son cœur.
2. La Vierge a été conçue sans péché. Le dogme en sera proclamé par Pie IX en 1854.

deux hommes se disent leurs secrets. Enfin, à sept ans
de distance, après la révolution de 1830, quand le
peuple se ruait sur l'Archevêché [1], quand les inspirations républicaines le poussaient à détruire les croix
dorées qui poindaient [2], comme des éclairs, dans l'immensité de cet océan de maisons ; quand l'Incrédulité,
côte à côte avec l'Émeute, se carrait dans les rues,
Bianchon surprit Desplein entrant encore dans Saint-
Sulpice. Le docteur l'y suivit, se mit près de lui, sans
que son ami lui fît le moindre signe ou témoignât la
moindre surprise. Tous deux entendirent la messe de
fondation.

« Me direz-vous, mon cher, dit Bianchon à Desplein quand ils sortirent de l'église, la raison de votre
capucinade [3] ? Je vous ai déjà surpris trois fois allant à
la messe, vous. Vous me ferez raison de ce mystère, et
m'expliquerez ce désaccord flagrant entre vos opinions et votre conduite. Vous ne croyez pas en Dieu, et
vous allez à la messe ! Mon cher maître, vous êtes tenu
de me répondre.

– Je ressemble à beaucoup de dévots, à des hommes
profondément religieux en apparence, mais tout aussi
athées que nous pouvons l'être, vous et moi. »

Et ce fut un torrent d'épigrammes sur quelques
personnages politiques, dont le plus connu nous offre
en ce siècle une nouvelle édition du *Tartuffe* de
Molière [4].

« Je ne vous demande pas tout cela, dit Bianchon, je
veux savoir la raison de ce que vous venez de faire ici,
pourquoi vous avez fondé cette messe.

---

1. Le 15 février 1831, le peuple envahit l'archevêché de Paris, et
le saccagea à la suite d'une messe anniversaire commémorant
l'assassinat du duc de Berry en 1820.
2. Imparfait du verbe « poindre ».
3. Mascarade religieuse (par allusion aux sermons triviaux des
capucins).
4. Allusion au maréchal Soult, qui, après avoir servi Napoléon,
ne cessa de donner des gages à la Restauration, et adhéra au régime
de Juillet. Son opportunisme était dénoncé aussi bien par les libéraux que par les légitimistes.

– Ma foi, mon cher ami, dit Desplein, je suis sur le bord de ma tombe, je puis bien vous parler des commencements de ma vie. »

En ce moment Bianchon et le grand homme se trouvaient dans la rue des Quatre-Vents [1], une des plus horribles rues de Paris. Desplein montra le sixième étage d'une de ces maisons qui ressemblent à un obélisque, dont la porte bâtarde donne sur une allée au bout de laquelle est un tortueux escalier éclairé par des jours justement nommés des *jours de souffrance*. C'était une maison verdâtre, au rez-de-chaussée de laquelle habitait un marchand de meubles, et qui paraissait loger à chacun de ses étages une différente misère. En levant le bras par un mouvement plein d'énergie, Desplein dit à Bianchon « J'ai demeuré là-haut deux ans !

– Je le sais, d'Arthez y a demeuré [2], j'y suis venu presque tous les jours pendant ma première jeunesse, nous l'appelions alors le *bocal aux grands hommes* ! Après ?

– La messe que je viens d'entendre est liée à des événements qui se sont accomplis alors que j'habitais la mansarde où vous me dites qu'a demeuré d'Arthez, celle à la fenêtre de laquelle flotte une corde chargée de linge au-dessus d'un pot de fleurs. J'ai eu de si rudes commencements, mon cher Bianchon, que je puis disputer à qui que ce soit la palme des souffrances parisiennes. J'ai tout supporté : faim, soif, manque d'argent, manque d'habits, de chaussure et de linge, tout ce que la misère a de plus dur. J'ai soufflé sur mes doigts engourdis dans ce *bocal aux grands hommes*, que je voudrais aller revoir avec vous. J'ai travaillé pendant un hiver en voyant fumer ma tête, et distinguant l'aire de ma transpiration comme nous voyons celle des chevaux par un jour de gelée. Je ne sais où l'on prend son point d'appui pour résister à cette vie. J'étais seul, sans secours, sans un sou ni pour acheter des livres ni pour payer les frais de mon édu-

1. Entre le carrefour de l'Odéon et la rue de Seine.
2. Cf. *Illusions perdues* (1837).

cation médicale ; sans un ami : mon caractère irascible, ombrageux, inquiet me desservait. Personne ne
voulait voir dans mes irritations le malaise et le travail
d'un homme qui, du fond de l'état social où il est,
s'agite pour arriver à la surface. Mais j'avais, je puis
vous le dire, à vous devant qui je n'ai pas besoin de me
draper, j'avais ce lit de bons sentiments et de sensibilité vive qui sera toujours l'apanage des hommes assez
forts pour grimper sur un sommet quelconque, après
avoir piétiné longtemps dans les marécages de la
Misère. Je ne pouvais rien tirer de ma famille, ni de
mon pays, au-delà de l'insuffisante pension qu'on me
faisait. Enfin, à cette époque, je mangeais le matin un
petit pain que le boulanger de la rue du Petit-Lion me
vendait moins cher parce qu'il était de la veille ou de
l'avant-veille, et je l'émiettais dans du lait : mon repas
du matin ne me coûtait ainsi que deux sous. Je ne
dînais que tous les deux jours dans une pension où le
dîner coûtait seize sous. Je ne dépensais ainsi que neuf
sous par jour. Vous connaissez aussi bien que moi quel
soin je pouvais avoir de mes habits et de ma chaussure ! Je ne sais pas si plus tard nous éprouvons autant
de chagrin par la trahison d'un confrère que nous en
avons éprouvé, vous comme moi, en apercevant la
rieuse grimace d'un soulier qui se découd, en entendant craquer l'entournure d'une redingote. Je ne
buvais que de l'eau, j'avais le plus grand respect pour
les cafés. Zoppi[1] m'apparaissait comme une terre
promise où les Lucullus[2] du pays latin avaient seuls
droit de présence. "Pourrais-je jamais, me disais-je
parfois, y prendre une tasse de café à la crème, y jouer
une partie de dominos ?" Enfin, je reportais dans mes
travaux la rage que m'inspirait la misère. Je tâchais
d'accaparer des connaissances positives afin d'avoir
une immense valeur personnelle, pour mériter la place
à laquelle j'arriverais le jour où je serais sorti de mon

1. Successeur de Procope, rue des Fossés-Saint-Germain,
aujourd'hui rue de l'Ancienne-Comédie.

2. Célèbre gourmet romain, ami de Cicéron.

néant. Je consommais plus d'huile que de pain : la lumière qui m'éclairait pendant ces nuits obstinées me coûtait plus cher que ma nourriture. Ce duel a été long, opiniâtre, sans consolation. Je ne réveillais aucune sympathie autour de moi. Pour avoir des amis, ne faut-il pas se lier avec des jeunes gens, posséder quelques sous afin d'aller gobeloter [1] avec eux, se rendre ensemble partout où vont des étudiants ! Je n'avais rien ! Et personne à Paris ne se figure que *rien* est *rien*. Quand il s'agissait de découvrir mes misères, j'éprouvais au gosier cette contraction nerveuse qui fait croire à nos malades qu'il leur remonte une boule de l'œsophage dans le larynx. J'ai plus tard rencontré de ces gens, nés riches, qui, n'ayant jamais manqué de rien, ne connaissent pas le problème de cette règle de trois : *Un jeune homme* EST *au crime comme une pièce de cent sous* EST *à* X. Ces imbéciles dorés me disent : "Pourquoi donc faisiez-vous des dettes ? pourquoi donc contractiez-vous des obligations onéreuses ?" Ils me font l'effet de cette princesse [2] qui, sachant que le peuple crevait de faim, disait : "Pourquoi n'achète-t-il pas de la brioche ?" Je voudrais bien voir l'un de ces riches, qui se plaint que je lui prends trop cher quand il faut l'opérer, seul dans Paris, sans sou ni maille, sans un ami, sans crédit, et forcé de travailler de ses cinq doigts pour vivre ? Que ferait-il ? où irait-il apaiser sa faim ? Bianchon, si vous m'avez vu quelquefois amer et dur, je superposais alors mes premières douleurs sur l'insensibilité, sur l'égoïsme desquels j'ai eu des milliers de preuves dans les hautes sphères ; ou bien je pensais aux obstacles que la haine, l'envie, la jalousie, la calomnie ont élevés entre le succès et moi. À Paris, quand certaines gens vous voient prêts à mettre le pied à l'étrier, les uns vous tirent par le pan de votre habit, les autres lâchent la boucle de la sous-ventrière pour que vous vous cassiez la tête en tombant ; celui-ci vous déferre le cheval, celui-là vous vole le fouet : le

---

1. Siroter.
2. Marie-Antoinette, selon la légende révolutionnaire.

moins traître est celui que vous voyez venir pour vous
tirer un coup de pistolet à bout portant. Vous avez
assez de talent, mon cher enfant, pour connaître
bientôt la bataille horrible, incessante que la médiocrité livre à l'homme supérieur. Si vous perdez vingt-
cinq louis un soir, le lendemain vous serez accusé
d'être un joueur, et vos meilleurs amis diront que vous
avez perdu la veille vingt-cinq mille francs. Ayez mal à
la tête, vous passerez pour un fou. Ayez une vivacité,
vous serez insociable. Si, pour résister à ce bataillon de
pygmées, vous rassemblez en vous des forces supérieures, vos meilleurs amis s'écrieront que vous voulez
tout dévorer, que vous avez la prétention de dominer,
de tyranniser. Enfin vos qualités deviendront des
défauts, vos défauts deviendront des vices, et vos
vertus seront des crimes. Si vous avez sauvé quelqu'un, vous l'aurez tué ; si votre malade reparaît, il
sera constant que vous aurez assuré le présent aux
dépens de l'avenir ; s'il n'est pas mort, il mourra.
Bronchez, vous serez tombé ! Inventez quoi que ce
soit, réclamez vos droits, vous serez un homme diffi-
cultueux, un homme fin, qui ne veut pas laisser arriver
les jeunes gens. Ainsi, mon cher, si je ne crois pas en
Dieu, je crois encore moins à l'homme. Ne connaissez-vous pas en moi un Desplein entièrement différent du Desplein de qui chacun médit ? Mais ne
fouillons pas dans ce tas de boue. Donc, j'habitais
cette maison, j'étais à travailler pour pouvoir passer
mon premier examen, et je n'avais pas un liard. Vous
savez ! j'étais arrivé à l'une de ces dernières extrémités
où l'on se dit : *Je m'engagerai !* J'avais un espoir.
J'attendais de mon pays une malle pleine de linge, un
présent de ces vieilles tantes qui, ne connaissant rien
de Paris, pensent à vos chemises, en s'imaginant
qu'avec trente francs par mois leur neveu mange des
ortolans. La malle arriva pendant que j'étais à l'École :
elle avait coûté quarante francs de port ; le portier, un
cordonnier allemand logé dans une soupente, les avait
payés et gardait la malle. Je me suis promené dans la
rue des Fossés-Saint-Germain-des-Prés et dans la rue

de l'École de Médecine, sans pouvoir inventer un stratagème qui me livrât ma malle sans être obligé de donner les quarante francs que j'aurais naturellement payés après avoir vendu le linge. Ma stupidité me fit deviner que je n'avais pas d'autre vocation que la chirurgie. Mon cher, les âmes délicates, dont la force s'exerce dans une sphère élevée, manquent de cet esprit d'intrigue, fertile en ressources, en combinaisons ; leur génie, à elles, c'est le hasard : elles ne cherchent pas, elles rencontrent. Enfin, je revins à la nuit, au moment où rentrait mon voisin, un porteur d'eau nommé Bourgeat, un homme de Saint-Flour. Nous nous connaissions comme se connaissent deux locataires qui ont chacun leur chambre sur le même carré, qui s'entendent dormant, toussant, s'habillant, et qui finissent par s'habituer l'un à l'autre. Mon voisin m'apprit que le propriétaire, auquel je devais trois termes, m'avait mis à la porte : il me faudrait déguerpir le lendemain. Lui-même était chassé à cause de sa profession. Je passai la nuit la plus douloureuse de ma vie. "Où prendre un commissionnaire pour emporter mon pauvre ménage, mes livres ? comment payer le commissionnaire et le portier ? où aller ?" Ces questions insolubles, je les répétais dans les larmes, comme les fous redisent leurs refrains. Je dormis. La misère a pour elle un divin sommeil plein de beaux rêves. Le lendemain matin, au moment où je mangeais mon écuellée de pain émietté dans mon lait, Bourgeat entre et me dit en mauvais français : "Monchieur l'étudiant, che chuis un pauvre homme, enfant trouvé de l'hôpital de Chain-Flour, chans père ni mère, et qui ne chuis pas achez riche pour me marier. Vous n'êtes pas non plus fertile en parents, ni garni de che qui che compte ? Écoutez, j'ai en bas une charrette à bras que j'ai louée à deux chous l'heure, toutes nos affaires peuvent y tenir ; si vous voulez, nous chercherons à nous loger de compagnie, puisque nous chommes chassés d'ici. Che n'est pas après tout le paradis terrestre. – Je le sais bien, lui dis-je, mon brave Bourgeat. Mais je suis bien embarrassé, j'ai en bas une malle qui contient pour cent écus de linge, avec lequel je pourrais payer le propriétaire et ce que je dois au portier, et je n'ai pas cent sous. – Bah ! j'ai quelques monnerons [1], me répondit joyeusement Bourgeat en me montrant une vieille bourse en cuir crasseux. Gardez votre linge." Bourgeat paya mes trois termes, le sien, et solda le portier. Puis, il mit nos meubles, mon linge dans sa charrette, et la traîna par les rues en s'arrêtant devant chaque maison où pendait un écriteau. Moi, je montais pour aller voir si le local à louer pouvait nous convenir. À midi nous errions encore dans le Quartier latin sans y avoir rien trouvé. Le prix était un grand obstacle. Bourgeat me proposa de déjeuner chez un marchand de vin, à la porte duquel nous laissâmes la charrette. Vers le soir, je découvris dans la cour de Rohan, passage du Commerce, en haut d'une maison, sous les toits, deux chambres séparées par l'escalier. Nous eûmes chacun pour soixante francs de loyer par an. Nous voilà casés, moi et mon humble ami. Nous dînâmes ensemble. Bourgeat, qui gagnait environ cinquante sous par jour, possédait environ cent écus, il allait bientôt pouvoir réaliser son ambition en achetant un tonneau et un cheval. En apprenant ma situation, car il me tira mes secrets avec une profondeur matoise et une bonhomie dont le souvenir me remue encore aujourd'hui le cœur, il renonça pour quelque temps à l'ambition de toute sa vie : Bourgeat était marchand à la voie [2] depuis vingt-deux ans, il sacrifia ses cent écus à mon avenir. »

Ici Desplein serra violemment le bras de Bianchon

« Il me donna l'argent nécessaire à mes examens ! Cet homme, mon ami, comprit que j'avais une mission, que les besoins de mon intelligence passaient avant les siens. Il s'occupa de moi, il m'appelait son *petit*, il me prêta l'argent nécessaire à mes achats de livres, il venait quelquefois tout doucement me voir travaillant ; enfin il

---

1. Ou « monerous », monnaie de billon, fabriquée sous la Révolution.
2. Être payé « à la voie », c'était être payé en fonction de ce qu'on pouvait transporter en un seul trajet.

prit des précautions maternelles pour que je substituasse à la nourriture insuffisante et mauvaise à laquelle j'étais condamné une nourriture saine et abondante. Bourgeat, homme d'environ quarante ans, avait une figure bourgeoise du Moyen Âge, un front bombé, une tête qu'un peintre aurait pu faire poser comme modèle pour un Lycurgue [1]. Le pauvre homme se sentait le cœur gros d'affections à placer ; il n'avait jamais été aimé que par un caniche mort depuis peu de temps, et dont il me parlait toujours en me demandant si je croyais que l'Église consentirait à dire des messes pour le repos de son âme. Son chien était, disait-il, un vrai chrétien, qui, durant douze années, l'avait accompagné à l'église sans avoir jamais aboyé, écoutant les orgues sans ouvrir la gueule, et restant accroupi près de lui d'un air qui lui faisait croire qu'il priait avec lui. Cet homme reporta sur moi toutes ses affections : il m'accepta comme un être seul et souffrant ; il devint pour moi la mère la plus attentive, le bienfaiteur le plus délicat, enfin l'idéal de cette vertu qui se complaît dans son œuvre. Quand je le rencontrais dans la rue, il me jetait un regard d'intelligence plein d'une inconcevable noblesse : il affectait alors de marcher comme s'il ne portait rien, il paraissait heureux de me voir en bonne santé, bien vêtu. Ce fut enfin le dévouement du peuple, l'amour de la grisette [2] reporté dans une sphère élevée. Bourgeat faisait mes commissions, il m'éveillait la nuit aux heures dites, il nettoyait ma lampe, frottait notre palier ; aussi bon domestique que bon père, et propre comme une fille anglaise. Il faisait le ménage. Comme Philopœmen [3], il sciait notre bois, et communiquait à toutes ses actions la simplicité du faire, en y gardant sa dignité, car il semblait comprendre que le but ennoblissait tout. Quand je quittai ce brave homme pour

1. Législateur mythique de Sparte.
2. Désignant d'abord une étoffe légère et commune, le mot désigne ensuite la jeune et coquette fille qui la porte.
3. Général grec si modeste qu'un aubergiste, se méprenant sur sa mise, lui demanda de scier son bois (IIIe siècle av. J.-C.).

entrer à l'Hôtel-Dieu comme interne, il éprouva je ne sais quelle douleur morne en songeant qu'il ne pourrait plus vivre avec moi ; mais il se consola par la perspective d'amasser l'argent nécessaire aux dépenses de ma thèse, et il me fit promettre de le venir voir les jours de sortie. Bourgeat était fier de moi, il m'aimait pour moi et pour lui. Si vous recherchiez ma thèse, vous verriez qu'elle lui a été dédiée. Dans la dernière année de mon internat, j'avais gagné assez d'argent pour rendre tout ce que je devais à ce digne Auvergnat en lui achetant un cheval et un tonneau, il fut outré de colère de savoir que je me privais de mon argent, et néanmoins il était enchanté de voir ses souhaits réalisés ; il riait et me grondait, il regardait son tonneau, son cheval, et s'essuyant une larme en me disant : "C'est mal ! Ah ! le beau tonneau ! Vous avez eu tort, le cheval est fort comme un Auvergnat." Je n'ai rien vu de plus touchant que cette scène. Bourgeat voulut absolument m'acheter cette trousse garnie en argent que vous avez vue dans mon cabinet, et qui en est pour moi la chose la plus précieuse. Quoique enivré par mes premiers succès, il ne lui est jamais échappé la moindre parole, le moindre geste qui voulussent dire : *C'est à moi qu'est dû cet homme !* Et cependant sans lui la misère m'aurait tué. Le pauvre homme s'était exterminé pour moi : il n'avait mangé que du pain frotté d'ail, afin que j'eusse du café pour suffire à mes veilles. Il tomba malade. J'ai passé, comme vous l'imaginez, les nuits à son chevet, je l'ai tiré d'affaire la première fois ; mais il eut une rechute deux ans après, et malgré les soins les plus assidus, malgré les plus grands efforts de la science, il dut succomber. Jamais roi ne fut soigné comme il le fut. Oui, Bianchon, j'ai tenté, pour arracher cette vie à la mort, des choses inouïes. Je voulais le faire vivre assez pour le rendre témoin de son ouvrage, pour lui réaliser tous ses vœux, pour satisfaire la seule reconnaissance qui m'ait empli le cœur, pour éteindre un foyer qui me brûle encore aujourd'hui !

« Bourgeat, reprit après une pause Desplein visiblement ému, mon second père est mort dans mes bras,
me laissant tout ce qu'il possédait par un testament
qu'il avait fait chez un écrivain public, et daté de
l'année où nous étions venus nous loger dans la cour
de Rohan. Cet homme avait la foi du charbonnier [1]. Il
aimait la Sainte Vierge comme il eût aimé sa femme.
Catholique ardent, il ne m'avait jamais dit un mot sur
mon irréligion. Quand il fut en danger, il me pria de
ne rien ménager pour qu'il eût les secours de l'Église.
Je fis dire tous les jours la messe pour lui. Souvent,
pendant la nuit, il me témoignait des craintes sur son
avenir, il craignait de ne pas avoir vécu assez saintement. Le pauvre homme ! il travaillait du matin au
soir. À qui donc appartiendrait le paradis, s'il y a un
paradis ? Il a été administré comme un saint qu'il était,
et sa mort fut digne de sa vie. Son convoi ne fut suivi
que par moi. Quand j'eus mis en terre mon unique
bienfaiteur, je cherchai comment m'acquitter envers
lui ; je m'aperçus qu'il n'avait ni famille, ni amis, ni
femme, ni enfants. Mais il croyait ! il avait une conviction religieuse, avais-je le droit de la discuter ? Il
m'avait timidement parlé des messes dites pour le
repos des morts, il ne voulait pas m'imposer ce devoir,
en pensant que ce serait faire payer ses services. Aussitôt que j'ai pu établir une fondation, j'ai donné à
Saint-Sulpice la somme nécessaire pour y faire dire
quatre messes par an. Comme la seul chose que je
puisse offrir à Bourgeat est la satisfaction de ses pieux
désirs, le jour où se dit cette messe, au commencement de chaque saison, j'y vais en son nom, et récite
pour lui les prières voulues. Je dis avec la bonne foi du
douteur : "Mon Dieu, s'il est une sphère où tu mettes
après leur mort ceux qui ont été parfaits, pense au bon
Bourgeat ; et s'il y a quelque chose à souffrir pour lui,
donne-moi ses souffrances, afin de le faire entrer plus
vite dans ce que l'on appelle le paradis." Voilà, mon
cher, tout ce qu'un homme qui a mes opinions peut se

---

1. Foi simple, naïve, sans examen.

permettre. Dieu doit être un bon diable, il ne saurait m'en vouloir. Je vous le jure, je donnerais ma fortune pour que la croyance de Bourgeat pût m'entrer dans la cervelle. »

Bianchon, qui soigna Desplein dans sa dernière maladie, n'ose pas affirmer aujourd'hui que l'illustre chirurgien soit mort athée. Des croyants n'aimeront-ils pas à penser que l'humble Auvergnat sera venu lui ouvrir la porte du ciel, comme il lui ouvrit jadis la porte du temple terrestre [1] au fronton duquel se lit : *Aux grands hommes la patrie reconnaissante !*

Paris, janvier 1836 [2].

---

1. Le Panthéon.
2. Dans *La Chronique de Paris* était ici ajoutée cette apostille : « Quoique les circonstances de ce récit soient toutes vraies, ce serait un tort grave d'en faire l'application à un seul homme de cette époque, l'auteur ayant rassemblé sur une même figure des documents relatifs à plusieurs personnes. »

FACINO CANE

Facino Cane commence là où *La Messe de l'athée* finit : dans le perchoir où un jeune homme s'est retiré au-dessus des toits de Paris pour penser, travailler, armer son esprit et sa volonté, préparer une brillante action dans le monde. Cette fois, l'adresse du séjour est précisée sans aucune transposition fictionnelle, au plus près de la confidence autobiographique : dans le Marais, en cette rue de Lesdiguières où un Balzac de vingt ans avait abrité sa mue en écrivain, près de ce boulevard Bourdon où plus tard commencera l'épopée parodique du savoir dont les Dioscures encyclopédiques Bouvard et Pécuchet seront les grotesques paladins. Le narrateur, qui ressemble à Honoré comme un double, s'y reclut pour aiguiser, exalter ses pouvoirs cognitifs. Moine de la connaissance, il s'y entraîne ascétiquement à exploiter l'intégralité des ressources de son cerveau, afin de parvenir à des expériences spirituelles interdites au commun des mortels, trop paresseux et trop frileux pour se hasarder sur ces confins illuminants, mais périlleux, en quête de plus de conscience.

Il a constaté qu'il était le bénéficiaire, à moins qu'il ne soit la victime (car ce privilège, poussé à bout, pourrait bien s'acheter au prix de la folie et s'inverser en malédiction), d'un don que, faute de mieux, on qualifiera de « seconde vue », qui permet à la personnalité, en proie à une sorte de dédoublement, de sortir d'elle-même pour entrer dans une enveloppe extérieure. Par une embardée aussi violente que celle qui objective brusquement la première personne en troisième dans le *Je est un autre* rimbaldien, Balzac – puisque aussi bien, c'est lui-même sans aucun doute qui s'ausculte à travers le conteur anonyme – subit, avant de l'organiser, ce phénomène qu'il est incapable de comprendre et de justifier, mais dont il constate le fonctionnement et les effets péremptoires : il consiste en une hyperesthésie des facultés morales (cette « ivresse ») lui permettant de s'emparer corps et âme de son prochain, dans une démarche d'annexion, voire de viol, dont il a appris à jouer, puisque cette puissance, qu'il n'a pas cherché à acquérir mais dont il s'éprouve doté, il sait la manipuler à volonté.

Dans ces analyses étonnantes, où Albert Béguin a vu justement « la définition la plus hardie que Balzac ait donnée de son propre génie », il nous est demandé, à nous infirmes et claquemurés dans la monade étanche de notre moi, d'imaginer la capacité d'« intussusception » dynamique et visionnaire dont l'artiste est porteur et grâce à laquelle, s'élargissant de la prison de l'individualité, il lui est offert de pénétrer dans un être étranger, qui se fait lui, aussi bien pour ce qui est des sensations physiques (endosser le corps de celui qui passe) que dans ses émotions et ses désirs les plus secrets et les plus inconnaissables. Il s'ouvre à l'altérité et s'en laisse envahir, à moins que ce ne soit l'inverse, et qu'il ne pratique une prise de possession magique sur quelqu'un qui lui est devenu entièrement lisible, et qu'il possède par une espèce de com-préhension amoureuse et quasi surhumaine (ou de co-naissance à la Claudel). Dans cette histoire toute pétrie des fabuleux prestiges de l'Orient (puisque, par Venise interposée, il s'agit bien sûr de l'intuable fantasme du trésor d'Ali Baba), on ne s'étonne pas que Balzac, qui se flattait d'écrire les *Mille et Une Nuits de l'Occident*, se compare à un derviche, dont les incantations performatives permettent de changer *ad libitum* de défroque charnelle : les mots de l'écrivain sont le médium de ce prodige, par lequel, franchissant la barrière des apparences et emporté par la pro-jection identificatoire d'une toute-puissante intuition, il lui est donné de lire dans toutes ses dimensions la vie de l'objet qu'il épouse. Hallucination, « imagination fantasmagorique » comme celle qu'il avait déjà prêtée au Victor Morillon de l'*Avertissement* du *Gars* (futurs *Chouans*), et qui, *mutatis mutandis*, se retrouve chez tous ceux – Raphaël de Valentin dans *La Peau de chagrin*, Louis Lambert – qui ont en commun avec leur géniteur romanesque cette potentialité de concentration de la pensée et l'emprise souveraine sur le mystère du non-moi, d'un seul coup arraché à son opacité et révélé en pleine lumière à la sagacité d'une saisie supérieure.

Explicitement comparé à Homère, Facino Cane appartient à la grande famille des aveugles voyants. La nouvelle s'organise entièrement autour d'une *Histoire de l'œil* dont Balzac célèbre et dénonce à la fois la sublime divination et les ravages mortels. La rencontre du vieillard avec le philosophe-poète qui, des hauteurs de son laboratoire intellectuel, descend pour mettre à l'épreuve, à ras de trottoir et en pleine pâte humaine, ce regard radiographique qu'il a reçu en partage, était programmée. Le narrateur est le contraire d'un abstracteur de quintessence. Il ne cesse de soumettre à expérimentation son charisme. Dans la Ville-Tout, il s'attache avec prédilection à déchiffrer le livre du destin des offensés et humiliés. Tel Haroun al-Rachid incognito dans les rues de Bagdad, il erre en quête de la vérité. Et il sait que la vérité est dans la sécheresse des chiffres, la terrible nudité du budget : il écoute les comptes des ménages ouvriers, partage leurs angoisses et leurs frairies, mesure leurs joies et leurs faims, dans lesquels, pauvre lui-même, dit extraordinairement Balzac, il aime à se « blottir ». Miracle de la sym-pathie. Peu d'évocations sont aussi convaincantes et aussi touchantes que celle de la noce des déshérités, où quelques traits crayonnés en disent autant qu'un roman naturaliste : le rouge de la boutique, le bleu du vin, le vacarme d'une grosse gaieté qui ressemble à du désespoir, et qu'on se hâte de lamper jusqu'à la lie, « comme si le monde allait finir ». Là comme souvent, Balzac manifeste une prémonition aiguë du frisson baudelairien, spécifiquement « moderne », devant les épaves inconnues rejetées par les houles sociales, les émotions et les souffrances abîmées au plus obscur de l'existence des perdants de la vie. À l'intrépide scaphandrier qui, dans la « cloche de verre » de Musset, saura plonger dans les « limbes insondés » de cette tristesse, seront réservées les trouvailles d'un romanesque inédit.

Breughélien ou fellinien, le trio musical qui anime la « fête » du populo. Avec sa préhensibilité exacerbée, d'une immédiateté et d'une efficience électrique, l'âme du narrateur élit la clarinette, l'isole, fond sur elle et la transverbère ; les atomes s'accrochent et se *reconnaissent*. Deux êtres

qu'au-delà de tout ce qui les sépare réunit une consanguinité
ontologique, la même vocation à vivre et à mourir sous le
signe de l'Idée devenue vision obsédante et sourcière. Dans
les yeux du saltimbanque triste (on songe à Picasso) se lisent
les aventures du feu dans tous ses états (lumière, incendie,
lave), s'entendent le bruit et la fureur d'épisodes byroniens
orchestrés par Berlioz (brigands armés de torches et de poi-
gnards, comme dans *Harold en Italie*). Selon la pente toujours aggravée d'une déchéance fatale, le Lion est devenu
Chien, avant de s'abâtardir définitivement en Canet et
Canard : la déroute de l'onomastique – il est d'ailleurs le
dernier de son nom – paraphe une débandade existentielle.
De cette ruine calcinée irradie pourtant puissamment
quelque chose (le *fascinus*) : lui aussi doué, ou affligé, d'une
hyperacuité de la fonction imageante, imaginante, le narrateur *voit* à travers la peau de Facino Venise tout entière, et
la *Casa d'oro* (comme par hasard) en particulier, de même
que lui a *vu* à travers les murs les richesses secrètes de la
Sérénissime. L'un et l'autre « monomanes » chacun à sa
façon, ils flairent et traquent le fluide vital dont ils ne
peuvent se passer : ce sont deux goules. La métaphore du
vampirisme s'impose devant l'*auri sacra fames* de Facino,
qui, pour le narrateur, est une *significationis sacra fames* toujours aux aguets, et renaissante à peine assouvie. L'Or,
mythe fondateur de *La Comédie humaine*, en quoi se nouent
tous les enjeux du Savoir et du Pouvoir. De Saumur à
Venise, et du terne Grandet au flamboyant Facino, c'est la
même subjugante poétique qui exerce son irrésistible attraction : l'or, c'est le sperme du monde, principe de vie universel. C'est « l'or du Temps » de Breton, « l'or du signifiant »
de Barthes, c'est aussi l'Or-ient et l'or-igine, puisque ici c'est
le legs de la mère. Le folklore vénitien – amours sur fond de
canaux, prisons qui se ressentent visiblement de la publication, en cours depuis 1826, des *Mémoires* de Casanova [1] –
risque d'occulter sous son décor romantique et déjà bova-
ryque l'essentiel, qui ne ressortit pas au pittoresque de
keepsake ou de voyage de noces, mais bien à la philosophie :
ce n'est pas un désir vulgaire qu'exaspère chez Facino et son
auditeur l'excès irrépressible de leur pulsion scopique ; il ne
s'agit ni de cupidité primaire chez l'un, ni de curiosité
banale chez l'autre, mais bien d'un rêve d'appropriation de

---

1. Voir aussi le poème de Théophile Gautier, « L'Aveugle » (1856),
directement inspiré de *Facino Cane*.

la semence du Sens. L'or transfigure les ténèbres de Facino, les diamants scintillent comme les étoiles de son ciel intérieur : les yeux crevés, il n'a jamais mieux vu.

Cette cécité peut bien entendu relever d'une explication rationaliste (à la Desplein) : ce serait la conséquence d'un trop long séjour au cachot. Mais Balzac suggère qu'il s'agit du châtiment d'une transgression. Facino a abusé du pouvoir qui lui a été confié. Ayant trop vu selon la chair, il a été voué à ne plus voir qu'en esprit. Dans ce naufrage au sein de l'obscurité, se lit la peur balzacienne de sombrer dans l'hébétude à force de penser : l'excès de soleil bascule dans la nuit. La leçon de Facino est terrible : c'est toujours la même aporie théorisée par *La Peau de chagrin* entre « système dissipationnel » et « système végétatif ». On ne vit que par les splendides et vigoureuses giclées de la volonté et du désir ; mais elles s'usent et usent. L'écrivain brûle une énergie folle (dans tous les sens de cette inquiétante épithète), non renouvelable ; comme dans l'ordre physiologique, doit être acquittée toute dépense dans l'ordre spirituel. Rien n'est gratuit, tôt ou tard il faudra payer. « La castration infligée au musicien italien apparaît comme le châtiment déplacé qui aurait dû frapper le narrateur [1]. » Facino est devant celui-ci l'image foudroyée de ce qu'il pourrait devenir s'il allait trop loin. Mais, pour un artiste, que peut bien signifier savoir jusqu'où on peut aller trop loin ?

Ces grandes interrogations traversent, dans l'indifférence générale, une soirée ordinaire du Paris contemporain, à deux pas du boulevard familier, dont on perçoit la rassurante rumeur. La Bastille fantôme prend des airs oniriques de *Plombs*, mais même si le rêve passe, on est bien là, sur les rives de la Seine, en 1836, et non sur les eaux mortes de la lagune. Ce que Barbey d'Aurevilly appellera « le fantastique de la réalité » donne à savourer son étrange musique, dans l'entrevision déstabilisante, comme par une faille soudainement béante, d'une « Odyssée condamnée à l'oubli », qui expirerait avec son Ulysse sur un grabat d'hôpital, si un rhapsode n'avait été là par hasard pour la recueillir et nous la transmettre, comme un signe – mais de quoi ? Facino Cane, qui sera sans doute versé à la fosse commune, disparaît en nous laissant un héritage lancinant non moins

─────────

1. Catherine Nesci, *La Femme mode d'emploi*, Lexington, French Forum, 1992, p. 70.

qu'énigmatique. Ce vaincu, ce « fou » est pour Balzac le héros fraternel d'un drame de l'imagination créatrice qu'il sait être profondément le sien.

HISTOIRE DU TEXTE

On n'a pas de manuscrit pour cette nouvelle, qui paraît pour la première fois dans *La Chronique de Paris* du 17 mars 1836.

En 1837, elle est reprise au tome XII des *Études philosophiques*, Delloye et Lecou.

Puis de nouveau en 1843, au tome IV des *Mystères de province*, recueil collectif publié par Souverain.

En 1844, elle s'insère dans les *Scènes de la vie parisienne*, au tome X de *La Comédie humaine*, Furne.

CHOIX BIBLIOGRAPHIQUE

Albert BÉGUIN, *Balzac lu et relu*, Seuil, 1965, p. 153-156.

André LORANT, introduction et notes, *La Comédie humaine*, Gallimard, « Bibliothèque de la Pléiade », t. VI, 1977.

Lucienne ROCHON, « Quelques notes sur *Facino Cane* », *34/11*, université de Paris VII, n° 7, automne 1980.

Esther RASHKIN, « Signes cryptés, rimes dorées : *Facino Cane* de Balzac », *Cahiers Confrontation*, VIII, automne 1982.

Raffaele DE CESARE, « Balzac e i temi italiani di *Facino Cane* », in *Mélanges à la mémoire de Franco Simone*, t. III, Genève, Slatkine, 1984, p. 313-325.

Andrea CALI, « *Facino Cane* de Balzac : essai d'interprétation intratextuelle », in *La Narration et le sens*, Lecce, Milella, 1986, p. 131-154.

Joyce O. LOWRIE, « Works sighted in a frame narrative by Balzac : *Facino Cane* », *French Forum*, mai 1990.

Alexander FISCHLER, « Distance and narrative perspective in Balzac's *Facino Cane* », *L'Esprit créateur*, automne 1991.

Jacques-David EBGUY, « Balzac voyant dans *Facino Cane* », *L'Année balzacienne*, 1998.

Takao KASHIWAGI, « La poétique balzacienne dans *Facino Cane* », *L'Année balzacienne*, 1999 (II).

FACINO CANE [1]

Je demeurais alors dans une petite rue que vous ne connaissez sans doute pas, la rue de Lesdiguières [2] : elle commence à la rue Saint-Antoine, en face d'une fontaine près de la place de la Bastille et débouche dans la rue de la Cerisaie. L'amour de la science m'avait jeté dans une mansarde où je travaillais pendant la nuit, et je passais le jour dans une bibliothèque voisine, celle de MONSIEUR [3]. Je vivais frugalement, j'avais accepté toutes les conditions de la vie monastique, si nécessaire aux travailleurs. Quand il faisait beau, à peine me promenais-je sur le boulevard Bourdon. Une seule passion m'entraînait en dehors de mes habitudes studieuses ; mais n'était-ce pas encore de l'étude ? j'allais observer les mœurs du faubourg [4], ses habitants et leurs caractères. Aussi mal vêtu que les ouvriers, indifférent au décorum, je ne les mettais point en garde contre moi ; je pouvais me mêler à leurs groupes, les

---

1. En 1844, Balzac ajoute cette dédicace : « À LOUISE,/Comme un témoignage d'affectueuse reconnaissance. » Il la supprime ensuite sur le « Furne corrigé ». Louise est peut-être Mme de Brugnol, sa gouvernante depuis octobre 1840.
2. Comme Balzac lui-même d'août 1819 à fin 1820. Cf. le récit de Raphaël dans *La Peau de chagrin*.
3. L'Arsenal. L'introduction aux *Études philosophiques* évoque les longues séances studieuses du jeune Balzac dans cette bibliothèque.
4. Le faubourg Saint-Antoine.

voir concluant leurs marchés, et se disputant à l'heure
où ils quittent le travail. Chez moi l'observation était
déjà devenue intuitive, elle pénétrait l'âme sans négli-
ger le corps ; ou plutôt elle saisissait si bien les détails
extérieurs, qu'elle allait sur-le-champ au-delà ; elle me
donnait la faculté de vivre de la vie de l'individu sur
laquelle elle s'exerçait, en me permettant de me subs-
tituer à lui comme le derviche des *Mille et Une Nuits*
prenait le corps et l'âme des personnes sur lesquelles
il prononçait certaines paroles [1].

Lorsque, entre onze heures et minuit, je rencontrais
un ouvrier et sa femme revenant ensemble de l'Am-
bigu-Comique [2], je m'amusais à les suivre depuis le
boulevard du Pont-aux-Choux jusqu'au boulevard
Beaumarchais. Ces braves gens parlaient d'abord de la
pièce qu'ils avaient vue ; de fil en aiguille, ils arrivaient
à leurs affaires ; la mère tirait son enfant par la main,
sans écouter ni ses plaintes ni ses demandes ; les deux
époux comptaient l'argent qui leur serait payé le lendemain, ils le dépensaient de vingt manières différentes.
C'était alors des détails de ménage, des doléances sur
le prix excessif des pommes de terre, ou sur la longueur de l'hiver et le renchérissement des mottes [3], des
représentations énergiques sur ce qui était dû au
boulanger ; enfin des discussions qui s'envenimaient,
et où chacun d'eux déployait son caractère en mots
pittoresques. En entendant ces gens, je pouvais épouser leur vie, je me sentais leurs guenilles sur le dos, je
marchais les pieds dans leurs souliers percés ; leurs
désirs, leurs besoins, tout passait dans mon âme, ou

---

1. Rappelons que, dès 1834, Balzac ambitionnait d'écrire ce que
son exégète autorisé Félix Davin appelle *Les Mille et Une Nuits de
l'Occident*.

2. De 1789 à 1827, ce théâtre populaire se trouvait sur le boulevard du Temple. Il émigra ensuite boulevard Saint-Martin.

3. Des mottes de tourbe (combustible). On a depuis longtemps
relevé que Balzac s'inspire pour ce passage de *L'Anglais mangeur
d'opium* de Thomas De Quincey, qu'il avait lu en 1828 dans la traduction de Musset, et utilisé dans *La Peau de chagrin* (Gallimard,
« Bibliothèque de la Pléiade », t. VI, p. 1011-1012).

mon âme passait dans la leur. C'était le rêve d'un
homme éveillé. Je m'échauffais avec eux contre les
chefs d'atelier qui les tyrannisaient, ou contre les mauvaises pratiques qui les faisaient revenir plusieurs fois
sans les payer. Quitter ses habitudes, devenir un autre
que soi par l'ivresse des facultés morales, et jouer ce
jeu à volonté, telle était ma distraction. À quoi dois-je
ce don ? Est-ce une seconde vue [1] ? est-ce une de ces
qualités dont l'abus mènerait à la folie ? Je n'ai jamais
recherché les causes de cette puissance ; je la possède
et m'en sers, voilà tout. Sachez seulement que, dès ce
temps, j'avais décomposé les éléments de cette masse
hétérogène nommée le peuple, que je l'avais analysée
de manière à pouvoir évaluer ses qualités bonnes ou
mauvaises. Je savais déjà de quelle utilité pourrait être
ce faubourg ; ce séminaire de révolutions qui ren-
ferme des héros, des inventeurs, des savants pratiques,
des coquins, des scélérats, des vertus et des vices, tous
comprimés par la misère, étouffés par la nécessité,
noyés dans le vin, usés par les liqueurs fortes. Vous ne
sauriez imaginer combien d'aventures perdues, combien de drames oubliés dans cette ville de douleur !
Combien d'horribles et belles choses ! L'imagination
n'atteindra jamais au vrai qui s'y cache et que personne ne peut aller découvrir ; il faut descendre trop
bas pour trouver ces admirables scènes ou tragiques ou
comiques, chefs-d'œuvre enfantés par le hasard. Je ne
sais comment j'ai si longtemps gardé sans la dire
l'histoire [2] que je vais vous raconter, elle fait partie de
ces récits curieux restés dans le sac d'où la mémoire les
tire capricieusement comme des numéros de loterie :

---

1. L'expression est déjà dans la préface de *La Peau de chagrin*
(1831). André Lorant a pertinemment rapproché *Facino Cane* d'un
des *Hermites* de Jouy, que Balzac lisait : « Je pénètre ce que je
regarde : je suis doué d'un coup d'œil *intrusif* qui me montre les
gens *intus et in cute* ; je démêle jusque dans leur repos le mobile de
leurs actions ; j'entends le langage du regard, du geste, et même du
silence » (*ibid.*, p. 1010-1011).
   2. Antérieurement à 1844 : « vraie ou fausse ».

j'en ai bien d'autres, aussi singuliers que celui-ci, également enfouis ; mais ils auront leur tour, croyez-le.

Un jour, ma femme de ménage, la femme d'un ouvrier, vint me prier d'honorer de ma présence la noce d'une de ses sœurs. Pour vous faire comprendre ce que pouvait être cette noce, il faut vous dire que je donnais quarante sous par mois à cette pauvre créature, qui venait tous les matins faire mon lit, nettoyer mes souliers, brosser mes habits, balayer la chambre et préparer mon déjeuner ; elle allait pendant le reste du temps tourner la manivelle d'une mécanique, et gagnait à ce dur métier dix sous par jour. Son mari, un ébéniste, gagnait quatre francs. Mais comme ce ménage avait trois enfants, il pouvait à peine honnêtement manger du pain. Je n'ai jamais rencontré de probité plus solide que celle de cet homme et de cette femme. Quand j'eus quitté le quartier, pendant cinq ans, la mère Vaillant est venue me souhaiter ma fête en m'apportant un bouquet et des oranges, elle qui n'avait jamais dix sous d'économie. La misère nous avait rapprochés. Je n'ai jamais pu lui donner autre chose que dix francs, souvent empruntés pour cette circonstance. Ceci peut expliquer ma promesse d'aller à la noce, je comptais me blottir dans la joie de ces pauvres gens.

Le festin, le bal, tout eut lieu chez un marchand de vin de la rue de Charenton, au premier étage, dans une grande chambre éclairée par des lampes à réflecteurs en fer-blanc, tendue d'un papier crasseux à hauteur des tables, et le long des murs de laquelle il y avait des bancs de bois. Dans cette chambre, quatre-vingts personnes endimanchées, flanquées de bouquets et de rubans, toutes animées par l'esprit de la Courtille, le visage enflammé, dansaient comme si le monde allait finir. Les mariés s'embrassaient à la satisfaction générale, et c'étaient des hé ! hé ! des ha ! ha ! facétieux, mais réellement moins indécents que ne le sont les timides œillades des jeunes filles bien élevées. Tout ce monde exprimait un contentement brutal qui avait je ne sais quoi de communicatif.

Mais ni les physionomies de cette assemblée, ni la noce, ni rien de ce monde n'a trait à mon histoire. Retenez seulement la bizarrerie du cadre. Figurez-vous bien la boutique ignoble et peinte en rouge, sentez l'odeur du vin, écoutez les hurlements de cette joie, restez bien dans ce faubourg, au milieu de ces ouvriers, de ces vieillards, de ces pauvres femmes livrés au plaisir d'une nuit !

L'orchestre se composait de trois aveugles des Quinze-Vingts [1] ; le premier était violon, le second clarinette, et le troisième flageolet. Tous trois étaient payés en bloc sept francs pour la nuit. Sur ce prix-là, certes, ils ne donnaient ni du Rossini, ni du Beethoven, ils jouaient ce qu'ils voulaient et ce qu'ils pouvaient, personne ne leur faisait de reproches, charmante délicatesse ! Leur musique attaquait si brutalement le tympan, qu'après avoir jeté les yeux sur l'assemblée, je regardai ce trio d'aveugles, et fus tout d'abord disposé à l'indulgence en reconnaissant leur uniforme. Ces artistes étaient dans l'embrasure d'une croisée ; pour distinguer leurs physionomies, il fallait donc être près d'eux : je n'y vins pas sur-le-champ ; mais quand je m'en rapprochai, je ne sais pourquoi, tout fut dit, la noce et sa musique disparut, ma curiosité fut excitée au plus haut degré, car mon âme passa dans le corps du joueur de clarinette. Le violon et le flageolet avaient tous deux des figures vulgaires, la figure si connue de l'aveugle, pleine de contention, attentive et grave ; mais celle de la clarinette était un de ces phénomènes qui arrêtent tout court l'artiste et le philosophe.

Figurez-vous le masque en plâtre de Dante, éclairé par la lueur rouge du quinquet, et surmonté d'une forêt de cheveux d'un blanc argenté. L'expression amère et douloureuse de cette magnifique tête était agrandie par la cécité, car les yeux morts revivaient par la pensée ; il s'en échappait comme une lueur brû-

---

1. Hôpital pour aveugles, fondé par Saint Louis, situé depuis 1780 rue de Charenton.

lante, produite par un désir unique, incessant, énergiquement inscrit sur un front bombé que traversaient
des rides pareilles aux assises d'un vieux mur. Ce
vieillard soufflait au hasard, sans faire la moindre
attention à la mesure ni à l'air, ses doigts se baissaient
ou se levaient, agitaient les vieilles clefs par une habitude machinale, il ne se gênait pas pour faire ce que
l'on nomme des *canards* en termes d'orchestre, les
danseurs ne s'en apercevaient pas plus que les deux
acolytes de mon Italien ; car je voulais que ce fût un
Italien, et c'était un Italien. Quelque chose de grand et
de despotique se rencontrait dans ce vieil Homère qui
gardait en lui-même une Odyssée condamnée à
l'oubli. C'était une grandeur si réelle qu'elle triomphait encore de son abjection, c'était un despotisme si
vivace qu'il dominait la pauvreté. Aucune des vio-
lentes passions qui conduisent l'homme au bien
comme au mal, en font un forçat ou un héros, ne
manquait à ce visage noblement coupé, lividement italien, ombragé par des sourcils grisonnants qui proje-
taient leur ombre sur des cavités profondes où l'on
tremblait de voir reparaître la lumière de la pensée,
comme on craint de voir venir à la bouche d'une
caverne quelques brigands armés de torches et de poi-
gnards. Il existait un lion dans cette cage de chair, un
lion dont la rage s'était inutilement épuisée contre le
fer de ses barreaux. L'incendie du désespoir s'était
éteint dans ses cendres, la lave s'était refroidie ; mais
les sillons, les bouleversements, un peu de fumée
attestaient la violence de l'éruption, les ravages du feu.
Ces idées, réveillées par l'aspect de cet homme, étaient
aussi chaudes dans mon âme qu'elles étaient froides
sur sa figure.

Entre chaque contredanse, le violon et le flageolet,
sérieusement occupés de leur verre et de leur bouteille, suspendaient leur instrument au bouton de leur
redingote rougeâtre, avançaient la main sur une petite
table placée dans l'embrasure de la croisée où était
leur cantine, et offraient toujours à l'Italien un verre
plein qu'il ne pouvait prendre lui-même, car la table se

trouvait derrière sa chaise ; chaque fois, la clarinette les remerciait par un signe de tête amical. Leurs mouvements s'accomplissaient avec cette précision qui étonne toujours chez les aveugles des Quinze-Vingts, et qui semble faire croire qu'ils voient. Je m'approchai des trois aveugles pour les écouter ; mais quand je fus près d'eux, ils m'étudièrent, ne reconnurent sans doute pas la nature ouvrière, et se tinrent cois.

« De quel pays êtes-vous, vous qui jouez de la clarinette ?

– De Venise, répondit l'aveugle avec un léger accent italien.

– Êtes-vous né aveugle, ou êtes-vous aveugle par...

– Par accident, répondit-il vivement, une maudite goutte sereine [1].

– Venise est une belle ville, j'ai toujours eu la fantaisie d'y aller. »

La physionomie du vieillard s'anima, ses rides s'agitèrent, il fut violemment ému.

« Si j'y allais avec vous, vous ne perdriez pas votre temps, me dit-il.

– Ne lui parlez pas de Venise, me dit le violon, ou notre doge va commencer son train ; avec ça qu'il a déjà deux bouteilles dans le bocal, le prince !

– Allons, en avant, père Canard », dit le flageolet.

Tous trois se mirent à jouer ; mais pendant le temps qu'ils mirent à exécuter les quatre contredanses, le Vénitien me flairait, il devinait l'excessif intérêt que je lui portais. Sa physionomie quitta sa froide expression de tristesse ; je ne sais quelle espérance égaya tous ses traits, se coula comme une flamme bleue dans ses rides ; il sourit, et s'essuya le front, ce front audacieux et terrible ; enfin il devint gai comme un homme qui monte sur son dada.

« Quel âge avez-vous ? lui demandai-je.

– Quatre-vingt-deux ans !

– Depuis quand êtes-vous aveugle ?

---

1. Ou amaurose : cécité causée par la paralysie de la rétine ou du nerf optique.

– Voici bientôt cinquante ans, répondit-il avec un accent qui annonçait que ses regrets ne portaient pas seulement sur la perte de sa vue, mais sur quelque grand pouvoir dont il aurait été dépouillé.

– Pourquoi vous appellent-ils donc le doge ? lui demandai-je.

– Ah ! une farce, me dit-il, je suis patricien de Venise, et j'aurais été doge tout comme un autre.

– Comment vous nommez-vous donc ?

– Ici, me dit-il, le père Canet. Mon nom n'a jamais pu s'écrire autrement sur les registres ; mais, en italien, c'est *Marco Facino Cane, principe di Varese.*

– Comment ? vous descendez du fameux condottiere Facino Cane dont les conquêtes ont passé aux ducs de Milan [1] ?

– *E vero*, me dit-il. Dans ce temps-là, pour n'être pas tué par les Visconti, le fils de Cane s'est réfugié à Venise, et s'est fait inscrire sur le Livre d'or [2]. Mais il n'y a pas plus de Cane maintenant que de livre. » Et il fit un geste, effrayant de patriotisme éteint et de dégoût pour les choses humaines.

« Mais si vous étiez sénateur de Venise, vous deviez être riche ; comment avez-vous pu perdre votre fortune ? »

À cette question il leva la tête vers moi, comme pour me contempler par un mouvement vraiment tragique, et me répondit : « Dans les malheurs ! »

Il ne songeait plus à boire, il refusa par un geste le verre de vin que lui tendit en ce moment le vieux flageolet, puis il baissa la tête. Ces détails n'étaient pas de nature à éteindre ma curiosité. Pendant la contredanse que jouèrent ces trois machines, je contemplai le vieux noble vénitien avec les sentiments qui dévorent un homme de vingt ans. Je voyais Venise et l'Adriatique, je la voyais en ruines sur cette figure ruinée. Je me promenais dans cette ville si chère à ses habitants, j'allais

---

1. Facino Cane, condottiere piémontais (1358-1412), célèbre par ses cruautés et ses rapines.
2. Où étaient consignés les noms de tous les nobles.

du Rialto au grand canal, du quai des Esclavons au
Lido, je revenais à sa cathédrale, si originalement
sublime ; je regardais les fenêtres de la *Casa d'oro*, dont
chacune a des ornements différents ; je contemplais
ces vieux palais si riches de marbre, enfin toutes ces
merveilles avec lesquelles le savant sympathise d'autant
plus qu'il les colore à son gré, et ne dépoétise pas ses
rêves par le spectacle de la réalité [1]. Je remontais le
cours de la vie de ce rejeton du plus grand des condot-
tieri, en y cherchant les traces de ses malheurs et les
causes de cette profonde dégradation physique et
morale, qui rendait plus belles encore les étincelles de
grandeur et de noblesse ranimées en ce moment. Nos
pensées étaient sans doute communes, car je crois que
la cécité rend les communications intellectuelles beaucoup plus rapides en défendant à l'attention de s'épar-
piller sur les objets extérieurs. La preuve de notre sympathie ne se fit pas attendre. Facino Cane cessa de
jouer, se leva, vint à moi et me dit un : « Sortons ! » qui
produisit sur moi l'effet d'une douche électrique. Je lui
donnai le bras, et nous nous en allâmes.

Quand nous fûmes dans la rue, il me dit : « Voulez-
vous me mener à Venise, m'y conduire, voulez-vous
avoir foi en moi ? vous serez plus riche que ne le sont
les dix maisons les plus riches d'Amsterdam ou de
Londres, plus riche que les Rothschild, enfin riche
comme *Les Mille et Une Nuits*. »

Je pensai que cet homme était fou ; mais il y avait
dans sa voix une puissance à laquelle j'obéis. Je me
laissai conduire et il me mena vers les fossés de la Bastille comme s'il avait eu des yeux. Il s'assit sur une
pierre dans un endroit fort solitaire où depuis fut bâti
le pont par lequel le canal Saint-Martin communique
avec la Seine. Je me mis sur une autre pierre devant ce
vieillard dont les cheveux blancs brillèrent comme des
fils d'argent à la clarté de la lune. Le silence que trou-

---

1. En 1836, Balzac ne connaît pas Venise, où il n'ira qu'en 1837.
Il s'inspire ici de *Venezia la Bella* de Renduel (1834), elle-même
démarquée de *Doge et dogaresse* d'Hoffmann.

blait à peine le bruit orageux des boulevards qui arrivait jusqu'à nous, la pureté de la nuit, tout contribuait à rendre cette scène vraiment fantastique.

« Vous parlez de millions à un jeune homme, et vous croyez qu'il hésiterait à endurer mille maux pour les recueillir ! Ne vous moquez-vous pas de moi ?

– Que je meure sans confession, me dit-il avec violence, si ce que je vais vous dire n'est pas vrai. J'ai eu vingt ans comme vous les avez en ce moment, j'étais riche, j'étais beau, j'étais noble, j'ai commencé par la première des folies, par l'amour. J'ai aimé comme l'on n'aime plus, jusqu'à me mettre dans un coffre [1] et risquer d'y être poignardé sans avoir reçu autre chose que la promesse d'un baiser. Mourir pour *elle* me semblait toute une vie. En 1760 je devins amoureux d'une Vendramini, une femme de dix-huit ans, mariée à un Sagredo, l'un des plus riches sénateurs, un homme de trente ans, fou de sa femme. Ma maîtresse et moi nous étions innocents comme deux chérubins, quand le *sposo* nous surprit causant d'amour ; j'étais sans armes, il me manqua, je sautai sur lui, je l'étranglai de mes deux mains en lui tordant le cou comme à un poulet. Je voulus partir avec Bianca, elle ne voulut pas me suivre. Voilà les femmes ! Je m'en allai seul, je fus condamné, mes biens furent séquestrés au profit de mes héritiers ; mais j'avais emporté mes diamants, cinq tableaux de Titien roulés, et tout mon or. J'allai à Milan, où je ne fus pas inquiété : mon affaire n'intéressait point l'État.

« Une petite observation avant de continuer, dit-il après une pause. Que les fantaisies d'une femme influent ou non sur son enfant pendant qu'elle le porte ou quand elle le conçoit, il est certain que ma mère eut une passion pour l'or pendant sa grossesse [2]. J'ai pour

---

1. Balzac a dû lire *Le Coffre et le revenant*, nouvelle espagnole, publiée par Stendhal en 1829 dans *La Revue de Paris*.

2. On a rapproché cette remarque d'une remarque semblable dans *Mademoiselle de Scudéry* d'Hoffmann, histoire d'un joaillier assoiffé d'or, qui supprima ses clients pour leur reprendre les bijoux qu'il leur avait fabriqués (cf. Marie-France Jamin, « Quelques emprunts possibles de Balzac à Hoffmann », *L'Année balzacienne*, 1970).

l'or une monomanie dont la satisfaction est si nécessaire à ma vie que, dans toutes les situations où je me
suis trouvé, je n'ai jamais été sans or sur moi ; je manie
constamment de l'or ; jeune, je portais toujours des
bijoux et j'avais toujours sur moi deux ou trois cents
ducats. »

En disant ces mots, il tira deux ducats de sa poche
et me les montra.

« Je sens l'or. Quoique aveugle, je m'arrête devant
les boutiques de joailliers. Cette passion m'a perdu, je
suis devenu joueur pour jouer de l'or. Je n'étais pas
fripon, je fus friponné, je me ruinai. Quand je n'eus
plus de fortune, je fus pris par la rage de voir Bianca :
je revins secrètement à Venise, je la retrouvai, je fus
heureux pendant six mois, caché chez elle, nourri par
elle. Je pensais délicieusement à finir ainsi ma vie. Elle
était recherchée par le Provéditeur [1] ; celui-ci devina
un rival, en Italie on les sent : il nous espionna, nous
surprit au lit, le lâche ! Jugez combien vive fut notre
lutte : je ne le tuai pas, je le blessai grièvement. Cette
aventure brisa mon bonheur. Depuis ce jour je n'ai
jamais retrouvé de Bianca. J'ai eu de grands plaisirs,
j'ai vécu à la cour de Louis XV parmi les femmes les
plus célèbres ; nulle part je n'ai trouvé les qualités, les
grâces, l'amour de ma chère Vénitienne. Le Provéditeur avait ses gens, il les appela, le palais fut cerné,
envahi ; je me défendis pour pouvoir mourir sous les
yeux de Bianca qui m'aidait à tuer le Provéditeur.
Jadis cette femme n'avait pas voulu s'enfuir avec moi ;
mais après six mois de bonheur elle voulait mourir de
ma mort, et reçut plusieurs coups. Pris dans un grand
manteau que l'on jeta sur moi, je fus roulé, porté dans
une gondole et transporté dans un cachot des puits.
J'avais vingt-deux ans, je tenais si bien le tronçon de
mon épée que pour l'avoir il aurait fallu me couper le
poing. Par un singulier hasard, ou plutôt inspiré par
une pensée de précaution, je cachai ce morceau de fer

---

1. Ce titre désignait un haut fonctionnaire chargé de l'administration d'une province ou d'un secteur particulier des affaires.

dans un coin, comme s'il pouvait me servir. Je fus
soigné. Aucune de mes blessures n'était mortelle. À
vingt-deux ans, on revient de tout. Je devais mourir
décapité, je fis le malade afin de gagner du temps. Je
croyais être dans un cachot voisin du canal, mon
projet était de m'évader en creusant le mur et traversant le canal à la nage, au risque de me noyer. Voici sur
quels raisonnements s'appuyait mon espérance.
Toutes les fois que le geôlier m'apportait à manger, je
lisais des indications écrites sur les murs, comme : *côté
du palais, côté du canal, côté du souterrain,* et je finis par
apercevoir un plan dont le sens m'inquiétait peu, mais
explicable par l'état actuel du palais ducal qui n'est
pas terminé. Avec le génie que donne le désir de
recouvrer la liberté, je parvins à déchiffrer, en tâtant
du bout des doigts la superficie d'une pierre, une inscription arabe par laquelle l'auteur [1] de ce travail aver-
tissait ses successeurs qu'il avait détaché deux pierres
de la dernière assise, et creusé onze pieds de souterrain. Pour continuer son œuvre, il fallait répandre sur
le sol même du cachot les parcelles de pierre et de
mortier produites par le travail de l'excavation. Quand
même les gardiens ou les inquisiteurs n'eussent pas
été rassurés par la construction de l'édifice qui n'exigeait qu'une surveillance extérieure, la disposition des
puits, où l'on descend par quelques marches, permettait d'exhausser graduellement le sol sans que les gardiens s'en aperçussent. Cet immense travail avait été
superflu, du moins pour celui qui l'avait entrepris, car
son inachèvement annonçait la mort de l'inconnu.
Pour que son dévouement ne fût pas à jamais perdu,
il fallait qu'un prisonnier sût l'arabe ; mais j'avais
étudié les langues orientales au couvent des Armé-
niens [2]. Une phrase écrite derrière la pierre disait le
destin de ce malheureux, mort victime de ses immenses
richesses, que Venise avait convoitées et dont elle
s'était emparée. Il me fallut un mois pour arriver à un

1. *La Chronique de Paris* : « un juif, auteur ».
2. Sur l'île San Lazzaro.

résultat. Pendant que je travaillais, et dans les moments où la fatigue m'anéantissait, j'entendais le son de l'or, je voyais de l'or devant moi, j'étais ébloui par des diamants ! Oh ! attendez. Pendant une nuit, mon acier émoussé trouva du bois. J'aiguisai mon bout d'épée, et fis un trou dans ce bois. Pour pouvoir travailler, je me roulais comme un serpent sur le ventre, je me mettais nu pour travailler à la manière des taupes, en portant mes mains en avant et me faisant de la pierre même un point d'appui. La surveille du jour où je devais comparaître devant mes juges, pendant la nuit, je voulus tenter un dernier effort ; je perçai le bois, et mon fer ne rencontra rien au-delà. Jugez de ma surprise quand j'appliquai les yeux sur le trou ! J'étais dans le lambris d'une cave où une faible lumière me permettait d'apercevoir un monceau d'or. Le doge et l'un des Dix [1] étaient dans ce caveau, j'entendais leurs voix ; leurs discours m'apprirent que là était le trésor secret de la République, les dons des doges, et les réserves du butin appelé le denier de Venise, et pris sur le produit des expéditions. J'étais sauvé ! Quand le geôlier vint, je lui proposai de favoriser ma fuite et de partir avec moi en emportant tout ce que nous pourrions prendre. Il n'y avait pas à hésiter, il accepta. Un navire faisait voile pour le Levant, toutes les précautions furent prises, Bianca favorisa les mesures que je dictais à mon complice. Pour ne pas donner l'éveil, Bianca devait nous rejoindre à Smyrne. En une nuit le trou fut agrandi, et nous descendîmes dans le trésor secret de Venise. Quelle nuit ! J'ai vu quatre tonnes pleine d'or. Dans la pièce précédente, l'argent était également amassé en deux tas qui laissaient un chemin au milieu pour traverser la chambre où les pièces relevées en talus garnissaient les murs à cinq pieds de hauteur. Je crus que le geôlier deviendrait fou ; il chantait, il sautait, il riait, il gambadait dans l'or ; je le menaçai de l'étrangler s'il perdait le temps

---

1. Tribunal secret, institué au début du XIVe siècle, qui subsista jusqu'à la chute de la République en 1797.

ou s'il faisait du bruit. Dans sa joie, il ne vit pas
d'abord une table où étaient les diamants. Je me jetai
dessus assez habilement pour emplir ma veste de
matelot et les poches de mon pantalon. Mon Dieu ! je
n'en pris pas le tiers. Sous cette table étaient des lin-
gots d'or. Je persuadai à mon compagnon de remplir
d'or autant de sacs que nous pourrions en porter, en
lui faisant observer que c'était la seule manière de
n'être pas découverts à l'étranger. "Les perles, les
bijoux, les diamants nous feraient reconnaître", lui
dis-je. Quelle que fût notre avidité, nous ne pûmes
prendre que deux mille livres d'or, qui nécessitèrent
six voyages à travers la prison jusqu'à la gondole. La
sentinelle à la porte d'eau avait été gagnée moyennant
un sac de dix livres d'or. Quant aux deux gondoliers,
ils croyaient servir la République. Au jour, nous par-
tîmes. Quand nous fûmes en pleine mer, et que je me
souvins de cette nuit ; quand je me rappelai les sensations que j'avais éprouvées, que je revis cet immense
trésor où, suivant mes évaluations, je laissais trente
millions en argent et vingt millions en or, plusieurs
millions en diamants, perles et rubis, il se fit en moi
comme un mouvement de folie. J'eus la fièvre de l'or.
Nous nous fîmes débarquer à Smyrne, et nous nous
embarquâmes aussitôt pour la France. Comme nous
montions sur le bâtiment français, Dieu me fit la grâce
de me débarrasser de mon complice. En ce moment je
ne pensais pas à toute la portée de ce méfait du
hasard, dont je me réjouis beaucoup. Nous étions si
complètement énervés que nous demeurions hébétés,
sans nous rien dire, attendant que nous fussions en
sûreté pour jouir à notre aise. Il n'est pas étonnant que
la tête ait tourné à ce drôle. Vous verrez combien Dieu
m'a puni. Je ne me crus tranquille qu'après avoir
vendu les deux tiers de mes diamants à Londres et à
Amsterdam, et réalisé ma poudre d'or en valeurs commerciales. Pendant cinq ans, je me cachai dans
Madrid ; puis, en 1770, je vins à Paris sous un nom
espagnol, et menai le train le plus brillant. Bianca était
morte. Au milieu de mes voluptés, quand je jouissais

d'une fortune de six millions, je fus frappé de cécité.
Je ne doute pas que cette infirmité ne soit le résultat de
mon séjour dans le cachot, de mes travaux dans la
pierre, si toutefois ma faculté de voir l'or n'emportait
pas un abus de la puissance visuelle qui me prédesti-
nait à perdre les yeux. En ce moment, j'aimais une
femme à laquelle je comptais lier mon sort ; je lui avais
dit le secret de mon nom, elle appartenait à une
famille puissante, j'espérais tout de la faveur que
m'accordait Louis XV ; j'avais mis ma confiance en
cette femme, qui était l'amie de Mme du Barry ; elle
me conseilla de consulter un fameux oculiste de
Londres : mais, après quelques mois de séjour dans
cette ville, j'y fus abandonné par cette femme dans
Hyde-Park, elle m'avait dépouillé de toute ma fortune
sans me laisser aucune ressource ; car, obligé de
cacher mon nom, qui me livrait à la vengeance de
Venise, je ne pouvais invoquer l'assistance de personne, je craignais Venise. Mon infirmité fut exploitée
par les espions que cette femme avait attachés à ma
personne. Je vous fais grâce d'aventures dignes de Gil
Blas [1]. Votre révolution vint. Je fus forcé d'entrer aux
Quinze-Vingts, où cette créature me fit admettre
après m'avoir tenu pendant deux ans à Bicêtre comme
fou ; je n'ai jamais pu la tuer, je n'y voyais point, et
j'étais trop pauvre pour acheter un bras. Si avant
de perdre Benedetto Carpi, mon geôlier, je l'avais
consulté sur la situation de mon cachot, j'aurais pu
reconnaître le trésor et retourner à Venise quand la
république fut anéantie par Napoléon [2]. Cependant,
malgré ma cécité, allons à Venise ! Je retrouverai la
porte de la prison, je verrai l'or à travers les murailles,
je le sentirai sous les eaux où il est enfoui ; car les événements qui ont renversé la puissance de Venise sont
tels que le secret de ce trésor a dû mourir avec Ven-
dramino, le frère de Bianca, un doge, qui, je l'espérais,

---

1. *Histoire de Gil Blas de Santillane*, roman picaresque de Lesage
(1715-1735).
2. Par le traité de Campo-Formio (1797).

aurait fait ma paix avec les Dix. J'ai adressé des notes au premier consul, j'ai proposé un traité à l'empereur d'Autriche, tous m'ont éconduit comme un fou ! Venez, partons pour Venise, partons mendiants, nous reviendrons millionnaires ; nous rachèterons mes biens, et vous serez mon héritier, vous serez prince de Varese. »

Étourdi de cette confidence, qui dans mon imagination prenait les proportions d'un poème, à l'aspect de cette tête blanchie, et devant l'eau noire des fossés de la Bastille, eau dormante comme celle des canaux de Venise, je ne répondis pas. Facino Cane crut sans doute que je le jugeais comme tous les autres ; avec une pitié dédaigneuse, il fit un geste qui exprima toute la philosophie du désespoir. Ce récit l'avait reporté peut-être à ses heureux jours, à Venise : il saisit sa clarinette et joua mélancoliquement une chanson vénitienne, barcarole pour laquelle il retrouva son premier talent, son talent de patricien amoureux. Ce fut quelque chose comme le *Super flumina Babylonis* [1]. Mes yeux s'emplirent de larmes. Si quelques promeneurs attardés vinrent à passer le long du boulevard Bourdon, sans doute ils s'arrêtèrent pour écouter cette dernière prière du banni, le dernier regret d'un nom perdu, auquel se mêlait le souvenir de Bianca. Mais l'or reprit bientôt le dessus, et la fatale passion éteignit cette lueur de jeunesse.

« Ce trésor, me dit-il, je le vois toujours, éveillé comme en rêve ; je m'y promène, les diamants étincellent, je ne suis pas aussi aveugle que vous le croyez : l'or et les diamants éclairent ma nuit, la nuit du dernier Facino Cane, car mon titre passe aux Memmi. Mon Dieu ! la punition du meurtrier a commencé de bien bonne heure ! *Ave Maria...* »

Il récita quelques prières que je n'entendis pas.

« Nous irons à Venise, m'écriai-je quand il se leva.

---

1. Psaume 137, où les Hébreux se lamentent sur leur déportation à Babylone.

– J'ai donc trouvé un homme », s'écria-t-il le visage en feu.

Je le reconduisis en lui donnant le bras ; il me serra la main à la porte des Quinze-Vingts, au moment où quelques personnes de la noce revenaient en criant à tue-tête.

« Partirons-nous demain ? dit le vieillard.

– Aussitôt que nous aurons quelque argent.

– Mais nous pouvons aller à pied, je demanderai l'aumône… Je suis robuste, et l'on est jeune quand on voit de l'or devant soi. »

Facino Cane mourut pendant l'hiver après avoir langui deux mois. Le pauvre homme avait un catarrhe.

Paris, mars 1836.

PIERRE GRASSOU

NOTICE

Sous ses airs bonhomme, *Pierre Grassou* est une nouvelle dure, amère, ironique, polémique. Elle pourrait être de Flaubert. Son sujet : le Triomphe de la Médiocrité. Mettons-y des majuscules, car on dirait un sujet d'allégorie pour plafond peint ; aussi bien s'agit-il de peinture.

Visitant le Salon de 1839, Balzac est littéralement écœuré par le déluge de croûtes qui inonde le Louvre. Il en rend responsable le renoncement à tout véritable tri préalable opéré par un jury compétent. Avec insistance, il date de 1830 la dégradation exponentielle de la qualité des œuvres présentées. Puisqu'il n'y a plus de sélection digne de ce nom, n'importe qui peut accrocher n'importe quoi aux cimaises de ce qui est devenu un véritable « bazar », dont le parcours engendre un profond sentiment « d'inquiétude, d'ennui, de tristesse ». L'élixir esthétique qui, jadis sévèrement filtré par d'incorruptibles connaisseurs, se concentrait dans le *sanctum sanctorum* du Salon carré, déborde à présent dans toute la longueur de la grande galerie, comme si une digue avait sauté. Balzac interprète clairement ce renoncement à l'exigence et ce nivellement dans l'insignifiant en termes politiques : il s'agit d'une révolution démocratique, la conséquence dans le domaine de l'art des bouleversements de 1789, ravivés et aggravés par les journées de Juillet. Nul ne peut se leurrer sur le sens où souffle l'esprit, ou plutôt le non-esprit du temps : vers toujours davantage de facilité pour complaire à la masse. L'envahissement du palais des Rois « pris d'assaut par le peuple des artistes » signe la débâcle de toute haute idée de l'œuvre artistique. Et, comme pour enfoncer le clou au cas où l'on n'aurait pas compris, Balzac de stigmatiser comme un mal absolu « le principe de l'élection, appliqué à tout », qui amène des incapables à se prononcer sur des capacités. Position vigoureusement réactionnaire de quelqu'un qui souffre de voir M. Prudhomme devenu l'arbitre du goût, et reste profondément persuadé que le public éclairé sera toujours et constitutivement minoritaire. Preuve *a contrario* : la carrière de Grassou, à laquelle Balzac donne explicitement valeur d'exemplarité.

On a depuis longtemps relevé que la rédaction de *Pierre Grassou* (août 1839) est pratiquement contemporaine de celle du roman inachevé de Stendhal *Féder ou le Mari d'argent* (mai-juin). On sait qu'en avril, Balzac avait rencontré l'auteur de la toute fraîche *Chartreuse de Parme*, qu'il avait complimenté. Il est fort possible qu'ils aient alors échangé des points de vue, sans doute tout à fait convergents, sur l'état actuel de la peinture en France (le Salon avait ouvert ses portes en mars). Féder est, lui aussi, bon garçon, lui aussi peintre médiocre et le sait ; la clef de son succès tient à ce qu'il rajeunit systématiquement de vingt à trente ans ses modèles féminins, et à la ressemblance « hideuse » qu'il en restitue. Lui aussi, comme Grassou, il remarquera, « avec un sentiment singulier », que la vogue dont il jouit a doublé depuis qu'il a reçu la croix de la Légion d'honneur… Cela dit, pour Stendhal l'essentiel visiblement n'est pas là, mais dans l'analyse subtile des commencements de l'amour inattendu que ressent son protagoniste pour l'épouse du vice-président du tribunal de commerce de Bordeaux, venu la faire portraiturer par un artiste décoré dont la signature doit être bien visible : elle peut « doubler la valeur » de l'œuvre, et c'est évidemment ce à quoi l'industriel semble le plus sensible. L'éclosion d'une fleur d'émotion sincère dans l'épaisseur méphitique des préoccupations économiques est un de ces miracles du cœur que Stendhal s'enchante d'anatomiser. Son souci principal dans *Féder* n'est pas la sociologie de l'art contemporain (qui ne fournit que le cadre), alors que Balzac en fait l'objet même de son propos.

Autodécrété peintre par pure obstination bretonne – dont on hésite à dire si elle atteint au sublime par son opiniâtreté que rien ne décourage, ou si elle manifeste une forme sans remède de bêtise –, Grassou, qui aurait dû se borner à vendre des couleurs, s'est mis en tête de les disposer sur la toile. Il a crevé sous lui six professeurs sans parvenir à apprendre quoi que ce soit. Il n'est pas nul, il est pire ; insondablement « moyen », ordinaire, scolaire, appliqué, besogneux, tiédasse, patient, résigné, indemne à perte de vue de toute idée personnelle, et condamné au pastiche, à la copie, aux réminiscences, au plagiat déguisé. Insensiblement, il devient un faussaire, fabriquant en série de vrais-faux Flamands, expert en neuf vieux. Il est vingt peintres à la fois, autant dire qu'il n'en est aucun. Tout est petit et banal chez lui : son nom – diminutif –, sa taille. Sa peinture ressemble à son teint : fade. Ça n'est pas mauvais, c'est quelconque. Des avis autorisés essaient de l'arracher à cette impasse et tentent de l'aiguiller sur une voie où pourrait s'épanouir sa scrupuleuse régularité de fonctionnaire – rond-de-cuir dans un ministère, ou, comme Balzac ne craint pas de le lui faire suggérer cruellement, dans la littérature ! –, mais en vain : *Anch'io son pittore*, répète inlassablement le raté buté, décidé à arriver coûte que coûte. Il arrivera, mais, confirmant la vieille plaisanterie, dans quel état…

Mangeant tout son saoul de la vache enragée ainsi que l'exige le folklore rapin, il rencontre sur son chemin, fatalement, celui sans lequel, dans la modernité, aucun artiste ne peut percer. Élias Magus, juif usurier (pléonasme d'époque pour Balzac), est l'intermédiaire obligé dans le circuit de la production et de la mise en vente de l'art marchandisé. Balzac expose parfaitement le système du « galeriste », dirions-nous aujourd'hui, qui s'assure l'exclusivité d'un débutant trop heureux de passer sous sa coupe et d'être exploité pour manger (tableaux achetés dix mille francs, revendus dix fois plus cher). Réduit à ses propres moyens, l'artiste est impuissant et ne réussira jamais à entrer sur le marché. Seuls Magus et consorts peuvent l'y introduire en le tondant (Grassou est « un agneau », « une brebis », et bien entendu, esthétiquement parlant, un mouton de Panurge). Peintre et marchand forment un couple indissociable (chacun a organiquement besoin de l'autre), mais vertigineusement déséquilibré : en fait, l'un, dont Balzac souligne les traits diaboliques, impose à l'autre un pacte faustien, le saigne et s'en engraisse, ne lui laissant la tête hors de l'eau que pour mieux se rendre indispensable et assurer sur lui son emprise léonine.

Les choses pourraient durer ainsi indéfiniment selon ce contrat qui n'assure que la survie biologique (au prix de l'âme si on en a), lorsque, par un coup heureux, Grassou accroche enfin l'attention de ce que Balzac désigne comme le nerf du succès : le mécénat étatique, ce que nous appelons de nos jours « l'État culturel ». Son tableau du condamné à mort chouan a tout pour plaire sous Charles X : la mère, la fiancée, le prêtre, le martyre. Sujet édifiant et idéologiquement rien moins que neutre : l'œuvre est recommandée par le clergé (!), et aussitôt, automatiquement, achetée par la duchesse de Berry. S'imposant quoique médiocre (mais Balzac nous indique évidemment que cette médiocrité est son plus formidable atout), elle répond idéalement aux besoins effusifs de la sentimentalité catholico-monarchiste, et récolte les fruits non pas de son éventuelle qualité intrinsèque, dont nul n'a cure, mais de son insoupçonnable « *political correctness* ». C'est de la peinture bien-pensante plutôt que bien-peignante : Grassou reçoit le ruban rouge, il l'a bien mérité. Le voilà promu artiste officiel, les commandes pleuvent. Ainsi Balzac désigne-t-il avec une parfaite clarté, et dans toute leur crudité, les leviers de la « réussite ». Un confrère comme Joseph Bridau, « talent excentrique » (mais excentrique, quel talent ne l'est pas, puisque la définition du talent, et *a fortiori* du génie, est de s'éloigner du « juste milieu », où communie le vulgaire), reste en dehors du système, ce qui le voue au « malheur », à l'échec apparent en attendant la « gloire », la véritable, c'est-à-dire le soleil des morts.

L'antithèse emblématique entre Grassou et Bridau (le premier est aussi rangé et convenable que le second est flamboyant et désordonné) programme parfaitement leurs destins divergents. Parce que authentiquement créateur, Bridau restera un marginal, un méconnu ; Grassou, qui a la religion de l'ordre (y compris et surtout celui de la Légion d'honneur), ne rêve que de s'intégrer aux conventions régnantes et s'estimera comblé le jour où il pénétrera dans le temple de l'institution, l'Institut. De toute origine il était fait pour cette consécration académique, car il est né bourgeois, et c'est à la bourgeoisie, dont son art culinaire (au sens brechtien) ne dérange pas les douces habitudes, qu'il devra son apothéose. La nouvelle repose sur un chiasme : le peintre est bourgeois, les bourgeois raffolent de l'art, ou de l'idée qu'ils s'en font. Il y a là une double contradiction dans les termes : comme tant d'écrivains et d'artistes du XIXᵉ siècle, Balzac est convaincu qu'il y a guerre à mort entre l'Artiste et le Bourgeois, figure de l'Apocalypse moderne, Bête au front de taureau, et c'est précisément parce que Grassou ne s'est jamais aperçu de cet état de belligérance, pourtant constitutif, qu'il finira par surmonter les obstacles et par être récompensé d'avoir persévéré.

Déjà son atelier est significatif : horriblement propret, abominablement bien tenu, aux antipodes du décor de capharnaüm fantasque et poétiquement saugrenu où se complaît l'Albertus de Gautier et, avec lui, tout jeune peintre chevelu qui se respecte. Rien chez lui ne correspond aux clichés horrifiés-fascinés nourris par le bourgeois au sujet de l'artiste romantique : il ne mène pas une vie de débauche, il ne boit pas de punch dans un crâne, il n'est pas « panier percé », paie scrupuleusement ses dettes et fait même des économies, qu'il porte avec componction à son notaire ! C'est qu'il est lui-même notaire. On ne s'étonne pas, dans ces conditions, de la sympathie qui s'établit très vite entre lui et la famille Vervelle, qui doit sa fortune au négoce des bouteilles (ne porte-t-il pas lui-même une veste « vert bouteille » ? Quant au nom de Vervelle, il renvoie au *Vert-Vert* de Gresset – dont *Grassou* semble un reflet déformé – qui, ainsi que nul n'en ignore, était un perroquet… autant dire un Grassou volatile). Plutôt que par Grassou, cette intéressante famille aurait dû se faire peindre par Arcimboldo, tant elle accumule les légumes : melon, citrouille, navet, asperge, avec la noix de coco en prime. L'agriculture, plutôt que la culture… Balzac s'en donne à cœur joie dans la caricature de ces guignols qui tiennent à faire passer à la postérité leur figure, « déjà bien encombrante par elle-même ». Ils veulent avec un naïf orgueil qu'on leur « fasse leurs ressemblances ». Dans cette demande ingénue, ainsi que dans l'acquisition d'une opulente villa banlieusarde en superbe vue, et surtout le coûteux déploiement d'un musée privé (la collection Barnes à Ville-d'Avray, en somme), on reconnaîtra les classiques manifestations du « désir mimétique » cher à René Girard, la compulsion qu'éprouve tout parvenu de ressembler à ce qu'il n'est pas et qu'il envie. Mais Grassou lui-même ne se laisse-t-il pas complaisamment appeler « de Fougères », pour faire croire qu'il est *né* ? À chacun sa savonnette à vilain. Les Vervelle veulent par-dessus tout adopter le « goût des autres », pour faire oublier le goût de bouchon auquel ils doivent leurs prétentions. C'est pourquoi, eux qui incarnent la quintessence du philistinisme, ils n'ont de cesse de proclamer leur amour passionné pour les arts. On a les Médicis qu'on peut. Grassou, « cœur d'or », voit chez Anténor un reflet du veau d'or, et ne résistera guère aux appas de Virginie, qui est laide à faire peur, mais a des arguments d'un autre ordre, et puissants, à faire valoir.

Abyssus abyssum, ou *asinus asinum*, le bourgeois a flairé le bourgeois, l'a reconnu et adopté. On reste entre soi : en entrant dans la famille Vervelle, Grassou rentre chez lui. Il est « heureux ». Mais ce *happy end* repose sur une monstruosité, une perversion contre nature. L'artiste bourgeois, le bourgeois artiste sont des oxymores rédhibitoires : ces termes hurlent de se voir accouplés. Grassou s'est coulé dans le moule dominant et en perçoit les dividendes. Comme rien n'est jamais manichéen chez Balzac, le bougre est sympathique et pratique toutes les vertus. Si le peintre attire le mépris des vrais artistes, on loue unanimement l'homme. Ce qui le sauve, c'est sa lucidité. Ne s'en étant jamais fait accroire sur lui-même, il sait parfaitement ce qu'il vaut, c'est-à-dire pas grand-chose, proteste avec une indignation non feinte quand on critique son camarade Bridau, dont il mesure le génie, et rend le plus bel hommage aux valeurs véritables que bafoue son triomphe d'imposteur, en achetant à ses collègues leurs chefs-d'œuvre quand ils sont dans la gêne, pour les exposer chez lui à la place de ses propres productions. On n'est pas plus humble au fond. Mais les qualités humaines suffisent-elles à racheter les défaillances du pseudo-artiste ? Stendhal avait déjà répondu sans ménagements : « Caravage était probablement un assassin ; je préfère cependant ses tableaux si pleins de force aux croûtes de M. Greuze, si estimable [1]. »

« Inventer en toute chose, c'est vouloir mourir à petit feu ; copier, c'est vivre. » L'âcreté de cette maxime livre le véritable mode d'emploi de la nouvelle, et renvoie directement au thème ô combien balzacien des « souffrances de l'inventeur », c'est-à-dire à une confidence autobiographique de Balzac lui-même, qui campe en Grassou un antimodèle, précisément celui qu'il ne pouvait ni ne voulait être, parce que, contrairement à lui, il avait « quelque chose là » et que, selon l'immuable règle de ce monde, l'union sacrée des médiocres contre le génie le lui a copieusement fait payer. Il pourrait

---

1. *Rome, Naples et Florence (1826)*, in *Voyages en Italie*, Gallimard, « Bibliothèque de la Pléiade », 1973, p. 459.

donner les noms des Grassou littéraires, qui pullulent. Les eunuques forment la majorité, celle qu'on qualifie si justement d'*écrasante* : ils se vengent sur ceux qui font l'amour, c'est tout simple. Balzac ne s'en scandalise pas, telle est la loi de toute éternité. En lui-même, Grassou est inoffensif, mais avec les bataillons de ses congénères, il oppose à toute originalité une meurtrière force d'inertie. En filigrane de son irrésistible ascension, et sous son sourire épanoui, on aperçoit le masque tourmenté du créateur qui n'a aucune illusion, qui a éprouvé la résistance mortifère du conformisme et sait que son combat est chaque jour à recommencer.

HISTOIRE DU TEXTE

Le manuscrit de *Pierre Grassou* est conservé au fonds Lovenjoul de la bibliothèque de l'Institut (A 190). Il a été rédigé en août 1839, aux Jardies, propriété que Balzac avait achetée en 1837 à Sèvres. La première publication a eu lieu en décembre 1839, dans le deuxième des trois volumes de *Babel*, recueils collectifs de textes publiés au profit de la Société des gens de lettres, dont Balzac était président. La nouvelle a été reprise en 1844, dans le tome XI de *La Comédie humaine* (Furne).

CHOIX BIBLIOGRAPHIQUE

Pierre MARTINO, « Stendhal et Balzac. Une rencontre ? », *Le Divan*, août-juin 1950.

Claude-Edmonde MAGNY, préface, *L'Œuvre de Balzac*, Club français du livre, t. VIII, 1966.

Olivier BONARD, *La Peinture dans la création balzacienne*, Genève, Droz, 1969.

Anne-Marie MEININGER, introduction et notes, *La Comédie humaine*, Gallimard, « Bibliothèque de la Pléiade », t. VI, 1977.

Matthieu BABELON, « *Pierre Grassou* ou le jeu du faux », *L'Année balzacienne*, 1989, p. 261-274.

Philippe MONNET, « Balzac et les Salons », in *Balzac et la peinture*, J.-P. Boyer et E. Boyer-Peigné éds, musée des Beaux-Arts de Tours, 1999.

Aline MURA-BRUNEL, « *Pierre Grassou*, ou le vacillement des valeurs esthétiques », *L'École des lettres*, n° 9, 15 janvier 2001.

Tim FARRANT, *Balzac's Shorter Fictions. Genesis and Genre*, Oxford University Press, 2002, p. 233-236.

Gérald RANNAUD, « *Féder* et *Pierre Grassou*, un compagnonnage littéraire ? », *Littératures*, n° 47, automne 2002, p. 137-153.

PIERRE GRASSOU [1]

Au lieutenant-colonel d'artillerie Périolas [2]

*Comme un témoignage
de l'affectueuse estime de l'auteur,*
DE BALZAC.

Toutes les fois que vous êtes sérieusement allé voir
l'Exposition des ouvrages de sculpture et de peinture,
comme elle a lieu depuis la Révolution de 1830 [3],
n'avez-vous pas été pris d'un sentiment d'inquiétude,
d'ennui, de tristesse, à l'aspect des longues galeries
encombrées ? Depuis 1830, le Salon n'existe plus.
Une seconde fois, le Louvre a été pris d'assaut par le
peuple des artistes, qui s'y est maintenu. En offrant
autrefois l'élite des œuvres d'art, le Salon emportait les
plus grands honneurs pour les créations qui y étaient

1. Le titre a varié et ne se fixe que sur le second jeu d'épreuves.
Auparavant, la nouvelle s'intitule : *L'Honnête Artiste* ; *Les Génies
méconnus* ; *L'Artiste des bourgeois* ; *L'Homme estimable, l'exécrable
artiste.*
2. Cette dédicace n'apparaît qu'en 1844. Balzac avait rencontré
Louis Nicolas Périolas par ses amis Carraud, à la fin de la Restauration.
3. « L'Exposition des ouvrages des artistes vivants » avait été instituée sous Louis XIV, et se tenait à l'origine dans le Salon carré du
Louvre (d'où son nom), deux fois par an. Depuis 1830, elle était
annuelle.

exposées. Parmi les deux cents tableaux choisis, le
public choisissait encore : une couronne était décer-
née au chef-d'œuvre par des mains inconnues. Il s'élevait des discussions passionnées à propos d'une toile.
Les injures prodiguées à Delacroix, à Ingres, n'ont pas
moins servi leur renommée que les éloges et le fanatisme de leurs adhérents. Aujourd'hui, ni la foule ni la
critique ne se passionneront plus pour les produits de
ce bazar. Obligées de faire le choix dont se chargeait
autrefois le jury d'examen [1], leur attention se lasse à ce
travail ; et, quand il est achevé, l'Exposition se ferme.
Avant 1817, les tableaux admis ne dépassaient jamais
les deux premières colonnes de la longue galerie où
sont les œuvres des vieux maîtres, et cette année ils
remplirent tout cet espace, au grand étonnement du
public [2]. Le Genre historique, le Genre proprement
dit [3], les tableaux de chevalet, le Paysage, les Fleurs,
les Animaux et l'Aquarelle, ces huit spécialités [4] ne
sauraient offrir plus de vingt tableaux dignes des
regards du public, qui ne peut accorder son attention
à une plus grande quantité d'œuvres. Plus le nombre
des artistes allait croissant, plus le jury d'admission
devait se montrer difficile. Tout fut perdu dès que le
Salon se continua dans la galerie. Le Salon aurait dû
rester un lieu déterminé, restreint, de proportions
inflexibles, où chaque genre eût exposé ses chefs-
d'œuvre. Une expérience de dix ans a prouvé la bonté
de l'ancienne institution. Au lieu d'un tournoi, vous
avez une émeute ; au lieu d'une Exposition glorieuse,
vous avez un tumultueux bazar ; au lieu du choix,
vous avez la totalité. Qu'arrive-t-il ? Le grand artiste y
perd. *Le Café turc, Les Enfants à la fontaine, Le Supplice*

---

1. Depuis 1830, ce n'était plus une commission restreinte, mais
l'Académie des beaux-arts qui sélectionnait les œuvres à exposer.

2. Dans son édition, Anne-Marie Meininger cite des statistiques
éloquentes : 1702 numéros au catalogue en 1819, 2371 en 1824,
3211 en 1831.

3. « Ouvrage de peinture autre que les tableaux d'histoire ou de
paysage » (Littré).

4. Sept, plutôt.

des crochets et le *Joseph* de Decamps [1] eussent plus
profité à sa gloire, tous quatre dans le grand Salon,
exposés avec les cent bons tableaux de cette année,
que ses vingt toiles perdues parmi trois mille œuvres,
confondues dans six galeries. Par une étrange bizarrerie, depuis que la porte s'est ouverte à tout le
monde, on a beaucoup parlé de génies méconnus.
Quand, douze années auparavant, *La Courtisane* de
Ingres et celle de Sigalon, *La Méduse* de Géricault, *Le
Massacre de Scio* de Delacroix, *Le Baptême d'Henri IV*
par Eugène Deveria [2], admis par des célébrités taxées
de jalousie, apprenaient au monde, malgré les dénéga-
tions de la critique, l'existence de palettes jeunes et
ardentes, il ne s'élevait aucune plainte. Maintenant
que le moindre gâcheur de toile peut envoyer son
œuvre, il n'est question que de gens incompris. Là où
il n'y a plus jugement, il n'y a plus de chose jugée.
Quoi que fassent les artistes, ils reviendront à l'examen qui recommande leurs œuvres aux admirations
de la foule pour laquelle ils travaillent. Sans le choix de
l'Académie, il n'y aura plus de Salon, et sans Salon
l'Art peut périr.

Depuis que le livret est devenu un gros livre, il s'y
produit bien des noms qui restent dans leur obscurité,
malgré la liste de dix ou douze tableaux qui les accompagne. Parmi ces noms, le plus inconnu peut-être est
celui d'un artiste nommé Pierre Grassou, venu de
Fougères, appelé plus simplement Fougères dans le
monde artiste, qui tient aujourd'hui beaucoup de
place au soleil, et qui suggère les amères réflexions par
lesquelles commence l'esquisse de sa vie, applicable à
quelques autres individus de la tribu des artistes.

---

1. Ces quatre œuvres venaient d'être exposées au Salon de 1839.
Alexandre Gabriel Decamps (1803-1860) était alors très admiré,
surtout pour ses toiles orientalistes.

2. L'*Odalisque* d'Ingres avait été exposée en 1819, comme *Le
Radeau de la Méduse* ; *La Jeune Courtisane* de Sigalon en 1822 ; *Les
Massacres de Scio* en 1824 ; *La Naissance d'Henri IV* par Devéria en
1827.

En 1832, Fougères demeurait rue de Navarin, au quatrième étage d'une de ces maisons étroites et hautes qui ressemblent à l'obélisque de Luxor [1], qui ont une allée, un petit escalier obscur à tournants dangereux, qui ne comportent pas plus de trois fenêtres à chaque étage, et à l'intérieur desquelles se trouve une cour, ou, pour parler plus exactement, un puits carré. Au-dessus des trois ou quatre pièces de l'appartement occupé par Grassou de Fougères s'étendait son atelier, qui regardait Montmartre. L'atelier peint en fond de briques, le carreau soigneusement mis en couleur brune et frotté, chaque chaise munie d'un petit tapis bordé, le canapé, simple d'ailleurs, mais propre comme celui de la chambre à coucher d'une épicière, là, tout dénotait la vie méticuleuse des petits esprits et le soin d'un homme pauvre. Il y avait une commode pour serrer les effets d'atelier, une table à déjeuner, un buffet, un secrétaire, enfin les ustensiles nécessaires aux peintres, tous rangés et propres. Le poêle participait à ce système de soin hollandais, d'autant plus visible que la lumière pure et peu changeante du nord inondait de son jour net et froid cette immense pièce. Fougères, simple peintre de genre, n'a pas besoin des machines énormes qui ruinent les peintres d'Histoire, il ne s'est jamais reconnu de facultés assez complètes pour aborder la haute peinture, il s'en tenait encore au chevalet. Au commencement du mois de décembre de cette année, époque à laquelle les bourgeois de Paris conçoivent périodiquement l'idée burlesque de perpétuer leur figure, déjà bien encombrante par elle-même, Pierre Grassou, levé de bonne heure, préparait sa palette, allumait son poêle, mangeait une flûte trempée dans du lait, et attendait, pour travailler, que le dégel de ses carreaux laissât passer le jour. Il faisait sec et beau. En ce moment, l'artiste, qui mangeait avec cet air patient et résigné qui dit tant de choses, reconnut le pas d'un homme qui avait eu sur sa vie l'influence que ces sortes de gens ont sur celle de

---

1. Qui avait été installé place de la Concorde en 1836.

presque tous les artistes, d'Élias Magus, un marchand de tableaux, l'usurier des toiles [1]. En effet Élias Magus surprit le peintre au moment où, dans cet atelier si propre, il allait se mettre à l'ouvrage.

« Comment vous va, vieux coquin ? » lui dit le peintre.

Fougères avait eu la croix [2], Élias lui achetait ses tableaux deux ou trois cents francs, il se donnait des airs très artistes.

« Le commerce va mal, répondit Élias. Vous avez tous des prétentions, vous parlez maintenant de deux cents francs dès que vous avez mis pour six sous de couleur sur une toile... Mais vous êtes un brave garçon, vous ! Vous êtes un homme d'ordre, et je viens vous apporter une bonne affaire.

– *Timeo Danaos et dona ferentes* [3], dit Fougères. Savez-vous le latin ?

– Non.

– Eh bien, cela veut dire que les Grecs ne proposent pas de bonnes affaires aux Troyens sans y gagner quelque chose. Autrefois ils disaient : "Prenez mon cheval !" Aujourd'hui nous disons : "Prenez mon ours... [4]." Que voulez-vous, Ulysse-Lageingeole-Élias Magus ? »

Ces paroles donnent la mesure de la douceur et de l'esprit avec lesquels Fougères employait ce que les peintres appellent les charges [5] d'atelier.

« Je ne dis pas que vous ne me ferez pas deux tableaux gratis.

– Oh ! oh !

---

1. Ce personnage était déjà présent dans *Le Contrat de mariage* (1835). Il semble être une contraction des antiquaires Mage et Susse, alors très actifs – surtout le second – sur le marché de l'art à Paris. Il jouera un grand rôle dans *Le Cousin Pons* (1847).

2. De chevalier de la Légion d'honneur.

3. « Je crains les Grecs, même lorsqu'ils apportent des présents » (Virgile, *Énéide*, II, 49).

4. Cette formule, empruntée au vaudeville de Scribe et Saintine *L'Ours et le pacha* (1820), était devenue proverbiale. Lageingeole est un personnage de la pièce.

5. Imitations grotesques.

– Je vous laisse le maître, je ne les demande pas. Vous êtes un honnête artiste.

– Au fait ?

– Hé bien, j'amène un père, une mère et une fille unique.

– Tous uniques !

– Ma foi, oui !... et dont les portraits sont à faire. Ces bourgeois, fous des arts, n'ont jamais osé s'aventurer dans un atelier. La fille a une dot de cent mille francs. Vous pouvez bien peindre ces gens-là. Ce sera peut-être pour vous des portraits de famille. »

Ce vieux bois d'Allemagne, qui passe pour un homme et qui se nomme Élias Magus, s'interrompit pour rire d'un sourire sec dont les éclats épouvantèrent le peintre. Il crut entendre Méphistophélès parlant mariage.

« Les portraits sont payés cinq cents francs pièce, vous pouvez me faire trois tableaux.

– Mai-z-oui, dit gaiement Fougères.

– Et si vous épousez la fille, vous ne m'oublierez pas.

– Me marier, moi ? s'écria Pierre Grassou, moi qui ai l'habitude de me coucher tout seul, de me lever de bon matin, qui ai ma vie arrangée...

– Cent mille francs, dit Magus, et une fille douce, pleine de tons dorés comme un vrai Titien !

– Quelle est la position de ces gens-là ?

– Anciens négociants ; pour le moment, aimant les arts, ayant maison de campagne à Ville-d'Avray, et dix ou douze mille livres de rente.

– Quel commerce ont-ils fait ?

– Les bouteilles [1].

– Ne dites pas ce mot, il me semble entendre couper des bouchons, et mes dents s'agacent...

– Faut-il les amener ?

– Trois portraits, je les mettrai au Salon, je pourrai me lancer dans le portrait, eh bien, oui... »

---

1. Manuscrit : « Les bouchons ».

Le vieil Élias descendit pour aller chercher la famille Vervelle. Pour savoir à quel point la proposition allait agir sur le peintre, et quel effet devaient produire sur lui les sieur et dame Vervelle ornés de leur fille unique, il est nécessaire de jeter un coup d'œil sur la vie antérieure de Pierre Grassou de Fougères.

Élève, Fougères avait étudié le dessin chez Servin [1], qui passait dans le monde académique pour un grand dessinateur. Après, il était allé chez Schinner [2] y surprendre les secrets de cette puissante et magnifique couleur qui distingue ce maître. Le maître, les élèves, tout y avait été discret, Pierre n'y avait rien surpris. De là, Fougères avait passé dans l'atelier de Sommervieux [3] pour se familiariser avec cette partie de l'art nommée la Composition, mais la Composition fut sauvage et farouche pour lui. Puis il avait essayé d'arracher à Granet, à Drolling [4] le mystère de leurs effets d'intérieurs. Ces deux maîtres ne s'étaient rien laissé dérober. Enfin, Fougères avait terminé son éducation chez Duval-Lecamus. Durant ces études et ces différentes transformations, Fougères eut des mœurs tranquilles et rangées qui fournissaient matière aux railleries des différents ateliers où il séjournait, mais partout il désarma ses camarades par sa modestie, par une patience et une douceur d'agneau. Les maîtres n'eurent aucune sympathie pour ce brave garçon, les maîtres aiment les sujets brillants, les esprits excentriques, drolatiques, fougueux, ou sombres et profondément réfléchis qui dénotent un talent futur. Tout en Fougères annonçait la médiocrité. Son surnom de Fougères, celui du peintre dans la pièce d'Églantine [5], fut la source de mille ava-

---

1. Cet artiste imaginaire, apparu dans *La Vendetta* (1830), remplace en 1844 le réel Granger, type du peintre académique, routinier et puissant.

2. Imaginé en 1832 dans *La Bourse*, il remplace Gros en 1844.

3. Apparu en 1829 dans *La Maison du chat-qui-pelote*, il remplace dans le « Furne corrigé » successivement Devéria, Lethière et Gros.

4. François Granet (1775-1849) ; Martin Drolling (1752-1817).

5. *L'Intrigue épistolaire*, comédie de Fabre d'Églantine (1791).

nies ; mais, par la force des choses, il accepta le nom de la ville où il *avait vu le jour.*

Grassou de Fougères ressemblait à son nom. Grassouillet et d'une taille médiocre, il avait le teint fade, les yeux bruns, les cheveux noirs, le nez en trompette, une bouche assez large et les oreilles longues. Son air doux, passif et résigné relevait peu ces traits principaux de sa physionomie pleine de santé, mais sans action. Il ne devait être tourmenté ni par cette abondance de sang, ni par cette violence de pensée, ni par cette verve comique à laquelle se reconnaissent les grands artistes. Ce jeune homme, né pour être un vertueux bourgeois, venu de son pays pour être commis chez un marchand de couleurs, originaire de Mayenne et parent éloigné des d'Orgemont [1], s'institua peintre par le fait de l'entêtement qui constitue le caractère breton. Ce qu'il souffrit, la manière dont il vécut pendant le temps de ses études, Dieu seul le sait. Il souffrit autant que souffrent les grands hommes quand ils sont traqués par la misère et chassés comme des bêtes fauves par la meute des gens médiocres et par la troupe des Vanités altérées de vengeance. Dès qu'il se crut de force à voler de ses propres ailes, Fougères prit un atelier en haut de la rue des Martyrs, où il avait commencé à piocher. Il fit son début en 1819. Le premier tableau qu'il présenta au Jury pour l'Exposition du Louvre représentait une noce de village, assez péniblement copiée d'après le tableau de Greuze [2]. On refusa la toile. Quand Fougères apprit la fatale décision, il ne tomba point dans ces fureurs ou dans ces accès d'amour-propre épileptique auxquels s'adonnent les esprits superbes, et qui se terminent quelquefois par des cartels [3] envoyés au directeur ou au secrétaire du musée, par des menaces d'assassinat. Fougères reprit tranquillement sa toile, l'enveloppa de

---

1. Voir *Les Chouans.*
2. Le tableau de Greuze (1725-1805) évoqué ici est *L'Accordée de village* (Louvre).
3. Provocations en duel.

son mouchoir, la rapporta dans son atelier en se jurant à lui-même de devenir un grand peintre. Il plaça sa toile sur son chevalet, et alla chez son ancien maître, un homme d'un immense talent, chez Schinner, artiste doux et patient, et dont le succès avait été complet au dernier Salon ; il le pria de venir critiquer l'œuvre rejetée. Le grand peintre quitta tout et vint. Quand le pauvre Fougères l'eut mis face à face avec l'œuvre, Schinner, au premier coup d'œil, serra la main de Fougères.

« Tu es un brave garçon, tu as un cœur d'or, il ne faut pas te tromper. Écoute ! tu tiens toutes les promesses que tu faisais à l'atelier. Quand on trouve ces choses-là au bout de sa brosse, mon bon Fougères, il vaut mieux laisser ses couleurs chez Brullon [1], et ne pas voler la toile aux autres. Rentre de bonne heure, mets un bonnet de coton, couche-toi sur les neuf heures ; va le matin, à dix heures, à quelque bureau où tu demanderas une place, et quitte les Arts.

– Mon ami, dit Fougères, ma toile a déjà été condamnée, et ce n'est pas l'arrêt que je demande, mais les motifs.

– Eh bien, tu fais gris et sombre, tu vois la Nature à travers un crêpe ; ton dessin est lourd, empâté ; ta composition est un pastiche de Greuze, qui ne rachetait ses défauts que par les qualités qui te manquent. »

En détaillant les fautes du tableau, Schinner vit sur la figure de Fougères une si profonde expression de tristesse qu'il l'emmena dîner et tâcha de le consoler. Le lendemain, dès sept heures, Fougères, à son chevalet, retravaillait le tableau condamné ; il en réchauffait la couleur, il y faisait les corrections indiquées par Schinner, il replâtrait ses figures. Puis, dégoûté de son rhabillage, il le porta chez Élias Magus. Élias Magus, espèce de Hollando-Belge-Flamand, avait trois raisons d'être ce qu'il devint : avare et riche. Venu de Bordeaux, il débutait alors à Paris, brocantait des

_____

1. Avant 1844 : « Belot ». L'un et l'autre avaient des magasins de couleurs et d'accessoires pour la peinture rue de l'Arbre-Sec.

tableaux et demeurait sur le boulevard Bonne-Nouvelle. Fougères, qui comptait sur sa palette pour aller
chez le boulanger, mangea très intrépidement du pain
et des noix, ou du pain et du lait, ou du pain et des
cerises, ou du pain et du fromage, selon les saisons.
Élias Magus, à qui Pierre offrit sa première toile, la
guigna longtemps, il en donna quinze francs.

« Avec quinze francs de recette par an et mille
francs de dépense, dit Fougères en souriant, on va vite
et loin. »

Élias Magus fit un geste, il se mordit les pouces en
pensant qu'il aurait pu avoir le tableau pour cent sous.
Pendant quelques jours, tous les matins, Fougères
descendit de la rue des Martyrs, se cacha dans la foule
sur le boulevard opposé à celui où était la boutique de
Magus, et son œil plongeait sur son tableau qui n'attirait point les regards des passants. Vers la fin de la
semaine, le tableau disparut. Fougères remonta le
boulevard, se dirigea vers la boutique du brocanteur, il
eut l'air de flâner. Le juif était sur sa porte.

« Hé bien, vous avez vendu mon tableau ?

– Le voici, dit Magus, j'y mets une bordure pour
pouvoir l'offrir à quelqu'un qui croira se connaître en
peinture. »

Fougères n'osa plus revenir sur le Boulevard, il
entreprit un nouveau tableau ; il resta deux mois à le
faire en faisant des repas de souris, et se donnant un
mal de galérien.

Un soir, il alla jusque sur le Boulevard, ses pieds le
portèrent fatalement jusqu'à la boutique de Magus, il
ne vit son tableau nulle part.

« J'ai vendu votre tableau, dit le marchand à l'artiste.

– Et combien ?

– Je suis rentré dans mes fonds avec un petit intérêt.
Faites-moi des intérieurs flamands, une leçon d'anatomie, un paysage, je vous les paierai », dit Élias.

Fougères aurait serré Magus dans ses bras, il le
regardait comme un père. Il revint, la joie au cœur : le
grand peintre Schinner s'était donc trompé ! Dans cette
immense ville de Paris, il se trouvait des cœurs qui bat-

taient à l'unisson de celui de Grassou, son talent était
compris et apprécié. Le pauvre garçon, à vingt-sept
ans, avait l'innocence d'un jeune homme de seize ans.
Un autre, un de ces artistes défiants et farouches, aurait
remarqué l'air diabolique d'Élias Magus, il eût observé
le frétillement des poils de sa barbe, l'ironie de sa moustache, le mouvement de ses épaules qui annonçait le
contentement du Juif de Walter Scott [1] fourbant un
chrétien. Fougères se promena sur les Boulevards dans
une joie qui donnait à sa figure une expression fière. Il
ressemblait à un lycéen qui protège une femme. Il rencontra Joseph Bridau [2], l'un de ses camarades, un de
ces talents excentriques destinés à la gloire et au malheur. Joseph Bridau, qui avait quelques sous dans sa
poche, selon son expression, emmena Fougères à
l'Opéra. Fougères ne vit pas le ballet, il n'entendit pas la
musique, il concevait des tableaux, il peignait. Il quitta
Joseph au milieu de la soirée, il courut chez lui faire des
esquisses à la lampe, il inventa trente tableaux pleins de
réminiscences, il se crut un homme de génie. Dès le
lendemain, il acheta des couleurs, des toiles de plusieurs dimensions ; il installa du pain, du fromage sur sa
table, il mit de l'eau dans une cruche, il fit une provision
de bois pour son poêle ; puis, selon l'expression des ateliers, il piocha ses tableaux ; il eut quelques modèles, et
Magus lui prêta des étoffes. Après deux mois de
réclusion, le Breton avait fini quatre tableaux. Il rede-
manda les conseils de Schinner, auquel il adjoignit
Joseph Bridau. Les deux peintres virent dans ces toiles
une servile imitation des paysages hollandais, des intérieurs de Metzu [3], et dans la quatrième une copie de *La
Leçon d'anatomie* de Rembrandt.

« Toujours des pastiches, dit Schinner. Ah ! Fougères aura de la peine à être original.

---

1. Dans *Ivanhoé*. Manuscrit : « d'un juif polonais ».
2. Ce personnage venait d'apparaître en juin 1839 dans *Un grand
homme de province à Paris* (deuxième partie d'*Illusions perdues*).
3. Gabriel Metsu (1629-1667) : peintre de la vie familière hollan-
daise.

« – Tu devrais faire autre chose que de la peinture, dit Bridau.

– Quoi ? dit Fougères.

– Jette-toi dans la littérature. »

Fougères baissa la tête à la façon des brebis quand il pleut. Puis il demanda, il obtint encore des conseils utiles, et retoucha ses tableaux avant de les porter à Élias. Élias paya chaque toile vingt-cinq francs. À ce prix, Fougères n'y gagnait rien, mais il ne perdait pas, eu égard à sa sobriété. Il fit quelques promenades, pour voir ce que devenaient ses tableaux, et eut une singulière hallucination. Ses toiles si peignées, si nettes, qui avaient la dureté de la tôle et le luisant des peintures sur porcelaine, étaient comme couvertes d'un brouillard, elles ressemblaient à de vieux tableaux. Élias venait de sortir, Fougères ne put obtenir aucun renseignement sur ce phénomène. Il crut avoir mal vu. Le peintre rentra dans son atelier y faire de nouvelles vieilles toiles. Après sept ans de travaux continus, Fougères parvint à composer, à exécuter des tableaux passables. Il faisait aussi bien que tous les artistes du second ordre, Élias achetait, vendait tous les tableaux du pauvre Breton qui gagnait péniblement une centaine de louis par an, et ne dépensait pas plus de douze cents francs.

À l'Exposition de 1829, Léon de Lora [1], Schinner et Bridau, qui tous trois occupaient une grande place et se trouvaient à la tête du mouvement dans les Arts, furent pris de pitié pour la persistance, pour la pauvreté de leur vieux camarade ; et ils firent admettre à l'Exposition, dans le grand Salon, un tableau de Fougères. Ce tableau, puissant d'intérêt, qui tenait de Vigneron [2] pour le sentiment et du premier faire de Dubufe [3] pour l'exécution, représentait un jeune

1. Ajouté en 1844. Ce joyeux personnage apparaît surtout dans *Un début dans la vie* (1842) et dans *Les Comédiens sans le savoir* (1846).

2. Pierre Roch Vigneron (1789-1872). Au Salon de 1824, Stendhal avait apprécié son *Exécution militaire*.

3. C'était le portraitiste chéri de l'institution, aussi méprisé par les critiques que couvert d'honneurs officiels (1789-1854).

homme à qui, dans l'intérieur d'une prison, l'on rasait les cheveux à la nuque. D'un côté un prêtre, de l'autre une vieille et une jeune femme en pleurs. Un greffier lisait un papier timbré. Sur une méchante table se voyait un repas auquel personne n'avait touché. Le jour venait à travers les barreaux d'une fenêtre élevée. Il y avait de quoi faire frémir les bourgeois, et les bourgeois frémissaient. Fougères s'était inspiré tout bonnement du chef-d'œuvre de Gérard Dow[1] : il avait retourné le groupe de la Femme hydropique vers la fenêtre, au lieu de le présenter de face. Il avait remplacé la mourante par le condamné : même pâleur, même regard, même appel à Dieu. Au lieu du médecin flamand, il avait peint la froide et officielle figure du greffier vêtu de noir ; mais il avait ajouté une vieille femme auprès de la jeune fille de Gérard Dow. Enfin la figure cruellement bonasse du bourreau dominait ce groupe. Ce plagiat, très habilement déguisé, ne fut point reconnu.

Le livret contenait ceci :

510. Grassou de Fougères (Pierre), rue de Navarin, 27[2].
       LA TOILETTE D'UN CHOUAN,
       CONDAMNÉ À MORT EN 1809.

Quoique médiocre, le tableau eut un prodigieux succès, car il rappelait l'affaire des chauffeurs de Mortagne[3]. La foule se forma tous les jours devant la toile à la mode, et Charles X s'y arrêta. MADAME, instruite de la vie patiente de ce pauvre Breton, s'enthousiasma pour le Breton. Le duc d'Orléans marchanda

---

1. Peintre de la vie bourgeoise (Leyde, 1613-1675). *La Femme hydropique* est au Louvre.

2. Clin d'œil : c'était l'adresse de Théophile Gautier.

3. Cette précision n'intervient que dans le « Furne corrigé ». Cf. *L'Envers de l'histoire contemporaine* (1846) : Balzac s'était rendu à Rouen en octobre 1839, où il semble qu'il ait découvert dans les archives l'acte d'accusation du procureur de l'affaire, qu'il y évoque longuement.

la toile. Les ecclésiastiques dirent à madame la Dauphine que le sujet était plein de bonnes pensées : il y régnait en effet un air religieux très satisfaisant. Monseigneur le Dauphin admira la poussière des carreaux, une grosse lourde faute, car Fougères avait répandu des teintes verdâtres qui annonçaient de l'humidité au bas des murs. MADAME acheta le tableau mille francs, le Dauphin en commanda un autre. Charles X donna la croix au fils du paysan qui s'était jadis battu pour la cause royale en 1799. Joseph Bridau, le grand peintre, ne fut pas décoré. Le ministre de l'Intérieur commanda deux tableaux d'église à Fougères. Ce salon fut pour Pierre Grassou toute sa fortune, sa gloire, son avenir, sa vie. Inventer en toute chose, c'est vouloir mourir à petit feu ; copier, c'est vivre. Après avoir enfin découvert un filon plein d'or, Grassou de Fougères pratiqua la partie de cette cruelle maxime à laquelle la société doit ces infâmes médiocrités chargées d'élire aujourd'hui les supériorités dans toutes les classes sociales ; mais qui naturellement s'élisent elles-mêmes, et font une guerre acharnée aux vrais talents. Le principe de l'élection, appliqué à tout, est faux, la France en reviendra. Néanmoins, la modestie, la simplicité, la surprise du bon et doux Fougères, firent taire les récriminations et l'envie. D'ailleurs il eut pour lui les Grassou parvenus, solidaires des Grassou à venir. Quelques gens, émus par l'énergie d'un homme que rien n'avait découragé, parlaient du Dominiquin [1], et disaient : « Il faut récompenser la volonté dans les Arts ! Grassou n'a pas volé son succès ! voilà dix ans qu'il pioche, pauvre bonhomme ! » Cette exclamation de *pauvre bonhomme !* était pour la moitié dans les adhésions et les félicitations que recevait le peintre. La pitié élève

---

1. Domenico Zampieri (1581-1641). Cf. Stendhal, marginale des *Promenades dans Rome* (*Voyages en Italie*, éd. cit., p. 1617) : « Pourquoi le Dominiquin n'est-il pas mis sur la ligne de Raphaël, du Corrège et du Titien ? Il fut pauvre et sans intrigue. Cet affreux défaut lui nuit même après deux siècles. »

autant de médiocrités que l'envie rabaisse de grands
artistes. Les journaux n'avaient pas épargné les critiques, mais le chevalier Fougères les digéra comme il
digérait les conseils de ses amis, avec une patience
angélique. Riche alors d'une quinzaine de mille francs
bien péniblement gagnés, il meubla son appartement
et son atelier rue de Navarin, il y fit le tableau
demandé par monseigneur le Dauphin, et les deux
tableaux d'église commandés par le ministère, à jour
fixe, avec une régularité désespérante pour la caisse du
ministère, habituée à d'autres façons. Mais admirez le
bonheur des gens qui ont de l'ordre ! S'il avait tardé,
Grassou, surpris par la révolution de Juillet, n'eût pas
été payé. À trente-sept ans, Fougères avait fabriqué
pour Élias Magus environ deux cents tableaux complètement inconnus, mais à l'aide desquels il était parvenu à cette manière satisfaisante, à ce point d'exécution qui fait hausser les épaules à l'artiste, et que chérit
la bourgeoisie. Fougères était cher à ses amis par une
rectitude d'idées, par une sécurité de sentiments, une
obligeance parfaite, une grande loyauté ; s'ils n'avaient
aucune estime pour la palette, ils aimaient l'homme
qui la tenait. « Quel malheur que Fougères ait le vice
de la peinture ! » se disaient ses camarades. Néanmoins Grassou donnait des conseils excellents, semblable à ces feuilletonistes incapables d'écrire un livre,
et qui savent très bien par où pèchent les livres ; mais
il y avait entre les critiques littéraires et Fougères une
différence : il était éminemment sensible aux beautés,
il les reconnaissait, et ses conseils étaient empreints
d'un sentiment de justice qui faisait accepter la justesse de ses remarques. Depuis la révolution de Juillet,
Fougères présentait à chaque Exposition une dizaine
de tableaux, parmi lesquels le jury en admettait quatre
ou cinq. Il vivait avec la plus rigide économie, et tout
son domestique consistait dans une femme de
ménage. Pour toute distraction, il visitait ses amis, il
allait voir les objets d'art, il se permettait quelques
petits voyages en France, il projetait d'aller chercher

des inspirations en Suisse. Ce détestable artiste était un excellent citoyen : il montait sa garde [1], allait aux revues, payait son loyer et ses consommations avec l'exactitude la plus bourgeoise. Ayant vécu dans le travail et dans la misère, il n'avait jamais eu le temps d'aimer. Jusqu'alors garçon et pauvre, il ne se souciait point de compliquer son existence si simple. Incapable d'inventer une manière d'augmenter sa fortune, il portait tous les trois mois chez son notaire, Cardot [2], ses économies et ses gains du trimestre. Quand le notaire avait à Grassou mille écus, il les plaçait par première hypothèque, avec subrogation dans les droits de la femme, si l'emprunteur était marié, ou subrogation dans les droits du vendeur, si l'emprunteur avait un prix à payer. Le notaire touchait lui-même les intérêts et les joignait aux remises partielles faites par Grassou de Fougères. Le peintre attendait le fortuné moment où ses contrats arriveraient au chiffre imposant de deux mille francs de rente, pour se donner l'*otium cum dignitate* [3] de l'artiste et faire des tableaux, oh ! mais des tableaux [4] ! enfin de vrais tableaux ! des tableaux finis, chouettes, kox-noffs et chocnosoffs [5]. Son avenir, ses rêves de bonheur, le superlatif de ses espérances, voulez-vous le savoir ? c'était d'entrer à l'Institut et d'avoir la rosette des officiers de la Légion d'honneur ! S'asseoir à côté de Schinner et de Léon de Lora, arriver à l'Académie avant Bridau ! avoir une rosette à sa boutonnière ! Quel rêve ! Il n'y a que les gens médiocres pour penser à tout.

---

1. Dans la Garde nationale. Nombre d'écrivains et d'artistes se dispensaient de cette corvée, et rien n'était plus chic que de devoir purger quelques jours de prison pour ce manquement.

2. N'apparaît qu'en 1844. Auparavant : « Alexandre Crottat ».

3. « Le loisir honorable » (Cicéron, *De oratore*, 1, 1).

4. C'est ici que, dans le manuscrit, se situait la visite de Magus que finalement Balzac a « remontée » au début de la nouvelle.

5. Nous avouons n'avoir pas trouvé d'éclaircissements sur ces termes d'argot d'atelier, dont le sens au demeurant ne fait aucun doute.

En entendant le bruit de plusieurs pas dans l'escalier, Fougères se rehaussa le toupet, boutonna sa veste de velours vert bouteille, et ne fut pas médiocrement surpris de voir entrer une figure vulgairement appelée *un melon* [1] dans les ateliers. Ce fruit surmontait une citrouille, vêtue de drap bleu, ornée d'un paquet de breloques tintinnabulant. Le melon soufflait comme un marsouin, la citrouille marchait sur des navets, improprement appelés des jambes. Un vrai peintre aurait fait ainsi la charge du petit marchand de bouteilles, et l'eût mis immédiatement à la porte en lui disant qu'il ne peignait pas les légumes. Fougères regarda la pratique sans rire, car M. Vervelle présentait un diamant de mille écus à sa chemise.

Fougères regarda Magus et dit : « *Il y a gras* [2] ! » en employant un mot d'argot, alors à la mode dans les ateliers.

En entendant ce mot, M. Vervelle fronça les sourcils. Ce bourgeois attirait à lui une autre complication de légumes dans la personne de sa femme et de sa fille. La femme avait sur la figure un *acajou répandu* [3], elle ressemblait à une noix de coco surmontée d'une tête et serrée par une ceinture. Elle pivotait sur ses pieds, sa robe était jaune, à raies noires. Elle produisait orgueilleusement des mitaines extravagantes sur des mains enflées comme les gants d'une enseigne. Les plumes du convoi de première classe flottaient sur un chapeau extravasé. Des dentelles paraient des épaules aussi bombées par-derrière que par-devant : ainsi la forme sphérique du coco était parfaite. Les pieds, du genre de ceux que les peintres appellent des *abatis*, étaient ornés d'un bourrelet de six lignes au-dessus du cuir verni des souliers. Comment les pieds y étaient-ils entrés ? On ne sait.

---

1. Un idiot.
2. Une dupe à plumer, une bonne affaire en vue.
3. Elle est fortement bronzée. La distinction se mesure à la blancheur du teint.

Suivait une jeune asperge, verte et jaune par sa robe, et qui montrait une petite tête couronnée d'une chevelure en bandeau, d'un jaune carotte qu'un Romain eût adoré, des bras filamenteux, des taches de rousseur sur un teint assez blanc, des grands yeux innocents, à cils blancs [1], peu de sourcils, un chapeau de paille d'Italie avec deux honnêtes coques de satin bordé d'un liséré de satin blanc, les mains vertueusement rouges, et les pieds de sa mère. Ces trois êtres avaient, en regardant l'atelier, un air de bonheur qui annonçait en eux un respectable enthousiasme pour les Arts.

« Et c'est vous, monsieur, qui allez faire nos ressemblances ? dit le père en prenant un petit air crâne.

– Oui, monsieur », répondit Grassou.

« Vervelle, *il* a la croix, dit tout bas la femme à son mari pendant que le peintre avait le dos tourné.

– Est-ce que j'aurais fait faire nos portraits par un artiste qui ne serait pas décoré ?… » dit l'ancien marchand de bouchons.

Élias Magus salua la famille Vervelle et sortit, Grassou l'accompagna jusque sur le palier.

« Il n'y a que vous pour pêcher de pareilles boules.

– Cent mille francs de dot !

– Oui ; mais quelle famille !

– Trois cent mille francs d'espérances, maison rue Boucherat [2], et maison de campagne à Ville-d'Avray.

– Boucherat, bouteilles, bouchons, bouchés, débouchés, dit le peintre.

– Vous serez à l'abri du besoin pour le reste de vos jours », dit Élias.

Cette idée entra dans la tête de Pierre Grassou, comme la lumière du matin avait éclaté dans sa mansarde. En disposant le père de la jeune personne, il lui trouva bonne mine et admira cette face pleine de tons violents. La mère et la fille voltigèrent autour du peintre, en s'émerveillant de tous ses apprêts, il leur

---

1. Manuscrit : « roux ».
2. Aujourd'hui partie de la rue de Turenne.

parut être un dieu. Cette visible adoration plut à Fougères. Le veau d'or jeta sur cette famille son reflet fantastique.

« Vous devez gagner un argent fou ? mais vous le dépensez comme vous le gagnez, dit la mère.

– Non, madame, répondit le peintre, je ne le dépense pas, je n'ai pas le moyen de m'amuser. Mon notaire place mon argent, il sait mon compte, une fois l'argent chez lui, je n'y pense plus.

– On me disait, à moi, s'écria le père Vervelle, que les artistes étaient tous paniers percés.

– Quel est votre notaire, s'il n'y a pas d'indiscrétion ? demanda Mme Vervelle.

– Un brave garçon, tout rond, Cardot.

– Tiens ! tiens ! est-ce farce ! dit Vervelle, Cardot est le nôtre.

– Ne vous dérangez pas ! dit le peintre.

– Mais tiens-toi donc tranquille, Anténor, dit la femme, tu ferais manquer monsieur, et si tu le voyais travailler, tu comprendrais…

« Mon Dieu ! pourquoi ne m'avez-vous pas appris les Arts ? dit Mlle Vervelle à ses parents.

– Virginie, s'écria la mère, une jeune personne ne doit pas apprendre certaines choses. Quand tu seras mariée… bien ! mais, jusque-là, tiens-toi tranquille. »

Pendant cette première séance, la famille Vervelle se familiarisa presque avec l'honnête artiste. Elle dut revenir deux jours après. En sortant, le père et la mère dirent à Virginie d'aller devant eux ; mais malgré la distance, elle entendit ces mots dont le sens devait éveiller sa curiosité.

« Un homme décoré… trente-sept ans… un artiste qui a des commandes, qui place son argent chez notre notaire. Consultons Cardot ? Hein, s'appeler Mme de Fougères !… ça n'a pas l'air d'être un méchant homme !… Tu me diras un commerçant ?… mais un commerçant, tant qu'il n'est pas retiré, vous ne savez pas ce que peut devenir votre fille ! tandis qu'un artiste économe… puis nous aimons les Arts… Enfin !… »

Pierre Grassou, pendant que la famille Vervelle le discutait, discutait la famille Vervelle. Il lui fut impossible de demeurer en paix dans son atelier, il se promena sur le Boulevard, il y regardait les femmes rousses qui passaient ! Il se faisait les plus étranges raisonnements : l'or était le plus beau des métaux, la couleur jaune représentait l'or, les Romains aimaient les femmes rousses, et il devint Romain, etc. Après deux ans de mariage, quel homme s'occupe de la couleur de sa femme ? La beauté passe… mais la laideur reste ! L'argent est la moitié du bonheur. Le soir, en se couchant, le peintre trouvait déjà Virginie Vervelle charmante.

Quand les trois Vervelle entrèrent le jour de la seconde séance, l'artiste les accueillit avec un aimable sourire. Le scélérat avait fait sa barbe, il avait mis du linge blanc ; il s'était agréablement disposé les cheveux [1], il avait choisi un pantalon fort avantageux et des pantoufles rouges à la poulaine. La famille répondit par un sourire aussi flatteur que celui de l'artiste, Virginie devint de la couleur de ses cheveux, baissa les yeux et détourna la tête, en regardant les études. Pierre Grassou trouva ces petites minauderies ravissantes. Virginie avait de la grâce, elle ne tenait heureusement ni du père, ni de la mère, mais de qui tenait-elle ?

« Ah ! j'y suis, se dit-il toujours, la mère aura eu un regard de son commerce. »

Pendant la séance, il y eut des escarmouches entre la famille et le peintre, qui eut l'audace de trouver le père Vervelle spirituel. Cette flatterie fit entrer la famille au pas de charge dans le cœur de l'artiste, il donna l'un de ses croquis à Virginie, et une esquisse à la mère.

« Pour rien ? » dirent-elles.

Pierre Grassou ne put s'empêcher de sourire.

---

1. Manuscrit : « il avait mis un gilet de velours imité du costume corse ».

« Il ne faut pas donner ainsi vos tableaux, c'est de l'argent », lui dit Vervelle.

À la troisième séance, le père Vervelle parla d'une belle galerie de tableaux qu'il avait à sa campagne de Ville-d'Avray : des Rubens, des Gérard Dow, des Mieris, des Terburg, des Rembrandt, un Titien, des Paul Potter, etc.

« M. Vervelle a fait des folies, dit fastueusement Mme Vervelle, il a pour cent mille francs de tableaux.

– J'aime les Arts », reprit l'ancien marchand de bouteilles.

Quand le portrait de Mme Vervelle fut commencé, celui du mari était presque achevé, l'enthousiasme de la famille ne connaissait alors plus de bornes. Le notaire avait fait le plus grand éloge du peintre : Pierre Grassou était à ses yeux le plus honnête garçon de la terre, un des artistes les plus rangés, qui d'ailleurs avait amassé trente-six mille francs ; ses jours de misère étaient passés, il allait par dix mille francs chaque année, il capitalisait les intérêts, enfin il était incapable de rendre une femme malheureuse. Cette dernière phrase fut d'un poids énorme dans la balance. Les amis des Vervelle n'entendaient plus parler que du célèbre Fougères. Le jour où Fougères entama le portrait de Virginie, il était *in petto* déjà le gendre de la famille Vervelle. Les trois Vervelle fleurissaient dans cet atelier qu'ils s'habituaient à considérer comme une de leurs résidences : il y avait pour eux un inexplicable attrait dans ce local propre, soigné, gentil, artiste. *Abyssus abyssum* [1], le bourgeois attire le bourgeois. Vers la fin de la séance, l'escalier fut agité, la porte fut brutalement ouverte, et entra Joseph Bridau : il était à la tempête, il avait les cheveux au vent ; il montra sa grande figure ravagée, jeta partout les éclairs de son regard, tourna tout autour de l'atelier et revint à Grassou brusquement, en ramassant sa redingote sur la région gastrique, et tâchant, mais en

----

1. « L'abîme appelle l'abîme » (Psaume 42).

vain, de la boutonner, le bouton s'étant évadé de sa
capsule de drap.

« Le bois est cher, dit-il à Grassou.

– Ah !

– Les Anglais [1] sont après moi. Tiens, tu peins ces
choses-là ?

– Tais-toi donc !

– Ah ! oui ! »

La famille Vervelle, superlativement choquée par
cette étrange apparition, passa de son rouge ordinaire
au rouge cerise des feux violents.

« Ça rapporte ! reprit Joseph. Y a-t-il *aubert en fouil-
louse* [2] ?

– Te faut-il beaucoup ?

– Un billet de cinq cents… J'ai après moi un de ces
négociants de la nature des dogues, qui, une fois qu'ils
ont mordu, ne lâchent plus qu'ils n'aient le morceau.
Quelle race !

– Je vais t'écrire un mot pour mon notaire…

– Tu as donc un notaire ?

– Oui.

– Ça m'explique alors pourquoi tu fais encore les
joues avec des tons roses, excellents pour des enseignes
de parfumeur ! »

Grassou ne put s'empêcher de rougir, Virginie
posait.

« Aborde donc la Nature comme elle est ! dit le
grand peintre en continuant. Mademoiselle est rousse.
Eh bien, est-ce un péché mortel ? Tout est magnifique
en peinture. Mets-moi du cinabre sur ta palette,
réchauffe-moi ces joues-là, piques-y leurs petites taches
brunes, beurre-moi cela ! Veux-tu avoir plus d'esprit
que la Nature ?

– Tiens, dit Fougères, prends ma place pendant que
je vais écrire. »

---

1. Les créanciers. Le « jour des Anglais » était le jour d'ouverture
au public des bureaux ministériels, ce qui permettait aux créanciers
d'aller y rappeler leur dette à leurs débiteurs.

2. Argot rabelaisien : argent en poche.

Vervelle roula jusqu'à la table et s'approcha de l'oreille de Grassou.

« Mais ce *pacant-là* [1] va tout gâter, dit le marchand.

– S'il voulait faire le portrait de votre Virginie, il vaudrait mille fois le mien », répondit Fougères indigné.

En entendant ce mot, le bourgeois opéra doucement sa retraite vers sa femme stupéfaite de l'invasion de la bête féroce, et assez peu rassurée de la voir coopérant au portrait de sa fille.

« Tiens, suis ces indications, dit Bridau en rendant la palette et prenant le billet. Je ne te remercie pas ! je puis retourner au château de d'Arthez [2] à qui je peins une salle à manger et où Léon de Lora fait les dessus de porte, des chefs-d'œuvre. Viens nous voir ! »

Il s'en alla sans saluer, tant il en avait assez d'avoir regardé Virginie.

« Qui est cet homme, demanda Mme Vervelle.

– Un grand artiste », répondit Grassou.

Un moment de silence.

« Êtes-vous bien sûr, dit Virginie, qu'il n'a pas porté malheur à mon portrait ? il m'a effrayée.

– Il n'y a fait que du bien, répondit Grassou.

– Si c'est un grand artiste, j'aime mieux un grand artiste qui vous ressemble, dit Mme Vervelle.

– Ah ! maman, monsieur est un bien plus grand peintre, il me fera tout entière », fit observer Virginie.

Les allures du Génie avaient ébouriffé ces bourgeois, si rangés.

On entrait dans cette phase d'automne si agréablement nommée l'*Été de la Saint-Martin* [3]. Ce fut avec la timidité du néophyte en présence d'un homme de génie que Vervelle risqua une invitation de venir à sa maison de campagne dimanche prochain : il savait

---

1. Grossier personnage (de *paganus* : paysan et païen).

2. L'ancien penseur désargenté de la rue des Quatre-Vents (*Illusions perdues*) est devenu l'amant de la princesse de Cadignan (*Les Secrets de la princesse de Cadignan*, 1839).

3. Dont la fête est célébrée le 11 novembre.

combien peu d'attraits une famille bourgeoise offrait à un artiste.

« Vous autres ! dit-il, il vous faut des émotions ! des grands spectacles et des gens d'esprit ; mais il y aura de bons vins, et je compte sur ma galerie pour vous compenser l'ennui qu'un artiste comme vous pourra éprouver parmi des négociants. »

Cette idolâtrie qui caressait exclusivement son amour-propre charma le pauvre Pierre Grassou, si peu accoutumé à recevoir de tels compliments. L'honnête artiste, cette infâme médiocrité, ce cœur d'or, cette loyale vie, ce stupide dessinateur, ce brave garçon, décoré de l'ordre royal de la Légion d'honneur, se mit sous les armes pour aller jouir des derniers beaux jours de l'année, à Ville-d'Avray. Le peintre vint modestement par la voiture publique, et ne put s'empêcher d'admirer le beau pavillon du marchand de bouteilles, jeté au milieu d'un parc de cinq arpents, au sommet de Ville-d'Avray, au plus beau point de vue. Épouser Virginie, c'était avoir cette belle villa quelque jour ! Il fut reçu par les Vervelle avec un enthousiasme, une joie, une bonhomie, une franche bêtise bourgeoise qui le confondirent. Ce fut un jour de triomphe. On promena le futur dans les allées couleur nankin [1] qui avaient été ratissées comme elles devaient l'être pour un grand homme. Les arbres eux-mêmes avaient un air peigné, les gazons étaient fauchés. L'air pur de la campagne amenait des odeurs de cuisine infiniment réjouissantes. Tout, dans la maison, disait : « Nous avons un grand artiste. » Le petit père Vervelle roulait comme une pomme dans son parc, la fille serpentait comme une anguille, et la mère suivait d'un pas noble et digne. Ces trois êtres ne lâchèrent pas Grassou pendant sept heures. Après le dîner, dont la durée égala la somptuosité, M. et Mme Vervelle arrivèrent à leur grand coup de théâtre, à l'ouverture de la galerie illuminée par des lampes à effets calculés. Trois voisins, anciens commerçants, un oncle à suc-

---

1. Jaune chamois.

cession, mandés pour l'ovation du grand artiste, une vieille demoiselle Vervelle et les convives suivirent Grassou dans la galerie, assez curieux d'avoir son opinion sur la fameuse galerie du petit père Vervelle, qui les assommait de la valeur fabuleuse de ses tableaux. Le marchand de bouteilles semblait avoir voulu lutter avec le roi Louis-Philippe et les galeries de Versailles [1]. Les tableaux magnifiquement encadrés avaient des étiquettes où se lisaient en lettres noires sur fond d'or :

RUBENS
Danses de faunes et de nymphes.

REMBRANDT
Intérieur d'une salle de dissection.
Le docteur Tromp faisant sa leçon à ses élèves.

Il y avait cent cinquante tableaux tous vernis, époussetés, quelques-uns étaient couverts de rideaux verts qui ne se tiraient pas en présence des jeunes personnes. L'artiste resta les bras cassés, la bouche béante, sans parole sur les lèvres, en reconnaissant la moitié de ses tableaux dans cette galerie : il était Rubens, Paul Potter, Mieris, Metzu, Gérard Dow ! il était à lui seul vingt grands maîtres.

« Qu'avez-vous ? vous pâlissez !

– Ma fille, un verre d'eau », s'écria la mère Vervelle.

Le peintre prit le père Vervelle par le bouton de son habit, et l'emmena dans un coin, sous prétexte de voir un Murillo. Les tableaux espagnols étaient alors à la mode [2].

« Vous avez acheté vos tableaux chez Élie Magus ?

– Oui, tous originaux !

– Entre nous, combien vous a-t-il vendu ceux que je vais vous désigner ? »

---

1. En 1837, Louis-Philippe avait transformé le château de Versailles en musée dédié « à toutes les gloires de la France ».

2. Louis-Philippe avait fait acheter par le baron Taylor des tableaux pour installer un « Musée espagnol » au Louvre, inauguré en 1838.

Tous deux, ils firent le tour de la galerie. Les convives furent émerveillés du sérieux avec lequel l'artiste procédait en compagnie de son hôte à l'examen des chefs-d'œuvre.

« Trois mille francs ! dit à voix basse Vervelle en arrivant au dernier ; mais je dis quarante mille francs !

– Quarante mille francs un Titien ? reprit à haute voix l'artiste, mais ce serait pour rien.

– Quand je vous le disais, j'ai pour cent mille écus de tableaux, s'écria Vervelle.

– J'ai fait tous ces tableaux-là, lui dit à l'oreille Pierre Grassou, je ne les ai pas vendus tous ensemble plus de dix mille francs…

– Prouvez-le-moi, dit le marchand de bouteilles, et je double la dot de ma fille, car alors vous êtes Rubens, Rembrandt, Terburg, Titien !

– Et Magus est un fameux marchand de tableaux ! » dit le peintre, qui s'expliqua l'air vieux de ses tableaux et l'utilité des sujets que lui demandait le brocanteur.

Loin de perdre dans l'estime de son admirateur, M. de Fougères, car la famille persistait à nommer ainsi Pierre Grassou, grandit si bien, qu'il fit gratis les portraits de la famille, et les offrit naturellement à son beau-père, à sa belle-mère et à sa femme.

Aujourd'hui, Pierre Grassou, qui ne manque pas une seule Exposition, passe dans le monde bourgeois pour un bon peintre de portraits. Il gagne une douzaine de mille francs par an, et gâte pour cinq cents francs de toiles. Sa femme a eu six mille francs de rentes en dot, il vit avec son beau-père et sa belle-mère. Les Vervelle et les Grassou, qui s'entendent à merveille, ont voiture et sont les plus heureuses gens du monde. Pierre Grassou ne sort pas d'un cercle bourgeois où il est considéré comme un des plus grands artistes de l'époque. Il ne se dessine pas un portrait de famille, entre la barrière du Trône et la rue du Temple, qui ne se fasse chez ce grand peintre et qui ne se paie au moins cinq cents francs. La grande raison des Bourgeois pour employer cet artiste est celle-ci : « Dites-en ce que vous voulez, il place vingt

mille francs par an chez son notaire.» Comme
Grassou s'est très bien montré dans les émeutes du
12 mai [1], il a été nommé officier de la Légion d'honneur. Il est chef de bataillon dans la Garde nationale.
Le musée de Versailles n'a pas pu se dispenser de
commander une bataille à un si excellent citoyen, qui
s'est promené partout dans Paris afin de rencontrer
ses anciens camarades et leur dire d'un air dégagé :
« Le Roi m'a donné une bataille à faire ! »

Mme de Fougères adore son époux, à qui elle a
donné deux enfants. Ce peintre, bon père et bon
époux, ne peut cependant pas ôter de son cœur une
fatale pensée : les artistes se moquent de lui, son nom
est un terme de mépris dans les ateliers, les feuilletons
ne s'occupent pas de ses ouvrages. Mais il travaille
toujours, et il se porte à l'Académie, où il entrera.
Puis, vengeance qui lui dilate le cœur ! il achète des
tableaux aux peintres célèbres quand ils sont gênés, et
il remplace les croûtes de la galerie de Ville-d'Avray
par de vrais chefs-d'œuvre, qui ne sont pas de lui.

On connaît des médiocrités plus taquines et plus
méchantes que celle de Pierre Grassou qui, d'ailleurs,
est d'une bienfaisance anonyme et d'une obligeance
parfaite.

Paris, décembre 1839.

---

1. Le 12 mai 1839, une émeute républicaine menée par Blanqui
et Barbès s'était emparée de l'Hôtel de Ville.

Z. MARCAS

NOTICE

De *Z. Marcas* on cite toujours, en négligeant plus ou moins le reste, les quatre premiers paragraphes. Ils sont extraordinaires, en effet. Balzac s'y livre à un exercice d'herméneutique onomastique et graphique de haute volée, qui laisse pantois et pourrait inspirer l'ironie, si l'on n'y pressentait certains des enjeux les plus intimement balzaciens, aperçus à la lueur fuligineuse de l'ésotérisme.

S'abîmant dans la contemplation d'un nom dont il sonde le vertigineux mystère, à la fois visuel, sonore et philosophique, il en propose une interprétation oraculaire et augurale, ou figurale. Adepte convaincu de la « cognomologie » chère à Sterne, il croit que le destin est énigmatiquement mais impérieusement inscrit dans le patronyme. « L'assemblage des lettres, leurs formes, la figure qu'elles donnent à un mot, dessinent exactement, suivant le caractère de chaque peuple, des êtres inconnus dont le souvenir est en nous [1]. » Ayant par hasard, dans la rue, rencontré l'enseigne d'un

---

1. Louis Lambert, in *La Comédie humaine*, Gallimard, « Bibliothèque de la Pléiade », t. XI, 1980, p. 591. Cf. Andrea del Lungo, « Lettres, hiéroglyphes, arabesques », in *Balzac ou la Tentation de l'impossible*, Raymond Mahieu et Franc Schuerewegen éds, Sedes, 1998, p. 79-87.

tailleur baptisé *Marcas*, il s'emballe et se lance dans le poème orageux que lui offre cette réunion de six caractères, non pas aléatoire, mais aussitôt postulée comme « fatale », d'autant plus qu'il éprouve le besoin de l'augmenter jusqu'au chiffre « cabalistique » et sacré de sept [1], en la faisant précéder par le Z d'un prénom qui, ajouté à la double voyelle *a* du nom, ne peut pas ne pas lui faire entendre, comme en anamorphose, son propre état civil à lui. Z comme *Zéphirin*, mais aussi comme *bizarre*, comme *zigzag*, comme *Zénobie* (Marcas est surnommé « les ruines de Palmyre »), et bien entendu comme *Balzac*. Avec son hénaurme candeur, Honoré précise que le nom « est bien composé, il se prononce facilement, il a cette brièveté voulue pour les noms célèbres ». Mais cette promesse sera cruellement déçue. Marcas (et Balzac ?) n'ira pas à la postérité, victime des tragiques assonances dont son nom est porteur : *mar comme martyr* (il est fait pour « être martyrisé », et comparé aux victimes de Dioclétien) et *cas* comme *casse* (on perçoit dans la désinence une chute, le bruit de quelque chose qui se brise brusquement) : Marcas sera *marcassé*, après avoir subi toutes les épreuves qu'induisent les angles durs et convulsifs de son Z, la lettre la plus rare, et l'ultime, chargée de caprices et de menaces, hiéroglyphe de l'exception et du malheur [2], que semble zébrer l'éclair de Zeus (le regard de Marcas est foudre et sa voix tonnerre), mais pour s'en frapper lui-même comme s'il était Prométhée. Le visage et la vie ressemblent au nom qui les contient comme un présage de « sinistre signifiance ». Le rationalisme, qui chez Balzac est toujours appauvrissement et sectarisme, répudie bien entendu ces billevesées mystagogiques, auxquelles adhère un esprit pénétré des « concordances » et « corrélations » secrètes qui innervent le visible et se prolongent dans l'invisible, et persuadé que « notre globe est plein : tout s'y tient » : article majeur du *credo* balzacien, et qui plane comme un arc-en-ciel sur l'immense paysage de son œuvre. Totalité, correspondances, analogies et – puisque Baudelaire bien sûr s'impose en évoquant ce qui relève à la fois d'un occultisme et d'une poétique – « ténébreuse et profonde unité ».

---

1. Qui revient de manière obsédante dans la nouvelle.

2. Sur le Z, cf. Anne-Marie Baron, *Le Fils prodige*, Nathan, 1993, p. 92-93. On se souviendra des affolantes variations de Roland Barthes dans *S/Z* sur « l'insecte érinnyque ».

On semble tomber de très haut lorsque, abandonnant ces puissantes entrevisions symboliques, qui invitent au décryptage d'une allégorie universelle, Balzac nous plonge sans transition dans un tableau de genre bien connu et maintes fois brossé : la mouise estudiantine, la turne partagée par deux amis chez un marchand de sommeil. L'insouciance y côtoie la détresse, on s'y amuse autant qu'on y a faim, mais ce qui fait échapper ici à la fadeur de l'image d'Épinal, c'est que Juste et Charles, si, Dieu merci, ils ont bien leur âge et savent prendre avec bonne humeur leur « malheureux bon temps », sont aussi et surtout des jeunes gens observateurs et réfléchis, dont la gaieté repose sur une analyse pertinente d'un système dont ils ont parfaitement démonté le fonctionnement, et qu'ils considèrent comme un spectacle sans avoir la moindre envie de s'y intégrer. Forcés par leurs familles d'entrer dans une voie qui ne répond pas à leurs aspirations, ils se prêtent, et encore le moins possible, à l'institution, sans qu'il soit un instant question de s'y donner, ce qui leur confère une belle liberté de jugement, une enviable maturité et cette légèreté ironique de qui n'est pas dupe. On dirait qu'une précoce lucidité, avant même de s'engager dans la carrière, leur a fait envisager les insurmontables obstacles qu'ils sont voués à rencontrer. Ces obstacles portent un nom, inventé par Balzac dans *Les Paysans* : « médiocratie ». En apparence si éloigné de *Pierre Grassou*, *Z. Marcas* dit au fond la même chose : les médiocres arrivent, le talent est sanctionné. Alors que dans l'arène moderne tout est « combat d'intelligence », règne ce que Stendhal appelle le « charlatanisme » intégral : l'incapacité adroite est un brevet de réussite, et son réseau tentaculaire, l'union sacrée de tous ceux qui n'ont pas le feu sacré, étouffe les tentatives héroïques mais désespérées des êtres doués. Intérieurement dégagés de la foire d'empoigne, qu'ils ont déjà décidé de fuir, les deux frères de mansarde dressent, sans se fâcher, mais avec le sourire supérieur de ceux qui ont compris, un réquisitoire féroce contre le régime de Juillet (dont, en faisant paraître sa nouvelle, Balzac « fête » à sa manière, extraordinairement méprisante et agressive, le dixième anniversaire).

Le diagnostic est brutal et sans appel. La jeunesse est condamnée à « l'ilotisme », marginalisée et bafouée par l'épaisse indifférence du pouvoir pour l'intelligence. « Indifférence » est d'ailleurs trop peu dire. C'est plus exactement de haine envers la pensée qu'il siérait de parler. Les gérontes installés bloquent toutes les avenues, de sorte que l'on constate un phénomène aberrant : plus on monte, moins on est capable ; en haut, des nullités, en bas, toute une génération éduquée, qui brûle de faire ses preuves, ce qu'on lui interdit. Dès lors se pose la lancinante question de toutes les révolutions possibles ou impossibles : que faire ? que devenir ? On n'a le choix qu'entre user dans l'impuissance une énergie sans débouchés, ou déserter : c'est ce deuxième terme de l'alternative que choisissent Juste et Charles, partant pour d'improbables lointains. Balzac dénonce le drame d'une émigration qui anémie la France, la voue à une catastrophique hémorragie, en obligeant les meilleurs de ses enfants, la jeune « classe pensante », à l'exil.

Le terrain est donc plus que préparé pour accueillir l'enseignement par l'exemple de Marcas, nouveau Virgile qui va montrer à ses disciples les cercles de l'Enfer politique, pour les empêcher d'y tomber. Comme Grassou, Marcas est un Breton : c'est tout dire. Ce qu'il veut, il le voudra. Son ambition à lui : être homme d'État, berger et instituteur d'un peuple. La critique a justement rappelé tout ce que Balzac projette de lui-même sur cette hypostase d'un de ses désirs les plus obstinément caressés : arriver à une position qui lui permette de transformer l'Histoire. Il a toujours doublé son activité d'écrivain d'un rêve d'influence politique. Pour lui, il s'agissait de se mettre à la tête du « parti intelligentiel », qu'il estimait le mieux à même d'orienter les destinées du pays. L'instrument de ce rêve devait être la conquête de l'opinion à travers un organe médiatique, mais ce fut un douloureux fiasco : ce n'est évidemment pas un hasard si Balzac situe l'action de *Z. Marcas* en 1836, c'est-à-dire l'année même où la *Chronique de Paris*, dont il était rédacteur en chef, fait naufrage dans des conditions peu claires qui laissent supposer qu'à l'instar de son protagoniste il a été manipulé par des intérêts cachés dans les coulisses. L'amertume de cet échec est ravivée en 1840, l'année même de la publication de la nouvelle, par celui de la *Revue parisienne,* qu'il fonde mais ne peut prolonger au-delà de trois numéros. Sa glorieuse utopie d'en finir avec la dualité (le dilemme faustien enfin résolu, réunir en un seul cerveau l'Intellect et la Praxis) s'effondre tristement. On conçoit mieux l'accent si singulièrement mordant avec lequel la monarchie de Juillet – une « halte dans la boue », selon Stendhal – est ici stigmatisée comme un régime imbécile et criminel, une gigantesque imposture.

Marcas est un lion réduit à vivre comme un cloporte. Dans ses yeux se lit quelque chose de scandaleux et d'effrayant : l'humiliation de la pensée. En cette victime emblématique, c'est bien l'Esprit qu'on a assassiné, cet Esprit qui a voulu *agitare molem*, dont la masse trop lourde, flasque, opaque, empressée à retomber dans sa stupide et informe passivité, a refusé le levain. Balzac le compare à un primitif (un nègre, un Indien), c'est-à-dire à quelqu'un qui est en prise directe sur l'essentiel et va d'emblée au plus profond, quelqu'un à qui simagrées, simulacres et hypocrisies – autant dire le pain quotidien de la vie politicienne – sont constitutivement et radicalement étrangers. On pourrait, à son propos, reprendre la distinction de Péguy : en lui tout ressortit à la mystique, mais il s'enlisera dans le marécage de sa dégradation en politique. Il a renoncé à être prêtre, et reversé dans son idéal civique sa foi religieuse. Son manque de moyens lui impose de se plier aux fourches caudines d'un travail clandestin, au service d'un député dont il est le mentor occulte et qui, espère-t-il, lui permettra de se mettre lui-même sur orbite. Marché de dupes, bien entendu : comme dans un conte des *Mille et Une Nuits*, l'âme a passé dans le corps inerte du « mannequin » qu'elle anime, mais celui-ci la rémunère d'ingratitude ; le démiurge dissimulé comprend bientôt qu'il lui faut tuer la marionnette dont il tire les ficelles s'il ne veut pas être tué par elle. Rapports de force truqués, trahisons minables et surtout prodigieux égoïsme : la politique, disait Napoléon, c'est la tragédie moderne, mais elle s'est abâtardie en théâtre de Guignol, dont les « scènes de haute comédie » (telles que Stendhal les détaillera dans *Lucien Leuwen*, par exemple à propos des magouilles électorales) susciteraient l'hilarité si elles n'étaient, au fond, si désolantes pour qui s'est fait une certaine idée de la France et de lui-même. La seule passion qu'on connaisse à Marcas est patriotique : cet homme sans femmes « idolâtre » son pays, qu'il souffre dans sa chair de voir abaissé. Indéniable, son goût du pouvoir pour le pouvoir, qui fait de lui le parèdre de tant de monomanes balzaciens, galvanisés et démolis par leur passion fixe, se confond avec le dévouement absolu à ce qu'il considère comme le bien commun, lequel se confondrait à son tour avec son triomphe personnel – cet homme monté à pied de sa province rêve bien sûr de fortune et de luxe. Dans un seul et même mouvement, c'est lui-même et la France qu'il veut épanouir.

Pendant cinq ans, il va se livrer à une sorte de terrible onanisme, gaspillant en pure perte d'immenses ressources

vitales, faisant boire la semence de ses idées aux sables du
« vaste désert d'hommes » où errait René, qui savait déjà que
Paris ressemble à Palmyre. Ayant constaté l'ignorance crasse
des hommes publics, il a fait le pari de l'intelligence, forcément perdu. Ce géant gullivérisé, ligoté par les Pygmées, en
est venu, découragé, à une « horrible philosophie », qui professe l'auto-annulation : il se (Mar)castre et conseille à ses
voisins et amis de faire de même. On mesure à quel point de
désespérance il faut être parvenu pour avoir le triste courage
d'exhorter deux jeunes cœurs à s'éteindre, à se banaliser, à
exterminer en eux toute noble tentation des « choses
grandes et magnifiques » – le mot d'ordre de l'inoubliable
M. Panado d'Alexandre Vialatte –, et ce, pour comble de
dérision, dans les murs lépreux de l'hôtel Corneille ! Pour
éviter un gâchis pire encore, Marcas se voit contraint à
devenir professeur de suicide.

   Ce qu'il prophétise coïncide parfaitement avec ce que
nous savons des idées de Balzac lui-même : la situation
actuelle est tellement pitoyable et contre nature qu'elle ne
saurait durer. C'est une question de thermodynamique ou
de physique : la pression de la jeunesse frustrée, qui ne cesse
d'accumuler dans les profondeurs des capacités auxquelles
on refuse toute issue, fera inévitablement sauter, tôt ou tard,
la chaudière sociale (Balzac en est à ce point persuadé qu'il
extrait de son propre texte cette idée pour la placer en épigraphe dans la publication en revue de sa nouvelle). Comme
Musset et bien d'autres, il dénonce la confiscation par une
clique de bourgeois d'une révolution faite par la jeunesse,
puis utilisée contre elle. Aujourd'hui, ne craint-il pas de pro-
nostiquer, les « barbares » qui campent aux portes et, le jour
venu, emporteront la ville, ce sont « les intelligences », les
frères puînés de Julien Sorel. Les nouveaux sauvages sont
passés par les écoles. Lorqu'ils ne pourront plus supporter
la condition de parias à laquelle on les confine, et puisque le
couvercle qu'on leur impose empêche tout mouvement
ascensionnel des énergies juvéniles, ils s'élanceront à
l'assaut, qui sera victorieux. Déjà, observe Marcas relayé
par Balzac, dans son inconscience, le gouvernement, par
son inepte immobilisme et sa compacité avaricieuse, pousse
toute la jeunesse vers la République : la muscade de Juillet
apparaît dès lors comme la grotesque parodie de la Révolution, la vraie, qui fut un déferlement d'audace printanière, et
dont l'exemple nostalgique, mais bientôt mobilisateur, hante

toutes les têtes de vingt ans. Filouterie, décrépitude, tout cela sera balayé.

« Scène de la vie politique » (comme *Un épisode sous la Terreur*) d'un rare pessimisme, *Z. Marcas*, rédigé dans un moment où Balzac se sent plus que jamais contrarié, est un brûlot – l'image volcanique est récurrente, de l'encrier-Vésuve au « cratère » du pouvoir, d'où on ne sauve même pas sa sandale – et laisse un durable goût de cendres dans la bouche du lecteur. Le pouvoir, qui est l'élément natif de Marcas, son biotope d'élection, s'avère être par définition irrespirable, littéralement mortel. Marcas meurt de politique comme on meurt d'un cancer. La politique est organiquement *maligne*. Plus personne n'a le moindre sens de l'intérêt national. Rejeté comme une épave par la marée toujours recommencée des *combinazioni* sordides, Marcas périt dans l'abandon total, veillé comme Goriot par un fils d'adoption dont on découvre *in extremis* qu'il est lui aussi victime d'un désastre similaire : son père, héros infécond des *Employés* (1844), après avoir en vain essayé de réformer la haute administration ministérielle, a lui aussi succombé sous la coalition médiocratique. Ainsi s'opère un effet de « mise en abyme » d'un échec dans un autre. D'une certaine façon, le récit qu'il vient de faire est celui de sa propre défaite, à travers celle de son père, dont il paie le prix. Il lève l'ancre pour la Malaisie (comme Balzac a songé à disparaître au Brésil) – *anywhere out of the world*. Adieu la France, où pour le moment il n'y a rien à sauver.

Histoire du texte

On ne connaît pas de manuscrit de *Z. Marcas*, qui a paru dans le premier numéro de la *Revue parisienne*, fondée par Balzac, le 25 juillet 1840.

La nouvelle a ensuite été reprise au tome III du recueil collectif *Le Fruit défendu*, Dessessart, 1841, sous le titre *La Mort d'un ambitieux*.

Enfin, au tome XII de *La Comédie humaine*, Furne, 1846.

Choix bibliographique

Albert BÉGUIN, *Balzac lu et relu*, Seuil, 1965, p. 209-214.

Anne-Marie MEININGER, introduction et notes, *La Comédie humaine*, Gallimard, « Bibliothèque de la Pléiade », t. VIII, 1977.

Franc SCHUEREWEGEN, « Redondances et résistances. Le lisible balzacien sous le régime de Juillet », *Revue romane*, 18, 2, 1983.

Michael RIFFATERRE, « Contrainte de lecture : l'humour balzacien (*Ferragus, Z. Marcas, La Vieille Fille*) », *L'Esprit créateur*, Louisiana State University, été 1984.

Owen HEATHCOTE, « Nécessité et gratuité de la violence chez Balzac : *Z. Marcas* », *L'Année balzacienne*, 1999 (I).

Max ANDREOLI, « *Z. Marcas* : l'occasion manquée », *L'École des lettres*, n° 9, 15 janvier 2001.

Z. MARCAS

À MONSIEUR LE COMTE GUILLAUME DE WURTEMBERG [1]

*Comme une marque
de la respectueuse gratitude de l'auteur,*
DE BALZAC.

Je n'ai jamais vu personne, en comprenant même les hommes remarquables de ce temps, dont l'aspect fût plus saisissant que celui de cet homme ; l'étude de sa physionomie inspirait d'abord un sentiment plein de mélancolie, et finissait par donner une sensation presque douloureuse. Il existait une certaine harmonie entre la personne et le nom. Ce Z qui précédait Marcas, qui se voyait sur l'adresse de ses lettres, et qu'il n'oubliait jamais dans sa signature, cette dernière lettre de l'alphabet offrait à l'esprit je ne sais quoi de fatal.

MARCAS ! Répétez-vous à vous-même ce nom composé de deux syllabes, n'y trouvez-vous pas une sinistre signifiance ? Ne vous semble-t-il pas que l'homme qui le porte doive être martyrisé ? Quoique étrange et sauvage, ce nom a pourtant le droit d'aller à la postérité ; il

---

1. Cette dédicace n'apparaît qu'en 1846. Elle est intéressée : Balzac espérait avoir pour témoin à son mariage avec Mme Hanska ce cousin du roi de Wurtemberg, qu'il avait connu en 1845 en Allemagne.

est bien composé, il se prononce facilement, il a cette brièveté voulue pour les noms célèbres. N'est-il pas aussi doux qu'il est bizarre ? mais aussi ne vous paraît-il pas inachevé ? Je ne voudrais pas prendre sur moi d'affirmer que les noms n'exercent aucune influence sur la destinée. Entre les faits de la vie et le nom des hommes, il est de secrètes et d'inexplicables concordances ou des désaccords visibles qui surprennent ; souvent des corrélations lointaines, mais efficaces, s'y sont révélées. Notre globe est plein, tout s'y tient. Peut-être reviendra-t-on quelque jour aux Sciences occultes.

Ne voyez-vous pas dans la construction du Z une allure contrariée ? ne figure-t-elle pas le zigzag aléatoire et fantasque d'une vie tourmentée ? Quel vent a soufflé sur cette lettre qui, dans chaque langue où elle est admise, commande à peine à cinquante mots ? Marcas s'appelait Zéphirin. Saint Zéphirin est très vénéré en Bretagne. Marcas était breton.

Examinez encore ce nom : Z. Marcas ! Toute la vie de l'homme est dans l'assemblage fantastique de ces sept lettres. Sept ! le plus significatif des nombres cabalistiques. L'homme est mort à trente-cinq ans, ainsi sa vie a été composée de sept lustres. Marcas ! N'avez-vous pas l'idée de quelque chose de précieux qui se brise par une chute, avec ou sans bruit ?

J'achevais mon droit en 1836, à Paris. Je demeurais alors rue Corneille, dans un hôtel entièrement destiné à loger des étudiants, un de ces hôtels où l'escalier tourne au fond, éclairé d'abord par la rue, puis par des jours de souffrance, enfin par un châssis. Il y avait quarante chambres meublées comme se meublent les chambres destinées à des étudiants. Que faut-il à la jeunesse de plus que ce qui s'y trouvait : un lit, quelques chaises, une commode, une glace et une table ? Aussitôt que le ciel est bleu, l'étudiant ouvre sa fenêtre. Mais dans cette rue il n'y a point de voisine à courtiser. En face, l'Odéon, fermé depuis longtemps [1],

---

1. Depuis sa faillite en 1830, le théâtre n'ouvrait plus qu'épisodiquement, pour des séries de représentations ponctuelles.

oppose au regard ses murs qui commencent à noircir, les petites fenêtres de ses loges et son vaste toit d'ardoises. Je n'étais pas assez riche pour avoir une belle chambre, je ne pouvais même pas avoir une chambre. Juste et moi, nous en partagions une à deux lits, située au cinquième étage.

De ce côté de l'escalier, il n'y avait que notre chambre et une autre petite occupée par Z. Marcas, notre voisin. Juste et moi, nous restâmes environ six mois dans une ignorance complète de ce voisinage. Une vieille femme qui gérait l'hôtel nous avait bien dit que la petite chambre était occupée, mais elle avait ajouté que nous ne serions point troublés, la personne étant excessivement tranquille. En effet, pendant six mois, nous ne rencontrâmes point notre voisin et nous n'entendîmes aucun bruit chez lui, malgré le peu d'épaisseur de la cloison qui nous séparait, et qui était une de ces cloisons faites en lattes et enduites en plâtre, si communes dans les maisons de Paris.

Notre chambre, haute de sept pieds, était tendue d'un méchant petit papier bleu semé de bouquets. Le carreau, mis en couleur, ignorait le lustre qu'y donnent les frotteurs. Nous n'avions devant nos lits qu'un maigre tapis en lisière [1]. La cheminée débouchait trop promptement sur le toit, et fumait tant que nous fûmes forcés de faire mettre une gueule-de-loup [2] à nos frais. Nos lits étaient des couchettes en bois peint, semblables à celles des collèges. Il n'y avait jamais sur la cheminée que deux chandeliers de cuivre, avec ou sans chandelles, nos deux pipes, du tabac éparpillé ou en sac ; puis, les petits tas de cendre que déposaient les visiteurs ou que nous amassions nous-mêmes en fumant des cigares. Deux rideaux de calicot glissaient sur des tringles à la fenêtre, de chaque côté de laquelle pendaient deux petits corps de bibliothèque en bois de

_____

1. Voir p. 426, n. 4.
2. « Coude de tuyau sur le haut d'une cheminée, tournant sur un pivot, de manière que la fumée sorte dans la même direction que le vent » (Littré).

merisier que connaissent tous ceux qui ont flâné dans le Quartier latin, et où nous mettions le peu de livres nécessaires à nos études. L'encre était toujours dans l'encrier comme de la lave figée dans le cratère d'un volcan. Tout encrier ne peut-il pas, aujourd'hui, devenir un Vésuve ? Les plumes tortillées servaient à nettoyer la cheminée de nos pipes. Contrairement aux lois du crédit, le papier était chez nous encore plus rare que l'argent.

Comment espère-t-on faire rester les jeunes gens dans de pareils hôtels garnis ? Aussi les étudiants étudient-ils dans les cafés, au théâtre, dans les allées du Luxembourg, chez les grisettes, partout, même à l'École de droit, excepté dans leur horrible chambre, horrible s'il s'agit d'étudier, charmante dès qu'on y babille et qu'on y fume. Mettez une nappe sur cette table, voyez-y le dîner improvisé qu'envoie le meilleur restaurateur du quartier, quatre couverts et deux filles, faites lithographier cette vue d'intérieur, une dévote ne peut s'empêcher d'y sourire.

Nous ne pensions qu'à nous amuser. La raison de nos désordres était une raison prise dans ce que la politique actuelle a de plus sérieux. Juste et moi, nous n'apercevions aucune place à prendre dans les deux professions que nos parents nous forçaient d'embrasser. Il y a cent avocats, cent médecins pour un. La foule obstrue ces deux voies, qui semblent mener à la fortune et qui sont deux arènes : on s'y tue, on s'y combat, non point à l'arme blanche ni à l'arme à feu, mais par l'intrigue et la calomnie, par d'horribles travaux, par des campagnes dans le domaine de l'intelligence, aussi meurtrières que celles d'Italie l'ont été pour les soldats républicains. Aujourd'hui que tout est un combat d'intelligence, il faut savoir rester des quarante-huit heures de suite assis dans son fauteuil et devant une table, comme un général restait deux jours en selle sur son cheval. L'affluence des postulants a forcé la médecine à se diviser en catégories : il y a le médecin qui écrit, le médecin qui professe, le médecin politique et le médecin militant ; quatre manières différentes d'être médecin, quatre sections déjà pleines. Quant à la cinquième division, celle des docteurs qui vendent des remèdes, il y a concurrence, et l'on se bat à coups d'affiches infâmes sur les murs de Paris. Dans tous les tribunaux, il y a presque autant d'avocats que de causes. L'avocat s'est rejeté sur le journalisme, sur la politique, sur la littérature. Enfin l'État, assailli pour les moindres places de la magistrature, a fini par demander une certaine fortune aux solliciteurs. La tête piriforme [1] du fils d'un épicier riche sera préférée à la tête carrée d'un jeune homme de talent sans le sou. En s'évertuant, en déployant toute son énergie, un jeune homme qui part de zéro peut se trouver, au bout de dix ans, au-dessous du point de départ. Aujourd'hui, le talent doit avoir le bonheur qui fait réussir l'incapacité ; bien plus, s'il manque aux basses conditions qui donnent le succès à la médiocrité rampante, il n'arrivera jamais.

Si nous connaissions parfaitement notre époque, nous nous connaissions aussi nous-mêmes, et nous préférions l'oisiveté des penseurs à une activité sans but, la nonchalance et le plaisir à des travaux inutiles qui eussent lassé notre courage et usé le vif de notre intelligence. Nous avions analysé l'état social en riant, en fumant, en nous promenant. Pour se faire ainsi, nos réflexions, nos discours n'en étaient ni moins sages, ni moins profonds.

Tout en remarquant l'ilotisme [2] auquel est condamnée la jeunesse, nous étions étonnés de la brutale indifférence du pouvoir pour tout ce qui tient à l'intelligence, à la pensée, à la poésie. Quels regards, Juste et moi, nous échangions souvent en lisant les journaux, en apprenant ces événements de la politique, en parcourant les débats des Chambres, en discutant la conduite d'une Cour dont la volontaire ignorance ne

---

1. Ressemblant donc à celle de Louis-Philippe, telle que le caricaturiste Philipon l'avait représentée, à la grande satisfaction des opposants du « Juste-Milieu ».
2. Balzac affectionne ce terme, qui renvoie au statut des ilotes, c'est-à-dire aux esclaves de l'ancienne Sparte.

peut se comparer qu'à la platitude des courtisans, à la médiocrité des hommes qui forment une haie autour du nouveau trône, tous sans esprit ni portée, sans gloire ni science, sans influence ni grandeur. Quel éloge de la Cour de Charles X, que la Cour actuelle, si tant est que ce soit une Cour ! Quelle haine contre le pays dans la naturalisation de vulgaires étrangers sans talent, intronisés à la Chambre des pairs [1] ! Quel déni de justice ! quelle insulte faite aux jeunes illustrations, aux ambitions nées sur le sol ! Nous regardions toutes ces choses comme un spectacle, et nous en gémissions sans prendre un parti sur nous-mêmes.

Juste, que personne n'est venu chercher, et qui ne serait allé chercher personne, était, à vingt-cinq ans, un profond politique, un homme d'une aptitude merveilleuse à saisir les rapports lointains entre les faits présents et les faits à venir. Il m'a dit en 1831 ce qui devait arriver et ce qui est arrivé : les assassinats, les conspirations, le règne des Juifs [2], la gêne des mouvements de la France, la disette d'intelligence dans la sphère supérieure, et l'abondance de talents dans les bas-fonds où les plus beaux courages s'éteignent sous les cendres du cigare. Que devenir ? Sa famille le voulait médecin. Être médecin, n'était-ce pas attendre pendant vingt ans une clientèle ? Vous savez ce qu'il est devenu ? Non. Eh bien, il est médecin ; mais il a quitté la France, il est en Asie. En ce moment, il succombe peut être à la fatigue dans un désert, il meurt peut-être sous les coups d'une horde barbare, ou peut-être est-il premier ministre de quelque prince indien. Ma vocation, à moi, est l'action. Sorti à vingt ans d'un collège, il m'était interdit de devenir militaire autrement qu'en me faisant simple soldat ; et fatigué de la triste perspective que présente l'état d'avocat, j'ai acquis les connaissances nécessaires à un marin. J'imite Juste, je déserte la France, où l'on dépense à se

---

1. Louis-Philippe nomme pairs quelques Allemands, Italiens ou Suisses. Depuis 1831, la pairie n'était plus héréditaire.
2. C'est-à-dire des banquiers.

faire place le temps et l'énergie nécessaires aux plus hautes créations [1]. Imitez-moi, mes amis, je vais là où l'on dirige à son gré sa destinée.

Ces grandes résolutions ont été prises froidement dans cette petite chambre de l'hôtel de la rue Corneille, tout en allant au bal Musard [2], courtisant de joyeuses filles, menant une vie folle, insouciante en apparence. Nos résolutions, nos réflexions ont longtemps flotté. Marcas, notre voisin, fut en quelque sorte le guide qui nous mena sur le bord du précipice ou du torrent, et qui nous le fit mesurer, qui nous montra par avance quelle serait notre destinée si nous nous y laissions choir. Ce fut lui qui nous mit en garde contre les atermoiements que l'on contracte avec la misère et que sanctionne l'espérance, en acceptant des positions précaires d'où l'on lutte, en se laissant aller au mouvement de Paris, cette grande courtisane qui vous prend et vous laisse, vous sourit et vous tourne le dos avec une égale facilité, qui use les plus grandes volontés en des attentes captieuses et où l'Infortune est entretenue par le Hasard.

Notre première rencontre avec Marcas nous causa comme un éblouissement. En revenant de nos Écoles, avant l'heure du dîner, nous montions toujours chez nous et nous y restions un moment, en nous attendant l'un l'autre, pour savoir si rien n'était changé à nos plans pour la soirée. Un jour, à quatre heures, Juste vit Marcas dans l'escalier ; moi, je le trouvai dans la rue. Nous étions alors au mois de novembre et Marcas n'avait point de manteau ; il portait des souliers à

---

1. Anne-Marie Meininger rappelle opportunément la lettre de Balzac à Mme Hanska du 3 juillet 1840 : « Je suis au bout de ma résignation. Je crois que je quitterai la France, et que j'irai porter mes os au Brésil dans une entreprise folle et que je choisis à cause de sa folie [...]. Assez de travaux inutiles [...]. Je n'ai plus que dix années de véritable énergie et si je n'en profite pas, je suis un homme perdu. [...] Cependant je vais tenter un dernier coup de dés, ma plume aidant. »
2. C'est justement en novembre 1836 que Musard avait installé sa salle de danse rue Vivienne.

grosses semelles, un pantalon à pieds en cuir de
laine [1], une redingote bleue boutonnée jusqu'au cou,
et à col carré, ce qui donnait d'autant plus un air militaire à son buste qu'il avait une cravate noire. Ce costume n'a rien d'extraordinaire, mais il concordait bien
à l'allure de l'homme et à sa physionomie. Ma première impression, à son aspect, ne fut ni la surprise, ni
l'étonnement, ni la tristesse, ni l'intérêt, ni la pitié,
mais une curiosité qui tenait de tous ces sentiments. Il
allait lentement, d'un pas qui peignait une mélancolie
profonde, la tête inclinée en avant et non baissée à la
manière de ceux qui se savent coupables. Sa tête, grosse
et forte, qui paraissait contenir les trésors nécessaires à
un ambitieux du premier ordre, était comme chargée
de pensées ; elle succombait sous le poids d'une douleur morale, mais il n'y avait pas le moindre indice de
remords dans ses traits. Quant à sa figure, elle sera
comprise par un mot. Selon un système assez populaire, chaque face humaine a de la ressemblance avec
un animal [2]. L'animal de Marcas était le lion. Ses cheveux ressemblaient à une crinière, son nez était court,
écrasé, large et fendu au bout comme celui d'un lion,
il avait le front partagé comme celui d'un lion par un
sillon puissant, divisé en deux lobes vigoureux. Enfin,
ses pommettes velues que la maigreur des joues rendait d'autant plus saillantes, sa bouche énorme et ses
joues creuses étaient remuées par des plis d'un dessin
fier, et étaient relevées par un coloris plein de tons jau-
nâtres. Ce visage presque terrible semblait éclairé par
deux lumières, deux yeux noirs, mais d'une douceur
infinie, calmes, profonds, pleins de pensées. S'il est
permis de s'exprimer ainsi, ces yeux étaient humiliés.
Marcas avait peur de regarder, moins pour lui que
pour ceux sur lesquels il allait arrêter son regard
fascinateur ; il possédait une puissance, et ne voulait
pas l'exercer ; il ménageait les passants, il tremblait

1. Drap très résistant.
2. Cf. les célèbres planches de Lavater dans ses *Fragments de phy-
siognomonie* (1774).

d'être remarqué. Ce n'était pas modestie, mais résignation, non pas la résignation chrétienne qui implique la charité, mais la résignation conseillée par la raison qui a démontré l'inutilité momentanée des talents, l'impossibilité de pénétrer et de vivre dans le milieu qui nous est propre. Ce regard en certains moments pouvait lancer la foudre. De cette bouche devait partir une voix tonnante, elle ressemblait beaucoup à celle de Mirabeau.

« Je viens de voir dans la rue un fameux homme, dis-je à Juste en entrant.

– Ce doit être notre voisin, me répondit Juste, qui dépeignit effectivement l'homme que j'avais rencontré.

– Un homme qui vit comme un cloporte devait être ainsi, dit-il en terminant.

– Quel abaissement et quelle grandeur !

– L'un est en raison de l'autre.

– Combien d'espérances ruinées ! combien de projets avortés !

– Sept lieues de ruines ! des obélisques, des palais, des tours : les ruines de Palmyre [1] au désert », me dit Juste en riant.

Nous appelâmes notre voisin *les ruines de Palmyre*. Quand nous sortîmes pour aller dîner dans le triste restaurant de la rue de la Harpe où nous étions abonnés, nous demandâmes le nom du numéro 37, et nous apprîmes alors ce nom prestigieux de Z. Marcas. Comme des enfants que nous étions, nous répétâmes plus de cent fois, et avec les réflexions les plus variées, bouffonnes ou mélancoliques, ce nom dont la prononciation se prêtait à notre jeu. Juste arriva par moments à jeter le Z comme une fusée à son départ, et, après avoir déployé la première syllabe du nom brillamment, il peignait une chute par la brièveté sourde avec laquelle il prononçait la dernière.

« Ah ! çà, où, comment vit-il ? »

---

1. Que Volney avait mises à la mode dans *Les Ruines ou Méditations sur les révolutions des empires* (1791).

De cette question à l'innocent espionnage que
conseille la curiosité, il n'y avait que l'intervalle voulu
par l'exécution de notre projet. Au lieu de flâner, nous
rentrâmes, munis chacun d'un roman. Et de lire en
écoutant. Nous entendîmes dans le silence absolu de
nos mansardes le bruit égal et doux produit par la respiration d'un homme endormi.

« Il dort, dis-je à Juste en remarquant ce fait le premier.

– À sept heures », me répondit le docteur.

Tel était le nom que je donnais à Juste qui m'appelait le garde des Sceaux.

« Il faut être bien malheureux pour dormir autant
que dort notre voisin », dis-je en sautant sur notre
commode avec un énorme couteau dans le manche
duquel il y avait un tire-bouchon. Je fis en haut de la
cloison un trou rond, de la grandeur d'une pièce de
cinq sous. Je n'avais pas songé qu'il n'y avait pas de
lumière, et quand j'appliquai l'œil au trou, je ne vis
que des ténèbres. Quand vers une heure du matin,
ayant achevé de lire nos romans, nous allions nous
déshabiller, nous entendîmes du bruit chez notre
voisin : il se leva, fit détoner une allumette phospho-
rique et alluma sa chandelle. Je remontai sur la commode. Je vis alors Marcas assis à sa table et copiant
des pièces de procédure. Sa chambre était moitié
moins grande que la nôtre, le lit occupait un enfonce-
ment à côté de la porte ; car l'espace pris par le corridor, qui finissait à son bouge, se trouvait en plus
chez lui ; mais le terrain sur lequel la maison était bâtie
devait être tronqué, le mur mitoyen se terminait en
trapèze à sa mansarde. Il n'avait pas de cheminée,
mais un petit poêle en faïence blanche ondée de taches
vertes, et dont le tuyau sortait sur le toit. La fenêtre
pratiquée dans le trapèze avait de méchants rideaux
roux. Un fauteuil, une table et une misérable table de
nuit composaient le mobilier. Il mettait son linge dans
un placard. Le papier tendu sur les murs était hideux.
Évidemment on n'avait jamais logé là qu'un domestique jusqu'à ce que Marcas y fût venu.

« Qu'as-tu ? me demanda le docteur en me voyant descendre.

– Vois toi-même ! » lui répondis-je.

Le lendemain matin, à neuf heures, Marcas était couché. Il avait déjeuné d'un cervelas : nous vîmes sur une assiette, parmi des miettes de pain, les restes de cet aliment qui nous était bien connu. Marcas dormait. Il ne s'éveilla que vers onze heures. Il se remit à la copie faite pendant la nuit, et qui était sur la table. En descendant, nous demandâmes quel était le prix de cette chambre, nous apprîmes qu'elle coûtait quinze francs par mois. En quelques jours, nous connûmes parfaitement le genre d'existence de Z. Marcas. Il faisait des expéditions, à tant le rôle [1] sans doute, pour le compte d'un entrepreneur d'écritures qui demeurait dans la cour de la Sainte-Chapelle ; il travaillait pendant la moitié de la nuit ; après avoir dormi de six à dix heures, il recommençait en se levant, écrivait jusqu'à trois heures ; il sortait alors pour porter ses copies avant le dîner et allait manger rue Michel-le-Comte, chez Mizerai [2], à raison de neuf sous par repas, puis il revenait se coucher à six heures. Il nous fut prouvé que Marcas ne prononçait pas quinze phrases dans un mois ; il ne parlait à personne, il ne se disait pas un mot à lui-même dans son horrible mansarde.

« Décidément, les ruines de Palmyre sont terriblement silencieuses », s'écria Juste.

Ce silence chez un homme dont les dehors étaient si imposants avait quelque chose de profondément significatif. Quelquefois, en nous rencontrant avec lui, nous échangions des regards pleins de pensée de part et d'autre, mais qui ne furent suivis d'aucun protocole. Insensiblement, cet homme devint l'objet d'une

---

1. Le registre.

2. On a attribué à une inadvertance de Balzac le choix de ce restaurant très économique du Marais, fort éloigné du logis de Marcas et de son employeur. Sans doute son nom est-il venu sous la plume à cause de l'association phonétique, subconsciente ou non, avec la « misère ».

intime admiration, sans que nous pussions nous en
expliquer la cause. Était-ce ces mœurs secrètement
simples ? cette régularité monastique, cette frugalité
de solitaire, ce travail de niais qui permettait à la pensée de rester neutre ou de s'exercer, et qui accusait
l'attente de quelque événement heureux ou quelque
parti pris sur la vie ? Après nous être longtemps pro-
menés dans les ruines de Palmyre, nous les oubliâmes,
nous étions si jeunes ! Puis vint le carnaval, ce carnaval parisien qui, désormais, effacera l'ancien carnaval de Venise, et qui dans quelques années attirera
l'Europe à Paris, si de malencontreux préfets de police
ne s'y opposent. On devrait tolérer le jeu pendant le
carnaval ; mais les niais moralistes qui ont fait sup-
primer le jeu sont des calculateurs imbéciles qui ne
rétabliront cette plaie nécessaire que quand il sera
prouvé que la France laisse des millions en Allemagne [1].

Ce joyeux carnaval amena, comme chez tous les
étudiants, une grande misère. Nous nous étions
défaits des objets de luxe ; nous avions vendu nos
doubles habits, nos doubles bottes, nos doubles gilets,
tout ce que nous avions en double, excepté notre ami.
Nous mangions du pain et de la charcuterie, nous
marchions avec précaution, nous nous étions mis à
travailler, nous devions deux mois à l'hôtel, et nous
étions certains d'avoir chez le portier chacun une note
composée de plus de soixante ou quatre-vingts lignes
dont le total allait à quarante ou cinquante francs.
Nous n'étions plus ni brusques ni joyeux en traversant
le palier carré qui se trouve au bas de l'escalier, nous
le franchissions souvent d'un bond en sautant de la
dernière marche dans la rue. Le jour où le tabac
manqua pour nos pipes, nous nous aperçûmes que
nous mangions, depuis quelques jours, notre pain
sans aucune espèce de beurre. La tristesse fut
immense.

---

1. En allant porter et perdre son argent dans les maisons de jeu
qui y pullulaient. Le jeu fut supprimé en France en 1837 par Molé.

« Plus de tabac ! dit le docteur.

– Plus de manteau ! dit le garde des Sceaux.

– Ah ! drôles, vous vous êtes vêtus en postillons de
Longjumeau [1] ! vous avez voulu vous mettre en débar-
deurs, souper le matin et déjeuner le soir chez Véry,
quelquefois au *Rocher de Cancale* [2] ! au pain sec, messieurs ! Vous devriez, dis-je en grossissant ma voix,
vous coucher sous vos lits, vous êtes indignes de vous
coucher dessus...

– Oui, mais, garde des Sceaux, plus de tabac ! dit
Juste.

– Il est temps d'écrire à nos tantes, à nos mères, à
nos sœurs, que nous n'avons plus de linge, que les
courses dans Paris useraient du fil de fer tricoté. Nous
résoudrons un beau problème de chimie en changeant
le linge en argent.

– Il nous faut vivre jusqu'à la réponse.

– Eh bien, je vais aller contracter un emprunt chez
ceux de mes amis qui n'auront pas épuisé leurs capitaux.

– Que trouveras-tu ?

– Tiens, dix francs ! » répondis-je avec orgueil.

Marcas avait tout entendu ; il était midi, il frappa à
notre porte et nous dit : « Messieurs, voici du tabac ;
vous me le rendrez à la première occasion. »

Nous restâmes frappés, non de l'offre, qui fut
acceptée, mais de la richesse, de la profondeur et de la
plénitude de cet organe, qui ne peut se comparer qu'à
la quatrième corde du violon de Paganini [3]. Marcas
disparut sans attendre nos remerciements. Nous nous
regardâmes, Juste et moi, dans le plus grand silence.
Être secourus par quelqu'un évidemment plus pauvre

---

1. L'opéra-comique d'Adolphe Adam, *Le Postillon de Longjumeau*, venait d'être créé (13 octobre 1836).

2. Célèbres restaurants, le premier au Palais-Royal, le second rue
Montorgueil. « Souper le matin et déjeuner le soir », de même que
se déguiser en débardeur, illustrent le désordre et la fantaisie inhérents au carnaval.

3. Qui meurt au moment où Balzac rédige sa nouvelle. La quatrième corde (celle de *sol*) est la plus basse.

que nous ! Juste se mit à écrire à toutes ses familles, et
j'allai négocier l'emprunt. Je trouvai vingt francs chez
un compatriote. Dans ce malheureux bon temps, le
jeu vivait encore, et dans ses veines, dures comme les
gangues du Brésil [1], les jeunes gens couraient, en ris-
quant peu de chose, la chance de gagner quelques
pièces d'or. Le compatriote avait du tabac turc rap-
porté de Constantinople par un marin, il m'en donna
tout autant que nous en avions reçu de Z. Marcas. Je
rapportai la riche cargaison au port, et nous allâmes
rendre triomphalement au voisin une voluptueuse,
une blonde perruque de tabac turc à la place de son
tabac de caporal.

« Vous n'avez voulu me rien devoir, dit-il ; vous me
rendez de l'or pour du cuivre, vous êtes des enfants…
de bons enfants… »

Ces trois phrases, dites sur des tons différents, furent
diversement accentuées. Les mots n'étaient rien, mais
l'accent… ah ! l'accent nous faisait amis de dix ans.
Marcas avait caché ses copies en nous entendant
venir, nous comprîmes qu'il eût été indiscret de lui
parler de ses moyens d'existence, et nous fûmes honteux alors de l'avoir espionné. Son armoire était
ouverte, il n'y avait que deux chemises, une cravate
blanche et un rasoir. Le rasoir me fit frémir. Un miroir
qui pouvait valoir cent sous était accroché auprès de la
croisée. Les gestes simples et rares de cet homme
avaient une sorte de grandeur sauvage. Nous nous
regardâmes, le docteur et moi, comme pour savoir ce
que nous devions répondre. Juste, me voyant interdit,
demanda plaisamment à Marcas : « Monsieur cultive
la littérature ?

– Je m'en suis bien gardé ! répondit Marcas, je ne
serais pas si riche.

_____

1. Où se cache l'or. Anne-Marie Meininger se demande avec
vraisemblance si ce n'était pas pour l'or que Balzac songeait à se
rendre au Brésil, comme il l'avait fait pour l'argent en Sardaigne
deux ans plus tôt (*La Comédie humaine*, Gallimard, « Bibliothèque
de la Pléiade », t. VIII, 1977, p. 1635).

– Je croyais, lui dis-je, que la poésie pouvait seule, par le temps qui court, loger un homme aussi mal que nous le sommes tous. »

Ma réflexion fit sourire Marcas, et ce sourire donna de la grâce à sa face jaune.

« L'ambition n'est pas moins sévère pour ceux qui ne réussissent pas, dit-il. Aussi, vous qui commencez la vie, allez dans les sentiers battus ! ne pensez pas à devenir supérieurs, vous seriez perdus !

– Vous nous conseillez de rester ce que nous sommes ? » dit en souriant le docteur.

La jeunesse a dans sa plaisanterie une grâce si communicative et si enfantine, que la phrase de Juste fit encore sourire Marcas.

« Quels événements ont pu vous donner cette horrible philosophie ? lui dis-je.

– J'ai encore une fois oublié que le hasard est le résultat d'une immense équation dont nous ne connaissons pas toutes les racines. Quand on part de zéro pour arriver à l'unité, les chances sont incalculables. Pour les ambitieux, Paris est une immense roulette, et tous les jeunes gens croient y trouver une victorieuse martingale [1]. »

Il nous présenta le tabac que je lui avais donné pour nous inviter à fumer avec lui, le docteur alla prendre nos pipes, Marcas chargea la sienne, puis il vint s'asseoir chez nous en y apportant le tabac ; il n'avait chez lui qu'une chaise et son fauteuil. Léger comme un écureuil, Juste descendit et reparut avec un garçon apportant trois bouteilles de vin de Bordeaux, du fromage de Brie et du pain.

« Bon, dis-je en moi-même et sans me tromper d'un sou, quinze francs ! »

En effet, Juste posa gravement cent sous sur la cheminée.

Il est des différences incommensurables entre l'homme social et l'homme qui vit au plus près de la

---

1. Augmentation progressive de la mise, supposée assurer un bénéfice maximum au jeu.

Nature. Une fois pris, Toussaint Louverture [1] est mort sans proférer une parole. Napoléon, une fois sur son rocher, a babillé comme une pie ; il a voulu s'expliquer [2]. Z. Marcas commit, mais à notre profit seulement, la même faute. Le silence et toute sa majesté ne se trouvent que chez le Sauvage. Il n'est pas de criminel qui, pouvant laisser tomber ses secrets avec sa tête dans le panier rouge, n'éprouve le besoin purement social de les dire à quelqu'un. Je me trompe. Nous avons vu l'un des Iroquois du faubourg Saint-Marceau [3] mettant la nature parisienne à la hauteur de la nature sauvage : un homme, un républicain, un conspirateur, un Français, un vieillard a surpassé tout ce que nous connaissions de la fermeté nègre, et tout ce que Cooper a prêté aux Peaux-Rouges de dédain et de calme au milieu de leurs défaites. Morey, ce Guatimozin [4] de la Montagne, a gardé une attitude inouïe dans les annales de la justice européenne [5]. Voici ce que nous dit Marcas pendant cette matinée, en entremêlant son récit de tartines graissées de fromage et humectées de verres de vin. Tout le tabac y passa. Parfois les fiacres qui traversaient la place de l'Odéon, les omnibus qui la labouraient [6], jetèrent leurs sourds roulements, comme pour attester que Paris était toujours là.

Sa famille était de Vitré, son père et sa mère vivaient sur quinze cents francs de rente. Il avait fait gratuite-

---

1. Chef des Noirs révoltés de Saint-Domingue, que Bonaparte fit capturer et transférer au fort de Joux, où il mourut en 1803, dans des circonstances suspectes.

2. Ainsi qu'en témoigne le *Mémorial de Sainte-Hélène*, publié par Las Cases en 1823.

3. Du côté de la rue Mouffetard. Balzac a souvent renvoyé aux œuvres de Fenimore Cooper, et comparé dangers et aventures de Paris à ceux de la Prairie américaine.

4. Le dernier empereur aztèque, mis à mort en 1525. « Et moi, suis-je sur des roses ? » demanda-t-il à l'un de ses compagnons à qui le supplice arrachait des plaintes.

5. Le vieux bourrelier radical Morey avait participé à l'attentat de Fieschi contre Louis-Philippe le 28 juillet 1835. Il fut exécuté le 19 février 1836, sans avoir rien avoué.

6. Parce que le sol en était encore de terre battue.

ment ses études dans un séminaire, et s'était refusé à devenir prêtre : il avait senti en lui-même le foyer d'une excessive ambition, et il était venu, à pied, à Paris, à l'âge de vingt ans, riche de deux cents francs. Il avait fait son droit, tout en travaillant chez un avoué où il était devenu premier clerc. Il était docteur en droit, il possédait l'ancienne et la nouvelle législation, il pouvait en remontrer aux plus célèbres avocats. Il savait le droit des gens et connaissait tous les traités européens, les coutumes internationales. Il avait étudié les hommes et les choses dans cinq capitales : Londres, Berlin, Vienne, Pétersbourg et Constantinople. Nul mieux que lui ne connaissait les précédents de la Chambre. Il avait fait pendant cinq ans les Chambres [1] pour une feuille quotidienne. Il improvisait, il parlait admirablement et pouvait parler longtemps de cette voix gracieuse, profonde qui nous avait frappés dans l'âme. Il nous prouva par le récit de sa vie qu'il était grand orateur, orateur concis, grave et néanmoins d'une éloquence pénétrante : il tenait de Berryer [2] pour la chaleur, pour les mouvements sympathiques aux masses ; il tenait de M. Thiers [3] pour la finesse, pour l'habileté ; mais il eût été moins diffus, moins embarrassé de conclure : il comptait passer brusquement au pouvoir sans s'être engagé par des doctrines d'abord nécessaires à un homme d'opposition, et qui plus tard gênent l'homme d'État.

Marcas avait appris tout ce qu'un véritable homme d'État doit savoir ; aussi son étonnement fut-il excessif quand il eut occasion de vérifier la profonde ignorance des gens parvenus en France aux affaires publiques. Si chez lui la vocation lui avait conseillé l'étude, la nature s'était montrée prodigue, elle lui avait accordé tout ce qui ne peut s'acquérir : une pénétration vive, l'empire sur soi-même, la dextérité de l'esprit, la rapi-

---

1. C'est-à-dire rédigé les comptes rendus des débats de la Chambre des pairs et de la Chambre des députés.
2. Le grand orateur du parti légitimiste.
3. Du centre gauche.

dité du jugement, la décision, et, ce qui est le génie de
ces hommes, la fertilité des moyens.

Quand il se crut suffisamment armé, Marcas trouva
la France en proie aux divisions intestines nées du
triomphe de la branche d'Orléans sur la branche aînée.
Évidemment le terrain des luttes politiques est changé.
La guerre civile ne peut plus durer longtemps, elle ne se
fera plus dans les provinces. En France, il n'y aura plus
qu'un combat de courte durée, au siège même du gouvernement, et qui terminera la guerre morale que des
intelligences d'élite auront faite auparavant. Cet état de
choses durera tant que la France aura son singulier gouvernement, qui n'a d'analogie avec celui d'aucun pays,
car il n'y a pas plus de parité entre le gouvernement
anglais et le nôtre qu'entre les deux territoires. La place
de Marcas était donc dans la presse politique. Pauvre et
ne pouvant se faire élire [1], il devait se manifester subitement. Il se résolut au sacrifice le plus coûteux pour un
homme supérieur, à se subordonner à quelque député
riche et ambitieux pour lequel il travailla. Nouveau
Bonaparte, il chercha son Barras [2] ; ce nouveau Colbert
espérait trouver Mazarin. Il rendit des services
immenses ; il les rendit, là-dessus il ne se drapait point,
il ne se faisait pas grand, il ne criait point à l'ingratitude,
il les rendit dans l'espoir que son protecteur le mettrait
en position d'être élu député : Marcas ne souhaitait pas
autre chose que le prêt nécessaire à l'acquisition d'une
maison à Paris, afin de satisfaire aux exigences de la loi.
Richard III ne voulait que son cheval [3].

En trois ans, Marcas créa une des cinquante prétendues capacités politiques qui sont les raquettes avec

---

1. Pour être éligible, il fallait payer un cens (c'est-à-dire un
impôt) de cinq cents francs. Pour voter, un cens de deux cents
francs.
2. En octobre 1795, Barras s'adjoignit Bonaparte pour réprimer
l'insurrection royaliste contre la Convention. Devenu directeur, il
lui confia l'armée d'Italie. Le 18 brumaire l'obligea à démissionner.
3. « Un cheval ! Un cheval ! Mon royaume pour un cheval ! »
s'écrie sur le champ de bataille de Bosworth Richard III, dans la
pièce éponyme de Shakespeare (acte V, scène IV).

lesquelles deux mains sournoises se renvoient les por-
tefeuilles, absolument comme un directeur de marion-
nettes heurte l'un contre l'autre le commissaire et Poli-
chinelle dans son théâtre en plein vent, en espérant
toujours faire sa recette. Cet homme n'existe que par
Marcas ; mais il a précisément assez d'esprit pour
apprécier la valeur de son teinturier, pour savoir que
Marcas, une fois arrivé, resterait comme un homme
nécessaire, tandis que lui serait déporté dans les colo-
nies polaires du Luxembourg [1]. Il résolut donc de
mettre des obstacles invincibles à l'avancement de son
directeur, et cacha cette pensée sous les formules d'un
dévouement absolu. Comme tous les hommes petits,
il sut dissimuler à merveille ; puis il gagna du champ
dans la carrière de l'ingratitude, car il devait tuer
Marcas pour n'être pas tué par lui. Ces deux hommes,
si unis en apparence, se haïrent dès que l'un eut une
fois trompé l'autre. L'homme d'État fit partie d'un
ministère, Marcas demeura dans l'opposition pour
empêcher qu'on n'attaquât son ministre, à qui, par un
tour de force, il fit obtenir les éloges de l'opposition.
Pour se dispenser de récompenser son lieutenant,
l'homme d'État objecta l'impossibilité de placer brusquement et sans d'habiles ménagements un homme
de l'opposition. Marcas avait compté sur une place
pour obtenir par un mariage l'éligibilité tant désirée. Il
avait trente-deux ans [2], il prévoyait la dissolution de la
Chambre. Après avoir pris le ministre en flagrant délit
de mauvaise foi, il le renversa, ou du moins contribua
beaucoup à sa chute, et le roula dans la fange.

Tout ministre tombé doit pour revenir au pouvoir se
montrer redoutable ; cet homme, que la faconde
royale avait enivré, qui s'était cru ministre pour longtemps, reconnut ses torts ; en les avouant, il rendit un
léger service d'argent à Marcas, qui s'était endetté pendant cette lutte. Il soutint le journal auquel travaillait

---

1. C'est-à-dire chez les pairs.
2. Il fallait avoir au moins trente ans pour être éligible, vingt-cinq
pour voter.

Marcas, et lui en fit donner la direction. Tout en
méprisant cet homme, Marcas, qui recevait en quelque
sorte des arrhes, consentit à paraître faire cause commune avec le ministre tombé. Sans démasquer encore
toutes les batteries de sa supériorité, Marcas s'avança
plus que la première fois, il montra la moitié de son
savoir-faire ; le ministère ne dura que cent quatre-
vingts jours, il fut dévoré. Marcas, mis en rapport avec
quelques députés, les avait maniés comme pâte, en laissant chez tous une haute idée de ses talents. Son mannequin fit de nouveau partie d'un ministère, et le
journal devint ministériel. Le ministre réunit ce journal
à un autre uniquement pour annuler Marcas, qui, dans
cette fusion, dut céder la place à un concurrent riche et
insolent, dont le nom était connu et qui avait déjà le
pied à l'étrier. Marcas retomba dans la plus profonde
misère, son altier protégé savait bien en quel abîme il le
plongeait. Où aller ? Les journaux ministériels, avertis
sous main, ne voulaient pas de lui. Les journaux de
l'opposition répugnaient à l'admettre dans leurs comp-
toirs. Marcas ne pouvait passer ni chez les républicains
ni chez les légitimistes, deux partis dont le triomphe est
le renversement de la chose actuelle.

« Les ambitieux aiment l'actualité », nous dit-il en
souriant.

Il vécut de quelques articles relatifs à des entreprises
commerciales. Il travailla dans une des encyclopédies
que la spéculation et non la science a tenté de produire [1]. Enfin, l'on fonda un journal qui ne devait
vivre que deux ans, mais qui rechercha la rédaction de
Marcas ; dès lors, il renoua connaissance avec les
ennemis du ministre, il put entrer dans la partie qui
voulait la chute du ministère ; et une fois que son pic
put jouer, l'administration fut démolie.

Le journal de Marcas était mort depuis six mois, il
n'avait pu trouver de place nulle part, on le faisait
passer pour un homme dangereux, la calomnie mor-

---

1. Comme Balzac lui-même, qui, en octobre 1836, avait rédigé
des notices pour le *Dictionnaire de la conversation*.

dait sur lui : il venait de tuer une immense opération financière et industrielle par quelques articles et par un pamphlet. On le savait l'organe d'un banquier qui, disait-on, l'avait richement payé, et de qui sans doute il attendait quelques complaisances en retour de son dévouement. Dégoûté des hommes et des choses, lassé par une lutte de cinq années, Marcas, regardé plutôt comme un *condottiere* que comme un grand capitaine, accablé par la nécessité de gagner du pain, ce qui l'empêchait de gagner du terrain, désolé de l'influence des écus sur la pensée, en proie à la plus profonde misère, s'était retiré dans sa mansarde, en gagnant trente sous par jour, la somme strictement nécessaire à ses besoins. La méditation avait étendu comme des déserts autour de lui. Il lisait les journaux pour être au courant des événements. Pozzo di Borgo [1] fut ainsi pendant quelque temps. Sans doute Marcas méditait le plan d'une attaque sérieuse, il s'habituait peut-être à la dissimulation et se punissait de ses fautes par un silence pythagorique [2]. Il ne nous donna pas les raisons de sa conduite.

Il est impossible de vous raconter les scènes de haute comédie qui sont cachées sous cette synthèse algébrique de sa vie : les factions inutiles faites au pied de la fortune qui s'envolait, les longues chasses à travers les broussailles parisiennes, les courses du solliciteur haletant, les tentatives essayées sur des imbéciles, les projets élevés qui avortaient par l'influence d'une femme inepte, les conférences avec des boutiquiers qui voulaient que leurs fonds leur rapportassent et des loges, et la pairie, et de gros intérêts ; les espoirs arrivés au faîte, et qui tombaient à fond sur des brisants ; les merveilles opérées dans le rapprochement d'intérêts contraires et qui se séparent après avoir bien marché pendant une

---

1. Ce Corse, partisan des Anglais, s'opposa à Bonaparte. En 1809, alors qu'il était devenu conseiller de l'empereur de Russie, Napoléon réclama à Vienne son extradition ; il dut se montrer très discret, et reprit en 1810 à Londres son activité contre l'Empire.
2. Au début de leur formation, les disciples de Pythagore devaient observer un silence complet de plusieurs années.

semaine ; les déplaisirs mille fois répétés de voir un sot décoré de la Légion d'honneur, et ignorant comme un commis, préféré à l'homme de talent ; puis ce que Marcas appelait les stratagèmes de la bêtise : on frappe sur un homme, il paraît convaincu, il hoche la tête, tout va s'arranger ; le lendemain, cette gomme élastique, un moment comprimée, a repris pendant la nuit sa consistance, elle s'est même gonflée, et tout est à recommencer ; vous retravaillez jusqu'à ce que vous ayez reconnu que vous n'avez pas affaire à un homme, mais à du mastic qui se sèche au soleil.

Ces mille déconvenues, ces immenses pertes de force humaine versée sur des points stériles, la difficulté d'opérer le bien, l'incroyable facilité de faire le mal ; deux grandes parties jouées, deux fois gagnées, deux fois perdues, la haine d'un homme d'État, tête de bois à masque peint, à fausse chevelure, mais en qui l'on croyait : toutes ces grandes et ces petites choses avaient non pas découragé, mais abattu momentanément Marcas. Dans les jours où l'argent était entré chez lui, ses mains ne l'avaient pas retenu, il s'était donné le céleste plaisir de tout envoyer à sa famille, à ses sœurs, à ses frères, à son vieux père. Lui, semblable à Napoléon tombé, n'avait besoin que de trente sous par jour, et tout homme d'énergie peut toujours gagner trente sous dans sa journée à Paris.

Quand Marcas nous eut achevé le récit de sa vie, et qui fut entremêlé de réflexions, coupé de maximes et d'observations qui dénotaient le grand politique, il suffit de quelques interrogations, de quelques réponses mutuelles sur la marche des choses en France et en Europe, pour qu'il nous fût démontré que Marcas était un véritable homme d'État, car les hommes peuvent être promptement et facilement jugés dès qu'ils consentent à venir sur le terrain des difficultés : il y a pour les hommes supérieurs des *Schibboleth* [1], et nous étions de la tribu des lévites modernes, sans être encore

---

1. Terme emprunté à l'Ancien Testament (Livre des juges, 12, 5-6), signifiant « mot de passe, signe de reconnaissance ».

dans le Temple. Comme je vous l'ai dit, notre vie frivole couvrait les desseins que Juste a exécutés pour sa part et ceux que je vais mettre à fin.

Après nos propos échangés, nous sortîmes tous les trois et nous allâmes, en attendant l'heure du dîner, nous promener, malgré le froid, dans le jardin du Luxembourg. Pendant cette promenade, l'entretien, toujours grave, embrassa les points douloureux de la situation politique. Chacun de nous y apporta sa phrase, son observation ou son mot, sa plaisanterie ou sa maxime. Il n'était plus exclusivement question de la vie à proportions colossales que venait de nous peindre Marcas, le soldat des luttes politiques. Ce fut, non plus l'horrible monologue du navigateur échoué dans la mansarde de l'hôtel Corneille, mais un dialogue où deux jeunes gens instruits, ayant jugé leur époque, cherchaient sous la conduite d'un homme de talent à éclairer leur propre avenir.

« Pourquoi, lui demanda Juste, n'avez-vous pas attendu patiemment une occasion, n'avez-vous pas imité le seul homme qui ait su se produire depuis la révolution de Juillet en se tenant toujours au-dessus du flot [1] ?

– Ne vous ai-je pas dit que nous ne connaissons pas toutes les racines du hasard ? Carrel [2] était dans une position identique à celle de cet orateur. Ce sombre jeune homme, cet esprit amer portait tout un gouvernement dans sa tête ; celui dont vous me parlez n'a que l'idée de monter en croupe derrière chaque événement ; des deux, Carrel était l'homme fort ; eh bien,

---

1. Peut-être Thiers, Premier ministre en 1836, et de nouveau en 1840, ou le fictif de Marsay, Premier ministre en 1833, « le seul grand homme d'État qu'ait produit la révolution de Juillet » (*Le Député d'Arcis*).

2. En 1830, avec Thiers et Mignet, il avait fondé *Le National*, organe de l'opposition à Charles X. Après la révolution de Juillet, il en devint rédacteur en chef et ne tarda pas à attaquer Thiers, promu ministre, en défendant avec une intégrité reconnue de tous (par exemple de Chateaubriand) les idées républicaines. Il fut tué en duel par Émile de Girardin le 22 juillet 1836.

l'un devient ministre, Carrel reste journaliste : l'homme incomplet mais subtil existe, Carrel meurt. Je vous ferai observer que cet homme a mis quinze ans à faire son chemin et n'a fait encore que du chemin ; il peut être pris et broyé entre deux charrettes pleines d'intrigues sur la grande route du pouvoir. Il n'a pas de maison, il n'a pas comme Metternich le palais de la faveur, ou comme Villèle le toit protecteur d'une majorité compacte. Je ne crois pas que dans dix ans la forme actuelle subsiste. Ainsi en me supposant un si triste bonheur, je ne suis plus à temps, car pour ne pas être balayé dans le mouvement que je prévois, je devrais avoir déjà pris une position supérieure.

– Quel mouvement ? dit Juste.

– Août 1830, répondit Marcas d'un ton solennel en étendant la main vers Paris, Août fait par la jeunesse qui a lié la javelle [1], fait par l'intelligence qui avait mûri la moisson, a oublié la part de la jeunesse et de l'intelligence. La jeunesse éclatera comme la chaudière d'une machine à vapeur. La jeunesse n'a pas d'issue en France, elle y amasse une avalanche de capacités méconnues, d'ambitions légitimes et inquiètes, elle se marie peu, les familles ne savent que faire de leurs enfants ; quel sera le bruit qui ébranlera ces masses, je ne sais ; mais elles se précipiteront dans l'état de choses actuel et le bouleverseront. Il est des lois de fluctuation qui régissent les générations, et que l'Empire romain avait méconnues quand les barbares arrivèrent. Aujourd'hui, les barbares sont des intelligences. Les lois du trop-plein agissent en ce moment lentement, sourdement au milieu de nous. Le gouvernement est le grand coupable, il méconnaît les deux puissances auxquelles il doit tout, il s'est laissé lier les mains par les absurdités du contrat, il est tout préparé comme une victime. Louis XIV, Napoléon, l'Angleterre étaient et sont avides de jeunesse intelligente. En France, la jeunesse est condamnée par la légalité nouvelle, par les conditions mauvaises du principe électif,

_____

1. Le blé coupé.

par les vices de la constitution ministérielle. En examinant la composition de la Chambre élective, vous n'y
trouvez point de député de trente ans : la jeunesse de
Richelieu et celle de Mazarin, la jeunesse de Turenne
et celle de Colbert, la jeunesse de Pitt et celle de Saint-
Just, celle de Napoléon et celle du prince de Metternich n'y trouveraient point de place. Burke, Sheridan,
Fox [1] ne pourraient s'y asseoir. On aurait pu mettre la
majorité politique à vingt et un ans et dégrever l'éligibilité de toute espèce de condition, les départements
n'auraient élu que les députés actuels, des gens sans
aucun talent politique, incapables de parler sans estro-
pier la grammaire, et parmi lesquels, en dix ans, il s'est
à peine rencontré un homme d'État. On devine les
motifs d'une circonstance à venir, mais on ne peut pas
prévoir la circonstance elle-même. En ce moment, on
pousse la jeunesse entière à se faire républicaine, parce
qu'elle voudra voir dans la république son éman-
cipation. Elle se souviendra des jeunes représentants
du peuple et des jeunes généraux ! L'imprudence du
gouvernement n'est comparable qu'à son avarice. »

Cette journée eut du retentissement dans notre
existence ; Marcas nous affermit dans nos résolutions
de quitter la France, où les supériorités jeunes, pleines
d'activité, se trouvent écrasées sous le poids des
médiocrités parvenues, envieuses et insatiables. Nous
dînâmes ensemble rue de la Harpe. De nous à lui,
désormais, il y eut la plus respectueuse affection ; de
lui sur nous, la protection la plus active dans la sphère
des idées. Cet homme savait tout, il avait tout appro-
fondi. Il étudia pour nous le globe politique et chercha
le pays où les chances étaient à la fois les plus nombreuses et les plus favorables à la réussite de nos plans.
Il nous marquait les points vers lesquels devaient
tendre nos études ; il nous fit hâter, en nous expli-

---

1. Burke (1728-1797) : orateur célèbre par ses attaques contre la
Révolution française ; Sheridan (1751-1816) : orateur et auteur de
la pièce *L'École de la médisance* ; Fox (1749-1806) : chef du parti
libéral et adversaire de Pitt.

quant la valeur du temps, en nous faisant comprendre
que l'émigration aurait lieu, que son effet serait
d'enlever à la France la crème de son énergie, de ses
jeunes esprits, que ces intelligences nécessairement
habiles choisiraient les meilleures places, et qu'il s'agissait d'y arriver les premiers. Nous veillâmes dès lors
assez souvent à la lueur d'une lampe. Ce généreux
maître nous écrivit quelques mémoires, deux pour Juste
et trois pour moi, qui sont d'admirables instructions, de
ces renseignements que l'expérience peut seule donner, de ces jalons que le génie seul sait planter. Il y a
dans ces pages parfumées de tabac, pleines de caractères d'une cacographie [1] presque hiéroglyphique, des
indications de fortune, des prédictions à coup sûr. Il s'y
trouve des présomptions sur certains points de l'Amérique et de l'Asie, qui, depuis et avant que Juste et moi
n'ayons pu partir, se sont réalisées.

Marcas était, comme nous d'ailleurs, arrivé à la plus
complète misère ; il gagnait bien sa vie journalière,
mais il n'avait ni linge, ni habits, ni chaussure. Il ne se
faisait pas meilleur qu'il n'était ; il avait rêvé le luxe en
rêvant l'exercice du pouvoir. Aussi ne se reconnais-
sait-il pas pour le Marcas vrai. Sa forme, il l'abandonnait au caprice de la vie réelle. Il vivait par le souffle de
son ambition, il rêvait la vengeance et se gourmandait
lui-même de s'adonner à un sentiment si creux. Le
véritable homme d'État doit être surtout indifférent
aux passions vulgaires ; il doit, comme le savant, ne se
passionner que pour les choses de sa science. Ce fut
dans ces jours de misère que Marcas nous parut grand
et même terrible ; il y avait quelque chose d'effrayant
dans son regard qui contemplait un monde de plus
que celui qui frappe les yeux des hommes ordinaires.
Il était pour nous un sujet d'étude et d'étonnement,
car la jeunesse (qui de nous ne l'a pas éprouvé ?), la
jeunesse ressent un vif besoin d'admiration ; elle aime
à s'attacher, elle est naturellement portée à se subordonner aux hommes qu'elle croit supérieurs, comme

---

1. L'antonyme de « calligraphie ».

elle se dévoue aux grandes choses. Notre étonnement était surtout excité par son indifférence en fait de sentiment : la femme n'avait jamais troublé sa vie. Quand nous parlâmes de cet éternel sujet de conversation entre Français, il nous dit simplement : « Les robes coûtent trop cher ! » Il vit le regard que Juste et moi nous avions échangé, et il reprit alors : « Oui, trop cher. La femme qu'on achète, et c'est la moins coûteuse, veut beaucoup d'argent : celle qui se donne prend tout notre temps ! La femme éteint toute activité, toute ambition ; Napoléon l'avait réduite à ce qu'elle doit être. Sous ce rapport, il a été grand, il n'a pas donné dans les ruineuses fantaisies de Louis XIV et de Louis XV ; mais il a néanmoins aimé secrètement. »

Nous découvrîmes que semblable à Pitt, qui s'était donné l'Angleterre pour femme, Marcas portait la France dans son cœur ; il était idolâtre de sa patrie ; il n'y avait pas une seule de ses pensées qui ne fût pour le pays. Sa rage de tenir dans ses mains le remède au mal dont la vivacité l'attristait, et de ne pouvoir l'appliquer, le rongeait incessamment ; mais cette rage était encore augmentée par l'état d'infériorité de la France vis-à-vis de la Russie et de l'Angleterre. La France au troisième rang ! Ce cri revenait toujours dans ses conversations. La maladie intestine du pays avait passé dans ses entrailles. Il qualifiait de taquineries de portier les luttes de la Cour avec la Chambre, et que révélaient tant de changements, tant d'agitations incessantes, qui nuisent à la prospérité du pays.

« On nous donne la paix en escomptant l'avenir », disait-il.

Un soir, Juste et moi, nous étions occupés et plongés dans le plus profond silence. Marcas s'était relevé pour travailler à ses copies, car il avait refusé nos services malgré nos plus vives instances. Nous nous étions offerts à copier chacun à tour de rôle sa tâche, afin qu'il n'eût à faire que le tiers de son insipide travail ; il s'était fâché, nous n'avions plus insisté. Nous entendîmes un bruit de bottes fines dans notre corridor, et nous dressâmes la tête en nous regardant. On frappe à la porte de Marcas, qui laissait toujours la clef à la serrure. Nous entendons dire par notre grand homme : « Entrez ! » puis : « Vous ici, monsieur ?

– Moi-même », répondit l'ancien ministre.

C'était le Dioclétien [1] du martyr inconnu. Notre voisin et cet homme se parlèrent pendant quelque temps à voix basse. Tout à coup Marcas, dont la voix s'était fait entendre rarement, comme il arrive dans une conférence où le demandeur commence par exposer les faits, éclata soudain à une proposition qui nous fut inconnue.

« Vous vous moqueriez de moi, dit-il, si je vous croyais. Les jésuites ont passé, mais le jésuitisme est éternel. Vous n'avez de bonne foi ni dans votre machiavélisme ni dans votre générosité. Vous savez compter, vous ; mais on ne sait sur quoi compter avec vous. Votre Cour est composée de chouettes qui ont peur de la lumière, de vieillards qui tremblent devant la jeunesse ou qui ne s'en inquiètent pas. Le gouvernement se modèle sur la Cour. Vous êtes allé chercher les restes de l'Empire, comme la Restauration avait enrôlé les voltigeurs de Louis XIV [2]. On a pris jusqu'à présent les reculades de la peur et de la lâcheté pour les manœuvres de l'habileté ; mais les dangers viendront, et la jeunesse surgira comme en 1790. Elle a fait les belles choses de ce temps-là. En ce moment, vous changez de ministres comme un malade change de place dans son lit. Ces oscillations révèlent la décrépitude de votre gouvernement. Vous avez un système de filouterie politique qui sera retourné contre vous, car la France se lassera de ces escobarderies [3]. La France ne vous dira pas qu'elle est lasse, jamais on ne sait comment on périt, le pourquoi est la tâche de l'historien ; mais vous périrez certes pour ne pas avoir

---

1. Célèbre pour les persécutions qu'il fit endurer aux chrétiens (cf. Chateaubriand, *Les Martyrs de Dioclétien*, 1809).

2. Les émigrés.

3. D'après l'illustre casuiste espagnol, le jésuite Escobar (XVIᵉ siècle).

demandé à la jeunesse de la France ses forces et son énergie, ses dévouements et son ardeur ; pour avoir pris en haine les gens capables, pour ne pas les avoir triés avec amour dans cette belle génération, pour avoir choisi en toute chose la médiocrité. Vous venez me demander mon appui ; mais vous appartenez à cette masse décrépite que l'intérêt rend hideuse, qui tremble, qui se recroqueville et qui, parce qu'elle se rapetisse, veut rapetisser la France. Ma forte nature, mes idées seraient pour vous l'équivalent d'un poison ; vous m'avez joué deux fois, deux fois je vous ai renversé, vous le savez. Nous unir pour la troisième fois, ce doit être quelque chose de sérieux. Je me tuerais si je me laissais duper, car je désespérerais de moi-même : le coupable ne serait pas vous, mais moi. »

Nous entendîmes alors les paroles les plus humbles, l'adjuration la plus chaude de ne pas priver le pays de talents supérieurs. On parla de patrie, Marcas fit un ouh ! ouh ! significatif, il se moquait de son prétendu patron. L'homme d'État devint plus explicite ; il reconnut la supériorité de son ancien conseiller, il s'engageait à le mettre en mesure de demeurer dans l'administration, de devenir député ; puis il lui proposa une place éminente, en lui disant que désormais, lui, le ministre, se subordonnerait à celui dont il ne pouvait plus qu'être le lieutenant. Il était dans la nouvelle combinaison ministérielle, et ne voulait pas revenir au pouvoir sans que Marcas eût une place convenable à son mérite ; il avait parlé de cette condition, Marcas avait été compris comme une nécessité.

Marcas refusa.

« Je n'ai jamais été mis à même de tenir mes engagements, voici une occasion d'être fidèle à mes promesses, et vous la manquez. »

Marcas ne répondit pas à cette dernière phrase. Les bottes firent leur bruit dans le corridor, et le bruit se dirigea vers l'escalier.

« Marcas ! Marcas ! criâmes-nous tous deux en nous précipitant dans sa chambre, pourquoi refuser ?

Il était de bonne foi. Ses conditions sont honorables.
D'ailleurs, vous verrez les ministres. »

En un clin d'œil nous dîmes cent raisons à Marcas,
l'accent du futur ministre était vrai ; sans le voir nous
avions jugé qu'il ne mentait pas.

« Je suis sans habit, nous répondit Marcas.

– Comptez sur nous », lui dit Juste en me regardant.

Marcas eut le courage de se fier à nous, un éclair
jaillit de ses yeux, il passa la main dans ses cheveux, se
découvrit le front par un de ces gestes qui révèlent une
croyance au bonheur, et quand il eut, pour ainsi dire,
dévoilé sa face, nous aperçûmes un homme qui nous
était parfaitement inconnu : Marcas sublime, Marcas
au pouvoir, l'esprit dans son élément, l'oiseau rendu à
l'air, le poisson revenu dans l'eau, le cheval galopant
dans son steppe [1]. Ce fut passager ; le front se rem-
brunit, il eut comme une vision de sa destinée. Le
Doute boiteux suivit de près l'Espérance aux blanches
ailes. Nous laissâmes l'homme à lui-même.

« Ah ! çà, dis-je au docteur, nous avons promis,
mais comment faire ?

– Pensons-y en nous endormant, me répondit Juste,
et demain matin nous nous communiquerons nos
idées. »

Le lendemain matin nous allâmes faire un tour au
Luxembourg.

Nous avions eu le temps de songer à l'événement de
la veille et nous étions aussi surpris l'un que l'autre du
peu d'entregent de Marcas dans les petites misères de
la vie, lui que rien n'embarrassait dans la solution des
problèmes les plus élevés de la politique rationnelle ou
de la politique matérielle. Mais ces natures élevées
sont toutes susceptibles de se heurter à des grains de
sable, de rater les plus belles entreprises, faute de mille
francs. C'est l'histoire de Napoléon qui, manquant de
bottes, n'est pas parti pour les Indes [2].

---

1. Voir p. 426, n. 2.
2. Après la campagne d'Égypte. La raison invoquée pour cet
abandon relève bien entendu du folklore populaire.

« Qu'as-tu trouvé ? me dit Juste.

– Eh bien, j'ai le moyen d'avoir à crédit un habillement complet.

– Chez qui ?

– Chez Humann [1].

– Comment ?

– Humann, mon cher, ne va jamais chez ses pratiques, les pratiques vont chez lui, en sorte qu'il ne sait pas si je suis riche ; il sait seulement que je suis élégant et que je porte bien les habits qu'il me fait ; je vais lui dire qu'il m'est tombé de la province un oncle dont l'indifférence en matière d'habillement me fait un tort infini dans les meilleures sociétés où je cherche à me marier : il ne serait pas Humann, s'il envoyait sa facture avant trois mois. »

Le docteur trouva cette idée excellente dans un vaudeville, mais détestable dans la réalité de la vie, et il douta du succès. Mais, je vous le jure, Humann habilla Marcas, et, en artiste qu'il est, il sut l'habiller comme un homme politique doit être habillé.

Juste offrit deux cents francs en or à Marcas, le produit de deux montres achetées à crédit et engagées au mont-de-piété. Moi je n'avais rien dit de six chemises, de tout ce qui était nécessaire en fait de linge, et qui ne me coûta que le plaisir de les demander à la première demoiselle d'une lingère avec qui j'avais *musardé* [2] pendant le carnaval. Marcas accepta tout sans nous remercier plus qu'il ne le devait. Il s'enquit seulement des moyens par lesquels nous nous étions mis en possession de ces richesses, et nous le fîmes rire pour la dernière fois. Nous regardions notre Marcas, comme des armateurs qui ont épuisé tout leur crédit et toutes leurs ressources pour équiper un bâtiment doivent le regarder mettant à la voile.

Ici Charles se tut, il parut oppressé par ses souvenirs.

« Eh bien, lui cria-t-on, qu'est-il arrivé ?

---

1. Illustre tailleur, près de l'Opéra.
2. Dansé chez Musard.

– Je vais vous le dire en deux mots, car ce n'est pas un roman, mais une histoire. Nous ne vîmes plus Marcas : le ministère dura trois mois, il périt après la session. Marcas nous revint sans un sou, épuisé de travail. Il avait sondé le cratère du pouvoir ; il en revenait avec un commencement de fièvre nerveuse. La maladie fit des progrès rapides, nous le soignâmes. Juste, au début, amena le médecin en chef de l'hôpital où il était entré comme interne. Moi qui habitais alors la chambre tout seul, je fus la plus attentive des garde-malades ; mais les soins, mais la science, tout fut inutile. Dans le mois de janvier 1838, Marcas sentit lui-même qu'il n'avait plus que quelques jours à vivre. L'homme d'État à qui pendant six mois il avait servi d'âme ne vint pas le voir, n'envoya même pas savoir de ses nouvelles. Marcas nous manifesta le plus profond mépris pour le gouvernement ; il nous parut douter des destinées de la France, et ce doute avait causé sa maladie. Il avait cru voir la trahison au cœur du pouvoir, non pas une trahison palpable, saisissable, résultant de faits ; mais une trahison produite par un système, par une sujétion des intérêts nationaux à un égoïsme. Il suffisait de sa croyance en l'abaissement du pays pour que la maladie s'aggravât. J'ai été témoin des propositions qui lui furent faites par un des chefs du système opposé qu'il avait combattu. Sa haine pour ceux qu'il avait tenté de servir était si violente qu'il eût consenti joyeusement à entrer dans la coalition qui commençait à se former entre les ambitieux chez lesquels il existait au moins une idée, celle de secouer le joug de la Cour. Mais Marcas répondit au négociateur le mot de l'Hôtel de Ville : "Il est trop tard[1] !"

« Marcas ne laissa pas de quoi se faire enterrer, Juste et moi nous eûmes bien de la peine à lui éviter la honte du char des pauvres, et nous suivîmes tous deux,

---

1. C'est ce qu'on répondit au duc de Mortemart, envoyé le 29 juillet 1830 à l'Hôtel de Ville pour proposer un amendement des fatales ordonnances.

seuls, le corbillard de Z. Marcas, qui fut jeté dans la fosse commune au cimetière de Montparnasse. »

Nous nous regardâmes tous tristement en écoutant ce récit, le dernier de ceux que nous fit Charles Rabourdin [1], la veille du jour où il s'embarqua sur un brick, au Havre, pour les îles de la Malaisie [2], car nous connaissions plus d'un Marcas, plus d'une victime de ce dévouement politique, récompensé par la trahison ou par l'oubli.

Aux Jardies, mai 1840 [3].

---

1. Il est peut-être le fils de Xavier Rabourdin, héros malheureux des *Employés*, qui a quitté la haute administration ministérielle à Paris pour tenter sa chance dans le commerce.

2. Avant 1846 : « de Java ».

3. Dans la *Revue parisienne*, la nouvelle avait été datée « juillet 1840 ».

CHRONOLOGIE

(Cette chronologie a été établie par André LORANT.)

1799 : Naissance, à Tours, le 20 mai, d'Honoré Balzac, fils du « citoyen Bernard François Balzac » et de la « citoyenne Anne Charlotte Laure Sallambier, son épouse ». Le premier-né du ménage, Louis Daniel Balzac, né le 20 mai 1798, nourri par sa mère, est mort à trente-trois jours, le 22 juin suivant. Honoré sera mis en nourrice à Saint-Cyr-sur-Loire jusqu'à l'âge de quatre ans. Il aura deux sœurs : Laure, née en 1800, et Laurence, née en 1802 ; un frère, Henri, né en 1807.

1804 : Il entre à la pension Le Guay, à Tours.

1807 : Il entre, le 22 juin, au collège des Oratoriens de Vendôme, où il passera six ans d'internat.

1813 : Il quitte Vendôme, le 22 avril 1813. En été, il est placé pour quelques mois comme pensionnaire dans l'institution Ganser, à Paris.

1814 : Pendant l'été, il fréquente le collège de Tours. En novembre, il suit sa famille à Paris, 40, rue du Temple dans le Marais (actuel n° 122).

1815 : Il fréquente deux institutions du quartier du Marais, l'institution Lepître, puis, à partir d'octobre, l'institution Ganser, et suit vraisemblablement les cours du lycée Charlemagne.

1816 : En novembre, il s'inscrit à la faculté de droit, et entre, comme clerc, chez Mᵉ Guillonnet-Merville, avoué, rue Coquillière.

1818 : Il quitte en mars l'étude de Me Guillonnet-Merville pour entrer dans celle de Me Passez, notaire, ami de ses parents et qui habite la même maison, rue du Temple. Il rédige des *Notes sur l'immortalité de l'âme*.

1819 : Vers le 1er août, Bernard François Balzac, retraité de l'administration militaire, se retire à Villeparisis avec sa famille. Le 16 août, Louis Balssa, frère de Bernard François, accusé d'avoir assassiné une fille de ferme, est guillotiné à Albi. Honoré, bachelier en droit depuis le mois de janvier, obtient de rester à Paris pour devenir homme de lettres. Installé dans un modeste logis mansardé, 9, rue Lesdiguières, près de l'Arsenal, il y compose une tragédie, *Cromwell*, qui ne sera ni jouée ni publiée de son vivant.

1820 : Il commence *Falthurne et Sténie*, deux récits qu'il n'achèvera pas. Le 18 mai, il assiste au mariage de sa sœur Laure avec Eugène Surville, ingénieur des Ponts et Chaussées. Ses parents donnent congé rue Lesdiguières pour le 1er janvier 1821.

1821 : Il commence *Sténie*, autre récit qui restera inachevé. Le 1er septembre sa sœur Laurence épouse M. de Montzaigle.

1822 : Début de sa liaison avec Laure de Berny, âgée de quarante-cinq ans, dont il a fait la connaissance à Villeparisis l'année précédente ; elle sera pour lui la plus vigilante et la plus dévouée des amies. Pendant l'été, il séjourne à Bayeux, en Normandie, avec les Surville. Ses parents emménagent avec lui à Paris, dans le Marais, rue du Roi-Doré. En collaboration avec Auguste Lepoitevin dit de l'Égreville, il publie, sous le pseudonyme de lord R'Hoone, *L'Héritière de Birague*, « par A. de Viellerglé et lord R'Hoone » ; *Jean-Louis* et *Clotilde de Lusignan*, « par lord R'Hoone » ; *Le Centenaire* et *Le Vicaire des Ardennes*, parus la même année, sont signés Horace de Saint-Aubin. Il commence *Wann-Chlore*, rédige un mélodrame, *Le Nègre*, laisse une nouvelle inachevée : *Une heure dans ma vie*.

1823 : Au cours de l'été, séjour en Touraine. *La Dernière Fée*, par Horace de Saint-Aubin.

1824 : Vers la fin de l'été, ses parents ayant regagné Villeparisis, il s'installe rue de Tournon.
Annette et le criminel, par Horace de Saint-Aubin, publié chez Émile Buissot, libraire, rue Pastourelle, n° 3, au Marais (avril). Le roman sera réédité, dans une version édulcorée, dans les *Œuvres complètes d'Horace de Saint-Aubin*, en 1836, chez Souverain, sous le titre *Argow le*

Pirate. Sous l'anonymat : *Du droit d'aînesse ; Histoire impartiale des Jésuites*.

1825 : Associé avec Urbain Canel, il réédite les œuvres de Molière et de La Fontaine. En avril, bref voyage à Alençon. Début des relations avec la duchesse d'Abrantès. Sa sœur Laurence meurt le 11 août. *Wann-Chlore*, par Horace de Saint-Aubin. Sous l'anonymat : *Code des gens honnêtes*.

1826 : Le 1er juin, il obtient un brevet d'imprimeur. Associé avec Barbier, il s'installe rue des Marais-Saint-Germain (aujourd'hui rue Visconti). Au cours de l'été, sa famille abandonne Villeparisis pour se fixer à Versailles.

1827 : Le 15 juillet, avec Laurent et Barbier, il crée une société pour l'exploitation d'une fonderie de caractères d'imprimerie.

1828 : Au début du printemps, Balzac s'installe 1, rue Cassini, près de l'Observatoire. Ses affaires marchent mal : il doit les liquider et contracter de lourdes dettes. Il revient à la littérature : du 15 septembre à la fin d'octobre, il séjourne à Fougères, chez le général de Pommereul, pour préparer un roman sur la chouannerie.

1829 : Balzac commence à fréquenter les salons : il est reçu chez Sophie Gay, chez le baron Gérard, chez Mme Hamelin, chez la princesse Bagration, chez Mme Récamier. Début de la correspondance avec Mme Zulma Carraud qui, mariée à un commandant d'artillerie, habite alors Saint-Cyr-l'École. Le 19 juin, mort de Bernard François Balzac.
En mars a paru, avec la signature Honoré Balzac, *Le Dernier Chouan ou La Bretagne en 1800* qui, sous le titre définitif *Les Chouans*, sera le premier roman incorporé à *La Comédie humaine*. En décembre, *Physiologie du mariage*, « par un jeune célibataire ».

1830 : Balzac collabore à la *Revue de Paris*, à la *Revue des Deux Mondes*, ainsi qu'à divers journaux : le *Feuilleton des journaux politiques*, *La Mode*, *La Silhouette*, *Le Voleur*, *La Caricature*. Il adopte la particule et commence à signer « de Balzac ». Avec Mme de Berny, il descend la Loire en bateau (juin) et séjourne, pendant l'été, dans la propriété de la Grenadière, à Saint-Cyr-sur-Loire. À l'automne, il devient un familier du salon de Charles Nodier, à l'Arsenal.
Premières *Scènes de la vie privée* : *La Vendetta* ; *Les Dangers de l'inconduite* (*Gobseck*) ; *Le Bal de Sceaux* ; *Gloire et*

Malheur (*La Maison du Chat-qui-pelote*) ; *La Femme vertueuse* (*Une double famille*) ; *La Paix du ménage*. Parmi les
premiers « contes philosophiques » : *Les Deux Rêves,
L'Élixir de longue vie…*

1831 : Désormais consacré comme écrivain, il travaille avec
acharnement, tout en menant, à ses heures, une vie mondaine et luxueuse, qui ranimera indéfiniment ses dettes.
Ambitions politiques demeurées insatisfaites.
La Peau de chagrin, roman philosophique. Sous l'étiquette
« Contes philosophiques » : *Les Proscrits* ; *Le Chef-d'Œuvre
inconnu…*

1832 : Entrée en relations avec Mme Hanska, « l'Étrangère », qui habite le château de Wierzchownia, en Ukraine.
Il est l'hôte de M. de Margonne à Saché (où il a fait et fera
d'autres séjours), puis des Carraud, qui habitent maintenant Angoulême. Il est devenu l'ami de la marquise de
Castries, qu'il rejoint en août à Aix-les-Bains et qu'il suit
en octobre à Genève : désillusion amoureuse. Au retour, il
passe trois semaines à Nemours auprès de Mme de Berny.
Il a adhéré au parti néo-légitimiste et publié plusieurs
essais politiques.
La Transaction (*Le Colonel Chabert*). Parmi de nouvelles
Scènes de la vie privée : *Les Célibataires* (*Le Curé de Tours*)
et cinq « scènes » distinctes qui seront groupées plus tard
dans *La Femme de trente ans*. Parmi de nouveaux « contes
philosophiques » : *Louis Lambert*. En marge de la future
Comédie humaine : premier dixain des *Contes drolatiques*.

1833 : Début d'une correspondance suivie avec Mme Hanska.
Il la rencontre pour la première fois en septembre à Neu-
châtel et la retrouve à Genève pour la Noël. Liaison
secrète avec Maria du Fresnay, née Daminois. Contrat
avec Mme Béchet pour la publication, achevée par Werdet, des *Études de mœurs au XIXᵉ siècle* qui, de 1833 à 1837,
paraîtront en douze volumes et qui sont comme une pré-
figuration de *La Comédie humaine* (I à IV : *Scènes de la vie
privée* ; V à VIII : *Scènes de la vie de province* ; IX à XII :
Scènes de la vie parisienne). *Le Médecin de campagne*. Parmi
les premières *Scènes de la vie de province* : *La Femme
abandonnée* ; *La Grenadière* ; *L'Illustre Gaudissart* ; *Eugénie
Grandet* (décembre).

1834 : Retour de Suisse en février. Le 4 juin naît Maria du
Fresnay, sa fille présumée. Nouveaux développements de
la vie mondaine : il se lie avec la comtesse Guidoboni-
Visconti.
La Recherche de l'absolu. Parmi les premières *Scènes de la*

vie parisienne : *Histoire des Treize* (I. *Ferragus*, 1833. II. *Ne touchez pas la hache* [*La Duchesse de Langeais*], 1833-1834. III. *La Fille aux yeux d'or*, 1834-1835).

1835 : Une édition collective d'*Études philosophiques* (1835-1840) commence à paraître chez Werdet. Au printemps, Balzac s'installe en secret rue des Batailles, à Chaillot. Au mois de mai, il rejoint Mme Hanska, qui est avec son mari à Vienne, en Autriche ; il passe trois semaines auprès d'elle et ne la reverra plus pendant huit ans.
Le Père Goriot (1834-1835). *Melmoth réconcilié. La Fleur des pois* (*Le Contrat de mariage*). *Séraphîta*.

1836 : Année agitée. Le 20 mai naît Lionel Richard Guidoboni-Visconti, qui est peut-être son fils naturel. En juin, Balzac gagne un procès contre la *Revue de Paris* au sujet du *Lys dans la vallée*. En juillet, il doit liquider *La Chronique de Paris*, qu'il dirigeait depuis janvier. Il va passer quelques semaines à Turin ; au retour, il apprend la mort de Mme de Berny, survenue le 27 juillet.
Le Lys dans la vallée. L'Interdiction. La Messe de l'athée. Facino Cane. L'Enfant maudit (1831-1836). *Le Secret des Ruggieri* (*La Confidence des Ruggieri*), *Argow le Pirate* (2e édition d'*Annette et le criminel*), constituant les t. VII et VIII des *Œuvres complètes d'Horace de Saint-Aubin*.

1837 : Nouveau voyage en Italie (février-avril) : Milan, Venise, Gênes, Livourne, Florence, le lac de Côme. *La Vieille Fille. Illusions perdues* (début). *César Birotteau*.

1838 : Séjour à Frapesle, près d'Issoudun, où sont désormais fixés les Carraud (février-mars) ; quelques jours à Nohant, chez George Sand. Voyage en Sardaigne et dans la péninsule italienne (avril-mai). En juillet, installation aux Jardies, entre Sèvres et Ville-d'Avray.
La Femme supérieure (*Les Employés*). *La Maison Nucingen.* Début des futures *Splendeurs et Misères des courtisanes* (*La Torpille*).

1839 : En avril, Balzac est nommé président de la Société des gens de lettres. En septembre-octobre, il mène une campagne inutile en faveur du notaire Peytel, ancien codirecteur du *Voleur*, condamné à mort pour meurtre de sa femme et d'un domestique. Activité dramatique : il achève *L'École des ménages* et *Vautrin*. Candidat à l'Académie française, il s'efface, le 2 décembre, devant Victor Hugo, qui ne sera pas élu.
Le Cabinet des antiques. Gambara. Une fille d'Ève. Massimilla Doni. Béatrix ou les Amours forcés. Une princesse parisienne (*Les Secrets de la princesse de Cadignan*).

1840 : *Vautrin*, créé le 14 mars à la Porte-Saint-Martin, est interdit le 16. Balzac dirige et anime la *Revue parisienne*, qui aura trois numéros (juillet-août-septembre) ; dans le dernier, la célèbre étude sur *La Chartreuse de Parme*. En octobre, il s'installe 19, rue Basse (aujourd'hui la « Maison de Balzac », 47, rue Raynouard). *Pierrette. Pierre Grassou. Z. Marcas. Les Fantaisies de Claudine* (*Un prince de la bohème*).

1841 : Le 2 octobre, traité avec Furne et un consortium de librairies pour la publication de *La Comédie humaine*, qui paraîtra avec un *Avant-propos* capital, en dix-sept volumes (1842-1848), et un volume posthume (1855). *Le Curé de village* (1839-1841). *Les Lecamus* (*Le Martyr calviniste*).

1842 : Le 19 mars, création, à l'Odéon, des *Ressources de Quinola. Mémoires de deux jeunes mariées. Albert Savarus. La Fausse Maîtresse. Autre étude de femme. Ursule Mirouët. Un début dans la vie. Les Deux Frères* (*La Rabouilleuse*).

1843 : Juillet-octobre : séjour à Saint-Pétersbourg, auprès de Mme Hanska, veuve depuis le 10 novembre 1841 ; retour par l'Allemagne. Le 26 septembre, création, à l'Odéon, de *Paméla Giraud*.
Une ténébreuse affaire. La Muse du département. Honorine. Illusions perdues, complet en trois parties (I. *Les Deux Poètes*, 1837. II. *Un grand homme de province à Paris*, 1839. III. *Les Souffrances de l'inventeur*, 1843).

1844 : *Modeste Mignon. Les Paysans* (début). *Béatrix* (II. *La lune de miel*). *Gaudissart II*.

1845 : Mai-août : Balzac rejoint à Dresde Mme Hanska, sa fille Anna et le comte Georges Mniszech ; il voyage avec eux en Allemagne, en France, en Hollande et en Belgique. En octobre-novembre, il retrouve Mme Hanska à Châlons et se rend avec elle à Naples. En décembre, seconde candidature à l'Académie française.
Un homme d'affaires. Les Comédiens sans le savoir.

1846 : Fin mars : séjour à Rome avec Mme Hanska ; puis la Suisse et le Rhin jusqu'à Francfort. Le 13 octobre, à Wiesbaden, Balzac est témoin au mariage d'Anna Hanska avec le comte Mniszech. Au début de novembre, Mme Hanska met au monde un enfant mort-né, qui devait s'appeler Victor Honoré.
Petites Misères de la vie conjugale (1845-1846). *L'Envers de l'histoire contemporaine* (premier épisode). *La Cousine Bette.*

1847 : De février à mai, Mme Hanska séjourne à Paris, tandis que Balzac s'installe rue Fortunée (aujourd'hui rue Balzac). Le 28 juin, il fait d'elle sa légataire universelle. Il la rejoint à Wierzchownia en septembre.
Le Cousin Pons. La Dernière Incarnation de Vautrin (dernière partie de *Splendeurs et Misères des courtisanes*).

1848 : Rentré à Paris le 15 février, il assiste aux premières journées de la Révolution. *La Marâtre* est créée, en mai, au Théâtre historique ; *Mercadet*, reçu en août au Théâtre-Français, n'y sera pas représenté. À la fin de septembre, il retrouve Mme Hanska en Ukraine et reste avec elle jusqu'au printemps de 1850.
L'Initié, second épisode de *L'Envers de l'histoire contemporaine*.

1849 : Deux voix à l'Académie française le 11 janvier (fauteuil Chateaubriand) ; deux voix encore le 18 (fauteuil Vatout). La santé de Balzac, déjà éprouvée, s'altère gravement : crises cardiaques répétées au cours de l'année.

1850 : Le 14 mars, à Berditcheff, il épouse Mme Hanska. Malade, il rentre avec elle à Paris le 20 mai et meurt le 18 août. Sa mère lui survit jusqu'en 1854 et sa femme jusqu'en 1882. Son frère Henri mourra en 1858 ; sa sœur Laure en 1871.

1854 : Publication posthume du *Député d'Arcis*, terminé par Charles Rabou.

1855 : Publication posthume des *Paysans*, terminés sur l'initiative de Mme Honoré de Balzac. Édition, commencée en 1853, des *Œuvres complètes* en vingt volumes par Houssiaux, qui prend la suite de Furne comme concessionnaire (I à XVIII. *La Comédie humaine*. XIX. *Théâtre*. XX. *Contes drolatiques*).

1856-1857 : Publication posthume des *Petits Bourgeois*, roman terminé par Charles Rabou.

1869-1876 : Édition définitive des *Œuvres complètes* de Balzac en vingt-quatre volumes chez Michel Lévy, puis Calmann-Lévy. Parmi les *Scènes de la vie parisienne* sont réunies pour la première fois les quatre parties de *Splendeurs et Misères des courtisanes*.

BIBLIOGRAPHIE

La Comédie humaine a sécrété une littérature secondaire aussi énorme qu'elle-même. Il va de soi que nous ne pouvons ici même en donner une idée. Nous nous bornons à indiquer des contributions en rapport de quelque façon avec les textes que nous avons réunis. Ajoutons qu'on trouvera en son lieu, pour chaque nouvelle, une bibliographie spécifique.

Pierre BARBÉRIS, *Le Monde de Balzac*, Arthaud, 1973.

Maurice BARDÈCHE, *Balzac, romancier. La formation de l'art du roman chez Balzac jusqu'à la publication du Père Goriot (1820-1835)*, Genève, Slatkine Reprints, 1967 [1940].

–, *Une lecture de Balzac*, Les Sept Couleurs, 1964.

Anne-Marie BARON (éd.), *Balzac et la nouvelle*, I, II et III, *L'École des lettres*, 1er mai 1999, n° 13 ; 15 janvier 2001, n° 9, et juillet 2003, n° 13.

Albert BÉGUIN, *Balzac lu et relu*, Seuil, 1965.

Philippe BERTHIER, *La Vie quotidienne dans La Comédie humaine*, Hachette, « Littératures », 1998.

Jacques BOREL, *Personnages et destins balzaciens*, J. Corti, 1959.

Paul BOURGET, « Balzac nouvelliste », *Études et Portraits, III. Sociologie et littérature*, Plon, Nourrit et Cie, 1906.

Michel BUTOR, *Le Marchand et le génie. Improvisations sur Balzac*, I, La Différence, 1998.

Pierre CITRON, *Dans Balzac*, Seuil, 1986.

Tim FARRANT, *Balzac's Shorter Fictions, Genesis and Genre*, Oxford University Press, 2002.

Diana FESTA MCCORMICK, *Les Nouvelles de Balzac*, Nizet,
    1973.
Scott LEE, *Traces de l'excès. Essai sur la nouvelle philosophique
    de Balzac*, Champion, 2002.

TABLE

Achevé d'imprimer en juillet 2006
sur les presses de l'imprimerie Maury Eurolivres
45300 Manchecourt

N° d'éditeur : L01EHPNFG1209A001.001
Dépôt légal : Janvier 2005.
N° d'impression : 06/07/122744.

Imprimé en France

Achevé d'imprimer en juillet 2006
sur les presses de l'Imprimerie Maury-Eurolivres
45300 Manchecourt

N° d'éditeur : LOTHIELPHLO 1499A001 001
Dépôt légal : janvier 2005
N° d'impression : 06/01/112234

Imprimé en France

DERNIÈRES PARUTIONS

LA PHILOSOPHIE DANS LA GF

GF-CORPUS